STEPHEN KING
La sangre manda

Stephen King es el maestro indiscutible de la narrativa de terror contemporánea, con más de treinta libros publicados. En 2003 fue galardonado con la Medalla de la National Book Foundation por su contribución a las letras estadounidenses, y en 2007 recibió el Grand Master Award, que otorga la asociación Mystery Writers of America. Entre sus títulos más célebres cabe destacar *El misterio de Salem's Lot*, *El resplandor*, *Carrie*, *La zona muerta*, *Ojos de fuego*, *IT (Eso)*, *Maleficio*, *La milla verde* y las siete novelas que componen la serie *La torre oscura*. Vive en Maine con su esposa Tabitha King, también novelista.

TAMBIÉN DE STEPHEN KING

IT (Eso)

Doctor Sueño

Cujo

Misery

Mr. Mercedes

El resplandor

La milla verde

El Instituto

Cementerio de animales

La sangre manda

La sangre manda

Una colección de relatos

STEPHEN KING

Traducción de Carlos Milla Soler

VINTAGE ESPAÑOL
Una división de Penguin Random House LLC
Nueva York

PRIMERA EDICIÓN VINTAGE ESPAÑOL, JULIO 2020

Copyright de la traducción © 2020 por Penguin Random House Grupo Editorial

Todos los derechos reservados. Publicado en los Estados Unidos de América por Vintage Español, una división de Penguin Random House LLC, Nueva York, y distribuido en Canadá por Penguin Random House Canada Limited, Toronto. Originalmente publicado en inglés en los Estados Unidos bajo el título *If It Bleeds* por Scribner, una división de Simon & Schuster, Inc., Nueva York, en 2020. Copyright © 2020 por Stephen King.

Vintage es una marca registrada y Vintage Español y su colofón son marcas de Penguin Random House LLC.

Información de catalogación de publicaciones disponible en la Biblioteca del Congreso de los Estados Unidos.

Vintage Español ISBN en tapa blanda: 978-0-593-31152-3
eBook ISBN: 978-0-593-31153-0

Para venta exclusiva en EE.UU., Canadá, Puerto Rico y Filipinas.

www.vintageespanol.com

Impreso en los Estados Unidos de América
10 9 8 7 6 5 4 3 2 1

En recuerdo de Russ Dorr.

Te echo de menos, Jefe.

ÍNDICE

EL TELÉFONO
DEL SEÑOR HARRIGAN

Mi pueblo tenía unos seiscientos habitantes (y todavía los tiene, pese a que yo me marché de allí), pero disponíamos de internet como en las grandes ciudades, así que mi padre y yo recibíamos cada vez menos correo postal. Por lo común, el señor Nedeau solo traía el semanario *Time*, publicidad dirigida al Ocupante o a Nuestros Amables Vecinos, y los recibos mensuales. Sin embargo, a partir de 2004, cuando cumplí nueve años y empecé a trabajar para el señor Harrigan, que vivía calle arriba, contaba con que llegaran anualmente a mi nombre por lo menos cuatro sobres con las señas escritas a mano: una felicitación el día de San Valentín en febrero, una felicitación de cumpleaños en septiembre, una felicitación por Acción de Gracias en noviembre y una felicitación navideña poco antes o poco después de las fiestas. Cada una contenía un billete con valor de un dólar de la lotería del estado de Maine, y la firma era siempre la misma: «Saludos del señor Harrigan». Sencillo y formal.

También la reacción de mi padre era siempre la misma: se reía y alzaba la vista al techo con actitud afable.

—Es un tacaño —dijo un día. Puede que por entonces yo ya hubiera cumplido los once, y las felicitaciones llegaban desde hacía un par de años—. Tacañea con la paga y tacañea con la gratificación… un rasca y gana de la Lucky Devil que compra en Howie's.

Señalé que, por lo general, uno de los cuatro rascas salía premiado con dos o tres dólares. Cuando eso ocurría, mi padre iba a Howie's a recoger el dinero, porque en principio los menores no debían jugar a la lotería, por más que los billetes fueran regalados. En una ocasión, cuando, en un golpe de suerte, me tocaron nada menos que cinco dólares, pedí a mi padre que comprara otros cinco rascas de un dólar. Se negó, aduciendo que, si fomentaba mi adicción al juego, mi madre se revolvería en su tumba.

—Bastante mal está ya que lo haga Harrigan —dijo mi padre—. Además, debería pagarte *siete* dólares la hora. Quizá incluso ocho. Desde luego puede permitírselo. Quizá cinco la hora sea legal, porque eres solo un niño, pero algunos lo considerarían explotación infantil.

—Me gusta trabajar para él —respondí—. Y me cae bien, papá.

—Eso lo entiendo —admitió mi padre—, y tampoco es que por leerle y limpiarle el jardín te conviertas en un Oliver Twist del siglo XXI, pero, aun así, es un tacaño. Me sorprende que esté dispuesto a desembolsar el dinero de los sellos para mandar esas felicitaciones cuando entre su buzón y el nuestro no habrá más de quinientos metros.

Nos encontrábamos en el pórtico delantero de casa, bebiendo Sprite, cuando mantuvimos esa conversación, y mi padre señaló con el pulgar calle arriba (una calle sin asfaltar, como casi todas en Harlow), en dirección a la casa del señor Harrigan. Que de hecho era una mansión, con alberca cubierta, terraza interior, un elevador de cristal en el que me encantaba subir, y fuera, en la parte de atrás, un invernadero donde antiguamente había una granja (antes de mis tiempos, pero mi padre la recordaba bien).

—Ya sabes lo mal que está de la artritis —dije—. Ahora a veces usa dos bastones en lugar de uno. Bajar hasta aquí a pie lo mataría.

—Entonces bien podría darte en mano las malditas felicitaciones —dijo mi padre. En sus palabras no había malevolencia; de hecho, hablaba en broma. El señor Harrigan y él se llevaban bien. Mi padre se llevaba bien con todo el mundo en Harlow. Por eso, supongo, era un buen vendedor—. ¿Qué le cuesta, con todo el tiempo que pasas allí?

—No sería lo mismo —contesté.

—¿No? ¿Por qué no?

Me fue imposible explicarlo. Gracias a tanta lectura, yo poseía un amplio vocabulario, pero tenía poca experiencia de la vida. Solo sabía que me gustaba recibir esas felicitaciones, las esperaba con ilusión, y también los billetes de lotería que siempre rascaba con mi moneda de la suerte, y la firma con aquella anticuada caligrafía: «Saludos del señor Harrigan». Volviendo la vista atrás, me viene a la cabeza la palabra «ceremonial». Era como la costumbre que tenía el señor Harrigan de ponerse una de aquellas raquíticas corbatas negras suyas cuando los dos íbamos en coche al pueblo, aunque él solía quedarse sentado al volante de su sobrio sedán Ford leyendo el *Financial Times* mientras yo entraba en el supermercado IGA con su lista de la compra. Esa lista contenía siempre picadillo de carne en conserva y una docena de huevos. El señor Harrigan comentaba a veces que un hombre, al llegar a cierta edad, podía vivir perfectamente a base de huevos y picadillo de carne en conserva. Cuando le pregunté qué edad era esa, me respondió: sesenta y ocho.

—Cuando un hombre llega a los sesenta y ocho —dijo—, ya no necesita vitaminas.

—¿De verdad?

—No —contestó—. Lo digo solo para justificar mis malos hábitos alimentarios. ¿Encargaste o no el servicio de radio por satélite para este coche, Craig?

—Sí —desde la computadora de mi padre en casa, porque el señor Harrigan no tenía.

—¿Y dónde está, entonces? Lo único que sintonizo es a ese charlatán de Limbaugh.

Le enseñé cómo acceder a la radio XM. Giró el control hasta que, después de pasar por algo así como un centenar de emisoras, encontró una especializada en música country. Sonaba «Stand By Your Man».

Esa canción aún me produce escalofríos, y supongo que siempre será así.

Aquel día de mi undécimo año de vida, mientras mi padre y yo bebíamos Sprite y mirábamos hacia la casa grande (que era precisamente como la llamaban los vecinos de Harlow: la Casa Grande, como si fuera la cárcel de Shawshank), dije:

—Recibir cartas es la onda.

Mi padre levantó la vista al cielo, gesto habitual en él.

—El correo electrónico es la onda. Y los teléfonos celulares. A mí esas cosas me parecen milagros. Tú eres demasiado joven para entenderlo. Si hubieses crecido sin nada más que una línea compartida con otras cuatro casas, incluida la de la señora Edelson, que nunca callaba, no pensarías lo mismo.

—¿Cuándo podré tener celular? —era una pregunta que venía haciendo muy a menudo ese año, y con mayor frecuencia después de que salieran a la venta los primeros iPhone.

—Cuando decida que tienes edad suficiente.

—Como tú digas, papá —esa vez fui yo quien alzó la vista al cielo, y él se rio.

A continuación adoptó una expresión seria.

—¿Te das una idea de lo rico que es John Harrigan?

Me encogí de hombros.

—Sé que antes tenía fábricas.

—Tenía mucho más que fábricas. Antes de retirarse, era el mandamás de una empresa que se llamaba Oak Entreprises, propietaria de una compañía naviera, centros comerciales, una cadena de cines, una empresa de telecomunicaciones y no sé cuántas cosas más. En el Parquet, Oak era una de las más grandes.

—¿Qué es el Parquet?

—La Bolsa. El juego de apuestas de los ricos. Cuando Harrigan vendió su parte del negocio, la operación no salió solo en la sección económica del *New York Times*; salió en primera plana. Ese hombre que va en un Ford de hace seis años, vive al final de una calle sin asfaltar, te paga cinco dólares la hora y te envía un rasca y gana de un dólar cuatro veces al año tiene más de mil millones de dólares —mi padre esbozó una sonrisa—. Y mi peor traje, el que tu madre me haría donar a la beneficencia si aún viviera, es mejor que el que se pone él para ir a la iglesia.

Todo eso me resultó interesante, en especial la idea de que el señor Harrigan, que no tenía computadora portátil, ni siquiera televisión, hubiese sido en otro tiempo dueño de una empresa de telecomunicaciones y de cines. Seguro que nunca iba al cine. Era lo que mi padre llamaba un ludita, término que describía (entre otras cosas) a un hombre a quien le desagradan los aparatos. La radio por satélite era una excepción, porque le gustaba el country y detestaba el sinfín de anuncios de WOXO, que era la única emisora de esa clase de música que sintonizaba la radio de su coche.

—¿Te das una idea de lo que son mil millones, Craig?

—Un número con muchos ceros, ¿no?

—Digamos que *nueve* ceros.

—¡Ándale! —exclamé, pero solo porque me pareció que era lo que procedía.

Entendía cinco dólares, y entendía quinientos, el precio de una motoneta de segunda mano a la venta en Deep Cut Road con la que soñaba (vanas ilusiones), y tenía una comprensión teórica de cinco mil, que era más o menos lo que mi padre ganaba al mes como vendedor en Parmeleau Tractors and Heavy Machinery, en Gates Falls. Siempre colgaban la foto de mi padre en la pared como Vendedor del Mes. Él sostenía que eso no era un gran mérito, pero a mí no me engañaba. Cuando conseguía ser el Vendedor del Mes, íbamos a cenar a Marcel's, el restaurante francés caro de Castle Rock.

—«Ándale» es la palabra adecuada —dijo mi padre, y brindó por la casa grande situada en lo alto de la cuesta, con todas aquellas habitaciones que, por lo general, no se utilizaban y el elevador que el señor Harrigan aborrecía pero tenía que usar a causa de la artritis y la ciática—. «Ándale» es la palabra adecuada, vaya si lo es.

Antes de hablarles del gran premio de lotería, y de la muerte del señor Harrigan, y de mis conflictos con Kenny Yanko cuando cursaba primero en la secundaria de Gates Falls, debería contarles cómo empecé a trabajar para el señor Harrigan. Fue debido a la iglesia. Mi padre y yo íbamos a la Primera Metodista de Harlow, que era la única Metodista de Harlow. Antes había otra iglesia en el pueblo, a la que iban los baptistas, pero se incendió en 1996.

—Algunos lanzaban cohetes para celebrar la llegada de un bebé —me contó mi padre. Por entonces yo no tendría más de cuatro años, pero me acuerdo, posiblemente porque los cohetes me interesaban—. Qué cohetes ni qué demonios, pensamos tu madre y yo, y cuando naciste, para darte la bienvenida, quemamos una *iglesia* entera, Craigster, y no veas lo bien que ardió.

—No le digas esas cosas —intervino mi madre—. ¿Y si se lo cree y quema una iglesia cuando tenga su propio hijo?

Bromeaban mucho, y yo me reía incluso cuando no los entendía.

Los tres solíamos ir a pie a la iglesia; la nieve apisonada chirriaba bajo nuestras botas en invierno, y el polvo se levantaba en torno a nuestros zapatos buenos en verano (que mi madre limpiaba con un Kleenex antes de entrar); yo siempre iba agarrado de mi padre con la mano izquierda y de mi madre con la derecha.

Era una buena madre. En 2004, cuando empecé a trabajar para el señor Harrigan, aún la echaba mucho de menos, pese a que ya hacía tres años que había muerto. Ahora, dieciséis años más tarde, todavía la echo de menos, aunque su rostro se ha desdibujado en mi memoria y las fotos solo refrescan un poco el recuerdo. Lo que dice la canción sobre los niños huérfanos de madre es cierto: lo pasan mal. Yo quería a mi padre y siempre nos llevamos bien, pero esa misma canción acierta también sobre otro detalle: hay muchas cosas que tu padre no entiende. Como hacer una guirnalda de margaritas y ponértela en la cabeza en el amplio campo de detrás de nuestra casa y decir que hoy no eres solo un niño pequeño, eres el rey Craig. Como sentir satisfacción pero actuar como si no tuviera mayor importancia —sin alardear y tal— cuando empiezas a leer cómics de Superman y Spiderman a los tres años. Como meterse en la cama contigo si te despiertas en plena noche por una pesadilla en la que te persigue el Doctor Octopus. Como abrazarte y decirte que no pasa nada cuando un niño mayor —Kenny Yanko, por ejemplo— te da una paliza de muerte.

Aquel día me habría venido bien uno de esos abrazos. Aquel día un abrazo de madre podría haber cambiado mucho las cosas.

No presumir de ser un lector precoz fue un regalo que me hicieron mis padres, el don de aprender pronto que uno no es mejor que los demás por poseer ciertas aptitudes. Pero se corrió la voz, como siempre ocurre en los pueblos pequeños, y cuando tenía ocho años, el reverendo Mooney me preguntó si me gustaría leer la enseñanza de la Biblia el Domingo de la Familia. Acaso la idea lo atrajo por la novedad misma del hecho; normalmente ese honor correspondía a un alumno de la preparatoria. Ese domingo la lectura era del Evangelio según san Marcos, y después del oficio el reverendo dijo que lo había hecho tan bien que, si quería, podía repetirlo todas las semanas.

—Dice el reverendo que un niño los guiará —expliqué a mi padre—. Así dice en el Libro de Isaías.

Mi padre dejó escapar un gruñido, como si eso no lo conmoviera demasiado. Luego asintió.

—Bien, siempre y cuando recuerdes que eres el medio, no el mensaje.

—¿Eh?

—La Biblia es la palabra de Dios, no la palabra de Craig; procura que no se te suba a la cabeza.

Le aseguré que eso no ocurriría, y durante los diez años siguientes —hasta que me marché a la universidad, donde aprendí a fumar marihuana, beber cerveza y andar detrás de las chicas—, leí la enseñanza semanal. Lo hice incluso en los peores momentos. El reverendo me daba la referencia bíblica por adelantado, capítulo y versículo. Después, en la catequesis metodista del jueves por la noche, le llevaba la lista de las palabras que no sabía pronunciar. Como consecuencia, puede que sea la única persona en el estado de Maine capaz no solo de pronunciar Nabucodonosor, sino también de escribirlo correctamente.

Uno de los hombres más ricos de Estados Unidos se instaló en Harlow unos tres años antes de que yo asumiera la tarea dominical de hacer llegar las Sagradas Escrituras a mis mayores. En otras palabras, a principios de siglo, justo después de vender sus empresas y retirarse, e incluso antes de que su gran casa estuviera acabada (la alberca, el elevador y el camino de acceso pavimentado llegaron más tarde). El señor Harrigan asistía a la iglesia todas las semanas, vestido con su deslustrado traje negro con bolsas en la parte trasera del pantalón, una de esas corbatas negras estrechas pasadas de moda, y el cabello gris y ralo pulcramente peinado. El resto de la semana, ese cabello se erizaba en todas direcciones, como el de Einstein después de pasar un ajetreado día descifrando el cosmos.

Por aquel entonces, utilizaba solo un bastón, en el que se apoyaba cuando nos poníamos en pie para entonar los himnos que supongo que recordaré mientras viva..., y aquel verso de «The Old Rugged Cross» sobre el agua y la sangre que manaban de la herida en el costado de Jesús siempre me pondrá la piel de gallina, igual que el último verso de «Stand By Your Man» cuando Tammy Wynette da el do de pecho. El caso es que el señor Harrigan en realidad no cantaba, y mejor así, porque tenía una voz cascada y desafinada, pero formaba las palabras con la boca. Él y mi padre tenían eso en común.

Un domingo del otoño de 2004 (en nuestra parte del mundo todos los árboles eran una llamarada de color), leí parte del Libro Segundo de Samuel, conforme a mi labor habitual de impartir a los feligreses un mensaje que apenas entendía pero que, como bien sabía, el reverendo Mooney explicaría en la homilía: «Tu gloria, Israel, ha sucumbido en tus montañas. ¡Cómo han caído los héroes! No lo anunciéis en Gat, no lo divulguéis por las calles de Ascalón, que no se regocijen las hijas de los filisteos, no salten de gozo las hijas de los incircuncisos».

Cuando me senté en nuestro banco, mi padre me dio unas palmadas en el hombro y me susurró al oído: «Vaya trabalenguas». Tuve que taparme la boca para ocultar la sonrisa.

Al día siguiente, por la noche, cuando terminábamos de lavar los platos de la cena (mi padre lavaba, yo secaba y guardaba), el Ford del señor Harrigan se detuvo en el camino de acceso. Se oyó el golpeteo de su bastón en los peldaños de nuestro jardín delantero, y mi padre abrió antes de que llamara. El señor Harrigan rehusó pasar a la sala de estar y se sentó a la mesa de la cocina como un vecino cualquiera. Aceptó un Sprite cuando mi padre se lo ofreció, pero rechazó el vaso.

—Lo bebo de la botella, como hacía siempre mi padre —afirmó.

Como hombre de negocios, fue directo al grano. Si mi padre daba su aprobación, dijo el señor Harrigan, desearía contratarme para que le leyera dos o tres horas semanales. Por esa tarea, me pagaría cinco dólares la hora. Podía ofrecer otras tres horas de trabajo, añadió, si me prestaba a cuidar un poco el jardín y ocuparme de algún que otro quehacer, como retirar la nieve de la escalera de entrada en invierno y quitar el polvo donde fuera necesario quitarlo durante todo el año.

Veinticinco, tal vez incluso treinta dólares semanales, la mitad solo por leer, ¡que era algo que yo habría hecho sin cobrar! No me lo creía. De inmediato acudió a mi cabeza la idea de ahorrar para comprar una motoneta, por más que no pudiera conducirla legalmente durante otros siete años.

Era demasiado bueno para ser verdad, y yo temía que mi padre se negara, pero no fue así.

—Aunque nada de lecturas polémicas —advirtió mi padre—. Ni disparates políticos ni violencia excesiva. Lee como un adulto, pero solo tiene nueve años, y apenas.

El señor Harrigan se lo prometió, bebió algo de Sprite y chascó los correosos labios.

—Lee bien, sí, pero no es la principal razón por la que quiero contratarlo. No recita de forma monótona, ni siquiera cuando no entiende el texto. Eso me parece notable. No extraordinario, pero sí notable.

Dejó la botella e, inclinándose hacia delante, clavó en mí su penetrante mirada. A menudo vi una sonrisa en esos ojos, y a veces vi crueldad, pero solo en contadas ocasiones vi calidez, y aquella noche de 2004 no fue una de ellas.

—En cuanto a tu lectura de ayer, Craig. ¿Sabes lo que quiere decir «hijas de los incircuncisos»?

—La verdad es que no —contesté.

—Me lo imaginaba, y aun así utilizaste el tono correcto de ira y lamentación. Por cierto, ¿sabes lo que es «lamentación»?

—Llorar y cosas así.

Él asintió.

—Pero no te pasaste. No lo exageraste. Eso estuvo bien. Un lector es un transmisor, no un creador. ¿Te ayuda el reverendo Mooney con las palabras difíciles?

—Sí, a veces.

El señor Harrigan bebió un poco más de Sprite y, apoyándose en el bastón, se puso en pie.

—Dile que se dice Ascalón, no Asculón. Eso me pareció involuntariamente gracioso, pero yo tengo un sentido del humor muy basto. ¿Hacemos una prueba el miércoles a las tres? ¿A esa hora ya has salido del colegio?

Salía de la escuela primaria de Harlow a las dos y media.

—Sí. A las tres me va bien.

—¿Hasta las cuatro, pongamos? ¿O ya es demasiado tarde?

—Está bien —intervino mi padre. Parecía desconcertado por todo aquello—. No cenamos hasta las seis. Me gusta ver las noticias locales.

—¿Eso no le echa a perder la digestión?

Mi padre se rio, aunque creo que en realidad el señor Harrigan hablaba en serio.

—A veces sí. No soy un gran admirador del señor Bush.

—Es un poco cretino —coincidió el señor Harrigan—, pero al menos se ha rodeado de hombres que entienden de negocios. A las tres el miércoles, Craig, y no llegues tarde. No tengo paciencia con la gente impuntual.

—Tampoco nada subido de tono —añadió mi padre—. Ya tendrá tiempo de eso cuando sea mayor.

El señor Harrigan se lo prometió también, pero supongo que los hombres que saben de negocios también saben que es fácil dejar de lado las promesas, puesto que hacerlas es gratis. Ciertamente no había nada «subido de tono» en *El corazón de las tinieblas*, que fue el primer libro que le leí. Cuando terminé, el señor Harrigan me preguntó si lo había entendido. Dudo que pretendiera instruirme; solo sentía curiosidad.

—No gran cosa —contesté—, pero ese Kurtz estaba bastante loco. Hasta ahí he llegado.

Tampoco había nada subido de tono en el siguiente libro: *Silas Marner*, a mi modesto modo de ver, era aburridísimo. En cambio, el tercero fue *El amante de Lady Chatterley*, y desde luego ese sí fue una revelación. Corría el año 2006 cuando conocí a Constance Chatterley y a su lujurioso guardabosque. Yo tenía diez años. Después de tanto tiempo, todavía recuerdo los versos de «The Old Rugged Cross» y, no de forma menos vívida, la escena en que Mellors acaricia a la dama y susurra «Eres maravillosa». Es bueno que los chicos aprendan cómo la trataba, y es bueno recordarlo.

—¿Entiendes lo que acabas de leer? —me preguntó el señor Harrigan después de un fragmento especialmente tórrido. También esta vez solo por curiosidad.

—No —respondí, aunque no era rigurosamente cierto. Entendí mucho mejor lo que ocurría entre Ollie Mellors y Connie Chatterley en el bosque que lo que ocurría entre Marlow y Kurtz allá en el Congo Belga. Es difícil desentrañar el sexo (cosa que descubrí incluso antes de ir a la universidad), pero más difícil aún es desentrañar la locura.

—Bien —contestó el señor Harrigan—, pero si tu padre te pregunta qué estamos leyendo, te sugiero que digas *Dombey e hijo*. Que de todos modos leeremos a continuación.

Mi padre no me lo preguntó —al menos en esa ocasión—, y sentí alivio cuando pasamos a *Dombey*, que fue la primera novela para adultos que, según recuerdo, me gustó de verdad. No quería mentir a mi padre, me habría sentido fatal, aunque estoy seguro de que eso al señor Harrigan le habría dado absolutamente igual.

Al señor Harrigan le gustaba que le leyera porque se le cansaba la vista con facilidad. Probablemente no necesitaba que le quitara las malas hierbas de los macizos de flores; Pete Bostwick, que cortaba el pasto en sus cuatro mil metros cuadrados de jardín, lo habría hecho encantado, creo. Y Edna Grogan, su ama de llaves, le habría quitado el polvo encantada a su gran colección de esferas de nieve y pisapapeles de cristal antiguos, pero esa tarea la tenía asignada yo. Más que nada le gustaba tenerme por allí. Hasta poco antes de morir nunca me lo dijo, pero yo lo sabía. Solo que no sabía por qué, y aún ahora no estoy seguro de saberlo.

En una ocasión, cuando volvíamos de cenar en el restaurante Marcel's de Castle Rock, mi padre preguntó de sopetón:

—¿Alguna vez Harrigan te ha tocado y te has sentido incómodo?

A mí me faltaban todavía años para poder dejarme siquiera un asomo de bigote, pero supe a qué se refería; para algo nos habían inculcado ya en tercero lo de «cuidado con los desconocidos» y los «toqueteos inapropiados».

—¿Si me manosea? ¿Eso quieres decir? ¡No! Caray, papá, no es *gay*.

—De acuerdo. No te pongas así, Craigster. Tenía que preguntarlo. Porque pasas allí mucho tiempo.

—Si me manoseara, podría al menos mandarme rascas de *dos* dólares —dije, y mi padre se rio.

Ganaba unos treinta dólares semanales, y mi padre insistía en que ingresara al menos veinte en la cuenta de ahorros para la universidad. Cosa que yo hacía, aunque lo consideraba una soberana estupidez; cuando a uno incluso la adolescencia le parece muy lejana, la universidad bien podría estar en otra vida. Diez dólares a la semana seguían siendo una fortuna. Gastaba algo en hamburguesas y malteadas que tomaba sentado a la barra de Howie's Market, y la mayor parte en libros de bolsillo viejos de Dahlie's, la librería de segunda mano de Gates Falls. Los que compraba no eran textos densos como los que leía para el señor Harrigan (incluso *Lady Chatterley* era denso cuando Constance y Mellors no andaban inmersos en alguna escena calenturienta). Me gustaban las novelas negras y las del Oeste, como *Tiroteo en Gila Bend* y *Rastro de plomo caliente*. Leer para el señor Harrigan era trabajo. No es que fuera un gran sacrificio, pero era trabajo. Un libro como *Un lunes los matamos a todos*, de John D. MacDonald, era puro placer. Me dije que debía ahorrar el dinero que no ingresaba en el fondo universitario para uno de esos nuevos teléfonos de Apple que salieron a la venta en el verano de 2007, pero eran caros, unos seiscientos dólares, y a diez dólares semanales, necesitaría más de un año. Cuando uno tiene once y va para doce, un año es mucho tiempo.

Además, esos libros viejos con sus portadas de colores me atraían.

La mañana de Navidad de 2007, tres años después de empezar a trabajar para el señor Harrigan y dos años antes de su muerte, había solo un paquete para mí al pie del árbol, y mi padre me dijo que lo reservara para el final, cuando él hubiera admirado debidamente el chaleco de cachemira, los tenis y la pipa de madera de brezo que yo le había regalado. Resuelto ese asunto, retiré el envoltorio de mi único regalo, y lloré de emoción al ver que me había comprado precisamente lo que yo más deseaba: un iPhone con tantas funciones distintas que a su lado el teléfono que llevaba mi padre instalado en el coche parecía una reliquia.

Las cosas han cambiado mucho desde entonces. Ahora la reliquia es el iPhone que me regaló mi padre por Navidad en 2007, como la línea compartida entre cuatro familias de la que me había hablado rememorando su infancia. Ha habido muchísimos cambios, muchísimos adelantos, y se han producido muy deprisa. Mi iPhone de Navidad tenía solo dieciséis aplicaciones, y venían precargadas. Una de ellas era YouTube, porque en aquel entonces Apple y YouTube eran amigos (eso cambió). Una se llamaba SMS, que eran los mensajes de texto primitivos (sin emoticones, palabra que aún no se había inventado, a menos que los hiciera uno mismo). Incluía una aplicación meteorológica que por lo general se equivocaba. Pero uno podía hacer llamadas telefónicas desde algo tan pequeño que cabía en el bolsillo trasero del pantalón y, mejor aún, disponía de Safari, que permitía conectarse con el mundo exterior. Cuando uno se criaba en un pueblo como Harlow, con calles de tierra y sin semáforos, el mundo exterior era un lugar extraño y tentador, y uno ansiaba tocarlo de un modo en el que la televisión se quedaba corta. O al menos eso me pasaba a mí. Todo quedaba en ese momento al alcance de los dedos, por gentileza de AT&T y Steve Jobs.

Incorporaba también otra aplicación, una que me llevó a pensar en el señor Harrigan incluso aquella primera mañana de júbilo. Era mucho más atractiva que la radio por satélite de su coche. Al menos para hombres como él.

—Gracias, papá —dije, y lo abracé—. ¡Muchas gracias!

—Pero no lo uses más de la cuenta. Las tarifas están por las nubes, y lo tendré controlado.

—Ya bajarán —contesté.

En eso no me equivoqué, y mi padre nunca me agobió por el gasto. La verdad es que no tenía mucha gente a la que llamar, pero sí me gustaban aquellos videos de YouTube (a mi padre también), y me encantaba acceder a lo que entonces llamábamos las tres «w»: la World Wide Web. A veces miraba artículos del *Pravda*, no porque entendiera el ruso, sino porque podía.

Apenas dos meses más tarde, regresé a casa del colegio, abrí el buzón y encontré un sobre dirigido a mí en la letra anticuada del señor Harrigan. Era mi felicitación del día de San Valentín. Entré en casa, dejé mis libros de texto en la mesa y abrí el sobre. No contenía una postal con dibujos de flores o cursi, ese no era el estilo del señor Harrigan. Mostraba a un hombre con esmoquin que hacía una reverencia a la vez que tendía sombrero de copa alta en un campo florido. El mensaje impreso en el interior rezaba: «Que tengas un año lleno de amor y amistad». Debajo de eso: «Saludos del señor Harrigan». Un hombre que hacía una reverencia y tendía un sombrero, saludos, sin sentimentalismos. Todo muy propio del señor Harrigan. Volviendo la vista atrás, me sorprende que considerara el día de San Valentín digno de una felicitación.

En 2008 los rasca y gana de un dólar de Lucky Devil habían dado paso a otros llamados Pine Tree Cash, en alusión a los seis pinos que ilustraban el pequeño billete. Si, al rascarlos, aparecía la misma cantidad debajo de tres de ellos, ganabas esa cantidad. Rasqué los árboles y, con incredulidad, fijé la mirada en lo que había quedado a la vista. Al principio pensé que era un error o una broma, pese a que el señor Harrigan no era hombre de bromas. Volví a mirar y recorrí los números destapados con los dedos, apartando los residuos de lo que mi padre llamaba (siempre alzando la vista al cielo) «la mugre de rascar». Los números permanecieron iguales. Puede que me riera, aunque no estoy seguro, pero sí recuerdo que grité, eso sin duda. Grité de alegría.

Saqué el teléfono nuevo del bolsillo (ese teléfono iba conmigo a todas partes) y llamé a Parmeleau Tractors. Contestó Denise, la recepcionista, y cuando oyó mi respiración entrecortada, me preguntó si me pasaba algo.

—No, no —dije—, pero tengo que hablar con mi padre ahora mismo.

—De acuerdo, no cuelgues —y a continuación añadió—: Parece que llamas desde la luna, Craig.

—Llamo desde mi teléfono celular —Dios, me encantaba decir eso.

Denise soltó un resoplido de desaprobación.

—Con la radiación que sueltan esos aparatejos. Yo no tendría uno por nada del mundo. No cuelgues.

También mi padre me preguntó qué me pasaba, porque hasta entonces nunca lo había llamado al trabajo, ni siquiera el día que el autobús del colegio se marchó sin mí.

—Papá, me ha llegado el rasca del día de San Valentín del señor Harrigan…

—Si llamas para decirme que has ganado diez dólares, podrías haber esperado a que…

—¡No, papá, es el gordo! —y lo era, para lo que por entonces daban los rascas de un dólar—. *¡He ganado tres mil dólares!*

Silencio al otro lado de la línea. Pensé que quizá se había interrumpido la comunicación. En los celulares de aquellos tiempos, incluso los nuevos, las llamadas se cortaban continuamente. Mamá Bell no era siempre la mejor de las madres.

—¿Papá? ¿Sigues ahí?

—Ajá. ¿Estás seguro?

—¡Sí! ¡Lo tengo delante de los ojos! ¡Tres veces tres mil! ¡Uno en la fila de arriba y dos en la de abajo!

Otra larga pausa, y luego oí a mi padre decir a alguien: «Creo que mi hijo ha ganado un dinero». Al cabo de un momento volvió a hablarme a mí.

—Guárdalo en algún sitio seguro hasta que llegue a casa.

—¿Dónde?

—¿Qué tal la azucarera de la despensa?

—Sí —dije—. Sí, de acuerdo.

—Craig, ¿lo tienes claro? No querría que te llevaras una decepción, compruébalo otra vez.

Eso hice, convencido por alguna razón de que la duda de mi padre cambiaría lo que yo había visto; al menos uno de esos tres mil sería ahora otra cosa. Pero las cifras seguían siendo las mismas.

Se lo dije, y se rio.

—Pues enhorabuena. Esta noche cenamos en Marcel's, e invitas tú.

Esa vez fui yo quien se rio. No recuerdo haber experimentado una alegría tan pura jamás. Sentí la necesidad de llamar a alguien más, así que llamé al señor Harrigan, que contestó desde su teléfono fijo de ludita.

—¡Señor Harrigan, gracias por la felicitación! ¡Y gracias por el billete! Me...

—¿Llamas desde ese artefacto tuyo? —preguntó—. Seguro que sí. Parece que hablas desde la luna.

—¡Señor Harrigan, he ganado el gordo! ¡He ganado tres mil dólares! ¡Muchísimas gracias!

Siguió un silencio, pero no tan largo como el de mi padre, y cuando volvió a hablar, no me preguntó si estaba seguro. Tuvo esa gentileza.

—Has tenido suerte —dijo—. Me alegro por ti.

—¡Gracias!

—De nada, pero no tienes por qué dármelas, la verdad. Compro esos billetes a fajos. Se los envío a los amigos y los conocidos de trabajo a modo de... hummm... tarjeta de visita, digamos. Lo hago desde hace años. Tarde o temprano, algún premio importante tenía que caer.

—Mi padre me obligará a ingresar la mayor parte en el banco. Supongo que es lo mejor. Desde luego será un buen empujón para mi fondo universitario.

—Si quieres, dámelo a mí —propuso el señor Harrigan—. Déjame que lo invierta por ti. Me parece que puedo asegurarte unos beneficios mayores que los intereses del banco —después, hablando más para sí mismo que para mí, dijo—: En algo sin riesgo. Este no va a ser un buen año para el mercado. Veo nubes en el horizonte.

—¡Claro! —me lo pensé mejor—. Probablemente. Antes tengo que hablar con mi padre.

—Por supuesto. Es lo normal. Dile que también estoy dispuesto a garantizarte el capital inicial. ¿Vas a venir a leerme esta tarde a pesar de todo? ¿O ahora que eres un hombre con recursos vas a dejarlo?

—Claro que iré, solo que tendré que estar aquí de vuelta cuando mi padre llegue a casa. Vamos a salir a cenar —guardé silencio un momento—. ¿No quiere venir?

—Esta noche no —contestó sin titubeos—. Oye, puesto que vas a venir de todos modos, podrías haberme contado todo esto en persona. Pero te gusta ese aparato tuyo, ¿no? —no esperó mi respuesta; no hacía falta—. ¿Qué te parecería invertir ese dinero caído del cielo en acciones de Apple? Creo que esa empresa va a tener mucho éxito en el futuro. Por lo que he oído, el iPhone va a enterrar a la Blackberry. En todo caso, no me contestes ahora; primero coméntaselo a tu padre.

—Lo haré —respondí—. Y ahora mismo voy a su casa. Voy corriendo.

—La juventud es una cosa maravillosa —dijo el señor Harrigan—. Es una lástima que se malgaste en los niños.

—¿Eh?

—Lo han dicho muchos, pero fue Shaw quien mejor lo expresó. Da igual. Ven corriendo, claro que sí. Corre como alma que lleva el diablo, porque Dickens nos espera.

Corrí los quinientos metros hasta la casa del señor Harrigan, pero luego volví andando, y en el camino se me ocurrió una idea. Una manera de agradecérselo, pese a que él me había dicho que no tenía por qué darle las gracias. Durante nuestra cena cara de esa noche en el Marcel's, hablé a mi padre sobre la propuesta del señor Harrigan de invertir mi dinero caído del cielo, y también le planteé mi idea de expresarle mi gratitud con un regalo. Sospechaba que mi padre tendría sus dudas, y no me equivocaba.

—Déjale invertir el dinero, por descontado. En cuanto a tu idea…, ya sabes lo que piensa de esas cosas. No solo es el hombre más rico de Harlow, o de todo el estado de Maine, si a eso vamos, también es el único que no tiene televisión.

—Tiene elevador —observé—. Y lo utiliza.

—Porque no le queda más remedio —a continuación mi padre me sonrió—. Pero el dinero es tuyo, y si eso es lo que quieres hacer con el veinte por ciento, no seré yo quien se oponga. Cuando te lo devuelva, puedes dármelo a mí.

—¿De verdad crees que me lo devolverá?

—Sí.

—Papá, ¿por qué vino a vivir aquí? O sea, esto es un pueblo pequeño. Estamos *en medio de la nada*.

—Buena pregunta. Házsela a él algún día. ¿Qué tal si pedimos postre, derrochador?

Alrededor de un mes más tarde, regalé al señor Harrigan un iPhone nuevo. No lo envolví ni nada, en parte porque no se celebraba ninguna festividad, en parte porque sabía cómo le gustaba que se hicieran las cosas: sin florituras.

Con expresión de perplejidad, dio la vuelta a la caja una o dos veces en sus manos nudosas por efecto de la artritis. Luego me la devolvió.

—Gracias, Craig, te agradezco la atención, pero no. Te sugiero que se lo regales a tu padre.

Tomé la caja.

—Ya me dijo él que reaccionaría usted así —sentí desilusión, pero no sorpresa. Y no estaba dispuesto a rendirme.

—Tu padre es un hombre sabio —se inclinó hacia delante en su sillón y entrelazó las manos entre las rodillas—. Craig, rara vez doy consejos; casi siempre es malgastar saliva. Pero hoy sí voy a darte uno. Henry Thoreau dijo que nosotros no poseemos las cosas; las cosas nos poseen a nosotros. Cada nuevo objeto, ya sea una casa, un coche, una televisión o un telefono caro como ese, es algo más que debemos llevar a cuestas. Eso me trae a la memoria a Jacob Marley cuando dice a Scrooge: «Arrastro la cadena que me forjé en vida». No tengo televisión porque, si la tuviera, la vería, pese a que no emite más que tonterías. No tengo radio en casa porque la escucharía, y un poco de country para romper la monotonía en un largo viaje en coche es en realidad lo único que necesito. Si tuviera *eso*... —señaló la caja que contenía el teléfono—, sin duda lo utilizaría. Recibo por correo doce periódicos distintos, y contienen toda la información que necesito para mantenerme al día sobre el mundo de los negocios y el mundo en sentido más amplio —volvió a recostarse y suspiró—. Ya ves tú. No solo te he dado un consejo; he pronunciado un discurso. La vejez es traicionera.

—¿Puedo enseñarle solo una cosa? No, dos.

Posó en mí una de las miradas que le había visto dirigir a su jardinero y su ama de llaves, pero nunca a mí hasta esa tarde: penetrante, escéptica y francamente desagradable. Ahora, muchos años después, comprendo que es la mirada que un hombre perspicaz y desconfiado adopta cuando se cree capaz de ver en el interior de la mayoría de las personas y da por supuesto que no encontrará nada bueno.

—Esto no hace más que demostrar la validez del viejo dicho: ninguna buena acción queda sin castigo. Empiezo a lamentar que ese billete de rasca y gana haya salido premiado —volvió a suspirar—. Bueno, adelante con tu demostración. Pero no conseguirás que cambie de idea.

Tras haber sido objeto de aquella mirada, tan distante y tan fría, pensé que tenía razón. En efecto acabaría regalándole el teléfono a mi padre. Pero, llegados a ese punto, decidí seguir adelante. El teléfono tenía la batería cargada al máximo, me había asegurado de eso, y funcionaba perfectamente. Lo encendí y le señalé un icono de la segunda fila. El dibujo presentaba unos trazos angulosos, semejantes a un electrocardiograma.

—¿Ve este?

—Sí —contestó—, y veo lo que pone. Pero en realidad no necesito información sobre la Bolsa. Como sabes, estoy suscrito al *Wall Street Journal*.

Oprimí el icono y abrí la aplicación. Apareció el promedio del Dow Jones. Yo ignoraba qué querían decir esos números, pero vi que fluctuaban. 14.720 subió a 14.728, luego disminuyó a 14.704, luego ascendió a 14.716. El señor Harrigan observaba con los ojos sorprendidos. Boquiabierto. Era como si alguien lo hubiera tocado con una varita mágica. Tomó el teléfono y se lo acercó a la cara. Luego me miró.

—¿Estos números aparecen en *tiempo real*?

—Sí —respondí—. Bueno, a lo mejor con uno o dos minutos de retraso, no estoy seguro. El teléfono los recibe del nuevo repetidor de Motton. Tenemos suerte de que haya uno tan cerca.

Se inclinó hacia delante. Una sonrisa renuente asomó a las comisuras de sus labios.

—Caramba. Es como las cintas de cotizaciones que los magnates tenían antes en sus casas.

—Qué va, es mucho mejor —corregí—. A veces las cintas llevaban *horas* de retraso. Me lo dijo mi padre anoche. A él lo tiene fascinado esta aplicación de la Bolsa. Siempre me está quitando el teléfono para mirar. Me contó que en 1929 la Bolsa se hundió tanto porque, entre otras razones, cuantas más transacciones hacía la gente, más se retrasaban las cintas.

—Es verdad —confirmó el señor Harrigan—. Cuando quisieron echar el freno, las cosas ya habían llegado demasiado lejos. Aunque, desde luego, algo así en realidad podría acelerar una venta en masa de acciones. Es difícil saberlo por lo nueva que es aún esta tecnología.

Esperé. Quería añadir algo más, vendérselo —al fin y al cabo, era solo un niño—, pero por algún motivo intuí que esperar era lo oportuno. Siguió atento a las minúsculas oscilaciones del Dow Jones. Estaba instruyéndose justo ante mis ojos.

—Pero... —dijo sin apartar la vista del celular.

—Pero ¿qué, señor Harrigan?

—En manos de una persona que conozca realmente el mercado, algo así podría..., seguro que ya está ocurriendo... —al sumirse en sus reflexiones, su voz se apagó poco a poco. Luego añadió—: Debería haber estado al tanto de esto. Estar retirado no es excusa.

—Y aquí tiene la otra cosa —dije, demasiado impaciente para seguir esperando—. ¿Sabe toda esa prensa que recibe? ¿*Newsweek*, *Financial Times*, *Fords*?

—*Forbes* —me corrigió, pendiente aún de la pantalla. Me recordaba a mí mismo a los cuatro años, cuando examinaba la Bola 8 Mágica que me regalaron por mi cumpleaños.

—Sí, eso. ¿Me presta un momento el teléfono?

Me lo entregó con cierta renuencia, y casi tuve la total certeza de que lo había convencido. Me alegré, pero también me avergoncé un poco de mí mismo. Como un hombre que golpea en la cabeza a una ardilla amaestrada cuando se acerca a tomar una nuez de su mano.

Abrí Safari. Era mucho más primitivo que hoy día, pero funcionaba de maravilla. Introduje *Wall Street Journal* en la casilla de búsqueda de Google y al cabo de unos segundos se abrió la primera plana. Uno de los titulares rezaba: COFFEE COW ANUNCIA CIERRES. Se lo enseñé.

Miró atentamente y luego tomó el periódico de la mesa contigua al sillón, donde yo había dejado su correo al entrar. Echó un vistazo a la primera plana.

—Eso aquí no sale —dijo.

—Porque es de ayer —repuse. Yo siempre sacaba el correo de su buzón al llegar, e invariablemente el *Journal* envolvía a todo lo demás, sujeto con una goma elástica—. Lo recibe un día tarde. Como todo el mundo —durante las fiestas, llegaba con dos días de retraso, a veces tres. De más estaba decírselo; él despotricaba continuamente al respecto durante noviembre y diciembre.

—¿Esto es de hoy? —preguntó, mirando a la pantalla. Luego, tras verificar la fecha en lo alto, añadió—: ¡Sí, lo es!

—Claro —dije—. Noticias recientes en lugar de pasadas, ¿no?

—Según esto, hay un mapa de los locales que cierran. ¿Puedes enseñarme cómo se llega hasta ahí? —traslucía una manifiesta avidez. Me asaltó cierto temor. Había mencionado a Scrooge y a Marley; yo me sentí como Micky Mouse en *Fantasía*, utilizando un conjuro que en realidad no entendía para despertar a las escobas.

—Puede hacerlo usted mismo. Solo tiene que desplazar la pantalla con el dedo, así.

Se lo enseñé. Al principio la desplazaba con demasiada fuerza y demasiado lejos, pero enseguida le agarró el modo. Más deprisa que mi padre, de hecho. Llegó a la página indicada.

—Fíjate —se maravilló—. ¡Seiscientas tiendas! ¿Ves lo que te decía sobre la fragilidad del…? —con la mirada fija en el pequeño mapa, se le apagó la voz—. El sur. La mayoría de los cierres son en el sur. El sur es un barómetro, Craig, casi siempre… Me parece que he de hacer una llamada a Nueva York. La Bolsa no tardará en cerrar —hizo ademán de levantarse. Tenía el teléfono corriente en el otro extremo de la sala.

—Puede llamar desde ahí —indiqué—. Básicamente sirve para eso —o al menos así era por aquel entonces. Oprimí el icono del teléfono, y apareció el teclado—. Solo tiene que marcar el número. Toque las teclas con el dedo.

Me miró, sus ojos azules brillaban bajo las pobladas cejas blancas.

—¿Puedo llamar desde aquí, desde este rincón perdido?

—Sí —contesté—. La cobertura es excelente gracias a la nueva torre. Hay cuatro barras.

—¿Barras?

—Da igual, usted llame. Lo dejaré solo mientras tanto; hágame una seña por la ventana cuando…

—No hace falta. Terminaré enseguida, y no necesito privacidad.

Tocó los números con actitud vacilante, como si temiera activar una bomba. Luego, con actitud igual de vacilante, se llevó el iPhone al oído, mirándome para pedirme confirmación. Yo asentí con la cabeza en un gesto alentador. Él escuchó, habló con alguien (al principio levantando demasiado la voz) y después, tras una breve espera, con otra persona. Así que yo estaba presente cuando el señor Harrigan vendió todas sus acciones de Coffee Cow, transacción que ascendía a quién sabe cuántos miles de dólares.

Al terminar, descubrió la manera de volver a la pantalla inicial. Una vez ahí, volvió a abrir Safari.

—¿Sale aquí *Forbes*?

Lo comprobé. No salía.

—Pero si busca un artículo de *Forbes* que ya conoce, es posible que lo encuentre, porque alguien lo habrá colgado.

—¿Colgado?

—Sí, y si quiere información sobre algo, Safari la encontrará. Solo tiene que buscarlo en Google. Mire.

Me acerqué a su sillón e introduje «Coffee Cow» en la casilla de búsqueda. El teléfono se lo pensó y luego mostró unos cuantos resultados, incluido el artículo de *Wall Street Journal* por el que había llamado a su agente.

—Hay que ver —dijo, maravillado—. Esto es internet.

—Pues sí —respondí, pensando: *Claro, qué va a ser.*

—La red.

—Sí.

—Que existe… ¿desde hace cuánto?

Usted debería estar enterado de estas cosas, pensé. *Es un gran hombre de negocios; debería estar enterado de estas cosas aunque se haya retirado, porque todavía le interesan.*

—No sé desde cuándo existe exactamente, pero la gente lo usa a todas horas. Mi padre, mis profesores, la policía…, en realidad todo el mundo —con toda intención, añadí—: Incluidas sus empresas, señor Harrigan.

—Ah, pero ya no son mías. Sé un poco, Craig, de la misma manera que sé un poco sobre varios programas de televisión a pesar de que no veo la televisión. Cuando leo mis periódicos y revistas, tiendo a saltarme los artículos sobre tecnología, porque no siento interés. Si quisieras hablar de boliches o de distribuidoras de cine, sería distinto. En eso sigo al tanto, por así decirlo.

—Sí, pero no se da cuenta… de que esas empresas *utilizan* la tecnología. Y si usted no lo entiende…

No supe cómo terminar, al menos sin rebasar los límites de la cortesía, pero al parecer él sí supo.

—Me quedaré rezagado. Eso quieres decir.

—Supongo que da igual —dije—. Oiga, a fin de cuentas, está retirado.

—Pero no quiero que me tomen por *tonto* —admitió, y con cierta vehemencia—. ¿Crees que Chick Rafferty se ha sorprendido cuando lo he llamado para decirle que vendiera Coffee Cow? De ninguna manera, porque con toda seguridad tiene otra media docena de clientes importantes que han llamado el teléfono y le han dicho lo mismo. Algunos son sin duda personas con información privilegiada. Otros, en cambio, sencillamente viven en Nueva York o New Jersey y se enteran porque reciben el *Journal* el día que se publica. No como yo, aislado aquí en la Conchinchina.

De nuevo sentí curiosidad por saber qué lo había traído a Harlow —desde luego no tenía parientes en el pueblo—, pero me pareció que no era buen momento para preguntarlo.

—Puede que haya sido arrogante —se detuvo a pensar, y después, de hecho, incluso sonrió. Lo cual fue como ver asomar el sol entre las nubes un día encapotado y frío—. Claro que he sido arrogante —sostuvo en alto el iPhone—. Después de todo, sí que voy a quedármelo.

Lo primero que acudió a mis labios fue «gracias», respuesta que habría resultado extraña.

—Bien. Me alegro —me limité a decir.

Echó un vistazo al reloj Seth Thomas de la pared (luego, me divirtió ver, contrastó la hora en el iPhone).

—¿Y si hoy leemos solo un capítulo, ya que hemos estado platicando tanto rato?

—Por mí bien —respondí, pese a que con gusto me habría quedado más tiempo y le habría leído dos o incluso tres capítulos. Estábamos llegando al final de *El pulpo*, de un tal Frank Norris, y estaba impaciente por saber cómo terminaba. Era una novela anticuada, pero aun así estaba llena de detalles apasionantes.

Cuando concluimos la sesión abreviada, regué las pocas plantas de interior del señor Harrigan. Era siempre mi última tarea del día, y me llevó solo unos minutos. Mientras me ocupaba de eso, lo vi juguetear con el teléfono, apagándolo y encendiéndolo.

—Supongo que, si voy a usarlo, mejor será que me enseñes —dijo—. Cómo evitar que se descargue, para empezar. La batería ya está bajando, por lo que veo.

—Lo descubrirá usted mismo casi todo —aseguré—. Es muy fácil. En cuanto a la carga, hay un cable en la caja. Solo tiene que conectarlo a la corriente. Puedo enseñarle alguna que otra cosa, si...

—Hoy no —me interrumpió—. Quizá mañana.

—Muy bien.

—Pero... una pregunta más. ¿Por qué he podido leer ese artículo sobre Coffee Cow y mirar el mapa de los locales que está previsto que cierren?

Lo primero que acudió a mi mente fue la respuesta que dio Hillary cuando le preguntaron cuál era el motivo para escalar el monte Everest, tema sobre el que acabábamos de leer en el colegio: «Porque está ahí». Pero tal vez él habría pensado, y con razón, que me las daba de listo. Así que dije:

—No entiendo qué quiere decir.

—¿En serio? ¿Un chico listo como tú? Piensa, Craig, piensa. Acabo de leer gratis algo por lo que la gente paga un buen dinero. Incluso con la cuota de suscripción del *Journal*, que sale bastante mejor de precio que comprarlo en un puesto de periódicos, pago unos noventa centavos por número. Y, sin embargo, con esto... —levantó el teléfono tal como harían miles de chicos en los conciertos de rock no muchos años después—. ¿Lo entiendes ahora?

Planteado en esos términos, lo entendí perfectamente, pero no supe qué contestar. Parecía...

—Parece una estupidez, ¿no? —preguntó, interpretando la expresión de mi rostro o leyéndome el pensamiento—. Regalar información útil va contra todo lo que sé acerca de prácticas empresariales de éxito.

—A lo mejor...

—A lo mejor ¿qué? Dame tu opinión. No me burlo de ti. Está claro que sabes más de esto que yo, así que dime qué piensas.

Yo estaba pensando en la feria agrícola de Fryeburg, adonde íbamos mi padre y yo una o dos veces en octubre cada año. Normalmente yo llevaba a mi amiga Margie, que vivía al lado. Margie y yo subíamos en los juegos, y después los tres comíamos buñuelos y salchichas, y luego mi padre nos arrastraba a ver los tractores nuevos. Para llegar a los cobertizos de la maquinaria había que pasar por delante de la carpa de Beano, que era enorme. Le conté al señor Harrigan que el encargado se plantaba delante con un micrófono y anunciaba a los transeúntes que la primera partida era siempre gratis.

Él se detuvo a pensar.

—¿Un señuelo? Eso tiene cierto sentido, supongo. Estás diciéndome que solo se puede leer un artículo, quizá dos o tres, y luego el aparato… ¿qué? ¿Te bloquea? ¿Te dice que, si quieres jugar, has de pagar?

—No —admití—. Imagino que en realidad no es como lo de la carpa de Beano, porque uno puede leer todos los que quiera. Al menos, que yo sepa.

—Pero es absurdo. Ofrecer una muestra gratuita es una cosa, pero regalar la *tienda entera*… —dejó escapar un resoplido—. Ni siquiera había *anuncios*, ¿te has fijado? Y los anuncios son una importante fuente de ingresos para periódicos y revistas. Muy importante.

Alzó el teléfono, observó su reflejo en la pantalla, entonces a oscuras, lo dejó y me miró con una sonrisa amarga y peculiar en el rostro.

—Puede que estemos ante un gran error, Craig, un error cometido por personas que no entienden mejor que yo los aspectos prácticos de una cosa como esta, las repercusiones. Puede que esté a punto de producirse un cataclismo económico. Diría que ya está aquí. Un cataclismo que cambiará nuestra manera de recibir la información, por qué medios, y a partir de ahí nuestra forma de ver el mundo —guardó silencio un momento—. Y de enfrentarnos a él, claro.

—Me he perdido —dije.

—Plantéatelo de este modo: si tienes un cachorro, habrás de enseñarle a hacer sus cosas fuera, ¿no?

—Sí.

—Si tuvieras un cachorro que no ha aprendido a hacer sus cosas fuera de casa, ¿le darías un premio por cagar en la sala?

—Claro que no —contesté.

Él asintió.

—Sería enseñarle justo lo contrario de lo que querías que aprendiese. En lo que se refiere al comercio, Craig, la mayoría de las personas son como cachorros sin educar.

No me acabó de gustar aquel símil, ni me gusta hoy —creo que dice mucho sobre cómo amasó su fortuna el señor Harrigan—, pero mantuve la boca cerrada. Veía al señor Harrigan desde una nueva perspectiva. Era como un viejo explorador en un nuevo viaje de descubrimiento, y escucharlo resultaba fascinante. Tampoco creo que en realidad intentara enseñarme nada. Él mismo estaba aprendiendo y, para ser un hombre de más de ochenta años, aprendía deprisa.

—Una cosa son las muestras gratuitas, pero si ofreces a la gente demasiadas cosas de balde, ya sea ropa, comida o información, al final es eso lo que esperan. Como un cachorro que hace sus cosas en el suelo, luego te mira a los ojos y lo que piensa es: «Tú me has enseñado que esto estaba bien». Si yo fuera el *Wall Street Journal…* o el *Times…* o incluso el condenado *Readers Digest…* este aparatejo me daría miedo —volvió a tomar el iPhone; daba la impresión de que no podía dejarlo quieto—. Es como una cañería rota que pierde información en lugar de agua. Yo pensaba que hablábamos de un simple teléfono, pero ahora veo… o empiezo a ver…

Sacudió la cabeza, como para despejársela.

—Craig, ¿y si alguien con información patentada sobre nuevos fármacos en desarrollo decidiera introducir los resultados de los ensayos en este artefacto para que cualquiera los leyese? Podría costar millones de dólares a Upjohn o Unichem. ¿Y si un funcionario desafecto decidiera difundir secretos oficiales?

—¿No los detendría la policía?

—Puede ser. Probablemente. Pero en cuanto se descubre el pastel, como suele decirse…, ay, ay, ay. En fin, dejémoslo. Mejor será que te vayas a casa o llegarás tarde a la cena.

—Sí, me voy ya.

—Otra vez gracias por el regalo. Seguramente no lo usaré mucho, pero me propongo pensar en él. En la medida de mis posibilidades, al menos. Ya no tengo la sesera tan ágil como antes.

—A mí me parece que la tiene aún ágil de sobra —dije, y no era solo por adularlo. ¿Por qué no salían anuncios junto con los artículos o los videos de YouTube? La gente los vería, ¿no?—. Además, según mi padre, la intención es lo que cuenta.

—Un aforismo muy citado pero poco respetado —contestó. Al ver mi expresión de perplejidad, añadió—: Da igual. Hasta mañana, Craig.

Mientras bajaba de vuelta a casa, pateando terrones de nieve de la última nevada de ese año, pensé en lo que el señor Harrigan acababa de decir: que internet era como una cañería rota que perdía información en lugar de agua. Eso era válido asimismo para la laptop de mi padre, y las computadoras del colegio, y las de todo el país. Los de todo el mundo, de hecho. Pese a que para él el iPhone era tan nuevo que apenas sabía encenderlo, ya comprendía la necesidad de arreglar la fuga en esa tubería si se quería que los negocios —al menos como él los conocía— siguieran funcionando como siempre. No estoy seguro, pero creo que vaticinó la aparición de los muros de pago uno o dos años antes de que el término se acuñara siquiera. Yo desde luego por entonces no lo conocía, como tampoco conocía la forma de sortear las operaciones restringidas, lo que acabó conociéndose como *jailbreaking*. Los muros de pago llegaron, pero para entonces la gente ya se había acostumbrado a recibir contenidos gratis y les molestó verse obligados a sacar la cartera. La gente que se encontró con el muro de pago del *New York Times* pasó a otras webs como la CNN o el *Huffington Post* (generalmente de mala gana), pese a que la información no era de igual calidad. (A menos, claro está, que uno deseara conocer los detalles de una nueva moda conocida como «escote lateral».) El señor Harrigan tenía toda la razón al respecto.

Esa noche, después de la cena, una vez lavados y guardados los platos, mi padre abrió la laptop en la mesa.

—He encontrado una web nueva —dijo—. Se llama previews.com, donde pueden verse los próximos estrenos.

—¿En serio? ¡Veamos alguno!

Así que durante la siguiente media hora vimos avances de películas que de lo contrario habríamos tenido que ver en un cine. El señor Harrigan se habría mesado los cabellos. Los pocos que le quedaban.

Cuando volvía de casa del señor Harrigan aquel día de marzo de 2008, estaba casi seguro de que se equivocaba en una cosa. «Seguramente no lo usaré mucho», había dicho, pero yo había advertido la expresión de su rostro al examinar el mapa que mostraba los cierres de Coffee Cow. Y la prontitud con que había accedido a utilizar su nuevo teléfono para llamar a alguien de Nueva York. (En parte su abogado, en parte su gestor, como averiguaría más tarde, no su agente.)

Y acerté. El señor Harrigan usó bastante ese teléfono. Fue como la vieja tía solterona que, por probar, toma un sorbo de coñac después de sesenta años de abstinencia y se convierte en discreta alcohólica casi de la noche a la mañana. Al poco tiempo, el iPhone estaba siempre en la mesita junto a su sillón preferido cuando yo llegaba por la tarde. Ignoro a cuánta gente telefoneaba, pero sí sé que a mí me llamaba casi todas las noches para hacerme alguna que otra pregunta sobre las posibilidades de su nueva adquisición. Una vez me dijo que era como un antiguo buró, lleno de cajoncitos y escondrijos y casillas que fácilmente podían pasarse por alto.

Encontró la mayoría de los escondrijos y casillas él mismo (recurriendo a diversas fuentes por internet), pero al principio lo ayudé yo; lo capacité, por así decirlo. Cuando me dijo que detestaba el remilgado toque de xilófono que sonaba al recibir una llamada entrante, se lo cambié por un fragmento de «Stand By Your Man» cantada por Tammy Wynette. Al señor Harrigan le pareció muy gracioso. Le enseñé a poner el teléfono en silencio para que no lo molestara cuando se echaba la siesta por la tarde, a programar la alarma y a grabar un mensaje para cuando no quisiera contestar. (El suyo era de una concisión ejemplar: «Ahora no puedo contestar el teléfono. Le devolveré la llamada si lo considero oportuno».) Empezó a desenchufar el teléfono fijo durante su siesta diaria, y me fijé en que cada vez lo dejaba más tiempo desenchufado. Me enviaba mensajes de texto, que hace diez años llamábamos IM. En el campo de detrás de su casa, sacaba fotografías de hongos con el teléfono y las enviaba por correo electrónico para que las identificaran. Tomaba notas mediante la función correspondiente y descubría videos de sus artistas country preferidos.

«Esta mañana he perdido una hora de hermosa luz veraniega viendo videos de George Jones», me dijo más adelante ese año con una mezcla de vergüenza y un peculiar orgullo.

En una ocasión le pregunté por qué no se compraba una laptop. Podría hacer todo lo que había aprendido a hacer con el teléfono, y en la pantalla más grande vería a Porter Wagoner en todo su enjoyado esplendor. El señor Harrigan se limitó a menear la cabeza y reírse.

—Apártate de mí, Satanás. Es como si me hubieras enseñado a fumar marihuana y disfrutarlo y ahora dijeras: «Si le gusta la mota, seguro que le gustará la heroína». Me parece que no, Craig. Con esto me basta —y dio unas afectuosas palmadas al teléfono, como si tocara a un pequeño animal dormido. Un cachorro, por decir algo, que por fin ha aprendido a hacer sus necesidades fuera de casa.

En otoño de 2008 leímos *¿Acaso no matan a los caballos?*, y una tarde el señor Harrigan me interrumpió antes de tiempo (dijo que todos esos maratones de baile eran agotadores) y entramos en la cocina, donde la señora Grogan había dejado un plato con galletas de avena. El señor Harrigan caminaba despacio, apoyándose en sus bastones. Yo lo seguía, con la esperanza de poder sostenerlo si se caía.

Se sentó con un gruñido y una mueca, y tomó una galleta.

—La buena de Edna —dijo—. Me encantan, y desde luego ayudan contra el estreñimiento. Sirve un vaso de leche para cada uno, ¿quieres, Craig?

Mientras estaba en ello, acudió a mi mente la pregunta que tantas veces se me había olvidado hacerle.

—¿Por qué se mudó aquí, señor Harrigan? Podría vivir en cualquier sitio.

Sostuvo su vaso de leche y, como siempre, lo alzó a modo de brindis, y yo, como siempre, lo imité.

—¿Tú dónde vivirías, Craig? Si pudieras, como tú dices, vivir en cualquier sitio.

—A lo mejor en Los Ángeles, donde hacen las películas. Podría empezar desde abajo, dedicándome al transporte de equipo o algo así, y luego abrirme camino —a continuación le desvelé un gran secreto—. O a lo mejor podría escribir para el cine.

Pensé que quizá se reiría, pero no fue así.

—Bueno, supongo que alguien tiene que hacerlo. ¿Por qué no tú? ¿Y no añorarías tu pueblo? ¿Ver la cara de tu padre o poner flores en la tumba de tu madre?

—Ah, volvería —contesté, pero la pregunta y la mención de mi madre me dieron que pensar.

—Quería romper con todo —explicó el señor Harrigan—. Después de pasar toda mi vida en la ciudad, me crie en Brooklyn antes de que se convirtiera en…, no sé, una especie de planta en una maceta, deseaba alejarme de Nueva York en mis últimos años. Quería vivir en el campo, pero no el campo concebido para turistas, no en sitios como Camden o Castine o Bar Harbor. Quería un sitio donde las calles aún no estuvieran asfaltadas.

—Bueno —dije—, desde luego vino al sitio adecuado.

Se rio y tomó otra galleta.

—Me planteé ir a las Dakotas, ¿sabes?… y a Nebraska…, pero al final decidí que era un poco excesivo. Pedí a mi ayudante fotos de muchos pueblos de Maine, New Hampshire y Vermont, y aquí es donde me instalé. Por la altura. Ofrece vistas en todas las direcciones, pero no vistas *espectaculares*. Las vistas espectaculares podrían atraer a los turistas, precisamente lo que yo no quería. Esto me gusta. Me gusta la paz, me gustan los vecinos, y me gustas tú, Craig.

Me complació oírlo.

—Hay otra cosa. No sé qué habrás leído sobre mi vida profesional, pero si has leído algo, o lees algo en el futuro, verás que muchos opinan que fui despiadado mientras ascendía por lo que las personas envidiosas e intelectualmente ineptas llaman «la escalera del éxito». Esa opinión no va del todo desencaminada. Me creé enemigos, lo admito sin ningún reparo. Los negocios son como el futbol, Craig. Si tienes que derribar a alguien para llegar a la línea de meta, más te vale hacerlo, o no deberías ponerte el uniforme y saltar al terreno de juego. Pero cuando el partido termina, y el mío ha terminado aunque me mantenga en contacto, te quitas el uniforme y te vas a casa. Para mí, esto es ahora mi casa. Este rincón de Estados Unidos sin nada de particular, con su única tienda y un colegio que, según creo, cerrará pronto. Aquí la gente no se deja caer «solo para tomar una copa». No tengo que asistir a almuerzos de negocios con personas que siempre, *siempre*, quieren algo. No se me invita a reuniones de algún consejo de administración. No tengo que ir a actos benéficos donde me aburro como ostra, ni despertarme a las cinco de la mañana por el ruido de los camiones de la basura en la calle Ochenta y uno. Me enterrarán aquí, en el cementerio de Elm, entre los veteranos de la Guerra de Secesión, y no tengo que hacer valer la jerarquía o sobornar a algún superintendente de tumbas para que me consiga un lugar de sepultura agradable. ¿Te sirve eso de explicación?

Sí y no. Él era un misterio para mí, hasta el final e incluso después. Pero quizá eso pueda aplicarse a todo el mundo. Pienso que en esencia vivimos solos. Por decisión propia, como en su caso, o sencillamente porque así es la vida.

—Más o menos —contesté—. Es una suerte que no se fuera a Dakota del Norte. Me alegro de eso.

Sonrió.

—Yo también. Toma otra galleta para comértela de camino a casa y saluda a tu padre de mi parte.

Con una base tributaria en descenso que ya no alcanzaba para mantenerlo, el pequeño colegio de seis aulas de Harlow cerró en junio de 2009, y me vi ante la perspectiva de cursar la secundaria en la escuela de enseñanza media de Gates Falls, en la otra orilla del río Androscoggin, con más de setenta alumnos por clase en lugar de solo doce. Ese fue el verano que besé a una chica por primera vez, no a Margie, sino a su amiga Regina. Fue también el verano que murió el señor Harrigan. Fui yo quien lo encontró.

Sabía que le costaba cada vez más moverse, y que se quedaba sin aliento más a menudo, por lo que en ocasiones se veía obligado a inhalar oxígeno de la botella que para entonces mantenía al lado de su sillón preferido, pero, aparte de esas cosas, que yo aceptaba sin más, no hubo ningún aviso. El día anterior fue como cualquier otro. Leí un par de capítulos de *Avaricia* (había preguntado al señor Harrigan si podíamos leer otro libro de Frank Norris, y accedió) y regué las plantas de interior mientras él revisaba sus e-mails.

Alzó la vista para mirarme.

—La gente se está dando cuenta —dijo.

—¿De qué?

Sostuvo en alto el teléfono.

—De esto. De lo que significa realmente. De lo que puede hacer. Arquímedes dijo: «Dadme un punto de apoyo y moveré el mundo». He aquí ese punto de apoyo.

—Qué padre —contesté.

—Acabo de borrar tres anuncios de distintos productos y casi una docena de mensajes de propaganda política en busca de donaciones. No me cabe duda de que han difundido mi dirección de correo electrónico, de la misma manera que las revistas venden las direcciones de sus suscriptores.

—Menos mal que no saben quién es usted —comenté. El alias del señor Harrigan para su cuenta de correo electrónico (le encantaba tener un alias) era **reypirata1**.

—Si hacen un seguimiento de mis búsquedas, no les hará falta. Descubrirán mis intereses y adaptarán sus ofertas en consecuencia. Mi nombre no les dice nada. Mis intereses, sí.

—Sí, el spam es una lata —entré en la cocina para vaciar la regadera, que luego dejé en el vestíbulo.

Cuando regresé, el señor Harrigan tenía la boca y la nariz cubiertas con la mascarilla de oxígeno y respiraba hondo.

—¿Eso se lo ha dado el médico? —pregunté—. ¿Se lo ha… o sea… recetado?

Se la retiró para contestar.

—No tengo médico. Cuando rondas los ochenta y cinco años, puedes comer todo el picadillo de carne en conserva que quieras y ya no necesitas médico. A no ser que tengas cáncer. Entonces un médico viene bien para recetar analgésicos —el señor Harrigan tenía la cabeza en otra parte—. ¿Has pensado en Amazon, Craig?

Mi padre compraba a veces en Amazon, pero no, yo en realidad no había pensado en ello. Se lo dije al señor Harrigan y le pregunté a qué se refería.

Señaló el ejemplar de *Avaricia* publicado por Modern Library.

—Esto me ha llegado de Amazon. Lo pedí con mi teléfono y mi tarjeta de crédito. Antes solo vendían libros. Era poco más que un negocio familiar, de hecho, pero pronto será una de las empresas más grandes e importantes de Estados Unidos. Su sonriente logo será tan omnipresente como el emblema de Chevrolet en los coches o este de nuestros teléfonos —alzó el suyo, mostrándome la manzana mordida—. ¿Es molesto el spam? Sí. ¿Se está convirtiendo en la cucaracha del comercio norteamericano, que se reproduce y corretea por todas partes? Sí. Porque el spam funciona, Craig. Saca adelante las cosas. En un futuro no muy lejano, puede que el spam decida los resultados de las elecciones. Si fuera más joven, agarraría por los huevos esta nueva fuente de ingresos… —cerró una mano. Apenas pudo contraer el puño a causa de la artritis, pero la idea me quedó clara—. Y apretaría —asomó a sus ojos aquella mirada que le veía a veces, la que me llevaba a dar gracias por no estar en su lista negra.

—Usted aún tiene para años —dije, feliz en la ignorancia de que esa era nuestra última conversación.

—Puede que sí, puede que no, pero quiero repetirte lo mucho que me alegro de que me convencieras de quedarme esto. Me ha dado algo en que pensar. Y es buena compañía cuando no puedo dormir por las noches.

—Me alegro —respondí, y así era—. Tengo que irme. Nos vemos mañana, señor Harrigan.

Yo sí lo vi a él, pero él a mí no.

Accedí como siempre por la puerta del vestíbulo al tiempo que me anunciaba.

—Hola, señor Harrigan, ya estoy aquí.

No contestó. Pensé que estaría en el baño. Esperé que no se hubiera caído allí dentro, porque era el día libre de la señora Grogan. Cuando entré en la sala y lo vi sentado en su sillón —con la botella de oxígeno en el suelo, el iPhone y *Avaricia* en la mesa a su lado—, me relajé. Salvo por el hecho de que tenía la barbilla apoyada en el pecho y se había desplomado un poco hacia un lado. Parecía dormido. En tal caso, era la primera vez que lo encontraba así a esas horas de la tarde. Se echaba una siesta de una hora después del almuerzo y, para cuando llegaba yo, estaba siempre bien despierto y despejado.

Me acerqué y advertí que no tenía los ojos del todo cerrados. Vi el arco inferior de sus iris, pero el azul había perdido nitidez. Presentaba un aspecto turbio, desvaído. Empecé a asustarme.

—¿Señor Harrigan?

Nada. Tenía entrelazadas en el regazo las manos, nudosas, flácidas. Uno de los bastones permanecía contra la pared, pero el otro se hallaba en el suelo, como si, al intentar tomarlo, lo hubiera tirado. Caí en la cuenta de que oía el silbido uniforme de la mascarilla de oxígeno, pero no el leve estertor de su respiración, un sonido al que me había acostumbrado tanto que ya rara vez lo notaba.

—Señor Harrigan, ¿está bien?

Avancé un par de pasos más; tendí la mano para despertarlo y la retiré. Nunca había visto a un muerto, pero pensé que quizá en ese momento tenía uno ante mis ojos. Alargué el brazo de nuevo y esta vez no me aparté. Lo agarré por el hombro (espantosamente huesudo bajo la camisa) y le di una sacudida.

—¡Señor Harrigan, despierte!

Una de las manos cayó del regazo y le quedó colgando entre las piernas. Se ladeó un poco más. Advertí entre sus labios los raigones amarillentos de los dientes. Aun así, pensé que, antes de llamar a alguien, debía asegurarme totalmente de que no estaba solo inconsciente o se había desmayado. Me asaltó un recuerdo, breve pero muy vivo, de mi madre leyéndome el cuento del niño que anunciaba la llegada del lobo.

Con las piernas como entumecidas, fui al baño del pasillo, el que la señora Grogan llamaba «tocador», y volví con el espejo de mano que el señor Harrigan tenía en el estante. Lo sostuve ante su boca y su nariz. No lo empañó un aliento cálido. Entonces lo supe con certeza (aunque, volviendo la vista atrás, estoy casi seguro de que en realidad lo sabía ya cuando la mano cayó del regazo y quedó colgando entre las piernas). Me hallaba en la sala en compañía de un muerto. ¿Y si alargaba el brazo y me agarraba? Él no haría una cosa así, naturalmente. Yo le caía bien, me tenía aprecio, pero recordé la expresión de sus ojos al decir —¡solo el día anterior, cuando aún vivía!— que, de ser más joven, agarraría por los huevos esa nueva fuente de ingresos y apretaría. Y la forma en que había cerrado el puño para mayor claridad.

«Verás que muchos opinan que fui despiadado», había dicho.

Los muertos no alargaban el brazo para agarrarte más que en las películas de terror, los muertos no eran despiadados, los muertos no eran *nada*. Así y todo, me alejé del señor Harrigan mientras me sacaba el celular del bolsillo trasero y no aparté la mirada de él cuando llamé a mi padre.

Mi padre dijo que seguramente no me equivocaba, pero, por si acaso, enviaría una ambulancia. ¿Quién era el médico del señor Harrigan? ¿Lo sabía? Contesté que no tenía médico (y bastaba con verle los dientes para saber que desde luego tampoco tenía dentista). Añadí que esperaría allí, y eso hice. Pero salí de la casa. Antes de marcharme, pensé en ponerle la mano caída de nuevo en el regazo. Estuve a punto, pero al final no reuní valor para tocarlo. Estaría frío.

En lugar de eso, tomé su iPhone. No fue un robo. Creo que me empujó a ello la aflicción, porque empezaba a tomar conciencia de la pérdida. Quería algo que fuera suyo. Algo que le importara.

Imagino que aquel fue el mayor funeral que se había celebrado en nuestra iglesia. También fue el cortejo fúnebre más largo en el traslado al cementerio, compuesto sobre todo por coches de alquiler. Asistieron lugareños, claro, entre otros Pete Bostwick, el jardinero, y Ronnie Smits, quien se había ocupado de la mayor parte de las obras de la casa (y sin duda se había enriquecido con ello), y la señora Grogan, el ama de llaves. Estaban también presentes otros vecinos del pueblo, porque en Harlow la gente lo apreciaba, pero en su mayoría los dolientes (si es que sentían dolor, y no habían ido solo a cerciorarse de que el señor Harrigan había muerto de verdad) eran hombres de negocios de Nueva York. No acudió ningún familiar. O sea, cero, ni uno, nadie. Ni siquiera una sobrina o un primo lejano. No se había casado, no había tenido hijos —tal vez una de las razones por las que al principio mi padre tuvo sus dudas sobre mis visitas a la casa— y había sobrevivido a todos los demás. Por eso fue el niño de su calle, el chico al que pagaba para que fuera a leerle, quien lo encontró.

El señor Harrigan debía de saber que tenía los días contados, porque en la mesa de su despacho encontraron una hoja de su puño y letra en la que especificaba exactamente cómo quería que se realizaran sus ritos fúnebres. Era muy sencillo. La funeraria Hay & Peabody tenía anotado en sus libros de contabilidad un depósito en efectivo desde 2004, una suma que bastaba para cubrir todos los gastos con holgura. No habría velatorio ni horario de visita, pero quería estar «aseado, en la medida de lo posible» para que el ataúd pudiera mantenerse abierto durante el funeral.

Oficiaría el reverendo Mooney, y yo leería el capítulo cuarto de la Carta a los Efesios: «Sed mutuamente afables, compasivos, perdonándoos los unos a los otros, así como también Dios os ha perdonado a vosotros por Jesucristo». Vi que algunos de los asistentes con aspecto de hombres de negocios intercambiaban miradas al oírlo, como si el señor Harrigan no hubiera hecho gala de gran bondad con *ellos*, ni se hubiera mostrado demasiado pródigo con el perdón.

Quería tres himnos: «Abide With Me», «The Old Rugged Cross» e «In the Garden». Quería que la homilía del reverendo Mooney no durara más de diez minutos, y el reverendo concluyó en solo ocho, antes de lo previsto y, creo, todo un récord para él. En esencia, se limitó a enumerar todo lo que el señor Harrigan había hecho por Harlow, como financiar la reforma del pabellón Eureka Grange y reparar el puente cubierto del río Royal. También aportó la donación final en la recaudación de fondos para la alberca comunitaria, dijo el reverendo, pero rehusó el privilegio de que le pusieran su nombre.

El reverendo no explicó por qué, pero yo lo sabía. El señor Harrigan dijo que permitir que se pusiera tu nombre a algo no solo era absurdo, sino a la vez indigno y efímero. Al cabo de cincuenta años, añadió, o incluso veinte, eras solo un nombre en una placa a la que nadie prestaba atención.

Una vez cumplidas mis obligaciones como lector de la Biblia, me senté en la primera fila con mi padre y desde allí contemplé el féretro, delimitado en los extremos por jarrones con azucenas. La nariz del señor Harrigan sobresalía como la proa de un barco. Me dije que no debía mirarla, ni pensar que era graciosa u horrible (o las dos cosas), sino recordarlo a él tal como era. Un buen consejo, pero la vista se me iba hacia allí una y otra vez.

Cuando el reverendo concluyó su breve sermón, alzó la mano con la palma hacia abajo en dirección a los dolientes reunidos y dio la bendición.

—Ahora —dijo después— aquellos de ustedes que deseen pronunciar unas últimas palabras de despedida pueden acercarse al féretro.

Cuando la gente se levantaba, se oyó un susurro de ropa y voces. Virginia Hatlen empezó a tocar el órgano muy suavemente, y caí en la cuenta —con una extraña sensación que en ese momento no reconocí pero que años más tarde describiría como surrealismo— de que era un popurrí de canciones country, entre ellas «Wings of a Dove» de Ferlin Husky, «I Sang Dixie» de Dwight Yoakam y, por supuesto, «Stand By Your Man». Así que el señor Harrigan incluso había dejado instrucciones con respecto a la música de cierre, y pensé: *Bravo por él*. Empezaba a formarse una fila, en la que se entremezclaban los lugareños con sus sacos sport y pantalones caquis y los neoyorquinos con sus trajes y zapatos caros.

—¿Y tú, Craig? —musitó mi padre—. ¿Quieres verlo por última vez o no te hace falta?

Yo quería algo más que eso, pero no podía decírselo. Del mismo modo que no podía decirle lo mal que me sentía. Tomé conciencia de mis propias emociones en ese momento. No me asaltaron mientras leía el texto bíblico, tal como le había leído a él muchas otras cosas, sino mientras estaba allí sentado, viendo sobresalir su nariz. Cayendo en la cuenta de que su ataúd era un barco e iba a llevárselo en su último viaje. Uno que descendía hacia la oscuridad. Deseé llorar, y *lloré*, pero más tarde, en privado. Ciertamente prefería no hacerlo allí, entre desconocidos.

—Sí, pero quiero ponerme al final de la fila. Quiero ser el último.

Mi padre, gracias a Dios, no me preguntó por qué. Se limitó a darme un apretón en el hombro y se puso en la fila. Yo fui al vestíbulo, un poco incómodo con un saco que me apretaba de los hombros porque por fin había empezado a dar el estirón. Cuando los últimos de la fila se hallaban más o menos en la mitad del pasillo central y tuve la certeza de que ya no se sumaría nadie más, me coloqué detrás de un par de hombres trajeados que hablaban en voz baja sobre —cómo no— las acciones de Amazon.

Para cuando llegué al ataúd, la música había cesado. El púlpito estaba vacío. Virginia Hatlen probablemente se había escabullido a la parte de atrás para fumar un cigarrillo, y el reverendo debía de estar en la sacristía, quitándose la sotana y peinándose el escaso cabello que le quedaba. En el vestíbulo había unas cuantas personas, hablando en susurros, pero allí en la iglesia nos hallábamos solos el señor Harrigan y yo, como tantas tardes en la casa grande de lo alto de la cuesta, con sus vistas buenas pero no *turísticas*.

Vestía un traje gris oscuro que no le había visto nunca. El tipo de la funeraria le había aplicado un poco de rubor para darle un aspecto saludable, solo que las personas saludables no yacen en un ataúd con los ojos cerrados y con el rostro muerto iluminado por los últimos minutos de luz del día antes de acabar bajo tierra para siempre. Tenía las manos entrelazadas, lo que me llevó a recordar esas mismas manos cuando entré en su sala hacía apenas unos días. Parecía un muñeco de tamaño natural, y lamenté verlo de esa manera. No quería quedarme. Quería aire fresco. Quería estar con mi padre. Quería irme a casa. Pero antes tenía que hacer una cosa, y tenía que hacerla de inmediato, porque el reverendo Mooney podía volver de la sacristía en cualquier momento.

Me llevé la mano al bolsillo interior del saco y saqué el teléfono del señor Harrigan. La última vez que estuve con él —vivo, quiero decir, no desplomado en su sillón ni con aspecto de muñeco en una caja cara—, me dijo que se alegraba de que lo hubiera convencido de que se quedase el teléfono. Añadió que era una buena compañía cuando no podía dormir por las noches. El teléfono estaba protegido con contraseña —como ya he dicho, aprendía deprisa cuando algo despertaba realmente su interés—, pero yo conocía la contraseña: **pirata1**. Lo había encendido en mi habitación la noche anterior al funeral y había accedido a la aplicación Notas. Deseaba dejarle un mensaje.

Me planteé escribir «Lo quiero», pero no habría sido exacto. Desde luego me inspiraba simpatía, pero también cierto recelo. Creo que tampoco él me quería a mí. Posiblemente el señor Harrigan nunca había querido a nadie, quizá a excepción de la madre que lo crio después de que se marchara su padre (había hecho mis indagaciones). Al final decidí escribirle la siguiente nota: «Ha sido un privilegio trabajar para usted. Gracias por las felicitaciones, y por los billetes de rasca y gana. Lo echaré de menos».

Levanté la solapa de su saco y, pese a que procuré no tocar la superficie inmóvil de su pecho bajo la impecable camisa blanca..., lo rocé con los nudillos un momento, y aún el día de hoy conservo un vívido recuerdo de esa sensación. Estaba duro, como si fuera de madera. Introduje el teléfono en el bolsillo interior y retrocedí. Justo a tiempo, dicho sea de paso. El reverendo salía ya por la puerta lateral arreglándose la corbata.

—¿Te estás despidiendo, Craig?

—Sí.

—Bien. Es lo correcto —deslizó un brazo en torno a mis hombros y me alejó del ataúd—. Tuviste una relación con él que, estoy seguro, mucha gente envidiaría. Ahora ¿por qué no sales y te reúnes con tu padre? Y si eres tan amable, diles al señor Rafferty y a los demás portadores del féretro que estaremos listos dentro de unos minutos.

En la puerta de la sacristía había aparecido otro hombre, con las manos entrelazadas ante sí. Bastaba con echar un vistazo al traje negro y el clavel blanco para saber que trabajaba en la funeraria. Supuse que su tarea consistía en cerrar la tapa del ataúd y asegurarse de que quedara bien firme. Al verlo me asaltó un repentino miedo a la muerte y me alegré de salir a la luz del sol. No le dije a mi padre que necesitaba un abrazo, pero él debió de notarlo, porque me envolvió en sus brazos.

No te mueras, pensé. *Por favor, papá, no te mueras.*

El oficio en el cementerio de Elm estuvo mejor, porque fue más breve y porque se celebró al aire libre. El gerente del señor Harrigan, Charles Rafferty, alias Chick, pronunció unas palabras sobre las diversas obras filantrópicas de su cliente; a continuación, arrancó alguna que otra risa al comentar que él, Rafferty, había tenido que soportar el «discutible gusto musical» del señor Harrigan. De hecho, ese fue el único detalle humano que fue capaz de introducir el señor Rafferty. Contó que había trabajado «para y con» el señor Harrigan durante treinta años, y yo no tuve razón alguna para dudar de su palabra, pero no parecía conocer gran cosa de su lado humano, aparte del «discutible gusto» por cantantes como Jim Reeves, Patty Loveless y Henson Cargill.

Pensé en adelantarme y contar a los reunidos en torno a la tumba que, en opinión del señor Harrigan, internet era como una cañería rota que perdía información en lugar de agua. Pensé en informarles que guardaba en su teléfono un centenar de fotos de hongos. Pensé en decirles que le gustaban las galletas de avena, porque ayudaban a la digestión, y que cuando uno pasaba de los ochenta ya no necesitaba tomar vitaminas ni visitar al médico. Cuando uno pasaba de los ochenta, podía comer todo el picadillo de carne en conserva que quisiera.

Pero mantuve la boca cerrada.

Esa vez fue el reverendo Mooney quien leyó un texto de la Biblia, ese sobre la gran mañana del despertar en que todos nos levantaremos de entre los muertos como Lázaro. Impartió otra bendición, y se acabó. Cuando nos fuéramos, de vuelta a nuestra vida normal, depositarían al señor Harrigan en la fosa (con su iPhone en el bolsillo, gracias a mí), y la tierra lo cubriría, y el mundo no lo vería nunca más.

Cuando mi padre y yo nos íbamos, se acercó a nosotros el señor Rafferty. Dijo que su vuelo de regreso a Nueva York salía a la mañana siguiente y preguntó si podía pasar por nuestra casa esa noche. Añadió que tenía algo de lo que hablar con nosotros.

En un primer momento, temí que pudiera guardar relación con el iPhone sustraído, pero no me explicaba cómo podía saber el señor Rafferty que me lo había llevado yo; además, se lo había devuelto a su legítimo dueño. *Si me pregunta*, pensé, *le diré que, para empezar, fui yo quien se lo regaló.* ¿Y qué importancia podía tener un teléfono de seiscientos dólares cuando el patrimonio del señor Harrigan debía de alcanzar un valor exorbitante?

—Cómo no —contestó mi padre—. Venga a cenar. Preparo unos espaguetis a la boloñesa para chuparse los dedos. Cenamos a eso de las seis.

—Le tomo la palabra —dijo el señor Rafferty. Sacó un sobre blanco con mi nombre escrito a mano en una letra que reconocí—. Puede que esto explique mi interés en hablar con ustedes al respecto. Lo recibí hace dos meses con instrucciones de guardarlo hasta… hummm… una ocasión como esta.

En cuanto estuvimos en el coche, mi padre se echó a reír, a carcajadas y con lágrimas en los ojos. Se rio y golpeó el volante; se rio y se golpeó el muslo, y se enjugó las mejillas, y luego se rio un poco más.

—¿Qué pasa? —pregunté cuando empezó a serenarse—. ¿Qué te hace tanta gracia?

—No se me ocurre qué otra cosa podría ser —dijo. Ya no reía a mandíbula batiente, pero aún se le escapaba alguna risita.

—¿De qué demonios hablas?

—Sospecho que te ha mencionado en su testamento, Craig. Abre eso. A ver qué dice.

El sobre contenía una sola hoja, y era el característico comunicado de Harrigan: sin sentimentalismos, ni siquiera un «Apreciado» en el encabezamiento, directo al punto. Se lo leí en voz alta a mi padre.

> Craig:
> Si estás leyendo esto, he muerto. Te he dejado 800.000 dólares en un fideicomiso. Los administradores son tu padre y Charles Rafferty, que es mi gerente y que ahora actúa como mi albacea. Calculo que esta suma te bastará para los cuatro años de universidad y cualquier estudio de posgrado que decidas hacer. Debería ser suficiente para ayudarte a empezar en la profesión que elijas.
>
> Me comentaste la posibilidad de dedicarte a escribir guiones. Si eso es lo que quieres, por supuesto debes intentarlo, pero yo no lo apruebo. Hay un chiste muy vulgar sobre los guionistas que no repetiré aquí, pero no dejes de buscarlo en tu teléfono; palabras clave: guionista y starlet. Contiene una verdad subyacente que creo que captarás incluso a tu edad actual. Las películas son efímeras; en cambio, los libros —los buenos— son eternos, o casi. Tú me has leído muchos buenos libros, pero otros esperan a ser escritos. Solo digo eso.
>
> Aunque tu padre tiene derecho a veto en todo lo concerniente al fideicomiso, lo más inteligente por su parte sería no ejercerlo en lo concerniente a cualquier inversión que sugiera el señor Rafferty. En cuestiones de mercados, Chick se las sabe todas. Aun contando con los gastos académicos, tus 800.000 pueden haber aumentado a un millón o más para cuando llegues a los veintiséis años, fecha en que el fideicomiso expirará y podrás gastar ese dinero (o invertirlo, siempre la opción más sensata) como quieras. He disfrutado de nuestras tardes juntos.
>
> Un saludo muy cordial,
>
> Señor HARRIGAN
>
> PD: En cuanto a las felicitaciones y los billetes adjuntos, no hay de qué.

Esa postdata me produjo ciertos escalofríos. Era casi como si contestara a la nota que le había dejado en el iPhone cuando decidí colocárselo en el bolsillo del traje de difunto.

Mi padre ya no se reía ni dejaba escapar risitas, pero sí sonreía.

—¿Qué se siente ser rico, Craig?

—Se siente uno bien —respondí, y por supuesto así era.

Se trataba de un regalo extraordinario, pero me complacía, quizá aún más, saber que el señor Harrigan tenía tan buen concepto de mí. Es posible que algún suspicaz pensara que pretendo dármelas de virtuoso o algo así, pero no es eso. Es decir, el dinero era como un *frisbee* que se quedó encajado a media altura entre las ramas de un pino enorme de nuestro jardín cuando yo tenía ocho o nueve años: sabía que estaba ahí, pero no podía acceder a él. Y no me importaba. Por entonces tenía todo lo que necesitaba. Excepto al señor Harrigan, claro. ¿Qué iba a hacer las tardes de entre semana?

—Retiro todos mis comentarios sobre su tacañería —dijo mi padre al incorporarse al tráfico detrás de un reluciente todoterreno negro que algún hombre de negocios había alquilado en el aeropuerto de Portland—. Aunque...

—Aunque ¿qué? —pregunté.

—En vista de que no tenía familia y de lo rico que era, podría haberte dejado al menos cuatro millones. Quizá seis —advirtió mi mirada y empezó a reírse otra vez—. Es broma, muchacho, es broma. ¿De acuerdo?

Le di un puñetazo en el hombro y encendí la radio. Pasé de la WBLM («El zepelín del rock and roll de Maine») a la WTHT («La emisora de country n.º 1 de Maine»). Había desarrollado el gusto por el country. Nunca lo he perdido.

El señor Rafferty vino a cenar y, para lo flaco que era, se dio un buen atracón de espaguetis de mi padre. Le dije que ya sabía lo del fideicomiso y le di las gracias. «No me las des a *mí*», respondió, y nos explicó cómo se proponía invertir el dinero. Mi padre le contestó que hiciera lo que considerara oportuno, pero que lo mantuviera informado. Sí sugirió que John Deere podría ser un buen sitio para parte del dinero, porque estaban introduciendo innovaciones a toda velocidad. El señor Rafferty dijo que lo tendría en cuenta, y más tarde averigüé que en efecto invirtió en Deere and Company, aunque solo una cantidad simbólica. La mayor parte fue a Apple y a Amazon.

Después de la cena, el señor Rafferty me estrechó la mano y me dio la enhorabuena.

—Harrigan tenía muy pocos amigos, Craig. Tú tuviste la suerte de ser uno de ellos.

—Y él tuvo la suerte de tener a Craig —añadió mi padre en voz baja, y me rodeó los hombros con el brazo.

Ante eso, se me formó un nudo en la garganta y, cuando el señor Rafferty se fue y me encontraba ya en mi habitación, lloré un poco. Procuré no hacer ruido para que mi padre no me oyera. Quizá lo conseguí, o quizá me oyó y supo que quería estar solo.

Cuando cesaron las lágrimas, encendí mi celular, abrí Safari e introduje las palabras clave *guionista* y *starlet*. El chiste, que supuestamente tenía su origen en un novelista llamado Peter Feibleman, trata de una joven actriz tan desinformada que se cogió al guionista. Probablemente ya lo habrán oído. Yo no lo conocía, pero capté la idea que el señor Harrigan intentaba transmitir.

Esa noche, alrededor de las dos, me despertó un trueno lejano, y cobré consciencia de nuevo de que el señor Harrigan había muerto. Yo estaba en mi cama, y él yacía bajo tierra. Vestía un traje y lo vestiría eternamente. Tenía las manos entrelazadas, y así seguirían hasta que fueran solo huesos. Si llovía después de ese trueno, tal vez el agua se filtrase y humedeciese su ataúd. No había encima cemento ni ninguna forma de revestimiento; él lo había especificado así en lo que la señora Grogan llamaba su «carta no entregada». Con el paso del tiempo, la tapa se pudriría. Lo mismo ocurriría con el traje. El iPhone, de plástico, duraría mucho más que el traje o el ataúd, pero al final desaparecería también. Nada era eterno, a excepción, quizá, de la mente de Dios, y a los trece años yo ya tenía mis dudas a ese respecto.

De pronto me asaltó la necesidad de oír su voz.

Y, caí en la cuenta, era posible.

Resultaba escalofriante (tanto más a las dos de la madrugada), y macabro, lo sabía, pero también sabía que, si lo hacía, podría volver a dormirme. Así que llamé, y se me erizó el vello al tomar conciencia de la elemental realidad de la tecnología móvil: en algún lugar del cementerio de Elm, bajo tierra, en el bolsillo de un muerto, Tammy Wynette cantaba dos versos de «Stand By Your Man».

Después llegó su voz a mi oído, clara y serena, solo un poco cascada por la edad: «Ahora no atiendo el teléfono. Le devolveré la llamada si lo considero oportuno».

¿Y si en efecto me devolvía la llamada?

Corté la comunicación aun antes de que sonara el pitido y regresé a la cama. Cuando me disponía a taparme, cambié de idea, me levanté y telefoneé otra vez. No sé por qué. En esta ocasión sí esperé el pitido y, a continuación, dije: «Lo echo de menos, señor Harrigan. Le agradezco el dinero que me ha dejado, pero renunciaría a él por tenerlo a usted todavía vivo —hice una pausa—. Puede que suene a falso, pero no lo es. De verdad que no».

Luego volví a la cama y me dormí casi tan pronto como apoyé la cabeza en la almohada. No soñé.

Tenía por costumbre encender el teléfono incluso antes de vestirme y leer las noticias en la aplicación Newsy News para asegurarme de que nadie había iniciado la Tercera Guerra Mundial ni se había producido algún atentado terrorista. La mañana posterior al funeral del señor Harrigan, vi un pequeño círculo rojo en el icono de SMS, lo que significaba que tenía un mensaje de texto. Supuse que era de Billy Bogan, un amigo y compañero de clase que tenía un Motorola Ming, o de Margie Washburn, que tenía un Samsung…, aunque desde hacía un tiempo venía recibiendo menos mensajes de Margie. Imagino que a Regina se le había soltado la lengua y le había contado lo del beso.

¿Conocen la expresión «helarse la sangre en las venas»? Pues puede ocurrir realmente. Lo sé porque a mí me pasó. Me quedé sentado en la cama con la mirada fija en el teléfono. El mensaje era de **reypirata1**.

Oí un traqueteo abajo, en la cocina, cuando mi padre intentaba sacar un sartén del estante contiguo a la estufa. Por lo visto tenía intención de preparar un desayuno caliente, cosa que procuraba hacer una o dos veces por semana.

—¿Papá? —dije, pero el ruido continuaba, y lo oí decir algo que acaso fuera: «Sal de ahí, maldito».

No me oyó, y no solo porque la puerta de mi habitación estuviera cerrada. Apenas me oí a mí mismo. El mensaje de texto me había helado la sangre y privado de voz.

El mensaje previo al más reciente había sido enviado cuatro días antes de la muerte del señor Harrigan. Rezaba: **Hoy no hace falta que riegues las plantas, ya lo ha hecho la señora G**. Debajo de este, se leía **C C C aa**.

Se había enviado a las 2.40 horas.

—¡Papá! —esta vez levanté un poco más la voz, pero aún no fue suficiente. No sé si ya entonces estaba llorando, o si el llanto empezó cuando bajaba por la escalera, sin más ropa todavía que los calzones y una camiseta de los Gates Falls Tigers.

Encontré a mi padre de espaldas. Había logrado sacar el sartén y estaba derritiendo mantequilla en él.

—Espero que tengas hambre —dijo al oírme—. Yo desde luego estoy famélico.

—Papi —dije—. Papi.

Se volvió al oír que lo llamaba «papi», apelativo que había dejado de usar a los ocho o nueve años. Vio que no me había vestido. Vio que lloraba. Vio que le tendía el teléfono. Se olvidó del sartén.

—¿Qué, Craig? ¿Qué te pasa? ¿Has tenido alguna pesadilla por el funeral?

Sin duda se trataba de una pesadilla, y probablemente ya fuera demasiado tarde —a fin de cuentas, era viejo—, pero quizá aún estuvieran a tiempo.

—Oh, papi —en esa ocasión fue un balbuceo—. No está muerto. O al menos no lo estaba a las dos y media de la madrugada. Hay que desenterrarlo. Tenemos que hacerlo, porque lo enterramos vivo.

Se lo conté todo. Que había tomado el teléfono del señor Harrigan y se lo había metido en el bolsillo del saco. Porque llegó a significar mucho para él, expliqué. Y porque se lo había regalado *yo*. Le conté que había llamado a su número en plena noche, que la primera vez colgué, y luego volví a llamar y dejé un mensaje en el buzón de voz. No necesité enseñarle a mi padre el SMS que había recibido, porque él ya lo había visto. Lo había examinado, de hecho.

En el sartén, la mantequilla había empezado a quemarse. Mi padre se levantó y la apartó del fuego.

—Supongo que no se te antojarán unos huevos —a continuación regresó a la mesa, aunque en lugar de ocupar su silla de costumbre, al otro lado, se sentó junto a mí y puso una mano sobre la mía—. Ahora escúchame.

—Ya sé que hacer eso fue macabro —dije—, pero si no lo hubiera hecho, no nos habríamos enterado. Tenemos que…

—Hijo…

—¡No, papá, escúchame! ¡Tenemos que mandar a alguien allí ahora mismo! ¡Un buldócer, una excavadora, aunque sea hombres con palas! Puede que aún esté…

—Craig, para. Es *spoofing*.

Lo miré boquiabierto. Sabía lo que significaba *spoofing*, pero la posibilidad de que yo hubiese sido víctima de eso —y en plena noche— no se me había pasado por la cabeza.

—Es cada vez más frecuente —comentó—. En el trabajo hubo incluso una reunión de personal sobre el tema. Alguien tuvo acceso al celular de Harrigan. Lo clonó. ¿Sabes a qué me refiero?

—Sí, claro, pero, papi…

Me dio un apretón en la mano.

—Alguien con la esperanza de robar secretos empresariales, quizá.

—¡Estaba retirado!

—Pero seguía al tanto, él mismo te lo dijo. O tal vez iban detrás de los datos de su tarjeta de crédito. Quienquiera que fuese recibió tu mensaje de voz en el teléfono clonado y decidió jugarte una broma pesada.

—Eso no lo sabes —repuse—. ¡Papi, tenemos que comprobarlo!

—No lo comprobaremos, y te diré por qué. El señor Harrigan era un hombre rico que murió sin asistencia. Además, hacía años que no iba a ver a un médico, y eso que seguro que Rafferty le daba mucha lata al respecto, aunque solo fuera porque no podía actualizar el seguro del viejo para cubrir una parte mayor del impuesto sobre sucesiones. Por todas esas razones, le hicieron la autopsia. Así averiguaron que murió de una enfermedad cardíaca avanzada.

—¿Lo abrieron?

Recordé que al dejar el teléfono le rocé el pecho con los nudillos. ¿Había cortes con puntos de sutura bajo la camisa blanca y bien planchada y la corbata? Si mi padre estaba en lo cierto, sí. Cortes con puntos de sutura en forma de Y. Lo había visto en la televisión. En *CSI*.

—Sí —respondió mi padre—. No me gusta contarte estas cosas, no quiero que te ronden por la cabeza, pero sería peor dejarte pensar que lo enterraron vivo. No fue así. Imposible. Está muerto. ¿Me entiendes?

—Sí.

—¿Quieres que me quede hoy en casa? Por mí no hay inconveniente.

—No, no pasa nada. Tienes razón. Me han hecho *spoofing* —y me habían dado un susto de muerte. Eso también.

—¿Qué planes tienes? Porque si vas a quedarte aquí pensando en cosas morbosas, me tomo el día libre. Podemos ir de pesca.

—No voy a quedarme pensando en cosas morbosas. Pero debería ir a su casa a regar las plantas.

—¿Te parece buena idea? —me observaba atentamente.

—Se lo debo. Y quiero hablar con la señora Grogan. Para saber si en el testamento había también una… como se llame… a su nombre.

—Una disposición. Muy considerado por tu parte. Aunque a lo mejor te dice que no te metas donde no te llaman. Es una norteña de la vieja escuela esa mujer.

—Si no le ha dejado nada, me gustaría cederle parte de lo mío —dije.

Sonrió y me dio un beso en la mejilla.

—Eres un buen chico. Tu madre estaría orgullosa de ti. ¿Seguro que ya te encuentras bien?

—Sí.

Para demostrarlo, me comí unos huevos con pan tostado, pese a que no se me atojaban. Mi padre debía de estar en lo cierto: una contraseña robada, un teléfono clonado, una broma pesada y cruel. Sin duda no había sido el señor Harrigan, a quien le habían revuelto las entrañas como si fueran una ensalada y le habían sustituido la sangre por líquido de embalsamar.

Mi padre se fue a trabajar y yo me acerqué a la casa del señor Harrigan. La señora Grogan pasaba la aspiradora por la sala. A diferencia de otras veces, no cantaba, pero se la veía bastante serena y, cuando terminé de regar las plantas, me preguntó si no quería ir a la cocina a tomarme un té en su compañía («una tacita de alegría», como decía ella).

—También hay galletas —añadió.

Entramos en la cocina, y mientras hervía el agua, le hablé del señor Harrigan y de que me había dejado dinero en un fideicomiso para la universidad.

La señora Grogan asintió con toda naturalidad, como si no esperara menos, y dijo que también ella había recibido un sobre del señor Rafferty.

—El jefe me ha dejado bien provista. Más de lo que yo esperaba. Puede que más de lo que merezca.

Dije que esa misma sensación tenía yo.

La señora G llevó el té a la mesa, un tazón grande para cada uno. En medio colocó una bandeja de galletas de avena.

—A él le encantaban —comentó la señora Grogan.

—Sí. Decía que le ayudaban a la digestión.

Eso la hizo reír. Tomé una galleta y le di una mordida. Mientras masticaba, me acordé del texto de la Primera Epístola a los Corintios que había leído en la asociación juvenil metodista durante el oficio del Jueves Santo y el Domingo de Resurrección hacía solo unos meses: «Y después de dar gracias, lo partió y dijo: "Tomad y comed. Este es mi cuerpo que será entregado por vosotros; haced esto en conmemoración mía"». Las galletas no eran la comunión —seguramente el reverendo habría considerado esa idea una blasfemia—, pero me la comí encantado de todos modos.

—También tuvo en cuenta a Pete —informó la señora G. Se refería a Pete Bostwick, el jardinero.

—Todo un detalle —dije, y alargué la mano para tomar otra galleta—. Era un buen hombre, ¿verdad?

—De eso ya no estoy tan segura —contestó—. Era íntegro, eso por descontado, pero no te convenía estar en malos términos con él. ¿No te acordarás por casualidad de Dusty Bilodeau? No, imposible, era anterior a tus tiempos.

—¿De los Bilodeau, los que viven en el parque de coches casa?

—Sí, exacto, al lado de la tienda, pero no creo que Dusty esté entre ellos. Ese debió de poner tierra por medio hace mucho. Fue el jardinero antes que Pete, pero no llevaba ni ocho meses en el puesto cuando el señor Harrigan lo sorprendió robando y lo puso de patitas en la calle. No sé cuánto se llevó, ni cómo lo descubrió el señor Harrigan, pero el asunto no acabó con el despido. Ya sé que conoces algunas de las donaciones que el señor H hizo a este pueblo y las distintas maneras en que ayudó, pero Mooney no contó ni la mitad, quizá por ignorancia, quizá por falta de tiempo. La caridad es buena para el alma, pero también otorga poder a un hombre, y el señor Harrigan utilizó el suyo con Dusty Bilodeau.

Meneó la cabeza. En parte, creo, por admiración. Poseía esa veta de dureza norteña.

—Espero que hurtara al menos unos cientos de dólares del escritorio del señor Harrigan o del cajón de los calcetines o de donde fuera, porque ese fue el último dinero que recibió en el pueblo de Harlow, condado de Castle, estado de Maine. Después de aquello, aquí no lo habría contratado ni el viejo

Dorrance Marstellar para retirar a paladas la mierda de gallina de su granero. El señor Harrigan se encargó de eso. Era un hombre íntegro, pero si tú no lo eras también, que Dios te ayudara. Toma otra galleta.

Tomé otra galleta.

—Y tómate el té, chico.

Me bebí el té.

—Me parece que voy a limpiar el piso de arriba. Puede que cambie las sábanas de las camas en lugar de quitarlas sin más, al menos por ahora. ¿Qué crees que será de esta casa?

—Uf, no lo sé.

—Yo tampoco. Ni idea. Me cuesta imaginar que alguien la compre. El señor Harrigan era único en su género, y lo mismo puede decirse de... —extendió los brazos— de todo esto.

Pensé en el elevador de cristal y llegué a la conclusión de que la señora G tenía razón.

Tomó otra galleta.

—¿Y qué pasará con las plantas? ¿Alguna idea?

—Me llevaré un par, si no hay problema —dije—. En cuanto a las demás, no sé.

—Yo tampoco. Y del refrigerador, está lleno. Supongo que eso podríamos repartirlo en tres partes: para ti, para mí y para Pete.

Tomad, comed. Haced esto en conmemoración mía, pensé.

Dejó escapar un suspiro.

—Más que nada estoy confusa. Alargo unas cuantas tareas como si fueran muchas. No sé qué voy a hacer con mi vida, y lo digo con el corazón en la mano. ¿Y tú, Craig? ¿Tú qué planes tienes?

—Ahora mismo voy abajo a rociar el maitake —dije—. Y si está segura de que no hay problema, me llevaré al menos la violeta africana cuando me vaya a casa.

—Claro que estoy segura —respondió con su acento norteño—. Todas las que quieras.

Se marchó arriba y yo bajé al sótano, donde el señor Harrigan guardaba sus hongos en varios terrarios. Mientras rociaba el maitake, pensé en el mensaje de texto que había recibido de **reypirata1** en plena noche. Mi padre tenía razón: por fuerza era una broma. Pero ¿un bromista no habría enviado algo por lo menos medio ocurrente, como **Sálvame, estoy atrapado en una caja** o el viejo chiste **No me molestes, estoy descomponiéndome**? ¿Por qué iba a limitarse a enviar un bromista una doble **a**, que al pronunciarla sonaba a gorgoteo o a estertor de muerte? ¿Y por qué iba a enviar mi inicial un bromista? ¿Y no solo una vez o dos, sino tres?

Acabé llevándome cuatro plantas de interior del señor Harrigan: la violeta africana, el anthurium, la peperomia y la dieffenbachia. Las distribuí por la casa, reservándome la dieffenbachia para mi habitación, porque era mi preferida. Pero no hacía más que dejar pasar el tiempo, y lo sabía. En cuanto las plantas estuvieron colocadas, saqué una botella de Snapple del refrigerador, la metí en la alforja de mi bicicleta y me dirigí al cementerio de Elm.

Estaba vacío en aquella calurosa mañana de verano, y fui derecho a la tumba del señor Harrigan. La lápida —nada excepcional, una simple losa de granito con el nombre y las fechas— seguía en su sitio. Abundaban las flores, todas frescas todavía (eso no duraría), la mayoría con tarjetas entre los tallos. El ramo más grande, quizá procedente de los jardines del propio señor Harrigan —y por respeto, no por mezquindad—, era de la familia de Pete Bostwick.

Me arrodillé, pero no recé. Me saqué el teléfono del bolsillo y lo sostuve en la mano. El corazón me latía con tal fuerza e intensidad que veía pequeños puntos negros ante los ojos. Fui a mis contactos y lo llamé. A continuación aparté el teléfono, apoyé el costado de la cara a la tierra de la fosa recién rellenada y escuché con atención. Esperaba oír a Tammy Wynette.

Y me pareció oírla, de hecho, aunque debieron de ser imaginaciones mías. Su voz tendría que haber traspasado la chamarra, la tapa del ataúd y casi dos metros de tierra. Pero me pareció oírla. No, miento: tuve la certeza de que la oía. El teléfono del señor Harrigan cantando «Stand By Your Man» ahí abajo, dentro de la tumba.

A mi otro oído, el que no tenía pegado al suelo, llegaba la voz del señor Harrigan, muy débil pero audible en la letárgica quietud de aquel lugar: «Ahora no atiendo el teléfono. Le devolveré la llamada si lo considero oportuno».

Sin embargo, no la devolvería, fuera oportuno o no. Estaba muerto.

Me marché a casa.

En septiembre de 2009, empecé la secundaria en el colegio de Gates Falls, junto con mis amigos Margie, Regina y Billy. Íbamos hasta allí en un autobús pequeño y traqueteado, lo que pronto nos valió entre los chicos de Gates el jocoso mote de Enanos del Autobús Corto. Con el tiempo crecí (aunque me quedé cinco centímetros por debajo del metro ochenta, lo que, digamos, me partió el corazón), pero aquel primer día de colegio yo era el más bajo de mi curso. Lo cual me convertía en el blanco perfecto de Kenny Yanko, un fornido pendenciero que ese año repetía el curso y cuya foto debería haber figurado en el diccionario junto a la palabra «matón».

Nuestra primera clase no fue en absoluto una clase, sino una asamblea para los alumnos nuevos de los pueblos del distrito escolar: Harlow, Motton y Shiloh Church. Aquel año (y muchos venideros) el director era un hombre alto y desgarbado con una calva tan reluciente que parecía encerada. Era el señor Albert Douglas, conocido entre los niños como Al el Beodo o Doug el Borrachín. En realidad, ningún niño lo había visto jamás bebido, pero por aquel entonces era una verdad a ciegas que bebía como una esponja.

Ocupó la tarima, dio la bienvenida a la escuela secundaria de Gates Falls a «este grupo de excelentes alumnos nuevos» y expuso todas las maravillas que nos esperaban en el año académico entrante. Incluían la banda de música, el coro, el club de debate, el club de fotografía, los Futuros Granjeros de Estados Unidos y todos los deportes que pudiéramos practicar (siempre y cuando fueran beisbol, atletismo, futbol o lacrosse; la opción del futbol americano no llegaría hasta la preparatoria). Nos informó sobre los Viernes de la Elegancia, el día en que, una vez al mes, se esperaba que los chicos llevaran corbata y saco sport y las chicas vestido (la falda, no más de cinco centímetros por encima de la rodilla, por favor). Por último, nos dijo que no debía someterse en absoluto a novatadas a los alumnos de fuera del pueblo. Es decir, a nosotros. Por lo visto, el año anterior un alumno al que habían transferido de Vermont había acabado en el Hospital General Central de Maine después de verse obligado a tragar tres botellas de Gatorade, y habían prohibido esa tradición. A continuación nos expresó sus mejores deseos y nos animó a iniciar lo que llamó «nuestra aventura académica».

Mi temor ante la posibilidad de perderme en un nuevo colegio enorme resultó infundado, porque en realidad no era enorme ni mucho menos. Todas mis clases, excepto la séptima, literatura inglesa, eran en la primera planta, y me gustaron todos los profesores. Tenía cierto miedo a la clase de matemáticas, pero resultó que continuamos con el programa prácticamente donde yo lo había dejado, así que no hubo problema. Me sentí bastante a gusto con todo hasta que llegó el cambio de aula entre la sexta y la séptima hora, para el que disponíamos de cuatro minutos.

Me dirigí por el pasillo hacia la escalera, dejando atrás los portazos de los casilleros, los chicos platicando y el olor a macarrones a la boloñesa procedente del comedor. Acababa de llegar a lo alto de la escalera cuando una mano me agarró.

—Eh, novato. No tan deprisa.

Me di la vuelta y vi a un ogro de metro ochenta con el rostro plagado de acné. El cabello negro le colgaba hasta los hombros en mechones grasientos. Unos ojos pequeños y oscuros me escrutaban desde debajo de una frente prominente. Rebosaban falso júbilo. Vestía jeans entubados y botas de motociclista gastadas. En una mano sostenía una bolsa de papel.

—Sujétala.

Sin saber de qué iba aquello, la tomé. Los chicos pasaban apresuradamente por mi lado y seguían escaleras abajo, algunos lanzando fugaces miradas de soslayo al chico del cabello negro largo.

—Echa un vistazo dentro.

Obedecí. Contenía un paño, un cepillo y una lata de cera para zapatos Kiwi. Traté de devolverle la bolsa.

—Tengo que irme a clase.

—Nada de eso, novato. No hasta que me limpies las botas.

Ahora ya sabía de qué iba. Era una novatada, y pese a que el director las había prohibido de forma expresa esa mañana, estuve a punto de obedecer. Pero pensé en todos aquellos chicos que corrían escalera abajo. Verían al pequeño pueblerino de Harlow arrodillado con el paño, el cepillo y la cera. Se correría la voz. Aun así, tal vez lo habría hecho, porque ese chico era mucho más grande que yo, y no me gustaba la expresión de sus ojos. *Me encantaría hacerte picadillo*, decía esa mirada. *Dame una excusa, novato.*

Pensé entonces en lo que pensaría el señor Harrigan si me viera allí de rodillas boleando humildemente los zapatos a aquel patán.

—No —contesté.

—«No» es un puto error que no te conviene cometer —dijo el chico—. Más te vale creértelo.

—¡Chicos! ¡Eh, chicos! ¿Algún problema?

Era la señorita Hargensen, mi profesora de ciencias. Joven y guapa, no debía de haber salido hacía mucho de la universidad, pero se comportaba con un aplomo que daba a entender que no aceptaba tonterías.

El grandulón negó con la cabeza: ningún problema.

—Todo en orden —dije, y entregué la bolsa a su dueño.

—¿Cómo te llamas? —preguntó la señorita Hargensen. No me miraba a mí.

—Kenny Yanko.

—¿Y qué llevas en esa bolsa, Kenny?

—Nada.

—No será algo relacionado con una novatada, ¿verdad?

—No —contestó Kenny—. Tengo que ir a clase.

También yo debía irme. La multitud de chicos que bajaba por la escalera empezaba a disminuir, y estaba a punto de sonar el timbre.

—No lo dudo, Kenny, pero espera un segundo —desplazó la atención hacia mí—. Craig, ¿no?

—Sí, señorita.

—¿Qué hay en la bolsa, Craig? Tengo curiosidad.

Pensé en decírselo. No porque creyera que la sinceridad es la mejor política o alguna de esas bobadas propias de un boy scout, sino porque ese otro chico me había asustado y mi enojo era considerable. Y (bien podía admitirlo) porque contaba con la intervención de un adulto. De pronto pensé: ¿Cómo manejaría el señor Harrigan esta situación? ¿Lo delataría?

—El resto de su almuerzo —respondí—. Medio bocadillo. Me ha preguntado si lo quería.

Si la señorita Hargensen hubiera tomado la bolsa y mirado dentro, los dos habríamos estado en un apuro, pero no lo hizo… pese a que seguro lo sabía. Se limitó a decirnos que nos fuéramos a clase y se alejó acompañada del tableteo de sus zapatos de medio tacón aptos para el colegio.

Me disponía a bajar por la escalera cuando Kenny Yanko volvió a agarrarme.

—Deberías habérmelas limpiado, novato.

Eso me enojó aún más.

—Acabo de salvarte el culo. Deberías darme las gracias.

Él se sonrojó, lo cual, con todos aquellos volcanes en erupción en el rostro, no lo favoreció especialmente.

—Deberías habérmelas limpiado —empezó a alejarse, pero se volvió, todavía con la absurda bolsa de papel en la mano—. Y una mierda te voy a dar yo las gracias, novato. Una mierda bien grande para ti.

Al cabo de una semana, Kenny Yanko se molestó con el señor Arsenault, el profesor del taller de carpintería, y le lanzó una lijadora. Durante los dos años que Kenny llevaba en la escuela secundaria de Gates Falls lo habían expulsado temporalmente nada menos que tres veces —después de mi enfrentamiento con él en lo alto de la escalera, me enteré de que era una especie de leyenda—, y esa fue la gota que colmó el vaso. Lo expulsaron, y pensé que mis problemas con él habían terminado.

Como la mayoría de los colegios de pueblo, la escuela secundaria de Gates Falls tenía mucho apego a las tradiciones. Los Viernes de la Elegancia eran solo una de tantas. Estaba la de Llevarse el Botín (es decir, plantarse delante del IGA y pedir donativos para el Departamento de Bomberos), y la de Hacer la Milla (dar veinte vueltas corriendo en el gimnasio durante la clase de educación física), y la de cantar el himno del colegio en las asambleas mensuales.

Otra de esas tradiciones era el Baile de Otoño, inspirado en el día de Sadie Hawkins, donde eran las niñas quienes debían invitar a los niños. A mí me invitó Margie Washburn, y por supuesto acepté; quería seguir siendo su amigo a pesar de que no me gustaba en *ese* sentido, no sé si me explico. Le pedí a mi padre que nos llevara en coche, a lo cual accedió encantado. Regina Michaels invitó a Billy Bogan, así que fue una cita doble. Lo mejor de todo fue que, en la hora de estudio, Regina me susurró que había invitado a Billy solo porque era amigo mío.

Me lo pasé en grande hasta el primer descanso, cuando salí del gimnasio para evacuar parte del ponche. Justo estaba llegando a la puerta del baño cuando alguien me agarró por el cinturón con una mano y por la nuca con la otra y me empujó por el pasillo hasta la salida lateral, que daba al estacionamiento del profesorado. Si no hubiese extendido una mano para accionar la barra de apertura de la puerta, Kenny me habría empotrado de cara contra ella.

Conservo un recuerdo perfecto de lo que siguió. Ignoro por qué son tan nítidos los malos recuerdos de la infancia y la primera adolescencia; solo sé que es así. Y ese es un recuerdo muy malo.

Después del calor del gimnasio (por no hablar de la humedad exudada por todos aquellos cuerpos adolescentes en plena floración), el aire de la noche me resultó sorprendentemente frío. Vi reflejada la luz de la luna en los cromados de los dos coches estacionados, que pertenecían a los supervisores de esa noche, el señor Taylor y la señorita Hargensen (a los profesores nuevos les endosaban esa tarea porque, como puede adivinarse, era una tradición de la escuela secundaria de Gates Falls). Oí el petardeo del silenciador descompuesto de algún coche en la Interestatal 96. Y sentí la rozadura en las palmas de las manos al caer en el asfalto del estacionamiento cuando Kenny Yanko me tiró de un empujón.

—Ahora levántate —ordenó—. Tienes un trabajo pendiente.

Me puse de pie. Me miré las palmas de las manos y vi que me sangraban.

Encima de uno de los coches estacionados había una bolsa. La tomó y me la tendió.

—Límpiame las botas. Hazlo y estaremos en paz.

—Vete a la mierda —dije, y le asesté un puñetazo en el ojo.

Un recuerdo perfecto, ¿sale? Recuerdo todas las veces que me pegó: cinco golpes en total. Recuerdo que, con el último, me arrojó contra la pared de concreto del edificio y que ordené a mis piernas que me sostuvieran, cosa que se negaron a hacer. Sencillamente me deslicé pared abajo hasta quedar sentado en el asfalto. Recuerdo los acordes de «Boom Boom Pow», de los Black Eyed Peas, lejanos pero audibles. Recuerdo a Kenny de pie ante mí, con la respiración agitada, que dijo: «Cuéntaselo a alguien y eres hombre muerto». Sin embargo, de todos esos recuerdos, el que se me quedó más grabado —y atesoro— fue la sublime y brutal satisfacción que sentí cuando mi puño entró en contacto con su cara. Fue el único golpe que pude propinarle, pero le di de lleno.

Boom Boom Pow.

Cuando se marchó, saqué el teléfono del bolsillo. Tras asegurarme de que no se había roto, llamé a Billy. No se me ocurrió nada más. Contestó cuando el timbre sonaba por tercera vez y levantó la voz para hacerse oír por encima del canturreo de Flo Rida. Le pedí que saliera y trajera a la señorita Hargensen. No quería implicar a un profesor, pero, incluso medio aturdido, supe que por fuerza ocurriría tarde o temprano, así que decidí adelantarme. Pensé que así habría manejado la situación el señor Harrigan.

—¿Por qué? ¿Qué pasa?

—Me han dado una paliza —respondí—. Creo que es mejor que no vuelva a entrar. No tengo muy buen aspecto.

Salió al cabo de tres minutos, no solo con la señorita Hargensen, sino también con Regina y Margie. Mis amigos me miraron consternados, el labio partido y la nariz ensangrentada. Además, tenía la ropa salpicada de sangre y la (flamante) camisa rota.

—Acompáñame —me indicó la señorita Hargensen. No pareció inmutarse al ver la sangre, el moretón de mi mejilla y la incipiente hinchazón en mi boca—. Y ustedes también, todos.

—No quiero entrar ahí —contesté, refiriéndome al anexo del gimnasio—. No quiero que me vean.

—Lo entiendo —dijo ella—. Vamos por aquí.

Nos guio hacia una entrada en la que se leía SOLO PERSONAL AUTORIZADO, abrió con una llave y nos llevó a la sala de profesores. No era lo que se dice lujosa, había visto muebles mejores en los jardines de Harlow cuando la gente organizaba subastas, pero había sillas, y me senté en una. Tomó un botiquín y mandó a Regina al baño en busca de un paño frío para aplicármelo en la nariz, que, según dijo, no parecía rota.

Regina, cuando volvió, estaba visiblemente impresionada.

—¡Ahí dentro hay crema de manos Aveda!

—Es mía —informó la señorita Hargensen—. Toma un poco si quieres. Ponte esto en la nariz, Craig. Aguántalo. ¿Quién los trajo, chicos?

—El padre de Craig —contestó Margie. Contemplaba con los ojos muy abiertos aquel territorio recién descubierto. Como era evidente que mi vida no corría peligro, se dedicaba a registrarlo todo para comentarlo después con sus amigas.

—Llámalo —dijo la señorita Hargensen—. Déjale a Margie tu teléfono, Craig.

Margie llamó a mi padre y le pidió que fuera a recogernos. Él dijo algo. Margie escuchó y después contestó:

—Bueno, ha habido un pequeño problema —escuchó un poco más—. Hummm... bueno...

Billy tomó el teléfono.

—Le han dado una paliza, pero está bien —escuchó y me tendió el teléfono—. Quiere hablar contigo.

Cómo no iba a querer. Después de preguntar si me encontraba bien, quiso saber quién había sido. Le dije que no lo sabía, pero que pensaba que quizá fuera un chico de la preparatoria que había estado intentando colarse en el baile.

—Estoy bien, papá. No le demos mayor importancia, ¿sale?

Respondió que sí tenía importancia. Yo insistí en que no. Él repitió que sí. Así seguimos durante un rato, y al final, tras exhalar un suspiro, dijo que llegaría lo antes posible. Corté la comunicación.

—En principio no puedo darte nada para el dolor —comentó la señorita Hargensen—; eso solo puede hacerlo la enfermera del colegio, y con permiso de los padres, pero ella no está, así que... —Tomó su bolso, que colgaba de un perchero junto con su abrigo, y echó un vistazo en el interior—. Chicos, ¿va a delatarme alguno de ustedes, con lo que quizá pierda el empleo?

Mis tres amigos negaron con la cabeza. Lo mismo hice yo, aunque con cuidado. Kenny me había alcanzado en la sien izquierda con un buen gancho. Ojalá el muy cabrón se hubiese hecho daño en la mano.

La señorita Hargensen sacó un frasco de Aleve.

—Mi reserva particular. Billy, tráele un poco de agua.

Billy volvió con un vaso de papel. Tragué la pastilla y me sentí mejor de inmediato. Así de grande es el poder de la sugestión, sobre todo cuando la sugestión parte de una mujer joven y preciosa.

—Ustedes tres, ahuequen el ala —ordenó la señorita Hargensen—. Billy, ve al gimnasio y dile al señor Taylor que volveré dentro de diez minutos. Chicas, salgan a esperar al padre de Craig. Háganle señas para que se acerque a la puerta del personal.

Se marcharon. La señorita Hargensen se inclinó hacia mí, se acercó tanto que olí su perfume, maravilloso. Me enamoré de ella. Sabía que aquello era cursi, pero no pude evitarlo. Alzó dos dedos.

—Dime, por favor, que no ves tres o cuatro.

—No, solo dos.

—Muy bien —se irguió—. ¿Ha sido Yanko? Ha sido él, ¿verdad?

—No.

—¿Crees que soy tonta? Dime la verdad.

Creía que era guapa, eso creía, pero no podía decírselo.

—No, no creo que sea tonta, pero no ha sido Kenny. Y mejor así. Porque, dese cuenta, si hubiera sido él, seguramente lo detendrían, porque ya lo han expulsado. Entonces iría a juicio, y yo tendría que presentarme en el juzgado y contar que me dio una paliza. Todo el mundo se enteraría. Piense en la vergüenza que pasaría.

—¿Y si golpea a alguien más?

En ese momento me acordé del señor Harrigan; invoqué su espíritu, por así decirlo.

—Eso será problema del otro. A mí lo único que me preocupa es lo que me ha hecho a mí.

Intentó fruncir el ceño. Pero una gran sonrisa se dibujó en sus labios, y me enamoré de ella aún más.

—Qué frialdad.

—Solo quiero salir adelante —dije. Y era la pura verdad.

—¿Sabes una cosa, Craig? Creo que lo conseguirás.

Cuando llegó mi padre, me miró de arriba abajo y felicitó a la señorita Hargensen por su trabajo.

—En mi vida anterior, fui ayudante de un boxeador —dijo.

Él se rio. Ninguno de los dos propuso una visita a urgencias, lo cual fue un alivio.

Mi padre nos llevó a los cuatro a casa, así que nos perdimos la segunda parte del baile, pero nos dio igual. Billy, Margie y Regina habían tenido una experiencia más interesante que la de agitar las manos en el aire al son de las canciones de Beyoncé y Jay Z. En cuanto a mí, seguía reviviendo el satisfactorio calambre que me había recorrido el brazo cuando mi puño entró en contacto con el ojo de Kenny Yanko. Iba a dejarle un magnífico ojo morado, y me pregunté cómo lo explicaría. «Hombre, tropecé con una puerta.» «Hombre, tropecé con una pared.» «Hombre, estaba jalándomela y se me resbaló la mano.»

Ya en casa, mi padre volvió a preguntarme si sabía quién había sido. Contesté que no.

—No sé si creerte, hijo.

Callé.

—¿Quieres dejarlo pasar sin más? ¿Es así como debo interpretarlo?

Asentí con la cabeza.

—De acuerdo —suspiró—. Supongo que lo entiendo. Yo también fui joven en otro tiempo. Es algo que los padres dicen a sus hijos tarde o temprano, pero dudo que los hijos se lo crean.

—Yo me lo creo —aseguré, y era verdad, pese a que me resultó gracioso imaginarme a mi padre como un renacuajo de metro sesenta y cinco en los tiempos de los teléfonos fijos.

—Al menos dime una cosa. Tu madre se pondría hecha una fiera conmigo solo por preguntártelo, pero como no está aquí… ¿Se lo has devuelto?

—Sí. Solo una vez, pero con ganas.

Mi respuesta le arrancó una sonrisa.

—Muy bien. Pero debes entender que si vuelve por ti, será asunto de la policía. ¿Queda claro?

Contesté que sí.

—Esa profesora tuya… me cae bien… Ha dicho que debía tenerte en pie al menos durante una hora y comprobar que no te mareas. ¿Se te antoja un trozo de pay?

—Mucho.

—¿Con una taza de té?

—Por supuesto.

Así que nos tomamos el pay y un gran tazón de té, y mi padre me contó anécdotas que no tenían nada que ver con líneas compartidas de teléfono fijo, ni con colegios de una sola aula donde no había más calefacción que una estufa de leña, ni con televisiones que solo sintonizaban tres canales (ninguno si el viento derribaba la antena de la azotea). Me contó que Roy DeWitt y él encontraron material pirotécnico en el sótano de Roy, y cuando lanzaron los cohetes, uno entró en la caja de yesca de Frank Driscoll y le prendió fuego. Frank Driscoll los amenazó con decírselo a sus padres si no le cortaban cuatro metros cúbicos de leña. Me contó que su madre lo oyó llamar Gran Jefe Abalorios al viejo Philly Loubird, de Shiloh Church, y le lavó la boca con jabón, indiferente a sus promesas de que nunca volvería a decir algo así. Me contó las peleas —trifulcas, las llamó—, en las que se enzarzaban casi todos los viernes por la noche en el

RolloDrome de Auburn los chicos del colegio Lisbon y los del Edward Little, donde estudiaba mi padre. Me contó que un par de chicos mayores le quitaron el traje de baño en White's Beach («Volví a casa envuelto con la toalla»), y que una vez un chico lo persiguió por Carbine Street, en Castle Rock, con un bat de beisbol («Me acusaba de haberle hecho un chupetón a su hermana, cosa que no era verdad»).

En efecto, *había* sido joven en otro tiempo.

Me sentía bien cuando subí a mi habitación, pero empezaba a pasárseme el efecto del Aleve que me había dado la señorita Hargensen, y para cuando acabé de desvestirme, esa sensación de bienestar también declinaba ya. Estaba casi seguro de que Kenny Yanko no volvería a armarla conmigo, pero no del todo. ¿Y si sus amigos lo molestaban con el asunto del ojo morado? ¿A burlarse de él por eso? ¿A reírse, incluso? ¿Y si Kenny se enojaba y decidía que lo propio era un segundo ataque? Si eso ocurría, posiblemente yo no conseguiría asestar siquiera un buen golpe; a fin de cuentas, el puñetazo en el ojo había sido por sorpresa. Podía mandarme al hospital o algo peor.

Me lavé la cara (con mucho cuidado), me cepillé los dientes, me metí en la cama, apagué la luz y me quedé allí inmóvil, reviviendo lo sucedido. El sobresalto cuando me agarró por detrás y me empujó por el pasillo. El puñetazo en el pecho. El puñetazo en la boca. Cuando pedí a mis piernas que me sostuvieran y las piernas me dijeron «quizá en otro momento».

Una vez a oscuras, la idea de que Kenny no había zanjado su asunto conmigo me resultó cada vez más verosímil. Lógica, incluso, tal como las cosas más disparatadas parecen lógicas cuando uno está solo y a oscuras.

Así pues, volví a encender la luz y telefoneé al señor Harrigan.

No esperaba oír su voz, solo quería hacer como si hablara con él. Lo que esperaba era silencio, o un mensaje grabado anunciándome que el número al que llamaba estaba fuera de servicio. Le había metido el teléfono en el bolsillo de la chamarra del traje de difunto hacía tres meses, y las baterías de esos primeros iPhone duraban solo doscientas cincuenta horas incluso en modo ahorro. Es decir, ese teléfono debía de estar tan muerto como él.

Pero sonó. No tenía por qué sonar, la realidad se oponía totalmente a la idea misma de que eso ocurriese, pero a cinco kilómetros de allí, en el cementerio de Elm, bajo tierra, Tammy Wynette cantaba «Stand By Your Man».

Cuando el timbre sonaba por quinta vez, llegó a mi oído su voz ligeramente cascada de viejo. Como siempre, directo al grano, sin invitar siquiera a la otra persona a dejar un número o un mensaje. «Ahora no atiendo el teléfono. Le devolveré la llamada si lo considero oportuno.»

Tras el pitido, me oí hablar. No recuerdo haber pensado las palabras que iba a decir; mi boca parecía articular por propia iniciativa.

—Esta noche me han dado una paliza, señor Harrigan. Ha sido un chico grande, un imbécil; Kenny Yanko, se llama. Quería que le boleara los zapatos, y me negué. No lo he delatado porque he pensado que el asunto acabaría ahí; intentaba pensar como usted, pero sigo preocupado. Ojalá pudiéramos hablar.

Callé un momento.

—Me alegro de que su celular todavía funcione, aunque no me lo explico.

Callé un momento.

—Lo echo de menos. Adiós.

Corté la llamada. Consulté en Recientes para asegurarme de que realmente había telefoneado. Ahí constaba su número, junto con la hora: 23.02. Apagué el iPhone y lo dejé en el buró. Apagué la lámpara y me dormí casi en el acto. Eso ocurrió un viernes por la noche. La noche del día siguiente —o tal vez el domingo de madrugada—, Kenny Yanko murió. Se ahorcó, aunque yo no me enteré de eso, ni de ningún otro detalle, hasta un año después.

La necrológica de Kenneth James Yanko no se publicó en el *Sun* de Lewiston hasta el martes, y solo decía «Falleció de forma repentina como resultado de un trágico accidente», pero el lunes la noticia ya corría por todo el colegio, y naturalmente radio pasillo empezó a emitir a toda velocidad.

Estaba inhalando pegamento y murió de un derrame cerebral.

Estaba limpiando una de las escopetas de su padre (el señor Yanko, según contaban, tenía todo un arsenal en su casa) y se le disparó.

Estaba jugando a la ruleta rusa con una de las pistolas de su padre y se voló los sesos.

Se emborrachó, cayó por las escaleras y se partió el cuello.

Ninguno de esos rumores era cierto.

Fue Billy Bogan quien me lo contó, nada más subir al Autobús Corto. Estaba deseando soltar la noticia. Según dijo, se lo había contado a su madre una amiga suya de Gates Falls que la llamó por teléfono. La amiga vivía en la acera de enfrente y había visto que sacaban el cadáver en una camilla, rodeado de una multitud de Yankos que lloraban y vociferaban. Por lo visto, también a los matones expulsados los quería alguien. Como lector de la Biblia, hasta podía imaginármelos rasgándose las vestiduras.

De inmediato, y con sentimiento de culpabilidad, me acordé de mi llamada al teléfono del señor Harrigan. Me dije que estaba muerto y, por tanto, no podía haber tenido nada que ver con aquello. Me dije que, incluso si esas cosas eran posibles fuera de los cómics de terror, yo no había deseado expresamente la muerte de Kenny; solo quería que me dejara en paz, pero parecía un argumento propio de abogados. Y aún recordaba algo que la señora Grogan había dicho el día después del funeral, cuando comenté que el señor Harrigan era un buen hombre por incluirnos en su testamento.

«De eso ya no estoy tan segura. Era íntegro, eso por descontado, pero no te convenía estar en malos términos con él.»

Dusty Bilodeau había quedado en malos términos con el señor Harrigan, y sin duda Kenny Yanko habría quedado también en malos términos con él, por darme una paliza al negarme a bolearle las putas botas. Solo que el señor Harrigan ya no podía estar en malos términos con nadie. Me repetía eso una y otra vez. Los muertos no están en malos términos con nadie. Por supuesto, tampoco los teléfonos que no se habían cargado en tres meses podían sonar ni reproducir el mensaje grabado (ni recibirlos)…, pero el del señor Harrigan sí había sonado, y yo sí había oído su voz cascada de viejo. Así que, aunque me sentí culpable, también sentí alivio. Kenny Yanko ya nunca volvería a meterse conmigo. Ya no se interpondría en mi camino.

Más tarde ese día, durante mi primera hora libre en el colegio, la señorita Hargensen vino al gimnasio, donde yo lanzaba la pelota a la canasta, y me pidió que la acompañara al pasillo.

—Hoy en clase te he notado depre —dijo.

—Pues no, no lo estaba.

—Lo estabas, y sé por qué, pero voy a decirte una cosa. Los chicos de tu edad tienen una visión del universo ptolemaica. Aún soy joven y me acuerdo.

—No sé qué…

—Ptolomeo fue un matemático y astrólogo griego que creía que la Tierra era el centro del universo, un punto fijo alrededor del cual giraba todo lo demás. Los niños creen que todo su mundo gira en torno a ellos. Esa sensación de estar en el centro de todo normalmente empieza a desaparecer más o menos a los veinte años, pero a ti aún te falta mucho para eso.

Inclinada hacia mí, muy seria, me miraba con aquellos ojos verdes preciosos. Además, el aroma de su perfume me mareaba.

—Veo que no me entiendes, así que te ahorraré la metáfora. Si estás pensando que has tenido algo que ver con la muerte de ese Yanko, olvídalo. No es así. He visto su expediente, y era un chico con graves problemas. Problemas en casa, problemas en el colegio, problemas psicológicos. No sé qué pasó, ni quiero saberlo, pero veo en esto un lado positivo.

—¿Cuál? —pregunté—. ¿Que ya no puede pegarme más?

Se echó a reír y dejó a la vista unos dientes tan bonitos como toda ella.

—He ahí otra vez esa visión ptolemaica del mundo. No, Craig, el lado positivo es que era demasiado joven para tener licencia. Si hubiese tenido edad para manejar, puede que se hubiera llevado por delante a otros chicos con él. Ahora vuelve al gimnasio y tira un rato a la canasta.

Hice ademán de marcharme, pero ella me agarró de la muñeca. Once años después, todavía recuerdo la descarga eléctrica que sentí.

—Craig, jamás me alegraría de la muerte de un niño, ni siquiera de la de un elemento como Kenneth Yanko. Pero sí puedo alegrarme de que no hayas sido tú.

De pronto deseé contárselo todo, y tal vez lo habría hecho. Sin embargo, en ese preciso momento sonó el timbre, se abrieron las puertas de las aulas, y el pasillo se llenó de jóvenes y su bullicio. La señorita Hargensen se fue por su camino, y yo por el mío.

Esa noche encendí el teléfono y, al principio, me limité a mirarlo, haciendo acopio de valor. Lo que la señorita Hargensen había dicho esa mañana tenía sentido, pero ella no sabía que el teléfono del señor Harrigan aún funcionaba, lo cual era imposible. Yo no había tenido ocasión de contárselo y creía —erróneamente, como después se vio— que nunca se lo contaría.

Esta vez no funcionará, me dije. *Le quedaba una última chispa de energía, solo eso. Como un foco que emite un intenso destello justo antes de fundirse.*

Oprimí su número en la lista de contactos. Preveía —más bien albergaba la esperanza de que así fuera— escuchar un silencio o un mensaje avisándome que el teléfono estaba fuera de servicio. Pero el timbre sonó unas cuantas veces hasta que la voz del señor Harrigan llegó de nuevo a mi oído: «Ahora no atiendo el teléfono. Le devolveré la llamada si lo considero oportuno».

—Soy Craig, señor Harrigan.

Me sentía como un tonto por hablar con un muerto, uno que a esas alturas tendría ya moho en las mejillas (había hecho mis indagaciones, debo aclarar). Al mismo tiempo no me sentía como un tonto en absoluto. Me sentía asustado, como quien pisa tierra no consagrada.

—Oiga… —me pasé la lengua por los labios—. No ha tenido usted nada que ver con la muerte de Kenny Yanko, ¿verdad? Si es que sí… hummm… dé un golpe en la pared.

Corté la llamada.

Esperé el golpe.

No llegó.

A la mañana siguiente tenía un mensaje de **reypirata1**. Solo seis letras: **a a a. C C x.**

Sin sentido.

Me llevé un susto de muerte.

Ese otoño pensé mucho en Kenny Yanko (por entonces el rumor que corría era que se había caído del primer piso de su casa cuando intentaba salir a hurtadillas en plena noche). Pensé aún más en el señor Harrigan, y en su teléfono, que lamentaba no haber arrojado al lago Castle. Sentía cierta fascinación, ¿me explico? La fascinación que sentimos todos ante las cosas extrañas. Las cosas prohibidas. En varias ocasiones estuve a punto de llamar al teléfono del señor Harrigan, pero no lo hice, al menos no entonces. Tiempo atrás su voz me resultaba tranquilizadora, la voz de la experiencia y el éxito, la voz, podría decirse, del abuelo que nunca había tenido. Ya no recordaba esa voz tal como era en nuestras tardes soleadas, cuando hablábamos de Charles Dickens o Frank Norris o D. H. Lawrence o de que internet era como una cañería rota. Solo recordaba la voz ronca del viejo, como papel de lija casi gastado, que me decía que me devolvería la llamada si lo consideraba oportuno. Y lo recordaba en su ataúd. El empleado de la funeraria Hay & Peabody sin duda le había pegado los párpados, pero ¿cuánto duraban los efectos de ese pegamento? ¿Tenía los ojos abiertos allí abajo mientras se pudrían en las cuencas? ¿Tenía la mirada fija en la oscuridad?

Me obsesionaba con esas cosas.

Una semana antes de Navidad, el reverendo Mooney me pidió que pasara a la sacristía para «tener una charla». Fue él quien llevó el peso de la conversación. Mi padre estaba preocupado por mí, dijo. Yo perdía peso, y mis notas habían bajado. ¿Tenía algo que contarle? Me detuve a pensar y decidí que quizá sí. No todo, pero parte.

—Si le cuento una cosa, ¿quedará entre nosotros?

—Siempre y cuando no tenga que ver con autolesiones o delitos, delitos *graves*, la respuesta es sí. No soy sacerdote, y esta iglesia no es de confesión católica, pero casi todos los hombres de fe saben mantener secretos.

Le conté, pues, que me había enzarzado en una pelea con un chico del colegio, un chico mayor que se llamaba Kenny Yanko y que me había dado una buena paliza. Añadí que nunca había deseado la muerte de Kenny, y desde luego no había *rezado* para que ocurriera, pero él *había* muerto casi inmediatamente después de la pelea, y no podía quitármelo de la cabeza. Le expliqué lo que había dicho la señorita Hargensen en relación con los niños, que creían que todo tenía que ver con ellos, y que no era así. Comenté que aquello me había ayudado un poco, pero que seguía pensando que tal vez sí había desempeñado un papel en la muerte de Kenny.

El reverendo sonrió.

—Tu maestra tenía razón, Craig. Yo, hasta los ocho años, evité pisar las grietas de la acera por miedo a que, sin querer, le rompiera la espalda a mi madre.

—¿En serio?

—En serio —se inclinó hacia mí. Su sonrisa se desvaneció—. Yo te guardaré el secreto si tú me lo guardas a mí. ¿De acuerdo?

—Cuente con ello.

—Soy buen amigo del padre Ingersoll, de la iglesia de Saint Anne, en Gates Falls. Es la iglesia a la que asiste la familia Yanko. Me dijo que ese chico, Yanko, se suicidó.

Creo que ahogué una exclamación. El suicidio había sido uno de los rumores durante la semana posterior a la muerte de Kenny, pero yo no le había dado crédito. Habría jurado que era imposible que a aquel matón hijo de puta se le pasara siquiera por la cabeza la idea de quitarse la vida.

El reverendo Mooney seguía inclinado hacia delante. Me tomó una mano entre las suyas.

—Craig, ¿de verdad crees que ese niño se fue a casa y pensó: «Dios mío, le he dado una paliza a un niño más pequeño que yo, me parece que voy a matarme»?

—Imagino que no —exhalé tal suspiro que tuve la impresión de que llevaba dos meses conteniendo la respiración—. Si lo plantea así. ¿Cómo se suicidó?

—No lo pregunté, y no te lo diría aunque Pat Ingersoll me lo hubiese contado. Tienes que dejar eso atrás, Craig. Ese chico tenía problemas. Su necesidad de pegarte era solo un síntoma de esos problemas. Tú no tuviste nada que ver.

—¿Y si siento alivio, por…, ya me entiende, no tener que preocuparme más por él?

—Diría que eso es ser humano.

—Gracias.

—¿Te sientes mejor?

—Sí

Y así era.

No mucho antes de que terminase el curso, la señorita Hargensen se plantó ante nosotros con una amplia sonrisa en la clase de ciencias.

—Muchachos, probablemente pensaron que se librarían de mí dentro de dos semanas, pero tengo una mala noticia. El señor De Lesseps, el profesor de biología de la preparatoria, se jubila, y me han contratado para ocupar su puesto. Podría decirse que asciendo de la secundaria a la preparatoria.

Unos cuantos niños dejaron escapar un gemido teatral, pero casi todos aplaudimos, y ninguno más fuerte que yo. No iba a dejar atrás a mi amada. En mi cabeza adolescente, aquello me pareció cosa del destino. Y en cierto modo lo era.

También yo dejé atrás la escuela secundaria de Gates Falls y pasé a la preparatoria de Gates Falls. Fue allí donde conocí a Mike Ueberroth, apodado entonces Submarino, tal como se le sigue llamando en su actual carrera profesional como segundo catcher de los Orioles de Baltimore.

En Gates, los deportistas y los chicos más estudiosos no se mezclaban mucho (imagino que eso es así en la mayoría de las escuelas, porque los deportistas tienden a formar clanes), y si no hubiese sido por *Arsénico por compasión*, dudo que hubiésemos llegado a entablar amistad. Submarino estaba en el penúltimo curso, y yo era un simple alumno de primero, con lo que la posibilidad de ser amigos era incluso más improbable. Pero nos hicimos amigos, y nuestra amistad ha perdurado hasta el día de hoy, aunque ahora ya no lo veo tan a menudo.

En muchas preparatorias se representa una obra de teatro en el último curso, pero no era el caso del Gates. Nosotros preparábamos dos obras al año, y aunque las organizaba el Club de Teatro, todos los alumnos podían presentarse a las audiciones. Yo conocía la historia, porque había visto la versión cinematográfica por la televisión una lluviosa tarde de sábado. Me gustó, así que probé suerte. La novia de Mike, miembro del Club de Teatro, lo convenció para que se presentara, y acabó interpretando el papel del homicida Jonathan Brewster. A mí me asignaron el papel de su escurridizo adlátere, el doctor Einstein. En la película, ese personaje lo interpretaba Peter Lorre, y yo hice todo lo posible por hablar como él, diciendo con desdén «Pse, pse» antes de cada frase. No era una imitación muy buena, pero debo decir que tuvo credibilidad entre el público. En los pueblos, ya se sabe.

Así fue, pues, como nos hicimos amigos Submarino y yo, y también fue así como me enteré de lo que en verdad le había ocurrido a Kenny Yanko. Resultó que el reverendo se equivocaba y la necrológica del periódico estaba en lo cierto. Realmente había sido un accidente.

Durante el intermedio entre el primer acto y el segundo del ensayo general, yo estaba delante de la máquina de Coca-Cola, que se había tragado mis setenta y cinco centavos y no me daba nada a cambio. Submarino se apartó de su novia, se acercó y asestó a la máquina un fuerte golpe con la palma de la mano en el ángulo superior derecho. De inmediato cayó en la bandeja una lata de Coca-Cola.

—Gracias —dije.

—De nada. Solo tienes que acordarte de golpear justo ahí, en el ángulo.

Contesté que lo tendría en cuenta, aunque dudé que fuera capaz de golpear con la misma fuerza.

—Ah, oye, me enteré de que tuviste problemas con aquel Yanko. ¿Es verdad?

No tenía sentido desmentirlo —a Billy y a las dos chicas se les había soltado la lengua—, y de hecho no había ninguna razón para eso después de tanto tiempo. Así que contesté que sí, que era verdad, y le expliqué que me había negado a bolearle las botas y lo que había ocurrido a continuación.

—¿Quieres saber cómo murió?

—Me han llegado unas cien versiones distintas. ¿Tú tienes otra?

—Yo tengo la verdad, coleguita. Ya sabes quién es mi padre, ¿no?

—Claro —el cuerpo de policía de Gates Falls se componía de alrededor de veinte agentes de uniforme, el jefe de policía y un inspector, el padre de Mike, George Ueberroth.

—Te contaré lo de Yanko si me das un sorbo de tu Coca-Cola.

—De acuerdo, pero no escupas dentro.

—¿Me tomas por un animal? Trae aquí, maldito mequetrefe.

—Pse, pse —contesté, a lo Peter Lorre.

Él dejó escapar una risita, tomó la lata, apuró la mitad y eructó. En el pasillo, a cierta distancia, su novia se metió el dedo en la boca e hizo ver que vomitaba. El amor en la preparatoria es muy sofisticado.

—Mi padre se ocupó de la investigación —dijo Submarino al tiempo que me devolvía la lata— y, un par de días después de la muerte de Yanko, lo oí hablar con el sargento Polk, que acababa de llegar de «la casa». Así es como llaman a la comisaría. Estaban en el pórtico tomando cerveza, y el sargento comentó algo de que Yanko había practicado el estrangu-meneo. Mi padre se rio y dijo que él había oído llamar a esa técnica «corbata de Beverly Hills». El sargento añadió que probablemente era la única manera en que el pobre chico conseguía venirse, con esa cara de pizza que tenía. Mi padre coincidió con él, triste pero cierto. Luego añadió que lo que le preocupaba era el pelo. Dijo que al forense también le preocupaba.

—¿Qué pasaba con el pelo? —pregunté—. ¿Y qué es eso de la corbata de Beverly Hills?

—Lo consulté en mi teléfono. Es como se llama en argot a la asfixia autoerótica —pronunció esas palabras con cuidado. Con orgullo, casi—. Te cuelgas del cuello y te la jalas mientras estás perdiendo el conocimiento —vio mi expresión y se encogió de hombros—. Yo no hago las noticias, doctor Einstein, solo las repito. Debe de ser un subidón, pero creo que paso.

Yo también pasaba, pensé.

—¿Y lo del pelo?

—Le pregunté a mi padre por eso. No quería contármelo, pero como yo había oído todo lo demás, al final cedió. Dijo que la mitad del pelo se le había vuelto blanca.

Pensé mucho en eso. Por un lado, si alguna vez había concebido la idea de que el señor Harrigan saliese de la tumba para vengarse en mi nombre (y a veces por la noche, cuando no podía conciliar el sueño, la idea, por ridícula que pareciera, penetraba subrepticiamente en mi cabeza), la revelación de Submarino echaba por tierra esa posibilidad. Imaginando a Kenny Yanko en su armario, con el pantalón en torno a los tobillos y una cuerda alrededor del cuello, con el rostro cada vez más amoratado mientras practicaba el consabido estrangu-meneo, en realidad sentía lástima por él. Vaya una manera absurda e indigna de morir. «Como resultado de un trágico accidente», decía la necrológica del *Sun*, y esa información era más precisa de lo que ninguno de nosotros, los demás jóvenes, podíamos haber sabido.

Por otro lado, sin embargo, estaba el comentario del padre de Submarino sobre el pelo de Kenny. Yo no podía evitar preguntarme a qué se debía eso. Qué podía haber visto Kenny en ese armario, a su lado, mientras, sumiéndose en la inconsciencia, se la jalaba con toda su alma.

Finalmente acudí a mi mejor asesor, internet. Allí encontré divergencia de opiniones. Unos científicos afirmaban que no existía prueba alguna de que el cabello de una persona pudiera emblanquecerse a causa de un shock; otros sostenían que sí, que ciertamente podía ocurrir. Que los melanocitos que determinan el color del cabello podían morir como consecuencia de un shock. En un artículo que leí se decía que, de hecho, les ocurrió a Tomás Moro y María Antonieta antes de ser ejecutados. Otro artículo lo ponía en tela de juicio, aseguraba que era solo una leyenda. Al final, aquello era como una frase que decía a veces el señor Harrigan sobre la compra de acciones: pagas tu dinero y asumes el riesgo.

Poco a poco, estas dudas y preocupaciones se disiparon, pero mentiría si dijera que Kenny Yanko desapareció por completo de mi cabeza, entonces o ahora. Kenny Yanko, en su armario con una cuerda alrededor del cuello. Quizá no perdió el conocimiento antes de poder aflojar el nudo. Quizá Kenny Yanko —solo quizá— vio algo que lo asustó de tal modo que se desmayó. Que realmente murió de miedo. A la luz del día, resultaba bastante absurdo. Por la noche, sobre todo si el viento soplaba con fuerza y producía leves gemidos en torno a los aleros, no tanto.

Ante la casa del señor Harrigan apareció el cartel de EN VENTA de una agencia inmobiliaria de Portland, y fueron a verla unas cuantas personas. La mayoría eran de esos que llegaban en avión de Boston o Nueva York (algunos en vuelos chárter, probablemente). De esos que, como los hombres de negocios que asistieron al funeral del señor Harrigan, no escatimaban en el alquiler de coches caros. Dos de ellos fueron el primer matrimonio gay que vi; jóvenes pero a todas luces acaudalados y a todas luces enamorados. Llegaron en un llamativo BMW i8, fueron de acá para allá tomados de la mano, y se deshicieron en exclamaciones como «Wau» e «Increíble» por todo el jardín. Después se marcharon y no volvieron.

Vi a muchos de esos posibles compradores porque el administrador de la herencia (el señor Rafferty, por supuesto) había conservado en sus puestos a la señora Grogan y a Pete Bostwick, y Pete me contrató para ayudarlo en el jardín. Sabía que se me daban bien las plantas y que estaba dispuesto a trabajar con constancia. Ganaba doce dólares la hora, diez horas semanales, y con el sustancioso fideicomiso fuera de mi alcance hasta que fuera a la universidad, ese dinero me venía muy bien.

Pete llamaba a los posibles compradores «ricachones». Al igual que la pareja casada del BMW, exclamaban «Wau» pero no compraban. Teniendo en cuenta que la casa estaba en una calle sin asfaltar y que las vistas eran solo buenas, no espectaculares (sin lagos, montañas ni costa rocosa con faro), no me sorprendió. Tampoco a Pete o a la señora Grogan. Apodaron a la casa Mansión Elefante Blanco.

A principios del invierno de 2011, destiné parte de los ingresos que había obtenido con el trabajo de jardinería a renovar mi teléfono de primera generación, que sustituí por un iPhone 4. Transferí mis contactos esa misma noche y, mientras deslizaba la pantalla, me encontré el número del señor Harrigan. Casi sin pensar, lo apreté. **Llamando al señor Harrigan**, leí en la pantalla. Me acerqué el teléfono al oído con una mezcla de temor y curiosidad.

No hubo mensaje saliente del señor Harrigan. No hubo voz robótica que anunciara que el número al que había llamado estaba fuera de servicio, y tampoco hubo timbre. No hubo nada excepto un silencio uniforme. Podía decirse que lo único que se oyó en mi nuevo teléfono fue, je je, un silencio sepulcral.

Fue un alivio.

En segundo, elegí biología, y allí estaba la señorita Hargensen, tan guapa como siempre, aunque ya no era mi amor. Había desplazado mis afectos a una joven más accesible (y acorde con mi edad). Wendy Gerard era una rubia menuda de Motton que acababa de deshacerse de la ortodoncia. Pronto empezamos a estudiar juntos, a ir al cine juntos (cuando mi padre, su madre o su padre nos llevaban, claro) y a manosearnos en la última fila. Todas esas cosas tan pegajosas propias de jóvenes que están perfectamente bien.

Mi enamoramiento de la señorita Hargensen murió de muerte natural, y estuvo bien, porque eso dio paso a la amistad. A veces yo llevaba plantas al aula, y los viernes por la tarde, después de clase, la ayudaba a limpiar el laboratorio, que compartíamos con los alumnos de química.

Una de esas tardes, le pregunté si creía en los fantasmas.

—Teniendo en cuenta que es científica y tal, imagino que no —comenté.

Ella se rio.

—Soy profesora, no científica.

—Ya sabe a qué me refiero.

—Supongo, pero sigo siendo una buena católica. O sea, creo en Dios y en los ángeles y en el mundo espiritual. En cuanto al exorcismo y la posesión demoníaca, ya no estoy tan segura, me parece excesivo, pero ¿los fantasmas? Dejémoslo en que aún no me he decidido. Desde luego nunca asistiría a una sesión espiritista ni perdería el tiempo con un tablero de ouija.

—¿Por qué?

Estábamos limpiando los fregaderos, tarea que en principio correspondía a los alumnos de química antes del fin de semana pero casi nunca hacían. La señorita Hargensen interrumpió la limpieza; sonreía. Quizá un poco abochornada.

—La gente de ciencias no es inmune a la superstición, Craig. Creo que no conviene jugar con las cosas que uno no entiende. Mi abuela decía que una persona no debe convocar a nadie a menos que quiera una respuesta. Siempre me ha parecido un buen consejo. ¿Por qué lo preguntas?

No tenía intención de contarle que Kenny me rondaba aún por la cabeza.

—Yo soy metodista, y hablamos del Espíritu Santo. Solo que en la Biblia del rey Jacobo se lo llama Fantasma Santo. Posiblemente estaba pensando en eso.

—Bueno, si los fantasmas existen —dijo ella—, seguro que no todos son santos.

Todavía quería dedicarme a escribir de una manera u otra, aunque mi ambición de ser guionista se había enfriado. El chiste del señor Harrigan sobre el guionista y la joven aspirante al estrellato acudía a mi memoria de vez en cuando, y había empañado un tanto mis fantasías sobre el mundo del espectáculo.

Ese año, por Navidad, mi padre me regaló una laptop, y empecé a escribir cuentos. Estaban bien línea a línea, pero las líneas de un cuento tienen que acabar formando un todo, y en las mías eso no pasaba. Al año siguiente, el jefe del Departamento de Literatura me eligió como director del periódico del colegio, y me entró el gusanito del periodismo, que ya nunca me ha abandonado. Dudo que me abandone. Creo que cuando uno encuentra el lugar que le corresponde, oye un clic, no en la cabeza sino en el alma. Puede hacer oídos sordos, pero ¿qué necesidad hay de eso?

Empecé a dar el estirón, y en tercero, después de mostrar a Wendy que sí, que tenía protección (de hecho, fue Submarino quien compró los condones), dejamos atrás la virginidad. Fui el tercero de mi promoción (éramos solo 142, pero no estuvo nada mal), y mi padre me compró un Toyota Corolla (de segunda mano, pero no estuvo nada mal). Me aceptaron en Emerson, una de las mejores universidades del país para los aspirantes a periodista, y seguramente me habrían concedido una beca parcial, pero gracias al señor Harrigan no la necesitaba, suerte la mía.

Entre los catorce y los dieciocho años, había pasado por algunas de las típicas tormentas adolescentes, aunque en realidad no muchas; era como si en la pesadilla con Kenny Yanko se hubiese concentrado anticipadamente buena parte de la angustia de la adolescencia. Además, quería a mi padre, y estábamos los dos solos. Creo que eso cambia las cosas.

Para cuando empecé a estudiar en la universidad, ya rara vez pensaba en Kenny Yanko. Pero aún me acordaba del señor Harrigan. No era raro, teniendo en cuenta que me había tendido la alfombra roja del mundo académico. Sin embargo, algunos días me acordaba más que otros. Si uno de esos días me encontraba de visita en el pueblo, iba a poner flores en su tumba. Si no, Pete Bostwick o la señora Grogan las ponían por mí.

El día de San Valentín. Acción de Gracias. Navidad. Y por mi cumpleaños.

Además, esos días siempre compraba un billete de un dólar de rasca y gana. A veces me tocaban dos dólares, a veces cinco, y en una ocasión cincuenta, pero nunca me acerqué siquiera al premio gordo. Me daba igual. Si lo hubiera ganado, habría donado el dinero a alguna organización benéfica. Compraba los billetes en memoria del señor Harrigan. Gracias a él, ya era rico.

Como el señor Rafferty fue generoso con el fideicomiso, dispuse de mi propio departamento cuando cursaba tercero en Emerson. Solo un par de habitaciones y un baño, pero se hallaba en la zona de Back Bay, donde ni los departamentos pequeños son baratos. Por entonces trabajaba en la revista literaria. *Ploughshares* es una de las mejores del país, y siempre tiene un redactor jefe de altos vuelos, pero alguien ha de leer el material no solicitado, y ese era yo. Me gustaba esa responsabilidad, y me gustaba el trabajo, pese a que muchos de los textos no andaban muy a la zaga de un poema memorablemente malo, incluso clásicamente malo, titulado «Diez razones por las que odio a mi madre». Me resultaba alentador ver que ahí fuera había muchos esforzados aspirantes que escribían peor que yo. Es posible que suene mezquino. Es posible que lo sea.

Una tarde, mientras realizaba esa tarea con una bandeja de Oreo junto a la mano izquierda y una taza de té junto a la derecha, sonó el teléfono. Era mi padre. Dijo que tenía una mala noticia y me anunció que la señorita Hargensen había muerto.

Por un momento, enmudecí. De repente la pila de poemas y relatos no solicitados parecía del todo intrascendente.

—¿Craig? —preguntó mi padre—. ¿Sigues ahí?

—Sí. ¿Qué ha pasado?

Me contó lo que sabía, y yo averigüé más un par de días después cuando la noticia apareció en la edición online de *Weekly Enterprise*, el semanario de Gates Falls. DOS QUERIDOS PROFESORES MUERTOS EN VERMONT, rezaba el titular. Victoria Hargensen Corliss aún daba clases de biología en Gates; su marido era profesor de matemáticas en la vecina localidad de Castle Rock. Habían decidido hacer un viaje en moto por Nueva Inglaterra durante las vacaciones de primavera, alojándose en un sitio distinto cada noche. En Vermont, ya en el camino de regreso, cerca de la línea divisoria con New Hampshire, Dean Whitmore, treinta y un años, de Waltham, Massachusetts, invadió el carril contrario en la Interestatal 2 y los embistió frontalmente. Ted Corliss murió en el acto. Victoria Corliss —la mujer que me había llevado a la sala de profesores después de la paliza de Kenny Yanko y me había dado un Aleve ilícito que sacó de su bolso— había muerto durante el traslado al hospital.

Yo había trabajado como becario en el *Enterprise* el verano anterior, vaciando los botes de basura básicamente, pero también había escrito unas cuantas crónicas deportivas y reseñas cinematográficas. Cuando telefoneé a Dave Gardener, el redactor jefe, me dio cierta información que el *Enterprise* no había publicado. Dean Whitmore había sido detenido un total de cuatro veces por conducir bajo los efectos del alcohol, pero su padre era un gran gestor de fondos de inversión libre (cómo odiaba el señor Harrigan a esos trepadores), y las tres veces anteriores había contratado abogados caros para ocuparse de la defensa de Whitmore. La cuarta, después de estrellarse contra la fachada lateral de un Zoney's Go-Mart en Hingham, había eludido la cárcel pero perdido la licencia. Manejaba sin licencia y bajo los efectos del alcohol cuando arrolló la moto de los Corliss. «Perdido de borracho», fue como lo expresó Dave.

—Saldrá de esta con un regaño y poco más —auguró Dave—. Su papá se encargará. Ya verás.

—Ni lo digas —la mera idea de que eso ocurriese me revolvió el estómago—. Si tu información es correcta, se trata de un caso claro de homicidio por imprudencia grave.

—Ya lo verás —repitió él.

Los funerales se celebraron en Saint Anne, la iglesia a la que tanto la señorita Hargensen —me resultaba imposible pensar en ella como Victoria— como su marido habían asistido durante la mayor parte de su vida, y en la que habían contraído matrimonio. El señor Harrigan había sido rico, un hombre influyente durante años en el mundo de los negocios de Estados Unidos, pero en el funeral de Ted y Victoria Corliss había mucha más gente. Saint Anne es una iglesia grande y, sin embargo, ese día no cabía un alma, y si el padre Ingersoll no hubiese dispuesto de un micrófono, nadie lo habría oído en medio de tanto sollozo. Los dos habían sido profesores muy queridos. Se habían casado por amor y, además, eran jóvenes. Lo mismo que la mayoría de los asistentes. Yo estaba allí; Regina y Margie estaban allí; Billy Bogan estaba allí; también estaba Submarino, que había viajado expresamente desde la Universidad Estatal de Florida, donde jugaba beisbol en primera división. Submarino y yo nos sentamos juntos. No puede decirse que llorara, pero tenía los ojos enrojecidos, y semejante hombretón se sorbía la nariz.

—¿La tuviste alguna vez como profesora? —pregunté en un susurro.

—En bío II —contestó él, también en un susurro—. En último curso. Necesitaba la asignatura para graduarme. Me regaló el aprobado. Y me apunté a su club de ornitología. Cuando solicité plaza en la universidad, me escribió una recomendación.

A mí me había escrito otra.

—Es injusto —comentó Submarino—. Simplemente hacían un viaje en moto —guardó silencio un momento—. Y además llevaban casco.

Billy parecía el mismo de siempre, pero Margie y Regina se veían mayores, casi mujeres con el maquillaje y los vestidos de jóvenes adultas. Me abrazaron delante de la iglesia cuando terminó el oficio.

—¿Te acuerdas de cómo te cuidó la noche de la paliza? —preguntó Regina.

—Sí —dije.

—Me dejó usar su crema de manos —añadió Regina, y se echó a llorar de nuevo.

—Espero que aparten a ese individuo de la circulación para siempre —dijo Margie con vehemencia.

—Lo suscribo —contestó Submarino—. Que lo encierren y tiren la llave.

—Así será —afirmé, pero, por supuesto, yo me equivocaba y Dave estaba en lo cierto.

Dean Whitmore compareció en el juzgado aquel mes de julio. Lo condenaron a cuatro años, pena que cumpliría en libertad condicional si accedía a someterse a rehabilitación y a análisis de orina aleatorios durante esos cuatro años. Para entonces yo volvía a trabajar para el *Enterprise*, y como empleado remunerado (solo a tiempo parcial, pero no estaba nada mal). Me habían endosado los asuntos de la comunidad y algún que otro reportaje. El día siguiente a la sentencia de Whitmore —si podía denominarse así—, expresé mi indignación a Dave Gardener.

—Ya lo sé, es una mierda —dijo—. Pero tienes que hacerte mayor, Craigy. Vivimos en el mundo real, donde el dinero habla y la gente escucha. En el caso Whitmore, en algún punto del proceso el dinero ha cambiado de manos. Dalo por hecho. Bueno, ¿y no se supone que tendrías que entregarme cuatrocientas palabras sobre la feria de artesanía?

Un centro de rehabilitación —posiblemente con pista de tenis y *green* para practicar golf— no bastaba. Cuatro años de controles de orina no bastaban, y menos cuando podías pagar a alguien para que proporcionara muestras limpias si sabías con antelación cuándo iban a solicitarte las pruebas. Y era muy probable que Whitmore lo supiera.

A medida que avanzaba aquel caluroso agosto, a veces pensaba en un proverbio africano que había leído en una de mis clases: «Cuando muere un anciano, arde una biblioteca». Victoria y Ted no eran viejos, pero en cierto modo eso era aún peor, porque su potencial ya nunca se materializaría. Todos aquellos jóvenes presentes en el funeral, alumnos actuales y graduados recientes como mis amigos y yo, inducían a pensar que *algo* había ardido y ya nunca podría reconstruirse.

Me acordé de sus dibujos de hojas y ramas en el pizarrón, imágenes hermosas hechas a mano alzada. Me acordé de cuando limpiábamos el laboratorio de biología los viernes por la tarde y luego, por si acaso, la mitad del laboratorio dedicada a química, riéndonos los dos por el hedor, mientras ella se preguntaba si algún Doctor Jekyll estudiante de química se convertiría en Mister Hyde y causaría estragos en los pasillos. Me acordé de que me dijo «Lo entiendo» cuando le contesté que no quería volver a entrar en el gimnasio después de la paliza de Kenny. Me acordé de todo eso, y del olor de su perfume, y luego pensé en el pendejo que la había matado, que terminaría la rehabilitación y seguiría con su vida tan campante.

No, no bastaba.

Esa tarde fui a casa y revolví en los cajones de la cómoda de mi habitación, sin acabar de reconocer qué era lo que buscaba... ni por qué. Lo que buscaba no estaba allí, ante lo que sentí decepción y a la vez alivio. Ya me disponía a irme, pero de pronto retrocedí y, de puntitas, examiné el contenido del estante superior del armario, donde tendían a amontonarse los cachivaches. Encontré un viejo despertador, un iPod que se había averiado al caérseme en el camino de acceso a casa cuando iba en monopatín y una maraña de auriculares de diadema y de botón. Había una caja de cromos de beisbol y una pila de cómics de Spiderman. Al fondo de todo descubrí una sudadera de los Red Sox demasiado pequeña para el cuerpo que habitaba ahora. La levanté y allí, debajo, apareció el iPhone que me había regalado mi padre una Navidad. Cuando no era más que un renacuajo. El cargador también estaba. Conecté el celular antiguo, aún sin reconocer del todo qué me proponía, pero cuando ahora pienso en aquel día —de hace no muchos años—, creo que la fuerza impulsora fueron unas palabras que pronunció la señorita Hargensen mientras limpiábamos los fregaderos del laboratorio de química: «Una persona no debe convocar a nadie a menos que quiera una respuesta». Ese día yo quería una respuesta.

Probablemente ni siquiera se cargará, me dije. *Lleva ahí años acumulando polvo*. Pero se cargó. Cuando fui a buscarlo esa noche, después de que mi padre se acostara, vi el icono de la batería con toda su carga en el ángulo superior derecho.

Dios mío, eso sí fue abrir el baúl de los recuerdos. Vi e-mails de hacía mucho tiempo, fotos de mi padre antes de peinar canas, un intercambio de mensajes entre Billy Bogan y yo. En realidad, no contenían nada nuevo de interés, solo comentarios jocosos e información esclarecedora como **Acabo de tirarme un pedo** y preguntas incisivas como **¿Hiciste la tarea de álgebra?** Éramos como dos niños conectados mediante un par de latas de conservas Del Monte y un cordón encerado. Que es a lo que se reduce la mayor parte de nuestras comunicaciones modernas, si uno se para a pensarlo: el parloteo por el parloteo.

Me llevé el teléfono a la cama, tal como hacía cuando aún no necesitaba afeitarme y cuando besar a Regina era mi máximo deseo. Solo que entonces la cama que en otro tiempo me había parecido grande se me antojaba casi demasiado pequeña. Miré el póster colgado en la pared opuesta de la habitación; era de Katy Perry; lo colgué ahí en tercero de secundaria, cuando la veía como la viva imagen de la diversión sexy. Ya no era el renacuajo de entonces, pero seguía siendo el mismo. Eso tiene su gracia.

«Si los fantasmas existen —había dicho la señorita Hargensen—, seguro que no todos son santos.»

Al pensar en eso, casi abandoné mi plan. A continuación, imaginando una vez más a aquel cabrón irresponsable jugando tenis en su centro de rehabilitación, seguí adelante y apreté el número del señor Harrigan. *Tranquilo*, me dije. *No ocurrirá nada. No puede ocurrir nada. Es solo una manera de despejar el terreno mental para dejar la rabia y la pena atrás y pasar a lo siguiente.*

Solo que parte de mí sabía que sí ocurriría algo, tanto era así que no me sorprendió oír el timbre en lugar de silencio. Ni su voz cascada hablándome al oído, procedente del teléfono que yo había metido en el bolsillo del muerto hacía casi siete años: «Ahora no atiendo el teléfono. Le devolveré la llamada si lo considero oportuno».

—Hola, señor Harrigan, soy Craig —hablé con voz asombrosamente serena, si tenemos en cuenta que me dirigía a un cadáver y que tal vez el cadáver me estuviese escuchando—. Un tal Dean Whitmore mató a mi profesora preferida del instituto y a su marido. Ese hombre iba borracho y los embistió con su coche. Eran buenas personas; ella me prestó ayuda cuando la necesitaba, y ese hombre no ha recibido su merecido. Creo que eso es todo.

Solo que no lo era. Disponía al menos de alrededor de treinta segundos de mensaje, y no los había aprovechado todos. Así que dije el resto, la verdad, bajando aún más la voz, hasta hablar casi en un gruñido:

—Ojalá estuviera muerto.

Ahora trabajo para el *Times Union*, un periódico local que abarca Albany y alrededores. Me pagan una miseria, probablemente podría ganar más escribiendo para BuzzFeed o TMZ, pero tengo el colchón del fideicomiso, y me gusta trabajar para un periódico de verdad, pese a que hoy día la mayor parte de la acción transcurre en línea. Digamos que soy anticuado.

Había entablado amistad con Frank Jefferson, el experto en tecnología de la información del periódico, y una noche, mientras tomábamos unas cervezas en el Madison Pour House, le conté que en otro tiempo había logrado comunicarme con el buzón de voz de un muerto…, pero solo si lo llamaba desde el celular viejo que tenía cuando ese hombre aún vivía. Pregunté a Frank si alguna vez había oído algo semejante.

—No —contestó—, pero sería posible.

—¿Cómo?

—Ni idea, pero las primeras computadoras y celulares presentaban toda clase de fallos raros. Algunos son legendarios.

—¿Los iPhone también?

—Esos especialmente —dijo, y tomó un trago de cerveza—. Porque la producción fue muy precipitada. Steve Jobs nunca lo habría reconocido, pero a la gente de Apple la aterrorizaba la posibilidad de que al cabo de un par de años, quizá solo uno, Blackberry dominara por completo el mercado. Algunos de aquellos primeros iPhone se bloqueaban cada vez que pulsabas la letra ele. Podías enviar un e-mail y navegar por la red, pero si intentabas navegar por la red y *luego* mandar un e-mail, a veces el teléfono se bloqueaba.

—De hecho, a mí me pasó un par de veces —dije—. Tuve que reiniciar.

—Ya. Pasaban muchas cosas de ese estilo. En cuanto a lo tuyo... Supongo que el mensaje de ese hombre se quedó atascado en el software, igual que un trozo de cartílago puede quedarse entre los dientes. Digamos que es como un fantasma dentro del aparato.

—Sí —convine—, pero no un fantasma santo.

—¿Eh?

—Nada —contesté.

Dean Whitmore murió durante su segundo día en el centro de rehabilitación de Raven Mountain, una clínica de desintoxicación situada en el norte de New Hampshire (disponía en efecto de canchas de tenis; también de canchas de tejo y alberca). Me enteré casi tan pronto como ocurrió, porque tenía activada una alerta en Google con su nombre tanto en mi portátil como en mi computadora del *Weekly Enterprise.* No se mencionaba la causa de la muerte —poderoso caballero es don dinero, como es bien sabido—, así que decidí visitar la cercana localidad de Maidstone, en New Hampshire. Recurrí a mis dotes de periodista, hice unas cuantas preguntas y me desprendí de algo del dinero del señor Harrigan.

No me requirió mucho tiempo, porque en cuestión de suicidios el de Whitmore se salía bastante de lo común. Igual que es poco común que uno se estrangule mientras se la jala, podría decirse. En Raven Mountain, a los pacientes los llamaban «huéspedes» en lugar de drogadictos o borrachos, y cada habitación tenía su propia regadera. Dean Whitmore se metió en la suya antes del desayuno y se echó unos tragos de champú. No para suicidarse, por lo visto, sino para lubrificar la vía de acceso. Luego partió en dos un jabón, tiró al suelo la mitad y se encajó la otra en la garganta.

La mayor parte de esa información se la saqué a uno de los terapeutas, cuyo trabajo en Raven Mountain consistía en apartar a los alcohólicos y a los drogadictos de sus malos hábitos.

Ese individuo, de nombre Randy Squires, sentado en mi Toyota, bebía directamente de una botella de Wild Turkey adquirida con parte de los cincuenta dólares que le había dado (y ciertamente no se me escapó la ironía). Pregunté si quizá Whitmore había dejado una nota de suicidio.

—Pues sí —respondió Squires—. Y tenía su lado enternecedor, de hecho. Era casi una plegaria. «Sigue dando todo el amor que te sea posible», decía.

Se me puso la piel de gallina en los brazos, pero las mangas lo ocultaron, y logré esbozar una sonrisa. Podría haberle dicho que no era una plegaria, sino un verso de «Stand By Your Man», de Tammy Wynette. En todo caso, Squires no habría sabido qué tenía que ver, y no había razón alguna para que yo se lo explicara. Era algo entre el señor Harrigan y yo.

Dediqué tres días a esa pequeña investigación. Cuando regresé, mi padre me preguntó si había disfrutado de mis minivacaciones. Le contesté que sí. Me miró con atención y preguntó si pasaba algo. Dije que no, sin saber si era mentira o no.

Parte de mí aún creía que Kenny Yanko había muerto de manera accidental, y que Dean Whitmore se había suicidado, posiblemente por un sentimiento de culpabilidad. Traté de imaginar cómo podía el señor Harrigan habérseles aparecido y haber causado sus muertes, y me fue imposible. Si de verdad había ocurrido eso, yo era cómplice de asesinato, no desde un punto de vista legal pero sí moral. A fin de cuentas, había deseado la muerte de Whitmore. Probablemente, en el fondo de mi alma, también la de Kenny.

—¿Seguro? —dijo mi padre. Aún mantenía la mirada fija en mí, y con la expresión escrutadora que, como yo bien recordaba, me dirigía en mi primera infancia cuando acababa de hacer alguna travesura.

—Totalmente —respondí.

—De acuerdo, pero, si necesitas hablar, aquí me tienes.

Sí, y yo daba gracias a Dios por eso, pero aquello era algo de lo que no podía hablar. No sin dar la impresión de que estaba loco.

Entré en mi habitación y tomé el viejo iPhone del estante del armario. Conservaba la carga de un modo admirable. ¿Por qué hice eso exactamente? ¿Me proponía telefonearlo a la tumba para darle las gracias? ¿Para preguntarle si de verdad estaba allí? No lo recuerdo, y supongo que tampoco importa, porque no llamé. Cuando encendí el teléfono, vi que tenía un mensaje de **reypirata1**. Oprimí con dedo trémulo para abrirlo y leí lo siguiente: **C C C sT**.

Mientras lo miraba, barajé una posibilidad que ni siquiera se me había pasado por la cabeza antes de ese día de finales de verano. ¿Y si de algún modo yo retenía como rehén al señor Harrigan? ¿Atado a mis preocupaciones terrenas mediante el teléfono que le había metido en el bolsillo del saco antes de que cerrasen la tapa del ataúd? ¿Y si lo que le había pedido le causaba daño? ¿Quizá incluso lo atormentaba?

No es probable, pensé. *Recuerda lo que te contó la señora Grogan sobre Dusty Bilodeau. Dijo que, después de robar al señor Harrigan, no lo habría contratado ni el viejo Dorrance Marstellar para retirar la mierda de gallina de su granero a paladas. Él se encargó de eso.*

Sí, y otra cosa. La señora Grogan dijo también que era un hombre íntegro, pero que, si tú no lo eras también, que Dios te ayudara. ¿Y había sido íntegro Dean Whitmore? No. ¿Había sido íntegro Kenny Yanko? Ídem. Así que tal vez el señor Harrigan había intervenido gustosamente. Tal vez incluso había disfrutado.

—Si es que estuvo presente —susurré.

Había estado presente. En el fondo de mi alma, lo sabía. Y sabía otra cosa. Sabía qué significaba ese mensaje: *Craig, stop*.

¿Porque le hacía daño a él o porque me lo hacía a mí mismo? Decidí que a fin de cuentas no importaba.

Al día siguiente, llovió a cántaros, esa clase de aguacero frío y sin relámpagos que anuncia que las primeras tonalidades otoñales empezarán a aparecer en un par de semanas. Estuvo bien que lloviera, porque gracias a eso los veraneantes —los que quedaban— se habían refugiado en sus escondrijos de temporada y no había nadie en Castle Lake. Me estacioné en la zona de picnic del extremo norte del lago y fui a pie hasta lo que los chavillos llamaban los Salientes, el sitio donde, en traje de baño, se retaban a saltar. Algunos de nosotros incluso lo hacíamos.

Me acerqué al borde del precipicio, allí donde terminaba la pinocha y empezaba la roca desnuda, que era la verdad última de Nueva Inglaterra. Me llevé la mano al bolsillo derecho del pantalón caqui y saqué mi iPhone 1. Lo sostuve un momento, sopesándolo y recordando la emoción que había sentido aquella mañana de Navidad al desenvolver el paquete y ver el logo de Apple. ¿Había llorado de emoción? No lo recordaba, pero casi seguro.

Todavía quedaba batería, aunque ya menos del cincuenta por ciento. Telefoneé al señor Harrigan, y en la tierra oscura del cementerio de Elm, en el bolsillo del saco de un traje caro, para entonces moteado de moho, sonó, no me cabe duda, la canción de Tammy Wynette. Escuché su voz cascada de viejo una vez más, diciéndome que me devolvería la llamada si lo consideraba oportuno.

Aguardé el pitido.

—Gracias por todo, señor Harrigan —dije—. Adiós.

Corté la comunicación, eché el brazo atrás y lancé el teléfono con todas mis fuerzas. Lo observé trazar un arco por el cielo gris. Observé la pequeña salpicadura que produjo al caer en el agua.

Me llevé la mano al bolsillo izquierdo y saqué mi iPhone actual, el 5C con carcasa de color. Me proponía arrojarlo también al lago. Seguramente podía arreglármelas con el fijo, y seguramente desprenderme de él me haría la vida más fácil. Menos cháchara, no más mensajes para preguntarme **Qué haces,** no más emoticonos absurdos. Si conseguía trabajo en un periódico después de graduarme y necesitaba mantenerme en contacto, podía utilizar un celular prestado y devolverlo una vez concluido el encargo para el cual lo necesitase.

Eché el brazo atrás, lo mantuve en esa posición durante lo que se me antojó un largo rato, quizá un minuto, quizá dos. Al final me guardé el teléfono en el bolsillo. Ignoro si todo el mundo es adicto a esas latas Del Monte de alta tecnología, pero sí sé que yo lo soy, y sé que el señor Harrigan lo era. Por eso le metí el celular en el bolsillo aquel día. En el siglo XXI, creo, son nuestros teléfonos el medio por el que nos relacionamos con el mundo. Si es así, probablemente sea una mala relación.

O tal vez no. Después de lo ocurrido a Yanko y a Whitmore, y después de aquel último mensaje de **reypirata1**, hay muchas cosas de las que no estoy seguro. De la realidad misma, para empezar. No obstante, sí sé dos cosas, y son tan sólidas como la roca de Nueva Inglaterra. Cuando me muera, no quiero que me incineren, y quiero que me entierren con los bolsillos vacíos.

LA VIDA DE CHUCK

Acto III: ¡Gracias, Chuck!

1

El día en que Marty Anderson vio el cartel publicitario fue poco antes de que internet dejara de funcionar para siempre. Desde las primeras interrupciones breves, hacía ya ocho meses, el servicio había sido oscilante. Todos coincidían en que tenía los días contados, y todos coincidían en que ya se las arreglarían de una manera u otra cuando el mundo interconectado se quedara definitivamente a oscuras; al fin y al cabo, antes se las arreglaban sin eso, ¿o no? Además, había otros problemas, como la extinción de especies de aves y peces, y ahora se sumaba a todo eso el asunto de California: se va, se va, y posiblemente pronto desaparecerá.

Marty salía tarde del colegio porque era el día que menos gustaba a los docentes de preparatoria, el día destinado a las reuniones entre padres y profesores. Tal como se desarrollaron, Marty tuvo ocasión de comprobar que, en general, los padres mostraban poco interés en comentar los progresos (o la ausencia de estos) del joven Johnny o la joven Janey. Casi todos querían hablar del probable final de internet, con lo que perderían irreversiblemente sus cuentas de Facebook e Instagram. Ninguno mencionó Pornhub, pero Marty sospechaba que muchos —tanto padres como madres— lamentaban también la inminente desaparición de esa web.

Por lo común, Marty volvía a casa por el camino de cuota —tarará tararí, en casa en un tris—, pero eso no era posible debido al hundimiento del puente del Otter Creek. De eso hacía cuatro meses, y no había la menor señal de obras de reconstrucción; solo barreras de madera con cintas de color naranja ya mugrientas y rotuladas por los grafiteros.

Con el camino cerrado, Marty, para llegar a su casa en Cedar Court, se veía obligado a atravesar el centro junto con el resto de los habitantes de la zona este. A causa de las reuniones, no había salido a las tres, sino a las cinco, en plena hora pico, y un desplazamiento que antes le habría representado veinte minutos ahora le exigía una hora como mínimo, probablemente más porque tampoco funcionaban algunos semáforos. Todo el viaje era una parada tras otra en medio de incesantes claxonazos, chirridos de frenos, golpes entre defensas y manos en alto con el dedo medio extendido. Tuvo que esperar diez minutos en el cruce de Main con Market, con lo que dispuso de tiempo de sobra para fijarse en el cartel publicitario instalado en lo alto del edificio del Midwest Trust.

Hasta ese día era un anuncio de una compañía aérea, Delta o Southwest, Marty no recordaba cuál. Esa tarde la alegre tripulación de auxiliares de vuelo tomados del brazo había dado paso a una fotografía de un hombre de cara redonda con anteojos de armazón negro a juego con su cabello oscuro y bien peinado. Sentado a una mesa con un bolígrafo en la mano, no llevaba saco pero sí camisa blanca y corbata con un nudo impecable. En la mano con la que sujetaba el bolígrafo tenía una cicatriz en forma de media luna que por alguna razón no habían retocado en la foto. Tenía aspecto de contador, a juicio de Marty. Dirigía una sonrisa exultante al colapsado tráfico vespertino desde su elevada atalaya en el edificio del banco. Por encima de su cabeza se leía, en letras azules: CHARLES KRANTZ. Debajo del escritorio, en rojo, decía: ¡39 MAGNÍFICOS AÑOS! ¡GRACIAS, CHUCK!

Marty nunca había oído hablar de Charles Krantz, «Chuck», pero supuso que había sido un pez gordo en el Midwest Trust para merecer una foto de jubilación en un cartel iluminado que medía unos cinco metros de alto por quince de ancho. Y si había trabajado casi cuarenta años, la foto debía de ser antigua, o de lo contrario habría tenido canas.

—O se habría quedado calvo —dijo Marty, y se atusó su propio cabello, ya escaso.

Cinco minutos después, en el cruce principal del centro, se abrió ante él un hueco momentáneo y se arriesgó a aprovechar la oportunidad. Se coló por ese resquicio con su Prius, tensándose en espera de una posible colisión e indiferente al puño amenazador de un hombre que se vio obligado a frenar en seco para evitar por escasos centímetros una embestida lateral.

En lo alto de Main Street encontró otro embotellamiento y de nuevo eludió un accidente por muy poco. Para cuando llegó a casa, se había olvidado por completo del cartel. Entró en el estacionamiento, oprimió el botón que bajaba la puerta y se quedó allí sentado durante un minuto largo, respirando hondo y procurando no pensar que a la mañana siguiente tendría que volver a pasar por el mismo suplicio. Con el camino cerrado, no había alternativa. Eso si quería ir a trabajar, claro, y en ese momento la opción de tomarse un día de baja por enfermedad (acumulaba ya muchos de esos) se le antojaba más atractiva.

—No sería el único —dijo al estacionamiento vacío.

Sabía que eso era cierto. Según el *New York Times* (que leía cada mañana en su tableta si funcionaba internet), el ausentismo laboral alcanzaba cifras récord en todo el mundo.

Tomó la pila de libros con una mano y el portafolios viejo y maltratado con la otra. Pesaba por todos los exámenes y trabajos que debía corregir. Así de cargado, salió como pudo del coche y empujó la puerta con el trasero para cerrarla. Se rio al ver en la pared su propia sombra ejecutando lo que parecía un baile funky. El sonido lo sobresaltó; en esos tiempos difíciles, la risa era cada vez más infrecuente. A continuación se le cayeron la mitad de los libros al suelo, lo que puso fin a cualquier asomo de buen humor.

Recogió la *Introducción a la literatura estadounidense* y *Cuatro novelas cortas* (en esos momentos hacía leer a sus alumnos de segundo *La roja insignia del valor*) y entró. Apenas había conseguido dejarlo todo en la encimera de la cocina cuando sonó el teléfono. El fijo, claro; por entonces la cobertura de celular era casi inexistente. A veces se alegraba de haber conservado la línea fija, a diferencia de muchos de sus colegas, que en ese momento estaban verdaderamente incomunicados, porque desde hacía poco más o menos un año solicitar una nueva…, en fin, mejor ni intentarlo. Había más probabilidades de volver a utilizar el camino de cuota que de llegar a los primeros puestos de la lista de espera, y también en las líneas fijas se producían cortes frecuentes.

El identificador de llamadas ya no funcionaba, pero estaba tan seguro de quién se hallaba al otro lado de la línea que, nada más descolgar el auricular, dijo:

—Eh, Felicia.

—¿Dónde has estado? —preguntó su exmujer—. ¡Llevo una hora intentando ponerme en contacto contigo!

Marty le explicó lo de las reuniones de padres y profesores, y el largo viaje a casa.

—¿Estás bien?

—Lo estaré en cuanto coma algo. ¿Y tú qué tal, Fel?

—Ahí la llevo, pero hoy hemos tenido seis más.

Marty no necesitó preguntar a qué se refería. Felicia era enfermera en el Hospital Municipal General, donde ahora el personal sanitario se autodenominaba Brigada Suicida.

—Lamento oírlo.

—El signo de los tiempos.

Marty percibió en su voz un dejo de resignación y pensó que hacía dos años, cuando aún seguían casados, seis suicidios en un solo día la habrían dejado consternada, compungida e insomne. Pero, por lo visto, uno se acostumbraba a todo.

—¿Sigues tomando la medicación para la úlcera, Marty? —Felicia se apresuró a continuar antes de que él pudiera contestar—. No es sermoneo, solo preocupación. Que estemos divorciados no quiere decir que ya no me importes, ¿sabes?

—Lo sé y la estoy tomando —era una mentira a medias, porque el Carafate recetado por el médico era imposible de encontrar, y había recurrido al Prilosec. Dijo esa mentira a medias porque también él la apreciaba aún. De hecho, se llevaban mejor ahora que no estaban casados. Incluso mantenían relaciones sexuales y, si bien eran infrecuentes, resultaban muy satisfactorias—. Agradezco tu interés.

—¿De verdad?

—Sí, señora.

Abrió el refrigerador. Quedaba poca cosa: hot dogs, unos huevos y un yogurt de arándanos que reservaría para antes de acostarse. También tres latas de cerveza Hamm's.

—Bien. ¿Cuántos padres se han presentado?

—Más de los que esperaba, pero no todos ni mucho menos. En su mayor parte querían hablar de internet. Pensaban, por lo visto, que yo debía saber por qué falla continuamente. He tenido que insistir en que soy profesor de literatura, no experto en tecnología de la información.

—Sabes lo de California, ¿no? —dijo Felicia bajando la voz, como si le contara un gran secreto.

—Sí.

Esa mañana un terremoto devastador, el tercero del último mes y el peor con mucho, había mandado al fondo del océano Pacífico otra porción enorme del Estado Dorado. El aspecto positivo era que ya antes se había evacuado a la mayor parte de la población. El aspecto negativo era que en ese momento centenares de miles de refugiados se desplazaban hacia el este, con lo que Nevada estaba convirtiéndose en uno de los estados más poblados de la Unión. Ahora en Nevada la gasolina costaba cinco dólares el litro. Pago solo en efectivo, y eso si quedaba algo en las bombas.

Marty sacó una botella de leche de litro medio vacía, la olfateó y echó un trago pese al aroma ligeramente sospechoso. Necesitaba una copa de verdad, pero sabía, por amargas experiencias y noches de insomnio, que antes debía protegerse el estómago.

—Curiosamente —dijo—, los padres que se han presentado parecían más preocupados por internet que por los terremotos de California. Supongo que es porque las regiones granero del estado siguen todavía en su sitio.

—Pero ¿hasta cuándo? Según un científico que habló por la NPR, California está desprendiéndose como un papel tapiz viejo. Y esta tarde se ha inundado otro reactor japonés. Decían que no estaba en funcionamiento, que no hay peligro, pero no sé si creérmelo.

—Desconfiada.

—Vivimos tiempos de desconfianza, Marty —Felicia titubeó—. Algunos piensan que vivimos el Fin de los Tiempos. Y no solo los fanáticos religiosos. Ya no. Se lo oyes decir a un respetado miembro de la Brigada Suicida del Hospital Municipal General. Hoy hemos perdido a seis, pero hemos conseguido revivir a otros dieciocho. En la mayoría de los casos, con ayuda de la naloxona. Pero… —volvió a bajar la voz—. Los suministros escasean. He oído decir al jefe de farmacéutica que podría terminarse antes de final de mes.

—Qué mal —dijo Marty al tiempo que echaba un vistazo a su portafolios.

Todos aquellos exámenes y trabajos pendientes de procesar. Todos aquellos errores ortográficos pendientes de corregirse. Todas aquellas subordinadas mal construidas y conclusiones vagas pendientes de marcarse en rojo. Por lo visto, las ayudas informáticas como Spellcheck y las aplicaciones como Grammar Alert no servían. La sola idea le producía cansancio.

—Oye, Fel, tengo que dejarte. Tengo exámenes que calificar y trabajos sobre «Reparar el Muro» que corregir.

Pensar en el sinfín de vacuidades de los trabajos que lo esperaban hizo que se sintiera viejo.

—De acuerdo —respondió Felicia—. Solo que…, ya me entiendes, mantengamos el contacto.

—Entendido.

Marty abrió la alacena y tomó el bourbon. Esperaría a que ella colgara para servírselo, no fuera a ser que oyera el gorgoteo y supiera qué estaba haciendo. Las esposas tenían intuición; las exesposas, al parecer, desarrollaban un radar de alta definición.

—¿Puedo decir que te quiero? —preguntó ella.

—Solo si yo puedo decirte lo mismo —contestó Marty deslizando el dedo por la etiqueta de la botella: Early Times, «primeros tiempos». Una marca excelente, pensó, para el fin de los tiempos.

—Te quiero, Marty.

—Y yo a ti.

Una buena manera de acabar, pero ella no había colgado.

—¿Marty?

—¿Qué, cariño?

—El mundo se está yendo al carajo, y lo único que podemos decir es «qué mal». O sea, a lo mejor también nosotros nos estamos yendo al carajo.

—A lo mejor —dijo él—. Pero Chuck Krantz se jubila, así que supongo que hay un rayo de esperanza en la oscuridad.

—Treinta y nueve magníficos años —respondió Felicia, y esta vez fue ella quien se rio.

Marty dejó la leche.

—¿Has visto el cartel?

—No, he oído un anuncio por la radio. En ese programa de la NPR del que te hablaba.

—Si ponen anuncios en la NPR, sin duda es el fin del mundo —comentó Marty. Ella volvió a reírse, y él se alegró de oír su risa—. Ya me dirás tú cómo consigue Chuck Krantz ese nivel de difusión. Parece un contador, y yo no sabía ni que existiera.

—Ni idea. El mundo está lleno de misterios. Nada de bebidas fuertes, Marty. Sé que te ronda por la cabeza. Mejor tómate una cerveza.

Él no rio al poner fin a la llamada, pero sí sonrió. El radar de la exmujer. Alta definición. Guardó el Early Times en la alacena y tomó una cerveza. Echó un par de salchichas al agua y, mientras esperaba a que hirviese, entró en su pequeño despacho para ver si funcionaba internet.

Funcionaba, y al parecer un poco mejor, no con la lentitud de costumbre. Accedió a Netflix pensando que podía volver a ver un episodio de *Breaking Bad* o *The Wire* mientras comía los hot dogs. Apareció la pantalla de bienvenida mostrando la selección de series y películas, que no habían cambiado desde la noche anterior (y hasta hacía no mucho el material de Netflix solía cambiar más o menos a diario), pero antes de decidir a qué malo quería ver, si a Walter White o a Stringer Bell, la pantalla de bienvenida se desvaneció. Dio paso al aviso BUSCANDO y el pequeño círculo giratorio.

—Maldita sea —dijo Marty—. Se acabó por esta no...

De pronto el círculo giratorio se esfumó y la pantalla volvió a activarse. Solo que esta vez ahí no salió la pantalla de bienvenida de Netflix, sino Charles Krantz, sentado tras su escritorio cubierto de papeles, sonriente, con el bolígrafo en la mano de la cicatriz. CHARLES KRANTZ, por encima de él; ¡39 MAGNÍFICOS AÑOS! ¡GRACIAS, CHUCK!, por debajo.

—¿Y tú quién demonios eres, Chuckie? —preguntó Marty—. ¿Cómo es que sales por todas partes?

Y de repente, como si con su aliento hubiese apagado internet igual que si de una vela de cumpleaños se tratara, la imagen desapareció y en la pantalla se leyó SIN CONEXIÓN.

Esa noche ya no volvió. Ni nunca más. Como la mitad de California (pronto las tres cuartas partes), internet se había desvanecido.

Al día siguiente, en lo primero que reparó Marty cuando salía en reversa del estacionamiento fue en el cielo. ¿Cuánto tiempo hacía que no veía ese azul despejado e impoluto? ¿Un mes? ¿Seis semanas? Ahora las nubes y la lluvia (a veces una llovizna, a veces un aguacero) eran casi constantes, y los días que las nubes se dispersaban, el cielo solía seguir encapotado a causa del humo procedente de los incendios del Medio Oeste. Habían ennegrecido la mayor parte de Iowa y Nebraska, y avanzaban hacia Kansas impulsados por vientos huracanados.

En lo segundo que reparó fue en Gus Wilfong, que subía cansinamente por la calle con su enorme lonchera golpeándole el muslo. Gus vestía un pantalón caqui, pero llevaba corbata. Era supervisor del departamento de Obras Públicas del ayuntamiento. Pese a que eran solo las siete y cuarto, se lo veía fatigado y de mal humor, como si fuera el final de un largo día en lugar del principio. Y si era el principio, ¿por qué se dirigía hacia su casa, al lado de la de Marty? Además…

Marty bajó la ventanilla.

—¿Dónde está tu coche?

Gus soltó una risa breve y desabrida.

—Estacionado junto a la acera hacia la mitad de Main Street Hill, junto con otros cien —expulsó el aire de los pulmones—.

Uf, ni recuerdo la última vez que caminé cinco kilómetros. Lo cual probablemente dice más de mí de lo que te interesa saber. Oye, si vas al colegio, tendrás que ir hasta la Carretera 11 y después rodear por la Carretera 19. Treinta y cinco kilómetros como mínimo, y también allí habrá mucho tráfico. Puede que llegues a la hora de la comida, pero yo no contaría con eso.

—¿Qué ha pasado?

—Se ha abierto un socavón en el cruce de Main con Market. Es enorme, amigo. Es posible que lo mucho que ha llovido tenga algo que ver, y más aún la falta de mantenimiento. Dentro habrán caído al menos veinte coches, puede que treinta, y algunos de los que iban en esos coches… —negó con la cabeza—. Esos ya no vuelven.

—Dios mío —dijo Marty—. Yo pasé por ahí anoche. En pleno atasco.

—Ya puedes alegrarte de no haber estado allí esta mañana. ¿Te importa si me subo al coche contigo? Por sentarme un momento. Estoy reventado, y Jenny se habrá vuelto a la cama. No quiero despertarla, y menos para darle una mala noticia.

—Claro.

Gus entró.

—Esto pinta mal, amigo mío.

—Sí, qué mal —coincidió Marty. Eso mismo había dicho a Felicia la noche anterior—. En fin, al mal tiempo buena cara.

—Yo ya soy incapaz de poner buena cara —contestó Gus.

—¿Te propones tomarte el día libre?

Gus levantó las manos y volvió a dejarlas sobre la lonchera que tenía en el regazo.

—No lo sé. Igual hago unas llamadas para ver si alguien puede pasar a recogerme, pero no me hago muchas ilusiones.

—Si te tomas el día libre, no cuentes con dedicarte a ver Netflix o videos en YouTube. Internet ha vuelto a bloquearse, y tengo la sensación de que esta vez es definitivo.

—Imagino que ya sabrás lo de California —comentó Gus.

—Esta mañana no he puesto la tele. Se me han pegado las sábanas —guardó silencio por un momento—. De todos modos, para serte sincero, no se me antojaba verla. ¿Alguna novedad?

—Sí. Se ha hundido el resto —se detuvo a pensar—. Bueno…, dicen que, en el norte, el veinte por ciento de California todavía sigue allí colgando, lo que seguramente significa el diez, pero las regiones productoras de alimentos han desaparecido.

—Qué horror —lo era, desde luego, pero Marty, en lugar de sentir espanto, terror y pesadumbre, solo experimentó una mezcla de desazón y aturdimiento.

—Y que lo digas —convino Gus—. Sobre todo si pensamos que el Medio Oeste no tardará en quedar reducido a cenizas y la mitad sur de Florida pronto será básicamente un pantano apto solo para caimanes. Espero que tengas mucha comida en la despensa y el congelador, porque *todas* las principales regiones productoras de alimentos del país ya han desaparecido. Lo mismo ha pasado en Europa. En Asia ya hay hambruna. Allí han muerto millones. La peste bubónica, según he oído.

Permanecieron en el camino de acceso de la casa de Marty observando a otras personas que regresaban a pie del centro, muchos con traje y corbata. Una mujer con un bonito conjunto rosa avanzaba pesadamente en tenis de deporte y con unos zapatos de tacón en la mano. Marty creyó recordar que se llamaba Andrea algo más y vivía a un par de calles. ¿No le había contado Felicia que trabajaba en el Midwest Trust?

—Y las abejas —prosiguió Gus—. Ya lo tenían difícil hace diez años, pero ahora han desaparecido del todo, salvo por unas cuantas colmenas en Sudamérica. Se acabó la miel. Y sin abejas para polinizar, las pocas cosechas que puedan quedar…

—Perdona —dijo Marty. Salió del coche y echó a correr para alcanzar a la mujer del traje rosa—. ¿Andrea? ¿Es usted Andrea?

Ella se volvió con recelo, levantando los zapatos por si necesitaba recurrir a los tacones para ahuyentarlo. Marty comprendió; en esos tiempos andaba por ahí mucha gente descontrolada. Se detuvo a un metro y medio de distancia.

—Soy el marido de Felicia Anderson —ex, en realidad, pero marido sonaba menos potencialmente peligroso—. Me parece que Fel y usted se conocen.

—Sí. Coincidí con ella en el comité de vigilancia del barrio. ¿Qué puedo hacer por usted, señor Anderson? Me he dado una buena caminata y mi coche se ha quedado en lo que parece un embotellamiento definitivo en el centro. En cuanto al banco, está... inclinado.

—Inclinado —repitió Marty. En su imaginación, vio la torre inclinada de Pisa. Con la foto de jubilación de Chuck Krantz en lo alto.

—Está al borde del socavón y, aunque no se ha derrumbado, me parece un sitio muy poco seguro. Sin duda está condenado. Supongo que con eso se acaba mi trabajo, al menos en la sucursal del centro, pero la verdad es que me da igual. Lo único que quiero ahora es llegar a casa y poner los pies en alto.

—Siento curiosidad por ese cartel que hay en el edificio del banco. ¿Lo ha visto?

—¿Cómo no iba a verlo? —preguntó ella—. Al fin y al cabo, trabajo allí. También he visto las pintadas, por todas partes: te queremos, Chuck; Chuck vive; Chuck para siempre..., y los anuncios en televisión.

—¿En serio? —Marty pensó en lo que había visto en Netflix la noche anterior, justo antes de que se bloqueara. En ese momento lo había considerado un pop-up especialmente molesto.

—Bueno, al menos en las emisoras locales. Quizá en la televisión por cable sea distinto, pero ya no nos llega. Desde julio.

—A nosotros tampoco —ahora que había iniciado la ficción de que aún formaba parte de un *nosotros*, le parecía mejor seguir con eso—. Solo sintonizamos el canal ocho y el canal diez.

Andrea asintió.

—No más anuncios de coches ni de Eliquis ni de Muebles de Ocasión Bob's. Solo Charles Krantz, treinta y nueve magníficos años, Chuck. Un minuto entero para eso, y después vuelta a las repeticiones programadas de siempre. Muy raro, pero qué no lo es en estos tiempos. Y ahora me voy, me muero de ganas de llegar a casa.

—¿Ese Charles Krantz no tiene relación con su banco? ¿No se *jubila* del banco?

Ella se detuvo un momento antes de seguir avanzando penosamente hacia su casa, cargada con los zapatos de tacón que ese día no necesitaría. O quizá nunca más.

—No conozco de nada a Charles Krantz. Debía de trabajar en la sede de Omaha. Aunque, según tengo entendido, hoy por hoy Omaha no es más que un cenicero gigantesco.

Marty la observó alejarse. Lo mismo hizo Gus Wilfong, que se había acercado a él. Gus señaló con el mentón el lúgubre desfile de trabajadores que regresaban a sus casas porque ya no podían acceder a sus puestos de trabajo: vendedores, comerciantes, empleados de banca, camareros, repartidores.

—Parecen refugiados —comentó Gus.

—Sí —dijo Marty—. Algo así. Ah, me has preguntado por mis provisiones.

Gus asintió.

—Tengo unas cuantas latas de sopa. También un poco de basmati y Rice-a-Roni. Unos Cheerios, creo. Y me parece que en el congelador me quedan seis platos precocinados y un cuarto de litro de helado Ben and Jerry's.

—No te ves preocupado.

Marty se encogió de hombros.

—¿De que serviría?

—Pero, fíjate, resulta interesante —dijo Gus—. Al principio estábamos todos preocupados. Queríamos respuestas. La gente fue a Washington y se manifestó. ¿Recuerdas cuando derribaron la valla de la Casa Blanca y dispararon contra aquellos universitarios?

—Sí.

—Luego vino el derrocamiento del Gobierno en Rusia y la Guerra de los Cuatro Días entre India y Pakistán. Hay un volcán en Alemania… ¡En Alemania, por el amor de Dios! Nos decíamos que todo esto quedaría atrás, pero no parece que vaya a ser así, ¿no crees?

—No —coincidió Marty. Aunque acababa de levantarse, se sentía cansado. Mucho—. No ha quedado atrás; se ha agravado.

—Por otro lado, están los suicidios.

Marty asintió.

—Felicia los ve a diario.

—Creo que los suicidios irán a menos —dijo Gus—, y la gente se limitará a esperar.

—Esperar ¿qué?

—El final, amigo. El final de todo. Hemos recorrido las cinco etapas del duelo, ¿no te das cuenta? Ahora hemos llegado a la última: la aceptación.

Marty calló. No se le ocurría nada que decir.

—Ahora la gente ya apenas siente curiosidad. Y todo esto... —Gus abarcó su entorno con un gesto del brazo—. Ha salido de la nada. Es decir, sabíamos que el medio ambiente iba de mal en peor, diría que incluso los elementos más recalcitrantes de la extrema derecha lo creían para sus adentros, pero lo que ahora tenemos es sesenta modalidades distintas de mierda, todas a la vez —dirigió a Marty una mirada casi suplicante—. ¿En cuánto tiempo? ¿Un año? ¿Catorce meses?

—Sí —dijo Marty—. Qué mal —aparentemente era lo único apropiado que decir.

Oyeron un zumbido en lo alto y alzaron la vista. Por entonces los grandes aviones que entraban y salían del aeropuerto municipal eran pocos y muy espaciados, pero ese era un avión pequeño, que avanzaba despacio por el cielo anormalmente despejado y despedía un chorro blanco por la cola. El avión se escoró y giró, ascendió y descendió, formando letras con el humo (o la sustancia química que fuera aquello).

—Eh —dijo Gus, estirando el cuello—. Un avión que escribe en el cielo. No veía algo así desde niño.

CHARLES, escribió el avión. Luego KRANTZ. Y después, naturalmente, 39 MAGNÍFICOS AÑOS. El nombre empezaba ya a disiparse cuando el avión escribió: ¡GRACIAS, CHUCK!

—Pero qué carajo —dijo Gus.

—Eso mismo pienso yo —convino Marty.

Como Marty se había saltado el desayuno, cuando volvió a entrar se calentó en el microondas uno de los platos precocinados

—una empanada de pollo de Marie Callender, muy sabrosa— y se lo llevó a la sala para ver la tele. Pero los dos únicos canales que pudo sintonizar mostraban la fotografía de Charles Krantz, conocido como Chuck, tras su escritorio, con el bolígrafo siempre a punto. Marty se quedó mirándolo mientras comía la empanada; luego apagó la caja tonta y volvió a la cama. Parecía lo más sensato.

Durmió durante la mayor parte del día y, aunque no soñó con Felicia (al menos que él recordara), despertó pensando en ella. Quería verla y, cuando la viese, le preguntaría si podía quedarse a dormir. Quizá incluso instalarse allí. Sesenta modalidades distintas de mierda, había dicho Gus, y todas al mismo tiempo. Si eso era realmente el final, no quería afrontarlo solo.

Harvest Acres, la pequeña y cuidada urbanización donde ahora vivía Felicia, se hallaba a cinco kilómetros de allí, y Marty no tenía intención de arriesgarse a ir en coche, así que se puso unos pants y unos tenis. Era una hermosa tarde para caminar, con un cielo todavía de un azul impoluto, y había mucha gente en la calle. Daba la impresión de que algunos disfrutaban del sol, pero la mayoría solo se miraban los pies. Casi nadie hablaba, ni siquiera aquellos que paseaban de dos en dos o de tres en tres.

En Park Drive, una de las principales avenidas del lado este, los cuatro carriles estaban atascados, y casi todos los coches, vacíos. Marty serpenteó entre ellos, y en la otra acera encontró a un anciano con un traje de tweed y un sombrero de fieltro a juego. Sentado en la banqueta, golpeaba la pipa para vaciarla en la alcantarilla. Vio que Marty lo observaba y sonrió.

—Solo estoy descansando —dijo—. Me he acercado a pie al centro para ver el socavón y he tomado unas cuantas fotos con el teléfono. He pensado que a lo mejor le interesaban a alguna de las cadenas de televisión locales, pero parece que ninguna emite. Salvo las fotos de ese tal Krantz, claro.

—Sí —coincidió Marty—. Ahora todo es Chuck, a todas horas. ¿No sabrá usted quién…?

—No. Se lo he preguntado a diez o doce personas por lo menos. Nadie lo sabe. Según parece, nuestro Krantz es el Oz del Apocalipsis.

Marty se rio.

—¿Hacia dónde va usted, caballero?

—A Harvest Acres. Un sitio muy agradable. Un poco apartado —se llevó la mano al interior del saco, sacó una bolsa de tabaco y empezó a cebar la pipa.

—Igual que yo. Mi exmujer vive allí. Podríamos ir juntos.

El anciano se levantó con una mueca.

—Siempre y cuando no ande con prisas —encendió la pipa echando bocanadas de humo—. Artritis. Tomo unas pastillas, pero cuanto más arraigada la tengo, menos efecto me hacen.

—Qué mal —dijo Marty—. Marque usted el paso.

El anciano así lo hizo. Era un paso lento. Se llamaba Samuel Yarbrough. Era el dueño y principal empleado de la funeraria Yarbrough.

—Pero lo que de verdad me interesa es la meteorología —dijo—. En mis años mozos, soñaba con ser hombre del tiempo en televisión, quizá incluso en una cadena nacional, pero, por lo que se ve, todas tienen predilección por las mujeres jóvenes con... —se colocó las manos ahuecadas ante el pecho—. Así y todo, me mantengo al día, leo las revistas del sector y puedo contarle una cosa asombrosa. Si quiere oírla.

—Cómo no.

Llegaron al banco de una parada de autobús. En el respaldo, pintado con plantilla, se leía CHARLES KRANTZ, CHUCK ¡39 MAGNÍFICOS AÑOS! ¡GRACIAS, CHUCK! Sam Yarbrough tomó asiento y dio unas palmadas en el espacio contiguo al suyo. Marty se sentó. El viento arrastraba hacia él el humo de la pipa de Yarbrough, pero no le molestó. Le gustaba el olor.

—Como sabrá, la gente dice que el día tiene veinticuatro horas, ¿no? —preguntó Yarbrough.

—Y la semana, siete días. Todo el mundo lo sabe, incluso los niños pequeños.

—Pues todo el mundo se equivoca. Antes el día estelar tenía veintitrés horas y cincuenta y seis minutos. Más unos cuantos segundos.

—¿Antes?

—Exacto. Basándome en mis cálculos, que le aseguro que puedo demostrar, ahora un día tiene veinticuatro horas y *dos* minutos. ¿Sabe lo que quiere decir eso, señor Anderson?

Marty se detuvo a pensar.

—¿Está diciéndome que la rotación de la Tierra se está ralentizando?

—Correcto —Yarbrough se sacó la pipa de la boca y señaló a las personas que pasaban por la acera. Eran cada vez menos ahora que la tarde daba paso al crepúsculo—. Seguro que toda esa gente piensa que los múltiples desastres a los que nos enfrentamos tienen una única causa: lo que hemos hecho con el medio ambiente de la Tierra. No es así. Soy el primero en reconocer que hemos tratado a nuestra madre… sí, es la madre de todos nosotros, muy mal, ciertamente hemos abusado de ella, por no decir que la hemos violado sin contemplaciones, pero nosotros no somos nada en comparación con el gran reloj del universo. *Nada*. No, lo que sea que está ocurriendo va mucho más allá de la degradación medioambiental.

—Quizá el culpable sea Chuck Krantz —comentó Marty.

Yarbrough lo miró con expresión de sorpresa y se rio.

—Volvemos a él, ¿eh? Chuck Krantz se jubila y ¿toda la población de la Tierra, además de la propia Tierra, se jubila con él? ¿Esa es su tesis?

—A algo hay que echarle la culpa —dijo Marty con una sonrisa—. O a alguien.

Sam Yarbrough se levantó, se llevó una mano a los riñones, se desperezó e hizo una mueca.

—Con las debidas disculpas al señor Spock, eso no es lógico. Supongo que treinta y nueve años es un largo periodo de tiempo desde el punto de vista de la vida humana, casi la mitad, pero la última glaciación ocurrió hace mucho más tiempo. Por no hablar ya de la era de los dinosaurios. ¿Seguimos con el paseo?

Siguieron con el paseo; sus sombras se alargaban ante ellos. Marty se reprendía mentalmente por haber dormido la mayor parte de un día tan hermoso. Yarbrough avanzaba cada vez más despacio. Cuando por fin llegaron al arco de ladrillo que señalaba la entrada en Harvest Acres, el viejo dueño de la funeraria volvió a sentarse.

—Creo que contemplaré la puesta de sol mientras espero a que la artritis se modere un poco. ¿No quiere acompañarme?

Marty negó con la cabeza.

—Me parece que seguiré adelante.

—A ver a su ex —dijo Yarbrough—. Lo entiendo. Ha sido un placer hablar con usted, señor Anderson.

Marty se dispuso a cruzar el arco, pero de pronto se volvió.

—Charles Krantz significa *algo* —dijo—. Estoy seguro.

—Puede que tenga razón —respondió Yarbrough a la vez que echaba una bocanada de humo de pipa—, pero la desaceleración de la rotación de la Tierra…, no hay nada mayor que eso, amigo mío.

La avenida central de la urbanización Harvest Acres era una elegante parábola flanqueada de árboles de la que se desviaban calles más cortas. Los faroles, que a ojos de Marty parecían los de la novelas ilustradas de Dickens, se habían encendido y proyectaban un resplandor casi semejante al claro de luna. Cuando Marty se acercaba a Fern Lane, donde vivía Felicia, apareció una niña en patines que se ladeó grácilmente al doblar la esquina. Vestía un ancho short de color rojo y una camiseta sin mangas con la cara de alguien en el pecho, tal vez una estrella del rock o un rapero. Marty le calculó unos diez u once años, y verla lo animó enormemente. Una niña en patines: ¿qué podía haber más normal en ese día anormal? ¿Ese *año* anormal?

—Hola —saludó él.

—Hola —respondió ella, pero se dio media vuelta ágilmente sobre sus patines, tal vez dispuesta a huir si resultaba que él era una especie de Chester el Abusador, contra el que sin duda su madre la había prevenido.

—Voy a ver a mi exmujer —dijo Marty, y se detuvo—. Felicia Anderson. O quizá ahora vuelva a llamarse Gordon. Es su apellido de soltera. Vive en Fern Lane. Número diecinueve.

La niña giró sobre los patines sin el menor esfuerzo; si Marty hubiera realizado ese mismo movimiento, se habría caído de sentón.

—Ah, sí, me parece que lo he visto a usted antes. ¿En un Prius azul?

—Ese soy yo.

—Si viene a verla, ¿cómo es que es su ex?

—Todavía me cae bien.

—¿No se pelean?

—Antes sí. Ahora que somos ex, nos llevamos mejor.

—A veces la señora Gordon nos da galletas de jengibre. A mí y a mi hermano pequeño. A mí me gustan más las Oreo, pero…

—Pero a falta de pan, tortillas, ¿no? —dijo Marty.

—No, tortillas no nos da, solo galletas.

De pronto se apagaron las farolas y la avenida principal se convirtió en un mar de sombras. Todas las casas quedaron a oscuras al mismo tiempo. En la ciudad ya se habían producido apagones antes, algunos de hasta dieciocho horas, pero la luz siempre volvía. Marty no estaba muy seguro de que esa vez volviera. Quizá sí, pero tenía el presentimiento de que la electricidad, que él (y todos los demás) había dado por sentada a lo largo de su vida, se había ido por el mismo camino que internet.

—Vaya —dijo la niña.

—Será mejor que vuelvas a casa —aconsejó Marty—. Sin faroles, esto está demasiado oscuro para patinar.

—Oiga, ¿usted cree que todo acabará bien?

Aunque no tenía hijos, había dado clases a chicos durante veinte años y consideraba que, si bien en cuanto cumplían los dieciséis años había que decirles la verdad, a menudo una mentira piadosa era lo correcto cuando se trataba de niñas tan pequeñas como aquella.

—Claro.

—Pero mire —dijo ella, y señaló algo.

Marty siguió su dedo trémulo en dirección a la casa de la esquina de Fern Lane. En el balcón a oscuras situado sobre un pequeño jardín empezaba a dibujarse un rostro. Cobraba forma en resplandecientes trazos blancos y sombras, como ectoplasma en una sesión de espiritismo. Una cara redonda risueña. Anteojos de armazón negro. Bolígrafo a punto. Por encima:

CHARLES KRANTZ. Por debajo: ¡39 MAGNÍFICOS AÑOS! ¡GRACIAS, CHUCK!

—Está pasando en todas —susurró la niña.

Era verdad. Chuck Krantz aparecía en las ventanas delanteras de todas las casas de Fern Lane. Marty se volvió. A su espalda se extendía por la avenida principal un arco compuesto por rostros de Krantz. Docenas de Chucks, quizá cientos. Miles, si ese fenómeno se estaba produciendo en toda la ciudad.

—Vete a casa —dijo Marty, ya sin sonreír—. Ve con tus padres, pequeña. Ahora mismo.

La niña se alejó, con el pelo al viento y los patines resonando en la calle. Marty se quedó mirando el short rojo hasta que la niña se perdió de vista entre las sombras, cada vez más densas.

Marty apretó el paso en la misma dirección por la que ella había desaparecido; el rostro risueño de Charles Krantz, alias Chuck, lo observaba desde todas las ventanas. Chuck con su camisa blanca y su corbata oscura. Era como ser observado por una horda de clones de un fantasma. Se alegró de que no hubiera luna; ¿y si el rostro de Chuck hubiese aparecido en ella? ¿Qué habría pensado de *eso*?

A la altura del número 13, renunció a caminar y echó a correr. Llegó al pequeño bungaló de dos habitaciones de Felicia, subió a toda prisa por el camino de acceso y llamó a la puerta. Esperó, convencido de pronto de que ella se hallaba todavía en el hospital, de que quizá tuviera turno doble, pero enseguida oyó sus pasos. La puerta se abrió. Felicia sostenía una vela que iluminaba desde abajo su cara de miedo.

—Marty, gracias a Dios. ¿Las ves?

—Sí.

Ese individuo se dibujaba también en su ventana delantera. Chuck. Sonriente. Con el aspecto de cualquier contador que hubiera habitado en este mundo. Un hombre que no mataría ni a una mosca.

—Han empezado a… ¡aparecer sin más!

—Ya lo sé. Lo he visto.

—¿Está pasando solo aquí?

—Me parece que en todas partes. Creo que es casi…

De pronto ella lo abrazó y tiró de él hacia dentro. Marty se alegró de que Felicia no le hubiera dado ocasión de pronunciar las otras dos palabras: *el final*.

2

Douglas Beaton, profesor adjunto de filosofía en el departamento de Filosofía y Religión del Ithaca College, está sentado en una habitación de hospital, esperando a que su cuñado muera. Lo único que se oye es el *bip... bip... bip* regular del monitor cardíaco y la respiración lenta y cada vez más dificultosa de Chuck. Han apagado la mayor parte de los aparatos.

—¿Tío?

Al volverse, Doug ve a Brian en la puerta, aún con la chamarra de la escuela y la mochila.

—¿Has salido antes de clase? —pregunta Doug.

—Con permiso. Mamá me ha mandado un mensaje para decirme que hoy iba a dejarles desconectar los aparatos. ¿Ya lo han hecho?

—Sí.

—¿Cuándo?

—Hace una hora.

—¿Dónde está ahora mamá?

—En la capilla de la planta baja. Ha ido a rezar por su alma.

Y probablemente por haber hecho lo correcto, piensa Doug. Porque incluso cuando el sacerdote dice que sí, que está bien, que a partir de ahí ya se ocupará Dios, por alguna razón uno tiene la sensación de que está mal.

—Hemos quedado en que le enviaría un mensaje si da la impresión de que... —el tío de Brian se encoge de hombros.

Brian se acerca a la cama y contempla el rostro pálido e inmóvil de su padre. Sin los anteojos de armazón negro, el chico piensa que no aparenta edad suficiente para tener un hijo en primero de preparatoria. Él mismo parece un estudiante de preparatoria. Toma la mano de su padre y le da un breve beso en la cicatriz en forma de media luna.

—Se supone que un hombre tan joven no debería morir —comenta Brian. Habla en voz baja, como si su padre pudiera oírlo—. Dios mío, tío Doug, ¡cumplió los treinta y nueve este invierno!

—Ven a sentarte —dice Doug, y da unas palmaditas en la silla vacía que tiene al lado.

—Es el sitio de mamá.

—Ya se lo dejarás cuando vuelva.

Brian se desprende de la mochila y se sienta.

—¿Cuánto crees que le queda?

—Según los médicos, podría irse en cualquier momento. Casi con toda seguridad, no llegará a mañana. Ya sabes que los aparatos lo ayudaban a respirar, ¿no? Y lo alimentaba un gotero. No..., Brian, no está sufriendo. Esa parte ya ha terminado.

—Glioblastoma —dice Brian con amargura. Cuando se vuelve hacia su tío, está llorando—. ¿Por qué ha de llevarse Dios a mi padre, tío Doug? Explícamelo.

—No puedo. Los caminos del Señor son un misterio.

—Pues al demonio los misterios —dice el chico—. Los misterios deben quedarse en los cuentos, ese es su sitio.

El tío Doug asiente y rodea los hombros de Brian con un brazo.

—Sé que es difícil, muchacho, también lo es para mí, pero es lo único que puedo decir. La vida es un misterio. La muerte también.

Guardan silencio y escuchan el *bip...bip...bip* regular y el estertor de Charles Krantz —Chuck para su mujer y el hermano de su mujer y sus amigos—, que toma aire lentamente una y otra vez, las últimas interacciones de su cuerpo con el mundo, cada inhalación y cada espiración dirigidas (como los latidos de su corazón) por un cerebro a punto de fallar, donde siguen activas unas cuantas funciones. El hombre que pasó su vida laboral en el departamento de Contabilidad del Midwest Trust está haciendo ahora sus últimas cuentas: pequeños ingresos, grandes desembolsos.

—Dicen que los bancos no tienen corazón, pero allí lo querían de verdad —comenta Brian—. Han mandado una tonelada de flores. Las enfermeras las ponen en el solárium, porque en principio no debe haber flores en la habitación. ¿Qué se han pensado? ¿Que van a provocarle un ataque alérgico o algo así?

—A él le encantaba trabajar allí —dice Doug—. No era nada extraordinario en la gran maquinaria del universo, supongo... nunca iba a ganar el premio Nobel ni a recibir la Medalla de la Libertad del presidente... pero le encantaba.

—Y bailar también —añade Brian—. Le encantaba bailar. Se le daba bien. También a mamá... Sabían marcarse unos pasos, decía papá. Pero a él se le daba mejor.

Doug se ríe.

—Se llamaba a sí mismo el Fred Astaire de los pobres. Y de niño le encantaban también las maquetas de tren. Su *zaydee* tenía una. Su abuelo, ya sabes, ¿no?

—Sí —dice Brian—. Sé lo de su *zaydee*.

—Ha tenido una buena vida, Bri.

—Pero ha sido corta —contesta Brian—. Nunca podrá cruzar Canadá en tren como quería. Ni visitar Australia..., también eso quería hacerlo. No me verá graduarme en la preparatoria. Nunca le organizarán una fiesta de jubilación en la que la gente haga discursos graciosos y le regale un... —se enjugó los ojos con la manga de la chamarra— un reloj de oro.

Doug estrecha los hombros de su sobrino.

Brian habla mirándose las manos entrelazadas.

—Quiero creer en Dios, tío, y en cierta manera creo, pero no entiendo por qué las cosas han de ser así. Por qué *permite* Dios que las cosas sean así. ¿Es un misterio? ¿Eso es lo mejor que puedes decir tú, el gran filósofo?

Sí, porque ante la muerte la filosofía se viene abajo, piensa Doug.

—Ya sabes lo que dicen, Brian: la muerte se lleva a los mejores de nosotros, y la muerte se lleva también a todos los demás.

Brian intenta sonreír.

—Si se suponía que eso debía consolarme, tendrás que esforzarte un poco más.

Parece que Doug no lo ha oído. Está mirando a su cuñado, que es —en la cabeza de Doug— un hermano. Que ha proporcionado a su hermana una buena vida. Que lo ayudó a abrirse camino en los inicios de su carrera profesional, y eso en realidad es lo menos importante. Pasaron buenos ratos juntos. No los suficientes, pero por lo visto tendrá que bastar con eso.

—El cerebro humano es finito, una simple esponja de tejido dentro de una caja de hueso, pero la mente que contiene ese cerebro es infinita. Su capacidad de almacenamiento es colosal; su alcance imaginativo es inasequible a nuestra comprensión. No creo que cuando muere un hombre o una mujer, arda solo una biblioteca; creo que queda en ruinas todo un mundo, el mundo que esa persona conocía y en el que creía. Piensa en eso, muchacho: hay miles de millones de personas en la Tierra, y cada una de esos miles de millones de personas tiene un mundo dentro. La Tierra que sus mentes han concebido.

—Y ahora el mundo de mi padre se está muriendo.

—Pero no el nuestro —dice Doug, y da otro apretón a su sobrino—. El nuestro seguirá aún durante un tiempo. Y el de tu madre. Tenemos que ser fuertes por ella, Brian. Tan fuertes como nos sea posible.

Guardan silencio y, contemplando al hombre moribundo en la cama de hospital, escuchan el *bip… bip… bip* del monitor y la lenta respiración de Chuck Krantz mientras inspira y espira. En cierto momento se interrumpe. Su pecho queda inmóvil. Brian se tensa. De pronto, el pecho de su padre vuelve a elevarse con otro de esos estertores agónicos.

—Envíale un mensaje a mamá —dice Brian—. Ahora mismo.

Doug ya ha sacado el teléfono.

—Me he adelantado a ti.

Y escribe: **Mejor será que vengas, hermana. Brian está aquí. Creo que Chuck se acerca al final.**

3

Marty y Felicia salieron al jardín de atrás. Se sentaron en unas sillas que habían bajado del patio. Ya se había ido la luz en toda la ciudad, y las estrellas brillaban con intensidad. Marty no las veía resplandecer de ese modo desde su infancia en Nebraska. Por aquel entonces tenía un pequeño telescopio con el que estudiaba el universo desde la ventana del desván de su casa.

—Ahí está Aquila —dijo—. El Águila. Y ahí Cygnus, el Cisne. ¿Lo ves?

—Sí. Y ahí está la estrella Po… —se interrumpió—. ¿Marty? ¿Has visto…?

—Sí —dijo él—. Acaba de apagarse. Y ahí se va Marte. Adiós, Planeta Rojo.

—Marty, tengo miedo.

¿Estaría Gus Wilfong mirando el cielo esa noche? ¿O Andrea, la mujer que había formado parte del comité de vigilancia del barrio con Felicia? ¿O Samuel Yarbrough, el de la funeraria? ¿Y la niña del short rojo? Estrella brillante, estrella radiante, las últimas estrellas que tengo delante.

Marty la tomó de la mano.

—Yo también.

4

Ginny, Brian y Doug están de pie junto a la cama de Chuck Krantz, tomados de la mano. Esperan mientras Chuck —marido, padre, contador, bailarín, aficionado a las series policíacas— exhala sus dos o tres últimos alientos.

—Treinta y nueve años —dice Doug—. Treinta y nueve *magníficos* años. Gracias, Chuck.

5

Marty y Felicia, allí sentados, con el rostro vuelto hacia el cielo, veían desaparecer las estrellas. Primero de una en una y de dos en dos, luego a decenas, luego a centenares. Mientras la Vía Láctea se sumía en la oscuridad, Marty se volvió hacia su exmujer.

—Te quie…

Negrura.

Acto II: Músicos callejeros

Con la ayuda de su amigo Mac, que tiene una camioneta vieja,
Jared Franck instala la batería en su sitio preferido de Boylston
Street, entre Walgreens y la tienda Apple. Tiene buenos presentimientos con respecto al día de hoy. Es un jueves por la tarde,
hace un tiempo magnífico, y las calles rebosan de gente que espera con impaciencia el fin de semana, lo que es siempre mejor
que el propio fin de semana. Para la gente del jueves por la tarde,
esa expectación es pura. La gente del viernes por la tarde tiene
que dejar de lado la expectación y centrarse en la diversión.

—¿Todo bien? —le pregunta Mac.

—Sí. Gracias.

—Tú dame mi diez por ciento y déjate de gracias, hermano.

Mac se marcha. Probablemente va a la tienda de cómics, o
quizá a Barnes & Noble, y luego al Common a leer lo que haya
comprado. Es un gran lector, Mac. Jared lo llamará cuando llegue el momento de recoger. Mac traerá su camioneta.

Jared coloca un bombín maltrecho (terciopelo maltratado,
listón raído de grogrén) que compró por setenta y cinco centavos en una tienda de segunda mano de Cambridge, y luego
dice delante el cartel que anuncia: ¡ESTE ES UN SOMBRERO
MÁGICO! ¡DONA CON ENTERA LIBERTAD Y TU APOR-
TACIÓN SE DUPLICARÁ! Echa un par de billetes de dólar
para que la gente se haga una idea. Hace calor para primeros
de octubre, lo que le permite vestirse como prefiere para sus
tocadas en Boylston —camiseta sin mangas con FRANKLY
DRUMS en la pechera, short caqui, botines Converse raídos sin

calcetines—, pero incluso los días fríos suele quitarse el saco si lo lleva, porque cuando uno encuentra el ritmo, entra en calor.

Jared despliega su taburete y ejecuta una rápida combinación de redobles en los tambores. Unas cuantas personas lo miran, pero la mayoría pasan de largo, absortas en sus conversaciones sobre amigos, planes para la cena, dónde tomar una copa y el día que ha acabado en el basurero de los misterios a la que van a parar los días pasados.

Entretanto aún falta mucho hasta las ocho, que es cuando el coche del Departamento de Policía de Boston suele acercarse a la banqueta y un agente se asoma a la ventanilla del acompañante para decirle que es hora de recoger los enseres. Entonces telefoneará a Mac. Por el momento hay que ganar dinero. Monta el charles y los platillos, luego añade el cencerro, porque intuye que es día de cencerro.

Jared y Mac trabajan a tiempo parcial en Doctor Records, en Newbury Street, pero en un buen día Jared puede sacarse casi lo mismo tocando en la calle. Y tocar la batería en la soleada Boylston Street es sin duda mejor que el ambiente con olor a pachuli de Doc's y las largas conversaciones con los aficionados a los discos que buscan algo de Dave Van Ronk en su época en Folkways o rarezas de los Dead en vinilos decorados en tonos turquesa. Jared siempre desea preguntarles dónde estaban cuando se hundió Tower Records.

Jared abandonó los estudios en Julliard, que llama —con perdón de Kay Kyser— el Kollege del Konocimiento Musical. Aguantó tres semestres, pero al final comprendió que aquello no era para él. Allí querían que uno pensara lo que hacía, y en lo que a Jared respecta el ritmo es tu amigo y pensar es el enemigo. Tiene alguna que otra tocada, pero las bandas no le interesan mucho. Aunque nunca lo dice (de acuerdo, puede que una o dos veces cuando está borracho), piensa que quizá la música en sí sea el enemigo. Rara vez piensa en esas cuestiones cuando está inspirado. En cuanto está inspirado, la música es un fantasma. Entonces solo importa la batería. El ritmo.

Empieza a calentar, al principio marcando el ritmo con suavidad, en un tempo lento, sin cencerro, sin timbales y sin redobles, indiferente a que el Sombrero Mágico permanezca vacío salvo por sus dos dólares arrugados y los veinticinco centavos que ha echado (con desdén) un joven en patineta. Hay tiempo. Hay una manera de entrar. En hallar esa manera de entrar reside la mitad de la diversión, como ocurre con la expectación que despiertan los placeres de un fin de semana otoñal en Boston. Quizá incluso casi toda la diversión.

Janice Halliday, de camino a casa después de siete horas en Paper and Page, avanza despacio por Boylston con la cabeza inclinada y el bolso bien sujeto. Puede que camine hasta Fenway antes de empezar a buscar la parada de metro más próxima, porque ahora mismo lo que quiere es caminar. El que era su novio desde hacía seis meses acaba de romper con ella. Lo ha hecho a la manera moderna, con un mensaje de texto.

No estamos hechos el uno para el otro. ☹

A continuación: **Siempre te llevaré en mi corazón!** ♥

A continuación: **Amigos para siempre, de acuerdo?** ☺ ✌

Que no están hechos el uno para el otro probablemente signifique que ha conocido a otra y que pasará el fin de semana con ella recogiendo manzanas en New Hampshire y follando en algún Bed and Breakfast. Esta noche no verá a Janice, ni esta noche ni nunca, con la elegante blusa rosa y la falda cruzada roja que lleva, a menos que le mande una foto con un mensaje que diga: **Esto es lo que te pierdes, montón de** 💩.

Ha sido totalmente imprevisto, eso es lo que la ha desconcertado, como si le hubiesen cerrado una puerta en la cara justo cuando se disponía a cruzarla. El fin de semana, que esta mañana parecía colmado de posibilidades, ahora se le antoja la entrada a un tonel hueco y en lenta rotación por el que debe avanzar a gatas. Este sábado no tiene que trabajar en P&P, pero quizá llame a Maybelline para ver si puede ir como mínimo el sábado por la mañana. El domingo la tienda cierra. En cuanto al domingo, mejor ni pensar, al menos por el momento.

—Amigos para siempre, a la mierda —esto se lo dice a su bolsa, porque mantiene la vista baja.

No está enamorada de él, ni siquiera había fantaseado con estarlo, pero aún así ha sido una sorpresa descorazonadora. Era un tipo lindo (o eso creía ella), un amante más que aceptable y una grata compañía, como suele decirse. Ella tiene ahora veintidós años, la han abandonado, y eso es un mal rollo. Supone que tomará un poco de vino cuando llegue a casa, y llorará. Puede que llorar le siente bien. Que sea terapéutico. Puede que prepare una de sus listas de reproducción de *big bands* y baile en la sala. Bailando conmigo misma, como dice la canción de Billy Idol. En la preparatoria le encantaba bailar, y aquellos bailes de los viernes por la noche fueron momentos felices. Tal vez pueda revivir un poco de aquella felicidad.

No, piensa, esas melodías —y esos recuerdos— te harán llorar todavía más. La preparatoria quedó atrás hace tiempo. Esto es el mundo real, donde los tipos rompen contigo sin previo aviso.

Un par de calles más adelante, oye un redoble de batería.

Charles Krantz —Chuck para sus amigos— avanza por Boylston Street vestido con la armadura del contador: traje gris, camisa blanca, corbata azul. Sus zapatos negros Samuel Windsor son baratos pero recios. A un lado cuelga el portafolios. No presta atención a la muchedumbre alborotada del final de la jornada que lo rodea. Se encuentra en Boston para asistir a un congreso de una semana titulado «La banca en el siglo XXI». Lo ha enviado *su* banco, el Midwest Trust, con todos los gastos pagados. Todo un detalle, en particular porque nunca había visitado la ciudad.

El congreso se celebra en un hotel idóneo para contadores, limpio y bastante barato. A Chuck le han gustado las ponencias y las mesas redondas (ha participado en una de estas y tiene previsto intervenir en otra antes del final del congreso, mañana al mediodía), pero no se le antoja en absoluto pasar sus horas libres en compañía de otros setenta contadores. Habla su mismo idioma, pero quiere creer que también habla otros. Al menos, así era antes, aunque haya perdido parte del vocabulario.

Ahora sus prácticos zapatos Samuel Windsor lo llevan a dar un paseo vespertino. Una perspectiva no muy apasionante pero bastante agradable. «Bastante agradable» al día de hoy ya es suficiente. Su vida es más limitada que la que en otro tiempo anheló, pero lo ha aceptado. Entiende que esa limitación es el orden natural de las cosas. Llega un momento en que uno se da cuenta de que nunca será presidente de Estados Unidos y se conforma con ser presidente de la Cámara Junior. Y hay un lado positivo. Tiene una mujer a la que es escrupulosamente fiel y un hijo inteligente y alegre en secundaria. También tiene nueve meses de vida por delante, aunque eso él todavía no lo sabe. Las semillas de su final —el lugar donde la vida se contrae hasta quedar reducida a un solo punto— están plantadas a gran profundidad, allí donde no accederá el bisturí de ningún cirujano, y últimamente han empezado a despertar. Pronto darán un fruto negro.

A los que pasan por su lado —las universitarias con faldas de colores, los universitarios con sus gorras de los Red Sox al revés, los estadounidenses de origen asiático de Chinatown vestidos impecablemente, las señoronas con sus compras, el veterano de la guerra de Vietnam que sostiene una enorme taza con una bandera de Estados Unidos y el lema ESTOS COLORES NO SE CORREN—, Chuck Krantz debe parecerles sin duda la personificación del blanco americano: la camisa abotonada hasta el cuello y bien remetida, resuelto a montarse en el dólar. Él es todo eso, sí, la hormiga laboriosa que avanza por su camino predestinado entre una multitud de cigarras en busca de placer, pero también es otras cosas. O lo era.

Está pensando en la hermanita. ¿Se llamaba Rachel o Regina? ¿Reba? ¿Renee? No lo recuerda con certeza; solo recuerda que era la hermana menor del guitarrista.

Durante su tercer curso en la preparatoria, mucho antes de convertirse en una hormiga laboriosa que trabaja en ese hormiguero conocido como Midwest Trust, Chuck era el cantante de un grupo llamado Retros. Habían elegido ese nombre porque interpretaban muchos temas de los años sesenta y setenta, con predominio de grupos ingleses como los Stones, los Searchers y los Clash, porque la mayoría de esas canciones eran sencillas.

Evitaban a los Beatles, cuyas canciones estaban llenas de acordes raros, como las séptimas aumentadas o disminuidas.

Chuck debía ser el cantante por dos razones: por un lado, no sabía tocar ningún instrumento, pero podía entonar una melodía; por otro, su abuelo tenía un viejo todoterreno y se lo prestaba para ir a las tocadas siempre y cuando no fueran muy lejos. Al principio los Retros eran malos, y cuando se separaron a final de tercero, ya eran solo mediocres, pero, como dijo una vez el padre del guitarra rítmica, habían dado «el salto cuántico a la aceptabilidad». Y en realidad era difícil hacerlo muy mal cuando uno tocaba temas como «Bits and Pieces» (Dave Clark Five) y «Rockaway Beach» (Ramones).

Chuck tenía una voz de tenor agradable pero nada excepcional, y no temía gritar o hacer un falsete cuando la ocasión lo exigía; sin embargo, lo que de verdad le gustaba eran los solos instrumentales, porque entonces podía bailar y pavonearse por el escenario como Mick Jagger, a veces meneando el soporte del micro entre las piernas de un modo que consideraba provocador. También sabía hacer el *moonwalk*, que siempre arrancaba aplausos.

Los Retros eran una banda de garage que a veces ensayaba en un auténtico estacionamiento y a veces en la sala de juegos de la planta baja de la casa del guitarrista. En esas ocasiones, la hermana pequeña de este (¿Ruth? ¿Reagan?) solía bajar por la escalera en bermudas canturreando y bailando. Se colocaba entre los dos amplificadores Fender, cimbreaba la cadera y el trasero de una manera exagerada, se tapaba los oídos con los dedos y sacaba la lengua. Una vez, en un descanso, se acercó a Chuck y le susurró:

—Aquí entre nos, cantas como cogen los viejos.

Charles Krantz, el futuro contador, contestó también en susurros:

—Como si tú lo supieras, trasero de mono.

La hermanita hizo como si no lo oyera.

—Aunque me gusta verte bailar. Te mueves como un blanco, eso sí.

A la hermanita, también blanca, también le gustaba bailar.

A veces, después del ensayo, ella ponía una de sus grabaciones caseras y él bailaba con ella, imitaban a Michael Jackson y se reían como locos.

Chuck está recordando el día que enseñó el *moonwalk* a la hermanita (¿Ramona?) cuando oye la batería. Alguien toca un compás básico de rock que los Retros podrían haber interpretado en los tiempos de «Hang on Sloopy» y «Brand New Cadillac». Por un momento cree que suena en su cabeza, quizá incluso que es el principio de una de las migrañas que lo atormentan de un tiempo a la fecha, pero de pronto la muchedumbre de peatones de la manzana siguiente se despeja el tiempo suficiente para que vea a un joven en camiseta sin mangas, sentado en un taburete y tocando ese delicioso ritmo antiguo.

Chuck piensa: ¿Dónde está esa hermanita con la que bailar cuando la necesitas?

Jared lleva ya diez minutos con lo suyo y no ha conseguido más ganancias que la sarcástica moneda de veinticinco centavos lanzada al Sombrero Mágico por el muchacho de la patineta. No se lo explica; una agradable tarde de jueves como esa, con el fin de semana a la vuelta de la esquina, ya debería haber cinco dólares en el sombrero. No necesita el dinero para no morirse de hambre, pero no solo de comida y alquiler vive el hombre. Un hombre ha de mantener en orden la imagen que tiene de sí mismo, y tocar la batería allí en Boylston forma parte de la suya en gran medida. Está en el escenario. Está actuando. Haciendo un solo, de hecho. Lo que hay en el sombrero es su manera de juzgar a quiénes les gusta la interpretación y a quiénes no.

Hace girar las baquetas entre las yemas de los dedos, se prepara y toca la introducción de «My Sharona», pero no sale bien. Parece un sonido enlatado. Ve dirigirse hacia él a un típico ejecutivo, con el portafolios oscilando como un péndulo corto, y algo en él —sabe Dios qué— despierta en Jared el deseo de anunciar su aproximación. Pasa primero a un compás de reggae y luego a algo más elegante, como un cruce entre «I Heard It Through the Grapevine» y «Susie Q».

Por primera vez desde la rápida combinación de redobles introductoria para probar el sonido de su equipo, Jared siente una chispa y entiende por qué hoy quería el cencerro. Empieza a marcar el tiempo débil con él, y lo que está tocando se metamorfosea en algo parecido a aquel viejo tema de los Champs, «Tequila». Le queda bastante bien. Se ha inspirado, y esa sensación es como una carretera por la que uno quiere seguir. Podría acelerar el ritmo, intercalar golpes en los timbales, pero está observando al ejecutivo, y no parece lo adecuado para ese tipo. Jared no tiene la menor idea de por qué se inspiró al fijar la atención en el ejecutivo, ni le importa. A veces ocurre así, sin más. El hecho mismo de inspirarse se convierte en una narración. Imagina al ejecutivo de vacaciones en uno de esos lugares donde te ponen una sombrillita rosa en la copa. Quizá esté con su mujer, o quizá sea su secretaria, una rubia ceniza con un biquini de color turquesa. Y eso es lo que oyen. Ese es el baterista que calienta para la tocada de la noche antes de que se enciendan las antorchas polinesias.

Cree que el ejecutivo pasará de largo camino de su hotel de ejecutivo; las probabilidades de que alimente el Sombrero Mágico son algo así como entre escasas y nulas. Cuando se vaya, Jared pasará a otro tema, dejará descansar el cencerro, pero de momento ese compás es el correcto.

Sin embargo, el ejecutivo, en lugar de seguir adelante, se detiene. Sonríe. Jared le devuelve la sonrisa y señala con el mentón el sombrero colocado en el suelo, sin perder un compás. El ejecutivo no parece fijarse en él, ni alimenta el sombrero. Deja el portafolios entre sus zapatos negros de ejecutivo y empieza a mover la cadera de un lado a otro, al compás. Solo la cadera: todo lo demás sigue quieto. Con cara de póquer, parece tener la mirada fija en algún punto que se encuentra por encima de la cabeza de Jared.

—Con más ganas, hombre —anima un joven, y echa unas monedas al sombrero. Por el ejecutivo con su suave contoneo, no por el compás, pero bien está que así sea.

Jared acomete el charles con golpes rápidos y suaves, rozándolo, casi acariciándolo. Con la otra mano, marca el tiempo débil con el cencerro y utiliza el pedal para añadir un ligero fondo.

Queda bien. El tipo del traje gris parece un banquero, pero detrás de ese contoneo hay algo. Levanta una mano y comienza a mover el dedo índice al compás. En el dorso de la mano tiene una pequeña cicatriz en forma de media luna.

Chuck oye el cambio de ritmo, que adquiere un tono algo más exótico, y está a punto de volver en sí y alejarse. Pero de pronto piensa: a la mierda, no hay ninguna ley que prohíba bailar un poco en la banqueta. Se aparta del portafolios para no tropezar; luego se lleva las manos a las caderas en movimiento y, girando como en un paso de *jive* en el sentido de las agujas del reloj, da media vuelta. Es lo que hacía en sus tiempos, cuando la banda tocaba «Satisfaction» o «Walking the Dog». Alguien se ríe, otro aplaude, y él vuelve a girar en dirección contraria, con lo que se le agita el faldón del saco. Se acuerda de cuando bailaba con la hermanita. La hermanita era una mocosa malhablada, pero desde luego sabía menear el esqueleto.

Chuck no meneaba el esqueleto —con ese vaivén místico y satisfactorio— desde hacía años, pero tiene la sensación de que cada paso es perfecto. Levanta una pierna y gira sobre el otro tacón. Acto seguido, entrelaza las manos detrás de la espalda como un colegial llamado a recitar y hace un *moonwalk* en la acera, delante del portafolios, sin moverse del sitio.

El baterista exclama «¡Wau, papi!», asombrado y complacido. Acelera el ritmo, pasa del cencerro al timbal goliat con la mano izquierda, accionando el pedal, sin abandonar en ningún momento el suspiro metálico del charles. Empieza a congregarse gente. En el Sombrero Mágico se acumula el dinero: tanto billetes como monedas. Aquí pasa algo.

Dos jóvenes con boinas a juego y camisetas de la Coalición Arcoíris se hallan al frente de la pequeña muchedumbre. Uno de ellos lanza lo que parece un billete de cinco y grita:

—¡Dale, hombre, dale!

Chuck no necesita que lo animen. Ya está metido de lleno. «La banca en el siglo XXI» se ha esfumado de su mente. Se desabrocha el saco del traje, se la echa atrás con el dorso de las manos, introduce los pulgares bajo el cinturón como un pistolero, y hace un split modificado, hacia fuera y hacia atrás. A eso sigue un paso rápido y un giro. El baterista se ríe y asiente.

—Eres el amo —dice—. ¡Eres el gran amo, papi!

El gentío va en aumento, el sombrero se está llenando. A Chuck el corazón, más que latirle, le martillea en el pecho. Una buena manera de tener un infarto, pero le da igual. Si su mujer lo viera, se quedaría helada, y le da igual. Su hijo se avergonzaría, pero su hijo no está ahí. Apoya el zapato derecho en la pantorrilla izquierda, gira otra vez y, cuando vuelve a situarse en el centro, mirando al frente, ve a una joven bonita al lado de los tipos con boina. Viste una blusa vaporosa de color rosa y una falda cruzada. Lo observa con los ojos muy abiertos y mirada de fascinación.

Chuck, sonriendo, le tiende las manos y chasca los dedos.

—Ven —dice—. Ven, hermanita, ven a bailar conmigo.

Jared duda que la chica se preste —parece más bien tímida—, pero se acerca lentamente al hombre del traje gris. A lo mejor el Sombrero Mágico de verdad es mágico.

—¡A bailar! —dice uno de los hombres con boina, y otros se suman a la petición batiendo palmas al ritmo marcado por Jared—. ¡A bailar, a bailar, a bailar!

Janice despliega una sonrisa, como diciendo «qué demonios», arroja la bolsa junto al portafolios de Chuck y lo toma de las manos. Jared abandona lo que estaba tocando y pasa a Charlie Watts, golpeando enérgicamente. El ejecutivo hace girar a la chica, apoya una mano en su esbelta cintura, la atrae hacia sí y ejecuta unos pasos rápidos con ella por delante de la batería, casi hasta la esquina del edificio de Walgreens. Janice se separa, blande el dedo como si reprendiera a Chuck, «travieso, travieso», luego se acerca de nuevo y le toma las dos manos. Como si lo hubieran ensayado un centenar de veces, él hace otro split modificado y ella se desliza entre sus piernas, un atrevido movimiento con el que se le abre la falda cruzada hasta lo alto del bonito muslo. Se oyen unas exclamaciones ahogadas cuando ella, tras apoyarse en una mano abierta, salta de nuevo hacia atrás. Se ríe.

—No más —dice Chuck dándose palmadas en el pecho—. No puedo…

Ella se abalanza hacia él de un brinco, le planta las manos en los hombros, y al final resulta que él sí puede. La sujeta por la cintura, la hace rotar apoyándola en su cadera y luego la deposita limpiamente en el suelo. Le sostiene en alto la mano izquierda y ella gira debajo como una bailarina embriagada. Ya debe de haber un centenar de personas mirando; abarrotan la acera e invaden la calle. Prorrumpen en nuevos aplausos.

Jared recorre los tambores una vez, golpea los platillos y luego alza las baquetas en un gesto triunfal. Sigue otra salva de aplausos. Chuck y Janice se miran, los dos sin aliento. Chuck tiene el cabello, ya un poco canoso, pegado a la frente sudorosa.

—¿Qué estamos haciendo? —pregunta Janice. Ahora que la batería ha dejado de sonar, se ve aturdida.

—No lo sé —contesta Chuck—, pero es lo mejor que me ha pasado desde hace qué sé yo cuánto tiempo.

El Sombrero Mágico está a rebosar.

—¡Más! —vocifera alguien, y la multitud se suma.

Muchos sostienen su teléfono en alto, listos para capturar el siguiente baile, y la chica parece dispuesta, pero ella es joven. Chuck está extenuado. Mira al baterista y mueve la cabeza en un gesto de negación. El baterista asiente para indicar que comprende. Chuck se pregunta cuánta gente habrá reaccionado con la rapidez suficiente para grabar ese primer baile, y qué pensará su mujer si lo ve. O su hijo. ¿Y si se hace viral? Improbable, pero si ocurre, si llega al banco, ¿qué pensarán cuando vean al hombre que han enviado a un congreso en Boston menear el esqueleto en Boylston Street con una mujer que podría ser su hija? O la hermanita de alguien, si a eso vamos. ¿Qué cree que está haciendo?

—Se acabó, gente —anuncia el baterista—. Uno ha de retirarse cuando va ganando.

—Y yo me tengo que ir a casa —dice la chica.

—Todavía no —dice el baterista—. Por favor.

Veinte minutos después, están sentados en un banco frente al estanque de los patos del Common. Jared ha telefoneado a Mac. Chuck y Janice han ayudado a Jared a recoger el material y cargarlo en la camioneta. Unos cuantos rezagados los felicitan, les chocan los cinco, añaden unos cuantos dólares más al sombrero rebosante. Cuando se ponen en marcha —Chuck y Janice uno al lado del otro en el asiento trasero, sus pies entre pilas de cómics—, Mac dice que será imposible encontrar estacionamiento cerca del Common.

—Hoy sí encontraremos —asegura Jared—. Hoy es un día mágico.

Y lo encuentran, justo enfrente del Four Seasons.

Jared cuenta el dinero. Alguien ha echado un billete de cincuenta, quizá el hombre de la boina, confundiéndolo por uno de cinco. En total asciende a unos cuatrocientos dólares. Jared nunca había tenido un día así. Nunca había esperado tenerlo. Aparta el diez por ciento de Mac (Mac está al borde del estanque dando de comer a los patos trozos de galleta de crema de cacahuate de una bolsa que casualmente llevaba en el bolsillo); luego empieza a repartir el resto.

—Ah, no —dice Janice cuando entiende lo que se propone—. Eso es tuyo.

Jared niega con la cabeza.

—No, a partes iguales. Yo solo no habría conseguido ni la mitad de esto aunque hubiera tocado hasta las doce de la noche —cosa que la policía no le habría permitido—. A veces saco treinta dólares, y eso en los días buenos.

Chuck siente el principio de uno de sus dolores de cabeza y sabe que a eso de las nueve se habrá agravado, pero aun así la seriedad del joven le arranca una risa.

—De acuerdo. No lo necesito, pero supongo que me lo he ganado —alarga el brazo y da una palmada a Janice en la mejilla, tal como a veces daba una palmada en la mejilla a la hermanita malhablada del guitarrista—. Y tú también, jovencita.

—¿Dónde has aprendido a bailar así? —pregunta Jared a Chuck.

—Bueno, en secundaria había un curso extraescolar que se llamaba Giros y Piruetas, pero fue mi abuela quien me enseñó los mejores pasos.

—¿Y tú? —pregunta a Janice.

—Más o menos lo mismo —responde ella, y se sonroja—. Los bailes de la preparatoria. ¿Dónde has aprendido tú a tocar la batería?

—Por mi cuenta. Como tú —dice a Chuck—. Cuando empezaste tú solo, era una genialidad, hombre, pero la chica le ha añadido toda una dimensión nueva. Podríamos ganarnos la vida con esto, ¿saben? Estoy convencido de que, actuando en la calle, podríamos dar el salto a la fama y la fortuna.

En un momento de locura, Chuck se lo plantea y ve que lo mismo hace la joven. No en serio, sino del modo en que fantaseas con una vida alternativa. Una vida en la que te dedicas al beisbol profesional o escalar el Everest o haces un dúo con Bruce Springsteen en un concierto en un estadio. Chuck se ríe otra vez y menea la cabeza. La chica se guarda su tercera parte en el bolso, también ella ríe.

—Tú has sido el verdadero causante de todo —dice Jared a Chuck—. ¿Qué te ha llevado a pararte delante de mí? ¿Y qué te ha llevado a empezar a moverte?

Chuck se detiene a pensarlo y finalmente se encoge de hombros. Podría contestar que lo ha hecho porque se ha acordado de aquella banda mediocre, los Retros, y por lo mucho que le gustaba bailar en el escenario durante los solos instrumentales, exhibiéndose, meneando el soporte del micrófono entre las piernas, pero no ha sido por eso. Y a decir verdad, ¿bailó alguna vez con ese brío y esa libertad en aquel entonces, cuando era un adolescente ágil, sin dolores de cabeza y sin nada que perder?

—Ha sido mágico —dice Janice. Deja escapar una risita. No esperaba oír hoy ese sonido procedente de ella. Llorar, sí. Reír, no—. Como tu sombrero.

Mac regresa.

—Jare, o nos ponemos en marcha o acabarás gastando tus ganancias en mi multa de estacionamiento.

Jared se levanta.

—¿Seguro que no quieren cambiar de oficio, ustedes dos? Podríamos actuar por toda la ciudad, desde Beacon Hill hasta Roxbury. Hacernos un nombre.

—Yo tengo que asistir a un congreso mañana —responde Chuck—. El sábado tomo el avión de vuelta a casa. Me esperan mi mujer y mi hijo.

—Y yo no puedo hacerlo sola —dice Janice con una sonrisa—. Sería como Ginger sin Fred.

—Lo entiendo —responde Jared, y tiende los brazos—. Pero tienen que venir aquí antes de irse. Abrazo grupal.

Se acercan a él. Chuck sabe que huelen su sudor —ese traje tendrá que ir a la tintorería antes de que vuelva a ponérselo, y limpiarse a fondo—, y él huele el de ellos. No pasa nada. Piensa que la chica ha acertado de lleno al utilizar la palabra «mágico». A veces esas cosas ocurren. No muy a menudo, pero sí alguna que otra vez. Es como encontrar un billete de veinte olvidado en el bolsillo de un abrigo viejo. O fantasmas en una habitación abandonada.

—Músicos callejeros para siempre —dice Jared.

Chuck Krantz y Janice Halliday lo repiten.

—Músicos callejeros para siempre —repite Mac—, genial. Ahora salgamos de aquí antes de que aparezca el revisor de parquímetros, Jare.

Chuck dice a Janice que él se dirige al hotel Boston, que está más allá del Prudential Center, por si ella va en la misma dirección. Janice antes sí tenía previsto ir a pie hacia allí, hasta Fenway, abandonándose a la melancolía por la mala jugada de su exnovio y mascullando bobadas patéticas a su bolsa, pero ha cambiado de idea. Dice que tomará el metro en Arlington Street.

Él la acompaña, atajan por el parque. En lo alto de la escalera, Janice se vuelve hacia él.

—Gracias por el baile.

Él responde con una inclinación de cabeza.

—Ha sido un placer.

La observa hasta que la pierde de vista y luego desanda el camino por Boylston. Avanza despacio porque le duele la espalda, le duelen las piernas y le palpita la cabeza. No recuerda haber tenido jaquecas tan intensas como esa en toda su vida. No hasta hace un par de meses, claro. Piensa que si sigue así tendrá que ir al médico. Piensa que sabe cuál podría ser la causa.

Pero ya se ocupará de eso más adelante. Si es que se ocupa. Esta noche ha decidido obsequiarse con una buena cena —por qué no, se la ha ganado— y una copa de vino. Pensándolo mejor, una botella de Evian. El vino podría intensificar el dolor de cabeza. Cuando haya terminado de cenar —con postre incluido, eso por descontado—, llamará a Ginny y le dirá que es posible que su marido sea el próximo fenómeno del momento en internet. Probablemente no llegue a ocurrir, en algún lugar alguien ahora mismo estará grabando a un perro que hace malabares con botellas vacías y algún otro estará inmortalizando a una cabra fumándose un puro, pero es mejor no esconderlo, por si acaso.

Cuando pasa por el sitio donde Jared tenía instalada la batería, persisten las dos mismas preguntas: ¿Por qué te has parado a escuchar y por qué te has puesto a bailar? No lo sabe, ¿y las respuestas mejorarían algo de por sí bueno?

Más adelante perderá la facultad de andar, y ya no digamos la de bailar con la hermanita en Boylston Street. Más adelante perderá la facultad de masticar, y sus comidas saldrán de una batidora. Más adelante perderá la noción de la diferencia entre despertar y dormir, y entrará en un inframundo de dolor tan intenso que se preguntará por qué creó Dios el mundo. Más adelante olvidará el nombre de su mujer. Lo que sí recordará —de vez en cuando— es que se detuvo, y dejó el portafolios, y empezó a mover la cadera al ritmo de la batería, y pensará que esa es la razón por la que Dios creó el mundo. La única razón.

Acto I: Contengo multitudes

1

Chuck esperaba con ilusión la llegada de una hermana pequeña. Su madre le prometió que podría cargarla si tenía mucho cuidado. Naturalmente, también esperaba conservar a sus padres, pero nada de eso se cumplió debido a una placa de hielo en un paso elevado de la I-95. Mucho más tarde, ya en la universidad, diría a una novia que en muchas novelas, películas y series los padres del protagonista morían en un accidente de tráfico, pero él era la única persona que conocía a la que le había ocurrido en la vida real.

La novia reflexionó al respecto y finalmente se pronunció.

—Estoy segura de que ocurre todo el tiempo, aunque también puedes quedarte sin padres a causa de un incendio en casa, un tornado, un huracán, un terremoto o un alud mientras estás de vacaciones en la nieve. Por mencionar solo unas cuantas posibilidades. ¿Y qué te hace pensar que eres el protagonista de algo que no sea tu propia mente?

La novia era poeta y una especie de nihilista. La relación duró solo un semestre.

Chuck no iba en el coche cuando dio una vuelta de campana y salió volando del paso elevado de la autopista porque sus padres habían quedado para cenar y a él esa noche lo cuidaban sus abuelos, a quienes por entonces aún llamaba *zaydee* y *bubbie* (cosa que dejó de hacer casi del todo en tercero, cuando los niños empezaron a burlarse de él y decidió recurrir a los términos más habituales «abuelo» y «abuela»). Albie y Sarah Krantz vivían a menos de dos kilómetros calle abajo, y lo más natural fue que lo criaran ellos después del accidente, cuando pasó a ser —o así se vio él inicialmente— un huérfano. Tenía siete años.

Durante un año —quizá un año y medio—, aquella fue una casa sumida en la más absoluta tristeza. Los Krantz no solo habían perdido a un hijo y a una nuera; habían perdido también a la nieta que habría nacido tres meses más tarde. Ya habían elegido nombre: Alyssa. Cuando Chuck dijo que a él eso le sonaba a lluvia, su madre rio y lloró al mismo tiempo.

Eso él nunca lo olvidó.

Por supuesto, conocía a sus otros abuelos, los visitaba cada verano, pero en esencia eran unos desconocidos para él. Cuando se quedó huérfano, lo telefoneaban muy a menudo, las típicas llamadas para saber cómo estaba y cómo le iba en el colegio, y las visitas en verano prosiguieron; Sarah (alias *bubbie*, alias abuela) lo llevaba en avión. Pero los padres de su madre continuaron siendo unos desconocidos que vivían en la extraña tierra de Omaha. Le enviaban regalos por su cumpleaños y por Navidad —este último era un detalle muy bonito, porque los abuelos no celebraban la Navidad—, pero, por lo demás, para él siguieron siendo personas ajenas, como los profesores que quedaban atrás a medida que iba avanzando cursos.

Chuck fue el primero en empezar a desprenderse del luto metafórico, con lo que arrancó forzosamente a sus abuelos (mayores, sí, pero no *ancianos*) de su propio dolor. Al cabo de un tiempo, cuando Chucky tenía diez años, lo llevaron a Disneylandia. Tenían habitaciones contiguas en el Swan Resort, y por la noche dejaban abierta la puerta que las comunicaba. Chuck solo oyó llorar a su abuela una vez. En general, lo pasaron bien.

Parte de esas buenas sensaciones volvieron a casa con ellos. A veces Chuck oía a la abuela tararear en la cocina o cantar al son de la radio. Después del accidente, habían recurrido con frecuencia a las comidas para llevar (y a las cajas reciclables de botellas de Budweiser para el abuelo), pero el año siguiente a la visita a Disneylandia la abuela comenzó a cocinar otra vez. Buenas comidas con las que el niño, antes flaco, ganó peso.

A su abuela, mientras cocinaba, le gustaba escuchar rock and roll, música que Chuck habría considerado demasiado juvenil para ella, pero que sin duda le encantaba. Si Chuck se acercaba a la cocina en busca de una galleta o quizá con la esperanza de prepararse un rollo de pan de molde relleno de azúcar morena, a veces la abuela levantaba las manos hacia él y empezaba a chascar los dedos.

—Baila conmigo, Henry —decía.

Él se llamaba Chuck, no Henry, pero solía seguirle la corriente. Le enseñó algunos pasos de *jitterbug* y un par de movimientos híbridos. Le dijo que había más, pero que ella tenía la espalda delicada y no podía ejecutarlos.

—Aunque puedo mostrártelos —dijo, y un sábado llevó una pila de películas en video del Blockbuster.

Estaban *En alas de la danza*, con Fred Astaire y Ginger Rogers, *West Side Story*, y la favorita de Chuck, *Cantando bajo la lluvia*, en la que Gene Kelly bailaba con un farol.

—Podrías aprender esos pasos —agregó—. Tienes un don natural, chico.

Una vez, mientras tomaban té helado después de un esfuerzo especialmente extenuante con «Higher and Higher», de Jackie Wilson, le preguntó cómo era ella cuando iba al instituto.

—Era un bombón —contestó—. Pero no se lo digas a tu *zaydee*. Es de la vieja escuela, ese hombre.

Chuck nunca se lo dijo.

Y nunca entró en la cúpula.

No por aquel entonces.

Preguntó al respecto, claro, y más de una vez. Qué había allí arriba, qué se veía desde la ventana, por qué estaba cerrada. Porque el suelo no era firme y uno podía caerse a través, respondía la abuela. El abuelo daba la misma explicación, que allí arriba no había nada porque el suelo estaba podrido, y lo único que se veía desde las ventanas era un centro comercial, nada del otro mundo. Dijo eso hasta que una noche, poco antes de que Chuck cumpliera los once años, le contó al menos parte de la verdad.

La bebida y los secretos no hacen buena pareja, eso lo sabe todo el mundo, y después de la muerte de su hijo, su nuera y su nieta en camino (Alyssa, que suena a lluvia), Albie Krantz empezó a beber mucho. Debería haber comprado acciones de Anheuser-Busch, de tanto como bebía. Podía hacerlo porque estaba jubilado, tenía una situación económica holgada, y se sentía muy deprimido.

Después del viaje a Disneylandia, el hábito fue a menos, hasta reducirse a una copa de vino en la cena o una cerveza delante de un partido de beisbol. En general. De vez en cuando —al principio era cada mes, más adelante cada dos— el abuelo de Chuck agarraba una borrachera. Siempre en casa, y siempre sin gran alboroto. Al día siguiente, se movía despacio y comía poco hasta la tarde; entonces volvía a la normalidad.

Una noche, mientras su abuelo veía a los Red Sox recibir una paliza a manos de los Yankees, ya avanzado el segundo paquete de seis latas de Bud, Chuck sacó de nuevo el tema de la cúpula. Más que nada por hablar de algo. Con los Sox perdiendo de nuevo, no podía decirse que el partido retuviera su atención.

—Seguro que se ve más allá del centro comercial Westford —comentó Chuck.

El abuelo se quedó pensativo y finalmente quitó el sonido de la televisión con el control remoto, dejando en silencio un anuncio de la camioneta Ford del mes. (El abuelo me explicó que Ford significaba Fallos O Reparaciones Diarios».)

—Si subieras allí, quizá verías mucho más de lo que te conviene —dijo—. Por eso está cerrada con llave, jovencito.

Chuck sintió que lo recorría un leve y no del todo desagradable escalofrío, y de inmediato afloraron a su mente Scooby-Doo y sus amigos persiguiendo fantasmas en la Máquina del Misterio. Deseó preguntar al abuelo a qué se refería, pero la parte adulta de él —no del todo presente, no, no a los diez años, aunque había empezado a hablar esporádicamente— le indicó que callara. Que callara y esperara.

—¿Sabes de qué estilo es esta casa, Chucky?

—Victoriana —respondió Chuck.

—Exacto, y no victoriana de imitación. Se construyó en 1885, y desde entonces se ha reformado media docena de veces, pero la cúpula lleva ahí desde el principio. Tu abuela y yo la compramos cuando el negocio del calzado se disparó, y nos la dejaron a un precio de ganga. Vivimos aquí desde 1971, y en todos estos años no he subido a esa condenada cúpula más de cinco o seis veces.

—¿Porque el suelo está podrido? —preguntó Chuck con cautivadora inocencia, o esa era la intención.

—Porque está llena de fantasmas —contestó el abuelo, y Chuck volvió a sentir el escalofrío. Esa vez ya no tan agradable. Aunque tal vez el abuelo bromeara. Últimamente bromeaba de vez en cuando. Las bromas eran para el abuelo lo que el baile para la abuela. Ladeó la cerveza. Eructó. Tenía los ojos rojos.

—El fantasma de las Navidades futuras. ¿Te acuerdas de eso, Chucky?

Chuck lo recordaba: veían *Cuento de Navidad* todos los años en Nochebuena, pese a que, por lo demás, no celebraban la Navidad. Pero eso no significaba que supiera a qué se refería.

—Lo del hijo de los Jefferies ocurrió solo al cabo de uno o dos meses —dijo el abuelo. Tenía la mirada fija en la televisión, pero Chuck no creía que la viera realmente—. Lo que le pasó a Henry Peterson..., eso tardó más tiempo. Fue al cabo de cuatro o cinco años. Para entonces ya casi me había olvidado de lo que había visto ahí arriba —apuntó al techo con el pulgar—. Después de eso juré que nunca más volvería a subir, y ojalá no hubiera subido. Por Sarah, tu *bubbie*, y el pan. Es la espera, Chucky, esa es la parte difícil. Ya lo descubrirás cuando seas...

Se abrió la puerta de la cocina. Era la abuela, que volvía de casa de la señora Stanley, la vecina de enfrente. La abuela le había llevado caldo de pollo porque se encontraba indispuesta. O al menos eso decía la abuela, aunque Chuck, pese a no haber cumplido aún los once años, sospechaba que existía otra razón. La señora Stanley conocía todas las habladurías del vecindario («Es una *yente*, esa», decía el abuelo), y siempre estaba dispuesta a compartirlas. La abuela ponía al corriente de todas las novedades al abuelo, por lo general después de invitar a Chuck a salir de la habitación. Pero que saliera de la habitación no significaba que no los oyera.

—¿Quién era Henry Peterson, abuelo? —preguntó Chuck.

El abuelo, sin embargo, había oído entrar a su mujer. Se irguió en el sillón y dejó la lata de Bud a un lado.

—¡Mira eso! —exclamó en una imitación aceptable de un estado de sobriedad (por más que la abuela no se dejara engañar)—. ¡Los Sox ocupan todas las bases!

3

En la segunda mitad de la octava entrada, la abuela, con la excusa de que hacía falta leche para los cereales de Chuck de la mañana siguiente, mandó al abuelo al Zoney's Go-Mart, a la vuelta de la esquina.

—Y no se te ocurra ir en coche. Con el paseo te despejarás.

El abuelo no rechistó. Con la abuela casi nunca refunfuñaba y, cuando lo intentaba, no salía bien parado. Nada más marcharse, la abuela —*bubbie*— se sentó al lado de Chuck y lo rodeó con un brazo. Chuck apoyó la cabeza en su hombro gratamente mullido.

—¿Estaba tu abuelo contándote esas bobadas suyas sobre fantasmas? ¿Los que viven en la cúpula?

—Hummm, sí —no tenía sentido mentir; la abuela siempre lo notaba en el acto—. ¿Los hay? ¿Tú los has visto?

La abuela resopló.

—¿Tú qué crees, *hantel*? —con el tiempo, Chuck caería en la cuenta de que eso no era una respuesta—. Yo no le haría mucho caso a tu *zaydee*. Es un buen hombre, pero a veces se pasa un poco con la bebida. Entonces se deja llevar por sus obsesiones. Seguro que sabes a qué me refiero.

Chuck, en efecto, lo sabía. Nixon tendría que haber acabado en la cárcel; los *faygehlehs* se estaban apoderando de la cultura americana y volviéndola de color rosa; el desfile de Miss America (que a la abuela le encantaba) era la típica exhibición de carne. Pero nunca había hablado de los fantasmas de la cúpula. Al menos a Chuck.

—*Bubbie*, ¿quién era el hijo de los Jefferies?

Ella suspiró.

—Eso fue algo muy triste, chuckitín —(esa era una bromita suya)—. Vivía en la siguiente manzana, y lo atropelló un conductor borracho cuando salió corriendo a la calle detrás de una pelota. De eso hace mucho. Si tu abuelo te ha dicho que lo vio antes de que ocurriera, se equivoca. O se lo inventa para alguna de sus bromas.

La abuela se daba cuenta cuando Chuck mentía; esa noche Chuck descubrió que era un don que podía aplicarse en ambas direcciones. Se traslució en la manera en que ella dejó de mirarlo y desvió la vista hacia la televisión, como si las imágenes tuvieran algún interés, cuando Chuck sabía que a la abuela le importaba un comino el beisbol, incluso la Serie Mundial.

—Lo que pasa es que bebe demasiado —insistió la abuela, y con eso dio el tema por zanjado.

Quizá fuera verdad. *Probablemente* era verdad. Pero después de aquello a Chuck le daba miedo la cúpula, con su puerta cerrada en lo alto de un tramo corto (seis peldaños) de estrecha escalera iluminada por un único foco desnudo que colgaba de un cable negro. Pero la fascinación es la hermana gemela del miedo, y a veces, después de aquella noche, cuando sus abuelos no estaban, se atrevía a subir por esos peldaños. Tocaba el candado Yale, haciendo una mueca si tintineaba (sonido que podía perturbar a los fantasmas encerrados dentro), y luego corría escalera abajo mirando por encima del hombro. Era fácil imaginar que el candado se abría y caía al suelo. Que la puerta se abría con un chirrido de aquellas bisagras en desuso. Suponía que, si eso llegaba a ocurrir, podía morir de miedo.

4

El sótano, en cambio, no daba nada de miedo. Estaba bien iluminado, con luces fluorescentes. Después de vender las zapaterías y jubilarse, el abuelo pasaba mucho tiempo allí abajo haciendo trabajos de carpintería. Siempre se percibía un olor dulzón a se rrín. En un rincón, lejos de las garlopas, las lijadoras y la sierra de cinta que Chuck tenía prohibido tocar, encontró una caja de viejos libros de los Hardy Boys del abuelo. Eran antiguos, pero muy buenos. Él estaba leyendo *The Sinister Signpost* un día en la cocina, esperando a que la abuela retirara del horno una bandeja de galletas, cuando ella le arrancó el libro de las manos.

—Puedes dedicarte a algo mejor que eso —dijo—. Ya va siendo hora de que subas el nivel, chuckitín. Espera aquí.

—Estaba llegando a la parte más interesante —protestó Chuck.

Ella resopló, un sonido al que solo hacían verdadera justicia las *bubbies* judías.

—En esos libros no hay partes interesantes —dijo, y se llevó el libro.

Regresó con *El asesinato de Roger Ackroyd*.

—Esta sí es una buena novela de misterio —aseguró—. Sin adolescentes mensos corriendo de acá para allá en carretas. Considéralo tu introducción a la literatura de verdad —se quedó pensativa—. Bueno, no es Saul Bellow, pero no está mal.

Chuck empezó el libro solo por complacer a su abuela, y enseguida lo atrapó. A sus once años, leyó casi dos docenas de novelas de Agatha Christie. Probó con un par de Miss Marple, pero le gustaba mucho más Hercule Poirot, con su remilgado bigote y sus neuronas. Poirot sabía lo que era pensar. Un día Chuck, durante sus vacaciones de verano, mientras leía *Asesinato en el Orient Express* en la hamaca del jardín trasero, echó un vistazo casualmente a la ventana de la cúpula, mucho más arriba. Se preguntó cómo investigaría monsieur Poirot aquel misterio.

Ajá, pensó. Y luego *Voilà*, que era aún mejor.

La siguiente vez que su abuela preparó magdalenas de arándanos, Chuck preguntó si podía llevar unas cuantas a la señora Stanley.

—Es todo un detalle de tu parte —dijo la abuela—. Sí, hazlo, buena idea. Pero no te olvides de mirar a los dos lados cuando cruces la calle —siempre le decía eso cuando se disponía a salir de casa. Ahora, con la materia gris activada, se preguntó si ella estaría pensando en el hijo de los Jefferies.

La abuela era rechoncha (y cada vez más), pero la señora Stanley le doblaba el tamaño. Era una viuda que, al caminar, resollaba como un neumático ponchado, y daba la impresión de que llevaba siempre la misma bata de seda rosa. Chuck se sintió vagamente culpable por llevarle unos panes que aumentarían su cintura, pero necesitaba información.

La señora Stanley le dio las gracias por las magdalenas y preguntó —como estaba casi seguro que haría— si le apetecía comerse una con ella en la cocina.

—¡Puedo preparar té!

—Gracias —respondió Chuck—, no bebo té, pero sí me tomaría un vaso de leche.

Cuando estaban sentados a la pequeña mesa de la cocina, bañados por el sol de junio, la señora Stanley le preguntó cómo les iban las cosas a Albie y a Sarah. Chuck, consciente de que todo lo que dijera en esa cocina saldría a la calle antes de que terminara el día, respondió que les iba bien. Pero, como Poirot sostenía que uno debía dar un poco si quería obtener un poco, añadió que la abuela estaba reuniendo ropa para el refugio luterano de indigentes.

—Tu abuela es una santa —dijo la señora Stanley, obviamente decepcionada al ver que no había nada más—. ¿Y qué me dices de tu abuelo? ¿Se ha hecho mirar aquello que tenía en la espalda?

—Sí —respondió Chuck, y tomó un sorbo de leche—. El médico se lo quitó y le hicieron unas pruebas. No era de los malos.

—¡Gracias a Dios!

—Sí —convino Chuck. Como ya había dado un poco, se sentía con derecho a recibir—. Antes lo he oído hablar con la abuela de un tal Henry Peterson. Me parece que está muerto.

Se había preparado para una decepción; posiblemente ella no tenía la menor idea de quién era Henry Peterson. Pero la señora Stanley abrió mucho los ojos, tanto que Chuck temió que se le salieran, y se agarró el cuello como si se hubiera atragantado con un trozo de magdalena de arándanos.

—¡Ay, qué triste fue aquello! ¡Un *horror*! Era el contador que le llevaba las cuentas a tu padre, ¿sabes? También a otras empresas —se inclinó hacia delante, y su bata, al abrirse, reveló a Chuck un seno tan grande que parecía fruto de una alucinación. Seguía aferrándose el cuello—. *¡Se mató!* —susurró—. ¡Se *ahorcó*!

—¿Por un desfalco? —preguntó Chuck. En los libros de Agatha Christie, los desfalcos eran habituales. También los chantajes.

—¿Cómo? ¡No, por Dios! —apretó los labios, como si contuviera el impulso de contar algo no apto para los oídos del joven imberbe que tenía sentado delante. Si ese era el caso, al final se impuso su natural proclividad a divulgarlo todo (y a cualquiera)—. ¡Su mujer se fugó con un hombre más joven! ¡Apenas tenía edad para votar, *y ella pasaba ya de los cuarenta*! ¿Qué opinas tú de eso?

Así a bote pronto la única respuesta que se le ocurrió a Chuck fue «¡Wau!», y al parecer bastó con eso.

Ya de vuelta en casa, sacó su cuaderno del estante y anotó: «El A. vio al fantasma del hijo de los Jefferies <u>no mucho antes de su muerte</u>. Vio al fantasma de H. Peterson <u>4 o 5 años antes de su muerte</u>.» Chuck se interrumpió y, preocupado, mordisqueó la punta de su Bic. No deseaba escribir lo que tenía en la cabeza, pero consideró que un buen detective debía hacerlo.

Sarah y el pan. ¿¿¿<u>vio al fantasma de la abuela en la cúpula</u>???

La respuesta se le antojó obvia. ¿Por qué, si no, habría hablado el abuelo de lo difícil que era la espera?

Ahora también yo estoy esperando, pensó Chuck. Y confiando en que todo sea un montón de tonterías.

5

El último día de sexto curso, la señorita Richards —una joven amable y hippiosa que no poseía la autoridad necesaria para imponer disciplina y probablemente no duraría mucho en el sistema de enseñanza público— intentó leer a la clase de Chuck unos versos del «Canto a mí mismo», de Walt Whitman. La cosa no salió bien. Los chicos estaban alborotados y no querían saber nada de poesía, solo querían huir a los inminentes meses de verano. Chuck, como todos los demás, aprovechaba que la señorita Richards tenía la mirada fija en el libro para lanzar bolas de papel masticado o pintarle dedo a Mike Enderby, pero un verso resonó en su cabeza y lo indujo a erguirse en su asiento.

Cuando por fin terminó la clase y los niños quedaron libres, él siguió allí. La señorita Richards, sentada tras su escritorio, se apartó un mechón de pelo de la frente con un soplido. Al ver a Chuck todavía allí de pie, le dirigió una sonrisa de cansancio.

—Sí que ha estado bien la clase, ¿eh?

Chuck reconocía el sarcasmo nada más oírlo, incluso cuando era sutil y el blanco era uno mismo. Al fin y al cabo, era judío. Bueno, medio judío.

—¿Qué significa cuando dice «Soy inmenso, contengo multitudes»?

Ante esto, la sonrisa cobró vida en el rostro de la señorita Richards. Apoyó la barbilla en un pequeño puño y lo miró con sus bonitos ojos grises.

—¿Qué crees tú que significa?

—¿Que contiene a toda la gente que él conoce? —se aventuró a decir Chuck.

—Sí —asintió ella—, pero quizá incluso a más gente. Inclínate hacia mí.

Chuck se inclinó por encima del escritorio, donde vio un ejemplar de *Poesía estadounidense* encima de la boleta de calificaciones. Con suma delicadeza, ella acercó las palmas de las manos a las sienes de Chuck. Las tenía frías. Fue una sensación tan maravillosa que tuvo que contener un estremecimiento.

—¿Qué hay entre mis manos? ¿Solo las personas que conoces?

—Más —respondió Chuck. Estaba pensando en su madre y su padre y en el bebé al que nunca tuvo ocasión de tomar en brazos. Alyssa, nombre que suena a lluvia—. Recuerdos.

—Sí —dijo ella—. Todo lo que ves. Todo lo que sabes. El *mundo*, Chucky. Los aviones en el cielo, las tapas de alcantarilla en la calle. Cada año que vivas, ese mundo que hay dentro de tu cabeza será más grande y luminoso, más detallado y complejo. ¿Lo entiendes?

—Creo que sí —respondió Chuck.

Lo abrumó la idea de tener todo un mundo dentro del frágil receptáculo de su cráneo. Pensó en el hijo de los Jefferies, atropellado en la calle. Pensó en Henry Peterson, el contador de su padre, muerto en el extremo de una soga (eso le había provocado pesadillas). Sus mundos oscureciéndose. Como una habitación cuando apagas la luz.

La señorita Richards apartó las manos. Parecía preocupada.

—¿Estás bien, Chuckie?

—Sí —contestó él.

—Pues sigue así. Eres buen chico. Me ha gustado tenerte en clase.

Chuck se dirigió hacia la puerta, pero de pronto se volvió.

—Señorita Richards, ¿cree usted en los fantasmas?

Ella lo pensó un momento.

—Creo que los recuerdos *son* fantasmas. En cuanto a los fantasmas que se agitan por los pasillos de castillos húmedos…, en mi opinión, esos solo existen en las películas.

Y quizá en la cúpula de la casa del abuelo, pensó Chuck.

—Buen verano, Chucky.

6

Chuck disfrutó de un buen verano hasta agosto, cuando murió su abuela. Ocurrió calle abajo, en público, lo cual resultó un poco indecoroso, pero al menos fue una de esas muertes con las que la gente, en el funeral, puede decir sin temor a equivocarse: «Gracias a Dios no sufrió». El otro lugar común «Tuvo una vida larga y plena» era más dudoso; Sarah Krantz aún no había cumplido los sesenta y cinco, aunque le faltaba poco.

Una vez más, la casa de Pilchard Street se sumió en la más absoluta tristeza, solo que en esa ocasión no hubo viaje a Disneylandia para señalar el inicio de la recuperación. Chuck volvió a llamar a su abuela *bubbie*, al menos en su cabeza, y muchas noches se dormía hecho un mar de lágrimas. Lloraba con la cara contra la almohada para que su abuelo no se sintiera aún peor. A veces susurraba «*bubbie*, te echo de menos, *bubbie*, te quiero» hasta que por fin lo vencía el sueño.

El abuelo se puso el brazalete de luto, y perdió peso, y abandonó sus bromas, y empezó a aparentar más años de los setenta que tenía, pero Chuck percibió también en él (o eso creyó) una sensación de alivio. De ser así, Chuck podía entenderlo. Cuando uno vivía a diario con temor, lógicamente experimentaba alivio cuando el hecho temido por fin sucedía y quedaba atrás. ¿O no?

Después de la muerte de la abuela, no subió por la escalera a la cúpula y se retó a no tocar el candado, pero sí fue a Zoney's justo un día antes de empezar primero de secundaria en la escuela de Acker Park. Compró un refresco y un Kit-Kat; luego preguntó al dependiente dónde estaba aquella mujer cuando tuvo el derrame y murió. El dependiente, un veinteañero hipertatuado con un montón de pelo rubio engominado y peinado hacia atrás, soltó una risotada desagradable.

—Muchacho, eso da repelús. ¿No estarás, no sé, perfeccionando precozmente tus aptitudes de asesino en serie?

—Era mi abuela —dijo Chuck—. Mi *bubbie*. Yo estaba en la alberca pública cuando ocurrió. Al llegar a casa, la llamé, y mi abuelo me dijo que había muerto.

La sonrisa se borró del rostro del dependiente.

—Vaya, amigo. Lo siento. Fue allí. En el tercer pasillo.

Chuck se acercó al tercer pasillo sabiendo ya lo que vería.

—Estaba tomando una barra de pan —explicó el dependiente—. Al caerse, tiró casi todo lo que había en el estante. Perdona si es demasiada información.

—No —dijo Chuck, y pensó: Esa información ya la conocía.

7

En su segundo día en la escuela secundaria de Acker Park, Chuck pasó por delante del pizarrón de anuncios que había junto a la secretaría y, al cabo de un momento, volvió sobre sus pasos. Entre los avisos del Club de Animadores, la Banda de Música y las pruebas de selección para los equipos de los deportes de otoño, había uno en el que se veía a un chico y a una chica captados en pleno paso de bailé, él sujetándole en alto la mano y ella girando debajo. ¡APRENDE A BAILAR!, se leía en letras irisadas por encima de los sonrientes niños. En la parte inferior ponía: ¡ÚNETE A GIROS Y PIRUETAS! ¡SE ACERCA EL BAILE DE OTOÑO! ¡SAL A LA PISTA!

Mientras Chuck lo miraba, lo asaltó una imagen de una nitidez dolorosa: la abuela en la cocina tendiéndole las manos. Chascando los dedos y diciendo: «Baila conmigo, Henry».

Esa tarde bajó al gimnasio, donde él y otros nueve alumnos vacilantes fueron recibidos con entusiasmo por la señorita Rohrbacher, la profesora de educación física de las niñas. Chuck era uno de los tres muchachos. Había siete muchachas. Todas ellas más altas.

Uno de los muchachos, Paul Mulford, trató de escabullirse en cuanto se dio cuenta de que allí, con apenas un metro cincuenta, era el niño más bajo. Un auténtico renacuajo. La señorita Rohrbacher lo persiguió y volvió con él a rastras, riéndose alegremente.

—No, no, no —dijo—, ahora eres *mío*.

Y lo era. Todos lo eran. La señorita Rohrbacher era el monstruo del baile, y nadie podía interponerse en su camino. Encendió su casetera y les enseñó el vals (Chuck ya lo conocía), el chachachá (Chuck ya lo conocía), el *ball change* (Chuck ya lo conocía) y luego la samba. Ese Chuck no lo conocía, pero cuando la señorita Rohrbacher puso «Tequila», de los Champs, y les enseñó los pasos básicos, los captó de inmediato y se enamoró de la samba.

Era con mucho el mejor bailarín del pequeño club, así que la señorita Rohrbacher lo emparejaba sobre todo con las niñas más torpes. Él comprendía que lo hacía para que ellas mejoraran, y se lo tomaba bien, pero le resultaba un tanto aburrido.

Sin embargo, hacia el final de los cuarenta y cinco minutos, el monstruo del baile mostraba compasión y lo emparejaba con

Cat McCoy, que era alumna de secundaria y la mejor bailarina entre las chicas. Chuck no esperaba un romance —Cat no solo era preciosa, además medía diez centímetros más que él—, pero le encantaba bailar con ella, y el sentimiento era mutuo. Juntos, agarraban el ritmo y se dejaban llevar. Se miraban a los ojos (ella tenía que bajar la vista, lo cual era frustrante, pero, en fin, era lo que había) y se reían de puro placer.

Antes de dejar marchar a los niños, la señorita Rohrbacher los emparejaba (cuatro de las chicas tenían que bailar juntas) y les decía que practicaran estilo libre. Cuando perdían las inhibiciones y la vergüenza, todos lo hacían bastante bien, aunque la mayoría nunca bailaría en el Copacabana.

Un día —corría el mes de octubre, más o menos una semana antes del Sarao de Otoño— la señorita Rohrbacher puso «Billie Jean».

—Fíjense en esto —dijo Chuck, e hizo un *moonwalk* más que aceptable.

Los chicos prorrumpieron en exclamaciones. La señorita Rohrbacher se quedó boquiabierta.

—¡Dios mío! —exclamó Cat—. ¡Enséñame cómo lo haces!

Chuck lo repitió. Cat lo intentó, pero el efecto visual de caminar hacia atrás no se percibía.

—Descálzate —indicó Chuck—. Hazlo en calcetines. Deslízate.

Cat lo hizo. Le salió mucho mejor, y todos aplaudieron. La señorita Rohrbacher lo probó, y pronto todos los demás hacían el *moonwalk* como locos. Incluso Dylan Masterson, el más torpe del club, le agarró la onda. Aquel día Giros y Piruetas acabó media hora más tarde que de costumbre.

Chuck y Cat salieron juntos.

—Deberíamos hacerlo en el baile —propuso ella.

Chuck, que no tenía previsto ir, se detuvo y la miró con las cejas enarcadas.

—No en plan cita ni nada por el estilo —se apresuró a aclarar Cat—, salgo con Dougie Wentworth... —Chuck ya lo sabía—, pero eso no significa que no podamos enseñarles unos cuantos pasos chidos. Yo quiero hacerlo, ¿y tú?

—No lo sé —contestó Chuck—. Soy mucho más bajo que tú. Me parece que la gente se reiría.

—Se me ocurre una idea —dijo Cat—. Mi hermano tiene unos zapatos de tacón cubano, y creo que te vendrían bien. Tienes los pies grandes para ser un niño.

—Vaya, muy amable —repuso Chuck.

Ella se rio y le dio un abrazo fraternal.

En la siguiente sesión de Giros y Piruetas, Cat McCoy se presentó con los zapatos cubanos de su hermano. Chuck, que ya había sobrellevado burlas acerca de su virilidad por formar parte del club de baile, estaba predispuesto a detestarlos, pero fue amor a primera vista. De tacón muy alto y puntera afilada, eran tan negros como una noche cerrada en Moscú. Se parecían mucho a los que llevaba Bo Diddley en su día. Ciertamente le *quedaban* un poco grandes, pero eso lo solucionaron rellenando con papel higiénico las afiladas punteras. Lo mejor de todo..., hombre, estaban increíbles. Durante el estilo libre, cuando la señorita Rohrbacher puso «Caribbean Queen», el suelo del gimnasio parecía hielo.

—Si rayas ese suelo, los del servicio de limpieza te darán una tunda —advirtió Tammy Underwood.

Probablemente tenía razón, pero Chuck no lo rayó. Se movía con pies demasiado ligeros para eso.

8

Chuck fue sin pareja al Sarao de Otoño, y tanto mejor, porque todas las chicas de Giros y Piruetas quisieron bailar con él. Sobre todo Cat, porque su novio, Dougie Wentworth, no sabía bailar y se pasó la mayor parte de la velada repantigado contra la pared con sus colegas, todos bebiendo ponche y observando a los bailarines con expresión de desdén y superioridad.

Cat le preguntaba una y otra vez cuándo iban a hacer su número, y Chuck lo postergaba una y otra vez. Decía que reconocería la canción idónea cuando la oyera. Era en su *bubbie* en quien pensaba.

A eso de las nueve, una media hora antes del final previsto del baile, sonó la canción idónea: «Higher and Higher», de Jackie Wilson. Chuck se dirigió presuntuosamente hacia Cat tendiéndole las manos. Ella se descalzó al instante, y así, gracias a los zapatos cubanos de su hermano, los dos parecían casi de la misma estatura. Salieron a la pista y, cuando hicieron un doble *moonwalk*, se quedaron solos. Los demás formaron un círculo alrededor y empezaron a aplaudir. La señorita Rohrbacher, una de las acompañantes, estaba entre ellos, aplaudiendo con los demás y exclamando: «¡Venga, venga, venga!».

Ellos no se hicieron de rogar. Mientras Jackie Wilson entonaba aquella canción alegre con cierto tono de gospel, los dos bailaron como Fred Astaire, Ginger Rogers, Gene Kelly y Jennifer Beals, todos en una sola pareja. Como remate, Cat giró primero en una dirección y luego en la otra y, por último, con los brazos abiertos en postura de cisne moribundo, se dejó caer de espaldas en los de Chuck. Él ejecutó un split y, milagrosamente, no se le rajó la entrepierna del pantalón. Doscientos niños prorrumpieron en vítores cuando Cat volvió la cabeza y le plantó un beso en la comisura de los labios.

—¡Otra, otra! —gritó un chico; sin embargo, Chuck y Cat negaron con la cabeza. Eran jóvenes, pero lo bastante inteligentes para saber cuándo convenía retirarse. Lo inmejorable no podía superarse.

9

Seis meses antes de morir de un tumor cerebral (a la injusta edad de treinta y nueve años), y cuando la mente aún le funcionaba (en general), Chuck contó a su mujer la verdad sobre la cicatriz en el dorso de su mano. No era nada del otro mundo, no era una gran mentira, pero en ese momento de su vida en rápido declive le parecía importante dejar las cosas claras. La única vez que ella le había preguntado al respecto (en realidad era una cicatriz muy pequeña), él le contó que se la había hecho un chico llamado Doug Wentworth, quien, enojado con él porque coqueteó con su novia en un baile en secundaria, lo empujó contra una alambrada delante del gimnasio.

—¿Qué pasó realmente? —preguntó Ginny, no porque fuera importante para ella, sino porque parecía importante para él. A ella no le preocupaba mucho lo que le hubiera ocurrido en secundaria. Según los médicos, era probable que muriese antes de Navidad. Eso era lo que a ella le importaba.

Cuando terminaron su fabuloso baile y el DJ puso otro tema, más reciente, Cat McCoy corrió junto a sus amigas, que se rieron y gritaron y la abrazaron con un fervor del que solo eran capaces las niñas de trece años. Chuck estaba bañado en sudor y tan acalorado que tenía la sensación de que iban a incendiársele las mejillas. También sentía euforia. En ese momento solo deseaba oscuridad, aire fresco y soledad.

Pasó por delante de Dougie y sus amigos (que no le prestaron la menor atención) como un niño en un sueño, empujó la puerta del fondo del gimnasio y salió al patio asfaltado. El aire frío del otoño apagó el fuego de sus mejillas, pero no su euforia. Alzó la vista, vio un millón de estrellas y entendió que, por cada una de las estrellas de ese millón, había otro millón detrás.

El universo es inmenso, pensó. Contiene multitudes. También me contiene a *mí*, y en este momento soy maravilloso. Tengo derecho a ser maravilloso.

Con un *moonwalk*, retrocedió hasta la canasta de baloncesto, moviéndose al ritmo de la música que sonaba dentro (al hacer su pequeña confesión a Ginny ya no recordaba qué música era, pero, para que conste, era «Jet Airliner», de la banda de Steve Miller), y giró con los brazos extendidos. Como para abrazarlo todo.

Sintió un dolor en la mano derecha. No un gran dolor, solo un simple pinchazo, pero bastó para arrancarlo de su jubilosa elevación del espíritu y devolverlo a la Tierra. Vio que le sangraba el dorso de la mano. Mientras realizaba su rotación de derviche bajo las estrellas, había golpeado con la mano extendida la valla y se había cortado con un alambre saliente. Era una herida superficial, apenas justificaba una curita. Aun así, dejó una cicatriz. Una pequeña media luna blanca.

—¿Qué necesidad tenías de mentir sobre una cosa así? —preguntó Ginny. Sonreía cuando le tomó la mano y le besó la cicatriz—. Lo entendería si hubieras añadido que hiciste picadillo a ese matón enorme, pero nunca dijiste eso.

No, eso no lo dijo, y jamás tuvo el menor problema con Dougie Wentworth. Para empezar, era un bruto de lo más animoso. Por otra parte, Chuck Krantz era un enano de primero de secundaria, indigno de la menor atención.

¿Por qué *había* mentido, pues, si no fue para presentarse como el héroe de una historia ficticia? Porque la cicatriz era importante por otra razón. Porque formaba parte de una historia que no podía contar, por más que ahora hubiese un bloque de departamentos en el solar de la casa victoriana en la que había pasado la mayor parte de su infancia. La casa victoriana *encantada*.

La cicatriz significaba más, así que él la había agrandado. Pero no podía agrandarla tanto como en realidad merecía. Eso tenía poco sentido, pero era lo máximo que podía conseguir su mente en plena desintegración mientras el glioblastoma proseguía con su guerra relámpago. Por fin había contado a su mujer la verdad acerca de esa cicatriz, y tendría que bastar con eso.

10

El abuelo de Chuck, su *zaydee*, murió de un ataque al corazón cuatro años después del baile de otoño. Ocurrió mientras subía por la escalinata de la biblioteca pública para devolver un ejemplar de *Las uvas de la ira*, que, según dijo, era tan bueno como recordaba. Chuck estaba en tercero del instituto, cantando en una banda y bailando como Jagger durante los solos instrumentales.

El abuelo se lo dejó todo. El patrimonio, en otro tiempo bastante amplio, se había reducido considerablemente a lo largo de los años desde la prematura jubilación del abuelo, pero quedaba aún dinero suficiente para costear la enseñanza universitaria de Chuck. Más adelante, la venta de la casa victoriana sirvió para financiar la vivienda (pequeña pero en un buen barrio, con un encantador cuarto trasero como espacio de juego para los niños) a la que se mudaron Virginia y él después de su luna de miel en los Catskills. Como empleado recién contratado en el Midwest Trust —un modesto cajero—, jamás se habrían podido permitir esa casa sin la herencia del abuelo.

Chuck se negó rotundamente a trasladarse a Omaha y vivir con los padres de su madre. «Los quiero —dijo—, pero aquí es donde me crie y donde quiero seguir hasta que me vaya a la universidad. Tengo diecisiete años, no soy un niño.»

Así que ellos, los dos retirados desde hacía tiempo, fueron a instalarse con él en la casa victoriana durante los aproximadamente veinte meses que faltaban para que Chuck se marchara a la Universidad de Illinois.

Sin embargo, no pudieron asistir al funeral y el entierro. Ocurrió deprisa, como el abuelo deseaba, y los padres de su madre tenían cabos sueltos que atar en Omaha. La verdad fue que Chuck no los extrañó. Estaba rodeado de amigos y vecinos a los que conocía mucho mejor que a los padres gentiles de su madre. Un día antes de la llegada prevista, Chuck abrió por fin un sobre de color marrón que había en la mesa del recibidor. Era de la funeraria Ebert-Holloway. Contenía los efectos personales de Albie Krantz, al menos aquellos que llevaba en los bolsillos cuando se desplomó en la escalinata de la biblioteca.

Chuck vació el sobre en la mesa. Cayeron varias monedas con un tintineo, unos cuantos caramelos Halls para la tos, una navaja plegable, el nuevo teléfono celular que el abuelo apenas había tenido ocasión de utilizar y la billetera. Chuck tomó esta última, olió el cuero viejo y flácido, lo besó y lloró un poco. Ahora sí que era huérfano.

Allí estaba también el llavero del abuelo. Ensartó en el aro el dedo índice de la mano derecha (la que tenía la cicatriz en forma de media luna) y subió por el corto y sombrío tramo de escalera hasta la cúpula. Esa vez no solo sacudió el candado Yale. Después de buscar durante un rato, encontró la llave apropiada y lo abrió. Dejó el candado colgando de la aldaba, empujó la puerta e hizo una mueca al oír el chirrido de las bisagras viejas sin engrasar, preparado para cualquier cosa.

11

Pero no había nada. La habitación estaba vacía.

Era pequeña, circular, de no más de cuatro metros de diámetro. En el extremo opuesto había una única ventana ancha, con el polvo de años incrustado. Aunque ese día brillaba el sol, penetraba por ella una luz turbia y difusa. De pie en el umbral, Chuck alargó un pie y palpó las tablas con la punta del zapato, como un niño probaría el agua de un estanque para ver si está fría. No crujieron ni cedieron. Entró, dispuesto a retroceder de un brinco en el momento en que notara que el suelo empezaba a combarse, pero era sólido. Cruzó la habitación hasta la ventana, dejando huellas en la gruesa capa de polvo.

El abuelo había mentido sobre el mal estado del suelo, pero su descripción de la vista era exacta. Ciertamente no era gran cosa. Chuck vio el centro comercial más allá de la franja de vegetación y, más allá, un tren de Amtrak que avanzaba hacia la ciudad tirando de un convoy de cinco vagones de pasajeros. En ese momento del día, superada ya la hora pico para los desplazamientos de cercanías, debía de llevar pocos viajeros.

Chuck permaneció ante la ventana hasta que el tren desapareció y después siguió sus propias huellas de regreso a la puerta. Cuando se volvía para cerrarla, vio una cama en medio de la habitación circular. Era una cama de hospital. En ella yacía un hombre. Parecía inconsciente. No había aparatos, pero aun así Chuck oía el sonido de uno: *bip... bip... bip*. Un monitor cardíaco, quizá. Había una mesa junto a la cama, y en ella varias lociones y unos anteojos de armazón negro. El hombre tenía los ojos cerrados. Una mano asomaba por encima de la colcha, y Chuck observó sin sorprenderse la cicatriz en forma de media luna en el dorso de la mano.

En esa habitación el abuelo de Chuck —su *zaydee*— había visto muerta a su mujer, con las barras de pan, que tiraría de los estantes al desplomarse, esparcidas alrededor. Es la espera, Chuckie, había dicho. Esa es la parte difícil.

Ahora se iniciaría su propia espera. ¿Cuánto se prolongaría esa espera? ¿Qué edad tenía el hombre del hospital?

Chuck se adentró de nuevo en la cúpula para observarlo de cerca, y la visión se esfumó. Ni hombre ni cama de hospital ni mesa. Se oyó un último *bip*, muy tenue, del monitor invisible; luego también eso cesó. El hombre no se desvaneció, como hacían las apariciones espectrales en las películas; sencillamente desapareció, insistiendo en que de hecho nunca había estado allí.

No estaba, pensó Chuck. Insistiré en que no estaba, y viviré mi vida hasta que termine. Soy maravilloso, merezco ser maravilloso, y contengo multitudes.

Cerró la puerta y encajó el candado con un chasquido.

LA SANGRE MANDA

En enero de 2021, llega un pequeño sobre acolchado a nombre
del inspector Ralph Anderson a casa de los Conrad, vecinos de los
Anderson. La familia Anderson disfruta de unas largas vacacio-
nes en las Bahamas, gracias a una interminable huelga de profe-
sores en el condado de los Anderson. (Ralph insistió en que su hijo
Derek se llevara los libros, lo cual Derek calificó de «auténtico
fastidio».) Los Conrad accedieron a reenviarles la corresponden-
cia hasta su regreso a Flint City, pero este sobre lleva escrito en
letras grandes: NO REENVIAR, ENTREGAR A SU LLEGA-
DA. Cuando Ralph abre el paquete, encuentra una memoria
USB con el título La sangre manda, *en alusión, quizá, a la atrac-*
ción que ejerce la sangre. La memoria contiene dos documentos.
Uno es una carpeta con fotografías y espectrogramas de sonido.
El otro es una especie de informe, o diario oral, de Holly Gibney,
con quien el inspector compartió un caso que empezó en Oklaho-
ma y terminó en una cueva de Texas. Ese caso cambió para siem-
pre la percepción de la realidad de Ralph Anderson. Las últimas
palabras del informe oral de Holly son del 19 de diciembre de
2020. Parece sin aliento.

Lo he hecho lo mejor que he podido, Ralph, pero puede que
no baste. Pese a haberlo planeado todo con detalle, cabe la posibilidad de que no salga viva de esto. De ser así, necesito que sepas lo mucho que ha significado para mí tu amistad. Si muero, y
decides continuar con lo que he empezado, por favor, ten cuidado. Tú tienes mujer y un hijo.

[Aquí termina el informe.]

8-9 de diciembre de 2020

1

Pineborough es una comunidad situada no muy lejos de Pittsburgh. Si bien las tierras de labranza ocupan la mayor parte del oeste de Pennsylvania, Pineborough cuenta con un próspero centro urbano y poco menos de cuarenta mil habitantes. Al entrar en el término municipal, se pasa por delante de una gigantesca creación en bronce de dudoso mérito cultural (aunque a los vecinos, por lo visto, les gusta). Según el cartel, es ¡LA PIÑA MÁS GRANDE DEL MUNDO! Al lado hay una zona de descanso para aquellos que quieren hacer un picnic y tomar fotografías. Son muchos los que paran allí, y algunos colocan a sus hijos pequeños en las escamas de la piña. (Un letrero advierte: «Se ruega no subir a niños de más de 20 kilos a la piña».) Hoy hace demasiado frío para picnics, han retirado los baños portátiles hasta que pase el invierno, y la creación en bronce de dudoso mérito cultural está decorada con luces de Navidad que brillan de forma intermitente.

No muy lejos de la piña gigante, cerca de donde el primer semáforo señala el principio del centro urbano de Pineborough, se encuentra la escuela secundaria Albert Macready, donde casi quinientos alumnos cursan primero, segundo y tercero; aquí no hay huelga de profesores.

A las diez menos cuarto del 8 de diciembre, una camioneta de reparto de Pennsy Speed Delivery se detiene en el camino circular de acceso al colegio. El repartidor sale y se queda un par de minutos delante del vehículo consultando una tabla sujetapapeles. Después se reacomoda las gafas sobre el caballete de la estrecha nariz, se acaricia el pequeño bigote y va a la parte de atrás de la camioneta. Revuelve y extrae un paquete cúbico de alrededor de un metro de lado. Lo transporta con relativa facilidad, así que no puede pesar mucho.

En la puerta se lee la advertencia: TODO AQUEL QUE VISITE LA ESCUELA DEBE ANUNCIARSE Y RECIBIR AUTORIZACIÓN. El repartidor oprime el botón del intercomunicador situado bajo el letrero, y la señora Keller, la secretaria del colegio, le pregunta en qué puede ayudarlo.

—Traigo un paquete para algo llamado… —se inclina para examinar la etiqueta—. ¡Caray! Parece latín. Es para la Sociedad Nemo… Nemo Impune… o quizá diga Impuni…

La señora Keller lo ayuda a acabar.

—La Sociedad Nemo Me Impune Lacessit, ¿no?

A través del monitor, ella ve la expresión de alivio del repartidor.

—Si usted lo dice. La primera palabra es Sociedad, eso seguro. ¿Qué significa?

—Se lo explico cuando entre.

La señora Keller sonríe mientras el repartidor cruza el detector de metales, entra en la oficina principal y deja el paquete en el mostrador. Está recubierto de adhesivos: unos cuantos de árboles de Navidad y acebo y Santa Claus, otros muchos de escoceses tocando la gaita vestidos con *kilt* y la gorra del regimiento de la Guardia Negra.

—¿Y bien? —dice al tiempo que se desprende el lector del cinturón y lo apunta hacia la etiqueta donde consta la dirección—. ¿Qué es eso de Nemo Me Impune, para que yo lo entienda?

—El lema nacional de Escocia —responde ella—. Significa: «Nadie que me provoque quedará impune». La clase de Temas de Actualidad del señor Griswold está hermanada con una escuela escocesa cercana a Edimburgo. Los alumnos se comunican por e-mail y Facebook, e intercambian fotos y cosas así. Los niños escoceses son fanáticos de los Piratas de Pittsburgh; y nuestros chicos, del club de futbol Buckie Thistle. Los niños de Temas de Actualidad ven los partidos por YouTube. El nombre, Sociedad Nemo Me Impune Lacessit, seguramente fue idea de Griswold —echó un vistazo al remitente de la etiqueta—. Sí, escuela secundaria Renhill, esa es. Con el sello de aduanas y demás.

—Regalos de Navidad, seguro —comenta el repartidor—. No puede ser otra cosa. Porque... fíjese —ladea la caja y le muestra el rótulo NO ABRIR HASTA EL 18 DE DICIEMBRE, escrito en mayúsculas con esmero y delimitado por otros dos gaiteros escoceses.

La señora Keller asiente.

—Es el último día de clases antes de las vacaciones de Navidad. Dios mío, espero que los niños de Griswold también les hayan enviado algo.

—¿Qué tipo de regalos cree usted que habrán hecho los niños escoceses a los niños de Estados Unidos?

Ella se ríe.

—Espero que no sean *haggis*.

—¿Qué es eso? ¿Más latín?

—Corazón de cordero —dice la señora Keller—. Además de hígado y pulmones. Lo sé porque mi marido me llevó a Escocia por nuestro décimo aniversario.

El repartidor hace una mueca que a ella le arranca otra risa y luego le pide que firme en la pantalla del lector. Cosa que la señora Keller hace. Él le desea un buen día y feliz Navidad. Ella hace lo propio. Cuando el hombre se va, la señora Keller le pide a un niño que ronda por allí (sin tarjeta de permiso, aunque por esta vez hace la vista gorda) que lleve la caja al cuarto del material situado entre la biblioteca y la sala de profesores de la planta baja. Durante el almuerzo, informa al señor Griswold de la llegada del paquete. Él dice que lo bajará a su aula a las tres y media, después del último timbre. Si se lo hubiera llevado a la hora del almuerzo, la carnicería quizá habría sido aún peor.

El Club Estadounidense de la escuela secundaria Renhill no envió a los niños de la Albert Macready ninguna caja de Navidad. La empresa de reparto Pennsy Speed Delivery no existe. La camioneta, que más tarde se halló abandonada, había sido robada en el estacionamiento de un centro comercial poco después de Acción de Gracias. La señora Keller se atormentará por no haberse fijado en que el repartidor no llevaba placa de identificación, ni en que el lector, cuando él lo apuntó hacia la etiqueta con la dirección, no emitió un pitido como los que usaban los repartidores de UPS y FedEx, porque era falso. También lo era el sello de la aduana.

La policía le dirá que cualquiera podría haber pasado por alto esos detalles y que no tiene por qué sentirse culpable. Aun así, es como se siente. Los protocolos de seguridad del colegio —las cámaras, la puerta principal cerrada bajo llave en horario lectivo, el detector de metales— son útiles, pero son solo máquinas. Ella es (o era) la parte humana de la ecuación, la guardiana de la entrada, y ha fallado al colegio. Ha fallado a los *niños*.

La señora Keller cree que el brazo que perdió no será más que el principio de su expiación.

2

Son las 14:45, y Holly Gibney está preparándose para una hora que siempre le produce gran satisfacción. Eso podría inducir a pensar en cierta deficiencia en sus gustos, pero el hecho es que todavía disfruta de sus sesenta minutos semanales de televisión y procura asegurarse de que Finders Keepers (la agencia de detectives, que ahora está en una agradable oficina nueva, en la quinta planta del Edificio Frederick) permanezca vacía de tres a cuatro. Como ella es la jefa —algo que todavía le cuesta asumir—, no le resulta muy difícil.

Hoy Pete Huntley, su socio en el negocio desde la muerte de Bill Hodges, ha salido a visitar varios refugios para gente sin techo de la ciudad en busca de una chica fugada. Jerome Robinson, que se ha tomado un año libre de Harvard para tratar de convertir en libro un trabajo de sociología de cuarenta páginas, también colabora con Finders Keepers, aunque solo de medio tiempo. Esta tarde ha ido al sur de la ciudad en busca de un golden retriever secuestrado, Lucky, que quizá hayan abandonado en una perrera de Youngstown, Akron o Canton cuando sus dueños se han negado a pagar el rescate de diez mil dólares que les exigían.

Naturalmente, puede que hayan soltado al perro en el monte en Ohio —o que lo hayan matado—, pero puede que no. El nombre del perro, Lucky, «afortunado», es un buen augurio, ha comentado Holly a Jerome. Ha añadido que daba pie a la esperanza.

—La esperanza de Holly —ha dicho Jerome, sonriente.

—Exacto —ha contestado ella—. Ahora ve, Jerome. Tráelo.

Es muy probable que se quede sola hasta el momento de cerrar, pero la hora que de verdad le importa es entre las tres y las cuatro. Con un ojo puesto en el reloj, escribe un e-mail muy seco a Andrew Edwards, un cliente que estaba preocupado por la posibilidad de que su socio intentara ocultarle activos de la empresa. Resulta que sus sospechas eran infundadas, pero Finders ha llevado a cabo el trabajo y necesita cobrarlo. «Esta es la tercera vez que le remitimos la factura. Tenga la bondad de efectuar el pago para que no nos veamos obligados a poner este asunto en manos de una agencia de cobranza», escribe Holly.

Holly es consciente de que puede ser mucho más enérgica cuando escribe en primera persona del plural, no en singular. Está trabajando esa cuestión, pero, como su abuelo se complacía en decir, «Roma no se construyó en un día, y Filadelfia, tampoco».

Envía el e-mail —zum— y apaga la computadora. Echa una ojeada al reloj. Faltan siete minutos para las tres. Va al pequeño refrigerador y saca una lata de Pepsi Light. La coloca en uno de los portavasos que regala la empresa (USTED LO PIERDE, NOSOTROS LO ENCONTRAMOS, USTED GANA) y luego abre el cajón superior izquierdo de su escritorio. Ahí, oculta bajo una pila de papeles sin valor, guarda una bolsa de Snickers Bites. Saca seis chocolates, uno por cada pausa publicitaria del programa, los desenvuelve y los pone en fila.

Faltan cinco minutos para las tres. Enciende la televisión y quita el sonido. En estos momentos, Maury Povich se pavonea e incita al público del estudio. Puede que Holly tenga mal gusto, pero aún no ha caído tan bajo. Se plantea comerse un Snickers, pero se obliga a esperar. Justo cuando se felicita por su contención, oye el elevador y alza la vista al techo. Debe de ser Pete. Jerome está muy al sur.

En efecto, es Pete, y sonríe.

—Vaya, un día feliz —dice—. Alguien ha conseguido por fin que Al envíe un técnico...

—Al no ha hecho nada —contesta Holly—. Nos hemos ocupado Jerome y yo. Era solo un fallo de software.

—¿Cómo...?

—Requería un ligero hackeo —mantiene un ojo en el reloj: faltan tres minutos para las tres—. Se ha ocupado Jerome, pero podría haberlo hecho yo —una vez más, sucumbe a la sinceridad—. Al menos eso creo. ¿Has encontrado a la chica?

Pete levanta los dos pulgares.

—En Sunrise House. Mi primera parada. Buena noticia: quiere volver a casa. Ha llamado a su madre, que va a venir a buscarla.

—¿Seguro? ¿O eso es lo que te ha dicho?

—Yo estaba delante cuando llamó. He visto las lágrimas. Es un buen final, Holly. Espero que la madre no sea también morosa, como ese Edwards.

—Edwards pagará —asegura ella—. Como dos y dos son cuatro —en la televisión, Maury ha dado paso a un frasco danzante de un medicamento para la diarrea. Lo cual, en opinión de Holly, es una verdadera mejora—. Ahora calla, Pete, mi programa empieza dentro de un minuto.

—Por Dios, ¿todavía ves a ese tipo?

Holly le lanza una mirada amenazadora.

—Puedes quedarte a verlo si quieres, Pete, pero si tu intención es hacer comentarios sarcásticos y echarme a perder la diversión, preferiría que te fueras.

Reafírmate, se complace en decirle Allie Winters. Allie es su terapeuta. Holly se trató también con otro, un hombre que ha escrito tres libros y muchos artículos especializados. Acudió a él por razones que no guardaban relación alguna con los demonios que la han perseguido desde la adolescencia. Con el doctor Carl Morton necesitaba hablar de demonios más recientes.

—Nada de comentarios sarcásticos, entendido —dice Pete—. Caray, me cuesta creer que Jerome y tú hayan esquivado a Al. Que hayan agarrado al toro por los cuernos, digamos. Eres una suertuda, Holly.

—Procuro reafirmarme más.

—Y lo consigues. ¿Hay Coca-Cola en el refri?

—Solo light.

—Aj. Eso sabe a...

—Silencio.

Son las tres. Holly sube el volumen de la televisión en el preciso momento en que empieza a sonar la sintonía del programa. Son los Bobby Fuller Four cantando «I Fought the Law». Aparece en pantalla la sala de un juzgado. Los espectadores —un público real en el estudio, como el de Maury pero menos salvaje— aplauden al son de la música, y el locutor entona: «¡Más te vale no ser un canalla, porque *John Law* nunca falla!».

«¡Todos de pie!», exclama George, el ujier.

Los espectadores se levantan, todavía aplaudiendo y balanceándose, mientras el juez John Law sale de su despacho. Mide un metro noventa y cinco (Holly lo sabe por la revista *People*, que esconde todavía mejor que las Snickers Bites), y es calvo como una bola ocho... aunque es más chocolate oscuro que negro. Viste una amplia toga que se ondula cuando, bailoteando, se encamina hacia el estrado. Toma el mazo y lo hace oscilar como un metrónomo al tiempo que enseña una gran dentadura blanca.

—Dios bendito en silla de ruedas motorizada —dice Pete.

Holly le lanza su mirada más amenazadora. Pete se tapa la boca con una mano y le dirige un gesto de rendición con la otra.

«Tomen asiento, tomen asiento», ordena el juez Law —que en realidad se llama Gerald Lawson, cosa que Holly también sabe por *People*, aunque la verdad es que los nombres se parecen bastante—, y los espectadores se sientan. A Holly le gusta John Law porque habla a las claras y no es mordaz y antipático como la jueza Judy. Va directo al grano, como hacía Bill Hodges..., aunque el juez John Law no es un sustituto de Bill, y no solo porque sea un personaje ficticio de un programa de televisión. Bill falleció hace años, pero Holly todavía lo echa de menos. Todo lo que es, todo lo que tiene, se lo debe a Bill. No existe nadie como él, aunque su amigo Ralph Anderson, el inspector de policía de Oklahoma, se le acerca.

«¿Qué tenemos hoy aquí, Georgie, mi hermano de otra madre? —los espectadores se ríen de esto—. ¿Civil o penal?»

Holly sabe que es poco probable que un mismo juez se ocupe de esas dos clases de casos —y de uno nuevo cada tarde—, pero le da igual; los casos son siempre interesantes.

«Civil, juez —responde Georgie, el ujier—. La demandante es la señora Rhoda Daniels. El demandado es su exmarido, Richard Daniels. El objeto del litigio es la custodia del perro de la familia, Bad Boy.»

—Un caso de perros —comenta Pete—. Nuestra especialidad.

El juez Law se inclina sobre su mazo, que es larguísimo.

«¿Y está Bad Boy en el edificio, Georgie, amigo mío?»

«Está en una sala de detención, juez.»

«Muy bien, muy bien, ¿y Bad Boy muerde, como su nombre podría indicar?»

«Según el servicio de seguridad, parece un perro de carácter muy afable, juez Law.»

«Excelente. Oigamos qué tiene que decir la demandante sobre Bad Boy.»

En este momento entra en la sala la actriz que interpreta a Rhoda Daniels. En la vida real, como Holly sabe, la demandante y el demandado estarían ya en sus asientos, pero así queda más teatral. Mientras la señora Daniels avanza con un contoneo por el pasillo central luciendo un vestido demasiado ajustado y unos zapatos de tacón demasiado alto, el locutor dice: «Volveremos a la sala del juez Law dentro de solo un minuto».

Aparece un anuncio de un seguro de vida, y Holly se lleva a la boca el primer chocolate.

—Supongo que no puedo tomar uno, ¿verdad? —pregunta Pete.

—¿No estabas a dieta?

—A esta hora del día me da un bajón de azúcar.

Holly abre el cajón del escritorio —a regañadientes—, pero aún no ha tomado la bolsa de chocolates cuando la anciana preocupada por cómo pagará los gastos del funeral de su marido desaparece y da paso a un letrero en el que se lee: ÚLTIMA

HORA. A esto sigue Lester Holt, y Holly sabe de inmediato que se trata de algo grave. Lester Holt es la primera figura de la cadena. *Otro 11-S no*, piensa Holly cada vez que ocurre algo así. *Por favor, Dios mío, otro 11-S no, ni un accidente nuclear.*

Lester dice: «Interrumpimos la programación habitual para informarles de una gran explosión en una escuela secundaria de Pineborough, Pennsylvania, un pueblo a sesenta y cinco kilómetros al sudeste de Pittsburgh. Nos comunican que se han producido numerosas víctimas, muchas de ellas niños».

—Dios santo —exclama Holly. Se lleva a la boca la mano que tenía en el cajón.

«Este dato no se ha confirmado por el momento, deseo hacer hincapié en ello. Creo... —Lester se acerca una mano al oído, escucha—. Sí, de acuerdo. Chet Ondowsky, de nuestra emisora filial en Pittsburgh, se encuentra en el lugar de los hechos. Chet, ¿me oyes?»

«Sí —dice una voz—. Sí, Lester, te oigo.»

«¿Qué puedes contarnos, Chet?»

La imagen pasa de Lester Holt a un hombre de mediana edad que, a juicio de Holly, tiene rostro de noticiario local: no lo bastante atractivo para ser un locutor de primera línea, pero presentable. Solo que lleva el nudo de la corbata torcido, tiene un lunar junto a la boca sin maquillar y el pelo alborotado, como si no le hubiese dado tiempo de peinarse.

—¿Qué es eso que hay a su lado? —pregunta Pete.

—No lo sé —responde Holly—. Calla.

—Parece una piña gigante...

—¡Calla! —a Holly no podría importarle menos la piña gigante, o el lunar y el pelo revuelto de Chet Ondowsky; tiene la atención puesta en las dos ruidosas ambulancias que pasan por detrás de él, muy cerca una de otra y con las luces encendidas. Víctimas, piensa. Numerosas víctimas, muchas de ellas niños.

«Lester, lo que puedo decirte es que, casi con toda seguridad, hay al menos diecisiete muertos aquí en la escuela secundaria Albert Macready, y muchos más heridos. Nos ha facilitado esta información un ayudante del sheriff del condado que ha preferido permanecer en el anonimato. Es posible que el artefacto explosivo estuviera en la oficina principal o en un cuarto de material cercano. Si te fijas allí...»

Señala, y la cámara sigue su dedo obedientemente. Al principio la imagen se ve borrosa, pero cuando el camarógrafo enfoca, Holly advierte un enorme agujero en la fachada lateral del edificio. Hay un círculo de ladrillos desperdigados por el césped. Y, mientras ella lo asimila —probablemente junto con millones de personas más—, sale por el agujero un hombre que viste un chaleco amarillo y sostiene algo en brazos. Algo pequeño con tenis. No, con un solo tenis. Al parecer, el otro se lo ha arrancado la explosión.

La cámara vuelve al corresponsal y lo sorprende arreglándose el nudo de la corbata.

«Sin duda el departamento del sheriff convocará una rueda de prensa en algún momento, pero ahora mismo informar al público es la menor de sus preocupaciones. Ya han empezado a congregarse padres... ¿Señora? Señora, ¿puedo hablar un momento con usted? Chet Ondowsky, WPEN, Canal 11.»

La mujer que aparece en la toma tiene un sobrepeso descomunal. Ha llegado al colegio sin abrigo, y la bata de flores que lleva ondea a su alrededor como un caftán. Presenta una palidez cadavérica, excepto por unas manchas de color rojo vivo en las mejillas; lleva el cabello tan revuelto que a su lado Ondowsky parece bien peinado, y sus carnosas mejillas relucen a causa de las lágrimas.

No deberían mostrar esto, piensa Holly, y yo no debería verlo. Pero ellos lo muestran, y yo lo veo.

«Señora, ¿algún hijo suyo estudia en Albert Macready?»

«Mi hijo y mi hija, los dos —dice ella, y agarra a Ondowsky por el brazo—. ¿Están bien? ¿Usted lo sabe? Irene y David Vernon. David va en primero; Irene, en tercero. A Irene la llamamos Deenie. ¿Sabe si están bien?»

«No lo sé, señora Vernon —responde Ondowsky—. Creo que debería hablar con un ayudante del sheriff, allí, donde están colocando aquellos caballetes.»

«Gracias, gracias. ¡Rece por mis hijos!»

«Lo haré», dice Ondowsky mientras ella se aleja apresurada-mente, una mujer que con suerte sobrevivirá a ese día sin pade-cer algún episodio cardíaco…, aunque, supone Holly, en ese mo-mento su corazón es la menor de sus preocupaciones. En ese momento su corazón está con David e Irene, también conocida como Deenie.

Ondowsky vuelve a la cámara. «En Estados Unidos todo el mundo rezará por los hermanos Vernon y todos los niños que han asistido hoy a la escuela secundaria Albert Macready. Según la información de que dispongo ahora (que es incompleta y po-dría cambiar), la explosión se ha producido a eso de las dos y cuarto, hace una hora, y ha sido de tal magnitud que ha roto los cristales de las ventanas en más de un kilómetro a la redonda. Los cristales… Mike, ¿puedes ofrecer una toma de esta piña?»

—¿Lo ves?, sabía que era una piña —dice Pete, inclinado hacia delante con la mirada fija en la televisión.

Mike, el camarógrafo, se acerca, y en los pétalos de la piña, o las hojas o como se llamen, Holly ve esquirlas de cristal. De hecho, una parece manchada de sangre, aunque espera que sea solo un reflejo pasajero de las luces de una de las ambulancias.

Lester Holt: «Chet, es espantoso. Horrible».

El camarógrafo retrocede y vuelve a Ondowsky. «Sí, así es. Es una escena espantosa. Lester, quiero ver si…»

Un helicóptero con una cruz roja y el rótulo HOSPITAL MERCY en el costado aterriza en la calle. El cabello de Chet Ondowsky se arremolina a causa de las corrientes de aire gene-radas por los rotores. Levantando la voz para hacerse oír, dice: «¡Voy a ver si puedo hacer algo para ayudar! ¡Esto es atroz, una tragedia atroz! ¡Devuelvo la conexión a Nueva York!».

Reaparece Lester Holt, visiblemente alterado. «Ve con cui-dado, Chet. Amigos, volvemos a la programación habitual, pero seguiremos informando sobre este hecho en Última Hora de la NBC en su…»

Holly apaga la televisión con el control remoto. Ya no le interesa la justicia ficticia, al menos por hoy. Sigue pensando en esa forma flácida en los brazos del hombre del chaleco amarillo. Un pie descalzo, el otro calzado, piensa. Como dice la canción infantil. ¿Verá las noticias esta noche? Supone que sí. No querrá, pero será incapaz de contenerse. Necesitará saber cuál es el número de víctimas. Y cuántas son niños.

Para su sorpresa, Pete le toma la mano. Por lo general, sigue sin gustarle que la toquen, pero ahora mismo le complace sentir la mano de él sobre la suya.

—Quiero que recuerdes una cosa —dice Pete.

Holly se vuelve hacia él. Está muy serio.

—Bill y tú impidieron que ocurriera algo mucho peor que esto. Aquel chiflado, Brady Hartsfield, el muy hijo de puta, podría haber matado a cientos de chicos en el concierto de rock donde intentó poner la bomba. Quizá a miles.

—Y Jerome —lo corrige ella en voz baja—. Jerome también estaba allí.

—Sí. Tú, Bill y Jerome. Los tres mosqueteros. Aquello *pudieron* impedirlo. Impedir esto otro… —Pete señala la televisión con la barbilla—. Eso era responsabilidad de otra persona.

3

A las siete Holly sigue en la oficina, revisando facturas que en realidad no requieren su atención. Ha logrado resistirse a encender la televisión para ver a Lester Holt a las seis y media, pero no quiere irse a casa todavía. Esta mañana esperaba con ilusión una agradable cena vegetariana de Mr. Chow, de la que habría disfrutado mientras veía *Un maravilloso veneno*, un thriller de 1968 que pasó bastante inadvertido, protagonizado por Anthony Perkins y Tuesday Weld, pero esta noche no quiere veneno, ni maravilloso ni de ningún tipo. La han envenenado las noticias de Pennsylvania, y aun así puede que no sea capaz de resistirse a sintonizar la CNN. Eso le provocaría horas de vueltas y más vueltas en la cama, hasta las dos o incluso las tres de la madrugada.

Como casi todo el mundo en este siglo XXI anegado de medios de comunicación, Holly se ha acostumbrado a la violencia que los hombres (en la mayoría de los casos son hombres) se infligen mutuamente en nombre de la religión o la política —esos espectros—, pero lo ocurrido en esa secundaria de las afueras de un pueblo se parece demasiado a lo que estuvo a punto de suceder en el Centro de Arte y Cultura del Medio Oeste, donde Brady Hartsfield quiso atentar contra varios miles de chicos, y lo que ocurrió en el Centro Cívico, donde embistió con un sedán Mercedes a una multitud de personas que buscaban empleo, matando... no recuerda a cuántas. No quiere recordarlo.

Está guardando las carpetas —al fin y al cabo, ha de marcharse a casa tarde o temprano— cuando vuelve a oír el elevador. Espera a ver si sube más allá de la cuarta planta, pero se detiene. Seguramente será Jerome; aun así, abre el segundo cajón de su escritorio y palpa el bote que guarda ahí. Tiene dos botones. Uno activa una bocina ensordecedora. El otro rocía espray de pimienta.

Es él. Holly suelta el IntruderGuard y cierra el cajón. Se maravilla (y no por primera vez desde que Jerome ha vuelto de Harvard) de lo alto y apuesto que es. Le desagrada esa pelusa alrededor de la boca, lo que él llama «barbilla», pero jamás se lo diría. Esta noche su andar, por lo regular enérgico, es lento y un poco lánguido. Le dirige un parco «Eh, Hollyberry», y se desploma en la silla que en horario laboral reservan a los clientes.

Normalmente lo reprendería por lo mucho que le desagrada ese mote infantil —entre ellos es su forma de llamada y respuesta—, pero esta noche no. Son amigos, y como Holly es una persona que nunca ha tenido muchos, pone todo su empeño en merecer los que tiene.

—Te ves muy cansado.

—Un largo viaje en coche. ¿Has oído las noticias sobre ese colegio? En el radio no hablan de otra cosa.

—Estaba viendo *John Law* cuando han interrumpido el programa. Llevo evitándolo desde entonces. ¿Ha sido muy grave?

—Dicen que por el momento hay veintisiete muertos, veintitrés niños de entre doce y catorce años. Pero el recuento aumentará. Todavía no han localizado a algunos alumnos y a dos profesores, y hay cerca de una docena en estado crítico. Es peor que lo de Parkland. ¿Te ha recordado a Brady Hartsfield?

—Claro.

—Ya, a mí también. A la gente que se llevó por delante en el Centro Cívico y la que podría haberse echado esa noche en el concierto de Round Here si hubiésemos tardado unos minutos más. Procuro no pensar en eso, decirme que esa vez ganamos, porque cuando me viene a la cabeza me da escalofrío.

Holly lo sabe todo sobre el escalofrío. Lo siente a menudo.

Jerome se frota lentamente una mejilla con la mano y, en el silencio, ella oye el roce de sus dedos contra el nuevo asomo de vello del día.

—En Harvard, cuando estaba en segundo, cursé una materia de filosofía. ¿Te lo había comentado?

Holly niega con la cabeza.

—Se llamaba... —Jerome traza unas comillas con los dedos—. «El problema del mal.» Hablamos mucho sobre los conceptos del mal interno y del mal externo. Nosotros... Holly, ¿te encuentras bien?

—Sí —responde ella, y así es..., pero, al oír mencionar el mal externo, su mente ha vuelto de inmediato al monstruo al que Ralph y ella siguieron hasta su guarida en aquella cueva de Texas. El monstruo había adoptado muchos nombres y muchos rostros, pero ella siempre había pensado en él como el «visitante» sin más, y el visitante era malvado donde los hubiera. Nunca le ha contado a Jerome lo que ocurrió en la cueva conocida como el Agujero de Marysville, aunque supone que él sabe que en Texas sucedió algo espantoso... Mucho más de lo que publicaron los periódicos.

Jerome la mira con gesto vacilante.

—Sigue —pide ella—. Me parece muy interesante. —Es la verdad.

—En fin... en clase hubo consenso en que el mal externo ha de existir si uno cree en el bien externo...

—En Dios —dice Holly.

—Sí. Siendo así, uno puede creer que los demonios existen, y el exorcismo es una respuesta válida a ellos, que de verdad existen los espíritus malignos...

—Los fantasmas —dice Holly.

—Exacto. Por no hablar de las maldiciones que surten efecto, y las brujas, y los dybbuks, y a saber qué más. Pero en la universidad todas esas cosas suelen ser motivo de risa. El propio Dios es motivo de risa para la mayoría de la gente.

—O Diosa —dice Holly, con cierto remilgo.

—Sí, lo que sea, si Dios no existe, supongo que el género no importa. Así que solo nos queda el mal interno. Cosas propias de gente tarada. Hombres que matan a palos a sus hijos, asesinos en masa como el puto Brady Hartsfield, la limpieza étnica, el genocidio. El 11-S, las matanzas a tiros, los atentados terroristas como el de hoy.

—¿Es eso lo que dicen? —pregunta Holly—. ¿Un atentado terrorista, quizá del Estado Islámico?

—Eso es lo que *suponen*, pero nadie ha reivindicado aún la autoría.

Ahora Jerome se lleva la otra mano a la otra mejilla, se oye el roce del vello, ¿y son lágrimas eso que ve Holly en sus ojos? Le parece que sí, y si él llora, ella no podrá contenerse. La tristeza está adueñándose de ambos, y eso es un verdadero fastidio.

—Pero, he aquí la cuestión con respecto al mal interno y el mal externo, Holly: *Yo no creo que haya ninguna diferencia.* ¿Y tú?

Ella se detiene a pensar en todo lo que sabe y todo lo que ha experimentado junto a ese joven, y Bill, y Ralph Anderson.

—No —contesta—. Creo que no.

—A mí me parece que es un pájaro —dice Jerome—. Un pájaro grande, muy sucio, de color gris escarcha. Vuela por aquí, por allí, por todas partes. Voló hasta la cabeza de Brady Hartsfield. Voló hasta la cabeza de ese individuo que mató a tiros a un montón de gente en Las Vegas. Ese pájaro habitó también en Eric Harris y Dylan Klebold. En Hitler. En Pol Pot. Vuela hasta sus cabezas y, una vez perpetrada la carnicería, vuelve a marcharse. Me gustaría atrapar a ese pájaro —aprieta los puños y la mira, y sí, son lágrimas—. Atraparlo y retorcerle el puto pescuezo.

Holly rodea el escritorio, se arrodilla a su lado y lo abraza. Es un abrazo torpe, con él sentado en la silla, pero cumple su función. La presa revienta. Cuando Jerome habla contra su mejilla, ella siente el roce de ese asomo de barba.

—El perro está muerto.

—¿Qué? —entre los sollozos, ella apenas lo entiende.

—Lucky. El golden. El cabrón que lo secuestró, al ver que no iba a recibir el rescate, lo abrió en canal y lo tiró a una cuneta. Alguien lo vio, todavía vivo, pero por poco, y lo llevó al hospital veterinario Ebert de Youngstown. Donde vivió aún durante una media hora. No pudieron hacer nada. No tan afortunado después de todo, ¿eh?

—De acuerdo —dice Holly, y le da unas palmadas en la espalda. También a ella se le escapan las lágrimas, y los mocos. Los nota brotar de su nariz. Aj—. De acuerdo, Jerome. Está bien.

—No está bien. Y tú lo sabes —se echa atrás y la mira, con las mejillas húmedas y resplandecientes, la barbilla mojada—. Abrirle el vientre a ese perro encantador y lanzarlo a la cuneta con los intestinos colgando, ¿y sabes qué ha pasado después?

Holly lo sabe, pero niega con la cabeza.

—El pájaro ha volado —Jerome se enjuga los ojos con la manga—. Ahora está en la cabeza de otro, está mejor que nunca, y nosotros aquí seguimos, carajo.

4

Justo antes de las diez, Holly abandona el libro que está intentando leer y enciende la televisión. Echa un vistazo a los locutores de la CNN, pero no soporta su parloteo. Lo que busca es información a secas. Cambia a la NBC, donde un rótulo, acompañado de una música lúgubre, reza INFORME ESPECIAL: TRAGEDIA EN PENNSYLVANIA. Ahora presenta Andrea Mitchell desde Nueva York. Nada más empezar, anuncia a Estados Unidos que el presidente ha expresado en un tuit «sus condolencias y su solidaridad», como hace después de cada uno de estos espectáculos de terror: Pulse, Las Vegas, Parkland. A esa estupidez intrascendente sigue el recuento actualizado: treinta y un muertos, setenta y tres heridos (Dios santo, cuántos), nueve en estado crítico. Si Jerome estaba en lo cierto, quiere decir que al menos tres de los heridos graves han muerto.

«Dos organizaciones terroristas, la Yihad Hutí y los Tigres de Liberación de Tamil Eelam, han reivindicado la autoría del atentado —dice Mitchell—, pero, según fuentes del Departamento de Estado, ninguno de los dos comunicados es creíble. Se inclinan a pensar que el atentado puede haber sido obra de un lobo solitario, similar al que perpetró Timothy McVeigh, que causó una gran explosión en el edificio federal Alfred P. Murrah, en Oklahoma City, en 1995. Esa bomba segó las vidas de ciento sesenta y ocho personas.»

Muchas eran también niños, piensa Holly. Matar niños en nombre de Dios o de la ideología, o de lo uno y lo otro…, no hay infierno lo bastante abrasador para quienes hacen esas cosas. Se acuerda del pájaro de color gris escarcha de Jerome.

«El hombre que entregó la bomba fue captado por una cámara de seguridad al solicitar acceso a través del intercomunicador —continúa Mitchell—. Vamos a mostrar su foto durante los próximos treinta segundos. Mírenlo con atención y, si lo reconocen, llamen al número que verán en pantalla. Se ofrece una recompensa de doscientos mil dólares por su detención y posterior condena.»

Aparece la imagen. Es en color, y clara como el agua. No es perfecta porque la cámara está situada encima de la puerta y el hombre mira al frente, pero es bastante buena. Holly se inclina, y se activan de inmediato sus extraordinarias dotes para el oficio, algunas innatas, otras desarrolladas en los tiempos de su colaboración con Bill Hodges. El individuo es caucásico, de piel bronceada (cosa poco probable en esta época del año pero no imposible), un hispano de piel clara, alguien de Oriente Medio, o acaso vaya maquillado. Holly decide que es caucásico con maquillaje. Le calcula alrededor de cuarenta y cinco años. Lleva anteojos con armazón dorado. Tiene un bigote negro, pequeño y bien recortado. El cabello, también negro, lo lleva corto. Eso lo ve porque va sin gorra, con lo cual queda a la vista una parte mayor de su rostro. Muy audaz, el hijo de mala madre, piensa

Holly. Sabía que habría cámaras, sabía que habría fotografías, y le dio igual.

—No hijo de mala madre —dice sin apartar la vista del retrato. Registrando cada una de sus facciones. No porque el caso sea suyo, sino porque ella es así—. Es un hijo de *puta*, eso es.

Reaparece Andrea Mitchell. «Si lo conocen, llamen al número que ven en pantalla, y háganlo de inmediato. Ahora vamos a conectar con la escuela secundaria Macready y con nuestro hombre en el lugar de los hechos. Chet, ¿sigues ahí?»

Ahí sigue, de pie en una mancha de luz intensa proyectada por la cámara. Otras luces intensas iluminan la fachada lateral dañada de la escuela; cada ladrillo caído tiene su propia sombra angulosa. Se oye el rugido de los generadores. Personas de uniforme corren de acá para allá vociferando y hablando por micrófonos. Holly ve FBI en algunas de las chamarras; ATF en otras. Hay un equipo con overoles blancos de Tyvek. La cinta amarilla del precinto ondea. Se percibe una sensación de caos controlado. O al menos Holly confía en que esté controlado. Debe de haber alguien al mando, quizá en el cámper que ve al fondo de la toma, en el lado izquierdo.

Cabe suponer que Lester Holt está viendo eso en su casa en piyama y pantuflas, pero Chet Ondowsky sigue al pie del cañón. El señor Ondowsky es todo un Conejito de Energizer, y Holly lo entiende. Probablemente esta sea la noticia más importante que cubra en su vida, trabaja en ella casi desde el principio, y va a seguirla pase lo que pase. Aún lleva saco de vestir, que posiblemente horas antes, cuando ha llegado, era suficiente, pero ahora la temperatura ha bajado. Holly ve su vaho, y está casi segura de que tirita.

Que alguien le dé una prenda abrigadora, por Dios, piensa. Un rompevientos, o una sudadera, aunque sea.

Ese saco tendrá que tirarlo. Está cubierto de polvo de ladrillo y roto en un par de sitios, una manga y un bolsillo. En la mano con la que sostiene el micrófono también se ve polvo de ladrillo, y algo más. ¿Sangre? Holly cree que sí. Y la mancha en la mejilla, también eso es sangre.

«¿Chet? —es la voz incorpórea de Andrea Mitchell—. ¿Me oyes?»

El corresponsal se lleva al auricular la mano con la que no sostiene el micro, y Holly ve curitas en dos de sus dedos.

«Sí, te oigo —se vuelve de cara a la cámara—. Aquí Chet Ondowsky, informando desde el lugar del atentado, la escuela secundaria Albert Macready, en Pineborough, Pennsylvania. Este colegio, por lo general apacible, se ha visto sacudido por una explosión de gran potencia no mucho después de las dos de la tarde...»

La pantalla se divide en dos, y a un lado aparece Andrea Mitchell.

«Chet, sabemos por una fuente de Seguridad Nacional que la explosión se produjo a las dos y diecinueve. Desconozco cómo han podido las autoridades establecer la hora con tanta precisión, pero al parecer pueden.»

«Sí —dice Chet, un poco alterado, y Holly piensa en lo cansado que debe de estar. ¿Y podrá dormir esta noche? Imagina que no—. Sí, diría que más o menos ha sido a esa hora. Como puedes ver, Andrea, la búsqueda de víctimas está terminando, pero la actividad forense no ha hecho más que empezar. Cuando amanezca, vendrá más personal al lugar de los hechos, y...»

«Disculpa, Chet, pero has participado personalmente en la búsqueda, ¿no es así?»

«Sí, Andrea, todos hemos echado una mano. Los vecinos del pueblo, algunos padres. También Alison Greer y Fred Witchick, de la KDKA; Donna Forbes, de la WPCW; y Bill Larson, de...»

«Sí, pero tengo entendido que tú has sacado a dos niños de entre los escombros, Chet.»

Él no se molesta en aparentar falsa modestia y vergüenza; Holly le da puntos por ello. Mantiene la actitud de periodista profesional. «Así es, Andrea. He oído los gemidos de uno y he visto al otro. Una niña y un niño. Sé cómo se llama el niño, Norman Fredericks. La niña... —se humedece los labios. Le tiembla el micrófono en la mano, y Holly cree que no es solo por el frío—. La niña estaba muy mal. Estaba... llamando a su madre.»

Andrea Mitchell parece afectada. «Chet, qué horror.»

En efecto lo es. Un horror insoportable para Holly. Toma el control remoto, quita el sonido —ya conoce los datos destacados, más de los que necesita— y a continuación vacila. Es el bolsillo roto lo que mira. Quizá se le ha roto mientras buscaba a las víctimas, pero si Ondowsky es judío, tal vez lo haya hecho adrede. Podría haber sido *keriah*, el acto de rasgarse las vestiduras después de una muerte y la muestra simbólica de un corazón herido. Supone que a eso se debe realmente el bolsillo roto. Es lo que quiere creer.

5

El insomnio que esperaba no se produce; a Holly la vence el sueño en cuestión de minutos. Tal vez llorar con Jerome le haya permitido expulsar parte del veneno inoculado por la noticia de Pennsylvania. Ofrecer consuelo y recibirlo. Mientras se adormece, piensa que debería hablar de eso con Allie Winters en la siguiente sesión.

Despierta en algún momento de la madrugada del 9 de diciembre pensando en el corresponsal, Ondowsky. En algún detalle... ¿Qué era? ¿Lo cansado que se veía? ¿Los rasguños y el polvo de ladrillo en las manos? ¿El bolsillo roto?

Eso, piensa. Eso debe de ser. Quizá he soñado con eso.

Musita brevemente, a oscuras, una especie de oración.

—Te echo de menos, Bill. Tomo mi Lexapro y no fumo.

Luego se duerme y no despierta hasta que suena el despertador a las seis de la mañana.

9-13 de diciembre de 2020

1

Finders Keepers ha podido trasladarse a su nueva oficina, más cara, en la cuarta planta del edificio Frederick, en el centro, porque el negocio va bien, y el resto de la semana Holly y Pete están muy ocupados. Holly no dispone de tiempo para ver *John Law* ni apenas para pensar en la explosión en el colegio de Pennsylvania, aunque siguen hablando del tema en las noticias y en ningún momento acaba de írsele de la cabeza por completo.

La agencia mantiene relaciones laborales con dos de los grandes bufetes de la ciudad, de esos muy elitistas y con muchos nombres en la puerta. «Macintosh, Beodo y Espía», dice Pete en broma. Como policía retirado, no aprecia mucho a los abogados, pero sería el segundo en admitir (Holly sería la primera) que la entrega de citatorios y notificaciones es muy rentable.

—Felices navidades de mierda a esa gente —dice Pete al salir el jueves por la mañana con un maletín lleno de pesadumbre y enojo.

Además de entregar documentos, Finders Keepers consta entre los contactos preferidos de varias compañías de seguros —locales, no filiales de las grandes empresas—, y Holly dedica la mayor parte del viernes a investigar una solicitud de indemnización por incendio provocado. Se trata de una cantidad sustanciosa, el beneficiario de la póliza necesita de verdad el dinero, y Holly ha recibido el encargo de asegurarse de que ese hombre estaba realmente en Miami, como afirma, cuando su almacén quedó reducido a cenizas. Se confirma que estaba allí, lo cual es bueno para él, pero no tanto para Lake Fidelity.

Además de esas cosas, que permiten pagar de manera fiable las facturas cuantiosas, hay un moroso fugado al que localizar (eso Holly lo hace con la computadora y lo encuentra enseguida consultando sus pagos con tarjeta de crédito), delincuentes bajo fianza prófugos de la justicia a los que seguir la pista —lo que en el oficio se conoce como «rastreo»—, y adolescentes y perros perdidos. Pete suele dedicarse a los adolescentes, y a Jerome, cuando colabora con ellos, se le dan muy bien los perros.

A Holly no le sorprende que la muerte de Lucky lo haya afectado tanto, no solo por su extrema crueldad, sino también porque la familia Robinson perdió a su querido Odell por una insuficiencia cardíaca congestiva hace un año. Estos dos últimos días, el jueves y viernes, no ha habido perros en la lista de casos, ni perdidos ni secuestrados, y mejor así, porque Holly anda muy ocupada y Jerome está en casa con lo suyo. El proyecto, que empezó siendo un trabajo para la universidad, se ha convertido en una prioridad para él, por no decir en una absoluta obsesión. Sus padres tienen dudas acerca de la decisión de su hijo de tomarse un «año sabático». Holly, no. No piensa necesariamente que Jerome vaya a sorprender al mundo, pero intuye que sí conseguirá que el mundo se yerga y preste atención. Tiene fe en él. Y la esperanza de Holly, también eso.

Solo puede seguir la evolución de los hechos relacionados con la explosión en la secundaria de refilón, y está bien así, porque ha habido pocas novedades. Ha muerto otra víctima —un profesor, no un alumno—, y unos cuantos niños con heridas leves han sido dados de alta de diversos hospitales de la zona. La señora Althea Keller, la única persona que habló con el repartidor/autor del atentado, ha recobrado el conocimiento, si bien tenía poco que aportar, más allá del hecho de que el paquete procedía supuestamente de un colegio escocés, y que esa relación transatlántica salió publicada en el semanario de Pineborough, junto con una foto de grupo de la Sociedad Nemo Me Impune (quizá resulte irónico, aunque es probable que no, que los once Impunis, como se hacen llamar, salieran indemnes de la explosión). La camioneta apareció en un establo cercano, limpiada a fondo para eliminar las huellas y cualquier rastro de

ADN. La policía ha recibido un aluvión de llamadas de personas deseosas de identificar al autor, pero ninguna ha producido resultados. Las esperanzas de una captura rápida están dando paso al temor de que el individuo no haya acabado, sino que ese sea solo el comienzo. Holly espera que no sea así, pero su experiencia con Brady Hartsfield la lleva a temer lo peor. Lo mejor que podría pasar, piensa (con una frialdad que en otro tiempo le habría sido ajena), es que se suicide.

El viernes por la tarde, mientras termina el informe para Lake Fidelity, suena el teléfono. Es su madre, y con una noticia que Holly esperaba desde hacía tiempo con inquietud. Escucha, dice lo apropiado y permite que su madre la trate como a la niña que piensa que Holly sigue siendo (pese a que la finalidad de la llamada es exigir a Holly que se comporte como una adulta), preguntándole si se acuerda de cepillarse los dientes después de cada comida, si se acuerda de tomar su medicación con alimentos, si limita sus películas a cuatro por semana, etcétera, etcétera. Holly procura no pensar en el dolor de cabeza que las llamadas de su madre —y esta en particular— casi siempre le provocan. Asegura a su madre que sí, que estará allí el domingo para ayudar, y sí, llegará al mediodía, para poder disfrutar de una comida más como familia.

Mi familia, piensa Holly. Mi maldita familia.

Como Jerome apaga el teléfono mientras trabaja, llama a Tanya Robinson, la madre de Jerome y Barbara. Le dice a Tanya que no podrá comer con ellos el domingo porque debe viajar al norte. Una urgencia familiar, por así decirlo, explica.

—Vaya, Holly —dice Tanya—. Lamento oírlo, cariño. ¿Lo sabrás manejar?

—Sí —contesta Holly. Es lo que siempre dice cuando alguien le hace esa espantosa pregunta cargada de significado.

Está casi segura de que mantiene un tono de normalidad, pero, en cuanto cuelga, se cubre la cara con las manos y se echa a llorar. Lo desencadena ese «cariño». Tener a alguien que la llama «cariño», a ella, a quien en el instituto la apodaban Mongo-Mongo.

Tener al menos eso a lo que volver.

El sábado por la noche planea el viaje en coche mediante la aplicación Waze desde su computadora, incluyendo una parada para ir al baño y llenar el tanque de su Prius. Si quiere llegar a mediodía, tendrá que salir a las siete y media, lo que le dará tiempo para una taza de té (descafeinado), unos panes tostados y un huevo tibio. Una vez realizado con todo detalle este trabajo preliminar, se acuesta y se queda despierta en la cama durante dos horas, a diferencia de lo que le ocurrió la noche después del atentado en la escuela Macready. Cuando por fin se duerme, sueña con Chet Ondowsky. Este habla de la carnicería que presenció al incorporarse a las tareas de los primeros servicios de emergencia que acudieron al lugar, y dice cosas que nunca diría por televisión. Había sangre en los ladrillos, dice. Había un zapato con un pie todavía dentro, dice. La niña que llamaba llorando a su madre, dice, gritó de dolor pese a que él la tomó en brazos con suma delicadeza. Cuenta todo esto con su mejor voz de informador objetivo, pero mientras habla se rasga las vestiduras. No solo el bolsillo y la manga del traje, sino primero una solapa y después la otra. Se tira de la corbata y la rompe en dos. Después se desgarra la parte delantera de la camisa, arrancándose los botones.

El sueño se desvanece antes de que pase al pantalón del traje, o bien la mente consciente de Holly se niega a recordarlo a la mañana siguiente, cuando suena la alarma de su teléfono. En todo caso, despierta con la sensación de no haber descansado, y se come el huevo y los panes tostados con desgano, a modo de simple combustible para lo que será un día difícil. Le gusta viajar por carretera, pero en esta ocasión la perspectiva le pesa en los hombros como una carga física.

La pequeña bolsa azul —lo que ella llama su «porsiacaso»— está junto a la puerta, con una muda de ropa y sus artículos de limpieza personal, por si tiene que pasar la noche fuera. Se cuelga la correa al hombro, baja en elevador desde su acogedor departamento, abre la puerta y allí encuentra a Jerome Robinson, sentado en el portal. Está bebiendo una Coca-Cola y tiene al lado la mochila con la calcomanía JERRY GARCÍA VIVE.

—¿Jerome? ¿Qué haces aquí? —y como no puede evitarlo, añade—: Y bebiendo Coca-Cola a las siete y media de la mañana, uf.

—Me voy contigo —responde él, y le lanza una mirada que indica que no le servirá de nada oponerse.

A Holly le parece bien, porque no es ese su deseo.

—Gracias, Jerome —contesta. Le cuesta, pero logra contener el llanto—. Eres muy amable.

3

Jerome conduce la primera mitad del viaje, y cuando se detienen para cargar gasolina e ir al baño en la carretera, cambian de puesto. Holly tiene la sensación de que el temor ante lo que le espera (*nos* espera, se corrige) empieza a acecharla a medida que se aproximan a Covington, un barrio de las afueras de Cleveland. Para mantenerlo a raya, pregunta a Jerome por su proyecto. Su libro.

—Por supuesto, si no quieres hablar de eso... Sé que a algunos autores no...

Pero Jerome lo está deseando. El libro empezó como un trabajo para una asignatura llamada Sociología en Blanco y Negro. Jerome decidió escribir sobre su tatarabuelo, nacido en 1878, hijo de antiguos esclavos. Alton Robinson pasó su infancia y los primeros años de su vida adulta en Memphis, donde a finales del siglo XIX existía una próspera clase media negra. Cuando la fiebre amarilla y las bandas de vigilantes clandestinos blancos irrumpieron en esa subeconomía en plácido equilibrio, buena parte de la comunidad negra simplemente se marchó y abandonó a los blancos para los que trabajaban, dejando que se prepararan su propia comida, tiraran su propia basura y limpiaran la mierda de los traseros de sus propios bebés.

Alton se estableció en Chicago, donde trabajó en una envasadora de carne, ahorró y abrió un bar dos años antes de la Prohibición. En lugar de cerrar cuando «aquella manada de viejas empezó a reventar los barriles» (frase de una carta que Alton escribió a su hermana; Jerome ha encontrado un tesoro de cartas y documentos guardados), trasladó el local a la zona sur, donde abrió una taberna clandestina que acabó conociéndose como el Black Owl.

Cuantas más cosas averiguaba Jerome sobre Alton Robinson —sus tratos con Alphonse Capone, los tres intentos de asesinato a los que sobrevivió por poco (el cuarto no acabó tan bien), su probable actividad paralela en el ámbito del soborno, su influencia política en la sombra—, más extenso se hacía su trabajo y más insignificantes le parecían sus obligaciones para otras asignaturas en comparación. Entregó el trabajo y recibió la máxima nota.

—Lo cual tuvo algo de chiste —dice a Holly cuando inician los últimos ochenta kilómetros de viaje—. Ese trabajo era solo la punta del iceberg, te lo aseguro. O como la primera estrofa de una de esas baladas inglesas interminables. Pero para entonces estaba en el último semestre y tenía que ponerme al día con las otras asignaturas. Para que *mater* y *pater* estuvieran orgullosos, ya me entiendes.

—Eso fue muy adulto de tu parte —dice la mujer que tiene la sensación de no haber conseguido nunca que su madre y su difunto padre estuvieran orgullosos de ella—. Aunque debió de resultarte difícil.

—*Fue* difícil —confirma Jerome—. Yo estaba inspirado, chica. Quería dejar todo lo demás y seguir los pasos del tatarabuelo Alton. Ese hombre tuvo una vida fabulosa. Pisacorbata con diamantes y perlas, y un abrigo de visón. Pero hice bien en dejar madurar un poco el proyecto. Cuando reemprendí la tarea, eso fue en junio, vi que tenía un tema, o podía tenerlo, si hacía bien las cosas. ¿Has leído *El padrino*?

—He leído el libro, he visto la película —responde Holly de inmediato—. Las tres películas —se siente obligada a añadir—: La última no es muy buena.

—¿Recuerdas el epígrafe de la novela?

Ella niega con la cabeza.

—Es una cita de Balzac. «Detrás de toda gran fortuna hay un delito.» Ese fue el tema que vi, pese a que la fortuna se le escurrió entre los dedos mucho antes de que lo mataran de un tiro en Cicero.

—Sí que es como *El padrino* —comenta Holly, maravillada, pero Jerome niega con la cabeza.

—No, no es igual, porque los negros nunca pueden ser estadounidenses de la misma manera que los italianos y los irlandeses. La piel negra se resiste al crisol. Quiero contar... —se interrumpe—. Quiero contar que la discriminación es el padre del delito. Quiero contar que la tragedia de Alton Robinson fue pensar que *a través* del delito podía alcanzar una especie de igualdad, y que eso resultó ser una quimera. Al final, no lo mataron porque su camino se cruzara con el de Paulie Ricca, que fue el sucesor de Capone, sino porque era negro. Porque era un *pinche negro*.

Jerome, que irritaba a Bill Hodges (y escandalizaba a Holly) imitando a veces el acento de los negros tal como lo reproducían antiguamente en las obras de teatro —todo *sí bwana* y *po' supue'to, amo*—, escupe esa última palabra.

—¿Le pusiste título? —pregunta Holly en voz baja.

Se acercan a la salida de Covington.

—Sí, creo que sí. Pero no fue idea mía —Jerome parece abochornado—. Escúchame, Hollyberry, si te digo una cosa, ¿me prometes que guardarás el secreto? ¿Que no se lo dirás a Pete ni a Barb ni a mis padres? Sobre todo a ellos.

—Por supuesto. Sé guardar un secreto.

Jerome sabe que es verdad; aun así, vacila un momento antes de lanzarse.

—Mi profesor de Sociología en Blanco y Negro envió el trabajo a una agente de Nueva York. Elizabeth Austin, se llama. A ella le interesó, así que después de Acción de Gracias le mandé las cien páginas que he escrito desde el verano. La señora Austin cree que es publicable, y no solo por una editorial académica, que era lo máximo a lo que aspiraba yo. Cree que podría interesar a alguna de las grandes. Sugirió que le pusiera por título el nombre de la taberna clandestina del tatarabuelo. *Black Owl: el ascenso y la caída de un gánster americano*.

—¡Jerome, eso es estupendo! Seguro que infinidad de gente estaría interesada en un libro con ese título.

—Gente negra, querrás decir.

—¡No! ¡Toda clase de gente! ¿Tú crees que *El padrino* solo gustó a los blancos? —de pronto la asalta una duda—. Pero ¿cómo se lo tomarán tus padres? —está pensando en su propia familia, que se horrorizaría si salieran a la luz semejantes trapos sucios.

—Bueno —dice Jerome—, los dos leyeron el trabajo y les encantó. Aunque, claro, eso es muy distinto de un libro, ¿no? Un libro que podría leer mucha más gente que un profesor. Pero, a fin de cuentas, trata de cuatro generaciones atrás…

Jerome parece preocupado. Holly advierte que la mira, pero solo con el rabillo del ojo; ella siempre mantiene la mirada al frente cuando conduce. Esas secuencias cinematográficas en que el conductor mira a su acompañante durante unos segundos mientras pronuncia su parte de un diálogo la sacan de quicio. Siempre siente el deseo de gritar: *¡Mira a la carretera, baboso! ¿Quieres atropellar a un niño mientras hablas de tu vida amorosa?*

—¿Tú qué piensas, Hols?

Ella reflexiona.

—Pienso que deberías enseñar a tus padres lo que has enseñado a la agente —responde por fin—. Para ver qué dicen. Para sondear sus sentimientos y respetarlos. Luego… sigue adelante. Escríbelo todo: lo bueno, lo malo y lo feo —han llegado a la salida de Covington. Holly pone las intermitentes—. Nunca he escrito un libro, así que no puedo decirlo con certeza, pero me parece que requiere cierta valentía. Eso es lo que debes hacer, creo. Ser valiente.

Y eso mismo necesito yo ahora, piensa. Mi casa está a solo tres kilómetros, y mi casa es donde encontraré el dolor.

4

La casa de la familia Gibney está en una urbanización llamada Meadowbrook Estates. Mientras Holly avanza por la tortuosa telaraña de calles (hacia el nido de la araña, piensa, y de inmediato se avergüenza de pensar en su madre en esos términos), Jerome dice:

—Si yo viviera aquí y volviera a casa borracho, es probable que me costase al menos una hora encontrar la casa.

Tiene razón. Son las características viviendas de dos plantas de Nueva Inglaterra, que solo se diferencian por el color…, lo que de noche no sería de gran ayuda, ni siquiera con la luz de los faroles. Probablemente en los meses cálidos tienen flores distintas en los jardines, pero ahora crujientes mantos de nieve vieja cubren los jardines de Meadowbrook Estates. Holly podría explicar a Jerome que a su madre le gusta esa uniformidad, le da seguridad (Charlotte Gibney tiene sus propios problemas), pero se abstiene. Se está preparando para lo que promete ser un almuerzo estresante y una tarde aún más estresante. El día del traslado, piensa. Dios santo.

Entra en el camino de acceso del número 42 de Lily Court, apaga el motor y se vuelve hacia Jerome.

—Te pongo sobre aviso. Según mi madre, él ha empeorado mucho en las últimas semanas. A veces exagera, pero creo que esta vez no.

—Entiendo la situación —Jerome le da un breve apretón en la mano—. No te preocupes por mí. Basta con que cuides de ti misma, ¿de acuerdo?

Antes de que ella pueda responder, se abre la puerta del número 42 y sale Charlotte Gibney, vestida aún con su mejor ropa de iglesia. Holly levanta una mano en un saludo vacilante, que Charlotte no devuelve.

—Pasa —dice—. Llegas tarde.

Holly sabe que llega con retraso. Cinco minutos.

Cuando se acercan a la puerta, Charlotte mira a Jerome como diciendo: qué hace este aquí.

—Ya conoces a Jerome —dice Holly. Y así es: se han visto cinco o seis veces, y Charlotte siempre lo obsequia con esa misma mirada—. Ha venido para hacerme compañía y darme apoyo moral.

Jerome dirige a Charlotte su sonrisa más encantadora.

—Hola, señora Gibney. Me he invitado yo mismo. Espero que no le moleste.

Ante eso, Charlotte se limita a responder:

—Entren, aquí fuera me estoy congelando —como si hubiera sido idea de ellos, y no de ella, salir a la escalinata de entrada.

En el número 42, donde Charlotte ha vivido con su hermano desde la muerte de su marido, hace un calor sofocante y la mezcla de olores es tan intensa que Holly espera no tener un ataque de tos. O arcadas, lo que sería aún peor. En el pequeño recibidor hay cuatro mesas, que estrechan el paso a la sala de estar hasta tal punto que el recorrido resulta peligroso, sobre todo porque las mesas están atestadas de figurillas de porcelana, la pasión de Charlotte: elfos, gnomos, troles, ángeles, payasos, conejitos, bailarinas, perritos, gatitos, muñecos de nieve, Jack y Jill (cada uno con un cubo), y el plato fuerte, un muñequito de masa de Pillsbury.

—La comida ya está en la mesa —informa Charlotte—. Solo coctel de fruta y pollo frío, me temo, pero de postre hay pastel, y… y…

Se le llenan los ojos de lágrimas, y cuando Holly lo ve, experimenta —a pesar de lo mucho que ha trabajado el asunto en terapia— una oleada de resentimiento rayano en el odio. Puede que sea odio. Se acuerda del sinfín de veces que, por echarse a llorar en presencia de su madre, esta la mandó a su habitación «hasta que se te pase». La asalta el impulso de arrojar esas mismas palabras a la cara de su madre ahora, pero, en lugar de eso, le da un incómodo abrazo. Al hacerlo, nota lo cerca que están los huesos bajo la carne escasa y fofa, y toma conciencia de que su madre es una anciana. ¿Cómo puede sentir tanto rechazo por una vieja que a todas luces necesita su ayuda? Por lo visto, la respuesta es: «muy fácilmente».

Al cabo de un momento, Charlotte aparta a Holly con una leve mueca, como si hubiese percibido un mal olor.

—Ve a ver a tu tío y dile que la comida está lista. Ya sabes dónde está.

Holly, en efecto, lo sabe. De la sala llegan las voces de unos locutores rebosantes de entusiasmo profesional, los presentadores del programa previo al partido de futbol. Jerome y ella avanzan en fila por miedo a derribar alguna figurilla de la galería de porcelana.

—¿Cuántos de estos tiene? —pregunta Jerome en un susurro.

Holly mueve la cabeza en un gesto de negación.

—No lo sé. Siempre le han gustado, pero se le ha ido de las manos desde la muerte de mi padre —a continuación, alzando la voz y afectando alegría, saluda—: ¡Hola, tío Henry! ¿Estás listo para comer?

Salta a la vista que el tío Henry no ha ido a la iglesia. Repantigado en su La-Z-Boy, viste una sudadera Purdue manchada de huevo del desayuno y uno de esos jeans con cintura elástica. Lo lleva caído, dejando a la vista unos calzones con un estampado de pequeños banderines. Aparta la vista de la televisión para mirar a sus visitantes. Se queda inexpresivo, y de pronto sonríe.

—¡Janey! ¿Qué haces aquí?

Eso traspasa a Holly como una daga de cristal, y Chet Ondowsky vuelve a su mente por un momento, con las manos arañadas y el bolsillo del saco roto. ¿Y cómo no? Janey era su prima, una persona alegre y animada, todo lo que Holly nunca podría ser, y fue novia de Bill Hodges un tiempo, antes de morir en otra explosión, víctima de una bomba colocada por Brady Hartsfield y dirigida a Bill.

—No soy Janey, tío Henry —aún con la misma alegría afectada que normalmente uno reserva para las fiestas—. Soy Holly.

Vuelve a quedarse inexpresivo mientras unos engranajes oxidados realizan la tarea que antes resolvían en un santiamén. Por fin mueve la cabeza en un gesto de asentimiento.

—Claro. Es la vista, supongo. De tanto ver la tele —se excusa él. Pero la vista no es el problema, piensa Holly, hace años que Janey está en la tumba. Ese es el problema—. Ven a abrazarme, cielo.

Ella lo hace, con la mayor brevedad posible. Cuando se retira, su tío mira fijamente a Jerome.

—¿Quién es este…? —por un inquietante momento Holly piensa que va a decir *este negro* o quizá incluso *este tiznajo*, pero eso no ocurre—. ¿Este tipo? Pensaba que salías con el policía.

Esta vez Holly no se molesta en corregirlo para aclarar quién es ella.

—Es Jerome. Jerome Robinson. Ya lo conoces.

—Ah, ¿sí? Debe de estar fallándome la cabeza —no lo dice en broma, sino a modo de lugar común, sin ser consciente de que es justo lo que está ocurriéndole.

Jerome le estrecha la mano.

—¿Cómo está, señor?

—No muy mal para la edad que tengo —dice el tío Henry, y antes de que pueda añadir algo, Charlotte los llama, prácticamente a gritos, desde la cocina, anunciando que la comida está servida—. La voz de su amo —dice Henry de buen humor, y cuando se levanta, se le cae el pantalón. No parece darse cuenta.

Jerome dirige un leve gesto a Holly con la cabeza, señalando en dirección a la cocina. Ella lo mira con expresión de duda, pero se va.

—Permítame ayudarle con esto —dice Jerome. El tío Henry, sin contestar, se limita a mantener la mirada fija en la televisión, con las manos colgando a los lados mientras Jerome le sube el pantalón—. Listo. ¿Preparado para comer?

El tío Henry mira a Jerome, sobresaltado, como si acabara de registrar su presencia, y es probable que sea así.

—En cuanto a ti, no sé, hijo —dice.

—¿No sabe qué? —pregunta Jerome al tiempo que sujeta al tío Henry por el hombro y lo gira hacia la cocina.

—El poli era demasiado viejo para Janey, pero tú pareces demasiado joven —menea la cabeza—. No sé, la verdad.

Durante el almuerzo, Charlotte reprende al tío Henry todo el tiempo y alguna que otra vez lo ayuda con la comida. En dos ocasiones abandona la mesa y vuelve enjugándose los ojos. En sus sesiones de análisis y psicoterapia, Holly ha llegado a la conclusión de que a su madre le aterroriza la vida tanto como antes aterrorizaba a la propia Holly, y que sus rasgos más deplorables —la necesidad de criticar, la necesidad de controlar las situaciones— surgen de ese miedo. He aquí una situación que no puede controlar.

Y quiere al tío Henry, piensa Holly. Eso también. Es su hermano, lo quiere y ahora él está a punto de irse. En muchos sentidos.

Cuando termina el almuerzo, Charlotte destierra a los hombres al salón («Vayan a ver su partido, muchachos», les dice) mientras Holly y ella lavan los contados platos. En cuanto se quedan solas, Charlotte dice a Holly que le pida a su amigo que aparte el coche para que puedan sacar el de Henry del estacionamiento.

—Sus cosas están en la cajuela, todo listo y a punto —habla por la comisura de los labios, como una actriz en una película de espías mala.

—Me ha confundido con Janey —dice Holly.

—Claro, Janey fue siempre su preferida —responde Charlotte, y Holly siente de nuevo que la traspasa una de esas dagas de cristal.

6

Puede que Charlotte Gibney no se haya alegrado mucho de ver aparecer al amigo de Holly, pero está más que dispuesta a permitir a Jerome que conduzca la enorme carcacha del tío Henry, un Buick (doscientos mil kilómetros recorridos), hasta el centro de la tercera edad Rolling Hills, donde lo espera una habitación desde el primero de diciembre. Charlotte confiaba en que su hermano pudiera quedarse en casa hasta después de Navidad, pero ya ha empezado a orinarse en la cama, lo cual es mal asunto, y a vagar por el barrio, a veces en pantuflas, lo cual es peor.

Cuando llegan, Holly no ve en las inmediaciones una sola colina sinuosa, como parecería indicar el nombre del centro, sino solo un supermercado Wawa y un decrépito boliche en la otra acera. Un hombre y una mujer con la chamarra azul del centro de la tercera edad acompañan a una hilera de seis u ocho ancianos que regresan del boliche; el hombre mantiene las manos en alto para parar el tráfico hasta que el grupo llegue sano y salvo al otro lado. Los pacientes (no es la palabra adecuada, pero es la que acude a la mente de Holly) van tomados de la mano, con lo que parecen niños de excursión envejecidos de forma prematura.

—¿Esto es el cine? —pregunta el tío Henry cuando Jerome accede con el Buick a la glorieta situada delante de la entrada del centro de la tercera edad—. Pensaba que íbamos al cine.

Va sentado en el asiento del acompañante. Al salir de casa, de hecho, ha intentado sentarse al volante, hasta que Charlotte y Holly lo han obligado a rodear el coche. Para el tío Henry se acabó lo de manejar. Charlotte le sacó la licencia de la cartera en junio, durante una de esas siestas cada vez más largas. Luego se sentó a la mesa de la cocina y lloró.

—Seguro que aquí se podrán ver películas —dice Charlotte. Sonríe, y a la vez se muerde el labio.

En el vestíbulo los recibe una tal señora Braddock, que trata al tío Henry como a un viejo amigo, tomándolo de las dos manos y diciéndole lo mucho que se alegra de «tenerlo con nosotros».

—Con nosotros, ¿para qué? —pregunta Henry, y mira alrededor—. Dentro de poco tengo que ponerme a trabajar. Los papeles están desordenados. Ese Hellman es un inepto.

—¿Ha traído sus cosas? —pregunta la señora Braddock a Charlotte.

—Sí —contesta Charlotte, que no ha dejado de sonreír y morderse el labio. Puede que esté a punto de echarse a llorar. Holly conoce las señales.

—Voy por las maletas —se ofrece Jerome en voz baja, pero el tío Henry no tiene ningún problema de oído.

—¿Qué maletas? ¿*Qué maletas*?

—Tenemos una habitación muy bonita para usted, señor Tibbs —dice la señora Braddock—. Muy sole...

—¡Me llaman *mister* Tibbs! —brama el tío Henry en una imitación de Sidney Poitier muy creíble ante la que vuelven la cabeza, sorprendidos, la joven sentada en recepción y un celador que pasaba por allí. El tío Henry se ríe y se vuelve hacia su sobrina—. ¿Cuántas veces vimos esa película, Holly? ¿Seis?

Esta vez la llama por su nombre, con lo que ella se siente aún peor.

—Más —contesta, y sabe que puede que también ella esté a punto de echarse a llorar. Su tío y ella vieron muchas películas juntos. Quizá Janey fuera su preferida, pero con Holly compartía la afición por el cine, y se sentaban en el sofá con un cuenco de palomitas entre los dos.

—Sí —dice el tío Henry—. Sí, y tanto —pero vuelve a perder el hilo—. ¿Dónde estamos? ¿Dónde estamos realmente?

En el sitio donde es muy probable que mueras, piensa Holly. A menos que para eso te lleven al hospital. Fuera, ve a Jerome descargar dos maletas de tartán. También una bolsa para trajes. ¿Volverá su tío a ponerse alguna vez un traje? Sí, es posible... pero solo una vez.

—Vamos a ver su habitación —propone la señora Braddock—. ¡Le gustará, Henry!

Lo toma por el brazo, pero Henry se resiste. Mira a su hermana.

—¿Qué está pasando aquí, Charlie?

No llores ahora, piensa Holly, aguanta, no te atrevas. Pero, vaya, la llave se abre, y a pleno caudal.

—¿Por qué lloras, Charlie? —pregunta el tío Henry. Luego exclama—: ¡No quiero estar aquí! —no es su estentóreo bramido de «Mister Tibbs», sino más bien un gimoteo. Como el de un niño al darse cuenta de que van a ponerle una inyección. Aparta la vista de las lágrimas de Charlotte y ve a Jerome acercarse con su equipaje—. ¡Eh! ¡Eh! ¿Qué haces con esas maletas? ¡Son mías!

—Bueno —dice Jerome, pero parece que no sabe qué hacer a continuación.

Los ancianos entran en fila de su excursión al boliche, donde sin duda, piensa Holly, muchas bolas se han ido al canal lateral. El empleado que antes levantaba las manos para detener el tráfico se acerca a una enfermera que parece haber salido de la nada. Es ancha de cadera y bíceps.

Los dos flanquean a Henry y lo sujetan con delicadeza por los brazos.

—Ven por aquí —dice el hombre del boliche—. Echaremos un vistazo a tu nueva choza, hermano. A ver qué te parece.

—Qué me parece ¿qué? —pregunta Henry, pero empieza a andar.

—¿Sabes una cosa? —dice la enfermera—. En la sala común están pasando el partido y tenemos la tele más grande que hayas visto en tu vida. Te sentirás como si estuvieras en la línea de cincuenta yardas. Primero una ojeada rápida a tu habitación y luego puedes ir a verlo.

—Y también muchas galletas —dice la señora Braddock—. Recién hechas.

—¿Juegan los Browns? —pregunta Henry.

Se acercan a una puerta de dos hojas. Pronto desaparecerá al otro lado. Donde, piensa Holly, comenzará a vivir el resto de su vida, cada vez más sombrío.

La enfermera se ríe.

—No, no, los Browns, no; están eliminados. Juegan los Cuervos. ¡Piquemos y derribemos!

—Bien —dice Henry, y añade algo que en la vida habría dicho antes de que sus engranajes neuronales empezaran a oxidarse—. Esos Browns son una panda de hijos de puta.

Acto seguido desaparece.

La señora Braddock se mete la mano en el bolsillo del vestido y ofrece a Charlotte un pañuelo de papel.

—Es muy normal que estén alterados el día que se mudan aquí. Se calmará. Señora Gibney, si se siente usted en condiciones, tenemos más papeleo del que ocuparnos.

Charlotte asiente. Por encima del pañuelo empapado se le ven los ojos enrojecidos y húmedos. Esta es la mujer que me regañaba por llorar en público, piensa Holly, maravillada. La que me pedía que no pretendiera ser el centro de atención. Esto es el desquite, y a mí no me hacía ninguna falta.

Aparece otro celador (están por todas partes, piensa), que carga las maletas de tartán descoloridas del tío Henry y su portatrajes de Brooks Brothers en un carrito, como si esto no fuera más que un Holiday Inn o un Motel 6. Holly lo observa y contiene su propio llanto cuando Jerome la toma con delicadeza del brazo y la lleva afuera.

Se sientan en un banco a pesar del frío.

—Se me antoja fumar —dice Holly—. Por primera vez en mucho tiempo.

—Simúlalo —sugiere él, y exhala una bocanada de aliento empañado.

Holly inhala y expulsa su propia nube de vaho. Simula.

7

No se quedan a dormir, aunque Charlotte les asegura que hay sitio de sobra. Holly preferiría que su madre no pasara sola esta primera noche, pero no soporta la idea de quedarse. No es la casa donde Holly se crio, pero la mujer que vive aquí es la mujer con la que se crio. Ahora Holly es muy distinta de la chica pálida, fumadora empedernida y escritora de poesía (mala poesía) que se crio a la sombra de Charlotte Gibney, pero en su presencia le cuesta recordarlo, porque su madre todavía la ve como la niña trastornada que iba a todas partes con los hombros encorvados y la mirada baja.

Esta vez es Holly quien maneja durante el primer tramo, y Jerome, el resto del camino. Hace rato que es de noche cuando ven las luces de la ciudad. Holly, entrando en un duermevela, piensa de manera inconexa en el hecho de que el tío Henry la haya confundido con Janey, la mujer que voló por los aires en el coche de Bill Hodges. Eso guía su pensamiento de nuevo a la explosión en la escuela secundaria Macready, y al corresponsal con el bolsillo roto y polvo de ladrillo en las manos. Recuerda que pensó que por la noche se percibía algo distinto en él.

Bueno, claro, piensa mientras vuelve a adormecerse. Entre el primer informativo de esa tarde y el reportaje especial de esa noche, Ondowsky ayudó a buscar entre los escombros, lo cual fue una transición entre informar sobre la noticia y convertirse en parte de ella. Eso cambiaría a cualq…

De pronto abre mucho los ojos y se yergue en el asiento, lo que sobresalta a Jerome.

—¿Qué pasa? ¿Estás bi…?

—¡El lunar!

Jerome no sabe de qué habla, y a Holly le da igual. Probablemente, en todo caso, es un detalle intrascendente, pero sabe que Bill Hodges la habría felicitado por su observación. Y por su memoria, lo que ahora está perdiendo el tío Henry.

—Chet Ondowsky —dice—. El primer corresponsal que llegó al lugar del atentado después de la explosión en el colegio. Por la tarde tenía un lunar junto a la boca, pero esa noche a las diez, en el reportaje especial, el lunar había desaparecido.

—Demos gracias a Dios por Max Factor, ¿eh? —dice Jerome mientras salen de la autopista.

Tiene razón, por supuesto, ella incluso llegó a pensarlo durante el informativo: el nudo de la corbata torcido, sin tiempo para taparse el lunar con maquillaje. Más tarde, cuando llegó el equipo de apoyo de Ondowsky, se ocuparon de eso. Aun así, resulta un poco extraño. Holly está segura de que un maquillador habría dejado los arañazos —quedaban bien en televisión, presentaban al corresponsal como héroe—, pero el maquillador o la maquilladora ¿no habría limpiado un poco el polvo de ladrillo alrededor de la boca de Ondowsky mientras tapaba el lunar?

—¿Holly? —pregunta Jerome—. ¿Ya estás otra vez acelerada?

—Sí —dice ella—. Supongo que sí. Demasiado estrés, descanso insuficiente.

—No le des muchas vueltas.

—Sí —dice ella. Es un buen consejo. Se propone seguirlo.

14 de diciembre de 2020

1

Holly preveía otra noche revolviéndose en la cama, pero duerme de un tirón hasta que la alarma del celular («Orinoco Flow») la despierta con suavidad. Se siente descansada, otra vez la de siempre. Se pone de rodillas, lleva a cabo sus meditaciones matutinas y después se acomoda en su pequeño rincón del desayuno para tomarse un plato de avena, una taza de yogurt y un gran tazón de té Constant Comment.

Mientras disfruta de su pequeño banquete, lee el periódico en el iPad. La noticia de la bomba en la escuela Macready ha pasado de la primera plana (dominada, como de costumbre, por las estúpidas chiquilladas del presidente) a la sección de información nacional. Eso es porque no hay novedades. Más víctimas han sido dadas de alta en el hospital; dos niños, uno de ellos una promesa del basquetbol, continúan en estado grave; la policía sostiene que está siguiendo diversas pistas. Holly lo duda. No se habla de Chet Ondowsky, y él es la primera persona en quien ha pensado cuando las notas agudas de Enya la han instado a despertar. No en su madre, no en su tío. ¿Estaba soñando con Ondowsky? Si es así, no lo recuerda.

Sale del periódico, abre Safari e introduce «Ondowsky». Lo primero que averigua es que su nombre de pila real es Charles, no Chester, y colabora con la emisora filial de la NBC desde hace dos años. Su especialidad declarada es una encantadora aliteración: crimen, comunidad y fraude al consumidor.

Aparecen numerosos videos. Holly hace clic en el más reciente, titulado «La WPEN da la bienvenida a Chet y a Fred a su regreso a casa». Ondowsky entra en la sala de prensa (con un traje nuevo), seguido de un joven que viste una camisa a cuadros y un pantalón caqui con enormes bolsillos a los lados. Los recibe con una salva de aplausos el personal de la emisora, tanto los locutores como el resto del equipo. En total son unas cuarenta o cincuenta personas. El joven —Fred— sonríe. Ondowsky reacciona con sorpresa, que enseguida da paso a una satisfacción oportunamente modesta. Incluso aplaude a sus compañeros en respuesta. Una mujer vestida de manera impecable, tal vez la presentadora de un noticiario, da un paso al frente. «Chet, eres nuestro héroe —dice, y lo besa en la mejilla—. Tú también, Freddy.» Pero para el joven no hay beso, solo una palmadita rápida en el hombro.

«A ti estoy dispuesto a rescatarte en cualquier momento, Peggy», dice Ondowsky, lo cual arranca risas y nuevos aplausos. Ahí termina el video.

Holly ve unos cuantos videos más, eligiéndolos al azar. En uno, Chet aparece ante un bloque de departamentos en llamas. En otro, está en un puente donde se ha producido una colisión múltiple. En el tercero, informa sobre la colocación de la primera piedra para la construcción de un nuevo centro del YMCA, que incluye una pala de plata ceremonial y música de Village People. Un cuarto, de poco antes de Acción de Gracias, lo muestra llamando con insistencia a la puerta de una supuesta «clínica del dolor» en Sewickley, sin recibir por sus esfuerzos más que un ahogado «¡Nada de preguntas, váyase!».

Un hombre ocupado, un hombre ocupado, piensa Holly. Y en ninguno de esos videos Charles Ondowsky, alias «Chet», tiene lunar. Porque siempre se lo han cubierto con maquillaje, se dice mientras enjuaga sus escasos platos en el fregadero. Solo se le vio aquella vez, cuando tuvo que salir al aire de forma apresurada. Y en todo caso, ¿por qué te preocupa eso? Es como cuando se te pega una irritante canción pop.

Como ha madrugado, tiene tiempo de ver un episodio de *The Good Place* antes de irse a trabajar. Entra en su sala de televisión y toma el control remoto, pero se queda con él en la mano y la mirada fija en la pantalla apagada. Al cabo de un rato, deja el control y vuelve a la cocina. Enciende el iPad y busca el video de Chet Ondowsky con la escena de la investigación sobre la clínica del dolor de Sewickley.

Después de que un hombre, desde dentro, mande a volar a Chet, la imagen ofrece un plano medio de Ondowsky, que se acerca el micro (con el logo de WPEN claramente visible) a la boca y esboza una lúgubre sonrisa.

«Ya lo han oído, Stefan Muller, que se presenta como "médico del dolor", se niega a contestar a nuestras preguntas y nos pide que nos marchemos. Nos vamos, pero volveremos y seguiremos haciendo preguntas hasta que recibamos respuestas. Aquí Chet Ondowsky, en Sewickley. Te devolvemos la conexión, David.»

Holly ve el video de nuevo. En esta ocasión detiene la imagen en el momento en que Ondowsky dice «volveremos y seguiremos haciendo preguntas». En ese punto el micro queda un poco más abajo, con lo que le permite ver bien la boca de Ondowsky. Separa los dedos para ampliar la imagen hasta que la boca abarca toda la pantalla. Ahí no hay ningún lunar, está segura. Vería la sombra aunque lo tuviera cubierto por una base de maquillaje y polvos.

Ya no piensa en *The Good Place*.

El informe inicial de Ondowsky desde el lugar de la explosión no aparece en la página web de WPEN, pero sí en la de *NBC News*. Entra y una vez más separa los dedos y amplía la imagen hasta que la boca de Chet Ondowsky llena la pantalla. Y resulta que eso no es un lunar. ¿Es suciedad? No lo cree. Cree que es vello. Una zona sin afeitar, quizá.

O quizá otra cosa.

Quizá los restos de un bigote postizo.

Ya no piensa tampoco en ir temprano a la oficina para poder escuchar los mensajes de la contestadora y ocuparse de un poco de papeleo tranquilo antes de que llegue Pete. Se pone de pie y recorre la cocina dos veces. El corazón le palpita con fuerza. Lo que está pensando no puede ser verdad, es una estupidez absoluta, pero ¿y si es verdad?

Introduce en Google "explosión escuela secundaria Macready" y encuentra la foto fija del repartidor/autor del atentado.

Utiliza los dedos para aumentar la imagen y centrarla en el bigote de ese individuo. Piensa en esos casos que salen de vez en cuando en la prensa en que un pirómano en serie resulta ser un bombero, profesional o voluntario. Incluso había un libro sobre el tema basado en delitos reales, *Fire Lover*, de Joseph Wambaugh. Lo leyó cuando iba al instituto. Es algo así como el maldito síndrome de Munchausen por poderes.

Demasiado monstruoso. Imposible.

Pero Holly no puede menos que preguntarse por primera vez cómo llegó Chet Ondowsky tan pronto al lugar de la explosión, adelantándose a todos los demás periodistas…, en fin, no sabe cuánto tiempo antes llegó, pero fue el primero en llegar allí. Eso lo sabe.

Pero, un momento, ¿de verdad lo sabe? Aunque no vio a ningún otro periodista dar la noticia durante ese primer informativo, ¿puede estar segura de que no había ninguno?

Revuelve en su bolso y encuentra el celular. Desde el caso que compartieron Ralph Anderson y ella —el que acabó en un tiroteo en el Agujero de Marysville—, Ralph y ella han hablado con frecuencia, y por lo general a primera hora de la mañana. A veces la llama él; a veces es ella quien se pone en contacto. Deja el dedo suspendido sobre su número de teléfono, pero no lo aprieta. Ralph está de vacaciones con su mujer y su hijo. Y aunque no estuviera durmiendo a las siete de la mañana, ese es su tiempo en compañía de su familia. Tiempo en familia a modo de *bonificación*. ¿Quiere molestarlo por tan poca cosa?

Tal vez pueda aclararlo ella misma con ayuda de su computadora. Para quedarse tranquila. Al fin y al cabo, aprendió del mejor.

Holly va a su escritorio, recupera el retrato del repartidor/autor del atentado, y lo imprime. A continuación, elige varios primeros planos de Chet Ondowsky —es corresponsal de televisión, así que hay muchos— y los imprime también. Se los lleva todos a la cocina, donde la luz de la mañana es más intensa. Los dispone en forma de cuadrado, la foto del autor del atentado en el centro, las tomas de Ondowsky alrededor. Se inclina y los estudia detenidamente durante un minuto. Luego cierra los ojos, cuenta hasta treinta, y los estudia de nuevo. Deja escapar un suspiro en el que hay algo de decepción y exasperación, pero sobre todo de alivio.

Recuerda una conversación que mantuvo una vez con Bill, uno o dos meses antes de que el cáncer de páncreas pusiera fin a la vida de su socio expolicía. Ella le preguntó si leía novela negra, y Bill contestó que solo las historias de Harry Bosch, de Michael Connelly, y las novelas del distrito 87, de Ed McBain. Afirmó que esos libros se basaban en auténtico trabajo policial. La mayoría de los otros eran «tonterías a lo Agatha Christie».

Le dijo una cosa sobre los libros del distrito 87 que se le quedó grabada. «Según McBain, solo existen dos tipos de rostros humanos, las caras de cerdo y las caras de zorro. Yo añadiría que a veces se ve a un hombre o una mujer con cara de caballo, pero eso es poco común. En su mayoría, sí, son cerdos y zorros.»

Holly encuentra útil ese criterio mientras estudia los retratos colocados en la mesa de la cocina. Los dos hombres son bien parecidos (no romperían un espejo, como habría dicho su madre), pero de maneras distintas. El repartidor/autor del atentado —Holly decide llamarlo George, por pura comodidad— tiene cara de zorro: bastante estrecha, labios finos, mentón pequeño y tenso. La estrechez del rostro se ve realzada por el modo en que se le eriza el cabello negro en las sienes y por el hecho de que lo lleva corto y peinado contra el cráneo. Ondowsky, en cambio, tiene cara de cerdo. No es que sea de facciones toscas, pero sí es más redonda que estrecha. Su cabello es de color castaño claro. La nariz es más ancha; los labios, más carnosos. Chet Ondowsky tiene los ojos redondos, y si usa algún tipo de lente corrector, son lentes de contacto. Los ojos de George (lo que puede ver de ellos detrás de los anteojos) parecen oblicuos en las comisuras. También el tono de la tez es distinto. Ondowsky es el típico hombre blanco de manual, es probable que con antepasados procedentes de Polonia o Hungría o algún lugar así. George, el autor del atentado, presenta una coloración en la piel ligeramente aceitunada. Para rematarlo, Ondowsky tiene un hoyuelo en el mentón, como Kirk Douglas. George, no.

Probablemente ni siquiera son de la misma estatura, piensa Holly, aunque desde luego es imposible saberlo con certeza.

No obstante, toma un plumón del tazón de la encimera de la cocina y dibuja un bigote en una de las tomas de Ondowsky. La coloca junto a la imagen fija de George grabada por la cámara de seguridad. No cambia nada. Esos dos hombres no pueden ser la misma persona.

Aun así… ya puestos…

Vuelve a la computadora de su despacho (todavía en piyama) y empieza a buscar las primeras informaciones sobre el atentado proporcionadas por las filiales de las grandes cadenas: ABC, FOX, CBS. En dos de ellas alcanza a ver la unidad móvil de WPEN al fondo. En la tercera, ve al camarógrafo de Ondowsky enrollar cable eléctrico, preparándose para trasladarse a una nueva ubicación. Tiene la cabeza inclinada, pero Holly lo reconoce de todos modos, por el pantalón caqui holgado con bolsillos laterales. Es el Fred que aparecía en el video de bienvenida. En esa, Ondowsky no sale, así que es probable que ya haya ido a colaborar en los esfuerzos de rescate.

Vuelve a Google y encuentra otra cadena, una independiente, que posiblemente estuvo en el lugar de los hechos. Introduce «WPIT Últimas Noticias Escuela Macready» en el motor de búsqueda y encuentra un video de una joven que parece recién salida del instituto. Está dando la noticia junto a la piña metálica gigantesca decorada con luces navideñas intermitentes. La unidad móvil de su cadena está allí, estacionada en la glorieta detrás de un sedán Subaru.

La joven periodista, a todas luces horrorizada, se traba con las palabras e informa con una torpeza tal que ninguna de las grandes cadenas le ofrecerá nunca un contrato (ni siquiera le prestará atención). A Holly le tiene sin cuidado. Cuando el camarógrafo de la joven muestra una imagen cercana de la brecha en la fachada lateral, enfocando a auxiliares médicos, policías y ciudadanos de a pie que excavan en los escombros y acarrean camillas, Holly escruta (expresión de Bill) a Chet Ondowsky. Inclinado, escarba como un perro y lanza hacia atrás ladrillos y tablones rotos entre las piernas separadas. Aquellos rasguños en las manos se los hizo de manera honrada.

—Sí, fue el primero en llegar —dice Holly—. Quizá no antes que los servicios de urgencia, pero sí antes que cualquier otra televisión…

Suena el teléfono. Lo ha dejado en el dormitorio, así que contesta desde la computadora de escritorio, un interesante complemento que Jerome añadió en una de sus visitas.

—¿Ya estás de camino? —pregunta Pete.

—¿Adónde? —pregunta Holly, sinceramente desconcertada. Tiene la sensación de que acaban de arrancarla de un sueño.

—Toomey Ford —aclara él—. ¿De verdad lo has olvidado? No es propio de ti, Holly.

Puede que no lo sea, pero se le ha olvidado. Tom Toomey, dueño de una concesionaria, tiene la casi total certeza de que uno de sus vendedores —Dick Ellis, una verdadera pistola en lo suyo— ha estado manipulando las cuentas a su favor, posiblemente para mantener a una amante con la que se ve a escondidas, posiblemente para costear una adicción. («Se sorbe mucho la nariz —dijo Toomey—. Asegura que es por el aire acondicionado. ¿En diciembre? Vamos, hombre.») Hoy es el día libre de Dick Ellis, lo que proporciona a Holly una excelente oportunidad para hacer cuentas, alguna que otra comparación, y ver si algo no cuadra.

Podría darle alguna excusa a Pete, pero la excusa sería una mentira, y ella no miente. A menos que sea absolutamente necesario, claro.

—Sí, me había olvidado. Lo siento.

—¿Quieres que vaya yo?

—No —si la contabilidad confirma las sospechas de Toomey, Pete tendrá que ir más tarde a enfrentarse con Ellis. Como expolicía que es, a él eso se le da bien. A Holly, no tanto—. Dile al señor Toomey que me reuniré con él a la hora del almuerzo, donde él quiera, y que Finders pagará la cuenta.

—De acuerdo, pero elegirá algún sitio caro —un silencio—. Holly, ¿vas detrás de algo?

¿Es así? ¿Y por qué ha pensado ella enseguida en Ralph Anderson? ¿Hay algo que se niega a admitir?

—¿Holly? ¿Sigues ahí?

—Sí —contesta—. Aquí estoy. Es solo que se me han pegado las sábanas.

Helo ahí. Al final ha mentido.

2

Holly se da un regaderazo rápido y se pone uno de sus discretos trajes formales. No puede quitarse a Chet Ondowsky de la cabeza. Se le ocurre que podría encontrar respuesta a la principal pregunta que la inquieta, así que vuelve a la computadora y entra en Facebook. No hay el menor indicio de que Chet Ondowsky tenga cuenta, lo cual es poco habitual en un personaje de la televisión. Por lo general, les encantan las redes sociales.

Holly prueba en Twitter, y premio, ahí está: **Chet Ondowsky @condowsky1**.

La explosión en el colegio ocurrió a las 14:19. El primer tuit de Ondowsky desde el lugar de los hechos llegó una hora después, y eso no sorprende a Holly: condowsky1 estaba muy muy muy ocupado. El tuit dice: «Escuela Macready. Tragedia horrible. 15 muertos hasta ahora, quizá muchos más. Reza, Pittsburgh, reza». Parte el corazón, pero el corazón de Holly no se parte. Posiblemente porque está ya muy cansada de eso de «las condolencias y la solidaridad» y demás bobadas, quizá porque, de algún modo, resulta demasiado trillado, probablemente porque no le interesan los tuits de Ondowsky posteriores al atentado. No es eso lo que busca.

Convertida en viajera en el tiempo, retrocede en la cronología de Ondowsky hasta antes de que se produjera la explosión, y a las 13:46 encuentra una fotografía de un restaurante retro con un estacionamiento delante. En el letrero de neón del ventanal se lee: ¡TENEMOS COMIDA CASERA, TAN BUENA POR DENTRO COMO POR FUERA! El tuit de Ondowsky aparece debajo de la foto. «El tiempo justo para un café y una rebanada de pastel en Clauson's antes de salir para Eden. ¡Vean mi informe sobre la mayor venta de garage del mundo en PEN esta tarde a las seis!»

Holly busca en Google el restaurante Clauson's y lo encuentra en Pierre Village, Pennsylvania. Otra consulta en Google (qué hacíamos cuando no existía, se pregunta) le muestra que Pierre Village se encuentra a menos de veinticinco kilómetros de Pineborough y la escuela Macready. Lo que explica cómo es que él y su camarógrafo llegaron allí antes que los demás. Iba camino de cubrir la mayor venta de garage del mundo en un pueblo llamado Eden. Otra consulta le indica que el municipio de Eden está a quince kilómetros al norte de Pierre Village, y más o menos a la misma distancia de Pineborough. Dio la casualidad de que estaba en el lugar adecuado —o al menos cerca— y en el momento adecuado.

Además, está casi segura de que la policía local (o tal vez los investigadores de la ATF) ya han interrogado tanto a Ondowsky como al camarógrafo Fred sobre su fortuita llegada, no porque ninguno de los dos sea en realidad sospechoso, sino porque las autoridades estarán revolviendo hasta debajo de las piedras por tratarse de un atentado con bomba con numerosos muertos y heridos.

Ahora tiene el teléfono en la bolsa. Lo saca, llama a Tom Toomey y le pregunta si es demasiado tarde para que pase por la concesionaria y examine las cuentas. ¿Podría tal vez echar una ojeada a la computadora del vendedor sospechoso?

—Por supuesto —contesta Toomey—. Pero tenía ya entre ceja y ceja un almuerzo en el DeMasio's. Preparan unos fettuccini Alfredo increíbles. ¿Forma aún parte del trato?

—Por supuesto —dice Holly haciendo una mueca interna al pensar en la cuenta exorbitante que tendrá que pagar después. El DeMasio's no es barato. Al salir, se dice que debe considerarlo una penitencia por haber mentido a Pete. Las mentiras son una pendiente resbaladiza, cada una suele llevar a otras dos.

3

Tom Toomey, con una servilleta remetida en el cuello de la camisa, devora sus fettuccini Alfredo, comiendo y sorbiendo con abandono, y lo remata con una panacota acompañada de frutos secos variados. Holly pide una entrada y prescinde del postre, se conforma con un descafeinado (evita la cafeína a partir de las ocho de la mañana).

—Creo sinceramente que debería tomar postre —dice Toomey—. Esto es una celebración. Según parece, me ha ahorrado usted un dineral.

—Yo no, *nosotros* —corrige Holly—. La agencia. Pete abordará a Ellis para que admita su culpa, y tendrá que haber alguna compensación. Con eso debería quedar zanjado el asunto.

—¿Lo ve? Me está dando la razón. Venga, anímese, pues —insiste a fin de persuadirla. Vender parece su actitud por defecto—. Tómese algo dulce. Dese el gusto —como si fuera ella la que acaba de ser informada de que un empleado la engañaba.

Holly niega con la cabeza y le dice que ya está llena. El caso es que al sentarse a la mesa no tenía apetito, pese a que hace horas que ha comido su avena. Chet Ondowsky acude una y otra vez a su cabeza: su canción pegajosa.

—Cuida la línea, imagino, ¿no?

—Sí —dice Holly, lo cual no es del todo mentira; controla la ingesta de calorías, y su línea se cuida sola. Tampoco es que tenga a nadie por quien cuidarla.

El señor Toomey debería cuidar su propia línea —está cavándose su tumba con el tenedor y la cuchara—, pero no le corresponde a ella decírselo.

—Debería consultar con su abogado y un contador forense si se propone demandar al señor Ellis —dice ella—. Mis cálculos no bastarán ante el juez.

—Delo por hecho —Toomey se concentra en su panacota, demoliendo lo que queda, y luego alza la vista—. No lo entiendo, Holly. Pensaba que se alegraría más. Ha agarrado a un mal elemento.

El grado de maldad de un vendedor dependería de la causa por la que haya estado robando, pero eso no es asunto de Holly. Se limita a dirigirle lo que Bill llamaba su sonrisa de Mona Lisa.

—¿Le ronda algo más por la cabeza? —pregunta Toomey—. ¿Otro caso?

—No, nada de eso —responde Holly, lo que tampoco es mentira, en realidad no; la explosión en la escuela Macready no es asunto suyo. Nadie le ha dado vela en ese entierro, diría Jerome. Pero no puede quitarse de la cabeza ese lunar que no era un lunar. Todo en Chet Ondowsky parece legítimo, excepto aquello que le despertó dudas en un primer momento.

Hay una explicación razonable, piensa al tiempo que hace una seña al camarero para pedirle la cuenta. Sencillamente no la ves. Ya no le des vuelta.

Olvídalo ya.

4

La oficina está vacía cuando regresa. Pete le ha dejado una nota en la computadora: «Rattner localizado en un bar junto al lago. Voy de camino. Llámame si me necesitas». Herbert Rattner ha violado las condiciones de la libertad bajo fianza con un largo historial de incomparecencias cuando se lo ha emplazado ante el juez (cosa que ha ocurrido muchas veces). Holly desea suerte a Pete mentalmente y se acerca al archivo, que ella —y Jerome, cuando tiene ocasión— ha estado digitalizando. Así se quitará de la cabeza a Ondowsky, piensa, pero no lo consigue. Al cabo de quince minutos, desiste y abre Twitter.

La curiosidad mató al gato, piensa, pero la satisfacción lo resucitó. Solo comprobaré este último dato, y luego volveré a mi rutina.

Encuentra el tuit escrito por Ondowsky en el restaurante. Antes se ha concentrado en las palabras. Ahora es la fotografía lo que examina. Un restaurante retro de la cadena Silver. Una monada de letrero de neón en el ventanal. Estacionamiento delante, lleno solo a medias, y en ningún sitio ve la unidad móvil de WPEN.

—Quizá se estacionaron en la parte de atrás —dice.

Es posible —no tiene manera de saber si hay más lugares detrás del restaurante—, pero ¿por qué ir atrás si hay tanto sitio disponible delante, a solo unos pasos de la puerta?

Se dispone a salir del tuit; de pronto se detiene y se inclina hacia delante hasta casi tocar la pantalla con la nariz. Tiene los ojos muy abiertos. Experimenta la sensación de satisfacción que la invade cuando por fin, haciendo un crucigrama, se le ocurre la palabra que la traía por la calle de la amargura, o cuando por fin ve dónde encaja una pieza escurridiza de un rompecabezas.

Selecciona la foto de Ondowsky en el restaurante y la desliza a un lado. Luego busca el video de la reportera joven e inepta que daba la noticia junto a la piña gigante. La unidad móvil de la cadena independiente —más vieja y modesta que las de las filiales— está estacionada en la glorieta detrás de un sedán Subaru de color verde bosque. Lo que significa que el Subaru casi con toda seguridad llegó primero; si no, las posiciones estarían invertidas. Holly detiene el video y acerca la foto del restaurante lo máximo posible, y sí, hay un sedán Subaru verde bosque en el estacionamiento del restaurante. No es una prueba concluyente, circulan por ahí muchos Subaru, pero Holly sabe lo que sabe. Es el mismo. Es de Ondowsky. Estacionó en la glorieta y luego corrió al lugar del atentado.

Está tan inmersa en lo más hondo de su cabeza, que cuando suena el teléfono suelta una leve exclamación. Es Jerome. Quiere saber si tiene algún perro extraviado para él. O adolescentes extraviados; dice que se siente preparado para ascender al siguiente peldaño de la escala.

—No —dice Holly—, pero podrías...

Está a punto de pedirle que busque información sobre un camarógrafo de WPEN que se llama Fred, quizá presentándose como bloguero o colaborador de una revista. Pero de Fred puede ocuparse ella misma, utilizando su fiel computadora. Y hay otra cosa. No quiere implicar a Jerome en esto. No se permite pensar por qué exactamente, pero la sensación es intensa.

—¿Si podría qué? —pregunta él.

—Iba a decir que si quieres ir a los bares que hay junto al lago, podrías buscar...

—Me *encanta* ir de bares —dice Jerome—. Me encanta.

—No lo dudo, pero irías a buscar a Pete, no a beber cerveza. Para ver si necesita ayuda con un tal Herbert Rattner, que ha violado la libertad bajo fianza. Rattner es blanco, de unos cincuenta...

—Con un tatuaje de un halcón o algo así en el cuello —la interrumpe Jerome—. Vi la foto en el tablero de anuncios, Hollyberry.

—Es un delincuente no violento, pero ve con cuidado de todos modos. Si lo ves, no te acerques a él sin Pete.

—Entendido, entendido —Jerome parece entusiasmado. Su primer maleante auténtico.

—Ve con cuidado, Jerome —no puede evitar repetirlo. Si algo le pasara a Jerome, no lo soportaría—. Y, por favor, no me llames Hollyberry. Se me está agotando la paciencia.

Él se lo promete, pero ella duda que lo diga en serio.

Holly devuelve su atención a la computadora y desplaza la mirada de un Subaru verde bosque al otro. No significa nada, se dice. Solo estás pensando lo que estás pensando por lo que ocurrió en Texas. Bill lo llamaría el síndrome del Ford azul. Si compraras un Ford azul, decía él, de pronto verías Ford azules por todas partes. Pero ese no era un Ford azul; era un Subaru verde. Y no puede evitar pensar lo que está pensando.

Esta tarde no hay *John Law* para Holly. Cuando se marcha de la oficina, tiene más información, y está preocupada.

5

En casa, Holly se prepara una comida ligera y al cabo de quince minutos ya no recuerda qué ha comido. Llama a su madre para preguntarle si ha ido a ver al tío Henry. Sí, dice Charlotte. Holly le pregunta cómo le va. Está confuso, responde Charlotte, pero parece que se adapta. Holly ignora si es verdad, porque su madre tiende a deformar su visión del mundo hasta que se acomoda a lo que ella quiere ver.

—Le gustaría verte —dice Charlotte, y Holly promete que irá en cuanto pueda, quizá ese fin de semana. Sabiendo que la llamará Janey, porque Janey es la sobrina a la que prefiere. A la que más quiere y siempre querrá, a pesar de que Janey murió hace seis años. Eso no es autocompasión, sino la verdad. Hay que aceptar la verdad.

—Tienes que aceptar la verdad —dice—. Tienes que aceptarla, te guste o no.

Con esto en mente, toma el teléfono, dispuesta a llamar a Ralph, y una vez más se contiene. ¿Va a aguarle el tiempo de descanso solo porque los dos compraron un Ford azul en Texas y ahora ve Ford azules por todas partes?

De pronto cae en la cuenta de que no *tiene* por qué hablar con él, al menos en persona. Se lleva el teléfono y una botella de ginger ale al cuarto de la tele. Las paredes están revestidas de libros a un lado y de DVD al otro, todo ordenado alfabéticamente. Se sienta en su cómoda butaca de ver la tele, pero, en lugar de encender la Samsung de pantalla grande, abre la aplicación de grabación del celular. Se queda mirándola un momento y luego le pica al enorme botón rojo.

—Hola, Ralph, soy yo. Estoy grabando esto el 14 de diciembre. No sé si llegarás a oírlo, porque si lo que estoy pensando queda en nada, como es probable que ocurra, lo borraré sin más, pero puede que si lo expreso en voz alta, me ayude a... hum... aclararme las ideas.

Detiene la grabación para pensar por dónde empezar.

—Ya sé que te acuerdas de lo que pasó en aquella cueva cuando por fin nos encontramos cara a cara con el visitante. No estaba acostumbrado a que lo descubrieran, ¿verdad? Me preguntó de dónde había sacado la capacidad para creer. Esa capacidad me venía de Brady, de Brady Hartsfield, pero el visitante no sabía nada de Brady. Preguntó si se debía a que yo había visto a otro como él en algún sitio. ¿Recuerdas su expresión y su tono de voz cuando preguntó eso? Yo sí. Mostró no solo deseo, sino anhelo. Creía que él era el único. También yo lo pensaba, me parece que lo pensábamos los dos. Pero, Ralph, empiezo a preguntarme si no resultará que al final hay otro. No exactamente igual, pero parecido..., tal como se parecen los perros y los lobos, digamos. Puede que solo sea lo que mi viejo amigo Bill Hodges llamaba el síndrome del Ford azul, pero, si estoy en lo cierto, he de hacer algo al respecto. ¿No?

La pregunta le suena quejumbrosa, desorientada. Vuelve a detener la grabación, se plantea borrar el final y decide no hacerlo. Quejumbrosa y desorientada es justo como se siente en estos momentos, y además... seguramente Ralph no llegará a oírlo.

Sigue adelante.

—Nuestro visitante necesitaba tiempo para transformarse. Pasaba por un periodo de hibernación, de semanas o meses, en el que abandonaba la apariencia de una persona y adoptaba la de otra. Había utilizado una sucesión de caras a lo largo de los años, quizá incluso siglos. Este otro individuo, en cambio..., si voy bien encaminada, puede cambiar mucho más deprisa, y me cuesta creerlo. Lo cual resulta un tanto irónico. ¿Recuerdas lo que te dije la noche antes de que saliéramos en busca de nuestro maleante? ¿Que debías dejar de lado el concepto de la realidad que habías tenido toda la vida? Te dije que no importaba que los demás no creyesen, pero tú debías creer. Te advertí que si no creías, probablemente moriríamos, y que en ese caso el visitante seguiría adelante, utilizando las caras de otros hombres que cargarían con la culpa cuando muriesen más niños.

Menea la cabeza, incluso deja escapar una breve risa.

—Hablé como uno de esos predicadores evangelistas que exhortan a los incrédulos a acercarse a Jesús, ¿no? Pero ahora soy *yo* la que intenta no creer. La que intenta decirse que ya está otra vez Holly Gibney con sus paranoias, sobresaltándose ante cada sombra igual que antes de que Bill apareciera en mi vida y me enseñara a ser valiente.

Holly respira hondo.

—El hombre que me preocupa se llama Charles Ondowsky, aunque se lo conoce como Chet. Es periodista de televisión, y su especialidad son lo que él llama las tres ces: crimen, comunidad y fraude al consumidor. En efecto, informa sobre asuntos de la comunidad, cosas como la colocación de primeras piedras y la mayor venta de garage del mundo, e informa sobre fraude a los consumidores..., incluso hay una sección en el noticiario nocturno de su cadena titulada *Chet de Guardia*..., pero sobre todo informa de crímenes y catástrofes. Tragedia. Muerte. Dolor. Y si todo eso no te recuerda al visitante que mató al niño en

Flint City y las dos niñas en Ohio, me sorprendería mucho. Me asombraría, de hecho.

Detiene la grabación el tiempo suficiente para tomar un largo trago de ginger ale —tiene la garganta tan seca como el desierto— y suelta un sonoro eructo que la hace reír. Sintiéndose un poco mejor, Holly oprime el botón de grabación e inicia su informe, tal como haría cuando investiga cualquier caso: recuperación de objetos impagados, perros perdidos, un vendedor de coches robando seiscientos dólares por aquí, ochocientos por allá. Le proporciona alivio. Es como desinfectar una herida que ha empezado a presentar una rojez menor pero preocupante.

15 de diciembre de 2020

Cuando Holly despierta a la mañana siguiente, se siente como nueva, dispuesta a trabajar y también a dejar atrás a Chet Ondowsky y sus paranoicas sospechas sobre él. ¿Fue Freud o Dorothy Parker quien dijo en una ocasión que a veces un puro es solo un puro? Lo dijera quien lo dijese, a veces una mancha oscura junto a la boca de un periodista es solo vello o suciedad que *parece* vello. Ralph le diría eso si llegaba a escuchar su grabación, cosa que casi con toda certeza no ocurriría. Pero cumplió su cometido; hablando, se le habían aclarado las ideas. En ese sentido fue como sus sesiones de terapia con Allie. Porque si de algún modo Ondowsky podía metamorfosearse en George, el autor del atentado, y después volver a metamorfosearse en sí mismo, ¿por qué había de dejarse una pequeña porción del bigote de George? La idea era absurda.

O el asunto del Subaru verde. Sí, es de Chet Ondowsky, de eso no le cabe la menor duda. Dio por sentado que él y su camarógrafo (Fred Finkel, se llama, averiguarlo fue pan comido, no necesitó a Jerome para nada) viajaban juntos en la unidad móvil de la cadena, pero eso era una suposición más que una deducción, y Holly cree que el camino al infierno está pavimentado de suposiciones deficientes.

Ahora, con la mente descansada, comprende que la decisión de Ondowsky de viajar solo es del todo razonable y del todo inocente. Es el periodista estelar de la filial de una gran cadena de televisión. Es *Chet de Guardia*, por amor de Dios, y como tal puede levantarse un poco más tarde que la plebe, quizá dejarse caer por los estudios, y después disfrutar de un café y un pastel en su restaurante preferido mientras Fred, su fiel camarógrafo, va a Eden a hacer su trabajo de edición B-roll (como aficionada al cine, Holly sabe que lo llaman así) y quizá incluso —si Fred aspira a ascender en la jerarquía del departamento de noticiarios— a preentrevistar a aquellos con quienes Ondowsky tendrá que hablar cuando presente su mayor venta de garage del mundo en las noticias de la seis.

Solo Ondowsky recibe el comunicado, quizá a través de la emisora de la policía, sobre la explosión en el colegio y sale a toda prisa hacia el lugar de los hechos. Fred Finkel hace lo mismo, al volante de la unidad móvil. Ondowsky estaciona junto a esa ridícula piña, y es ahí donde Finkel y él se ponen a trabajar. Todo perfectamente explicable, sin necesidad de aplicar elementos sobrenaturales. Aquí el problema es solo que una investigadora privada, a cientos de kilómetros de distancia, sufre casualmente del síndrome del Ford azul.

Voilà.

Holly tiene un gran día. Rattner, ese as del crimen, ha sido localizado por Jerome en un bar que lleva el asombroso nombre (al menos para Holly) de Edmund Fitzgerald y conducido a los calabozos del condado por Pete Huntley. Pete está en estos momentos en la concesionaria Toomey, donde se careará con Richard Ellis.

Barbara Robinson, la hermana de Jerome, pasa por la oficina y dice a Holly (con cierta suficiencia) que le han dado permiso para saltarse las clases de la tarde porque está preparando un trabajo titulado «Investigación privada: realidad frente a ficción». Hace unas cuantas preguntas a Holly (grabando las respuestas en su propio teléfono) y luego ayuda a Holly con el archivo. A las tres, se acomodan para ver *John Law.*

—Este tipo me encanta, es un bromista —comenta Barbara mientras el juez Law se encamina bailoteando hacia el estrado.

—Pete no está de acuerdo —dice Holly.

—Ya, pero es que Pete es blanco —contesta Barbara.

Holly la mira con los ojos muy abiertos.

—Yo también soy blanca.

Barbara deja escapar una risita.

—Bueno, están los blancos y están los *verdaderamente* blancos. Y eso es el señor Huntley.

Se ríen juntas y luego ven al juez Law ocuparse de un allanador de morada que sostiene que no ha hecho nada, que solo es víctima de los clichés raciales. Holly y Barbara cruzan una de sus miradas telepáticas: *cómo no*. Luego prorrumpen otra vez en risas.

Un *muy* buen día, y Chet Ondowsky apenas asoma a la mente de Holly hasta que suena el teléfono esa tarde a las seis, justo cuando se dispone a ver *Colegio de animales*. Esa llamada, del doctor Carl Morton, lo cambia todo. Al colgar, Holly hace su propia llamada. Al cabo de una hora recibe otra. Toma notas en las tres.

A la mañana siguiente va de camino a Portland, en Maine.

16 de diciembre de 2020

1

Holly se levanta a las tres de la madrugada. Ya tiene hecha la maleta e impreso el pase de abordar de Delta, no tiene que estar en el aeropuerto hasta las siete, y el desplazamiento es corto, pero no puede dormir. De hecho, le parece que no ha pegado ojo, pero su Fitbit registra dos horas y treinta minutos de sueño. Poco profundo y escaso, pero se las ha arreglado con menos.

Toma un café y un yogurt. La bolsa de viaje (para llevar en cabina, por supuesto) la espera junto a la puerta. Telefonea a la oficina y deja un mensaje para Pete en el que le avisa que no irá al despacho hoy ni quizá durante el resto de la semana. Se trata de un asunto personal. Se dispone a poner fin a la llamada cuando se le ocurre otra cosa.

—Por favor, pídele a Jerome que le diga a Barbara que, para la parte de «ficción» de su trabajo sobre la investigación privada, debe ver las películas *El halcón maltés*, *El sueño eterno* y *Harper, investigador privado*. Las tres están en mi colección. Jerome sabe dónde guardo la llave de repuesto de mi departamento.

Hecho esto, abre la aplicación de grabación de su teléfono y reanuda el informe que está elaborando para Ralph Anderson. Empieza a pensar que, finalmente, quizá sí tenga que enviárselo.

2

Aunque Allie Winters es la terapeuta de Holly, y la trata desde hace años, Holly, tras regresar de sus siniestras aventuras en

Oklahoma y Texas, llevó a cabo ciertas indagaciones y dio con Carl Morton. El doctor Morton había escrito dos libros sobre casos reales, similares a los de Oliver Sacks pero demasiado clínicos para convertirse en bestsellers. No obstante, Holly pensó que era el hombre indicado, y además vivía relativamente cerca, así que se puso en contacto con él.

Tuvo dos sesiones de cincuenta minutos con Morton, suficiente para contarle la historia completa y sin adornos de su interacción con el visitante. Le tenía sin cuidado si el doctor Morton se lo creía todo, parte o nada. Lo importante, en lo que a Holly se refería, era sacarse aquello de dentro antes de que creciera como un tumor maligno. No recurrió a Allie para ese asunto por miedo a que contaminara el trabajo que las dos venían haciendo con respecto a otros de sus problemas, y Holly nada deseaba menos que eso.

Existía otra razón para acudir a un confesor secular como Carl Morton. *¿Ha visto a otro como yo en algún sitio?*, había preguntado el visitante. Holly no había visto a ninguno; Ralph, tampoco; pero las leyendas sobre esas criaturas, conocidas entre los latinos a ambos lados del Atlántico como el hombre del costal, rondaban desde hacía siglos. Así que… quizá sí había otros.

Quizá los había.

3

Hacia el final de su segunda y última sesión, Holly preguntó:

—¿Puedo decirle lo que, según creo, piensa *usted*? Sé que es una impertinencia, pero ¿puedo?

Morton le dirigió una sonrisa con la que tal vez pretendía alentarla pero en la que Holly percibió condescendencia; sus reacciones no eran tan difíciles de interpretar como quizá él se complacía en creer.

—Adelante, Holly. Este tiempo le pertenece.

—Gracias —ella había entrelazado las manos—. Debe de saber que al menos parte de mi historia es cierta, porque se dio amplia difusión a los hechos, desde la violación y el asesinato de aquel niño, Peterson, en Oklahoma, hasta los sucesos, al menos algunos de ellos, que ocurrieron en el Agujero de Marysville. La muerte del inspector Jack Hoskins, de Flint City, Oklahoma, por ejemplo. ¿Me equivoco?

Morton negó con la cabeza.

—En cuanto al resto de la historia, lo del visitante que cambiaba de forma y lo que le sucedió en aquella cueva, usted cree que son delirios inducidos por el estrés. ¿Tengo razón a ese respecto?

—Holly, yo no describiría como...

Bah, ahórreme los tecnicismos, pensó Holly, y lo interrumpió, algo de lo que habría sido incapaz no mucho tiempo atrás.

—Da igual cómo lo describa —dijo—. Puede creer lo que quiera. Pero deseo pedirle una cosa, doctor Morton. Usted asiste a muchos congresos y simposios. Lo sé, porque lo he investigado por internet.

—Holly, ¿no nos estamos desviando un poco del tema de su historia? ¿Y de sus percepciones de esa historia?

No, pensó, porque esa historia ya está contada. Lo importante es lo que viene a continuación. Espero que no sea nada, y probablemente no lo será, pero nunca está de más asegurarse. La certidumbre ayuda a dormir mejor por las noches.

—Quiero que hable de mi caso cuando vaya a esos congresos y simposios. Quiero que lo describa. Escriba sobre él si lo desea, también eso me parecería bien. Cuente en concreto que estoy convencida de haber encontrado a una criatura que se regenera devorando el dolor de los moribundos, preséntelo como delirio, no tengo inconveniente. ¿Lo hará? Y si alguna vez, *alguna vez*, un colega terapeuta, en uno de sus encuentros o por e-mail, le dice que tiene o ha tenido un paciente que sufre exactamente ese mismo delirio, ¿podría darle a ese colega mi nombre y número de teléfono? —después, en atención a la neutralidad de género (cuestión en la que ponía especial empeño), añadió—: O a esa colega.

Morton frunció el ceño.

—Eso no sería muy ético.

—Se equivoca —corrigió Holly—. Me he informado de los aspectos jurídicos. Hablar con el *paciente* de otro psicoterapeuta sería poco ético, pero puede darle al psicoterapeuta mi nombre y mi número de teléfono si yo le doy permiso. Y se lo doy.

Holly aguardó su respuesta.

4

Detiene la grabación el tiempo suficiente para mirar la hora y tomar una segunda taza de café. La alterará y le provocará acidez de estómago, pero lo necesita.

—Vi que se lo pensaba —dice Holly al teléfono—. Me parece que lo que decantó la balanza fue saber que, en su siguiente libro o artículo o aparición remunerada, podría sacar mucho partido a *mi* historia. Y se lo sacó. Leí uno de los artículos y vi el video de una ponencia suya en un congreso. Cambia los lugares y a mí me llama Carolyn H., pero por lo demás lo reproduce todo con pelos y señales. Describe especialmente bien lo que le pasó a nuestro maleante cuando lo golpeé con el mazo..., en ese punto el público ahogó una exclamación en el video. Y al final de la parte de sus conferencias en que habla de mí, eso debo reconocerlo, pide a todo aquel con algún paciente que sufra fantasías delirantes similares que se lo haga saber.

Hace una pausa para pensar y después reanuda la grabación.

—Anoche me telefoneó el doctor Morton. A pesar de que había pasado bastante tiempo desde las sesiones, supe de inmediato quién era, y supe que la llamada guardaría relación con Ondowsky. Recuerdo otra cosa que te dije una vez, Ralph: en el mundo hay maldad, pero hay también una fuerza en favor del bien. Estábamos hablando del trozo de papel de un menú que encontraste, de un restaurante de Dayton. Ese fragmento estableció el vínculo entre el asesinato de Flint City y los dos asesinatos similares de Ohio. Así es como yo acabé implicada, por un pedazo de papel que fácilmente podría haberse llevado el viento. Tal vez algo *quiso* que ese papel fuera encontrado. O al menos prefiero creer que así es. Y tal vez eso mismo, esa fuerza, quiere que yo haga algo más. Porque puedo creer en lo increíble. No quiero, pero puedo.

Lo deja ahí y guarda el teléfono en la bolsa. Todavía es muy temprano para salir hacia el aeropuerto, pero saldrá de todos modos. Así funciona ella.

Llegaré antes de tiempo a mi propio funeral, piensa, y abre el iPad para buscar el Uber más cercano.

5

A las cinco de la mañana, la amplia y oscura terminal del aeropuerto se encuentra prácticamente vacía. Cuando está llena de viajeros (a veces saturada del bullicio de las conversaciones), la música que desciende de las bocinas del techo apenas se oye, pero a esta hora, sin nada más que el zumbido de la abrillantadora de un empleado de la limpieza con el que competir, la música de «The Chain», de Fleetwood Mac, no solo resulta sobrecogedora, sino que parece un augurio del apocalipsis.

En el vestíbulo no hay nada abierto excepto Au Bon Pain, pero a Holly le basta. Resiste la tentación de añadir otro café a su bandeja y se conforma con un vaso de jugo de naranja y una dona, que se lleva a una mesa del fondo. Tras mirar alrededor para cerciorarse de que no hay nadie cerca (de hecho, en este momento es la única clienta), saca el teléfono y reanuda su informe, hablando en voz baja y deteniéndose de vez en cuando para ordenar sus pensamientos. Espera que Ralph nunca llegue a recibirlo. Aún confía en que lo que, según cree, puede ser un monstruo acabe siendo solo una sombra. Pero, si Ralph lo recibe, quiere asegurarse de que lo recibe todo.

En especial si ella muere.

6

Del informe de Holly Gibney para el inspector Ralph Anderson:
Todavía 16 de diciembre. Estoy en el aeropuerto. He llegado temprano, así que dispongo de un rato. En realidad, bastante tiempo.

[Pausa.]

Me parece que lo he dejado después de decir que reconocí al doctor Morton de inmediato. Nada más abrir la boca, como quien dice. Me explicó que había consultado a su abogado después de nuestra última sesión —por curiosidad, añadió— para comprobar si yo estaba en lo cierto al afirmar que ponerme en contacto con el terapeuta de otro paciente no representaría una infracción ética.

«Por lo visto, las cosas no están muy claras a ese respecto —dijo—, así que no lo hice, sobre todo porque usted decidió interrumpir la terapia, al menos conmigo. Pero la llamada que recibí ayer de un psiquiatra de Boston, un tal Joel Lieberman, me llevó a reconsiderarlo.»

Ralph, Carl Morton tuvo de hecho noticia de otro posible visitante hace más de un año, pero no me llamó. Por timidez. Como persona tímida que soy yo misma, eso puedo entenderlo, pero me saca de quicio de todas formas. Tal vez no debería, porque entonces el señor Bell aún no sabía nada de Ondowsky, pero aun así…

[Pausa.]

Me estoy adelantando. Perdona. Veamos si puedo mantener un orden.

En 2018 y 2019, el doctor Joel Lieberman atendía a un paciente de Portland, Maine. Ese paciente tomaba el Downeaster —supongo que es un tren— para acudir a sus sesiones mensuales en Boston. El hombre, Dan Bell, se llama, era un anciano que al doctor Lieberman le parecía totalmente cuerdo, salvo por su firme convicción de que había descubierto la existencia de una criatura sobrenatural, a la que él llamaba «vampiro psíquico». Según el señor Bell, esa criatura rondaba por ahí desde hacía mucho tiempo, al menos sesenta años, quizá muchos más.

Lieberman asistió a una conferencia que dio el doctor Morton en Boston. El verano pasado, o sea…, en 2019. Durante esa conferencia el doctor Morton expuso el caso de «Carolyn H.». En otras palabras, el mío. Dijo que si entre los presentes había alguien que tuviera algún paciente con delirios similares, se pusiera en contacto con él, como yo le había pedido. Lieberman lo hizo.

¿Te das cuenta? Morton habló de mi caso, como yo le pedí. Preguntó si había médicos o terapeutas que tuvieran pacientes con convicciones neuróticas similares, *también* como le pedí. Pero durante dieciséis meses no me puso en contacto con Lieberman, como prácticamente le *supliqué*. Se lo impidieron sus preocupaciones éticas, pero había algo más. Ya llegaré a eso.

Y resulta que ayer el doctor Lieberman volvió a llamar al doctor Morton. Su paciente de Portland hacía tiempo que había dejado de asistir a las sesiones, y Lieberman supuso que ya no lo vería más. Pero, al día siguiente de la explosión en la escuela Macready, el paciente lo llamó de forma inesperada y le preguntó si podía atenderlo en una sesión de urgencia. Como estaba muy alterado, Lieberman le buscó un espacio. El paciente —Dan Bell, como ahora sé— afirmó que el atentado de la escuela Macready era obra de su vampiro psíquico. Lo aseguró de manera inequívoca. Estaba tan excitado que el doctor Lieberman se planteó la posibilidad de una intervención y quizá incluso un breve internamiento involuntario. Pero al final el hombre se calmó y dijo que tenía que comentar sus ideas con alguien a quien conocía solo por el nombre de Carolyn H.

Aquí necesito consultar mis notas.

[Pausa.]

Sí, aquí lo tengo. Quiero reproducir ahora las palabras de Carl Morton con la mayor precisión posible, porque esta es la otra razón por la que dudó en llamarme.

Dijo:

«No fueron solo las consideraciones éticas lo que me disuadió, Holly. Es muy peligroso reunir a personas con ideas delirantes. Tienden a reforzarse mutuamente, lo que puede agravar las neurosis hasta convertirlas en psicosis en toda regla. Esa posibilidad está bien documentada».

«¿Por qué me llama ahora, entonces?», pregunté.

«Porque la mayor parte de su historia se basaba en hechos conocidos», dijo. «Porque en cierta medida me hizo dudar de mi arraigado sistema de creencias. Y porque el paciente de Lieberman sabía ya que usted existía, no por su terapeuta, sino por un artículo que escribí yo sobre su caso en *Psychiatric Quarterly*. Dijo que Carolyn H. lo entendería.»

¿Ves lo que quiero decir con eso de una posible fuerza en favor del bien, Ralph? Dan Bell quería ponerse en contacto conmigo del mismo modo que yo quería ponerme en contacto con él antes de saber con certeza que él existía.

«Le daré los números del doctor Lieberman, el del consultorio y el celular», dijo el doctor Morton. «Él decidirá si ponerla en contacto con su paciente o no.»

Entonces me preguntó si podía ser que también yo tuviera alguna preocupación con respecto al atentado en la escuela secundaria de Pennsylvania, alguna preocupación relacionada con nuestras conversaciones en terapia. En eso se estaba vanagloriando: *no* hubo conversaciones; sencillamente yo hablaba y Morton escuchaba. Le di las gracias por llamar, pero no contesté a su pregunta. Supongo que seguía furiosa por lo mucho que había tardado en llamar.

[Aquí hay un suspiro audible.]

Bueno, de suponer nada, la verdad. Todavía necesito trabajar mis problemas de ira.

Pronto tendré que interrumpirme, pero no debería llevarme mucho más tiempo acabar de ponerte al corriente. Llamé a Lieberman al celular, porque era de noche. Me presenté como Carolyn H. y le pedí el nombre y el número de contacto de su paciente. Me los dio, aunque de mala gana.

Dijo:

«El señor Bell tiene muchas ganas de hablar con usted y, después de pensarlo detenidamente, he decidido acceder. Ya es un hombre muy mayor, y esto viene a ser una última voluntad. Aunque debo añadir que, aparte de su obsesión con ese supuesto vampiro psíquico, no padece el menor indicio del declive cognitivo que a menudo vemos en los ancianos».

Eso, Ralph, me llevó a pensar en el tío Henry, que tiene alzhéimer. Tuvimos que internarlo en una residencia el fin de semana pasado. Pensar en eso me entristece mucho.

Lieberman dijo que el señor Bell tiene noventa y un años, y debió de ser muy difícil para él acudir a su última sesión, pese a la ayuda de su nieto. Explicó que el señor Bell padece diversas dolencias físicas, siendo la peor de ellas una insuficiencia cardíaca congestiva. En otras circunstancias, añadió, tal vez le habría preocupado que una conversación conmigo reforzara su obsesión neurótica y enturbiara el resto de lo que podía ser una vida fructífera y productiva, pero, dada la edad y el estado actuales del señor Bell, consideraba que eso no era un gran problema.

Ralph, puede que sea una proyección por mi parte, pero el doctor Lieberman me pareció un hombre un tanto presuntuoso. Aun así, dijo algo al final de nuestra conversación que me conmovió, y se me ha quedado grabado. Dijo: «Hablamos de un hombre mayor que está muy asustado. Procure no asustarlo más».

No sé si me será posible evitarlo, Ralph. Yo misma estoy asustada.

[Pausa.]

Esto se está llenando, y tengo que ir ya a mi puerta de abordar, así que abreviaré. Llamé al señor Bell y me presenté como Carolyn H. Me preguntó cuál era mi verdadero nombre. Ese fue mi Rubicón, Ralph, y lo crucé. Dije que me llamaba Holly Gibney y le pregunté si podía ir a verlo. Contestó: «Si tiene que ver con la explosión en el colegio, y con ese ser que se hace llamar Ondowsky, lo antes posible».

7

Tras hacer escala en Boston, Holly llega al aeropuerto de Portland poco antes de las doce del mediodía. Toma una habitación en el Embassy Suites y telefonea a Dan Bell. El timbre suena cinco o seis veces, lo suficiente para que Holly se pregunte si acaso el anciano ha muerto durante la noche, dejando sin respuesta sus preguntas sobre Charles Ondowsky, conocido como Chet. En el supuesto de que el anciano realmente tenga alguna respuesta.

Cuando se dispone a cortar la llamada, descuelga un hombre. No Dan Bell, un hombre más joven.

—¿Sí?

—Soy Holly —dice ella—. Holly Gibney. Me gustaría saber cuándo...

—Ah, señora Gibney. Ahora sería un momento idóneo. Mi abuelo tiene un buen día. De hecho, ha dormido toda la noche después de hablar con usted, y no recuerdo cuándo lo consiguió por última vez. ¿Tiene la dirección?

—Lafayette Street, número 19.

—Exacto. Yo soy Brad Bell. ¿Tardará mucho en llegar?

—Lo que me cueste encontrar un Uber —y comerme un sándwich, piensa. Un sándwich también estaría bien.

8

Cuando está acomodándose en el asiento trasero del Uber, suena el teléfono. Es Jerome, que quiere saber dónde está y qué está haciendo, y si puede ayudarla. Holly le dice que lo siente mucho pero es algo personal. Le asegura que se lo explicará más tarde si puede.

—¿Tiene que ver con el tío Henry? —pregunta Jerome—. ¿Has ido en busca de alguna opción de tratamiento distinta? Eso es lo que piensa Pete.

—No, no tiene nada que ver con el tío Henry —sí con otro anciano, piensa. Uno que podría estar o no en su sano juicio—. Jerome, de verdad, no puedo hablar de esto.

—De acuerdo. Mientras estés bien...

En realidad, es una pregunta, y Holly supone que Jerome tiene derecho a hacerla, porque recuerda momentos en que no estaba bien.

—Estoy perfectamente —y solo por demostrarle que no ha perdido la cabeza, añade—: No te olvides de recordarle a Barbara lo de esas películas de cine negro.

—Ese asunto ya está resuelto —responde él.

—Dile a tu hermana que tal vez no pueda utilizarlas para su trabajo, pero le proporcionarán un contexto valioso —Holly guarda silencio y sonríe—. Además, son muy entretenidas.

—Se lo diré. ¿Y seguro que estás…?

—Perfectamente —repite ella, pero al cortar la llamada piensa en el hombre, el *ser*, al que Ralph y ella se enfrentaron en la cueva, y se estremece. Apenas soporta el recuerdo de esa criatura, y si hay otra, ¿cómo va a enfrentarse sola a ella?

9

Desde luego Holly no se enfrentará a ella con Dan Bell; apenas llega a los cuarenta kilos, y está en una silla de ruedas con una botella de oxígeno prendida al costado. Prácticamente calvo y ojeroso, es la sombra de un hombre, y sus ojos reflejan un profundo cansancio, pese a que conservan un brillo intenso. Su nieto y él viven en una espléndida casa vieja de piedra arenisca llena de magníficos muebles antiguos. El salón es amplio; las cortinas están descorridas para permitir la entrada a raudales del frío sol de diciembre. Sin embargo, los olores que percibe bajo el ambientador (Glade Clean Linen, si no se equivoca) le traen a la memoria de manera inevitable los olores, pertinaces e innegables, que detectó en el vestíbulo del centro de cuidados para la tercera edad Rolling Hills: Vicks, aceite de gaulteria, talco, orina, el inminente final de la vida.

La acompaña hasta Bell su nieto, un hombre de unos cuarenta años cuya indumentaria y afectados gestos resultan curiosamente anticuados, casi ceremoniosos. Adornan el pasillo seis dibujos a lápiz enmarcados, retratos de los rostros de cuatro hombres y dos mujeres, todos excelentes y realizados sin duda por la misma mano. Se le antojan una extraña introducción a la casa; la mayoría de los sujetos dan cierta grima. Sobre la chimenea del salón, en la que arde un fuego pequeño y acogedor, cuelga un cuadro mucho más grande. Este, un óleo antiguo, muestra a una hermosa joven de ojos negros y expresión alegre.

—Mi mujer —dice Bell con voz cascada—. Murió hace muchos años, y cómo la echo de menos. Bienvenida a nuestra casa, señorita Gibney.

Desplaza la silla hacia ella, resollando por el esfuerzo, pero cuando el nieto se acerca a ayudarlo, Bell lo rechaza con un gesto. Tiende una mano que la artritis ha convertido en una escultura de madera arrastrada por el mar. Ella se la estrecha con cuidado.

—¿Ya ha comido? —pregunta Brad Bell.

—Sí —responde Holly. Un sándwich de ensalada de pollo que ha engullido a toda prisa en el breve trayecto desde su hotel hasta este elegante barrio.

—¿Quiere un té o un café? Ah, y tenemos galletas de Two Fat Cats. Son excelentes.

—Un té sería estupendo —contesta Holly—. Descafeinado, si hay. Y con mucho gusto aceptaré una galleta.

—Yo quiero té y una galleta —dice el anciano—. De manzana o de arándano, me da igual. Y el té que sea *de verdad*.

—Enseguida lo traigo —dice Brad, y los deja solos.

Dan Bell se inclina de inmediato hacia delante, con los ojos fijos en los de Holly, y en voz baja y tono de complicidad, aclara:

—Brad es sumamente gay, ¿sabe?

—Ah —responde Holly. Lo único que se le ocurre que podría decir es *Estaba casi segura de que lo era*, y le parece descortés.

—*Sumamente* gay. Pero es un genio. Me ha ayudado en mis investigaciones. Por seguro que yo esté..., siempre he estado seguro..., fue Brad quien aportó la prueba —blande un dedo en dirección a ella y, resaltando cada sílaba, añade—: *¡In... con... tro... ver... ti... ble!*

Holly asiente con la cabeza y se acomoda en un sillón de orejas, con las rodillas juntas y la bolsa sobre el regazo. Empieza a pensar que Bell padece, en efecto, una fantasía neurótica y que ella avanza por un callejón sin salida. Eso no la irrita ni exaspera; por el contrario, le infunde alivio. Porque, si es así, seguramente a ella le pasa lo mismo.

—Hábleme de *su* criatura —dice Dan, inclinándose cada vez más hacia delante—. El doctor Morton, en su artículo, explica que usted lo llamaba «visitante» —sus ojos brillantes y cansados siguen fijos en los de ella. Holly piensa en un buitre de dibujos animados posado en la rama de un árbol.

Aunque en otro tiempo a Holly le habría resultado difícil —casi imposible— no acceder a una petición así, mueve la cabeza en un gesto de negación.

Él, decepcionado, se recuesta en la silla de ruedas.

—¿No?

—Usted ya conoce la mayor parte de mi historia por el artículo que publicó el doctor Morton en *Psychiatric Quarterly* y por los videos que quizá haya visto en internet. He venido a oír *su* historia. Llamó a Ondowsky «ser». Quiero saber cómo está tan seguro de que es un visitante.

—«Visitante» es un buen nombre para él. Excelente —Bell se reacomoda la cánula, que se le ha ladeado—. Un nombre excelente. Se lo contaré mientras tomamos el té y las galletas. Para eso, iremos al piso de arriba, al cuarto de trabajo de Brad. Se lo contaré todo. Quedará convencida. No lo dude.

—Brad…

—Brad lo sabe todo —dice Dan, y hace un gesto de desdén con esa mano que parece de madera—. Un buen muchacho, gay o no —Holly tiene tiempo para pensar que cuando uno pasa de los noventa años deben de parecerle «muchachos» incluso los hombres veinte años mayores que Brad Bell—. Además es *listo*. Y no hace falta que me cuente usted su historia, aunque me gustaría que me proporcionara ciertos detalles por los que siento curiosidad, pero, antes de contarle lo que sé, debo insistir en que me diga qué la llevó a sospechar de Ondowsky inicialmente.

Esa petición es razonable, y ella expone su razonamiento…, si es que puede llamarse así.

—Básicamente fue esa pequeña acumulación de vello junto a la boca lo que me dio que pensar —concluye—. Era como si se hubiera puesto un bigote postizo y, al quitárselo, con las prisas, se hubiera dejado un trozo. Solo que, si podía cambiar todo su aspecto físico, ¿para qué iba a *necesitar* siquiera un bigote postizo?

Bell hace un gesto de desdén con la mano.

—¿*Su* visitante tenía vello facial?

Holly se detiene a pensar con la frente fruncida. La primera persona que encarnó al visitante, un celador llamado Heath Holmes, no tenía vello. La segunda, tampoco. Su tercer objetivo tenía barbilla, pero cuando Holly y Ralph se enfrentaron al visitante en la cueva de Texas, su transformación aún no era completa.

—Creo que no. ¿Qué quiere decir?

—Me parece que no les sale vello facial —dice Dan Bell—. Creo que si hubiera visto a su visitante desnudo… No lo vio, supongo…

—No —dice Holly, y no puede evitar añadir—: Uf.

Ante eso Dan sonríe.

—Si lo hubiera visto, habría descubierto, creo, que no tenía vello en el pubis. Tampoco en las axilas.

—El ser que encontramos en la cueva tenía pelo en la cabeza. Ondowsky, también. Y George también.

—¿George?

—Así llamo al hombre que entregó el paquete con la bomba en la escuela Macready.

—George. Ah, ya veo —Dan parece meditar un momento al respecto. Una leve sonrisa asoma a las comisuras de sus labios. Al cabo de un momento se desvanece—. Pero el pelo de la cabeza es distinto, ¿no? Los niños tienen pelo en la cabeza antes de la pubertad. Los hay que incluso *nacen* con pelo en la cabeza.

Holly entiende la argumentación, y confía en que *sea* realmente una argumentación y no solo una faceta más del delirio de ese anciano.

—Hay otras cosas que el autor del atentado, George, si lo prefiere, no puede cambiar del mismo modo que cambia su aspecto físico —dice Dan—. Necesitó ponerse un uniforme falso y unos anteojos falsos. Necesitó una camioneta falsa y un lector de paquetes falso. Y necesitó un bigote falso.

—Es posible que Ondowsky también llevara cejas postizas —interviene Brad, que entra con una charola. Esta contiene dos tazas de té y un montón de galletas—. Pero lo más probable es que no. He examinado retratos suyos hasta que casi me sangraban los ojos. Creo que quizá se había hecho implantes para normalizar lo que de otro modo habría sido solo pelusa. Igual que las cejas de un bebé son solo pelusa —se inclina para dejar la charola en la mesita de centro.

—No, no, en tu estudio —dice Dan—. Hay que ponerse manos a la obra ya. Señorita Gibney, Holly, ¿sería tan amable de empujar mi silla? Estoy muy cansado.

—Por supuesto.

Pasan por delante de un comedor formal y de una amplia cocina. Al final del pasillo hay una silla salvaescaleras, que sube a la primera planta por un riel de acero. Holly confía en que sea más fiable que el elevador del edificio Frederick.

—Brad encargó que instalaran esto cuando perdí el uso de las piernas —explica Dan.

Brad entrega a Holly la charola y coloca al anciano en la silla salvaescaleras con la soltura de quien tiene mucha práctica. Dan aprieta un botón y la silla empieza a elevarse. Brad toma de nuevo la charola, y Holly y él suben junto a la silla, que es lenta pero segura.

—Qué casa tan bonita —comenta Holly. *Debe de ser cara* es el corolario tácito.

Dan le lee el pensamiento.

—De mi abuelo. Fábricas de papel y lana de papel.

De pronto Holly cae en la cuenta. En el cuarto del material de Finders Keepers tienen paquetes de papel Bell para fotocopiadora. Dan advierte su expresión y sonríe.

—Sí, exacto, Bell Paper Products, ahora parte de un conglomerado multinacional que conservó el nombre. Hasta la década de 1920, mi abuelo era dueño de fábricas por todo el oeste de Maine: Lewiston, Lisbon Falls, Jay, Mechanic Falls. Ya todas cerradas o convertidas en centros comerciales. Perdió casi toda su fortuna en el crac del 29 y la Depresión. La vida no fue un lecho de rosas para mi padre ni para mí. Tuvimos que trabajar para pagarnos nuestros entretenimientos. Pero pudimos conservar la casa.

En la primera planta, Brad coloca a Dan en otra silla de ruedas y lo conecta a otra botella de oxígeno. Parece abarcar toda la planta una espaciosa habitación donde el sol de diciembre tiene prohibida la entrada. Unas cortinas opacas cubren las ventanas. Hay cuatro computadoras en dos escritorios, varias videoconsolas que a Holly le parecen de última generación, numerosos aparatos de audio y una gigantesca televisión de pantalla plana. Se ven varios altavoces instalados en las paredes. Otros dos flanquean la televisión.

—Deja la charola, Brad, o acabarás derramándolo todo.

La mesa que Dan señala con una de sus manos artríticas está repleta de revistas de computación (entre ellas, varios números de *SoundPhile*, publicación de la que Holly nunca había oído hablar), memorias USB, discos duros externos y cables. Holly se dispone a despejar un hueco.

—Ah, basta con que lo tire todo al suelo —dice Dan.

Holly mira a Brad, que asiente con expresión de disculpa.

—Soy un poco desordenado —dice.

Cuando la charola está a salvo en su sitio, Brad reparte las tazas y pone galletas en tres platos. Presentan un aspecto delicioso, pero Holly ya no sabe si tiene apetito o no. Comienza a sentirse como Alicia en la merienda del Sombrerero Loco. Dan Bell toma un sorbo de su taza, se lame los labios, hace una mueca y se lleva una mano al lado izquierdo de la camisa. Brad se acerca de inmediato.

—¿Tienes las pastillas, abuelo?

—Sí, sí —dice Dan, y da unas palmaditas en el bolsillo lateral de la silla de ruedas—. Estoy bien, no hace falta que me *rondes*. Es solo la emoción de tener a alguien en casa. Alguien que *sabe*. Seguro que me sienta bien.

—Eso habría que verlo, abuelo —replica Brad—. Quizá sea mejor que te tomes una pastilla.

—Estoy bien, te he dicho.

—Señor Bell… —empieza a decir Holly.

—Dan —la interrumpe el anciano, y de nuevo blande en dirección a ella el dedo, grotescamente torcido a causa de la artritis pero todavía admonitorio—. Yo soy Dan, él es Brad, tú eres Holly. Aquí somos todos amigos —vuelve a reírse. Esta vez parece faltarle el aliento.

—Tienes que tomártelo con más calma —aconseja Brad—. A menos que quieras hacer otro viaje al hospital, claro.

—Sí, mamá —dice Dan. Ahueca la mano por encima de su nariz aguileña e inhala varias bocanadas de oxígeno—. Ahora dame una de esas galletas. Y necesitamos servilletas.

Pero no hay servilletas.

—Iré a buscar unas toallas de papel al baño —se ofrece Brad, y se aleja.

Dan se vuelve hacia Holly.

—Sumamente olvidadizo. *Sumamente*. ¿Por dónde iba? ¿Acaso importa?

¿Importa algo de esto?, se pregunta Holly.

—Estaba diciéndote que mi padre y yo tuvimos que trabajar para ganarnos la vida. ¿Has visto los retratos de abajo?

—Sí —contesta Holly—. Son tuyos, supongo.

—Sí, sí, todos míos —alza sus manos retorcidas—. Antes de que me pasara *esto*.

—Son muy buenos —afirma Holly.

—No están mal —admite él—, aunque los del pasillo no son los mejores. Esos eran trabajo. Los colgó Brad. Insistió. En los años cincuenta y sesenta también hice algunas portadas de libros, para editores como Gold Medal y Monarch. Eran mucho mejores. Novela negra, sobre todo chicas semidesnudas con pistolas automáticas humeantes. Me proporcionaban un dinero extra. Resulta irónico, si uno piensa en lo que era mi empleo de tiempo completo. Trabajaba en el Departamento de Policía de Portland. Me retiré a los sesenta y ocho. Estuve allí los cuarenta que me correspondían y cuatro más.

No solo artista, sino también poli, otro poli, piensa Holly. Primero Bill, luego Pete, luego Ralph y ahora él. Una vez más se dice que una fuerza, invisible pero poderosa, parece tirar de ella hacia esto, insistiendo calladamente en paralelismos y continuaciones.

—Mi abuelo era un industrial, un capitalista, pero después los demás hemos vestido de uniforme. Mi padre fue policía, y yo seguí sus pasos. Como mi hijo siguió los míos. El padre de Brad, a él me refiero. Murió en un accidente de tráfico mientras perseguía a un hombre, probablemente borracho, al volante de un coche robado. Aquel hombre sobrevivió. Que yo sepa, puede que aún viva.

—Lo siento mucho —dice Holly.

Dan pasa por alto su esfuerzo de condolencia.

—Incluso la madre de Brad participaba en el negocio familiar. Bueno, en cierto modo. Era taquígrafa en un juzgado. Cuando murió, el chico se vino a vivir conmigo. A mí me da igual si es gay o no, y al Departamento de Policía también, aunque no trabaja para ellos de tiempo completo. En su caso es más bien un hobby. Básicamente se dedica a... esto —abarca el equipo informático con un gesto de su mano deforme.

—Diseño audio para juegos —aclara Brad en voz baja—. La música, los efectos, la mezcla —ha vuelto con un rollo entero de toallas de papel. Holly toma dos y se las extiende en el regazo.

Dan continúa hablando, abstraído aparentemente en el pasado.

—Después de mis tiempos en coche patrulla..., nunca llegué a inspector, ni quise..., trabajé sobre todo en el conmutador, en la asignación de misiones. A algunos polis no les gusta sentarse ante un escritorio, pero a mí no me importaba, porque tenía otro trabajo, uno que me mantuvo ocupado hasta mucho después de la jubilación. Podría decirse que esa es una cara de la moneda. Lo que hace Brad, cuando solicitan su colaboración, es la otra cara. Entre los dos, Holly, *descubrimos* a ese, con perdón, *mierda*. Lo tenemos en la mira desde hace años.

Holly por fin ha dado un mordisco a su galleta, pero de pronto se queda boquiabierta y una fea lluvia de migas cae sobre las toallas de papel de su regazo.

—¿*Años*?

—Sí —corrobora Dan—. Brad lo sabe desde que tenía algo más de veinte años. Ha trabajado conmigo en esto desde 2005, aproximadamente. ¿No es así, Brad?

—Desde un poco más tarde —corrige Brad después de tragar un trozo de su galleta.

Dan se encoge de hombros. El gesto parece dolerle.

—A mi edad todo empieza a desdibujarse —dice, y a continuación dirige una mirada casi iracunda a Holly. Sus pobladas cejas (esas no son postizas) se juntan—. Pero no en lo que se refiere a Ondowsky, como ahora se hace llamar. En cuanto a él, mi memoria es clara como el agua. Desde el principio... o al menos desde que yo empecé a investigar. Te hemos preparado una sesión completa, Holly. Brad, ¿está preparado ese primer video?

—Todo listo, abuelo.

Brad toma su iPad y, con un control remoto, enciende la enorme televisión. En esos momentos solo muestra una pantalla azul y la palabra LISTO.

Holly espera estarlo también.

10

—Yo tenía treinta y un años cuando lo vi por primera vez —dice Dan—. Lo sé porque mi mujer y mi hijo me habían organizado una pequeña fiesta de cumpleaños una semana antes. Parece que hace mucho tiempo y parece que fue ayer. Por entonces aún patrullaba. Marcel Duchamp y yo estábamos en el coche, a un paso de Marginal Way, ocultos detrás de un banco de nieve, esperando a que pasara algún conductor por encima del límite de velocidad, cosa poco probable en la mañana de un día laborable. Comíamos donas, bebíamos café. Recuerdo que Marcel se burlaba de mí por la portada de algún libro que yo había hecho, preguntándome si a mi mujer le gustaba que pintara chicas sexis en paños menores. Creo que estaba diciéndole que precisamente para esa portada había posado su mujer cuando se acercó al coche un corredor y llamó a la ventanilla del lado del conductor —hace un alto. Menea la cabeza—. Uno siempre recuerda dónde estaba al recibir una mala noticia, ¿no?

Holly se acuerda del día que se enteró de que Bill Hodges había muerto. La llamada fue de Jerome, quien, casi habría podido asegurar, contenía las lágrimas.

—Marcel bajó la ventanilla y le preguntó a aquel hombre si necesitaba ayuda. Él dijo que no. Tenía un transistor, eso que usábamos por aquel entonces en lugar de iPods, y nos preguntó si habíamos oído lo que acababa de pasar en Nueva York.

Dan se interrumpe para enderezarse la cánula y ajustar el flujo de oxígeno de la botella acoplada al costado de la silla.

—No nos habíamos enterado de nada, salvo lo que decían por el radio de la policía, así que Marcel apagó esa y encendió la normal. Buscó un noticiario. Ahora verás de qué hablaba el corredor. Adelante, Brad, pon la primera.

El nieto de Dan toca la tableta electrónica que tiene en el regazo.

—Voy a reproducirlo en la pantalla grande —dice a Holly—. Un segundo… Bien, aquí lo tenemos.

En la televisión, con una tétrica música de fondo, sale la carátula de un antiguo noticiario. EL PEOR ACCIDENTE AÉREO DE LA HISTORIA, reza. A eso siguen unas nítidas imágenes en blanco y negro de la calle de una ciudad en la que parece haber caído una bomba.

«¡Las horrorosas secuelas de la peor catástrofe aérea de la historia! —anuncia el locutor—. En una calle de Brooklyn se encuentran los restos destrozados de un avión de carga que colisionó con otro aparato de línea en el nublado cielo de Nueva York.» En la cola del avión —o lo que queda de ella—, Holly lee UNIT. «El avión de United Airlines ha caído sobre una zona residencial y ha causado seis muertes en tierra, además de otras ochenta y cuatro entre pasajeros y tripulación.»

Ahora Holly ve correr entre los escombros a bomberos con cascos anticuados. Algunos acarrean camillas a las que van sujetos cadáveres cubiertos con mantas.

«En circunstancias normales —prosigue el locutor—, este vuelo de United y el de Trans World Airlines con el que ha colisionado habrían estado a kilómetros de distancia, pero el avión de la TWA (vuelo 266, con cuarenta y cuatro personas a bordo, entre pasajeros y tripulantes) se había desviado de su trayectoria. Ha impactado en Staten Island.»

Más cadáveres cubiertos en más camillas. Una enorme rueda de avión, con la goma hecha jirones y humeante todavía. La cámara recorre los restos del 266, y Holly ve regalos de Navidad envueltos en vistoso papel esparcidos por todas partes. La cámara se detiene en uno y muestra un pequeño Santa Claus adherido al moño. El Santa Claus, ennegrecido por el hollín, aún arde.

—Puedes pararlo ahí —dice Dan.

Brad le oprime a la tableta, y la pantalla de la gran televisión queda de nuevo en azul.

Dan se vuelve hacia Holly.

—Ciento treinta y dos muertos en total. ¿Y cuándo ocurrió? El 16 de diciembre de 1960. Hace sesenta años en tal día como hoy.

Una simple coincidencia, se dice Holly, pero aun así la recorre un escalofrío, y una vez más piensa que es posible que en este mundo haya fuerzas que mueven a su antojo a las personas, como hombres (y mujeres) en un tablero de ajedrez. La confluencia de fechas podría ser una coincidencia, pero ¿puede afirmar eso mismo acerca de todo lo que la ha llevado hasta esta casa de Portland, Maine? No, hay una concatenación de hechos que se remonta hasta otro monstruo llamado Brady Hartsfield. Brady, la razón por la que ella empezó a creer.

—Hubo un sobreviviente —informa Dan Bell, arrancándola de su ensimismamiento.

Holly señala la pantalla azul, como si siguiera proyectándose el noticiario.

—¿Alguien sobrevivió a *eso*?

—Solo durante un día —precisa Brad—. Los periódicos lo llamaron el Niño que Cayó del Cielo.

—Pero fue otro quien acuñó la frase —dice Dan—. Por entonces en el área metropolitana de Nueva York había tres o cuatro canales de televisión independientes, además de las grandes cadenas. Uno de ellos era el WLPT. Desapareció hace tiempo, claro, pero cuando algo se filma o graba, es muy probable encontrarlo en internet. Prepárate para una sorpresa, chica. —dirige un gesto a Brad, que oprime de nuevo la tableta.

Holly aprendió de su madre (con la aprobación tácita de su padre) que las manifestaciones francas de emoción no solo eran molestas y desagradables, sino también vergonzosas. Incluso después de años de trabajo con Allie Winters, suele mantener sus sentimientos embotellados y bien cerrados, incluso entre amigos. Está con desconocidos, pero, cuando comienza el siguiente video en la gran pantalla, grita. No puede evitarlo.

—¡Es él! ¡Es Ondowsky!

—Lo sé —dice Dan Bell.

11

Solo que la mayoría de la gente diría que no es él, y Holly lo
sabe.

Diría: «Ah, sí, hay un parecido, tal como hay un parecido
entre el señor Bell y su nieto, o entre John Lennon y su hijo
Julian, o entre mi tía Elizabeth y yo. Diría: Seguro que es el
abuelo de Chet Ondowsky. Caray, de tal palo tal astilla, ¿no?»
Pero Holly, como el anciano de la silla de ruedas, sabe.

El hombre que empuña el micrófono anticuado de la WLPT
tiene la cara más carnosa que Ondowsky, y sus facciones indu-
cen a pensar que es diez años mayor, o incluso veinte. Lleva
cortado casi al ras el cabello entrecano y se le forman unas lige-
ras entradas que en Ondowsky aún no asoman. Empiezan a col-
garle las mejillas, rasgo que Ondowsky tampoco presenta.

Detrás de él, unos bomberos se mueven apresuradamente
por la nieve manchada de hollín, recogiendo paquetes y equipaje, mientras otros dirigen las mangueras a los restos del avión de
United y dos casas de piedra rojiza que arden detrás. En ese
momento arranca una enorme ambulancia Cadillac con las luces
de emergencia encendidas.

«Aquí Paul Freeman, informando desde el lugar de Brooklyn donde se ha producido el peor accidente aéreo de la historia de Estados Unidos —dice el periodista, expulsando vahara-
das blancas con cada palabra—. Excepto un niño, han muerto
todos los que viajaban a bordo de ese aparato de United Airlines
—señala la ambulancia que se aleja—. El niño, todavía sin identificar, va en esa ambulancia. Es... —el periodista que se hace llamar Paul Freeman introduce una pausa teatral— ¡El Niño que
Cayó del Cielo! El pequeño salió despedido de la parte trasera
del avión, todavía en llamas, y fue a parar a un banco de nieve.
Los transeúntes, horrorizados, lo han hecho rodar por la nieve
para sofocar el fuego, pero lo he visto cuando lo subían a la ambulancia, y puedo asegurarles que sus heridas parecían graves.
Tenía la ropa casi totalmente quemada o fundida con la piel.»

—Páralo ahí —ordena el anciano. Su nieto obedece. Dan se
vuelve hacia Holly. Sus ojos presentan un azul apagado, pero

mantienen una expresión vehemente—. ¿Lo ves, Holly? ¿Lo *oyes*? Estoy seguro de que para los espectadores su aspecto y su tono eran los de un hombre horrorizado, que hacía su trabajo en condiciones difíciles, pero...

—No está horrorizado —dice Holly. Recuerda el primer informe de Ondowsky tras el estallido de la bomba en la escuela Macready. Ahora percibe aquello mismo con más claridad—. Está *extasiado*.

—Sí —coincide Dan, y asiente con la cabeza—. Sin duda. Tú lo ves. Bien.

—Gracias a Dios, alguien más lo ve —dice Brad.

—El niño se llamaba Stephen Baltz —prosigue Dan—, y ese Paul Freeman vio al niño quemado, quizá oyó sus gritos de dolor, porque, según los testigos presenciales, el niño *estaba* consciente, al menos al principio. ¿Y sabes qué pienso? ¿Qué he acabado creyendo? Que ese individuo se *alimentaba* de eso.

—Por supuesto —afirma Holly. Se nota los labios adormecidos—. Se alimentaba del dolor del niño y del horror de los transeúntes. De la *muerte*.

—Sí. Prepara la siguiente, Brad.

Dan se reclina en la silla, visiblemente exhausto. A Holly le tiene sin cuidado. Necesita conocer el resto. Necesita saberlo todo. El antiguo furor se ha adueñado de ella.

—¿Cuándo empezaste a buscar? ¿Cómo te enteraste?

—Vi las imágenes que acabamos de ponerte aquella noche, en el *Huntley-Brinkley Report* —advierte la perplejidad de Holly y esboza una sonrisa—. Eres demasiado joven para acordarte de Chet Huntley y David Brinkley. Ahora se llama *NBC Nightly News*.

—Si un canal independiente era el primero en llegar a un suceso importante —explica Brad—, y conseguía buenas imágenes, vendía la información a una de las grandes cadenas. Eso es lo que debió de pasar con esto, y por eso el abuelo lo vio.

—Freeman fue el primero en llegar —dice Holly con actitud pensativa—. ¿Estás diciendo...? ¿Crees que Freeman *provocó* la colisión de esos aviones?

Dan Bell mueve la cabeza en un gesto de negación tan categórico que el poco pelo que le queda se agita.

—No, sencillamente tuvo suerte. O jugó con las probabilidades. Porque en las grandes ciudades siempre hay tragedias, ¿o no? Oportunidades para que un ser como ese se alimente. Y quién sabe, a lo mejor una criatura así capta la inminencia de grandes catástrofes. Tal vez sea como un mosquito, que huele la sangre a kilómetros de distancia, ya me entiendes. ¿Cómo vamos a saberlo si ni siquiera sabemos qué es? Pon el siguiente, Brad.

Brad pone el video, y el hombre que aparece en la enorme pantalla es una vez más Ondowsky… pero se ve distinto. Más delgado. Más joven que «Paul Freeman», y más joven que la versión de Ondowsky que informó desde cerca de la fachada lateral volada de la escuela Macready. Pero es *él*. El rostro es distinto, el rostro es el mismo. El micrófono que sostiene muestra las letras KTVT. Lo acompañan tres mujeres. Una de ellas exhibe un pin político de Kennedy. Otra sujeta una pancarta, arrugada y en cierto modo mustia, en la que se lee ¡HASTA EL FINAL CON JFK EN 1964!

«Aquí Dave van Pelt informando desde Dealey Plaza, enfrente del Almacén de Libros Escolares de Texas, donde…»

—Congela la imagen —dice Dan, y Brad lo hace. Dan se vuelve hacia Holly—. Es otra vez él, ¿no?

—Sí —confirma Holly—. No sé si otra persona lo vería, no sé cómo lo viste *tú* tanto tiempo después de la noticia sobre el accidente aéreo, pero es él. Mi padre me dijo una vez una cosa sobre los coches. Dijo que los fabricantes, Ford, Chevrolet, Chrysler, ofrecen muchos modelos distintos, y los cambian de un año para otro, pero siempre utilizan la misma plantilla. Ese… Ondowsky… —pero no encuentra las palabras y ha de limitarse a señalar la imagen en blanco y negro de la pantalla. Le tiembla la mano.

—Sí —dice Dan en voz baja—. Muy bien expresado. Son distintos modelos, pero a partir de la misma plantilla. Solo que hay al menos dos plantillas, puede que más.

—¿Qué quieres decir?

—Ya llegaré a eso —responde él. Tiene la voz más cascada que nunca, y bebe un poco más de té para lubricársela—. Vi esta noticia por casualidad, porque en cuestión de noticiarios de la noche era seguidor de *Huntley-Brinkley*. Pero, tras el atentado contra Kennedy, todo el mundo, incluido yo, se pasó a Walter Cronkite. Porque la CBS tenía la mejor cobertura. A Kennedy lo mataron un viernes. Esa información salió en el *CBS Evening News* al día siguiente, el sábado. Lo que la gente de prensa llama «contexto». Adelante, Brad. Pero desde el comienzo.

El joven periodista con el espantoso saco sport a cuadros empieza de nuevo: «Aquí Dave van Pelt informando desde Dealey Plaza, enfrente del Almacén de Libros Escolares de Texas, donde ayer John F. Kennedy, el trigésimo quinto presidente de Estados Unidos, fue herido fatalmente. Me acompañan Greta Dyson, Monica Kellogg y Juanita Álvarez, simpatizantes de Kennedy que estaban justo aquí, donde ahora me encuentro, cuando se produjeron los disparos. Señoras, ¿pueden decirme qué vieron? ¿Señorita Dyson?».

«Disparos… sangre… El pobre tenía sangre en la parte de atrás de la *cabeza*…» Greta Dyson llora de tal modo que apenas se la entiende, y Holly supone que esa es la intención. Es probable que los espectadores en sus casas lloren con ella, pensando que su aflicción representa la de ellos. Y la aflicción de toda una nación. Únicamente el periodista…

—Está disfrutando —dice Holly—. Solo finge preocupación, y ni siquiera lo hace muy bien, si a eso vamos.

—Ciertamente —conviene Dan—. En cuanto uno lo mira desde la perspectiva adecuada, es imposible pasarlo por alto. Y fíjate en las otras dos mujeres. También lloran. Demonios, aquel sábado lloró mucha gente. Y en las semanas posteriores. Tienes razón. Está disfrutando.

—¿Y crees que sabía que iba a ocurrir? ¿Como un mosquito huele la sangre?

—No lo sé —dice Dan—. La verdad es que no lo sé.

—Sí sabemos que había empezado a trabajar en la KTVT ese mismo verano —interviene Brad—. No pude averiguar gran cosa sobre él, pero ese dato sí lo encontré. En una web donde se contaba la historia de la cadena. Y se marchó en la primavera de 1964.

—Su siguiente aparición, al menos de la que yo tengo constancia, es en Detroit —continúa Dan—. En 1967. Durante lo que en su día se conoció como la Rebelión de Detroit o los Disturbios de la Calle 12. Empezaron cuando la policía hizo una redada en un bar nocturno, un tugurio, y se propagaron por toda la ciudad. Hubo cuarenta y tres muertos y ciento veinte heridos. Fue noticia de primera plana durante cinco días, hasta que terminó la violencia. Este es de otro canal independiente, pero lo adquirió la NBC y lo difundió en las noticias de la noche. Adelante, Brad.

Aparece un periodista, delante de la fachada de una tienda en llamas, entrevistando a un hombre negro con la cara ensangrentada. El hombre, desconsolado, resulta apenas coherente. Dice que lo que está ardiendo en la otra acera es su tintorería, y que no sabe dónde están su mujer y su hija. Han desaparecido en los enfrentamientos que se extienden por toda la ciudad. «Lo he perdido todo —dice—. *Todo.*»

¿Y el periodista, que esta vez se hace llamar Jim Avery? Salta a la vista que trabaja para una pequeña cadena local. Más robusto que «Paul Freeman», casi gordo, bajo (el entrevistado descuella sobre él) y tirando a calvo. Un modelo distinto, la misma plantilla. Enterrado en ese rostro carnoso, se adivina a Chet Ondowsky. También a Paul Freeman. Y a Dave van Pelt.

—¿Cómo encontró esto, señor Bell? ¿Cómo demonios…?

—Dan, ¿recuerdas? Me llamo Dan.

—¿Cómo te diste cuenta de que el parecido no era un simple parecido?

Dan y su nieto se miran y cruzan una sonrisa. Holly, observando ese aparte momentáneo, vuelve a pensar: distintos modelos, la misma plantilla.

—Te has fijado en los retratos del pasillo, ¿verdad? —pregunta Brad—. Ese era el otro trabajo del abuelo cuando estaba en la policía. Tenía un don natural para eso.

Holly cae de nuevo en la cuenta y se vuelve hacia Dan.

—Eras dibujante de retratos hablados. ¡Ese era tu otro trabajo en la policía!

—Sí —dice él—, aunque yo no hacía retratos hablados, no hacía caricaturas. Hacía *verdaderos retratos* —reflexiona y añade—: Habrás oído decir que hay gente que nunca olvida una cara. En su mayoría, exageran o mienten descaradamente. Yo no.

El anciano habla con toda naturalidad. Si es un don, piensa Holly, es tan viejo como él. Quizá en otro tiempo le concedía mucha importancia; ahora lo da por hecho sin más.

—Yo lo he visto trabajar —comenta Brad—. Si no fuera por la artritis en las manos, ahora podría darse la vuelta, ponerse de cara a la pared y retratarte en veinte minutos, Holly, y todos los detalles serían precisos. Esos dibujos del pasillo… son todos de personas que fueron detenidas a partir de los retratos del abuelo.

—Aun así… —empieza a decir ella en tono de duda.

—Recordar caras es solo parte del proceso —dice Dan—. No sirve cuando se trata de dibujar el retrato de un delincuente, porque no soy *yo* quien lo vio. ¿Entiendes?

—Sí —dice Holly. El tema le interesa no solo por el hecho de que él haya sido capaz de identificar a Ondowsky en sus numerosas manifestaciones, sino también porque, en su propio trabajo como investigadora, sigue aprendiendo.

—Entra el testigo. En algunos casos, como en el robo de un coche con violencia o un asalto, entran varios testigos. Describen al autor del hecho. Pero viene a ser como aquella historia de los ciegos y el elefante. ¿La conoces?

Holly la conoce. El ciego que toca la cola del animal dice que es una enredadera. El que toca la trompa piensa que es una pitón. El que toca la pata está seguro de que es el tronco de una palmera vieja y enorme. Al final, los ciegos se enzarzan en una discusión sobre quién tiene la razón.

—Cada testigo ve al individuo de una manera un poco distinta —explica Dan—. Y si hay un solo testigo, lo ve de maneras distintas en días distintos. No, no, dicen, me equivocaba, la cara es demasiado gorda. Es demasiado delgada. Tenía barbilla. No, era bigote. Tenía los ojos azules. No, lo he consultado con la almohada y me parece que en realidad eran grises.

Toma otra larga inhalación de oxígeno. Parece más cansado que nunca. Excepto por los ojos entre los párpados amoratados. Le brillan. Mantiene la atención. Holly piensa que si ese ser,

Ondowsky, viera esos ojos, tal vez sentiría miedo. Tal vez querría cerrárselos antes de que vieran más de la cuenta.

—Mi trabajo consiste en ver más allá de todas las variaciones y fijarme en las similitudes. Ese es el auténtico don, y lo que pongo en mis retratos. Es lo que puse en mis primeros retratos de ese individuo. Mira.

Del bolsillo lateral de la silla extrae una carpeta pequeña y se la entrega. Contiene media docena de hojas de fino papel de dibujo, quebradizo por el paso del tiempo. Cada una muestra una versión de Charles Ondowsky, alias Chet. No presentan tanto detalle como su galería de maleantes del pasillo de la entrada, pero siguen siendo extraordinarias. En las tres primeras, Holly tiene ante sí a Paul Freeman, Dave van Pelt y Jim Avery.

—¿Los dibujaste de memoria? —pregunta.

—Sí —responde Dan. De nuevo sin jactarse, solo expresando una realidad—. Esos tres primeros los dibujé poco después de ver a Avery. El verano del año 67. He hecho copias, pero esos son los originales.

—Recuerda la cronología, Holly —interviene Brad—. El abuelo vio a esos hombres en televisión antes de que existiera la grabadora de video, el DVD o internet. Un observador corriente ve lo que ve y acto seguido la imagen desaparece. Él tuvo que confiar en la memoria.

—¿Y estos otros?

Holly despliega los otros tres como una mano de cartas. Rostros con el nacimiento del pelo distinto, los ojos y la boca distintos, las facciones distintas, edades distintas. Todos modelos distintos a partir de la misma plantilla. Todos Ondowsky. Ella lo ve, porque ha visto el elefante. El hecho de que Dan Bell lo viera en su día es asombroso. Una genialidad, de hecho.

Él señala los dibujos que ella sostiene, uno tras otro.

—Ese es Reginald Holder. Informó desde Westfield, New Jersey, después de que John List matara a toda su familia. Entrevistó a amigos y vecinos sollozantes. El siguiente es Harry Vail, informando desde Fullerton, California, después de que un empleado de la limpieza llamado Edward Allaway matara a tiros a seis personas. Vail estaba ya en el lugar del crimen, entrevistando a los supervivientes, antes de que la sangre se secara. El último…, su nombre no me viene a la memoria…

—Fred Liebermanenbach —apunta Brad—. Corresponsal de la WLS, Chicago. Cubrió los envenenamientos por Tylenol en 1982. Murieron siete personas. Habló con los parientes afligidos. Tengo todos esos videos, si quieres verlos.

—Tiene muchos videos, hemos descubierto diecisiete versiones distintas de tu Chet Ondowsky —añade Dan.

—¿*Diecisiete*? —Holly está atónita.

—Esos son solo de los que tenemos constancia. No es necesario verlos todos. Junta esos tres primeros dibujos y sostenlos en alto ante la televisión, Holly. No es una caja de luz, pero servirá.

Holly los sostiene frente a la pantalla azul sabiendo lo que va a ver. Es una cara.

La cara de Ondowsky.

Un visitante.

12

Cuando bajan, Dan Bell, más que sentado en la silla del salvaescaleras, está desplomado en ella. No solo cansado, exhausto. La verdad es que Holly no quiere seguir molestándolo, pero no le queda más remedio.

También Dan Bell sabe que aún no han terminado. Pide a Brad que le sirva un trago de whisky.

—Abuelo, dijo el médico…

—A la mierda el médico y todos sus antepasados —replica Dan—. Me animará. Acabaremos, le enseñarás a Holly esa última… cosa… y luego me acostaré. Anoche dormí de un tirón, y seguro que esta noche también. Menudo peso me he quitado de encima.

Pero ahora yo cargo con él, piensa Holly. Ojalá Ralph estuviera aquí. O, mejor aún, Bill.

Brad acerca a su abuelo una copa de postre con dibujos de los Picapiedra que contiene apenas whisky suficiente para cubrir el fondo. Dan le dirige una mirada adusta, pero la acepta sin rechistar. Del bolsillo lateral de la silla de ruedas, saca un frasco con un tapón de rosca de uso geriátrico. Lo sacude para extraer una pastilla, y otras cinco o seis caen al suelo.

—Mierda —dice el anciano—. Recógelas, Brad.

—Ya me ocupo yo —se ofrece Holly, y lo hace.

Entretanto Dan se lleva la pastilla a la boca y la traga con el whisky.

—*Eso* desde luego no es buena idea, abuelo —dice Brad remilgadamente.

—En mi funeral nadie dirá que morí joven y apuesto —contesta Dan. El color ha vuelto en parte a sus mejillas, y de nuevo se ve erguido en la silla—. Holly, me quedan quizá unos veinte minutos antes de que ese casi inútil trago de whisky deje de hacerme efecto. Media hora como mucho. Sé que tienes más preguntas, y tenemos que enseñarte una cosa más, pero procuremos ser breves.

—Joel Lieberman —dice ella—. El psiquiatra que empezaste a ver en Boston en 2018.

—¿Qué pasa con él?

—No fuiste a verlo porque pensaras que estabas loco, ¿verdad?

—Claro que no. Fui por las mismas razones, imagino, que tú fuiste a ver a Carl Morton, con sus libros y sus conferencias sobre personas con neurosis extrañas. Mi intención era contarle todo lo que sabía a alguien que cobraba por escuchar. Y encontrar a alguna otra persona que tuviera motivos para creer en lo increíble. Te buscaba a ti, Holly. Igual que tú me buscabas a mí.

Sí, es verdad. Aun así, piensa, es un milagro que nos hayamos reunido. U obra del destino. O de Dios.

—Aunque Morton cambió todos los nombres y lugares en su artículo, Brad no tuvo grandes problemas para localizarte. Por cierto, el ser que se hace llamar Ondowsky no fue a informar desde la cueva de Texas. Brad y yo examinamos las imágenes de todos los noticiarios

—Mi visitante no aparecía en las grabaciones —explica Holly—. En algunas imágenes en las que debería haber estado entre una multitud, no estaba —toca los dibujos de Ondowsky en sus distintas manifestaciones—. *Este otro* elemento sale por televisión *continuamente*.

—Entonces es distinto —dice el anciano, y se encoge de hombros—. De la misma manera que el gato doméstico y el gato montés son distintos pero similares: la misma plantilla, distintos modelos. En cuanto a ti, Holly, apenas te mencionaron en las noticias, y nunca por el nombre. Solo como ciudadana particular que colaboró en la investigación.

—Pedí que se me excluyera —masculla Holly.

—Para entonces yo había leído sobre Carolyn H. en los artículos del doctor Morton. Intenté ponerme en contacto contigo a través del doctor Lieberman; viajé a Boston para verlo, cosa que no fue fácil. Sabía que, incluso si no habías reconocido a Ondowsky por lo que era, tendrías buenas razones para creer mi historia. Lieberman llamó a Morton, y aquí estás.

Un detalle inquieta a Holly, y mucho.

—¿Por qué ahora? —dice—. Sabías lo de ese ser desde hacía años, has estado *dándole caza*…

—Dándole caza no —corrige Dan—. Sería más preciso decir que le he *seguido el rastro*. Brad lo controla por internet desde aproximadamente 2005. Lo buscamos en todas las tragedias, en todos los asesinatos en masa. ¿Verdad, Brad?

—Sí —contesta su nieto—. No siempre está. No se lo vio en Sandy Hook, ni en Las Vegas cuando Stephen Paddock mató a aquella gente en un concierto, pero trabajaba en la WFTC de Orlando en 2016. Entrevistó a los supervivientes de la matanza de la discoteca Pulse al día siguiente. Siempre elige a los más alterados, aquellos que estaban cerca o han perdido amigos.

Por supuesto, piensa Holly. Por supuesto. Su dolor es apetecible.

—Pero no supimos que había estado en el club nocturno hasta después del atentado en el colegio de la semana pasada —explica Brad—. ¿Verdad, abuelo?

—Así es —admite Dan—. A pesar de que, como parte de nuestra rutina, comprobamos todas las imágenes de los noticiarios sobre Pulse después del suceso.

—¿Cómo es que se les pasó? —pregunta Holly—. ¡Lo de Pulse ocurrió hace cuatro años! Has dicho que nunca olvidas una cara, y para entonces ya conocías la de Ondowsky; incluso con cambios es siempre la misma, una cara de cerdo.

Los dos la miran con idéntica expresión ceñuda, así que Holly reproduce lo que Bill le explicó: la mayoría de la gente tiene cara de cerdo o cara de zorro. En todas las versiones que ha visto aquí, la cara de Ondowsky es redonda. A veces un poco, a veces mucho, pero siempre es una cara de cerdo.

Brad sigue perplejo, pero su abuelo sonríe.

—Eso está bien. Me gusta. Aunque hay excepciones, algunas personas tienen...

—Cara de caballo —completa Holly por él.

—Eso iba a decir. Y algunas personas tienen cara de comadreja, aunque supongo que podría decirse que las comadrejas tienen cierto aire de zorro, ¿no? Desde luego Philip Hannigan... —se le apaga la voz—. Sí. Y en *esa* manifestación, seguro que siempre tiene cara de zorro.

—No te entiendo.

—Pero ya lo entenderás —afirma Dan—. Enséñale el video de Pulse, Brad.

Brad inicia el video y vuelve el iPad hacia Holly. Una vez más, aparece un periodista dando una noticia, ahora delante de una gran cantidad de flores y globos con forma de corazón y letreros en los que se leen cosas como MÁS AMOR Y MENOS ODIO. El periodista empieza a entrevistar a un chico sollozante con restos de suciedad o rímel corriéndole por las mejillas. Holly no lo escucha, y en esta ocasión no grita porque no le queda aliento para ello. El periodista —Philip Hannigan— es joven, rubio y flaco. Da la impresión de que hubiera empezado en ese trabajo nada más salir de la preparatoria, y sí, tiene lo que Bill habría descrito como cara de zorro. Mira a su entrevistado con lo que podría ser preocupación..., empatía..., compasión..., o pura avidez camuflada.

—Congela la imagen —ordena Dan a Brad. Y dirigiéndose a Holly, dice—: ¿Te encuentras bien?

—Ese no es Ondowsky —susurra ella—. Ese es *George*. Ese es el hombre que entregó la bomba en la escuela Macready.

—Ah, pero sí que es Ondowsky —afirma Dan. Habla con suavidad. Casi con gentileza—. Ya te lo he dicho. Esta criatura no solo tiene una plantilla. Tiene dos. Dos *por lo menos*.

13

Holly apagó el teléfono antes de llamar a la puerta de los Bell y no se acuerda de encenderlo hasta que vuelve a estar en su habitación del Embassy Suites. Los pensamientos se arremolinan en su cabeza como hojas movidas por un viento intenso. Cuando lo enciende, para reanudar su informe para Ralph, ve que tiene cuatro mensajes de texto, cinco llamadas perdidas y cinco mensajes de voz. Las llamadas perdidas y los mensajes de voz son todos de su madre. Charlotte sabe enviar mensajes de texto —Holly le enseñó—, pero nunca se toma la molestia, al menos con su hija. Holly sospecha que su madre considera ese medio insuficiente cuando se trata de generar eficazmente culpabilidad.

Abre primero los mensajes de texto.

Pete: **¿Todo bien, H? Yo me encargo de todo, así que tú a lo tuyo. Si necesitas algo, dímelo.**

Holly sonríe.

Barbara: **Ya tengo las películas. Pintan bien. Gracias, las devolveré.** ☺

Jerome: **Puede que tenga una pista sobre el labrador de color chocolate. En Parma Heights. Voy a comprobarlo. Si necesitas algo, llámame al celular. No lo dudes.**

El último, también de Jerome: **Hollyberry.** ☺

A pesar de todo lo que ha averiguado en la casa de Lafayette Street, no puede evitar reírse. Como tampoco puede evitar llorar un poco. Todos la quieren, y ella los quiere a ellos. Es asombroso. Procurará aferrarse a ese asombro mientras hace frente a su madre. Ya sabe cómo terminarán todos los mensajes de voz de Charlotte.

«Holly, ¿dónde estás? Llámame.» Ese es el primero.

«Holly, necesito hablar contigo sobre la visita a tu tío de este fin de semana. Llámame.» Ese es el segundo.

«¿Dónde estás? ¿Por qué tienes el teléfono apagado? Es muy desconsiderado. ¿Y si hubiera una emergencia? ¡Llámame!» El tercero.

«Esa mujer de Rolling Hills, la señora Braddock, no me cayó bien, se veía muy engreída. ¡Ha llamado y ha dicho que el tío Henry está *muy alterado*! ¿Por qué no me devuelves las llamadas? ¡Llámame!» El gran número cuatro.

El quinto es la esencia misma de la simplicidad: «¡Llámame!».

Holly entra en el baño, abre su "porsiacaso" y toma una aspirina. A continuación, se arrodilla y entrelaza las manos sobre el borde de la tina.

—Dios, soy Holly. Ahora tengo que llamar a mi madre. Ayúdame a recordar que debo defenderme sin ponerme desagradable y boba ni enzarzarme en una discusión. Ayúdame a terminar otro día sin fumar, aún echo de menos el tabaco, sobre todo en momentos como este. También echo de menos a Bill, pero me alegro de que Jerome y Barbara formen parte de mi vida. También Pete, aunque a veces es un poco lento —se dispone a levantarse, pero vuelve por un instante a la misma posición—. También echo de menos a Ralph, y espero que esté disfrutando de unas buenas vacaciones con su mujer y su hijo.

Así blindada (o eso espera), Holly llama a su madre. Charlotte es quien habla la mayor parte del tiempo. El hecho de que Holly no le diga dónde está, qué hace o cuándo volverá la enfurece. Por debajo de esa ira, Holly percibe miedo, porque Holly ha escapado. Holly tiene su propia vida. Eso no debería haber ocurrido.

—Sea lo que sea lo que estás haciendo, *debes* volver este fin de semana —dice Charlotte—. Tenemos que ir a ver a Henry juntas. Somos su *familia*. Lo único que tiene.

—Quizá no pueda, mamá.

—¿Por qué? ¡Quiero saber por qué!

—Porque… —*porque quiero llegar al fondo del asunto*. Eso es lo que habría dicho Bill—. Porque estoy trabajando.

Charlotte se echa a llorar. Siempre ha sido su último recurso cuando pretende someter a Holly. Ya no surte efecto, pero sigue siendo su posición por defecto, y a Holly sigue doliéndole.

—Te quiero, mamá —dice Holly, y corta la comunicación.

¿Eso es verdad? Sí. Es la simpatía lo que se perdió, y el amor sin simpatía es como una cadena con un grillete en cada extremo. ¿Podría ella romper esa cadena? ¿Arrancarse a golpes el grillete? Tal vez. Ha analizado esa posibilidad con Allie Winters muchas veces, sobre todo después de que su madre le dijera —con orgullo— que ella y el tío Henry votarían por Donald Trump (uf). ¿Lo hará? Ahora no, quizá nunca. En la infancia, Charlotte Gibney enseñó a su hija —pacientemente, acaso incluso con buena intención— que era desconsiderada, desvalida, desafortunada, descuidada. Que era un *desastre*. Holly creyó que así era hasta que conoció a Bill Hodges, quien le enseñó que era una persona valiosa. Ahora posee una vida, y las más de las veces una vida feliz. Si rompiera con su madre, sería un paso atrás.

No quiero ser un desastre, piensa Holly al sentarse en la cama de su habitación del Embassy Suites. Eso ya lo he sido. Ya lo he hecho.

—En eso tengo experiencia —añade.

Toma una Coca-Cola del refrigerador (al diablo la cafeína). Después abre la aplicación de grabación de su teléfono y prosigue el informe para Ralph desde donde lo dejó. Como rezar a un Dios en el que no cree del todo, le despeja la cabeza y, para cuando termina, sabe qué va a hacer a continuación.

14

Del informe de Holly Gibney para el inspector Ralph Anderson:

De aquí en adelante, Ralph, intentaré reproducir textualmente mi conversación con Dan y Brad Bell ahora que aún la tengo fresca en la memoria. No será del todo precisa, pero se acercará. Debería haberla grabado, pero no se me ocurrió. Todavía tengo mucho que aprender sobre este oficio. Espero tener la oportunidad de hacerlo.

Me he dado cuenta de que el señor Bell —el viejo señor Bell— quería seguir hablando, pero en cuanto se le ha pasado el efecto de esa pizca de whisky, ya no podía. Ha dicho que necesitaba acostarse y descansar. Lo último que ha pedido a Brad tenía algo que ver con unas grabaciones de sonido. Eso al principio no lo he entendido. Ahora ya lo entiendo.

Su nieto lo ha llevado al dormitorio, aunque antes me ha dado su iPad y ha abierto para mí una sucesión de fotos. En su ausencia, las he mirado y remirado. Cuando Brad ha vuelto, aún estaba mirándolas. Diecisiete fotos, procedentes todas de videos colgados en internet, todas de Chet Ondowsky en sus distintas

[Pausa.]

En sus distintas encarnaciones, podría decirse. Y una decimoctava. La de Philip Hannigan de hace cuatro años frente a la discoteca Pulse. Sin bigote, cabello rubio en lugar de oscuro, más joven que en la foto de George de la cámara de seguridad, con su uniforme de repartidor falso, pero era él, sin duda. Debajo, la misma cara. La misma cara de zorro. Pero no la misma que la de Ondowsky. Él no podía ser de ningún modo.

Brad ha vuelto con una botella y otras dos copas de postre.

«El whisky del abuelo», ha dicho. «Maker's Mark. ¿Quieres un poco?» Cuando lo he rehusado, ha servido una cantidad considerable en una de las copas. «Bueno, yo sí necesito un poco», ha añadido. «¿Te ha dicho mi abuelo que soy gay? ¿*Sumamente* gay?»

Le he contestado que sí, y Brad ha sonreído.

«Así empieza él cualquier conversación que trate de mí», ha explicado. «Quiere dejarlo claro de buen comienzo, para que conste, y demostrar que no le importa. Pero sí le importa. Me quiere, pero sí le importa.»

Cuando he comentado que me pasaba algo parecido con mi madre, ha sonreído y ha dicho que ya teníamos algo en común. Supongo que así es.

Me ha explicado que a su abuelo siempre le ha interesado lo que él llamaba «el segundo mundo». Historias sobre telepatía, fantasmas, desapariciones misteriosas, luces en el cielo.

«Algunas personas coleccionan sellos», ha dicho. «Mi abuelo colecciona historias sobre el segundo mundo. Yo tenía mis dudas acerca de todo eso hasta que me encontré con este asunto.»

Ha señalado el iPad, donde la fotografía de George seguía en la pantalla. George con su paquete lleno de explosivos, esperando a que le dieran acceso a la oficina de la escuela Macready.

«Ahora me parece que podría creer en cualquier cosa, desde los platillos voladores hasta los payasos asesinos. Porque, en efecto, existe un segundo mundo. Existe porque la gente se niega a creer que está ahí.»

Me consta que es así, Ralph. Y también a ti. Por eso el ser que matamos en Texas sobrevivió tanto tiempo.

He pedido a Brad que me explicara por qué ha esperado tanto su abuelo, aunque para entonces empezaba a formarme una clara idea.

Me ha dicho que su abuelo consideraba que ese ser en esencia era inocuo. Una especie de camaleón exótico, y si no el último de su especie, al menos uno de los últimos. Vive de la aflicción y el dolor, lo cual quizá no sea agradable, pero no es muy distinto de los gusanos que viven de la carne descompuesta o de los buitres que viven de los animales muertos en la carretera.

«Los coyotes y las hienas también viven así», ha dicho Brad. «Son el servicio de limpieza del reino animal. ¿De verdad somos nosotros mejores? ¿No disminuye la velocidad la gente en la autopista para echar un buen vistazo cuando ha habido un accidente? También esas son víctimas de la carretera.»

He contestado que yo siempre apartaba la vista. Y pronunciaba una oración para que las personas implicadas en el accidente estuvieran bien.

Ha dicho que, de ser cierto, yo era una excepción. Que a la mayoría de la gente le *gusta* el dolor, siempre y cuando no sea el propio.

«Supongo que tampoco ves películas de terror, ¿no?», ha añadido luego.

Pues sí las veo, Ralph, pero esas películas son ficción. Cuando el director dice «corten», la chica a la que Jason o Freddy había degollado se levanta y toma una taza de café. Aun así, puede que después de esto…

[Pausa.]

Dejémoslo, ahora no tengo tiempo para divagaciones. Brad ha dicho: «Aparte, están las noticias. Por cada video de una matanza o una catástrofe que mi abuelo y yo hemos reunido, hay cientos más. Quizá miles. La sangre vende, dicen en el mundillo de la prensa. La sangre manda. Por eso las malas noticias son las que más interesan a la gente. Asesinatos. Explosiones. Accidentes de tráfico. Terremotos. Maremotos. A la gente le gustan esas cosas, y le gustan incluso más cuando hay videos grabados con celulares. Las imágenes de las cámaras de seguridad de la discoteca Pulse, cuando Omar Mateen seguía en pleno delirio de violencia, tienen millones de visualizaciones. *Millones*».

Ha dicho que, en opinión del señor Bell, esa extraña criatura simplemente hacía lo mismo que toda la gente que ve las noticias: disfrutar de la tragedia. Solo que él tenía la suerte de vivir más al hacerlo. El señor Bell se conformaba con observar y maravillarse, casi como un seguidor. Hasta que vio la instantánea del autor del atentado obtenida por la cámara de seguridad. Tiene mucha memoria para las caras, y sabía que había visto una versión de esa cara en algún acto violento, no hacía mucho. Brad tardó menos de una hora en vincularlo con Philip Hannigan.

«He encontrado al autor del atentado en la escuela Macready otras tres veces hasta el momento», ha dicho Brad, y me ha enseñado fotos de ese hombre con cara de zorro (todas distintas pero debajo se adivinaba siempre a George) informando en tres sitios diferentes. El huracán Katrina en 2005. Los tornados de Illinois en 2004. Y el World Trade Center en 2001. «Estoy seguro de que hay más, pero aún no he tenido tiempo de localizarlos.»

«Quizá sea un hombre distinto», he dicho. «O una criatura distinta.»

Yo estaba pensando que, si había dos —Ondowsky y el que matamos en Texas—, bien podría haber tres. O cuatro. O una docena. Recuerdo un documental que vi en la PBS sobre especies en peligro de extinción. En el mundo quedan solo sesenta rinocerontes negros y solo setenta leopardos del Amur, pero eso es mucho más que tres.

«No», ha dicho Brad. Parecía totalmente convencido. «Es el mismo individuo.»

Le he preguntado cómo podía estar tan seguro.

«Antes el abuelo dibujaba para la policía», ha dicho. «A veces yo hago grabaciones por orden judicial para ellos, y en alguna que otra ocasión he grabado a través de AE. ¿Sabes qué es?»

Holly lo sabía, naturalmente. Agentes encubiertos.

«Ya no se ponen micros debajo de la camisa», ha explicado Brad. «Hoy día utilizamos falsas mancuernillas o botones. Una vez puse un micro en la E del logo de una gorra de los Red Sox. E de «escucha», ¿me entiendes? Pero las grabaciones son solo una parte de lo que hago. Fíjate en esto.»

Ha acercado su silla a la mía para que los dos pudiéramos ver su iPad. Ha abierto una aplicación llamada VocaKnow. Contenía varios archivos. Uno se titulaba Paul Freeman. Era la versión de Ondowsky que informó sobre el accidente de avión en 1960, ¿recuerdas?

Brad ha pulsado PLAY, y he oído la voz de Freeman, solo que más nítida y clara. Brad ha dicho que había limpiado el audio y eliminado el ruido de fondo. A eso lo ha llamado «endulzar la pista». La voz procedía de la bocina del iPad. En la pantalla veía la voz tal como se ven las ondas sonoras al pie del teléfono o de la tableta cuando pulsas el pequeño icono del micrófono para enviar un mensaje de audio. Brad ha llamado a eso «espectrograma de la huella vocal»; según él, tiene el título de analista de huellas vocales. Ha prestado testimonio en juicios.

¿Ves aquí en acción esa fuerza de la que hablábamos, Ralph? Yo sí. Abuelo y nieto. Uno hábil con los retratos, el otro hábil con las voces. Sin ellos dos, ese ser, su visitante, seguiría usando sus distintas caras y ocultándose a la vista de todos. Algunas personas lo llamarían azar, o coincidencia, como elegir los números ganadores en la lotería, pero yo no lo creo. No puedo ni quiero.

Brad ha puesto el audio de Freeman en el accidente aéreo, en modo repetición. Luego ha abierto el archivo de sonido de Ondowsky informando desde la escuela Macready, y lo ha puesto también en modo repetición. Las dos voces se superponían, y lo que se oía era un galimatías sin sentido. Brad ha quitado el sonido y ha desplazado con el dedo los dos espectrogramas para separarlos, colocando el de Freeman en la mitad superior del iPad, y el de Ondowsky, en la mitad inferior.

«Te das cuenta, ¿no?», ha preguntado, y claro que lo he visto.

En los dos se formaban los mismos picos y valles, casi sincronizados. Se observaban algunas diferencias menores, pero en esencia era la misma voz, pese a que entre las grabaciones hay una diferencia de sesenta años. He preguntado a Brad cómo era que las dos ondas se parecían tanto si Freeman y Ondowsky decían cosas distintas.

«Su cara cambia, y su cuerpo cambia», ha dicho Brad, «pero su voz nunca. A eso se lo conoce como unicidad vocal. Ese ser *intenta* cambiarla, a veces levanta el tono, a veces lo baja, a veces incluso trata de adoptar un poco de acento, pero no se esfuerza mucho».

«Porque confía en que baste con las alteraciones físicas, unidas al cambio de lugar», he dicho.

«Sí, eso creo», ha contestado Brad. «Fíjate en esto otro. Todos tenemos una forma de hablar única. Cierta cadencia, determinada por las unidades respiratorias. Mira los picos. Eso se corresponde con el énfasis de Freeman en algunas palabras. Mira los valles, donde toma aire. Ahora fíjate en Ondowsky.»

Eran idénticos, Ralph.

«Hay otra cosa», ha añadido Brad. «Las dos voces se traban con ciertas palabras, que siempre incluyen los sonidos *s* o *z*. Creo que en algún momento, sabe Dios hace cuánto tiempo, ese ser hablaba con un ceceo, pero lógicamente un periodista de televisión no puede cecear. Ha aprendido a corregirlo tocándose el velo del paladar con la lengua, para alejarla de los dientes, porque es ahí donde se produce el ceceo. Es muy leve, pero se nota. Escucha.»

Ha reproducido un fragmento de sonido de Ondowsky en la escuela secundaria, la parte donde dice: «Es posible que el artefacto explosivo estuviera en la oficina principal».

Brad me ha preguntado si lo oía. Le he pedido que lo pusiera otra vez, para cerciorarme de que no era solo cosa de mi imaginación tratando de oír lo que, según Brad, se percibía ahí. No era mi imaginación. Dice: «Es po... sible que el artefacto explo... sivo».

Luego ha reproducido un fragmento de sonido de Paul Freeman en el lugar del accidente aéreo de 1960. Freeman dice: «El pequeño salió despedido de la parte trasera del avión, todavía en llamas». Y he vuelto a oírlo, Ralph. Esas breves pausas en *salió* y *trasera*. La lengua en contacto con el velo del paladar para evitar el ceceo.

Brad ha puesto un tercer espectrograma en la tableta. Era la entrevista de Philip Hannigan a un joven desde la discoteca Pulse, el chico con el rímel corrido en las mejillas. No he oído al chico porque Brad ha eliminado su voz, además de todo el ruido de fondo, como las sirenas y las conversaciones de otras personas. Solo se oía a Hannigan, solo a *George*, y podría haber estado allí en el salón con nosotros: «¿Qué has sentido ahí dentro, Rodney? ¿Y cómo has escapado?».

Brad ha reproducido el fragmento para mí tres veces. Los picos y valles del espectrograma coincidían con los que seguían expuestos encima: los de Freeman y Ondowsky. Esa era la parte técnica, y yo la percibía, pero lo que de verdad me ha afectado, lo que me ha producido escalofríos, eran esas breves pausas. Mínima en *qué has sentido*, pero muy clara en *escapado*, que debe de ser una palabra especialmente difícil para alguien con ceceo.

Brad me ha preguntado si me quedaba convencida, y he dicho que sí. Alguien que no hubiera pasado por lo que nosotros pasamos habría albergado dudas, pero a mí me ha convencido. No es como nuestro visitante, que tenía que hibernar durante sus transformaciones y no salía en los videos, pero desde luego es pariente cercano de ese otro ser. Hay mucho que no sabemos sobre esas criaturas, y supongo que nunca lo sabremos.

Ahora tengo que cortar, Ralph. Hoy no he comido nada más que una galleta y un sándwich de pollo. Si no tomo algo pronto, puede que me desmaye.

Después más.

Holly hace un pedido a Domino's: una pizza vegetariana pequeña y una Coca-Cola grande. Cuando aparece el joven, ella decide la propina conforme a la regla de oro de Bill Hodges: el quince por ciento de la cuenta si el servicio es correcto; el veinte si el servicio es bueno. Ese joven es diligente, así que le da de propina la cantidad completa.

Se sienta a la pequeña mesa junto a la ventana, donde come con voracidad y contempla el anochecer mientras se adueña furtivamente del estacionamiento del Embassy Suites. Ahí abajo parpadean las luces de un árbol de Navidad, pero Holly no había sentido menos espíritu navideño en la vida. Hoy el ser sobre el que está investigando no era más que imágenes en una pantalla de televisión y espectrogramas en un iPad. Mañana, si todo va como espera (alberga la esperanza de Holly), se encontrará cara a cara con él. Será aterrador.

Ha de hacerse; no hay más remedio. Dan Bell es demasiado viejo, y Brad Bell está demasiado asustado. Este último se ha negado rotundamente, pese a que Holly le ha explicado que lo que se proponía hacer en Pittsburgh no representaría el menor riesgo para él.

—Eso lo desconoces —ha dicho Brad—. Ese ser bien podría tener telepatía, o vete tú a saber.

—He estado cara a cara con uno —ha contestado Holly—. Si tuviera telepatía, Brad, yo estaría muerta y él seguiría vivo.

—Yo no voy —ha insistido Brad. Le temblaban los labios—. Mi abuelo me necesita. Está muy enfermo del corazón. ¿No tienes algún amigo?

Los tiene y uno es un excelente policía, pero aun cuando Ralph estuviera en Oklahoma, ¿lo haría correr semejante riesgo? Él tiene familia; ella, no. En cuanto a Jerome…, no. Ni hablar. Pese a que la parte de Pittsburgh de su incipiente plan en realidad no debería entrañar peligro, Jerome querría implicarse del todo, y eso sí sería peligroso. Está Pete, pero su socio tiene escasa imaginación. Accedería, aunque se lo tomaría todo a risa, y si algo puede decirse de Chet Ondowsky es que de gracioso no tiene nada.

Dan Bell podría haber eliminado al transmutador en su juventud, pero por aquel entonces se contentaba con observar, fascinado, a ese ser en sus esporádicas apariciones, como si de un «¿Dónde está Wally?» de las catástrofes se tratase. Casi sintiendo lástima por él, quizá. Pero ahora las cosas han cambiado. Ahora el ser ya no se conforma con vivir de las secuelas de la tragedia, engullendo aflicción y dolor antes de que la sangre se seque.

En esta ocasión la carnicería la ha provocado él y, si queda impune, lo repetirá. A la próxima el balance de víctimas puede ser mucho mayor, y eso Holly no va a consentirlo.

Abre la laptop en el simulacro de escritorio que hay en la habitación y encuentra el e-mail de Brad Bell que esperaba.

«En un adjunto va lo que me has pedido. Procura utilizar este material con sensatez y, por favor, déjanos al margen. Hemos hecho lo que estaba en nuestras manos.»

Bueno, piensa Holly, no todo. Descarga el archivo adjunto y luego llama a Dan Bell. Espera que vuelva a contestar Brad, pero atiende el anciano, relativamente rejuvenecido a juzgar por su voz. Para eso, no hay nada como una siesta; Holly echa una siempre que puede, aunque de un tiempo a esta parte la oportunidad no se le presenta tan a menudo como quisiera.

—Dan, soy Holly. ¿Puedo hacerte una pregunta más?

—Adelante.

—¿Cómo pasa de un empleo a otro sin ser descubierto? Estamos en la era de las redes sociales. No me explico cómo se las arregla.

Durante unos segundos no se oye más que su respiración afanosa con ayuda del oxígeno.

—Brad y yo hemos hablado de eso —dice finalmente—. La verdad es que no sabemos cómo se las ha arreglado a lo largo de los años, pero nos hacemos una idea. Ese individuo… *eso*… Espera, Brad quiere que le dé el maldito teléfono.

Se produce un cruce de palabras que no alcanza a distinguir, aunque capta lo esencial: al anciano no le gusta que lo mangoneen. A continuación Brad toma la llamada.

—¿Quieres saber cómo consigue empleos en la televisión una y otra vez?

—Sí.

—Es una buena pregunta. Francamente buena. No podemos estar seguros, pero creemos que trepa.

—¿Trepa?

—Así funcionan los medios de comunicación. Los periodistas que destacan en el radio y la televisión van ascendiendo en los grandes mercados. En esos sitios siempre hay al menos un canal de televisión local. Pequeño. Sin afiliar. El sueldo es una miseria. Básicamente se ocupan de asuntos comunitarios. Cualquier cosa, desde la inauguración de un puente hasta campañas benéficas, pasando por reuniones del ayuntamiento. Este individuo sale al aire en uno de esos canales, lo hace durante unos meses, y luego presenta una solicitud en una gran cadena utilizando las grabaciones del pequeño canal local. Cualquiera que vea esas grabaciones llegará enseguida a la conclusión de que hace bien su trabajo. Es un profesional —Brad deja escapar una breve risa—. ¿Cómo no va a serlo? Se dedica a eso desde hace al menos sesenta años, maldita sea. La práctica hace al maes…

El anciano lo interrumpe. Brad le responde que después se lo dice, pero eso a Holly no le sirve. De pronto se impacienta con los dos. Ha sido un largo día.

—Brad, pon el altavoz del teléfono.

—¿Eh? Ah, sale, buena idea.

—*¡Me parece que también trabajaba en la radio!* —exclama Dan a voz en grito, como si creyera que están comunicándose mediante latas conectadas con un cordón encerado.

Holly hace una mueca y se aparta el teléfono del oído.

—Abuelo, no hace falta que hables tan alto.

Dan baja la voz, pero solo un poco.

—¡En la radio, Holly! ¡Incluso antes de que existiera la televisión! ¡Y antes de aparecer la radio quizá ya informaba de los derramamientos de sangre en los periódicos. Sabe Dios cuánto tiempo hace que ese hombre… *eso*… vive.

—Además —continúa Brad—, debe de tener una larga lista de referencias. Probablemente su otra manifestación, la que tú llamas George, escribió algunas de ellas, igual que el que tú llamas Ondowsky habrá escrito algunas para George. ¿Entiendes?

Holly lo entiende... más o menos. Le recuerda un chiste que Bill le contó una vez, sobre unos agentes de bolsa aislados en una isla desierta que se enriquecen intercambiándose la ropa.

—Déjame hablar, maldita sea —se queja Dan—. Lo comprendo tan bien como tú, Bradley. No soy tonto.

Brad suspira. Vivir con Dan Bell no debe de ser fácil, piensa Holly. Por otro lado, vivir con Brad Bell seguramente tampoco es un lecho de rosas.

—Holly, funciona porque el talento televisivo no abunda en las grandes filiales locales. La gente asciende, algunos abandonan la profesión..., y a él se le da bien su trabajo.

—A *eso* —corrige Brad—. A *eso* se le da bien su trabajo.

Holly oye una tos, y Brad dice a su abuelo que se tome una de sus pastillas.

—Por Dios, ¿vas a dejar de comportarte como una vieja?

Felix y Oscar gritándose desde distintas orillas de la brecha generacional, piensa Holly. Podría dar lugar a una buena telecomedia, pero en lo que se refiere a facilitar información es una verdadera mierda.

—¿Dan? ¿Brad? ¿Podrían dejarse de...? —*pleitos* es la palabra que le viene a la mente, pero Holly no se anima a decirla, pese a lo exasperada que está—. ¿Pueden dejarse de discusiones por un momento?

Por suerte se callan.

—Entiendo lo que dicen, y tiene su lógica hasta cierto punto, pero ¿qué pasa con su currículum? ¿Dónde estudió periodismo? ¿Nadie se lo pide? ¿Nadie hace preguntas?

—Probablemente les cuenta que lleva un tiempo fuera del medio y que ha decidido reincorporarse —aventura Dan, malhumorado.

—Pero la verdad es que no lo sabemos —admite Brad. Se le nota enfadado, bien porque es incapaz de ofrecer una respuesta que satisfaga a Holly (o a sí mismo), bien porque le duele que lo hayan llamado «vieja»—. Oye, en Colorado un muchacho se hizo pasar por médico durante casi cuatro años. Recetaba fármacos e incluso operaba. Puede que lo hayan leído en algún sitio. Tenía diecisiete años pero aparentaba veinticinco, y no se había graduado en *nada*, y menos en medicina. Si él pudo colarse entre los resquicios, ¿por qué no iba a poder ese visitante?

—¿Has terminado? —pregunta Dan.

—Sí, abuelo —y suspira.

—Bien. Porque *yo* tengo una pregunta. ¿Vas a reunirte con él, Holly?

—Sí —junto a las fotografías, Brad ha incluido una captura de pantalla de los espectrogramas de Freeman, Ondowsky y Philip Hannigan, alias George el Autor del Atentado. A ojos de Holly, los tres son idénticos.

—¿Cuándo?

—Mañana, o eso espero, preferiría que no dijeran nada de esto, por favor. ¿Puedo confiar en ustedes?

—Sí —contesta Brad—. Claro que sí. ¿Verdad, abuelo?

—Siempre y cuando luego nos cuentes lo que ha pasado —dice Dan—. Si puedes, claro. Yo era policía, Holly, y Brad trabaja para la policía. Supongo que no hará falta que te digamos que reunirte con él puede ser peligroso. *Será* peligroso.

—Lo sé —dice Holly en voz baja—. Yo misma trabajo con un expoli —y antes trabajé con uno todavía mejor, piensa.

—¿Tendrás cuidado?

—Lo intentaré —responde Holly, pero sabe que siempre llega un punto en el que has de dejar de tener cuidado.

Jerome había hablado de un pájaro que portaba el mal como un virus. Muy sucio, de color gris escarcha, dijo. Si uno deseaba atraparlo y retorcerle el maldito cuello, llegaba un momento en que debía dejar de tener cuidado. Holly no cree que vaya a ocurrir mañana, pero sí pronto.

Pronto.

16

Jerome ha convertido el espacio situado encima del estacionamiento de los Robinson en un estudio y lo utiliza para trabajar en el libro sobre su tatarabuelo Alton, también conocido como Black Owl. Está enfrascado en esa tarea esta tarde cuando Barbara entra y le pregunta si lo interrumpe. Jerome dice que le vendrá bien un descanso. Toma unas Coca-Colas del pequeño refrigerador encajado bajo el techo abuhardillado.

—¿Dónde está Holly? —pregunta Barbara.

Jerome suspira.

—No «¿Cómo va el libro, J?». No «¿Has encontrado al labrador de color chocolate, J?». Que sí he encontrado, dicho sea de paso. Sano y salvo.

—Bravo. ¿Y cómo va el libro, J?

—He llegado a la página noventa y tres —responde, y surca el aire con una mano—. Viento en popa.

—Bravo también. Y ahora, dime: ¿dónde está?

Jerome se saca el teléfono del bolsillo, lo enciende y abre una aplicación que se llama WebWatcher.

—Míralo tú misma.

Barbara observa la pantalla.

—¿El aeropuerto de Portland? ¿Portland, *Maine*? ¿Qué hace allí?

—¿Por qué no la llamas y se lo preguntas? —sugiere Jerome—. Solo tienes que decir: «Jerome te ha metido un localizador en el teléfono, Hollyberry, porque estamos preocupados por ti, así que, cuéntame, ¿en qué andas metida? Suéltalo, chava». ¿Crees que le gustaría?

—Ni en broma —contesta Barbara—. Se pondría hecha una furia. Eso sería un mal rollo, pero además le dolería, y eso sería aún peor. Por otra parte, ya sabemos de qué va esto. ¿No?

Jerome había sugerido —solo sugerido— que Barbara podía echar un vistazo al historial de la computadora de Holly en su casa cuando fuera a buscar las películas para el trabajo de la escuela. Siempre y cuando, claro, Holly usara en casa la misma contraseña que en la oficina.

Resultó que sí, y si bien a Barbara eso de mirar el historial de búsquedas de su amiga le había parecido un comportamiento feo y rayano en el acoso, lo había hecho. Porque Holly no era la de siempre desde el viaje a Oklahoma y la visita posterior a Texas, donde había estado a punto de morir a manos de un policía descarriado que se llamaba Jack Hoskins. En ese asunto había un trasfondo que iba mucho más allá del peligro mortal de aquel día, y los dos lo sabían, pero Holly se negaba a hablar del tema. Y al principio no vieron inconveniente, porque poco a poco la expresión de angustia había desaparecido de sus ojos. Había vuelto a la normalidad… o, al menos, la normalidad de Holly. Pero ahora se ha ido, a hacer algo de lo que se ha negado a hablar.

Así que Jerome decidió seguirle el rastro con la aplicación WebWatcher.

Y Barbara miró el historial de búsquedas de Holly.

Y Holly —confiada como era, al menos con sus amigos— no lo había borrado.

Barbara descubrió que Holly había visto muchos avances de estrenos inminentes, había visitado Rotten Tomatoes y el Huffington Post, y había entrado varias veces en una web de citas llamada Hearts & Friends (¿quién lo habría imaginado?), pero muchas de sus búsquedas recientes tenían que ver con el atentado terrorista en la escuela secundaria Albert Macready. Incluía también búsquedas de Chet Ondowsky, un periodista de la cadena WPEN en Pittsburgh, de un establecimiento llamado Clauson's Diner en Pierre, Pennsylvania, y de un tal Fred Finkle, que resultó ser camarógrafo de la WPEN.

Barbara llevó todo eso a Jerome y le preguntó si pensaba que Holly podía estar al borde de una extraña crisis nerviosa o algo así, desatada quizá por el atentado en la escuela Macready.

—Quizá haya tenido una especie de flashback al momento en que su prima Janey voló por los aires a causa de la bomba de Brady Hartsfield.

Basándose en las búsquedas de Holly, Jerome desde luego consideró la idea de que ella fuera tras la pista de otro personaje verdaderamente malo, pero había otra posibilidad que parecía —al menos se lo parecía a él— igual de verosímil.

—Hearts & Friends —dice Jerome a su hermana.

—Sí, ¿qué?

—¿No se te ha ocurrido pensar que a lo mejor Holly está, contén las exclamaciones, ligando con alguien? ¿O que al menos ha ido a encontrarse con un tipo con el que ha cruzado unos cuantos e-mails?

Barbara lo mira boquiabierta. Casi se ríe, pero se abstiene. Lo que dice es:

—Hummm.

—¿Y eso qué significa? —pregunta Jerome—. Acláramelo. Tú has hablado con ella de chica a chica…

—Eso es sexista, J.

Él lo pasa por alto.

—¿Tiene algún amigo de índole sexual? ¿O lo ha tenido alguna vez?

Barbara lo piensa detenidamente.

—¿Sabes qué? Me parece que no. Me parece que podría ser virgen todavía.

¿Y tú, Barb?, es lo que acude inmediatamente a la cabeza de Jerome, pero los hermanos mayores no deben hacer ciertas preguntas a sus hermanas de dieciocho años.

—No es *gay* ni nada por el estilo —se apresura a aclarar Barbara—. No se pierde ni una sola peli de Josh Brolin, y hace un par de años, cuando vio esa película absurda del tiburón, incluso *gimió* al ver a Jason Statham sin camisa. ¿De verdad crees que se iría hasta *Maine* por una cita?

—La trama se complica —dice Jerome, y echa un vistazo a su teléfono—. No está en el aeropuerto. Si acercas la imagen, verás que está en el Embassy Suites, probablemente bebiendo champán con algún hombre a quien le gusta el daiquirí helado, paseando a la luz de la luna y hablando de cine clásico.

Barbara hace ademán de darle un puñetazo en la cara y abre la mano solo en el último segundo.

—Te diré una cosa —propone Jerome—. Creo que es mejor que dejemos correr el asunto.

—¿En serio?

—Creo que sí. Conviene que recordemos que Holly sobrevivió a Brady Hartsfield. *Dos veces.* Pasara lo que pasara en Texas, también salió de esa. Por fuera es un poco frágil, pero en lo más hondo… es dura como el acero.

—En eso te doy la razón —dice Barbara—. Al mirar en su navegador... me he sentido rastrera.

—Yo me siento rastrero con *esto* —dice Jerome, y toca el punto intermitente de su teléfono que indica el Embassy Suites—. Lo consultaré con la almohada, pero si por la mañana sigo pensando lo mismo, lo dejo pasar. Es buena mujer. Valiente. Y está muy sola.

—Y su madre es una bruja —añade Barbara.

Jerome no se lo discute.

—Quizá deberíamos dejarla en paz. Que lo resuelva ella, sea lo que sea.

—Quizá sí —pero Barbara no parece muy contenta con eso.

Jerome se inclina hacia delante.

—De una cosa sí estoy seguro, Barb. Holly nunca se enterará de que le hemos seguido la pista. ¿De acuerdo?

—Nunca —contesta Barbara—. Ni de que yo he mirado en sus búsquedas.

—Bien. Eso ha quedado claro. ¿Puedo seguir ahora con mi trabajo? Quiero llenar otras dos páginas antes de dar el día por terminado.

17

Holly no está siquiera cerca de dar el día por terminado. De hecho, se dispone a empezar el verdadero trabajo de esta noche. Se plantea ponerse de rodillas para rezar un poco más antes y decide que eso sería solo postergar las cosas. Se recuerda que Dios ayuda a aquellos que se ayudan a sí mismos.

La sección *Chet de Guardia*, a cargo de Chet Ondowsky, tiene su propia página web, donde aquellos que consideran que han sido estafados pueden llamar a un número 800. Esta línea atiende las veinticuatro horas del día, y en la web aseguran que todas las llamadas son absolutamente confidenciales.

Holly respira hondo y telefonea. El timbre suena una sola vez.

—*Chet de Guardia*. Soy Monica, ¿en qué puedo ayudarle?

—Monica, necesito hablar con el señor Ondowsky. Es muy

urgente.

La mujer responde con desenvoltura y sin titubeos. Holly está segura de que ante ella, en la pantalla, tiene un guion que incluye posibles variantes.

—Lo siento, señora, pero Chet se ha ido ya por hoy o está cubriendo algún suceso. Con mucho gusto anotaré sus datos de contacto y se los pasaré a él. También sería útil que me facilitara alguna información sobre el carácter de su queja como consumidora.

—No se trata exactamente de una queja como consumidora —contesta ella—, pero tiene que ver con el consumo. ¿Puede decirle eso, por favor?

—¿Señora? —la perplejidad de Monica salta a la vista.

—Necesito hablar con él esta noche, y antes de las nueve. Dígale que tiene que ver con Paul Freeman y el accidente de avión. ¿Me ha entendido?

—Sí, señora.

Holly la oye teclear.

—Dígale también que tiene que ver con Dave van Pelt, de Dallas, y con Jim Avery, de Detroit. Y dígale, esto es muy importante, que tiene que ver con Philip Hannigan y la discoteca Pulse.

Al oír esto, Monica pierde su anterior desenvoltura.

—¿No es ahí donde un hombre mató...?

—Sí —la interrumpe Holly—. Dígale que llame antes de las nueve o me llevaré mi información a otra parte. Y no olvide decirle que no se trata de consumidores, pero sí de consumo. Él sabrá a qué me refiero.

—Señora, puedo transmitir el mensaje, pero no puedo garantizarle...

—Si lo transmite, él llamará —asegura Holly, y espera no equivocarse. Porque no tiene Plan B.

—Necesito sus datos de contacto, señora.

—Tiene mi número en su pantalla —dice Holly—. Esperaré la llamada del señor Ondowsky para dar mi nombre. Le deseo que tenga una buena tarde.

Holly corta la comunicación, se enjuga el sudor de la frente y consulta su Fitbit. Ritmo cardíaco, 89. No está mal. En otro tiempo, con una llamada así se le habría disparado por encima de 150. Mira el reloj. Las siete menos cuarto. Saca el libro de la bolsa de viaje y de inmediato vuelve a guardarlo. Está demasiado tensa para leer, así que pasea de un lado a otro.

Al cuarto para las ocho, cuando está sin blusa en el baño lavándose las axilas (no usa desodorante; supuestamente el clorhidrato de aluminio es inocuo, pero ella tiene sus dudas), suena el teléfono. Respira hondo dos veces, eleva una brevísima oración —*Dios, ayúdame a no equivocarme*— y contesta.

18

En la pantalla de su teléfono se lee NÚMERO OCULTO. A Holly no le sorprende. Él está llamando desde su teléfono particular o quizá desde un desechable.

—Soy Chet Ondowsky, ¿con quién hablo? —emplea un tono de voz sereno, cordial y controlado, el de un periodista de televisión veterano.

—Me llamo Holly. De momento no necesita saber nada más —piensa que por ahora mantiene el tono adecuado. Pulsa el Fitbit. Ritmo cardíaco, 98.

—¿De qué se trata, Holly? —interesado. Invitando a hablar con confianza. Este no es el hombre que informó sobre el cruento horror en el municipio de Pineborough; este es Chet de Guardia, que quiere saber cuánto te cobró de más el individuo que te asfaltó el camino de acceso o cómo te estafó la compañía de la luz añadiéndote en la factura kilovatios que no habías consumido.

—Creo que ya lo sabe —dice ella—, pero asegurémonos. Voy a enviarle unas fotos. Deme su dirección de correo electrónico.

—Si mira en la web de *Chet de Guardia*, Holly, encontrará...

—Su dirección de correo *particular*. Porque no le conviene que nadie vea esto. Créame, de verdad no le conviene.

Sigue un silencio, tan largo que Holly teme haberlo perdido, pero por fin le da la dirección. La anota en una hoja de papel del Embassy Suites.

—Se las envío ahora mismo —dice—. Preste especial atención al análisis espectrográfico y a la foto de Philip Hannigan. Vuelva a llamarme dentro de quince minutos.

—Holly, esto no es muy nor...

—*Usted* no es muy normal, señor Ondowsky. ¿Verdad que no? Vuelva a llamarme dentro de quince minutos o haré público lo que sé. El tiempo empezará a contar en cuanto le llegue mi e-mail.

—Holly...

Ella pone fin a la llamada, deja caer el teléfono en la alfombra y, doblándose por la cintura, coloca la cabeza entre las rodillas y se cubre la cara con las manos. No te desmayes, se dice. Nada de malditos desmayos.

Cuando se recompone —tanto como puede dadas las circunstancias, que son muy estresantes—, abre la laptop y envía el material que Brad Bell le ha facilitado. No se molesta en añadir un mensaje. Las imágenes *son* el mensaje.

Luego espera.

Al cabo de once minutos, se ilumina su teléfono. Lo agarra en el acto, pero lo deja sonar cuatro veces antes de aceptar la llamada.

Él no se molesta en saludar.

—Eso no demuestra nada —sigue siendo el tono perfectamente modulado del locutor televisivo veterano, pero la calidez ha desaparecido por completo—. Es consciente de eso, ¿no?

—Espere a que la gente compare su foto como Philip Hannigan con la de usted delante del colegio con el paquete en las manos. El bigote postizo no engañará a nadie. Espere a que comparen el espectrograma de la voz de Philip Hannigan con el espectrograma de la voz de Chet Ondowsky.

—¿*Quiénes* han de compararlo, Holly? ¿La policía? La echarían de la comisaría a carcajadas.

—Ah, no, la policía, no —dice Holly—. Puedo conseguir algo mejor que eso. Si TMZ no está interesada, lo estará Gossip

Glutton. O DeepDive. Y Drudge Report, a esos siempre les gustan las cosas raras. En televisión están *Inside Edition* y *Celeb*. Pero ¿sabe adónde iría primero?

Silencio al otro lado. Pero Holly lo oye respirar.

La respiración de *eso*.

—A *Inside View* —dice—. Llevan más de un año con la historia del Aviador Nocturno; más de dos con el Hombre Delgado. Exprimen a fondo esas historias. Tiene una tirada de más de tres millones, y se echarán encima de esto.

—Nadie se cree esa mierda.

Eso no es verdad, y los dos lo saben.

—Esto sí se lo creerán. Tengo mucha información, señor Ondowsky, lo que creo que ustedes los periodistas llaman «contexto de fondo», y cuando salga a la luz, si es que sale, la gente empezará a indagar en sus vidas pasadas. *Todas* sus vidas pasadas. Su tapadera no solo se vendrá abajo; estallará —como la bomba que entregó para matar a esos niños, piensa.

Nada.

Holly se mordisquea los nudillos y espera a que hable. Le cuesta mucho, pero espera.

—¿De dónde ha sacado esas fotos? —pregunta él por fin—. ¿Quién se las ha dado?

Holly ya preveía que saldría con eso, y sabe que ha de darle algo.

—Un hombre que le ha seguido el rastro durante mucho tiempo. Usted no lo conoce ni lo encontrará nunca, pero no tiene que preocuparse por él. Es muy viejo. Por quien debe preocuparse es por mí.

Sigue otro largo silencio. A Holly le sangra un nudillo. Por fin llega la pregunta que esperaba.

—¿Qué quiere?

—Se lo diré mañana. Nos encontraremos a las doce del mediodía.

—Me han encargado una tarea...

—Cancélela —ordena la mujer que en otro tiempo andaba por la vida con la cabeza agachada y los hombros encorvados—. Ahora su tarea es esta, y dudo que quiera echarla a perder.

—¿Dónde?

Holly está preparada para eso. Ha hecho indagaciones.

—La zona de restaurantes del centro comercial Monroeville. Está a menos de veinticinco kilómetros de los estudios de su cadena, así que para usted será cómodo, y para mí, seguro. Vaya a Sbarro, mire alrededor y me verá. Llevaré una chamarra de cuero café abierta con un suéter rosa de cuello de tortuga debajo. Tendré una rebanada de pizza y un café en un vaso de Starbucks. Si no está allí a las doce y cinco, me marcharé y venderé mi mercancía.

—Es una chiflada; nadie le creerá.

No parece muy convencido, pero tampoco parece que tenga miedo. Parece colérico. No hay problema, piensa Holly, eso puedo sobrellevarlo.

—¿A quién pretende convencer, señor Ondowsky? ¿A mí o a sí mismo?

—Es usted todo un personaje, señora. ¿Lo sabía?

—Un amigo mío estará vigilando —añade Holly. No es verdad, pero eso Ondowsky no lo sabrá—. Mi amigo desconoce de qué va esto, por eso no se preocupe, pero estará vigilándome —hace una pausa—. Y a usted también.

¿Qué quiere? —pregunta él otra vez.

—Mañana —dice Holly, y corta la comunicación.

Más tarde, después de organizar el vuelo a Pittsburgh de la mañana siguiente, se tiende en la cama, con la idea de dormir aunque sin demasiadas esperanzas. Se pregunta —tal como hizo al concebir el plan— si de verdad necesita encontrarse con él cara a cara. Cree que sí. Cree que lo ha convencido de que tiene el material sobre él (como diría Bill). Ahora debe mirarlo a los ojos y darle una salida. Tiene que convencerlo de que está dispuesta a cerrar un trato. ¿Y qué clase de trato? Su primera idea, descabellada, fue decirle que quiere ser como él, que quiere vivir... quizá no eternamente, eso suena demasiado extremo, pero sí cientos de años. ¿Se lo creería o pensaría que lo estaba engañando? Muy arriesgado.

Dinero, pues. Tiene que ser eso.

Eso se lo creerá, porque lleva observando el desfile humano desde hace mucho tiempo. Y despreciándolo. Ondowsky cree que para los seres inferiores, para el rebaño al que a veces diezma, siempre es una cuestión de dinero.

En algún momento después de medianoche, por fin se duerme. Sueña con una cueva de Texas. Sueña con un ser que parecía un hombre hasta que lo golpeó con un calcetín lleno de bolas de rodamiento y se le hundió la cabeza como la falsa fachada que era.

Grita en sueños.

17 de diciembre de 2020

1

Como alumna de último año con mención honorífica en el instituto Houghton, Barbara Robinson goza prácticamente de entera libertad para deambular a su antojo durante la hora libre, que va de 9:00 a 9:50. Cuando suena el timbre que anuncia el final de su clase de literatura inglesa antigua, va al aula de arte, vacía en ese momento. Se saca el teléfono del bolsillo de atrás del pantalón y llama a Jerome. A juzgar por su voz, está casi segura de que lo ha despertado. Lo que yo daría por la vida de escritor, piensa.

Barbara no pierde el tiempo.

—¿Dónde está esta mañana, J?

—No lo sé —dice—. He eliminado el localizador.

—¿De verdad?

—De verdad.

—Bueno…, de acuerdo.

—¿Puedo seguir durmiendo?

—No —responde ella. Barbara lleva levantada desde las 6:45, y desgracia compartida, menos sentida—. Es hora de levantarse y agarrar al mundo por los huevos.

—Esa boca, hermana —dice y, pum, cuelga.

Barbara se detiene junto a una acuarela del lago francamente mala que ha pintado algún alumno, con la mirada fija en su teléfono y el ceño fruncido. Posiblemente Jerome tiene razón: Holly se ha ido a ver a un hombre al que ha conocido a través de una web de citas. No para coger con él, eso no es propio de Holly, pero ¿para establecer un contacto humano? ¿Para relacionarse, como sin duda su terapeuta le ha dicho que debe hacer? Eso Barbara puede creérselo. Al fin y al cabo, Portland debe de estar por lo menos a ochocientos kilómetros del lugar de ese atentado que tanto le interesaba. Quizá más lejos.

Ponte en su piel, se dice Barbara. ¿No querrías que se respetara tu intimidad? ¿Y no te sublevarías si llegaras a enterarte de que tus amigos —tus *supuestos* amigos— han estado espiándote?

Holly *no* iba a enterarse, pero ¿cambiaba eso la ecuación básica?

No.

¿Seguía ella preocupada (un *poco* preocupada)?

Sí. Pero con algunas preocupaciones había que saber vivir.

Vuelve a guardarse el teléfono en el bolsillo y decide bajar a la sala de música y ensayar con la guitarra hasta historia estadounidense del siglo xx. Está intentando aprender «In the Midnight Hour», la vieja canción soul de Wilson Pickett. Cuesta horrores marcar los acordes en los trastes, pero poco a poco lo va consiguiendo.

Al salir casi tropieza con Justin Freilander, un alumno de tercero que es miembro fundador de la brigada de locos por la tecnología del Houghton, y que —según los rumores— está prendado de ella. Le sonríe, y de inmediato Justin adquiere ese alarmante tono rojo del que solo son capaces los chicos blancos. Rumores confirmados. De pronto a Barbara se le ocurre que eso podría ser cosa del destino.

—Eh, Justin —dice—. Me pregunto si podrías ayudarme con una cosa.

Y se saca el teléfono del bolsillo.

2

Mientras Justin Freilander examina el teléfono de Barbara (que, oh, cielos, sigue caliente después de haber estado en su bolsillo trasero), Holly aterriza en el aeropuerto internacional de Pittsburgh. Al cabo de diez minutos, hace fila ante el mostrador de Avis. Sería más barato pedir un Uber, pero disponer de su propio vehículo es más sensato. Aproximadamente un año después de que Pete Huntley se incorporase a Finders Keepers, se inscribieron los dos en un curso de manejo con el objetivo de aprender tácticas de vigilancia y evasión, un recordatorio para él, algo nuevo para ella. No prevé necesitar hoy lo primero, pero no descarta que tenga que recurrir a lo segundo. Va a reunirse con un hombre peligroso.

Deja el coche en el estacionamiento de un hotel del aeropuerto para matar el rato (llegaré antes de tiempo a mi propio funeral). Llama a su madre. Charlotte no contesta, lo cual no significa que no esté; activar el buzón de voz es una de sus viejas técnicas de castigo cuando considera que su hija se ha pasado de la raya. A continuación, Holly llama a Pete, que vuelve a preguntarle en qué anda y cuándo regresará. Pensando en Dan Bell y en su nieto *sumamente* gay, le dice que ha ido de visita a casa de unos amigos de Nueva Inglaterra y que estará en la oficina el lunes por la mañana temprano.

—Más te vale —dice Pete—. El martes tienes que prestar declaración. Y la fiesta de Navidad de la oficina es el miércoles. Me propongo darte un beso bajo el muérdago.

—Uf —responde Holly, pero sonríe.

Llega al centro comercial Monroeville a las once y cuarto y se obliga a quedarse en el coche otros quince minutos, a veces pulsando el Fitbit (tiene las pulsaciones un poco por encima de cien), a veces rezando para que Dios le dé fortaleza y calma. Y también capacidad de persuasión.

A las once y media entra en el centro comercial y se pasea lentamente por delante de las tiendas —Jimmy Jazz, Payless, Clutch, Boobaloo Strollers—, mirando los escaparates no para examinar el contenido, sino para captar el reflejo de Chet Ondowsky, si es que está vigilándola. Y *será* Chet. Su otro yo, el que ella llama George, ahora es el hombre más buscado de Estados Unidos. Holly supone que podría existir una tercera plantilla, pero lo considera improbable; tiene un yo cerdo y un yo zorro, ¿para qué necesita más?

Por fin, a las doce menos diez, se pone en la fila de Starbucks para llevarse una taza de café y luego en la de Sbarro para comprar una rebanada de pizza que no se le antoja. Se baja el cierre de la chamarra para que se le vea el suéter rosa de cuello de tortuga y después busca una mesa. Aunque es la hora del almuerzo, hay bastantes mesas libres, más de las que preveía, lo que le causa inquietud. En el propio centro comercial se observa poco movimiento, sobre todo para ser la temporada de compras navideñas. Parece atravesar tiempos difíciles, hoy día todo el mundo compra por Amazon.

Llegan las doce. Un joven con unos lentes oscuros modernos y una chamarra acolchada (de cuyo cierre cuelgan con desenfado un par de pases de telesquí) afloja el paso, como si se propusiera entablar conversación con ella, pero sigue adelante. Holly siente alivio. No se le da bien quitarse a la gente de encima, porque nunca ha tenido grandes motivos para desarrollar esa aptitud.

A las doce y cinco empieza a pensar que Ondowsky no va a presentarse. De pronto, a las doce y siete, un hombre habla a su espalda, y emplea la voz cálida en plan «todos somos amigos» de quien aparece con regularidad en televisión.

—Hola, Holly.

Ella se sobresalta y casi derrama el café. Es el joven de los lentes modernos. Al principio, Holly piensa que finalmente sí existe una tercera plantilla, pero cuando Ondowsky se quita los lentes, ve que sin duda es él. Su rostro es ahora un poco más anguloso, las arrugas en torno a la boca han desaparecido, y tiene los ojos más juntos (aspecto poco propicio para la televisión), pero es él. Y no es ni mucho menos joven. Holly no ve arrugas en su cara, pero las intuye, y piensa que deben de ser muchas. El disfraz es bueno, pero a tan corta distancia parece Botox o cirugía plástica.

Porque yo sé, piensa. Sé qué es.

—He pensado que sería mejor presentarme con una apariencia un poco distinta —comenta—. Cuando soy Chet, suelen reconocerme. Los periodistas de televisión no son precisamente Tom Cruise, pero... —completa la frase con un modesto encogimiento de hombros.

Al verlo sin lentes, Holly advierte otro detalle: sus ojos presentan cierto temblor, como si estuvieran bajo el agua... o no estuvieran ahí siquiera. ¿Y no ocurre algo parecido con su boca? Holly piensa que es así como se ve la imagen cuando uno está ante una película en tres dimensiones y se quita los lentes.

—Usted lo ve, ¿verdad? —mantiene la voz cálida y cordial. Queda bien con su leve sonrisa, acompañada de unos hoyuelos en las comisuras de los labios—. La mayoría de la gente no se da cuenta. Es la transición. Desaparecerá dentro de cinco minutos, diez como mucho. He tenido que venir directamente desde la estación. Me ha causado usted algunos problemas, Holly.

Ella nota la breve pausa cuando, alguna que otra vez, se lleva la lengua al paladar para evitar el ceceo.

—Eso me recuerda una vieja canción country de Travis Tritt —Holly habla con relativa serenidad, pero no puede apartar los ojos de los de él, cuya esclerótica tiembla en torno al iris y cuyo iris tiembla en torno a la pupila. Por el momento, son países con fronteras inestables—: Se titula «Here's a Quarter, Call Someone Who Cares». O sea, que me tiene sin cuidado.

Él sonríe. Sus labios parecen dilatarse más de la cuenta y contraerse de golpe. El ligero temblor en los ojos continúa, pero la boca presenta ya un aspecto firme. Mira a la izquierda de Holly, donde un anciano caballero con gabardina y gorra de tweed lee una revista.

—¿Es ese su amigo? ¿O es aquella mujer, la que se ha quedado un rato sospechosamente largo delante del escaparate de Forever 21?

—A lo mejor son los dos —dice Holly. Ahora que se ha producido la confrontación, se siente bien. O casi; esos ojos perturban y desorientan. Si los mira durante demasiado tiempo, le provocarán dolor de cabeza, pero si apartara la vista, él lo interpretaría como signo de debilidad. Y lo sería.

—Usted me conoce a mí, pero yo solo tengo su nombre de pila. ¿Cuál es el resto?

—Gibney. Holly Gibney.

—¿Y qué es lo que quiere, Holly Gibney?

—Trescientos mil dólares.

—Chantaje —dice él, y mueve la cabeza en un parco gesto de negación, como si lo hubiera decepcionado—. ¿Sabe qué es el chantaje, Holly?

Ella recuerda una de las máximas de Bill Hodges (tenía muchas): No contestes a las preguntas del maleante; es el maleante quien contesta a las tuyas. Así que permanece inmóvil y espera con sus pequeñas manos entrelazadas junto a la porción de pizza que no se le antoja.

—El chantaje es un alquiler —continúa él—. Y ni siquiera un alquiler con derecho a compra. Es un timo que Chet de Guardia conoce bien. Supongamos que tuviera trescientos mil dólares, que no tengo, existe una gran diferencia entre lo que gana un periodista de televisión y lo que gana un actor de televisión. Pero supongámoslo.

—Supongamos que lleva usted rondando mucho mucho tiempo —dice Holly— y que ha estado apartando dinero desde el principio. Supongamos que es así como financia su... —¿su qué, exactamente?—. Su estilo de vida. Y sus antecedentes. Documentos de identidad falsos y demás.

Ondowsky despliega una sonrisa. Encantadora.

—De acuerdo, Holly Gibney, supongámoslo. El problema, en esencia, sigue siendo el mismo: el chantaje es un alquiler. Cuando los trescientos mil se acaben, me traerá usted sus fotos retocadas con Photoshop y sus huellas vocales modificadas electrónicamente y volverá a amenazarme con sacarlas a la luz.

Holly está preparada para eso. No necesita a Bill para que le diga que la mejor mentira es la que se compone en su mayor parte de verdad.

—No —dice ella—. Trescientos mil son todo lo que quiero, porque es todo lo que necesito —se interrumpe un momento—. Aunque sí *hay* otra cosa.

—¿Y qué sería esa cosa? —las agradables inflexiones adquiridas en la televisión han dado paso a un tono condescendiente.

—De momento sigamos hablando de dinero. Hace poco han diagnosticado alzhéimer a mi tío Henry. Está internado en un centro de atención para ancianos especializado en el alojamiento y tratamiento de personas como él. Es muy caro, pero eso en realidad es secundario, porque él detesta estar allí, está muy *alterado*, y mi madre quiere que vuelva a casa. Solo que ella no puede cuidarlo. Cree que sí, pero no puede. Es ya mayor, tiene sus propios problemas de salud, y habría que habilitar la casa para un inválido —piensa en Dan Bell—. Para empezar, rampas, un salvaescaleras, una grúa hospitalaria, pero todo eso son detalles menores. Mi deseo es contratar un servicio de atención para él las veinticuatro horas, incluyendo una enfermera durante el día.

—Unos planes muy caros, Holly Gibney. Debe de querer mucho al viejecito.

—Así es —responde Holly.

Es verdad, pese a que el tío Henry sea un grano en el culo. El amor es un don; el amor es también una cadena con un grillete en cada extremo.

—Su salud general es mala. Su principal problema físico es la insuficiencia cardíaca congestiva —una vez más, se inspira en Dan Bell—. Va en silla de ruedas y necesita oxígeno. Podría vivir dos años más. Quizá tres. He hecho mis cálculos, y trescientos mil dólares darían para cinco años.

—Y si vive seis, usted volverá.

Holly no puede evitar pensar en el joven Frank Peterson, asesinado por aquel otro visitante en Flint City. Asesinado de la manera más horripilante y dolorosa. De pronto se enfurece con Ondowsky. Ese individuo con voz de periodista de televisión y sonrisa condescendiente. Es un pedazo de caca. Solo que *caca* suena demasiado suave. Holly se inclina hacia delante y fija la mirada en esos ojos (que por fin, afortunadamente, empiezan a estabilizarse).

—Escúcheme, pedazo de mierda asesino de niños. No quiero pedirle más dinero. Ni siquiera quiero pedirle *ese* dinero. No quiero verlo nunca más. Me cuesta creer que en realidad esté planteándome dejarlo escapar, y si no borra esa maldita sonrisa de su cara, puede que cambie de idea.

Ondowsky da un respingo, como si lo hubieran abofeteado, y la sonrisa de hecho desaparece. ¿Le han hablado alguna vez así? Quizá, pero debe de hacer mucho tiempo. ¡Es un respetado periodista de la televisión! ¡Cuando es Chet de Guardia, los contratistas tramposos y los propietarios de fábricas de pastillas tiemblan de miedo en cuanto se acerca! Junta las cejas (muy finas, advierte Holly, como si en realidad el vello no deseara crecer ahí).

—Usted no puede…

—Cállese y escúcheme —lo interrumpe Holly en voz baja e intensa. Se inclina de nuevo e invade su espacio. Esta es una Holly que su madre nunca ha visto, aunque Charlotte ha visto lo suficiente en estos últimos cinco o seis años para considerar a su hija una desconocida, quizá incluso para pensar que no es hija suya—. ¿Me está escuchando? Más le vale, o daré esto por zanjado y me marcharé sin más. No le sacaré trescientos mil a *Inside View*, pero cincuenta seguro que sí, y eso es suficiente para empezar.

—La escucho —la palabra «escucho» va acompañada de una de esas pausas. Esta más perceptible. Porque está nervioso, deduce Holly. Bien. Nervioso es precisamente como lo quiere.

—Trescientos mil dólares. En efectivo. Billetes de cincuenta y de cien. Métalos en una caja como la que llevó a la escuela Macready, aunque no hace falta que se moleste con las estampitas de Navidad y el uniforme falso. Tráigalo a mi lugar de trabajo el sábado por la tarde, a las seis. Eso le deja lo que queda de día y todo mañana para reunir el dinero. Llegue puntual, no como hoy. Si se retrasa, prepárese. Le conviene recordar que estoy a un tris de destapar el pastel. Me da usted náuseas —también es verdad, y supone que si apretara ahora el botón del Fitbit vería que las pulsaciones le han subido a 170.

—Pongamos que aceptara, ¿cuál es su lugar de trabajo? ¿Y en qué trabaja usted allí?

Contestar a eso puede ser firmar su propia sentencia de muerte si algo falla, Holly lo sabe, pero ya es tarde para echarse atrás.

—El edificio Frederick —da el nombre de la ciudad—. El sábado a las seis, y como falta poco para Navidad, lo tendremos todo para nosotros solos. Cuarta planta. Finders Keepers.

—¿Qué es exactamente Finders Keepers? ¿Una agencia de morosos o algo así? —arruga la nariz, como si hubiese percibido un mal olor.

—Nos ocupamos de algún que otro cobro —admite Holly—. Pero nos dedicamos más a otras cosas. Somos una agencia de investigación.

—Dios mío, ¿es una auténtica *detective*? —ha recuperado la sangre fría lo suficiente para, en un gesto sarcástico, tocarse el pecho en las inmediaciones del corazón (si lo tiene, debe de ser negro, Holly está segura).

No está dispuesta a seguirle la corriente.

—A las seis, cuarta planta. Trescientos mil. Billetes de cincuenta y de cien en una caja. Entre por la puerta lateral. Llámeme por teléfono al llegar y le enviaré el código para entrar en un mensaje de texto.

—¿Hay cámara?

La pregunta no sorprende a Holly en absoluto. Es un periodista de televisión. A diferencia del visitante que mató a Frank Peterson, las cámaras forman parte de su vida.

—Sí, pero está averiada. Desde la tormenta helada de este mes. Todavía no la han arreglado.

Holly advierte que él no se lo cree, pero resulta que es verdad. Al Jordan, el portero del edificio, es un holgazán al que deberían haber despedido (en humilde opinión de Holly, y de Pete) hace mucho tiempo. El problema no es solo la cámara de la entrada lateral; de no ser por Jerome, la gente que ocupa oficinas de la séptima planta tendría que seguir subiendo a pie por la escalera hasta lo alto del edificio.

—Nada más entrar, hay un detector de metales, y eso sí funciona. Está empotrado en las paredes; no hay manera de esquivarlo. Si llega antes, lo sabré. Si intenta ir armado, lo sabré. ¿Queda claro?

—Sí —ya sin sonrisa.

No es necesario tener telepatía para saber que la considera una mala puta entrometida y molesta. A Holly le da igual; lo prefiere a ser una pobre desdichada que se asusta de su propia sombra.

—Tome el elevador. Lo oiré, es ruidoso. Cuando se abra, estaré esperándolo en el rellano. Haremos el intercambio allí. Está todo en una memoria USB.

—¿Y cómo haremos el intercambio?

—De momento dejemos eso. Le basta con saber que se hará de manera que después cada uno pueda irse por su lado.

—¿Y se supone que tengo que fiarme de usted al respecto?

Otra pregunta que Holly no tiene intención de contestar.

—Hablemos de lo otro que necesito de usted —este es el punto en el que Holly cierra el trato... o no.

—¿Qué es? —ahora parece casi hosco.

—El viejo del que le hablé, el que lo descubrió...

—¿Cómo? ¿Cómo lo consiguió?

—Eso dejémoslo también. La cuestión es que lo vigila desde hace años. *Décadas*.

Holly observa su rostro con atención y le complace lo que ve en él: asombro.

—No tomó ninguna medida contra usted porque pensó que solo era una hiena. O un cuervo. Algo que vive de los animales muertos en la carretera. No es agradable, pero forma parte del... no sé, el ecosistema, supongo. Pero entonces usted decidió que no le bastaba con eso, ¿verdad? Pensó: ¿por qué esperar de brazos cruzados a que haya alguna tragedia, alguna *masacre*, cuando puedo provocarla yo? Digamos, a lo «hágalo usted mismo», ¿no es así?

Ondowsky se queda callado. Se limita a observarla, y sus ojos, pese a que ahora permanecen estables, son horrendos. Es la sentencia de muerte de Holly, sin duda, y no solo la está firmando. La está redactando ella misma.

—¿Lo había hecho antes?

Un largo silencio. Pero justo cuando Holly cree que ya no va a contestar —lo cual *será* una respuesta—, él habla.

—No. Pero tenía hambre. Y sonríe —a ella le entran ganas de gritar—. Parece asustada, Holly Gibney.

De nada sirve mentir sobre eso.

—Lo estoy. Pero también estoy decidida —vuelve a inclinarse hacia el espacio de él. Es una de las cosas más difíciles que ha hecho en la vida—. He aquí la otra cuestión. Esta vez lo dejaré pasar, pero *no vuelva a hacerlo nunca*. Si lo hace, me enteraré.

—Y entonces ¿qué? ¿Vendrá por mí?

Ahora es a Holly a quien le toca callar.

—¿Cuántas copias de este material tiene realmente, Holly Gibney?

—Solo una —contesta Holly—. Todo está en la memoria USB, y se la daré el sábado por la tarde. *Pero* —lo señala con el dedo, y le complace ver que no le tiembla—. Conozco su cara. Conozco sus *dos* caras. Conozco su voz, y detalles sobre ella que tal vez usted mismo desconozca —está pensando en las pausas para superar el ccceo—. Siga su camino, devore su comida podrida, pero si llego siquiera a *sospechar* que ha causado otra tragedia, otra escuela Macready, entonces sí iré por usted. Le daré caza. Le destrozaré la vida.

Ondowsky mira los restaurantes casi vacíos de alrededor. Se han ido tanto el anciano de la gorra de tweed como la mujer que contemplaba los maniquís del escaparate de Forever 21. Hay gente haciendo fila en las franquicias de comida rápida, pero de espaldas a ellos.

—Creo que no nos vigila *nadie*, Holly Gibney. Creo que está sola. Creo que podría alargar el brazo por encima de esta mesa y partirle ese cuello flaco y desaparecer sin que nadie se diera cuenta. Soy muy rápido.

Si él advierte que está aterrorizada —y lo está, porque percibe la furia y la desesperación de él por verse en esa situación—, puede que lo haga. *Probablemente* lo haga. Así que se obliga una vez más a echarse hacia delante.

—Puede que no sea tan rápido como para impedirme que grite su nombre, que, según creo, conoce todo el mundo en el área metropolitana de Pittsburgh. También yo soy muy rápida. ¿Quiere correr el riesgo?

Durante un momento, él está tomando una decisión o fingiendo tomarla.

—El sábado por la tarde a las seis —dice finalmente—, edificio Frederick, cuarta planta. Llevaré el dinero, usted me entregará la memoria. ¿Ese es el trato?

—Ese es el trato.

—Y usted guardará silencio.

—A menos que haya otra escuela Macready, sí. Si la hay, empezaré a gritarlo a los cuatro vientos. Y seguiré gritando hasta que alguien me crea.

—De acuerdo.

Tiende la mano, pero no parece sorprenderle que Holly no la acepte. Ni la toque siquiera. Se pone de pie y sonríe de nuevo. Es la sonrisa que a ella le provoca ganas de gritar.

—Lo de esa escuela fue un error. Ahora me doy cuenta.

Se pone los lentes oscuros, y prácticamente ha cruzado media terraza antes de que Holly tenga tiempo de registrar que se ha ido. No mentía sobre su rapidez. Tal vez ella pudiera haber esquivado sus manos si hubiese intentado agarrarla por encima de la pequeña mesa, pero tiene sus dudas. Una rápida torsión y se habría ido, dejando a una mujer con la barbilla apoyada en el pecho, como si se hubiera quedado dormida ante su pequeño almuerzo. Pero solo es un alivio temporal.

«De acuerdo», ha dicho él. Solo eso. Sin vacilar, sin pedir garantías. Sin preguntar cómo sabría ella con certeza que una futura explosión causante de numerosas víctimas —en un autobús, en un tren, en un centro comercial como ese— no era obra suya.

«Lo de esa escuela fue un error», ha dicho él. «Ahora me doy cuenta.»

Pero el error era *ella*, un error que había que subsanar.

No tiene intención de pagarme; se propone matarme, piensa mientras lleva su porción de pizza intacta y su taza de Starbucks al bote de basura más cercano. A continuación casi se echa a reír.

¿Acaso no lo sabía desde el principio?

3

En el estacionamiento del centro comercial hace frío y sopla el viento. En el punto álgido de la temporada de compras navideñas debería estar lleno, pero se encuentra solo a media capacidad, como mucho. Holly es perfectamente consciente de que está sola. Hay amplios espacios vacíos donde el viento puede ejercer su efecto de verdad, entumecerle el rostro y, en ocasiones, casi hacer que se tambalee, pero también hay grupos de coches estacionados. Ondowsky podría estar oculto detrás de cualquiera de ellos, dispuesto a abalanzarse («Soy muy rápido») y agarrarla.

Corre los últimos diez pasos hasta el coche rentado, y una vez dentro oprime el botón que bloquea todas las puertas. Se queda ahí inmóvil durante medio minuto, recobrando el control. No consulta el Fitbit porque las noticias no le gustarían.

Al abandonar el centro comercial, Holly echa un vistazo al retrovisor cada pocos segundos. No cree que la esté siguiendo, pero utiliza las tácticas de evasión de cualquier modo. Más vale prevenir que lamentar.

Sabe que posiblemente Ondowsky prevé que ella vuelva a casa en avión, así que decide pasar la noche en Pittsburgh y viajar con Amtrak a la mañana siguiente. Se detiene en un Holiday Inn Express y enciende el teléfono para ver sus mensajes antes de entrar. Tiene uno de su madre.

«Holly, no sé dónde estás, pero el tío Henry ha tenido un accidente en ese maldito centro, Rolling Hills. Puede que se haya roto un brazo. Llámame, por favor. *Por favor.*» Holly capta tanto la angustia de su madre como la acusación de siempre: te necesitaba y me has decepcionado. Una vez más.

Tiene la yema del dedo a un milímetro de devolver la llamada a su madre. Cuesta abandonar los hábitos arraigados y cambiar las posiciones por defecto. La oleada de vergüenza le calienta ya la frente, las mejillas y la garganta, y ya tiene en la boca las palabras que pronunciará cuando conteste su madre: «Lo siento». ¿Y por qué no? Se ha pasado toda la vida pidiendo perdón a su madre, que siempre la disculpa con esa expresión en el rostro que dice: «Ay, Holly, nunca cambiarás. Me decepcionas invariablemente». Porque Charlotte Gibney también tiene sus posiciones por defecto.

Esta vez Holly detiene el dedo y reflexiona.

¿Por qué debería sentirlo, exactamente? ¿Por qué debería disculparse? ¿Por no estar presente para impedir que el pobre tío Henry, en el estado de confusión en el que se encuentra, se haya roto el brazo? ¿Por no haber contestado el teléfono inmediatamente, en el mismísimo instante, cuando su madre la ha llamado, como si la vida de Charlotte fuera la vida importante, la vida real, y la de Holly fuera solo la sombra proyectada por su madre?

Enfrentarse a Ondowsky ha sido difícil. Resistirse a contestar en el acto el *cri de coeur* de su madre es igual de difícil, puede que más, pero lo consigue. Pese a sentirse como una mala hija, opta por llamar al centro de atención geriátrica Rolling Hills. Se identifica y pregunta por la señora Braddock. La dejan en espera y ha de soportar «El niño del tambor» hasta que contesta la señora Braddock. Holly piensa que es música para suicidarse.

—¡Señorita Gibney! —saluda la señora Braddock—. ¿Es demasiado pronto para desearle felices fiestas?

—De ninguna manera. Gracias. Señora Braddock, mi madre ha llamado para decirme que mi tío ha tenido un accidente.

La señora Braddock se ríe.

—¡Ha *evitado* uno, más bien! He llamado a su madre para contárselo. Puede que el estado mental de su tío se haya deteriorado un poco, pero desde luego anda muy bien de reflejos.

—¿Qué ha pasado?

—Durante el primer día, poco más o menos, se negó a salir de su habitación —explica la señora Braddock—, pero eso no tiene nada de raro. Los recién llegados siempre sienten desorientación, y a menudo angustia. A veces mucha angustia, y en esos casos les administramos algo para tranquilizarlos un poco. En el caso de su tío, no fue necesario, y ayer salió por iniciativa propia y se sentó en la sala de día. Incluso ayudó a la señora Hatfield con su rompecabezas. Vio el programa de ese juez loco que a él le gusta...

John Law, piensa Holly, y sonríe. Apenas se da cuenta de que mira una y otra vez por los retrovisores para asegurarse de que Chet Ondowsky («Soy muy rápido») no acecha.

—... se sirve un tentempié.

—¿Cómo dice? —pregunta Holly—. He perdido la conexión unos segundos.

—Decía que cuando terminó el programa, algunos de ellos fueron al comedor, donde por la tarde se sirve un tentempié. Su tío acompañaba a la señora Hatfield, que tiene ochenta y dos años y un andar poco estable. El caso es que ella tropezó, y podría haber sufrido una mala caída de no ser porque Henry la sujetó. Sarah Whitlock, una de nuestras ayudantes de enfermera, dijo que reaccionó muy deprisa. «Como un rayo», fueron sus palabras textuales. La cuestión es que, al sostener el peso de ella, se cayó contra la pared, donde hay un extintor. Por una ley estatal, ¿sabe? Le ha salido un moretón considerable, pero es posible que salvara a la señora Hatfield de una conmoción cerebral o algo peor. Es una mujer muy frágil.

—¿El tío Henry no se rompió nada? ¿Al golpearse contra el extintor?

La señora Braddock vuelve a reírse.

—¡No, por Dios!

—Menos mal. Dígale a mi tío que es mi héroe.

—Se lo diré. Y felices fiestas una vez más.

—Holly soy y contenta estoy —dice, una desafinada rima que aprendió a los doce años y viene utilizando desde entonces por estas fechas.

Pone fin a la llamada en medio de las risas de la señora Braddock y después, con los brazos cruzados ante el escaso pecho y la frente arrugada en actitud pensativa, fija la mirada en la anodina fachada lateral de ladrillo del Holiday Inn Express. Toma una decisión y telefonea a su madre.

—¡Ah, Holly, por fin! ¿Dónde te habías metido? ¿No tengo ya suficiente con preocuparme por mi hermano para además tener que preocuparme por ti?

Surge una vez más el deseo de decir «Lo siento», y de nuevo se recuerda que no tiene nada de que disculparse.

—Estoy perfectamente, mamá. En Pittsburgh…

—*¡Pittsburgh!*

—… pero puedo estar en casa dentro de poco más de dos horas, si el tráfico es fluido y Avis me permite devolver el coche allí. ¿Está preparada mi habitación?

—*Siempre* está preparada —responde Charlotte.

Claro que sí, piensa Holly. Porque al final recobraré la razón y volveré.

—Estupendo —dice Holly—. Llegaré a la hora de cenar. Podemos ver un rato la televisión y mañana ir a visitar al tío Henry, si eso es…

—¡Estoy muy preocupada por él! —exclama Charlotte.

Pero no tan preocupada como para subirte al coche e ir allí, piensa Holly. Porque la señora Braddock te ha llamado y lo sabes. Esto no tiene nada que ver con tu hermano; tiene que ver con someter a tu hija. Ya es tarde para eso, y creo que en el fondo de tu alma lo sabes, pero no dejarás de intentarlo. También eso es una posición por defecto.

—Seguro que está bien, mamá.

—Eso dicen ellos, pero ¿qué van a decir? Esos sitios siempre están en guardia por miedo a las demandas.

—Lo visitaremos y lo veremos con nuestros propios ojos —dice Holly—. ¿De acuerdo?

—Sí, supongo —una pausa—. Imagino que te marcharás después de la visita, ¿no? Volverás a esa ciudad —subtexto: esa Sodoma, esa Gomorra, ese nido de pecado y degradación—. Pasaré la Navidad sola mientras tú cenas con tus amigos —incluido ese joven negro que parece que se mete drogas.

—Mamá —a veces a Holly le entran ganas de gritar—. Los Robinson me invitaron hace semanas. Poco después de Acción de Gracias. Te lo dije, y te pareció bien —en realidad, Charlotte dijo: «Bueno, supongo, si te sientes obligada».

—Por entonces pensaba que Henry aún estaría aquí.

—Bueno, ¿y si me quedo también el viernes por la noche? —puede hacer eso por su madre, y también puede hacerlo por sí misma. Está convencida de que Ondowsky es muy capaz de averiguar dónde vive en la ciudad y presentarse allí, veinticuatro horas antes y decidido a asesinarla—. Podríamos celebrar la Navidad por adelantado.

—Eso sería estupendo —dice Charlotte, más animada—. Puedo preparar pollo asado. ¡Y espárragos! ¡Te encantan los espárragos!

Holly detesta los espárragos, pero de nada le serviría decírselo a su madre.

—Me parece bien, mamá.

4

Holly llega a un acuerdo con Avis (con un cargo adicional, por supuesto) y sale a la carretera, donde solo se detiene una vez, para llenar el tanque, comerse un sándwich de pescado en McDonald's y hacer un par de llamadas. Sí, dice a Jerome y a Pete, ya ha acabado con su asunto personal. Pasará casi todo el fin de semana con su madre y visitará a su tío en su nueva residencia. El lunes de vuelta al trabajo.

—A Barbara le encantaron las películas —informa Jerome—, pero, según ella, solo salen blancos. Dice que, viéndolas, cualquiera pensaría que no existen personas negras.

—Dile que lo comente en su trabajo —aconseja Holly—. Cuando tenga ocasión, le pasaré *Shaft*. Ahora tengo que ponerme otra vez en marcha. Hay mucho tráfico, aunque no me explico adónde va toda esa gente. He ido a un centro comercial, y estaba medio vacío.

—Van a ver a sus parientes, como tú —dice Jerome—. Los parientes son lo único que Amazon no puede entregar.

Cuando Holly se incorpora a la I-76, piensa que sin duda su madre le habrá comprado regalos de Navidad, y ella no tiene nada para Charlotte. Ya imagina la expresión de mártir en la cara de su madre cuando se presente con las manos vacías.

Se detiene, pues, en el siguiente centro comercial, pese a que eso implica que llegará a *casa* de noche (odia conducir después de que oscurezca), y compra a su madre unas pantuflas y una bonita bata. Tiene en cuenta guardar el comprobante de compra para cuando Charlotte le diga que se ha equivocado de talla.

De nuevo en la carretera, y a salvo dentro de su coche de alquiler, Holly respira hondo y expulsa el aire con un grito.

La ayuda.

5

Charlotte abraza a su hija en la puerta y, acto seguido, la arrastra al interior. Holly sabe qué viene a continuación.

—Has adelgazado.

—En realidad peso lo mismo —asegura Holly, y su madre le lanza su peculiar mirada, esa que dice que «el anoréxico siempre será anoréxico».

La cena es comida para llevar de un restaurante italiano que hay en la calle y, mientras comen, Charlotte habla de lo mal que lo ha pasado sin Henry. Es como si su hermano se hubiera marchado hace cinco años en lugar de cinco días, y no a un geriátrico de las inmediaciones, sino a un lugar lejano a hacer alguna estupidez, como montar una tienda de bicicletas en Australia o pintar puestas de sol en las islas tropicales. No pregunta a Holly por su vida, su trabajo o qué la ha llevado a Pittsburgh. A las nueve, cuando Holly puede aducir justificadamente cansancio y acostarse, tiene la sensación de que cada vez es más joven y más pequeña, de que está encogiendo para convertirse en la niña triste, solitaria y anoréxica —sí, era verdad, al menos durante su espantoso primer año en la preparatoria, cuando la apodaban Mongo-Mongo— que vivió en esa casa.

Su habitación sigue exactamente igual, con las paredes de color rosa oscuro que siempre le hacían pensar en carne medio cruda. Sus peluches continúan en el estante de encima de la estrecha cama, con Mr. Rabbit Trick en lugar preferente. Mr. Rabbit Trick tiene las orejas raídas porque ella se las mordisqueaba cuando no podía dormirse. El póster de Sylvia Plath cuelga aún en la pared, ante el escritorio donde Holly componía su mala poesía y a veces imaginaba que se suicidaba como su ídolo. Mientras se desviste, piensa en lo que podría haber hecho, o al menos intentado, si el horno de casa hubiese sido de gas en lugar de eléctrico.

Sería fácil —demasiado fácil— pensar que esa habitación de su infancia ha estado esperándola, como un monstruo en un relato de terror. Ha dormido aquí varias veces en los años cuerdos (*relativamente* cuerdos) de su vida adulta, y nunca se la ha comido. Tampoco su madre se la ha comido. Sí que *hay* un monstruo, pero no está en esa habitación ni en esa casa. Holly sabe que le conviene recordar eso, y recordar quién es ella. No la niña que mordisqueaba las orejas de Mr. Rabbit Trick. No la adolescente que vomitaba el desayuno casi todos los días antes de ir a la escuela. Es la mujer que, junto con Bill y Jerome, salvó a aquellos chicos en el Centro de Arte y Cultura del Medio Oeste. Es la mujer que sobrevivió a Brady Hartsfield. La que se enfrentó a otro monstruo en una cueva de Texas. La niña que se escondía en esa habitación y nunca quería salir ya no existe.

Se arrodilla, pronuncia su oración nocturna y se acuesta.

18 de diciembre de 2020

1

Charlotte, Holly y el tío Henry están sentados en un rincón de la sala común de Rolling Hills, ya decorada para las fiestas. Cuelgan guías de escarcha y fragantes guirnaldas de ramas de abeto que casi disimulan el permanente olor a orina y cloro. Hay un árbol con luces y bastones de caramelo. Los altavoces emiten villancicos, trilladas melodías de las que Holly prescindiría con gusto el resto de su vida.

En apariencia, los residentes no rebosan espíritu festivo; casi todos están viendo un publirreportaje sobre algo llamado Ab Lounge, un ejercitador de abdominales, en el que sale una chica sexy con un leotardo de color naranja. Unos cuantos permanecen de espaldas a la televisión, algunos en silencio, algunos conversando, algunos hablando solos. Una anciana muy menuda, con una sencilla bata verde, está inclinada sobre un enorme rompecabezas.

—Esa es la señora Hatfield —señala el tío Henry—. No recuerdo su nombre de pila.

—Cuenta la señora Braddock que la salvaste de una caída peligrosa —comenta Holly.

—No, esa fue Julia —corrige el tío Henry—. Allá en el *vieeejo* remanso —se ríe como la gente cuando recuerda los tiempos de antaño. Charlotte alza la vista al techo—. Yo tenía dieciséis años, y Julia, creo… —su voz se apaga de manera gradual.

—Déjame verte el brazo —ordena Charlotte.

El tío Henry ladea la cabeza.

—¿El brazo? ¿Por qué?

—Tú déjame verlo.

Se lo agarra y le sube la manga de la camisa. Tiene un moretón de tamaño considerable, pero nada del otro mundo. A ojos de Holly, parece un tatuaje que se ha degradado.

—Si así es como cuidan a la gente, deberíamos demandarlos en lugar de pagarles —dice Charlotte.

—Demandar ¿a quién? —pregunta el tío Henry. Luego, riendo, añade—: *¡Horton escucha a Quién!* ¡A los niños les encantaba!

—Voy por un café —dice Charlotte poniéndose de pie—. Quizá también una de esas tartitas. ¿Tú quieres algo, Holly?

Holly niega con la cabeza.

—Otra vez has dejado de comer —reprocha Charlotte, y se va sin que a Holly le dé tiempo de contestar.

Henry la observa alejarse.

—Nunca se cansa, ¿eh?

Esta vez es Holly quien se ríe. No puede contenerse.

—No. Desde luego.

—No, nunca. Tú no eres Janey.

—No —y espera.

—Tú eres… —Holly casi oye girar unos engranajes oxidados—. Holly.

—Exacto —le da una palmada en la mano.

—Me gustaría volver a mi habitación, pero no recuerdo cómo se llega.

—Yo conozco el camino —responde Holly—. Te llevaré.

Juntos recorren el pasillo lentamente.

—¿Quién era Julia? —pregunta Holly.

—Hermosa como el amanecer —contesta el tío Henry.

Holly decide que con esa respuesta basta. Como verso, es sin duda mejor que cualquiera de los que ella escribió.

En la habitación, intenta guiarlo hacia el sillón colocado junto a la ventana, pero él se desprende de su mano y va a la cama, donde se sienta con las manos cruzadas entre los muslos. Parece un niño anciano.

—Creo que voy a tenderme, cielo. Estoy cansado. Charlotte me cansa.

—A veces a mí también me cansa —dice Holly.

En otro tiempo no habría reconocido eso ante el tío Henry, que con mucha frecuencia se confabulaba con su madre, pero este es un hombre distinto. En algunos sentidos, mucho más amable. Además, al cabo de cinco minutos se olvidará de lo que ella ha dicho. Al cabo de diez, se olvidará de que ha estado allí.

Holly se inclina para darle un beso en la mejilla, pero de pronto, cuando sus labios casi le rozan la piel, se detiene al oírlo decir:

—¿Qué te pasa? ¿De qué tienes miedo?

—Yo no...

—Sí tienes. Vaya si tienes.

—De acuerdo —dice ella—. Tengo. Tengo miedo —siente un gran alivio al admitirlo. Al decirlo en voz alta.

—Tu madre..., mi hermana..., tengo el nombre en la punta de la lengua...

—Charlotte.

—Sí. Charlie es una cobarde. Siempre lo ha sido, incluso cuando éramos niños. Nunca entraba en el agua en... aquel sitio... No me acuerdo. *Tú* también eras una cobarde, pero lo has superado.

Holly lo mira, asombrada. Sin habla.

—Lo has superado —repite su tío. A continuación, se quita las pantuflas y sube los pies a la cama—. Voy a echar una siesta, Janey. Este sitio no está mal, pero ojalá tuviera aquello... aquello a lo que dabas vueltas... —cierra los ojos.

Holly se pone en pie y se dirige hacia la puerta. Tiene lágrimas en la cara. Se saca un pañuelo desechable del bolsillo y se las enjuga. No quiere que Charlotte las vea.

—Ojalá recordaras que has evitado que esa mujer se cayera —dice—. Según la enfermera, te has movido como un rayo.

Pero el tío Henry no la oye. El tío Henry se ha dormido.

2

Del informe de Holly Gibney para el inspector Ralph Anderson:

Tenía previsto terminar esto anoche en un hotel de Pennsylvania, pero surgió un tema familiar y al final vine a casa de mi madre. Estar aquí me resulta difícil. Me asaltan los recuerdos, muchos no muy buenos. Pero esta noche me quedaré. Es mejor así. Ahora mi madre ha salido, a comprar cosas para una cena de Nochebuena adelantada que probablemente no será muy apetitosa. Nunca se le ha dado bien cocinar.

Espero poner fin a mi asunto con Chet Ondowsky —el ser que se hace llamar así, mejor dicho— mañana por la tarde. Tengo miedo, Ralph, no tiene sentido mentir al respecto. Me prometió que no volvería a hacer nada como lo de la escuela Macready, me lo prometió de inmediato, sin pensarlo siquiera, y no me lo creo. Bill no se lo creería, y estoy segura de que tú tampoco. Ahora que lo ha probado, le ha agarrado el gusto. Puede que también le haya agarrado el gusto al papel de rescatador heroico, aunque debe de saber que no le conviene atraer la atención.

He llamado a Dan Bell y le he dicho que me propongo acabar con Ondowsky. Tenía la impresión de que él, como expolicía que es, lo entendería y aprobaría. Así ha sido, pero me ha aconsejado que me ande con cuidado. Lo procuraré, aunque mentiría si no dijera que tengo malos presentimientos. También he llamado a mi amiga Barbara Robinson y le he dicho que me quedaré en casa de mi madre el sábado por la noche. Debo asegurarme de que ella y su hermano Jerome crean que mañana no estaré en la ciudad. Me pase lo que me pase, necesito saber que ellos no corren peligro.

A Ondowsky le preocupa lo que yo pueda hacer con la información que tengo, pero a la vez se siente muy seguro de sí mismo. Me matará si puede. Lo sé. Lo que él *no* sabe es que yo ya he estado en situaciones como esta antes, y no lo subestimaré.

Bill Hodges, mi amigo y durante un tiempo socio, me tuvo en cuenta en su testamento. Me nombró beneficiaria de su seguro de vida, pero me dejó también algunos recuerdos que para mí significan aún más. Uno de ellos fue su arma reglamentaria, una pistola Smith & Wesson de calibre 38 para uso militar y policial. Bill me contó que hoy día, en las ciudades, la mayor parte de la policía lleva la Glock 22, con quince balas en el cargador en lugar de seis, pero que él era de la vieja escuela y se enorgullecía de ello.

No me gustan las armas —las detesto, de hecho—, pero mañana usaré la de Bill, y no vacilaré. No hablaremos. Ya mantuve una conversación con Ondowsky, y con eso me bastó. Le dispararé en el pecho, y no solo porque hay que apuntar siempre al centro de la masa, algo que aprendí en las clases de tiro que tomé hace dos años.

La verdadera razón es

[Pausa.]

¿Recuerdas lo que pasó en la cueva cuando golpeé en la cabeza a aquel ser que encontramos? Claro que sí. Soñamos con ello, y nunca lo olvidaremos. Creo que la fuerza —la fuerza *física*— que impulsa a esos seres es una especie de cerebro alienígena que ha sustituido al cerebro humano que quizá existiera antes. No sé cuál es su origen, ni me importa. Puede que un disparo en el pecho no lo mate. En realidad, Ralph, en cierto modo cuento con eso. Creo que hay otra manera de deshacerse de ese ser para siempre. Verás, hubo un fallo de software.

Mi madre acaba de llegar. Intentaré acabar esto más tarde hoy mismo o mañana.

3

Charlotte no acepta que Holly la ayude a preparar la comida; cada vez que su hija entra en la cocina, la ahuyenta. El día se hace muy largo, pero por fin llega la hora de la cena. Charlotte se ha puesto el vestido verde que lleva siempre por Navidad (orgullosa de que todavía le quede). Luce su prendedor navideño —acebo y bayas de acebo— en el sitio de costumbre, por encima del pecho izquierdo.

—¡Una auténtica cena de Nochebuena, como en los viejos tiempos! —exclama al tiempo que acompaña a Holly al comedor sujeta por el codo. Como a un reo al que conducen a la sala de interrogatorios, piensa Holly—. ¡He preparado todos tus platos preferidos!

Se sientan una enfrente de la otra. Charlotte ha encendido sus velas de aromaterapia, que emanan un aroma a citronela, y a Holly le entran ganas de estornudar. Brindan en vasos licoreros con vino Mogen David (un auténtico asco, como pocos) y se desean feliz Navidad. A eso sigue una ensalada, ya aderezada con una salsa ranchera espesa como moco que Holly aborrece (Charlotte cree que le encanta), y un pavo seco como suela de zapato que solo puede ingerirse acompañado de mucho jugo para lubrificar el paso. El puré de papas tiene grumos. Los espárragos, demasiado cocidos, están tan blandos y repugnantes como siempre. Solo la tarta de zanahoria (comprada en la tienda) sabe bien.

Holly no deja nada en el plato y elogia a su madre. Que despliega una sonrisa radiante.

Una vez lavados los platos (Holly seca, como siempre; su madre afirma que nunca quita toda la «porquería» de las cazuelas), se retiran a la sala, donde Charlotte busca el DVD de *Qué bello es vivir*. ¿Cuántas Navidades la habrán visto? Una docena como mínimo, es probable que más. El tío Henry antes era capaz de repetir todas las frases. Quizá, piensa Holly, todavía pueda. Ha indagado sobre el alzhéimer en Google y ha averiguado que es imposible saber qué zonas del cerebro permanecen activas cuando los circuitos se cierran, uno tras otro.

Antes de que empiece la película, Charlotte entrega a Holly un gorro de Santa Claus… y con gran ceremonia.

—Siempre te lo pones cuando vemos esta película —dice—. Desde que eras niña. Es una *tradición*.

Holly ha sido toda su vida una entusiasta del cine y ha descubierto detalles de los que disfrutar incluso en películas que la crítica ha destrozado (cree, por ejemplo, que *Cobra*, de Stallone, está lamentablemente infravalorada), pero *Qué bello es vivir* siempre le ha causado desazón. Al principio de la película se identifica con George Bailey, pero al final le parece una persona con un grave trastorno bipolar que ha llegado a la fase maníaca de su ciclo. Incluso se pregunta si, acabada la película, sale con sigilo de la cama y asesina a toda su familia.

Ven la película, Charlotte con su vestido navideño y Holly con su sombrero de Santa Claus. Holly piensa: Ahora estoy trasladándome a otro lugar. Noto que me voy. Es un sitio triste, lleno de sombras. Es un sitio donde uno sabe que la muerte anda cerca.

En la pantalla, Janie Bailey dice: «Por favor, Dios mío, algo le pasa a papá».

Esa noche, cuando se duerme, Holly sueña que Chet Ondowsky sale del elevador del edificio Frederick con la manga y el bolsillo del saco rotos. Tiene las manos manchadas de polvo de ladrillo y sangre. Le tiemblan los ojos, y cuando despliega los labios en una ancha sonrisa, unos gusanos rojos, retorciéndose, escapan de su boca y le descienden por el mentón.

19 de diciembre de 2020

1

Holly permanece entre cuatro filas de coches detenidos en dirección sur, a ochenta kilómetros de la ciudad todavía, pensando que, si ese embotellamiento kilométrico no se diluye pronto, puede que llegue tarde, no antes de tiempo, a su propio funeral.

Como mucha gente con problemas de inseguridad, es una planificadora compulsiva, y por tanto casi siempre llega pronto. Preveía estar en Finders Keepers a la una de este sábado como mucho, pero ahora incluso las tres empieza a ser una previsión optimista. Rodeada de coches (y detrás de un camión de basura viejo y enorme cuya sucia parte posterior se alza como un acantilado de acero), siente claustrofobia, enterrada viva (*mi propio funeral*). Si tuviera tabaco en el coche, estaría fumando un cigarro tras otro. Recurre a los caramelos para la tos, que considera su táctica contra el tabaco, pero solo se ha metido media docena en el bolsillo del abrigo y pronto se le habrán terminado. Eso le dejaría las uñas, si no se las hubiese cortado tanto que es imposible mordérselas.

Llego tarde a una cita muy importante.

La causa no ha sido la entrega de regalos, que ha tenido lugar después del tradicional desayuno de su madre a base de waffles y tocino (aún falta casi una semana para Navidad, pero Holly estaba dispuesta a fingir por seguirle la corriente. Charlotte ha regalado a Holly una blusa de seda con holanes que nunca se pondrá (aunque sobreviva), unos zapatos de medio tacón (ídem) y dos libros: *El poder del ahora* y *Ansiosos por nada: menos preocupación, más paz*. Holly no había tenido ocasión de envolver sus regalos, pero había comprado una bolsa de estilo navideño para ponerlos dentro. Charlotte ha lanzado exclamaciones ante las pantuflas forradas de piel y ha movido la cabeza en un indulgente gesto de negación ante la bata, una compra de 79,50 dólares.

—Esto es al menos dos tallas más. Imagino que no has guardado el comprobante de compra, cariño.

—Creo que lo tengo en el bolsillo del abrigo —ha contestado Holly, que sabía de sobra que lo había guardado.

Hasta ahí todo bien. Pero entonces, sin venir a cuento, Charlotte ha propuesto ir a ver a Henry para desearle felices fiestas, ya que Holly no estará el verdadero gran día. Holly ha consultado el reloj. Nueve menos cuarto. Confiaba en estar en la carretera de camino al sur a las nueve, pero era un hecho que a veces uno llevaba el comportamiento obsesivo demasiado lejos: ¿para qué, exactamente, quería llegar con cinco horas de antelación? Además, si las cosas iban mal con Ondowsky, sería su última oportunidad de ver a Henry, y sentía curiosidad por lo que le había dicho: *¿De qué tienes miedo?*

¿Cómo lo sabía? Desde luego nunca había parecido especialmente sensible a los sentimientos de los demás. Más bien lo contrario, de hecho.

Así que Holly ha accedido, y se han puesto en marcha, y Charlotte ha insistido en manejar ella, y han tenido un pequeño accidente en un cruce. No se han activado las bosas de aire, nadie ha resultado herido, no han avisado a la policía, pero ha conllevado ciertas justificaciones previsibles por parte de Charlotte. Ha apelado a una placa de hielo imaginaria, pasando por alto el hecho de que ella, como hacía siempre, en lugar de parar al llegar el cruce, se ha limitado a aminorar la marcha; Charlotte Gibney lleva toda su vida como conductora dando por sentado que tiene preferencia.

El hombre del otro vehículo ha reaccionado bastante bien, asintiendo a todo lo que Charlotte decía, pero han tenido que intercambiar los datos de los seguros, y para cuando han reanudado su camino (Holly estaba casi segura de que el hombre cuya defensa han embestido le ha guiñado el ojo antes de volver a su propio vehículo) eran las diez, y en todo caso la visita ha acabado siendo un fracaso absoluto. Henry no las ha reconocido. Ha dicho que debía vestirse para irse al trabajo y les ha pedido que no lo molestaran más. Cuando Holly le ha dado un beso antes de irse, la ha mirado con recelo y ha preguntado si era una costumbre de los testigos de Jehová.

—Ahora maneja tú —ha dicho Charlotte cuando salían—. Yo estoy muy nerviosa.

Holly ha accedido gustosamente.

Había dejado la bolsa de viaje en el recibidor. Cuando se la ha echado al hombro y se ha vuelto hacia su madre para su habitual saludo de despedida —dos roces secos en las mejillas—, Charlotte ha rodeado con los brazos a la hija a la que había denigrado y menospreciado toda su vida (no siempre de manera inconsciente) y se ha puesto a llorar.

—No te vayas. Por favor, quédate un día más. Si no puedes estar hasta Navidad, al menos quédate todo el fin de semana. No soporto estar sola. Todavía no. Quizá después de Navidad, pero todavía no.

Su madre se aferraba a ella como una mujer a punto de ahogarse, y Holly ha tenido que reprimir el aterrorizado impulso no solo de apartarla, sino de quitársela de encima por la fuerza. Ha sobrellevado el abrazo en la medida de lo posible y luego, revolviéndose, se ha zafado de ella.

—Tengo que irme, mamá. Me esperan.

—¿Tienes una cita? ¿Es eso? —Charlotte ha sonreído. No era una sonrisa agradable. Mostraba demasiado los dientes. Holly pensaba que su madre ya no podía sorprenderla, pero por lo visto se equivocaba—. ¿En serio? ¿*Tú*?

Recuerda que esta podría ser la última vez que la ves, ha pensado Holly. Si es así, no debes despedirte con palabras de ira. Si sobrevives a esto, ya volverás a enfadarte con ella.

—Es otra cosa —respondió—. Pero tomemos un té. Tengo tiempo para eso.

Así que han tomado un té y las galletas rellenas de dátiles que Holly siempre ha detestado (sabían a *oscuro*, por así decirlo), y eran casi las once cuando por fin ha podido escapar de casa de su madre, donde todavía flotaba en el ambiente el aroma a citronela de las velas. En los escalones de entrada, ha dado un beso a Charlotte en la mejilla.

—Te quiero, mamá.

—Yo también te quiero.

Holly había llegado a la puerta del coche de alquiler, y de hecho ya estaba tocando la manija, cuando Charlotte la ha llamado. Holly se ha vuelto, casi esperando que su madre bajara a saltos por los escalones, con los brazos extendidos y los dedos curvos como garras, gritando: «¡Quédate! ¡Tienes que quedarte! ¡Te lo ordeno!».

Pero Charlotte seguía en lo alto de la escalera con los brazos en torno a la cintura. Tiritando. Lucía vieja y desdichada.

—Me he equivocado con la bata —ha dicho—. Sí es de mi talla. Debo de haber leído mal la etiqueta.

Holly ha sonreído.

—Mejor, mamá. Me alegro.

Ha dado marcha atrás por el camino de acceso, ha lanzado un vistazo al tráfico y ha girado en dirección a la autopista. Once y diez. Tiempo de sobra.

Eso pensaba entonces.

2

Verse incapaz de descubrir la causa del embotellamiento no hace más que agravar su nerviosismo. Las emisoras locales de AM y FM no dicen nada, ni siquiera la que se supone que informa sobre el tráfico en la autopista. La aplicación Waze, por lo general tan fiable, no le sirve de nada. La pantalla muestra a un hombrecillo sonriente cavando un hoyo con una pala por encima del mensaje: ¡EN ESTOS MOMENTOS ESTAMOS EN OBRAS, PERO PRONTO VOLVEREMOS!

Maldición.

Si consigue recorrer otros quince kilómetros, podrá desviarse por la salida 56 y tomar por la autovía 73, pero ahora mismo la autovía 73 bien podría estar en Júpiter. Se palpa el bolsillo del abrigo, encuentra el último caramelo para la tos y lo desenvuelve con la mirada fija en la parte de atrás del camión de la basura, que tiene una calcomanía que dice: ¿QUÉ TAL CONDUZCO?

Toda esta gente debería estar en los centros comerciales, piensa Holly. Debería estar comprando en galerías y en las pequeñas tiendas del centro y ayudando a la economía local en lugar de dar su dinero a Amazon y UPS y Federal Express. Todos ustedes deberían desaparecer de esta maldita autopista para que la gente que tiene asuntos verdaderamente importantes pueda...

El tráfico empieza a moverse. Holly lanza un grito triunfal que apenas ha salido de su boca cuando el camión de la basura vuelve a parar. A su izquierda, un hombre charla por teléfono. A su derecha, una mujer se retoca el labial. El reloj digital del coche de alquiler le indica que no espere llegar al edificio Frederick antes de las cuatro. Las cuatro como muy pronto.

Eso aún me dejaría dos horas, piensa Holly. Te lo ruego, Dios mío, te lo ruego, permíteme llegar a tiempo y poder prepararme para ese hombre. Para *eso*. Para el monstruo.

3

Barbara Robinson deja su ejemplar del catálogo universitario que estaba examinando detenidamente, enciende el celular y va a la aplicación WebWatcher que le instaló Justin Freilander.

—Ya sabes que seguir el rastro a alguien sin su permiso no está del todo bien, ¿verdad? —había dicho Justin—. Ni siquiera estoy seguro de que sea, bueno, legal.

—Solo quiero comprobar que a mi amiga no le ha pasado nada —contestó Barbara, y le dirigió una sonrisa radiante que derritió cualquier reserva que él pudiera albergar.

Cierto es que Barbara alberga sus propias reservas; se siente culpable solo de mirar el puntito verde en el mapa, sobre todo desde que Jerome ha eliminado su propio localizador. Pero lo que Jerome no sabe (y Barbara no va a decírselo) es que Holly, tras Portland, fue a Pittsburgh. Eso, unido a las búsquedas que

Barbara vio en la computadora de casa de Holly, la induce a pensar que, después de todo, sí está interesada en el atentado de la escuela Macready, y ese interés parece centrarse en Charles Ondowsky, alias Chet, el periodista de la WPEN que fue el primero en acudir al lugar de los hechos, o en Fred Finkel, su camarógrafo. Barbara piensa que casi con toda seguridad es Ondowsky el que interesa a Holly, porque sobre él había muchas más búsquedas. Incluso anotó su nombre en el bloc que tenía al lado de la computadora..., con dos signos de interrogación al final.

Barbara se resiste a pensar que su amiga haya perdido la razón, que quizá incluso tenga alguna crisis nerviosa, y se niega a creer que pueda haberse tropezado de algún modo con el rastro del autor del atentado en el colegio... pero sabe que eso está en la esfera de lo posible, como suele decirse. Holly es una mujer insegura, Holly pasa *demasiado* tiempo dudando de sí misma, pero por otro lado Holly es lista. ¿Cabe la posibilidad de que Ondowsky y Finkel (una pareja que inevitablemente le recuerda a Simon and Garfunkel) hayan dado con una pista en el caso del atentado sin saberlo, o incluso siendo conscientes de ello?

Esa idea la lleva a pensar en una película que vio con Holly. *Blowup*, se titulaba. En ella un fotógrafo que captura imágenes de amantes en un parque toma por azar la instantánea de un hombre con una pistola oculto entre unos arbustos. ¿Y si en la escuela Macready ocurrió algo así? ¿Y si el autor del atentado volvió al escenario del crimen para regodearse en su obra, y los periodistas de la televisión lo filmaron mientras observaba (o incluso fingía ayudar)? ¿Y si Holly lo descubrió de algún modo? Barbara sabía y aceptaba que era una idea jalada de los pelos, pero ¿no imitaba la vida a veces al arte? Tal vez Holly fue a Pittsburgh a entrevistarse con Ondowsky y Finkel. Eso no entrañaba especial peligro, supone Barbara, pero ¿y si el autor del atentado seguía en la zona y Holly iba en su busca?

¿Y si el *autor del atentado* iba en busca de *ella*?

Probablemente nada de esto tiene sentido, pero, aún así, Barbara sintió alivio cuando la aplicación WebWatcher mostró a Holly marchándose de Pittsburgh camino de la casa de su madre. En ese punto casi eliminó el localizador, y de haberlo hecho sin duda se habría quitado de encima un cargo de conciencia, pero ayer Holly la llamó, sin más razón, al parecer, que decirle que se quedaría en casa de su madre el sábado por la noche. Y después, al final de la llamada, Holly dijo: «Te quiero».

En fin, claro que la quería, y Barbara la quería a ella, pero eso se daba por sobreentendido; no era una de esas cosas que ibas diciendo en voz alta. Salvo quizá en ocasiones especiales. Como cuando te peleabas con una amiga y hacías las paces. O cuando emprendías un largo viaje. O te ibas a combatir en una guerra. Barbara estaba segura de que esas eran las últimas palabras que los hombres y las mujeres decían a sus padres o parejas antes de marcharse en tales circunstancias.

Y Barbara percibió cierto *tono* en su manera de decirlo que no le gustó. Triste, casi. Y ahora el punto verde indica a Barbara que finalmente Holly no se queda a pasar la noche en casa de su madre. Por lo visto, regresa a la ciudad. ¿Cambio de planes? ¿Quizá una pelea con su madre?

¿O mintió descaradamente?

Barbara echa un vistazo a su escritorio y ve los DVD que se ha llevado prestados de casa de Holly para su trabajo: *El halcón maltés*, *El sueño eterno* y *Harper, investigador privado*. Piensa que serán la excusa perfecta para hablar con ella cuando vuelva. Simulará sorpresa por encontrarla en casa y luego intentará averiguar qué era tan importante como para viajar a Portland y Pittsburgh. Puede que incluso confiese lo del localizador; eso dependerá de cómo vayan las cosas.

Comprueba de nuevo en su teléfono la ubicación de Holly. Todavía en la autopista. Barbara supone que debe de haber un embotellamiento por obras o a causa de algún accidente. Consulta su reloj y mira otra vez el punto verde. Piensa que Holly tendrá suerte si llega antes de las cinco.

Y yo me presentaré en su casa a eso de las cinco y media, se dice Barbara. Espero que Holly no haya tenido ningún problema... pero me temo que quizá sí.

4

El tráfico avanza lentamente…, al rato se detiene.

Avanza… y se detiene.

Se detiene.

Voy a volverme loca, piensa Holly. Aquí parada, mirando la parte de atrás de este camión de la basura, va a estallarme la cabeza. Seguramente cuando ocurra oiré el ruido. Como cuando se parte una rama.

Ha empezado a declinar la luz de este día de diciembre, a solo dos recuadros de calendario del día más corto del año. El reloj del tablero indica que no espere llegar al edificio Frederick antes de las cinco, y eso solo ocurrirá si el tráfico empieza a moverse otra vez pronto… y si no se le acaba la gasolina. Queda poco más de un cuarto de tanque.

Podría no presentarme a mi cita, piensa. Él podría llegar, llamarme para que le enviara el código de la puerta en un mensaje de texto, y no obtener respuesta. Creerá que me he acobardado y me he echado atrás.

La idea de que el azar, o alguna fuerza malévola (el pájaro de Jerome, muy sucio y gris escarcha), pueda haber dispuesto que su segundo encuentro cara a cara con Ondowsky se trunque no le produce el menor alivio. Porque ahora ella no solo consta en la lista de éxitos personales de ese ser; es su número uno con diferencia. Enfrentarse a él en su terreno, y con un plan, le habría dado ventaja. Si Holly la pierde, él intentará tomarla por sorpresa. Y tal vez lo logre.

En una ocasión tiende la mano hacia el teléfono para llamar a Pete, para decirle que un individuo peligroso va a presentarse en la puerta lateral del edificio, y que debe abordarlo con cautela, pero Ondowsky se lo quitaría de encima con su labia. Fácilmente. La labia es su medio de vida. Aunque no fuera así, Pete tiene ya sus años y pesa al menos diez kilos más que cuando se retiró de la policía. Pete es lento. El ser que se hace pasar por periodista de televisión es rápido. Holly no pondrá en peligro a Pete. Es ella quien ha sacado al genio de la botella.

Frente a ella, las luces de freno del camión de la basura se apagan. Avanza quince metros más o menos y vuelve a detenerse. Sin embargo, esta vez el alto es más breve, y el avance posterior, más largo. ¿Es posible que el embotellamiento se esté disolviendo? Apenas se atreve a creerlo, pero alberga esa esperanza, la esperanza de Holly.

Que resulta justificada. Al cabo de cinco minutos, circula a sesenta y cinco kilómetros por hora. Al cabo de siete, a ochenta por hora. Al cabo de once, pisa a fondo y se adueña del carril para rebasar. Cuando pasa a toda velocidad junto a la colisión múltiple de tres coches que ha causado el embotellamiento, apenas mira de soslayo los vehículos siniestrados, ya retirados en el camellón.

Si puede mantener la velocidad a ciento diez hasta que abandone la autopista en la salida del centro, y luego encuentra en verde la mayoría de los semáforos, calcula que puede estar en su edificio a las cinco y veinte.

5

De hecho, Holly llega a las inmediaciones de su edificio a las cinco y cinco. A diferencia del centro comercial de Monroeville, tan extrañamente poco concurrido, en esa parte de la ciudad hay mucho mucho ajetreo. Eso es bueno y malo. Sus posibilidades de atisbar a Ondowsky en medio de la muchedumbre de compradores bien abrigados de Buell Street son escasas, pero las posibilidades de él de atraparla (si ese es su propósito, cosa que Holly no descartaría) son igual de escasas. Sería exponerse mucho o, como diría Bill, jugarse el pellejo.

Como para compensar su mala suerte en la autopista, ve salir un coche de un lugar de estacionamiento prácticamente enfrente del edificio Frederick. Espera a que el otro automóvil se vaya y se echa en reversa con cuidado para entrar en el hueco, procurando permanecer indiferente al descerebrado que toca el claxon detrás de ella. En circunstancias menos tensas, esos claxonazos incesantes podrían haberla inducido a abandonar el hueco, pero no ve otro espacio en toda la manzana. Eso la obligaría a buscar sitio en el estacionamiento, probablemente en una de las plantas superiores, y Holly ha visto demasiadas películas en las que ocurren cosas malas a las mujeres en los estacionamientos. Sobre todo de noche, y ya ha anochecido.

El conductor que tocaba el claxon pasa en cuanto la trompa del coche de alquiler de Holly deja espacio suficiente, pero el descerebrado —en realidad la descerebrada— aminora lo justo para desear a Holly feliz Navidad con el dedo medio en alto.

Cuando sale del coche, advierte una brecha en el tráfico. Holly podría aprovecharla y cruzar la calle ahí mismo —al menos si echa a correr—, pero va hasta la esquina y se suma a una multitud de compradores que esperan a que cambie el semáforo. Cuanta más gente, menos peligro. Lleva en la mano la llave de la puerta principal del edificio. No tiene intención de ir hasta la entrada lateral. Está en el callejón de servicio, y ahí sería un blanco fácil.

Cuando introduce la llave en la cerradura, pasa muy cerca de ella, casi arrollándola, un hombre con una bufanda en torno a la parte inferior del rostro y un gorro ruso calado hasta las cejas. ¿Ondowsky? No. O *probablemente* no. ¿Cómo puede estar segura?

El vestíbulo, no mayor que una caja de zapatos, está vacío. La iluminación es exigua. Las sombras se extienden por todas partes. Se dirige a toda prisa hacia el elevador. Es uno de los edificios más antiguos del centro, de solo ocho plantas, puro estilo Medio Oeste, y dispone de un único elevador. Espacioso y teóricamente moderno, pero uno es uno. Se sabe que los inquilinos se han quejado de eso, y a menudo los que van con prisa suben por la escalera, sobre todo aquellos que tienen la oficina en las plantas inferiores. Holly sabe que también hay un montacargas, pero durante el fin de semana no está en funcionamiento. Aprieta el botón para llamar el elevador, convencida de pronto de que estará descompuesto una vez más y su plan se vendrá abajo. Pero las puertas se abren de inmediato y una voz robótica femenina le da la bienvenida: «Hola. Bienvenido al edificio Frederick». Con el vestíbulo vacío, Holly tiene la impresión de que es una voz incorpórea en una película de terror.

Las puertas se cierran y aprieta el cuatro. Hay una pantalla de televisión que en los días laborables muestra noticias y anuncios, pero ahora está apagada. Gracias a Dios tampoco se oyen villancicos.

«Subiendo», dice la voz robótica.

Me estará esperando, piensa. Habrá conseguido entrar de algún modo; cuando se abran las puertas del elevador me estará esperando, y no tendré escapatoria.

Pero las puertas se abren y en el rellano no hay nadie. Pasa por delante del buzón (tan anticuado como moderno el elevador parlante), por delante de los baños, y se detiene ante una puerta con el rótulo ESCALERA. Todo el mundo se queja de Al Jordan, y con razón; el portero es incompetente y holgazán. Pero debe de tener algún contacto, porque conserva el empleo pese a la basura que se amontona en el sótano, la cámara descompuesta en la entrada lateral y la lenta —casi caprichosa— entrega de los paquetes. A eso se suma el asunto del elegante elevador japonés, que enojó a *todo el mundo*.

Esta tarde Holly cuenta con los descuidos de Al para así no tener que perder tiempo entrando en la oficina por una silla a la que subirse. Abre la puerta que comunica con la escalera y tiene suerte. Abandonado en el descanso —y obstruyendo el paso a la quinta planta, probablemente una infracción del reglamento contra incendios— hay diverso material de limpieza, que incluye un trapeador apoyado contra el barandal y una cubeta con ruedas y escurridor medio lleno de agua sucia.

Holly se plantea vaciar el turbio contenido de la cubeta escaleras abajo —Al se lo tendría bien merecido—, pero al final no se atreve a hacerlo. La empuja hasta el baño de mujeres, retira el escurridor acoplado y vacía el agua sucia en uno de los lavabos. Después la lleva rodando hasta el elevador, con la bolsa incómodamente colgada de la parte interna del codo. Aprieta el botón del elevador. La puerta se abre y la voz robótica le anuncia (por si lo ha olvidado): «Estamos en la cuarta planta». Holly recuerda el día en que Pete entró resoplando en la oficina y dijo: «¿Puedes programar ese cacharro para que diga: "Pídale a Al que me arregle y luego mátelo"?».

Holly coloca la cubeta boca abajo. Si mantiene los pies juntos (y va con cuidado), entre las ruedas queda el espacio justo para encajarlos. Saca del bolso un dispensador de cinta adhesiva y un pequeño paquete envuelto en papel café. De puntitas, estirándose hasta que el faldón de la blusa se le desprende del pantalón, pega el paquete en el ángulo izquierdo del techo del elevador, al fondo. Así queda muy por encima del nivel de los ojos, donde (según el difunto Bill Hodges) la gente no suele mirar. Más vale que Ondowsky no mire. Si lo hace, Holly está perdida.

Se saca el teléfono del bolsillo, lo alza y toma una foto del paquete. Si las cosas van como ella espera, Ondowsky no llegará a ver esa foto, lo cual, en cualquier caso, tampoco constituye una gran póliza de seguro.

Las puertas del elevador se han cerrado de nuevo. Holly aprieta el botón de apertura y, empujando otra vez la cubeta por el rellano, la devuelve al lugar donde la ha encontrado en el descanso de la escalera. Luego pasa por delante de Brilliancy Beauty Products (donde, según parece, no trabaja nadie excepto un hombre de mediana edad que a Holly le recuerda a un antiguo personaje de dibujos animados llamado Motita) y llega a Finders Keepers, al final del pasillo. Abre la puerta con su llave y, al entrar, suelta un suspiro de alivio. Consulta su reloj. Casi las cinco y media. Desde luego va muy justa de tiempo.

Se acerca a la caja fuerte de la oficina e introduce la combinación. Saca la pistola Smith & Wesson del difunto Bill Hodges. Aunque sabe que está cargada —un arma descargada no sirve ni como garrote, otra de las máximas de su mentor—, hace girar el tambor para cerciorarse y después lo cierra.

El centro de la masa, piensa. En cuanto él salga del elevador. No te preocupes por la caja con el dinero; si es de cartón, aunque la sostenga frente al pecho, la bala la traspasará. Si es de acero, tendré que apuntar a la cabeza. La distancia será corta. Puede ensuciarse todo, pero...

Se le escapa una breve risa que la sorprende.

Pero Al ha dejado material de limpieza.

Holly consulta el reloj. 5.34. Eso le deja veintiséis minutos hasta que Ondowsky se presente, en el supuesto de que sea puntual. Todavía le quedan cosas que hacer. Todas importantes. Decidir cuál es la *más* importante no tiene ningún misterio, porque, si ella no sobrevive, alguien debe disponer de la información sobre el ser que entregó la bomba en la escuela Macready a fin de devorar el dolor de los supervivientes y de quienes habían perdido a algún ser querido, y existe una persona que le creerá.

Enciende el teléfono, abre la aplicación de grabación y empieza a hablar.

6

Los Robinson regalaron a su hija una monada de Ford Focus cuando cumplió los dieciocho años, y mientras Holly se estaciona en el centro, en Buell Street, Barbara se encuentra a tres manzanas del bloque de departamentos de Holly, parada en un semáforo. Aprovecha la ocasión para echar un vistazo a la aplicación WebWatcher en su teléfono y musita: «Mierda». Holly no ha ido a casa. Está en la oficina, aunque Barbara no se explica por qué ha ido allí un sábado por la tarde tan cerca de Navidad.

Tiene el edificio de Holly justo enfrente, pero cuando el semáforo se pone en verde, Barbara dobla a la derecha, en dirección al centro. No tardará en llegar. La entrada principal del edificio Frederick estará cerrada con llave, pero conoce el código de la puerta lateral del callejón de servicio. Ha estado en Finders Keepers con su hermano muchas veces, y a menudo entran por ahí.

La sorprenderé, piensa Barbara. La llevaré a tomar un café y averiguaré en qué demonios anda metida. A lo mejor incluso podemos comer algo rápido e ir al cine.

La idea la hace sonreír.

7

Del informe de Holly Gibney para el inspector Ralph Anderson:
No sé si te lo he contado todo, y no tengo tiempo para volver atrás y comprobarlo, pero sabes lo más importante: me

he topado con otro visitante, no el mismo al que nos enfrentamos en Texas, pero uno afín. Un nuevo modelo mejorado, digámoslo así.

Estoy en la pequeña recepción de Finders, esperándolo. Mi plan consiste en pegarle un tiro en cuanto salga del elevador con el dinero del chantaje, y creo que eso es lo que va a pasar. Creo que viene a comprar mi silencio más que a matarme, porque me parece que lo convencí de que solo quiero dinero, junto con la promesa de que nunca más cometerá un asesinato en masa. Cosa que seguramente no se propone cumplir.

He procurado pensar en esto de la manera más lógica posible, porque mi vida depende de ello. Yo en su lugar pagaría una vez y esperaría a ver qué pasa. ¿Planearía dejar mi empleo en la cadena de Pittsburgh después? Es posible, pero también es posible que me quedara. Para poner a prueba la buena fe de la chantajista. Si la mujer volviera, con la intención de embolsarse un pago doble, entonces sí la mataría y desaparecería. Esperaría uno o dos años y luego retomaría mi antigua forma de vida. Quizá en San Francisco, quizá en Seattle, quizá en Honolulu. Empezaría a trabajar en una cadena local independiente e iría ascendiendo. Conseguiría una nueva identidad y nuevas referencias. A saber cómo las dan por buenas en estos tiempos de computadoras y redes sociales, Ralph, pero de algún modo eso es lo que ocurre. O así ha sido hasta la fecha.

¿Le preocuparía que yo informara de lo que sé a otra persona? ¿Acaso a su cadena de televisión? No, porque en cuanto lo chantajee, me convierto en cómplice del delito. Con lo que cuento es sobre todo con su seguridad en sí mismo. Con su *arrogancia*. ¿Por qué no habría de sentirse seguro y actuar con arrogancia? Lleva mucho mucho tiempo saliendo impune.

Pero mi amigo Bill me enseñó a tener siempre un plan B. «Cinturón y tirantes, Holly», decía. «Cinturón y tirantes.»

Si sospecha que me propongo matarlo en lugar de cobrar el chantaje de trescientos mil dólares, intentará tomar precauciones. ¿Qué precauciones? No lo sé. Seguramente debe de saber que tengo un arma de fuego, pero él no puede entrar con una debido al detector de metales. A lo mejor sube por la escalera, lo cual podría ser un problema incluso aunque lo oyera llegar. Si eso ocurre, tendré que improvisar.

[Pausa.]

La calibre 38 de Bill es mi cinturón; el paquete que he pegado en el techo del elevador son mis tirantes. Mi póliza de seguro. Le he tomado una foto. Él lo querrá, pero ese paquete no contiene más que un lápiz de labios.

Lo he hecho lo mejor que he podido, Ralph, pero puede que no baste. Pese a haberlo planeado todo con detalle, cabe la posibilidad de que no salga viva de esto. De ser así, necesito que sepas lo mucho que ha significado para mí tu amistad. Si muero, y decides continuar con lo que he empezado, por favor, ten cuidado. Tú tienes mujer y un hijo.

8

Son las 5.43. El tiempo vuela, vuela.

¡Ese maldito embotellamiento! Si se adelanta, si llega antes de que esté preparada...

Si sucede eso, improvisaré, me inventaré algo para hacerle esperar abajo unos minutos. No sé qué, pero algo se me ocurrirá.

Holly enciende la computadora de escritorio de la recepción. Aunque tiene su propio despacho, prefiere esta computadora, porque le gusta estar en primera línea en lugar de enterrarse al fondo. También es la computadora que utilizaron Jerome y ella cuando se hartaron de oír a Pete quejarse de tener que subir a pie a la cuarta planta. Lo que hicieron no era legal, sin duda, pero resolvió el problema, y la información debería seguir en la memoria de esa computadora. Más le vale. En caso contrario, la tiene difícil. Puede que la tenga difícil de todos modos si Ondowsky sube por la escalera. Si opta por eso, ella estará segura en un noventa por ciento de que no va a pagarle, sino a matarla.

La computadora es una moderna iMac Pro, muy rápida, pero hoy parece costarle una eternidad arrancar. Mientras espera, Holly utiliza el teléfono para enviarse a sí misma por correo electrónico el archivo de sonido con el informe. Saca una memoria USB del bolso —es la que contiene las fotos que Dan Bell ha acumulado, más los espectrogramas de Brad Bell—, y cuando lo conecta en la parte de atrás de la computadora, le parece oír el elevador. Lo cual es imposible, a menos que haya otra persona en el edificio.

Otra persona, por ejemplo Ondowsky.

Holly corre a la puerta de la oficina con el arma en la mano. Abre y asoma la cabeza. No oye nada. El elevador está parado. Aún en la cuarta planta. Han sido imaginaciones suyas.

Deja la puerta abierta y regresa a toda prisa al escritorio para terminar lo que estaba haciendo. Le quedan quince minutos. Deberían bastar, en el supuesto de que pueda eliminar el parche que ingenió Jerome y restablecer el fallo de software que obligaba a todo el mundo a subir por la escalera.

Enseguida me enteraré, piensa. Si el elevador baja después de que salga Ondowsky, todo irá bien. De maravilla. Si no…

Pero no sirve de nada pensar en esa posibilidad.

9

Las tiendas abren hasta tarde debido a las fiestas navideñas —el tiempo sagrado en que honramos el nacimiento de Jesús exprimiendo al límite nuestras tarjetas de crédito, piensa Barbara—, y ve de inmediato que no encontrará estacionamiento en Buell. Toma un boleto en la entrada del estacionamiento situado delante del edificio Frederick y encuentra lugar en la tercera planta, justo por debajo del tejado. Corre al elevador, mirando alrededor sin cesar, con una mano en la bolsa. Barbara también ha visto demasiadas películas en que a las mujeres les ocurren cosas en los estacionamientos.

Cuando llega sana y salva a la calle, se dirige apresuradamente hacia la esquina y llega justo a tiempo de cruzar en verde. Ya en la otra acera, alza la vista y ve una luz en la cuarta planta del edificio Frederick. En la esquina siguiente, dobla a la derecha. Un poco más adelante hay un callejón con un cartel en el que se

lee CORTADO AL TRÁFICO y SOLO VEHÍCULOS DE
SERVICIO. Barbara lo enfila y se detiene ante la entrada lateral.
Cuando se inclina para introducir el código de la puerta, una
mano la agarra por el hombro.

10

Holly abre el e-mail que se ha enviado a sí misma y copia el adjunto en la memoria USB. Con la mirada fija en la casilla en
blanco destinada al título que hay debajo del icono correspondiente a la memoria, duda un momento. A continuación escribe
LA SANGRE MANDA. Un nombre acertado. Al fin y al cabo,
refleja la historia de la puñetera vida de ese ser, piensa; es lo que
lo mantiene vivo. La sangre y el dolor.

Extrae la memoria. El escritorio de recepción es donde se
ocupan del correo, y hay muchos sobres, de todos los tamaños.
Toma uno pequeño acolchado, introduce la memoria USB, lo
cierra, y la asalta un momento de pánico al recordar que la co-
rrespondencia de Ralph se ha desviado a casa de un vecino. Se
sabe de memoria la dirección de Ralph y podría enviarlo ahí,
pero ¿y si lo roba alguien del buzón? La idea la aterroriza.
¿Cómo se llamaba el vecino? ¿Colson? ¿Carver? ¿Coates? No
es ninguno de esos.

El tiempo, escurriéndosele entre los dedos.

Se dispone a escribir en el sobre «Vecino de Ralph Anderson» cuando el nombre acude a su memoria: Conrad. Coloca
los sellos de cualquier manera y anota rápidamente en la parte
delantera del sobre:

Inspector Ralph Anderson
Calle Acacia, 619
Flint City, Oklahoma 74012

Debajo añade A/A FAMILIA CONRAD (CASA CONTI-
GUA) y NO REENVIAR, ENTREGAR A SU LLEGADA.
Tendrá que servir. Toma el sobre, va a todo correr al buzón que

hay junto al elevador y lo echa. Sabe que Al se demora tanto para recoger el correo como para todo lo demás, y puede que el sobre se quede en el fondo del buzón (que, la verdad, hoy día ya casi nadie usa) durante una semana o —teniendo en cuenta las fiestas— más tiempo aún. Pero en realidad no hay ninguna prisa. Al final se enviará.

Solo para asegurarse de que poco antes ha imaginado los ruidos, oprime el botón de llamada del elevador. La puerta se abre; el elevador está ahí, vacío. Así que en efecto han sido imaginaciones suyas. Vuelve corriendo a Finders Keepers, no jadeando exactamente pero sí con la respiración entrecortada. En parte es por la carrera; sobre todo es por el estrés.

Ahora lo último. Va al buscador del Mac y escribe el nombre que Jerome puso al parche: EREBETA. Es la marca de su problemático elevador; también significa «elevador» en japonés…, o eso sostenía Jerome.

Al Jordan se negaba rotundamente a llamar a una empresa local para arreglar el fallo; insistía en que debía hacerlo un técnico del servicio oficial de Erebeta. Aducía posibles consecuencias nefastas si se actuaba de otro modo y luego se producía un accidente: responsabilidad penal, demandas millonarias. Mejor limitarse a anular las puertas del elevador de las ocho plantas colocando cinta amarilla con el rótulo NO FUNCIONA y esperar a que fuera el técnico adecuado. No tardará, aseguró Al a los coléricos inquilinos. Una semana como mucho. Perdón por los inconvenientes. Pero las semanas se alargaron hasta convertirse en casi un mes.

—Para él no es ningún inconveniente —protestó Pete—. Tiene el despacho en el sótano, donde se pasa el día sentado viendo la tele y comiendo donas.

Finalmente Jerome intervino, diciéndole a Holly algo que ella —también experta en informática— ya sabía: si puedes utilizar internet, puedes encontrar un parche para todo fallo de software. Cosa que hicieron conectando esa computadora a la otra mucho más sencilla que controlaba el elevador.

—Aquí lo tenemos —dijo Jerome señalando la pantalla. Holly y él estaban solos, Pete había salido a visitar a fiadores judiciales para promover el negocio—. ¿Te das cuenta de lo que está pasando?

Ella se daba cuenta. La computadora del elevador había dejado de «ver» las paradas en las plantas. Lo único que veía eran los extremos del recorrido.

Ahora Holly solo tiene que quitar la tirita que pusieron en el programa del elevador. Y esperar que dé resultado. Porque no tendrá ocasión de probarlo. El tiempo apremia. Faltan cuatro minutos para las seis. Despliega el menú de las plantas, que muestra una representación en tiempo real del hueco del elevador. Las paradas aparecen marcadas, desde el sótano hasta la séptima planta. El elevador se encuentra detenido en la cuarta. En lo alto de la pantalla, en verde, aparece la palabra LISTO.

No, todavía no lo estás, piensa Holly, pero lo estarás. Eso espero.

Su teléfono suena al cabo de dos minutos, justo cuando está acabando.

11

Barbara emite un leve grito y, girando sobre los talones, vuelve la espalda a la entrada lateral, alza la vista y ve la silueta oscura del hombre que la ha agarrado.

—¡Jerome! —se da unas palmadas en el pecho—. ¡Me has dado un susto de muerte! ¿Qué haces aquí?

—Eso mismo iba a preguntarte yo —dice Jerome—. Por norma, las chicas y los callejones oscuros no se llevan bien.

—Me mentiste, ¿verdad? No eliminaste el localizador de tu celular.

—Pues sí —admite Jerome—. Pero como es evidente que tú lo has instalado en el tuyo, no creo que puedas invocar elevados motivos morales…

Es entonces cuando otra silueta oscura surge detrás de Jerome… solo que no es del todo oscura. Sus ojos brillan como los de un gato bajo el haz de una linterna. Antes de que Barbara pueda prevenir a Jerome, la silueta alza algo y golpea a su hermano en la cabeza. Se produce un horrendo crujido sordo, y Jerome se desploma en el asfalto.

La silueta agarra a Barbara, la empuja contra la puerta y, rodeándole el cuello con una mano enguantada, la inmoviliza allí. Deja caer de la otra un trozo de ladrillo roto. O quizá sea hormigón. Lo único que Barbara sabe con certeza es que gotea sangre de su hermano.

El individuo se inclina hacia Barbara lo suficiente para que ella vea una cara redonda y corriente bajo uno de esos gorros rusos de piel. El extraño resplandor ha desaparecido de sus ojos.

—No grites, amiga mía. No te conviene.

—¡Lo ha matado! —la exclamación sale de su garganta en forma de resuello. No le ha cortado todo el paso del aire, al menos aún, pero sí la mayor parte—. ¡Ha matado a mi hermano!

—No, todavía está vivo —dice el hombre. Sonríe mostrando dos hileras de dientes de una perfección ortodóncica—. Si estuviera muerto, yo lo sabría, créeme. Pero puedo *hacer* que muera. Grita, intenta escaparte, en otras palabras, hazme enfadar, y lo golpearé hasta que se le salgan los sesos como los chorros del géiser El Viejo Fiel. ¿Vas a gritar?

Barbara niega con la cabeza.

La sonrisa del hombre se ensancha hasta convertirse en una mueca.

—Buena chica, amiga mía. Tienes miedo, ¿eh? Eso me gusta —respira hondo, como si aspirara su terror—. Debes tener miedo. No tendrías que estar aquí, pero, a decir verdad, me alegro de que hayas venido.

Se inclina más hacia Barbara. Ella huele su loción para después del afeitado y nota el roce de sus labios cuando le susurra al oído.

—*Sabes bien*.

12

Holly, sin apartar la mirada de la computadora, tiende la mano hacia su celular. El menú de las plantas del elevador sigue en la pantalla, pero bajo el diagrama del hueco aparece ahora una casilla que ofrece las opciones EJECUTAR o CANCELAR. Desearía estar totalmente segura de que al elegir EJECUTAR ocurrirá algo. Y que será lo que le conviene.

Toma el teléfono, dispuesta a enviarle a Ondowsky el mensaje con el código de la puerta lateral, y se queda inmóvil. En la pantalla de su teléfono no aparece el nombre ONDOWSKY, ni tampoco NÚMERO OCULTO. Es la cara sonriente de su joven amiga Barbara Robinson.

Dios santo, no, piensa Holly. Te lo ruego, Dios mío, no.

—¿Barbara?

—¡Hay un hombre, Holly! —Barbara está llorando, casi no se la entiende—. Le ha pegado a Jerome con algo y lo ha dejado inconsciente; creo que era un ladrillo y está sangrando *mucho...*

Entonces calla, y da paso al ser disfrazado de Ondowsky, que habla a Holly con su voz entrenada para la televisión.

—Hola, Holly, aquí Chet.

Holly se queda paralizada. No por mucho tiempo en el mundo exterior, probablemente menos de cinco segundos, pero en su cabeza se le antoja mucho más. La culpa es suya. Ha intentado mantener a distancia a sus amigos, pero ellos han ido de todos modos. Han ido porque estaban preocupados por ella, y esa es la razón por la que la culpa *es* suya.

—¿Holly? ¿Sigue ahí? —en su voz se trasluce una sonrisa. Porque la situación se decanta de su lado, y se regodea—. Esto cambia las cosas, ¿no le parece?

No puedo dejarme vencer por el pánico, piensa Holly. Puedo renunciar a mi vida, y eso haré si así salvo las de ellos, pero no puedo dejarme vencer por el pánico. Si sucumbo, *todos* moriremos.

—Ah, ¿sí? —dice ella—. Todavía tengo lo que usted quiere. Hágale daño a la chica, hágale algo más a su hermano, y le arruinaré la vida. No me detendré ante nada.

—¿Tiene también un arma de fuego? —Holly no tiene ocasión de contestar—. Por supuesto que sí. *Yo* no, pero sí he traído un cuchillo de cerámica. Muy afilado. Recuerde que tendré a

333

la chica cuando suba para nuestro *tête-à-tête*. No la mataré si la veo con un arma en la mano, eso sería malgastar una buena rehén, pero la desfiguraré delante de usted.

—No habrá ningún arma.

—Creo que a ese respecto confiaré en usted —todavía sonriente. Relajado y seguro—. Pero al final no creo que intercambiemos el dinero por la memoria USB. En lugar del dinero, puede quedarse con mi amiguita. ¿Qué le parece?

Mentira, piensa Holly.

—Me parece un buen trato. Déjeme hablar con Barbara otra vez.

—No.

—Entonces no le daré el código.

Él incluso se ríe.

—Ella lo sabe, estaba a punto de introducirlo cuando su hermano se ha acercado. Yo estaba observando desde detrás del contenedor. Seguro que consigo convencerla de que me lo dé. ¿Quiere que la convenza? ¿Así?

Barbara grita, y Holly se cubre la boca al oírla. Culpa suya, culpa suya, todo culpa suya.

—Pare. Deje de hacerle daño. Solo quiero saber si Jerome sigue vivo.

—Por el momento. Emite unos ruiditos extraños por la nariz. Puede que haya daños cerebrales. Le he pagado fuerte, tenía que hacerlo. Es un tipo grande.

Está intentando asustarme. No quiere que piense, quiere que solo reaccione.

—Sangra bastante —prosigue Ondowsky—. Las heridas en la cabeza, ya sabe. Pero hace frío, y seguro que eso ayuda a la coagulación. Hablando de frío, dejémonos de tonterías. Deme el código a menos que quiera que vuelva a retorcerle el brazo a la chica, y esta vez se lo dislocaré.

—Cuatro siete cinco tres —dice Holly. ¿Qué otra opción tiene?

13

El hombre, en efecto, tiene un cuchillo: empuñadura negra, larga hoja blanca. Sujetando a Barbara por un brazo —el brazo en el que le ha hecho daño—, señala la botonera de la cerradura eléctrica con la punta del cuchillo.

—Haz los honores, amiga mía.

Barbara oprime los números, espera a que se encienda la luz verde y abre la puerta.

—¿Podemos meter a Jerome? Puedo arrastrarlo yo.

—No me cabe duda de que puedes —dice el hombre—, pero no. Me ha parecido que era un fresco. Lo dejaremos al fresco un rato más.

—¡Morirá congelado!

—Amiga mía, tú morirás *desangrada* si no te pones en marcha.

No, no me matarás, piensa Barbara. Al menos hasta que consigas lo que quieres.

Pero podría hacerle daño. Sacarle un ojo. Rajarle la mejilla. Cortarle una oreja. El cuchillo parece muy afilado.

Barbara entra.

14

Holly permanece en la puerta abierta de la oficina de Finders Keepers, atenta al otro extremo del rellano. Tiene los músculos tensos por efecto de la adrenalina y la boca completamente seca. Permanece ahí cuando oye que el elevador empieza a bajar. No puede poner en marcha su programa hasta que vuelva a subir.

Tengo que salvar a Barbara, piensa. También a Jerome, a menos que ya no pueda hacerse nada por él.

Oye que el elevador se detiene en la planta baja. Luego, al cabo de una eternidad, comienza a subir de nuevo. Holly retrocede sin apartar la vista de las puertas cerradas del elevador. Tiene el celular al lado del mousepad. Se lo guarda en el bolsillo delantero izquierdo del pantalón y, acto seguido, baja la mirada lo justo para colocar el cursor sobre EJECUTAR.

Oye un grito. Llega ahogado desde el interior de la cabina del elevador, pero es el grito de una chica. Es Barbara.

La culpa es mía.

Toda la culpa es mía.

15

El hombre que ha golpeado a Jerome toma a Barbara del brazo, como quien acompaña a su novia al salón donde se desarrolla el gran baile. Le ha permitido conservar la bolsa (o, lo que es más probable, le tiene sin cuidado), y el detector de metales emite un débil pitido cuando lo cruzan, seguramente debido al teléfono. Su captor no le concede la menor importancia. Pasan por delante de la escalera que hasta hace poco utilizaban a diario los indignados vecinos del edificio Frederick y acceden al vestíbulo. Al otro lado de la puerta, en otro mundo, los compradores navideños van de un lado a otro con sus bolsas y sus paquetes.

Yo estaba ahí, piensa Barbara, asombrada. Hace solo cinco minutos, cuando las cosas aún no se habían torcido. Cuando creía tontamente que tenía una vida por delante.

El hombre aprieta el botón del elevador. Oyen que baja la cabina.

—¿Cuánto dinero se suponía que iba a pagarle? —pregunta Barbara. Por debajo del miedo, siente una sorda decepción por el hecho de que Holly tuviera tratos con este individuo.

—Eso ahora da igual —contesta él—, porque te tengo a ti. Amiga mía.

El elevador se detiene. Las puertas se abren. La voz robótica les da la bienvenida al edificio Frederick. «Subiendo», dice. Las puertas se cierran. La cabina empieza a subir.

El hombre suelta a Barbara, se quita el gorro ruso de piel, lo deja caer entre sus zapatos y levanta las manos con ademán de mago.

—Mira esto. Creo que te va a gustar, y nuestra señorita Gibney desde luego se merece verlo, ya que es lo que ha causado todas estas complicaciones.

Lo que ocurre a continuación es horrible porque escapa a la comprensión del mundo que Barbara tenía hasta ahora. En una película uno pensaría que no es más que un efecto especial muy logrado, pero esto es la vida real. Una onda recorre ese rostro redondo de hombre de mediana edad. Nace en el mentón y asciende no por encima de la boca sino *a través de* ella. La nariz palpita, las mejillas se dilatan, los ojos tiemblan, la frente se contrae. Luego, de repente, toda la cabeza se convierte en una gelatina semitransparente. Vibra y fluctúa y se hunde y late. Dentro se ven confusas marañas de algo rojo que se retuerce. No es sangre; eso rojo presenta un sinfín de motas negras. Barbara chilla y se desploma contra la pared del elevador. Le flojean las piernas. La bolsa le resbala del hombro y cae ruidosamente. Apoyada en la pared, se desliza hacia el suelo con los ojos desorbitados. Se le aflojan los intestinos y la vejiga.

Por fin la cabeza de gelatina se solidifica, pero el rostro que aparece es muy distinto de la cara del hombre que ha dejado a Jerome inconsciente de un golpe y la ha llevado a ella por la fuerza hasta el elevador. Es más estrecha, y la piel es algo más oscura. Tiene los ojos rasgados en lugar de redondos. Su nariz es más afilada y larga que la tosca protuberancia del individuo que la ha llevado a rastras hasta el elevador. Y sus labios son más finos.

Este hombre parece diez años más joven que el que la ha agarrado antes.

—Un buen truco, ¿verdad? —incluso su voz es distinta.

¿*Qué eres*? Barbara intenta decirlo, pero las palabras no salen de su boca.

Él se inclina y, con delicadeza, vuelve a colocarle la correa del bolso en el hombro. Barbara se encoge para evitar el contacto de sus dedos, pero no logra esquivarlos del todo.

—No querrás perder la cartera y las tarjetas de crédito, ¿verdad? —dice él—. Ayudarán a la policía a identificarte en caso de que…, bueno, en ese caso —en un gesto burlesco, se tapa la nueva nariz con los dedos—. Caramba, ¿hemos tenido un pequeño accidente? En fin, como suele decirse, la cagamos —deja escapar una risa nerviosa.

El elevador se detiene. Las puertas se abren en el rellano de la cuarta planta.

<h2 style="text-align:center">16</h2>

Cuando el elevador se detiene, Holly lanza otro vistazo rápido a la pantalla de la computadora y después hace clic con el mouse. No espera a ver si las paradas en planta, desde el sótano hasta la séptima, se deshabilitan como ocurría cuando Jerome y ella llevaron a cabo su reparación siguiendo los pasos que Jerome encontró en una web titulada *Errores de Erebeta y cómo arreglarlos.* No le hace falta. Lo sabrá de un modo u otro.

Vuelve a la puerta de la oficina y mira hacia el elevador, al final del pasillo, de veinticinco metros. Ondowsky tiene a Barbara sujeta por el brazo..., solo que cuando él levanta la vista, Holly ve que ya no es él. Ahora es George, sin bigote ni uniforme marrón de repartidor.

—Vamos, amiga mía —dice—. Mueve esos pies.

Barbara sale a trompicones. Tiene los ojos muy abiertos, inexpresivos y empañados. Su hermosa piel oscura ha adquirido un color arcilla. Le cae un hilillo de saliva de una de las comisuras de los labios. Casi parece en estado de catatonia, y Holly sabe por qué: ha visto la transformación de Ondowsky.

Esa chica aterrorizada es responsabilidad suya, pero ahora no puede pensar en eso. Tiene que permanecer en el presente, tiene que escuchar, tiene que conservar la esperanza de Holly..., aunque la esperanza nunca le ha parecido tan lejana.

Las puertas del elevador se cierran. Con el arma de Bill fuera de la ecuación, las posibilidades de Holly dependen de lo que ocurra de ahora en adelante. En un primer momento no pasa nada, y se le hiela el corazón. De pronto, en lugar de quedarse en su sitio, como deben hacer los elevadores Erebeta, según su programa, hasta que se los llame, desciende. Gracias a Dios, desciende.

—He aquí a mi joven amiga —dice George, el asesino de niños—. Me parece que no se ha portado muy bien. Diría que se ha hecho pipí y caca en el pantalón. Acérquese, Holly. Huélalo usted misma.

—Por curiosidad —dice Holly sin moverse de la puerta—, ¿ha traído realmente el dinero?

George sonríe, dejando a la vista unos dientes mucho menos televisivos que los de su alter ego.

—La verdad es que no. Hay una caja de cartón detrás del contenedor donde me he escondido al ver llegar a esta y a su hermano, pero dentro solo hay catálogos. Ya sabe, de esos que van dirigidos al Actual Inquilino.

—O sea que no tenía intención de pagarme —dice Holly. Avanza una docena de pasos por el rellano y se detiene cuando los separan unos quince metros. Si esto fuera el futbol, estaría en la zona roja—. ¿Verdad?

—No más intención que la que tenía usted de darme esa memoria USB y dejar que me marchara —contesta él—. No leo el pensamiento, pero tengo mucha experiencia interpretando el lenguaje corporal. Y las caras. La suya es como un libro abierto, aunque estoy seguro de que usted cree lo contrario. Ahora levántese la blusa. Hasta arriba del todo. Esos bultos que tiene en el pecho no me interesan; es solo para asegurarme de que no va armada.

Holly se levanta la blusa y da un giro completo sin necesidad de que se lo pidan.

—Ahora súbase las perneras del pantalón.

Obedece también.

—Sin armas escondidas —dice George—. Bien —ladea la cabeza y la observa como un crítico de arte examinaría una pintura—. Caramba, es bastante fea, ¿no?

Holly no contesta.

—¿Ha salido con alguien en su vida, aunque sea una sola vez?

Holly no contesta.

—Feúcha, y ya canosa sin más de treinta y cinco años. Además, no se molesta en disimularlo; si eso no es tirar la toalla, ya me dirá usted. ¿Le envía una postal a su consolador el día de San Valentín?

Holly no contesta.

—Supongo que compensa su aspecto y su inseguridad con un sentido de… —se interrumpe y mira a Barbara—. ¡Cuánto pesas, por Dios! ¡Y *apestas*!

Suelta el brazo de Barbara, y esta se desploma ante la puerta del baño de mujeres con las manos extendidas, el trasero en alto y la frente contra las baldosas. Parece una musulmana a punto de iniciar la oración del Isha'a. Sus sollozos son casi inaudibles, pero Holly los oye. Vaya si los oye.

El rostro de George cambia. No adopta de nuevo el de Chet Ondowsky, sino una salvaje mueca de desprecio que muestra a Holly la verdadera criatura que habita en él. Ondowsky tiene cara de cerdo, George tiene cara de zorro, pero esta es la cara de un chacal. De una hiena. Del pájaro gris de Jerome. Asesta un puntapié al trasero de Barbara, ceñido por los jeans. Ella gime de dolor y sorpresa.

—¡Entra ahí! —grita él—. ¡Entra ahí, límpiate, deja que los adultos se ocupen de sus asuntos!

Holly desea correr esos últimos quince metros y gritarle que deje de golpearla, pero, claro, eso es lo que quiere él. Y si de verdad se propone mandar a su rehén al baño de mujeres, quizá ella disponga de la oportunidad que necesita. Como mínimo así el terreno de juego quedará despejado. Por tanto, permanece inmóvil.

—¡Entra… *ahí*! —le da otra patada—. Me encargaré de ti cuando termine con esta entrometida. Reza por que juegue limpio conmigo.

Sollozando, Barbara empuja la puerta del baño de mujeres con la cabeza y entra a gatas. No antes, sin embargo, de que George le dé otra patada en el trasero. Luego mira a Holly. La mueca de desprecio ha desaparecido. La sonrisa ha vuelto. Holly supone que el propósito es que resulte encantadora, y en el rostro de Ondowsky tal vez lo fuera. No en el de George.

—Bueno, Holly. Mi amiga se ha ido al cagadero, y ahora estamos usted y yo solos. Puedo entrar ahí y abrirla en canal con esto… —sostiene en alto el cuchillo—. O puede darme lo que he venido a buscar, y la dejaré en paz. Las dejaré en paz a las dos.

A mí no me engañas, piensa Holly. En cuanto tengas lo que has venido a buscar, nadie saldrá de esto, ni siquiera Jerome. Si es que no está muerto ya.

Intenta proyectar duda y esperanza a un tiempo.

—No sé si creerle.

—Créame. En cuanto tenga la memoria, desapareceré. De su vida y del mundo televisivo de Pittsburgh. Es hora de pasar a otra cosa. Lo sabía incluso antes de que este tipo —se desliza lentamente a lo largo de la cara la mano con la que no sostiene el cuchillo, como si bajara un velo— colocara esa bomba. Quizá por eso la colocó. O sea, sí, Holly, puede creerme.

—A lo mejor debería volver corriendo a la oficina y cerrar la puerta —dice, y confía en que su rostro refleje que está planteándoselo realmente—. Y llamar al 911.

—¿Y dejaría a la chica a mi merced? —George señala la puerta del baño de mujeres con el largo cuchillo y sonríe—. Lo dudo. He visto cómo la miraba. Además, la alcanzaría antes de que diera tres pasos. Como le dije en el centro comercial, soy muy rápido. Basta de charla. Deme lo que quiero y me marcharé.

—¿Tengo elección?

—¿Usted qué cree?

Holly guarda silencio, suspira, se humedece los labios y por fin asiente.

—Usted gana. Pero respete nuestras vidas.

—Cuente con ello. —Como en el centro comercial, ha respondido demasiado pronto. Demasiado fácilmente. Ella no le cree. Él lo sabe y le tiene sin cuidado.

—Voy a sacar el celular del bolsillo —anuncia Holly—. Tengo que enseñarle una foto.

Él calla, así que ella lo saca, muy despacio. Abre su álbum en la nube, selecciona la foto que ha tomado en el elevador y sostiene el teléfono hacia él.

Ahora dímelo, piensa ella. No quiero hacerlo por propia iniciativa, así que dímelo tú, canalla.

Y él se lo dice:

—No la veo. Acérquese.

Holly da un paso hacia él, todavía con el teléfono por delante. Dos pasos. Tres. A doce metros de distancia, luego a diez. Él mira el teléfono con los ojos entornados. Ya ocho metros, ¿y ves lo reacia que soy a acercarme?

—Más, Holly. La vista me falla un poco durante unos minutos después de la transformación.

Eres un embustero, piensa ella, pero da otro paso manteniendo el teléfono al frente. Casi con toda seguridad la obligará a acompañarlo cuando baje. Si es que baja. Y no hay inconveniente.

—Lo ve, ¿no? Está en el elevador. Pegado al techo. Solo tiene que tomarlo y m…

Aun en su estado hiperalerta, Holly apenas ve moverse a George. Está delante del baño de mujeres, mirando la foto del teléfono con los ojos entrecerrados, y de pronto la tiene agarrada por la cintura con un brazo y con el otro le inmoviliza la mano extendida. No mentía en lo de que era rápido. El teléfono se le cae al suelo mientras él la arrastra hacia el elevador. Una vez dentro, la matará y tomará el paquete pegado al techo. Luego entrará en el baño y matará a Barbara.

Al menos ese es su plan. Holly tiene otro.

—¿Qué está haciendo? —exclama Holly, no porque no lo sepa, sino porque es la frase que debe decir conforme al guion.

Él no contesta; se limita a pulsar el botón. La luz no se enciende, pero Holly oye el zumbido del elevador. Está subiendo. Holly intentará zafarse en el último segundo. Del mismo modo que él intentará zafarse de *ella* cuando entienda lo que está pasando. Ella no puede permitirlo.

Una sonrisa asoma al estrecho rostro de zorro de George.

—¿Sabe qué? Al final esto va a salir bi…

Se interrumpe porque el elevador no se detiene. Pasa de largo hacia la planta superior —ven brevemente la luz del interior— y sigue subiendo. Sorprendido, él afloja las manos. Solo un momento, pero lo suficiente para que Holly se libere y retroceda.

Lo que ocurre a continuación no dura más de diez segundos, pero Holly, en su actual estado de alerta, lo ve todo.

La puerta que da a la escalera se abre de pronto, y aparece Jerome, tambaleante. Mira a través de una máscara de sangre coagulada. Empuña el trapeador que estaba en la escalera, con el mango de madera en posición horizontal. Ve a George y corre hacia él.

—¿*Dónde está Barbara?* —grita—. ¿*Dónde está mi hermana?*

George aparta a Holly, que choca contra la pared con un ruido de huesos. Ante sus ojos flotan puntos negros. George alarga el brazo hacia el palo del trapeador y lo arranca fácilmente de las manos de Jerome. Echa el palo hacia atrás con la intención de golpearlo, pero en ese momento se abre la puerta del baño de mujeres.

Barbara sale corriendo con el espray de pimienta de su bolso en la mano. George mueve la cabeza justo a tiempo de recibir la aspersión en plena cara. Lanza un alarido y se tapa los ojos.

El elevador llega a la séptima planta. El zumbido de la maquinaria se detiene.

Jerome se lanza hacia George.

—¡*No, Jerome!* —exclama Holly, y lo embiste en la cintura con el hombro.

Él choca con su hermana y los dos van a dar contra la pared entre las puertas de los dos baños.

Se dispara la alarma del elevador, un bramido amplificado que grita *pánico pánico pánico.*

George vuelve sus ojos enrojecidos y llorosos hacia el sonido justo en el instante en que se abren las puertas del elevador. No solo las puertas de la cuarta planta, sino las de todos los pisos. Ese fue el fallo de software que obligó a anular el elevador.

Holly corre hacia George con los brazos extendidos. Su grito de furia se funde con la atronadora alarma. Sus manos abiertas impactan contra el pecho de George y lo empujan hacia el hueco. Por un momento parece quedarse allí suspendido, con los ojos y la boca muy abiertos en una expresión de terror y sorpresa. El rostro empieza a hundirse y cambiar, pero antes de que George pueda convertirse otra vez en Ondowsky (si era eso lo que estaba ocurriendo), desaparece. Holly apenas es consciente de que una mano morena y fuerte —la de Jerome—

la sujeta de la blusa por detrás y la salva de seguir a George hueco abajo.

El visitante grita en su caída.

Holly, que se considera pacifista, siente un placer feroz.

Antes de que el cuerpo choque contra el fondo con un ruido sordo, las puertas del elevador se cierran. En esta planta y en todas las demás. La alarma se apaga y la cabina empieza a bajar, camino del sótano, el otro extremo del recorrido. Los tres observan el breve destello de luz entre las puertas cuando la cabina pasa por la cuarta planta.

—Eso lo has hecho *tú* —dice Jerome.

—Exacto —confirma Holly.

17

A Barbara se le doblan las rodillas y, al borde del desmayo, se desploma. El bote de espray de pimienta cae de su mano ya relajada y rueda hasta detenerse contra las puertas del elevador.

Jerome se arrodilla al lado de su hermana. Holly lo aparta con delicadeza y toma la mano a Barbara. Le sube la manga del abrigo, pero Barbara, antes de que empiece a tomarle el pulso, ya está intentando incorporarse.

—¿Quién... qué era ese hombre?

Holly mueve la cabeza en un gesto de negación.

—Nadie —puede que eso, de hecho, sea verdad.

—¿Se ha ido? Holly, ¿*se ha ido*?

—Se ha ido.

—¿Por el hueco del elevador?

—Sí.

—Bien. *Bien* —hace ademán de levantarse.

—Tú quédate quieta un momento, Barb. Solo has tenido un desvanecimiento. Es Jerome quien me preocupa.

—Estoy bien —afirma Jerome—. Tengo la cabeza dura. Ese era el tipo de la tele, ¿no? Kozlowsky, o como se llame.

—Sí —y no—. Parece que has perdido al menos medio litro de sangre, Señor Cabeza Dura —dice Holly—. Mírame.

La mira. Tiene las pupilas del mismo tamaño, y eso es buena señal.

—¿Recuerdas el título de tu libro?

Él le dirige una mirada impaciente a través de su máscara de sangre coagulada, semejante a una cara de mapache.

—*Black Owl: el ascenso y la caída de un gánster americano* —se ríe—. Holly, si ese tipo me hubiera revuelto los sesos, no me habría acordado del código de la puerta lateral. ¿Quién *era*?

—El hombre que puso la bomba en el colegio de Pennsylvania. Aunque eso no vamos a contárselo nunca a nadie. Suscitaría demasiadas preguntas. Baja la cabeza, Jerome.

—Me duele al moverla —responde él—. Es como si tuviera una contractura en el cuello.

—Hazlo igualmente —dice Barbara.

—Hermana, no te lo tomes como algo personal, pero no hueles muy bien.

—Ya me ocupo yo de él, Barbara —dice Holly—. En mi armario hay un pantalón y camisetas. Creo que te quedarán bien. Toma algo para cambiarte. Lávate en el cuarto de baño.

Está claro que eso es lo que Barbara desea hacer, pero aún se queda un momento.

—¿Seguro que estás bien, J?

—Sí —dice él—. Ve a lo tuyo.

Barbara se aleja por el rellano en dirección a Finders Keepers. Holly palpa la nuca a Jerome, no nota hinchazón e insiste en que baje la cabeza. Ve una laceración menor en la coronilla y una herida mucho más profunda debajo, pero el grueso del golpe debe de habérselo llevado el occipital (y ha resistido). Piensa que Jerome ha tenido suerte.

Piensa que todos la han tenido.

—Yo también necesito limpiarme —dice Jerome, y mira hacia el baño de hombres.

—No, mejor no. Probablemente tampoco debería habérselo permitido a Barbara, pero no quiero que reciba a la policía con la… en semejante estado.

—Una mujer con un plan, lo noto —dice Jerome, y se rodea el torso con los brazos—. Dios, qué frío.

—Es por el shock. Necesitas beber algo caliente. Te prepararía un té, pero no hay tiempo para eso —de pronto la asalta una idea horrenda: si Jerome hubiera tomado el elevador, todo el plan, precario como era, se habría venido abajo—. ¿Por qué has subido por la escalera?

—Para que no me oyera. Incluso con el peor dolor de cabeza del mundo, sabía dónde estaría ese hombre. Tú eras la única persona en el edificio —hace una pausa—. No, Kozlowsky, no. *Ondowsky*.

Barbara regresa con la ropa limpia en los brazos. Llora otra vez.

—Holly…, lo he visto transformarse. Su cabeza se ha convertido en *gelatina*. Se… se…

—Pero ¿de qué demonios habla? —pregunta Jerome.

—Dejemos eso ahora. Quizá más tarde —Holly da un breve abrazo a Barbara—. Límpiate, cámbiate de ropa. Y por cierto, fuera lo que fuera, ahora está muerto. ¿Entendido?

—Entendido —susurra ella, y entra en el baño.

Holly se vuelve hacia Jerome.

—¿Seguiste el rastro a mi teléfono, Jerome Robinson? ¿Fue Barbara? ¿Los *dos*?

El joven ensangrentado que tiene delante sonríe.

—Si te prometo que nunca, *jamás*, volveré a llamarte Hollyberry, ¿tendré que contestar a esas preguntas?

18

En el vestíbulo, quince minutos más tarde.

A Barbara el pantalón de Holly le queda demasiado ajustado y corto, pero ha conseguido abotonárselo. En las mejillas y la frente ha empezado a atenuarse el color ceniciento. Sobrevivirá, piensa Holly. Tendrá pesadillas, pero lo superará.

La sangre en la cara de Jerome, ya más seca, presenta un aspecto de cerámica craquelada. Dice que tiene un dolor de cabeza de mil demonios, pero no, no está mareado. No tiene náuseas. A Holly no le extraña que le duela la cabeza. Aunque lleva

Tylenol en la bolsa, no se atreve a ofrecérselo. En urgencias le darán unas puntadas —y sin duda le harán una radiografía—, pero ahora mismo debe asegurarse de que sus versiones de lo ocurrido coinciden. Una vez resuelto eso, tiene que acabar de poner orden también ella.

—Ustedes dos han venido aquí porque yo no estaba en casa —dice—. Pensaban que me encontrarían en la oficina, poniéndome al corriente, porque había pasado unos días con mi madre. ¿Entendido?

Ellos asienten, dispuestos a dejarse guiar.

—Han ido a la puerta lateral del callejón de servicio.

—Porque conocemos el código —dice Barbara.

—Sí. Y había un asaltante. ¿Entendido?

Más gestos de asentimiento.

—Te ha pegado, Jerome, y ha intentado agarrar a Barbara. Ella se ha defendido con el espray de pimienta que llevaba en el bolso. Lo ha rociado de lleno en la cara. Jerome, tú te has levantado de un salto y has forcejeado con él. Ha huido. Luego los dos han entrado en el vestíbulo y avisado al 911.

—¿Por qué veníamos a verte? —pregunta Jerome.

Holly no tiene respuesta. Se ha acordado de restablecer el parche del elevador (lo ha hecho mientras Barbara estaba en el baño limpiándose y cambiándose, ha sido pan comido) y ha dejado el arma de Bill en el bolso (por si acaso), pero ni siquiera se ha planteado lo que Jerome le pregunta.

—Las compras de Navidad —sugiere Barbara—. Queríamos arrancarte de la oficina para que vinieras de compras con nosotros. ¿Verdad, Jerome?

—Ah, sí, exacto —dice Jerome—. Iba a ser una sorpresa. ¿Estabas aquí, Holly?

—No —contesta ella—. Me había ido. De hecho, no estoy. He ido de compras al otro lado de la ciudad. Allí estoy ahora. No me han llamado justo después de la agresión, porque… bueno…

—Porque no queríamos preocuparte —dice Barbara—. ¿Cierto, Jerome?

—Cierto.

—Bien —dice Holly—. ¿Recordarán los dos esa versión? Ellos responden que sí.

—Entonces ha llegado el momento de que avises al 911, Jerome.

—¿Y tú qué vas a hacer, Hols? —pregunta Barbara.

—Limpiar —Holly señala el elevador.

—Dios mío —dice Jerome—. Me había olvidado de que ahí abajo hay un cadáver. Me había olvidado por completo.

—*Yo* no —dice Barbara, y se estremece—. Por Dios, Holly, ¿cómo vas a explicar la presencia de un muerto en el fondo del hueco del elevador?

Holly recuerda lo que ocurrió con el otro visitante.

—No creo que sea un problema.

—¿Y si sigue vivo?

—Es una caída de cinco pisos, Barb. Seis, si contamos el sótano. Y luego el elevador... —Holly vuelve hacia arriba la palma de una mano y baja la otra sobre ella hasta formar un sándwich.

—Ah —dice Barbara con voz apagada—. Ya.

—Llama al 911, Jerome. Me parece que en esencia estás bien, pero no soy médico.

Mientras él telefonea, Holly se acerca al elevador y lo hace subir a la planta baja. Con el parche otra vez instalado, funciona perfectamente.

Cuando se abre la puerta, Holly ve un gorro de piel, de esos que los rusos llaman *ushanka*. Recuerda al hombre que ha pasado por su lado cuando abría la puerta del vestíbulo y piensa que efectivamente era él.

Se vuelve hacia sus dos amigos con el gorro en una mano.

—Repítanme esa versión.

—Un asaltante —dice Barbara, y Holly decide que con eso basta.

Son listos, y el resto de la historia es sencillo. Si todo sale como ella prevé, la policía en cualquier caso no va a mostrar mucho interés en saber dónde estaba ella.

Holly los deja y baja por la escalera al sótano, que apesta a tabaco y a lo que, se teme, es moho. Las luces están apagadas, y
tiene que valerse del celular para localizar los interruptores. Las
sombras bailan mientras ilumina alrededor, con lo que resulta
muy fácil imaginar a ese ser, Ondowsky, en la oscuridad, al
acecho para abalanzarse sobre ella y cerrar las manos en torno a
su cuello. Una ligera pátina de sudor le cubre la piel, pero tiene
el rostro frío. Ha tenido que controlar de manera consciente el
castañeteo de dientes. También yo me encuentro en estado de
shock, piensa.

Finalmente localiza una doble hilera de interruptores. Los
acciona todos, y una fila de fluorescentes se enciende con un
zumbido de colmena. El sótano es un laberinto mugriento de
botes y cajas apilados. Piensa una vez más que el portero del
edificio —cuyo salario pagan ellos— es un descuidado.

Se orienta y va hacia el elevador. Las puertas (las de aquí
abajo sucias, con la pintura descascarada) están firmemente cerradas. Holly deja la bolsa en el suelo y saca la pistola de Bill.
Después descuelga la llave de emergencia del elevador de un
gancho en la pared y la introduce en el orificio de la puerta del
lado izquierdo. La llave no se ha utilizado en mucho tiempo, y
está dura. Tiene que colocarse el arma en la cintura del pantalón
y utilizar ambas manos para hacerla girar. De nuevo pistola en
mano, empuja una de las puertas. Se deslizan las dos.

Sale una mezcla de olores a aceite, grasa y polvo. En el centro del hueco hay un objeto alargado semejante a un pistón que,
como averiguará más tarde, se llama «émbolo». Esparcida alrededor, entre colillas y bolsas de comida rápida, está la ropa que
llevaba Ondowsky en su último viaje. Corto pero letal.

Del propio Ondowsky, conocido también como Chet de
Guardia, no hay ni rastro.

Aquí abajo los fluorescentes proyectan una luz intensa,
pero el fondo del hueco sigue demasiado a oscuras para el gusto de Holly. Encuentra una linterna en el desordenado banco
de trabajo de Al Jordan y recorre con cautela el espacio con el

haz, sin olvidarse de mirar detrás del émbolo. No espera encontrar a Ondowsky —ha desaparecido—, sino a cierto tipo de bichos exóticos. Bichos peligrosos que pueden estar buscando un nuevo huésped. No ve ninguno. Sea lo que sea lo que infestaba a Ondowsky, tal vez lo haya sobrevivido, pero no por mucho tiempo. Encuentra un saco de yute en un rincón del sótano sucio y revuelto, y mete dentro la ropa de Ondowsky, junto con el gorro de piel. Lo último son los calzones. Holly los toma con los dedos en pinza y contrae las comisuras de los labios en una mueca de repulsión. Deja caer los calzones en el saco con un estremecimiento y una leve exclamación («¡*Uf!*») y luego, con las palmas de las manos, cierra las puertas del elevador. Vuelve a trabarlas con la llave de emergencia y cuelga de nuevo la llave en el gancho.

Se sienta y espera. Convencida ya de que Jerome, Barbara y los agentes enviados por el 911 deben de haberse marchado, se carga la bolsa al hombro y sube el saco que contiene la ropa de Ondowsky. Sale por la puerta lateral. Piensa en echar la ropa al contenedor, pero estaría demasiado cerca para su tranquilidad. Opta por llevarse el saco, lo cual no representa ningún peligro. Ya en la calle, es solo una persona más con un bulto.

Nada más arrancar el coche, recibe una llamada de Jerome, que le cuenta que Barbara y él han sido víctimas de un asalto cuando se disponían a entrar en el edificio Frederick por la puerta lateral. Están en el Kiner Memorial, dice.

—Dios mío, qué horror —exclama Holly—. Tendrías que haberme llamado antes.

—No queríamos que te preocuparas —responde Jerome—. En general, estamos bien, y ese hombre no se ha llevado nada.

—Estaré ahí en cuanto pueda.

Holly tira el saco de yute con la ropa de Ondowsky a un contenedor de camino al hospital John M. Kiner Memorial. Está empezando a nevar.

Enciende el radio, suena Burl Ives bramando «Holly Jolly Christmas» tan fuerte como le permite su maldita voz, y la apaga. Detesta ese villancico por encima de todos los demás. Por razones obvias.

No puedes tenerlo todo, piensa; toda vida ha de verse salpicada por alguna que otra caca. Pero a veces *sí* consigues lo que necesitas. Que es en realidad lo máximo que puede pedir una persona cuerda.

Y ella lo es.

Cuerda.

22 de diciembre de 2020

Holly tiene que prestar declaración en las oficinas de McIntyre and Curtis a las diez. Es una de las cosas que menos le gustan, pero es solo una testigo secundaria en ese caso de custodia, y mejor así. Lo que está en juego es un samoyedo en lugar de un niño, y eso reduce un poco el nivel de estrés. Uno de los abogados plantea unas cuantas preguntas insidiosas, pero, después de lo que ha pasado con Chet Ondowsky —y con George—, el interrogatorio le resulta bastante soso. Termina en un cuarto de hora. Enciende el celular en cuanto sale al pasillo, y ve que tiene una llamada perdida de Dan Bell.

Pero no es Dan quien contesta cuando ella devuelve la llamada; es su nieto.

—El abuelo ha tenido un ataque al corazón —explica Brad—. *Otro* ataque al corazón. En realidad, ya es el cuarto. Está en el hospital, y esta vez no va a salir.

Se oye una inhalación larga y acuosa. Holly espera.

—Quiere saber cómo te ha ido. Qué ha pasado con el periodista. El *ser*. Si pudiera darle al abuelo una buena noticia, le sería más fácil irse, creo.

Holly mira alrededor para asegurarse de que está sola. Lo está, pero aún así baja la voz.

—Ha muerto. Dile que ha muerto.

—¿Estás segura?

Holly piensa en esa última mirada de sorpresa y miedo. Piensa en el grito del hombre —el ser—, en su caída. Y piensa en la ropa abandonada en el fondo del hueco del elevador.

—Sí, sin duda —afirma—. Estoy segura.

—¿Te sirvió nuestra ayuda? ¿La ayuda del abuelo?

—Sin ustedes dos, no lo habría conseguido. Dile que seguramente ha salvado muchas vidas. Dile que Holly le da las gracias.

—Se lo diré —otra inhalación acuosa—. ¿Crees que hay más como él?

Después de Texas, Holly habría dicho que no. Ahora ya no está segura. El número uno representa solo la unidad. Cuando hay dos, puedes ver el principio de una pauta. Guarda silencio un momento y luego da una respuesta en la que no cree necesariamente…, pero en la que *quiere* creer. El anciano vigiló durante años. Durante décadas. Se merece marcharse con una victoria en su haber.

—Creo que no.

—Bien —dice Brad—. Eso está bien. Dios te bendiga, Holly. Que pases una feliz Navidad.

Dadas las circunstancias, ella no puede desearle lo mismo, así que se limita a darle las gracias.

¿Hay más?

Baja por la escalera en lugar de tomar el elevador.

25 de diciembre de 2020

1

Holly pasa treinta minutos de la mañana de Navidad tomando té en bata y hablando con su madre. Solo que básicamente escucha mientras Charlotte Gibney recita su habitual letanía de quejas pasivo-agresivas (sola en Navidad, dolor de rodillas, molestias de espalda, etcétera, etcétera), intercalando suspiros de resignación. Finalmente Holly se siente capaz, con la conciencia tranquila, de dar por concluida la llamada diciéndole que la visitará dentro de unos días, e irán a ver juntas al tío Henry. Dice a su madre que la quiere.

—Y yo a ti, Holly —después de otro suspiro con el que indica que ese es un amor muy muy difícil, desea a su hija feliz Navidad, y esa parte del día termina.

El resto es más alegre. Lo pasa con la familia Robinson, feliz de integrarse en sus tradiciones. Organizan un ligero desayuno-almuerzo a las diez, seguido del intercambio de regalos. Holly entrega a los señores Robinson vales intercambiables por vino y libros. Para sus hijos ha sido gustosamente un poco más pródiga: un día de spa (con manicure y pedicure incluidas) para Barbara y unos auriculares inalámbricos para Jerome.

Ella, por su parte, recibe no solo una tarjeta regalo por valor de trescientos dólares para los cines AMC 12, que hay cerca de su casa, sino además una suscripción de un año a Netflix. Como muchos cinéfilos impenitentes, Holly alberga sus dudas en cuanto a Netflix y hasta la fecha se ha resistido. (Le encantan sus DVD, pero tiene la firme convicción de que las películas deben verse primero en la gran pantalla.) Aun así, ha de admitir que

Netflix y las demás plataformas de *streaming* la tientan mucho. ¡Tantas cosas nuevas, y todo el tiempo!

Por lo general, en casa de los Robinson se practica la neutralidad de género y todo el mundo es igual, pero la tarde de Navidad se produce una regresión (quizá por nostalgia) a los roles sexuales del siglo anterior. Es decir, las mujeres cocinan mientras los hombres ven el basquetbol (con alguna que otra visita a la cocina para probar esto y aquello). Cuando se sientan a disfrutar de una cena navideña igual de tradicional —pavo con todas sus guarniciones y, de postre, dos tipos de tarta—, empieza a nevar.

—¿Podríamos tomarnos de las manos? —pregunta el señor Robinson.

Así lo hacen.

—Señor, bendice los alimentos que estamos a punto de recibir gracias a tu generosidad. Te agradecemos este tiempo juntos. Te agradecemos la compañía de la familia y los amigos. Amén.

—Espera —dice Tanya Robinson—. Eso no basta. Señor, te doy gracias porque ninguno de mis hermosos hijos resultó malherido por el hombre que los atacó. Se me partiría el corazón si no estuvieran sentados a esta mesa con nosotros. Amén.

Holly nota que la mano de Barbara se tensa en la suya, y oye salir de la garganta de la chica un leve sonido. Algo que podría haber sido un sollozo, si lo hubiese dejado escapar libremente.

—Ahora cada uno tiene que decir algo por lo que esté agradecido —anuncia el señor Robinson.

Hablan por turno en torno a la mesa. Cuando le toca a Holly, dice que da gracias por estar con la familia Robinson.

2

Barbara y Holly se ofrecen a lavar los platos, pero Tanya las echa de la cocina diciéndoles que hagan «algo navideño».

Holly propone dar un paseo. La señora Robinson les dice que estén de vuelta a las siete, porque van a ver *Cuento de Navidad*. Holly espera que sea la versión en la que actúa Alastair Sim, que, en su opinión, es la única que merece la pena ver.

Fuera no solo está bonito; está precioso. Son las únicas en la acera, acompañadas solo por los crujidos de sus botas en los cinco centímetros de nieve recién caída. Tenues halos arremolinados envuelven las luces de los faroles y los adornos navideños. Holly saca la lengua para capturar unos copos, y Barbara la imita. Las dos se ríen, pero, cuando llegan al pie de la calle, Barbara se vuelve hacia ella con expresión solemne.

—Bien —dice—. Estamos las dos solas. ¿Qué hacemos aquí, Hols? ¿Qué querías preguntarme?

—Quería saber cómo te has sentido, solo eso —responde Holly—. Jerome no me preocupa. Se llevó un golpe, pero no vio lo que tú viste.

Barbara toma aire con un estremecimiento. Con la nieve que se funde en sus mejillas, Holly no está segura de si está llorando. Llorar podría sentarle bien. Las lágrimas pueden tener efectos curativos.

—No es tanto eso —dice por fin—. La manera en que se transformó. La manera en que la cabeza pareció convertirse en gelatina. Fue horrendo, desde luego, y abre las puertas... ya me entiendes... —se lleva las manos enguantadas a las sienes—. ¿Las puertas de aquí dentro?

Holly asiente.

—Tomas conciencia de que ahí fuera podría haber *cualquier cosa*.

—Os veo, diablos, ¿no veré, pues, a los ángeles? —dice Holly.

—¿Es de la Biblia?

—Da igual. Si lo que viste no es lo que te inquieta, Barb, ¿qué es?

—¡Mis padres podrían habernos *enterrado*! —suelta Barbara—. ¡Podrían haber estado en esa mesa solos! No comiendo el pavo y el relleno, eso no se les habría antojado, quizá solo Spam... como en el chiste.

Holly se ríe. No puede evitarlo. Y Barbara no puede evitar reírse con ella. La nieve se está acumulando en su gorro tejido. A Holly le parece muy joven. Por supuesto, *es* joven, pero más como una niña de doce años que como una mujer joven que el año próximo estudiará en Brown o Princeton.

—¿Entiendes lo que quiero decir? —Barbara toma las manos enguantadas de Holly—. Estuvo *cerca*. Estuvo muy muy *cerca*.

Sí, piensa Holly, y fue su aprecio por mí lo que los puso en esa situación.

Holly abraza a su amiga bajo la nieve.

—Cielo —dice—. Siempre estamos cerca. Todo el tiempo.

3

Barbara empieza a subir los peldaños de la entrada de la casa. Dentro habrá chocolate caliente y palomitas de maíz, y Scrooge estará proclamando que los espíritus lo han hecho todo en una sola noche. Pero hay un último detalle que debe resolverse aquí fuera, así que Holly sujeta a Barbara por el brazo un momento entre la nieve cada vez más espesa. Saca una tarjeta que se ha guardado en el bolsillo del abrigo antes de salir hacia casa de los Robinson, por si la necesitaba. En ella solo hay un nombre y un número.

Barbara la toma y la lee.

—¿Quién es Carl Morton?

—Un terapeuta al que fui a ver después de volver de Texas. Solo lo vi dos veces. No necesité más tiempo para contarle mi historia.

—¿Qué historia? ¿Era como…? —no completa la frase. No hace falta.

—Puede que algún día se la cuente, a ti y a Jerome, pero no en Navidad. Te basta con saber que, si necesitas hablar con alguien, él te escuchará —sonríe—. Y como ha oído mi historia, puede que incluso se crea la tuya. No es que eso tenga mucha importancia. Lo que ayuda es contarlo. Al menos a mí me ayudó.

—Sacarlo de dentro.

—Sí.

—¿Ese hombre se lo contaría a mis padres?

—Por nada del mundo.

—Lo pensaré —dice Barbara, y se guarda la tarjeta en el bolsillo—. Gracias.

Abraza a Holly. Y Holly, quien en otro tiempo temía el contacto de los demás, la abraza también. Fuerte.

4

Sí es la versión de Alastair Sim. Y cuando Holly vuelve lentamente a casa en coche bajo la nevada, no recuerda una Navidad más feliz. Antes de acostarse, envía un mensaje de texto a Ralph Anderson desde su tableta.

> Cuando vuelvas, encontrarás un paquete mío.
> He tenido toda una aventura, pero ha acabado bien.
> Ya hablaremos, aunque puede esperar. Les deseo
> a ti y a los tuyos una feliz Navidad (tropical).
> Con cariño.

Dice sus oraciones antes de acostarse y, como siempre, al final añade que no fuma, que toma su Lexapro y que echa de menos a Bill Hodges.

—Dios nos bendiga a todos —dice—. Amén.

Se mete en la cama. Apaga la luz.

Se duerme.

15 de febrero de 2021

El declive del tío Henry ha sido rápido. La señora Braddock les ha dicho (con pesar) que a menudo ocurre eso cuando se interna a los pacientes.

Ahora, sentada al lado del tío Henry en unos de los sofás frente a la televisión grande de la sala común de Rolling Hills, Holly renuncia finalmente a tratar de entablar conversación con él. Charlotte se ha rendido antes; sentada a una mesa en el otro extremo de la sala, ayuda a la señora Hatfield con su actual rompecabezas. Hoy las ha acompañado Jerome, y también él echa una mano. Hace reír a la señora Hatfield, y ni siquiera Charlotte puede contener la sonrisa ante alguno de los jocosos comentarios de J. Es un joven encantador, y por fin se ha ganado a Charlotte. Lo cual no es nada fácil.

El tío Henry permanece inmóvil, con los ojos y la boca abiertos; las manos que en otro tiempo arreglaron la bicicleta de Holly cuando chocó contra la cerca de la casa de los Wilson yacen ahora flácidas entre sus piernas separadas. Bajo el pantalón se advierte el bulto del pañal para la incontinencia. Antes era un hombre rubicundo. Ahora está pálido. Antes era un hombre robusto, ahora la ropa le cuelga en torno al cuerpo. Y la carne se le afloja como un viejo calcetín que ha perdido el elástico.

Holly le toma una mano. Es solo carne con dedos. Entrelaza sus dedos con los de él y le da un apretón, con la esperanza de que se lo devuelva, pero no lo hace. Pronto será hora de marcharse, y ella se alegra de que así sea. Le crea un sentimiento de culpa, pero es lo que hay. Ese no es su tío; lo ha sustituido una enorme marioneta de ventrílocuo sin ventrílocuo que aporte el habla. El ventrílocuo se ha marchado de la ciudad y ya no volverá.

«¡Enseña más tu cuerpo!», anima un anuncio de Otezla a estos ancianos calvos y arrugados. Acto seguido se oye a los Bobby Fuller Four cantar «I Fought the Law». El tío Henry tenía el mentón caído sobre el pecho, pero de pronto lo levanta. Y una luz —de bajo voltaje, sin duda— asoma a sus ojos.

Aparece el juzgado, y el locutor anuncia: «¡Más te vale no ser un canalla, porque *John Law* nunca falla!».

«¡Todos de pie!», exclama George, el ujier.

Mientras el ujier avanza, Holly cae de pronto en la cuenta de por qué puso al autor del atentado en la escuela Macready el nombre que le puso. La mente siempre trabaja, siempre establece conexiones y busca sentido…, o al menos lo intenta.

Por fin el tío Henry habla, con voz baja y cascada de no usarla.

—Todos de pie.

«¡Todos de pie!», exclama George, el ujier.

Los espectadores no solo se ponen de pie; se ponen *en marcha*, como diría James Brown, y empiezan a aplaudir y a balancearse. John Law, bailoteando, sale de su despacho. Toma el mazo y lo hace oscilar al ritmo de la música. Su calva reluce. Sus dientes blancos destellan. «¿Qué tenemos aquí hoy, Georgie, mi hermano de otra madre?»

—Ese tipo me encanta —dice el tío Henry con su voz cascada.

—A mí también —dice ella, y lo rodea con el brazo.

El tío Henry se vuelve para mirarla.

Y sonríe.

—Hola, Holly —dice.

LA RATA

1

Por lo común, Drew Larson concebía las ideas para sus cuentos
—en las ocasiones cada vez más infrecuentes en que siquiera las
concebía— poco a poco, como hilillos de agua extraídos de un
pozo casi seco. Y siempre existía una concatenación rastreable
de asociaciones cuyo origen era algo que había visto u oído: un
detonante en el mundo real.

En el caso de su relato más reciente, la génesis se había originado al ver a un hombre que cambiaba una llanta en la vía de acceso de Falmouth a la I-295, agachado con visible esfuerzo mientras los otros conductores lo esquivaban y tocaban el claxon.
Eso había dado lugar a «Ponchadura», escrito afanosamente a
lo largo de más de tres meses y publicado (tras ser rechazado en
media docena de revistas más importantes) en *Prairie Schooner*.

«Rayado», su único relato aparecido en *The New Yorker*,
lo había escrito cuando estudiaba en la Universidad de Boston.
Para este, la semilla se sembró una noche mientras escuchaba
la emisora de radio universitaria en su departamento. El DJ, un
estudiante, había puesto «Whole Lotta Love», de Led Zeppelin,
y el disco estaba rayado. El mismo fragmento de la canción se
repitió durante casi cuarenta y cinco segundos, hasta que el muchacho, sin aliento, quitó el disco y soltó: «Perdonen, amigos,
estaba cagando».

Había escrito «Rayado» hacía veinte años. Había publicado «Ponchadura» hacía tres. En medio se sucedían otros cuatro
relatos. Todos rondaban las tres mil palabras. Todos le habían
exigido meses de trabajo y revisión. Nunca había llegado a escri-

bir una novela. Lo había intentado, pero nada. Ya prácticamente había renunciado a esa ambición. Sus dos primeros empeños en narrativa de formato largo le habían ocasionado problemas. El último intento le había causado *graves* problemas. Había quemado el manuscrito, y a punto estuvo de quemar también la casa.

Ahora, de pronto, esta idea se le presentaba de forma íntegra. Se le presentaba como una locomotora, largo tiempo esperada, que tiraba de un convoy de numerosos y magníficos vagones.

Lucy le había pedido que se acercara en coche a Speck's Deli a comprar sándwiches para el almuerzo. Era un hermoso día de septiembre, y él contestó que prefería ir a pie. Ella asintió con gesto de aprobación y dijo que su cintura se lo agradecería. Después él se preguntó si su vida habría sido muy distinta en caso de que hubiera manejado la Suburban o el Volvo. Tal vez nunca le habría llegado esa idea. Tal vez nunca habría ido a la cabaña de su padre. Casi con toda seguridad nunca habría visto a la rata.

A medio camino de Speck's, mientras esperaba en el semáforo de la esquina de Main con Spring, llegó la locomotora. La locomotora era una imagen, tan nítida como la realidad. Drew se quedó embelesado observándola a través del cielo. Un estudiante le dio un codazo. «Oiga, ya está en verde.»

Drew no le prestó atención. El estudiante lo miró con extrañeza y cruzó la calle. Drew siguió plantado en la banqueta cuando el verde dio paso al rojo y este volvió a dar paso al verde.

Aunque eludía las novelas del oeste (a excepción de *Incidente en Ox-Bow* y la brillante *El hombre malo de Bodie*, de Doctorow) y apenas había visto películas de vaqueros desde la adolescencia, lo que vio cuando se hallaba en la esquina de Main con Spring fue un salón del oeste. Pendía del techo un candil en forma de rueda de carreta con quinqués de queroseno en los radios. Drew incluso olía el petróleo. El suelo era de tablones. En el espacio al fondo del salón se distribuían tres o cuatro mesas de juego. Había un piano. El hombre que lo tocaba llevaba bombín. Solo que en ese momento no tocaba. Se había vuelto para mirar lo que ocurría en la barra. De pie junto al pianista, también atento a la barra, un individuo de buena planta sostenía un acordeón contra el estrecho torso. Y junto a la barra, un joven con uno de esos trajes caros propios del oeste mantenía un arma contra la sien de una chica con un vestido rojo tan escotado que solo un holán de encaje le ocultaba los pezones. A estos dos personajes Drew los veía dos veces, una en el sitio donde se encontraban y otra reflejados en el espejo de detrás.

Eso era la locomotora. La seguía el tren completo. Vio a los ocupantes de todos los vagones: el sheriff cojo (herido en la batalla de Antietam, con la bala todavía en la pierna); el padre arrogante dispuesto a sitiar el pueblo entero para evitar que su hijo fuera trasladado a la capital del condado, donde lo juzgarían y ahorcarían; los sicarios del padre, apostados en las azoteas con sus rifles. Estaba todo allí.

Cuando llegó a casa, Lucy, nada más verlo, dijo:

—O te ha pasado algo, o has tenido una idea.

—Es una idea —contestó Drew—. Una buena idea. Quizá la mejor de mi vida.

—¿Un relato?

Él supuso que era eso lo que Lucy esperaba. Lo que no esperaba era otra visita de los bomberos mientras ella y los niños permanecían en el jardín en piyama.

—Una novela.

Lucy dejó el sándwich de pan de centeno con jamón y queso.

—¡Vaya!

Lo que ocurrió después del incendio en el que estuvieron a punto de perder la casa no lo describieron como crisis nerviosa, pero es lo que fue. No tan grave como podría haber sido, pero él perdió medio semestre de clases (por suerte, era titular de la plaza) y si recuperó el equilibrio fue gracias a dos sesiones semanales de terapia, unas pastillas mágicas y la inquebrantable fe de Lucy en que se *recobraría*. Aparte de los niños, claro. Los niños necesitaban a un padre que no viviera atrapado en la interminable espiral de *debo acabar* y *no puedo acabar*.

—Esta es distinta. Está todo ahí, Lucy. Envuelto para regalo, como quien dice. ¡Será como escribir al dictado!

Ella se limitó a mirarlo con el ceño fruncido.

—Si tú lo dices.

—Oye, este año no hemos alquilado la cabaña de mi padre, ¿verdad?

Ya no lucía solo preocupada, sino también alarmada.

—Hace años que no la alquilamos. Desde la muerte del viejo Bill —el viejo Bill Colson era el que cuidaba la casa, ya desde los tiempos de los padres de Drew—. No estarás pensando…

—Pues sí, pero solo un par de semanas. Tres como mucho. Para arrancar. Puedes pedir a Alice que venga a ayudarte con los niños, ya sabes que le encanta estar aquí y que los niños adoran a su tía. Volveré a tiempo de repartir caramelos contigo en Halloween.

—¿No puedes escribir aquí?

—Claro que sí. En cuanto tenga el principio avanzado —se llevó las manos a la cabeza como quien tiene una intensa jaqueca—. Las primeras cuarenta páginas en la cabaña, solo eso. O tal vez sean ciento cuarenta, así de rápido podría ir. ¡La veo! ¡La veo entera! —repitió—: Será como escribir al dictado.

—Tengo que pensármelo —dijo ella—. Y tú, también.

—De acuerdo, lo pensaré. Ahora cómete el sándwich.

—De pronto he perdido el apetito —contestó Lucy.

Drew no lo había perdido. Comió el resto del suyo y luego casi todo el de ella.

2

Esa tarde fue a ver a su antiguo jefe de departamento. Al Stamper se había retirado súbitamente al final del semestre de primavera, dejando vía libre a Arlene Upton, también conocida como la Bruja Mala del Teatro Isabelino, para ocupar por fin el puesto de autoridad que durante tanto tiempo había deseado. No, codiciado.

Nadine Stamper dijo a Drew que Al estaba bebiendo té helado y tomando el sol en el jardín trasero. Parecía tan preocupada como Lucy cuando Drew dejó caer la idea de irse a la cabaña de TR-90 durante alrededor de un mes, y cuando Drew salió al jardín, entendió por qué. También comprendió por qué Al Stamper —que había dirigido el Departamento de Literatura Inglesa como un déspota benévolo durante quince años— había abandonado el cargo de repente.

—No te quedes ahí pasmado y ven a tomar un té —dijo Al—. Tienes ganas, y lo sabes.

Al siempre creía saber qué quería la gente. Arlene Upton lo aborrecía en gran medida porque por lo general Al *sabía* qué quería a la gente.

Drew tomó asiento y tomó el vaso.

—¿Cuántos kilos has bajado, Al?

—Trece. Sé que parecen más, pero es porque antes estaba en mi peso. Es de páncreas —vio la expresión de Drew y alzó el dedo que utilizaba para atajar las discusiones en las reuniones de claustro—. Aún no hace falta que tú o Nadine o quien sea se ponga a redactar la necrológica. Los médicos lo detectaron relativamente pronto. Hay mucha confianza.

Drew no vio a su viejo amigo muy confiado, pero se lo calló.

—No hablemos más de mí. Hablemos de la razón que te trae por aquí. ¿Has decidido ya a qué vas a dedicar tu año sabático?

Drew le dijo que quería probar de nuevo a escribir una novela. Esta vez, afirmó, estaba casi seguro de que podía sacarla adelante. Convencido, de hecho.

—Eso mismo dijiste sobre *La aldea de la colina* —señaló Al—, por poco tu trenecito descarriló cuando el proyecto se torció.

—Hablas como Lucy —repuso Drew—. No me lo esperaba.

Al se inclinó hacia delante.

—Escúchame, Drew. Eres un profesor excelente y has escrito algunos relatos magníficos...

—Media docena —lo interrumpió Drew—. Avisa al *Libro Guinness de los récords*.

Al le quitó importancia con un gesto.

—«Rayado» se incluyó en la antología *Mejores relatos*...

—Sí —dijo Drew—. La que seleccionó Doctorow. Que ya lleva unos años muerto.

—Muchos buenos escritores han creado solo relatos —insistió Al—. Poe. Chéjov. Carver. Y aunque sé que tiendes a apartarte de la narrativa popular, en esa misma dirección van Saki y O. Henry. Harlan Ellison en tiempos modernos.

—Todos ellos pasaron con creces de la media docena. Y, Al, se trata de una gran idea. De verdad.

—¿Quieres contármela por encima? ¿A ojo de dron, por así decirlo? —observó a Drew—. No quieres. Ya veo que no.

Drew, que era precisamente eso lo que estaba deseando —¡porque era fenomenal, casi perfecta!—, negó con la cabeza.

—Mejor no airearla, creo. Voy a retirarme un tiempo a la vieja cabaña de mi padre. Lo justo para ponerla en marcha.

—Ah, en TR-90. La Conchinchina, en otras palabras. ¿Qué opina Lucy de eso?

—No le entusiasma, pero su hermana le ayudará con los niños.

—No son los niños lo que le preocupa, Drew. Creo que eso ya lo sabes.

Drew no dijo nada. Pensó en el salón del oeste. Pensó en el sheriff. Ya tenía el nombre del sheriff. Era James Averill.

Al tomó un sorbo de té y luego dejó el vaso junto a un mal-tratado ejemplar de *El Mago* de Fowles. Drew imaginó que había subrayados en todas las páginas: verde para los personajes, azul para el tema, rojo para las frases que Al consideraba dignas de mención. Aún le brillaban los ojos, azules, pero ahora los tenía también una pizca acuosos y ribeteados. A Drew no le gustó la idea de estar viendo cómo se acercaba la muerte en esos ojos, pero pensó que posiblemente así era.

Al se inclinó hacia delante y juntó las manos entre los muslos.

—Dime una cosa, Drew. Dime por qué es esto tan importante para ti.

3

Esa noche, después de hacer el amor, Lucy le preguntó si de verdad tenía que irse.

Drew se detuvo a pensarlo. A pensarlo de verdad. Ella se lo merecía. Eso y mucho más. Había permanecido junto a él, y él, en su mala época, se había apoyado en ella. Lo expresó llanamente.

—Luce, esta podría ser mi última oportunidad.

Se produjo un largo silencio en el lado de la cama que ocupaba Lucy. Drew esperó, consciente de que, si ella se oponía a que se fuera, acataría sus deseos. Finalmente Lucy dijo:

—De acuerdo. Lo quiero por ti, pero me asusta un poco, no te voy a mentir. ¿De qué tratará? ¿O no quieres contármelo?

—Sí quiero. Me muero de ganas de soltarlo, pero es mejor dejar que se acumule la presión. Eso mismo le he contestado a Al cuando me lo preguntó.

—Mientras no vaya de profesores que tienen aventuras con las mujeres de los otros profesores, beben más de la cuenta y tienen crisis de la mediana edad...

—En otras palabras, mientras no sea como *La aldea de la colina*.

Ella le dio un codazo.

—Tú lo has dicho, señor mío, no yo.

—No tiene nada que ver con eso.

—¿No puedes esperar, cielo? ¿Una semana? ¿Solo para tener la seguridad de que es algo real? —y bajando la voz, añadió—: ¿Por mí?

Él no quería; quería viajar al norte al día siguiente y empezar a escribir al otro. Pero... «solo para tener la seguridad de que es algo real». Tal vez no fuese tan mala idea.

—Eso sí es posible.

—De acuerdo. Bien. Y si te marchas al norte, ¿estarás bien? ¿Me lo juras?

—Estaré perfectamente.

Drew vio el brillo fugaz de sus dientes cuando sonrió.

—Eso dicen siempre los hombres, ¿no?

—Si no sale bien, volveré. Si la situación empieza a parecerse..., ya me entiendes.

A eso ella no respondió, o bien porque le creyó o bien porque no le creyó. En cualquier caso, no había conflicto. No iban a discutir al respecto, y eso era lo importante.

Pensaba que Lucy ya se había dormido, o estaba a punto, cuando le hizo la misma pregunta que Al Stamper. Nunca se lo había preguntado antes, ni durante sus dos primeras intentonas con narrativa larga ni siquiera durante la constante calamidad que fue *La aldea de la colina*.

—¿Por qué es tan importante para ti escribir una novela? ¿Es por el dinero? Porque con tu salario y los trabajos de contabilidad que a mí me van saliendo nos va bien. ¿O es por el prestigio?

—Ni lo uno ni lo otro, ya que no existe la menor garantía de que llegue a publicarse. Y si acabara en el cajón de un escritorio, como tantas malas novelas en cualquier parte de este mundo nuestro, me daría igual —en cuanto estas palabras salieron de su boca, comprendió que era la verdad.

—Entonces ¿qué?

A Al le había hablado de culminación. Y de la emoción de explorar un territorio ignoto. (Eso no acababa de creérselo del todo, pero sabía que complacería a Al, un romántico en secreto.) Con Lucy esas bobadas no servían.

—Tengo las herramientas —dijo por fin—. Y tengo el talento. Así que podría ser buena. Incluso podría ser comercial, si es que entiendo el significado de esa palabra en lo que se refiere a narrativa. Que sea buena me importa, pero no es lo principal. No es lo más importante —se volvió hacia ella, le tomó las manos y apoyó la frente contra la suya—. *Necesito terminar*. Solo eso. A eso se reduce. Después podré escribir otra, y con mucho menos *Sturm und Drang*, o dejarlo correr. Tanto lo uno como lo otro me parecerá bien.

—En otras palabras, pasar la página.

—No —había utilizado esa expresión con Al, pero solo porque Al podía entenderla y aceptarla—. Es otra cosa. Algo casi físico. ¿Recuerdas cuando Brandon se atragantó con aquel tomate cherry?

—Nunca lo olvidaré.

Bran tenía cuatro años. Estaban comiendo en el Country Kitchen de Gates Falls. Brandon empezó a ahogarse y a sufrir arcadas y se aferró la garganta. Drew lo agarró, le dio la vuelta y le aplicó la maniobra de Heimlich. El tomate salió despedido de una pieza, y con un audible *plop*, como el corcho de una botella. No sufrió ningún daño, pero Drew nunca olvidaría la expresión de súplica en los ojos de su hijo al darse cuenta de que no podía respirar, y suponía que Lucy tampoco lo olvidaría.

—Esto es lo mismo —dijo Drew—. Solo que lo tengo atascado en el cerebro, no en la garganta. No es que esté asfixiándome, exactamente, pero no tengo aire suficiente. *Necesito terminar*.

—De acuerdo —dijo ella, y le dio unas palmadas en la mejilla.

—¿Lo entiendes?

—No —respondió Lucy—. Pero tú sí, y supongo que con eso basta. Ahora voy a dormirme —se volvió de costado.

Drew permaneció despierto durante un rato, pensando en un pueblo pequeño del oeste, una parte del país donde nunca había estado. Aunque eso era intrascendente. Su imaginación lo llevaría allí, no le cabía la menor duda. Cualquier investigación necesaria podía dejarse para más tarde. En el supuesto, claro, de que transcurrida una semana la idea no se hubiera convertido en un espejismo.

Finalmente se durmió y soñó con un sheriff cojo. Un hijo inútil y haragán encerrado en un calabozo no mayor que una caja de galletas. Hombres apostados en las azoteas. Un pulso que no duraría, que *no podía* durar.

Soñó con Bitter River, Wyoming.

4

La idea no se convirtió en un espejismo. Cobró fuerza, nitidez, y una cálida mañana de octubre, al cabo de una semana, Drew cargó tres cajas de provisiones —básicamente comida enlatada— en la parte de atrás de la vieja Suburban que utilizaban como segundo vehículo. A eso siguió una bolsa de lona con ropa y artículos de baño. A la bolsa siguieron la computadora y la gastada funda que contenía la vieja máquina de escribir portátil de su padre, una Olympia, que se llevaba de reserva. No se fiaba del suministro eléctrico en TR; cuando soplaba el viento, tendían a caerse los cables, y los municipios no incorporados eran el último sitio donde se restablecía la corriente después de un apagón.

Había dado un beso de despedida a los niños antes de que se marcharan al colegio; la hermana de Lucy estaría allí para recibirlos cuando volvieran a casa. Ahora Lucy se hallaba en el camino de acceso con una blusa de manga corta y unos jeans descoloridos. Ofrecía un aspecto esbelto y deseable, pero tenía el entrecejo fruncido, como si empezara a asomar una de sus migrañas premenstruales.

—Ten cuidado —advirtió—, y no lo digo solo por el trabajo. Entre principios de septiembre y la temporada de caza, la zona norte se vacía, y a setenta kilómetros de Presque Isle no hay cobertura de celular. Si te rompes una pierna paseando por el bosque… o te pierdes…

—Cielo, yo no me meto en el bosque. Cuando paseo, *si* es que paseo, me quedo en la carretera —la observó con más detenimiento y no le gustó lo que vio. No era solo por el entrecejo fruncido; en sus ojos se traslucía cierto recelo—. Si necesitas que me quede, me quedo. Solo tienes que decirlo.

—¿De verdad te quedarías?

—Ponme a prueba —rezando por que no lo hiciera.

Ella se miraba las pantuflas. Finalmente alzó la cabeza y la movió en un gesto de negación.

—No. Entiendo que esto es importante para ti. También Stacey y Bran lo entienden. He oído el comentario de Bran al darte el beso de despedida.

Brandon, a sus doce años, había dicho: «Vuelve con una grande, papá».

—Señor mío, quiero que me llames a diario. No más tarde de las cinco, aunque estés inspirado. El celular no funcionará, pero el fijo, sí. Recibimos una factura mensual por él, y he llamado esta mañana para asegurarme. No solo ha sonado; además, me ha salido el antiguo mensaje de tu padre en la contestadora. Se me han puesto los pelos un poco de punta. Como si fuera una voz de ultratumba.

—No me extraña.

El padre de Drew había muerto hacía diez años. Habían conservado la cabaña, que a veces utilizaron ellos mismos y más adelante alquilaron a partidas de caza hasta que el viejo Bill, el que cuidaba la casa, murió. Después de eso ya no se tomaron la molestia. Un grupo de cazadores no había pagado el alquiler completo y otro había causado estragos en la cabaña. No valía la pena.

—Tendrías que grabar un mensaje nuevo.

—Lo haré.

—Y te aviso, Drew: si no recibo noticias tuyas, me plantaré allí.

—No sería buena idea, cielo. El Volvo se quedaría sin tubo de escape en los últimos veinticinco kilómetros de la Carretera de Mierda. Y seguramente también sin caja de velocidades.

—Me da igual. Porque… voy a decirlo, ¿está bien? Cuando las cosas se tuercen con uno de los relatos, puedes dejarlo de lado. Andas por casa cabizbajo una semana o dos y luego vuelves a ser el de siempre. Con *La aldea de la colina*, la cosa fue muy distinta, y luego, todo el año siguiente, los niños y yo vivimos aterrorizados.

—Esto es…

—Distinto, lo sé, lo has dicho ya cinco o seis veces, y te creo, pese a que no sé nada de la historia, aparte de que no va de una pandilla de profesores calenturientos que organizan fiestas de intercambio de parejas en Updike. Solo… —lo tomó de los antebrazos y lo miró muy seria—. Si empieza a torcerse, si empiezas a quedarte sin palabras como te pasó con *Aldea*, vuelve a casa. ¿Entendido? *Vuelve a casa.*

—Te lo prometo.

—Ahora bésame como si lo dijeras convencido.

Él lo hizo, le separó delicadamente los labios con la lengua y le metió una mano en el bolsillo trasero de los jeans. Cuando se apartó de ella, Lucy estaba sonrojada.

—Sí —dijo—. Así.

Drew montó en la Suburban, y acababa de llegar al pie del camino de acceso cuando Lucy exclamó «¡Espera! ¡Espera!» y echó a correr detrás de él. Iba a decirle que había cambiado de idea, que quería que se quedara e intentara escribir el libro en el despacho de la planta de arriba, Drew estaba seguro, y tuvo que contener el deseo de apretar el acelerador y alejarse rápidamente por Sycamore Street sin mirar por el retrovisor. No obstante, paró, invadiendo ya la calle con el extremo posterior de la Suburban, y bajó la ventanilla.

—¡Papel! —dijo ella sin aliento y con el cabello sobre los ojos. Echó adelante el labio inferior y se lo apartó de la cara de un soplido—. ¿Llevas papel? Porque dudo mucho que allí encuentres.

Drew sonrió y le acarició la mejilla.

—Dos paquetes. ¿Crees que con eso tendré suficiente?

—A no ser que tengas previsto escribir *El Señor de los Anillos*, debería bastarte —se situó a su misma altura y lo miró. El ceño había desaparecido de su frente, al menos por el momento—. Vamos, Drew. Márchate de aquí y trae una grande.

5

Cuando dobló en la vía de acceso a la I-295, donde tiempo atrás había visto a un hombre cambiar una llanta ponchada, Drew sintió despreocupación. Su vida real —los niños, los encargos, los quehaceres domésticos, la recogida de Stacey y Brandon tras las actividades extraescolares— había quedado atrás. Volvería a ella al cabo de dos semanas, tres a lo sumo, y supuso que tendría que escribir la mayor parte del libro en medio del barullo de la vida real, pero lo que tenía por delante era otra vida, una que viviría en su imaginación. Nunca había sido capaz de habitar de forma plena esa vida mientras trabajaba en las otras tres novelas, nunca había sido del todo capaz de creer. Esta vez presentía que lo conseguiría. Su cuerpo estaría en aquella cabaña sencilla y austera de los bosques de Maine, pero el resto de él se hallaría en el pueblo de Bitter River, Wyoming, donde un sheriff cojo y sus tres ayudantes amedrentados afrontaban la misión de proteger a un joven que había matado a sangre fría a una mujer aún más joven delante de al menos cuarenta testigos. Protegerlo de los iracundos vecinos del pueblo era solo la mitad de la tarea de los representantes de la ley. El resto consistía en trasladarlo a la capital del condado, donde lo juzgarían (si es que Wyoming tenía condados en la década de 1880; eso lo indagaría más tarde). Drew no sabía de dónde había sacado el viejo Prescott al pequeño regimiento de pistoleros con los que pretendía impedir ese traslado, pero tenía la certeza de que acabaría encontrando la solución a eso.

Al final, todo llegaría.

Se incorporó a la I-95 en Gardiner. A noventa por hora, la Suburban —con casi doscientos mil kilómetros a cuestas— vibraba, pero, en cuanto rebasaba los cien, la vibración desaparecía y ese viejo armatoste iba como la seda. Aún tenía cuatro horas de viaje por delante, la última por carreteras cada vez más estrechas que culminaban en lo que los lugareños de TR llamaban la Carretera de Mierda.

El viaje lo ilusionaba, pero no tanto como la perspectiva de abrir la computadora, conectarla a la pequeña impresora Hewlett-Packard y crear un documento que titularía BITTER RIVER #1. Por una vez, pensar en el abismo de espacio en blanco bajo el cursor parpadeante no le provocó una mezcla de esperanza y temor. Al dejar atrás el término municipal de Augusta, sentía solo impaciencia. Esta vez todo iría bien. Mejor que bien. Esta vez todo saldría de maravilla.

Encendió el radio y empezó a cantar junto con los Who.

6

A media tarde, Drew paró ante el único comercio de TR-90, un establecimiento caótico con el techo combo que se llamaba Big 90 General Store (Big, «grande», como si por allí cerca hubiese un Small 90, «pequeño», en algún sitio). Llenó el tanque de la Suburban, ya casi vacío, en una vieja y herrumbrosa bomba giratoria en la que un letrero anunciaba SOLO EN EFECTIVO y SOLO GASOLINA NORMAL y SE PERSEGUIRÁ A QUIENES SE DEN A LA FUGA SIN PAGAR y DIOS BENDIGA A

ESTADOS UNIDOS. El precio era de 1.1 dólares el litro. En la zona norte, uno pagaba precios de gasolina súper incluso por la gasolina normal. Drew se detuvo en el pórtico de la tienda para descolgar el auricular del teléfono público salpicado de bichos que ya estaba ahí cuando él era niño, junto con lo que, habría jurado, era el mismo letrero, ya casi ilegible de tan descolorido: NO DEPOSITE LAS MONEDAS HASTA QUE LE RESPONDAN. Drew oyó el zumbido de la línea, asintió, dejó el auricular en el gancho oxidado y entró.

—Ajá, ajá, todavía funciona —dijo el refugiado de *Jurassic Park* que se encontraba sentado detrás del mostrador—. Increíble, ¿no? —tenía los ojos enrojecidos, y Drew se preguntó si habría estado fumando Aroostook County Gold. Luego el viejo se sacó del bolsillo trasero un pañuelo recubierto de una costra de mocos y estornudó en él—. Malditas alergias, me pasa cada otoño.

—Mike DeWitt, ¿no? —preguntó Drew.

—Qué va, Mike era mi padre. Falleció en febrero. Noventa y siete putos años, y los últimos diez no sabía si iba a pie o a caballo. Yo soy Roy —tendió la mano por encima del mostrador.

Drew no deseaba estrechársela (con esa había manipulado el moquero), pero, como lo habían enseñado a ser educado, le dio un único apretón.

DeWitt se bajó los lentes a la punta de la nariz aguileña y examinó a Drew por encima de ellos.

—Ya sé que me parezco a mi padre, para mi desgracia, y usted se parece al suyo. *Es* el hijo de Buzzy Larson, ¿no? No Ricky, el otro.

—Exacto. Ahora Ricky vive en Maryland. Yo soy Drew.

—Claro, eso. Venía por aquí con la mujer y los hijos, pero de eso hace ya tiempo. Profesor, ¿no?

—Sí —entregó tres billetes de veinte a DeWitt, que los metió en la caja y devolvió seis billetes flácidos de uno.

—Oí decir que Buzzy murió.

—Pues sí. Mi madre también —una pregunta menos que contestar.

—Lo lamento. ¿Qué hace aquí en esta época del año?

—Es mi año sabático. He pensado en retirarme a escribir un poco.

—Ah, ¿sí? ¿A la cabaña de Buzzy?

—Si la carretera está transitable —lo dijo solo para no dar la impresión de que era un absoluto forastero. Incluso si la carretera estaba en malas condiciones, encontraría la manera de abrirse paso con el Suburban. No había llegado hasta allí para darse la vuelta sin más.

DeWitt permaneció callado un momento para sorberse la flema y luego dijo:

—Bueno, no la llaman Carretera de Mierda porque sí, ya lo sabe, y probablemente se desbordaron una o dos alcantarillas cuando la escorrentía de primavera, pero va usted en su camioneta doble tracción, así que no debería tener problemas. Ya sabrá que el viejo Bill murió.

—Sí. Un hijo suyo me mandó un aviso. No pudimos venir al funeral. ¿Fue algo del corazón?

—De la cabeza. Se la atravesó de un tiro —Roy DeWitt transmitió este dato con gusto tangible—. Verá, tenía alzhéimer. La policía encontró una libreta en la guantera con muchas cosas escritas. Direcciones, números de teléfono, el nombre de su mujer. Incluso el nombre del puto perro. No lo aceptó, para que me entienda.

—Dios mío —dijo Drew—. Qué horror.

Y lo era. Bill Colson había sido un hombre amable y considerado, que iba siempre bien peinado y con la camisa remetida, oliendo a Old Spice, siempre pendiente de informar sin demora al padre de Drew —y más tarde al propio Drew— de las reparaciones necesarias y de su costo.

—Ajá, ajá, y si no sabe eso, supongo que tampoco sabrá que se mató delante de su cabaña.

Drew lo miró con asombro.

—¿En serio?

—Yo no bromearía con... —reapareció el pañuelo, más húmedo y asqueroso que nunca. DeWitt estornudó en él—. Con una cosa así. Pues sí. Estacionó la camioneta, se plantó el cañón de su treinta-treinta debajo del mentón y apretó el gatillo. La bala lo atravesó y rompió el vidrio trasero. El alguacil Griggs estaba justo donde está usted ahora cuando me lo contó.

—Dios bendito —dijo Drew, y, de repente, algo cambió en su mente.

En lugar de sostener la pistola contra la sien de la chica del salón de baile, Andy Prescott, el hijo haragán, apuntaba ahora a su barbilla... y, cuando apretara el gatillo, la bala saldría por detrás del cráneo y rompería el espejo situado al otro lado de la barra. Utilizar el relato de ese anciano carroñero sobre la muerte del viejo Bill en su propia novela tenía sin duda algo de oportunismo, incluso de vil explotación, pero eso no iba a disuadirlo. La escena era demasiado buena.

—Penoso, desde luego —dijo DeWitt. Intentaba aparentar tristeza, quizá incluso una actitud filosófica, pero en su voz se advertía un inconfundible regodeo. También él se daba cuenta de cuando algo era muy bueno, pensó Drew—. Pero al menos así sabemos que el vejo Bill se mantuvo fiel a sí mismo hasta el final.

—¿A qué se refiere?

—Me refiero a que montó el estropicio en la camioneta, no en la cabaña de Buzzy. Él nunca habría hecho una cosa así, al menos mientras le quedara un poco de cordura —empezó a atascarse y resoplar otra vez, y se apresuró a sacar el pañuelo, pero esta vez no llegó a tiempo de capturar todo el estornudo. Que fue jugoso—. Él *cuidaba* de aquello, ¿entiende?

7

Ocho kilómetros al norte de Big 90, desaparecía el asfalto. Después de otros ocho kilómetros de lodo compactado con manchas de aceite, Drew llegó a una bifurcación. Tomó a la izquierda por una pista de tosca grava que golpeaba y repiqueteaba en los bajos del Suburban. Esa era la Carretera de Mierda, sin el menor cambio desde su infancia, por lo que podía ver. En dos ocasiones tuvo que aminorar la velocidad a cinco u ocho kilómetros por hora a fin de superar rieras allí donde en efecto las alcantarillas se habían desbordado con la escorrentía de primavera. En otras dos ocasiones tuvo que parar, bajarse y apartar árboles caídos en la carretera. Por suerte, eran abedules, y pesaban poco. Uno se partió en sus manos.

Llegó a la cabaña de los Cullum —vacía, tapiada, con el paso cortado mediante una cadena— y a partir de ahí empezó a contar los postes de teléfono y electricidad, tal como hacían Ricky y él de niños. Unos cuantos se hallaban ladeados en precario equilibrio a estribor o babor, pero seguía habiendo exactamente 66 entre la cabaña de los Cullum y el camino invadido por la maleza —también cortado el paso con una cadena—, donde un cartel, pintado por Lucy cuando los niños eran pequeños, anunciaba: CHEZ LARSON. Más allá de ese camino, como él sabía, había otros diecisiete postes, que terminaban en la cabaña de los Farrington, a orillas del lago Agelbemoo.

Más allá de la cabaña de los Farrington se extendía una enorme franja de bosque sin suministro eléctrico, al menos ciento cincuenta kilómetros a cada lado de la frontera canadiense. A veces Ricky y él iban a mirar lo que llamaban el Último Poste. Ejercía cierta fascinación en ellos. Más allá no existía nada para mantener a raya la noche. Drew había llevado una vez a Stacy y a Brandon a ver el Último Poste, y no había pasado por alto la expresión que cruzaron, como diciendo «¿Y qué?». Daban por supuesto que la electricidad —además del wifi— continuaba eternamente.

Se bajó del Suburban y, forcejeando con la llave a uno y otro lado hasta que por fin giró, abrió el candado de la cadena. Debería haber comprado 3 en 1 en la tienda, pero uno no podía pensar en todo.

El camino de acceso tenía casi quinientos metros de largo, y las ramas rozaron los flancos y el techo del Suburban desde el principio hasta el final. En lo alto pendían dos cables, uno para la electricidad y otro para el teléfono. Recordó que antiguamente estaban tensos, pero ahora colgaban combados a lo largo de la diagonal trazada en su día desde la carretera por la Compañía Eléctrica del Norte de Maine.

Llegó a la cabaña. Se veía desolada, olvidada. La pintura verde se descascaraba ahora que Bill Colson no estaba allí para dar otra mano; el tejado de acero galvanizado estaba cubierto de pinocha y demás hojarasca, y la antena parabólica en lo alto (la concavidad llena también de hojas) parecía un chiste allí en medio del bosque. Se preguntó si Luce había estado pagando los recibos mensuales por la antena además de por el teléfono. En tal caso, probablemente había sido tirar el dinero, porque dudaba que aún funcionase. Dudaba asimismo que DirecTV devolviera el importe de los recibos con una nota en la que comunicara: «Eh, le reembolsamos el pago porque su antena se ha ido a la mierda». El pórtico presentaba un aspecto maltrecho, pero parecía bastante sólido (aunque eso no convenía darlo por sentado). Debajo vio una lona verde descolorida que cubría lo que, supuso Drew, era una carga o dos de leña, tal vez la última que el viejo Bill llevó.

Salió y se detuvo junto al Suburban con una mano apoyada en el cofre caliente. En algún sitio graznó un cuervo. A lo lejos, contestó otro cuervo. Aparte del murmullo del arroyo Godfrey en su descenso hacia el lago, no se oía nada.

Drew se preguntó si se habría estacionado en el mismo lugar donde Bill Colson estacionó su camioneta para volarse los sesos. ¿No existía una escuela de pensamiento —quizá en la Inglaterra medieval— que sostenía que los fantasmas de los suicidas se veían obligados a permanecer allí donde habían puesto fin a su vida?

Se encaminó hacia la cabaña diciéndose (a modo de reprimenda) que era demasiado mayor para historias de fogata de campamento cuando oyó que algo avanzaba hacia él. Lo que surgió de la cortina de pinos que se alzaba entre el claro de la cabaña y el arroyo no era un fantasma ni un zombi, sino una cría de alce que se tambaleaba sobre unas patas absurdamente largas. Llegó hasta el pequeño cobertizo de las herramientas contiguo a la casa y, al ver a Drew, se detuvo. Se miraron, y Drew pensó que el alce —fuera joven o adulto— se hallaba entre las criaturas más feas e inverosímiles creadas por Dios, y a saber qué pensó la cría.

—Aquí estás a salvo, muchacho —dijo Drew en voz baja, y la cría levantó las orejas.

A continuación se oyó más barullo, este mucho más estridente, y la madre del pequeño alce se abrió paso a través de los árboles. Le cayó una rama en la cabeza y se la sacudió. Miró fijamente a Drew, agachó el testuz y escarbó con la pata en la tierra. Echó atrás las orejas y las aplanó contra la cabeza.

Se propone embestirme, pensó Drew. *Me ve como una amenaza para su cría, y se propone embestirme.*

Pensó en echar a correr hacia el Suburban, pero quizá estuviese —probablemente estaba— demasiado lejos. Y si echaba a correr, aun alejándose de la cría, quizá la madre reaccionase mal. Se limitó, pues, a quedarse donde estaba, intentando transmitir pensamientos apaciguadores al animal de más de cuatrocientos kilos que se hallaba a menos de treinta metros de distancia. *No tienes de qué preocuparte, mamá, soy inofensivo.*

Ella lo observó durante unos quince segundos, tal vez, con la cabeza inclinada, escarbando en la tierra con una pezuña. A él se le antojó más tiempo. Luego se acercó a su cría (sin apartar la mirada del intruso) y se situó entre el pequeño alce y Drew. Le lanzó otra larga mirada, como si se planteara cuál debía ser su siguiente paso. Drew permaneció inmóvil. Estaba muy asustado, pero también extrañamente excitado. Pensó: *Si me embiste desde esa distancia, me matará, o quedaré tan mal herido que es posible que muera de todos modos. Si no, voy a realizar aquí un trabajo brillante.* Brillante.

Supo que era una falsa equivalencia incluso en ese momento, con su vida en peligro —bien podría haber sido un niño convencido de que recibiría una bicicleta de regalo de cumpleaños si determinada nube ocultaba el sol—, pero al mismo tiempo presintió que era totalmente cierto.

De pronto la mamá alce meneó la cabeza y dio un testarazo a la cría en los cuartos traseros. Esta emitió un sonido semejante al balido de una oveja, muy distinto del ronco quejido del reclamo del padre, y se dirigió al trote hacia el bosque. La mamá lo siguió y, antes de desaparecer, se detuvo para lanzar a Drew una última mirada torva: «Sígueme y morirás».

Drew dejó escapar el aliento que, sin darse cuenta, había contenido (un recurso trillado de las novelas de suspense que resultó ser cierto) y fue hacia el pórtico. La mano con que sostenía las llaves le temblaba un poco. Ya estaba diciéndose que en realidad no había corrido el menor peligro; si uno no molesta a un alce —aun si se trata de una mamá alce protectora—, el alce no lo molesta a uno.

Además, podría haber sido peor. Podría haber sido un oso.

8

Al entrar, esperaba encontrárselo todo patas arriba, pero la cabaña estaba impecable y en orden. Obra del viejo Bill, sin duda; incluso era posible que hubiera ordenado todo por última vez el día que se quitó la vida. El viejo tapete de Aggie Larson seguía en el centro del salón, con el contorno raído pero por lo demás indemne. Había un calentador de leña Ranger sobre unos ladrillos y en espera de que la encendieran, su ventanilla de mica tan limpia como el suelo. A la izquierda se hallaba la estufa, muy rudimentaria. A la derecha, con vistas al bosque que descendía hacia el arroyo, estaba la mesa de roble donde comían. Ocupaban el fondo del salón un sofá combado, un par de sillones y una chimenea que Drew no tenía intención de encender. A saber cuánta creosota se había acumulado en el tiro, aparte de fauna: ratones, ardillas, murciélagos.

La estufa era una Hotpoint que probablemente había sido nueva en los tiempos en que el único satélite que circundaba la Tierra era la Luna. A su lado, abierta y en cierto modo con aspecto de cadáver, se alzaba un refrigerador sin enchufar. Estaba vacío salvo por una caja de bicarbonato Arm & Hammer. La televisión, en la zona de estar, era portátil y se encontraba sobre un carrito con ruedas. Recordó los tiempos en que los cuatro se sentaban delante a ver repeticiones de *M.A.S.H.* y comer platos precocinados.

Una escalera de tablones se elevaba contra la pared oeste de la cabaña. Arriba había una especie de galería revestida de estanterías que contenían en su mayor parte libros de bolsillo, lo que Lucy llamaba «lectura de campamento para días de lluvia». Desde la galería se accedía a dos pequeños dormitorios. Drew y Lucy dormían en uno; los niños, en el otro. ¿Dejaron de ir cuando Stacey empezó a quejarse de que allí no tenía intimidad? ¿Fue esa la razón? ¿O sencillamente estaban demasiado ocupados para pasar unas semanas en la cabaña en verano? Drew no lo recordaba. Solo se alegraba de estar ahora allí, y se alegraba de que ninguno de los inquilinos se hubiese apropiado del tapete de su madre… Aunque ¿por qué iban a robarlo? En su día había sido magnífico, pero ya solo servía para pisarlo con el calzado embarrado o los pies descalzos húmedos después de vadear el arroyo.

—Aquí puedo trabajar —dijo Drew—. Sí.

Se sobresaltó al oír su propia voz —tenso aún tras el cruce de miradas con mamá alce, supuso— y se echó a reír.

No necesitaba probar la electricidad, porque veía los destellos del piloto rojo en el viejo contestador automático de su padre, pero accionó el interruptor de las luces del techo de todos modos, pues la luz de la tarde empezaba a declinar. Se acercó al contestador y oprimió PLAY.

«Soy Lucy, Drew.» La voz sonó vacilante, como si procediera de veinte mil leguas bajo el mar, y Drew recordó que esa vieja contestadora era en esencia un casete. Lo asombroso era que aún funcionara. «Son las tres y diez, y estoy un poco preocupada. ¿Has llegado ya? Llámame en cuanto puedas.»

A Drew le hizo gracia y a la vez lo irritó. Había viajado hasta allí para evitar distracciones, y nada necesitaba menos que tener a Lucy mirando por encima de su hombro durante las tres semanas siguientes. Aun así, supuso que su preocupación era justificada. Podría haber sufrido un accidente en el camino o una descompostura en la Carretera de Mierda. Ciertamente no podía preocuparle que él se hubiera trastornado a causa de un libro que ni siquiera había empezado a escribir.

Al pensar eso, rememoró una conferencia que el Departamento de Literatura había patrocinado hacía cinco o seis años: Jonathan Franzen habló a una sala con el aforo completo sobre la creación artística en el oficio de novelista. Había dicho que la culminación de la experiencia de escribir una novela se producía en realidad antes de que el escritor comenzara, cuando todo se hallaba aún en su imaginación. «Incluso los elementos que están más claros en tu mente se pierden en la transcripción», había dicho Franzen. Drew recordó haber pensado que resultaba un tanto egocéntrico de su parte dar por sentado que su experiencia era el caso general.

Drew descolgó el auricular (el viejo modelo en forma de mancuerna, negro y asombrosamente pesado), oyó un tono estable en la línea y llamó a Lucy al celular.

—Ya estoy aquí —dijo—. Ningún problema.

—Ah, bien. ¿Qué tal la carretera? ¿Qué tal la cabaña?

Charlaron un rato, y luego habló con Stacey, que, recién llegada del colegio, exigió el teléfono. Luego habló otra vez Lucy y le recordó que cambiara el mensaje del contestador porque le ponía los pelos de punta.

—Solo puedo prometerte que lo intentaré. Este aparato debía de ser lo último en los años setenta, pero de eso hace casi medio siglo.

—Haz lo que puedas. ¿Has visto algún animal?

Drew pensó en mamá alce, con la cabeza inclinada como si estuviera decidiendo si embestirlo y pisotearlo hasta matarlo.

—Unos cuantos cuervos y poco más. Oye, Luce, quiero meter mis cosas antes de que se ponga el sol. Luego te llamo.

—Estaría bien a eso de las siete y media. Así podrás hablar con Brandon, que para entonces ya habrá vuelto. Ha ido a cenar a casa de su amigo Randy.

—Entendido.

—¿Algo más de lo que informar? —quizá se percibiera preocupación en su voz, o quizá fueran solo imaginaciones de Drew.

—No. Todo en orden en el frente occidental. Te quiero, cielo.

—Y yo a ti.

Colgó el curioso auricular anticuado y habló a la cabaña vacía.

—Ah, espera, otra cosa, cariño. El viejo Bill se voló la cabeza justo delante de la puerta.

Y, para su propia sorpresa, se echó a reír.

9

Para cuando hubo metido el equipaje y las provisiones, pasaban de las seis y tenía hambre. Probó la llave de la cocina y, después de unos cuantos resoplidos y golpetazos en las cañerías, empezó a salir agua turbia a borbotones, que finalmente manó fría, clara y uniforme. Llenó un cazo, encendió la Hotpoint (al oír el zumbido grave del quemador grande, evocó otras comidas allí) y esperó a que el agua hirviera para añadir los espaguetis. También tenía salsa. Lucy había puesto un frasco de Ragú en una de las cajas de víveres. Él se habría olvidado.

Se planteó calentar una lata de chícharos, y lo descartó. Estaba de campamento y comería al estilo campamento. Aunque sin alcohol; no había llevado ninguna botella y no había comprado nada en Big 90. Si el trabajo iba bien, como preveía, podría recompensarse con un pack de Bud la siguiente vez que visitase la tienda. Quizá incluso encontrara algo para una ensalada, aunque tenía la impresión de que, en lo referente a hortalizas y verduras, Roy DeWitt tenía palomitas y salsa de pepinillos para hot dogs, y eso le bastaba y le sobraba. Quizá incluía algún que otro tarro de chucrut para aquellos con gustos exóticos.

Mientras esperaba a que el agua hirviese y a que la salsa se calentase, Drew encendió la televisión esperando ver solo nieve. En cambio, apareció una pantalla azul y el mensaje DIRECTV CONECTANDO. Drew tenía sus dudas al respecto, pero dejó que la televisión siguiera con lo suyo. En el supuesto de que estuviera haciendo algo.

Mientras revolvía en uno de los armarios inferiores, la voz de Lester Holt sonó a todo volumen en la cabaña, sobresaltándolo de tal modo que lanzó un grito y se le cayó la coladera que acababa de encontrar. Cuando se dio media vuelta, vio imágenes del noticiario de la noche de la NBC, claras como el agua. Lester informaba sobre el último pastiche de Trump, y cuando pasó la noticia a Chuck Todd para que diera los detalles sucios, Drew tomó el control remoto y lo apagó. Le complacía saber que funcionaba, pero no estaba dispuesto a embarullarse la cabeza con Trump, el terrorismo o los impuestos.

387

Hirvió un paquete entero de espaguetis y se los comió casi todos. En su mente, Lucy blandía un dedo en un gesto de desaprobación y mencionaba —una vez más— su creciente barriga de la mediana edad. Drew le recordó que se había saltado el almuerzo. Mientras lavaba sus escasos platos, pensó en mamá alce y el suicidio. ¿Cabía alguno de esos elementos en *Bitter River*? Mamá alce probablemente no. El suicidio quizá.

Supuso que Franzen tenía cierta razón en cuanto a la etapa previa al momento de empezar a escribir de verdad una novela. *Era* una buena etapa, porque todo lo que veías y oías era posible leña para el fuego. Todo era maleable. La mente podía construir una ciudad, remodelarla, luego arrasarla, todo ello mientras tú te dabas una ducha, te afeitabas u orinabas. En cambio, cuando comenzabas, todo eso cambiaba. Cada escena que escribías, cada *palabra* que escribías, limitaba un poco más tus opciones. Al final, eras como una vaca trotando por un estrecho conducto sin salida, trotando hacia la…

—No, no, no es así de ninguna manera —dijo, sobresaltado de nuevo por el sonido de su propia voz—. De ninguna manera.

10

En la espesura del bosque oscurecía deprisa. Drew recorrió la cabaña encendiendo las lámparas (eran cuatro, cada pantalla más fea que la anterior) y después se enfrentó a la contestadora automática. Escuchó dos veces el mensaje de su padre muerto, su buen padre, que nunca, por lo que él recordaba, había hablado en mal tono o levantado la mano a sus hijos (el mal tono y las manos en alto habían sido la especialidad de su madre). No le parecía bien borrarlo pero, como no había una cinta de repuesto para el contestador en el escritorio de su padre, las órdenes de Lucy no le dejaron otra alternativa. Su grabación fue breve y al grano: «Aquí Drew. Deja un mensaje, por favor».

Hecho eso, se puso una chamarra ligera y salió a sentarse en los peldaños de la entrada para contemplar el cielo. Siempre lo asombraba la cantidad de estrellas que se veían cuando uno se alejaba de la contaminación lumínica incluso de una localidad relativamente pequeña como Falmouth. Dios había vertido una jarra de luz allí arriba, y más allá de eso se hallaba la eternidad. El misterio de una realidad tan amplia escapaba a toda comprensión. Se levantó una brisa, que hizo susurrar los pinos a su modo lastimero, y de repente Drew se sintió muy solo y muy pequeño. Lo recorrió un escalofrío y, al volver a entrar, decidió que probaría a encender un fuego pequeño en el calentador de leña, solo para asegurarse de que la cabaña no se llenaba de humo.

Flanqueaban la chimenea dos cajas, una con yesca, que probablemente había metido el viejo Bill cuando amontonó el último cargamento de leña bajo el pórtico. La otra contenía juguetes.

Drew apoyó una rodilla en el suelo y revolvió entre ellos. Un frisbee Wham-O, que recordaba vagamente: Lucy, los niños y él lanzándoselo en la parte delantera, riéndose cada vez que alguien lo mandaba a los arbustos de morella y tenía que ir a buscarlo. Un muñeco Stretch Armstrong que casi con toda seguridad había sido de Brandon, y una Barbie (indecentemente en topless), que sin duda había pertenecido a Stacey. Sin embargo, otras cosas no las recordaba o nunca las había visto. Un osito de peluche con un solo ojo. Una baraja de Uno. Unas cuantas estampas de beisbol. Un juego llamado Tirar los Cerdos. Un trompo que exhibía alrededor un círculo de monos con guantes de beisbol; cuando lo hizo girar entre los dedos y lo soltó, se tambaleó como borracho por el suelo y silbó «Take me Out to the Ball Game». Esto último no le gustó. Mientras el trompo bailaba, los monos parecían subir y bajar los guantes, como pidiendo ayuda, y la melodía empezó a sonar vagamente siniestra.

Consultó su reloj antes de llegar al fondo de la caja, vio que eran las ocho y cuarto, y telefoneó a Lucy. Se disculpó por el retraso, aduciendo que lo había distraído una caja de juguetes.

—Me parece que he reconocido al viejo Stretch Armstrong de Bran...

Lucy dejó escapar un gemido.

—Por Dios, yo lo detestaba. Olía *rarísimo*.

—Ya me acuerdo. Y también unas cuantas cosas más, pero hay algunas que juraría que no había visto nunca. ¿Tirar los Cerdos?

—Tirar los *¿qué?* —se rio.

—Es un juego infantil. ¿Y qué me dices de un trompo con monos? Cuando gira, suena «Take Me Out to the Ball Game».

—Ni idea... Ah, espera. Hace tres o cuatro años alquilamos la cabaña a una familia, los Pearson, ¿te acuerdas?

—Vagamente —no se acordaba en absoluto. Si hacía tres años, con toda probabilidad él estaba inmerso en *La aldea de la colina. Amarrado*, más bien. Maniatado y amordazado. Sadomasoquismo literario.

—Tenían un hijo pequeño, de seis o siete años. Algunos de esos juguetes debían de ser suyos.

—Me sorprende que no los echara de menos —comentó Drew. Estaba examinando el oso de peluche, que presentaba los retazos de desgaste propios de un juguete que había sido abrazado a menudo y con fervor.

—¿Quieres hablar con Brandon? Está aquí.

—Claro.

—¡Hola, papá! —dijo Bran—. ¿Ya has acabado el libro?

—Muy gracioso. Empiezo mañana.

—¿Qué tal por ahí? ¿Está agradable?

Drew echó una ojeada alrededor. El amplio espacio de la planta baja se veía apacible con las luces del techo y de las lámparas. Incluso las horribles sombras quedaban bien. Y si el tiro del calentador no estaba obstruido, un poco de fuego atenuaría el ligero frío.

—Sí —contestó—. Está agradable.

Era verdad. Se sentía a salvo. Y se sentía preñado, a punto de parir. No le daba miedo empezar el libro al día siguiente; solo estaba expectante. Las palabras brotarían, tenía la certeza absoluta.

El calentador funcionaba perfectamente: el conducto estaba libre de obstrucciones y tiraba bien. Cuando la lumbre quedó reducida a ascuas, hizo la cama en el dormitorio principal (una broma, en la habitación apenas había espacio suficiente para darse la vuelta) con sábanas y cobijas que olían un poco a rancio. A las diez se acostó y, escuchando el susurro del viento en los aleros, contempló la oscuridad. Pensó en el suicidio del viejo Bill ante la puerta, pero solo brevemente, y no con miedo u horror. Lo que sintió al pensar en los momentos finales de quien cuidaba la casa —el círculo de acero en contacto con el lado inferior del mentón, las últimas imágenes y latidos y pensamientos— no difirió mucho de lo que había sentido al mirar el complejo y exorbitante despliegue de la Vía Láctea. La realidad era profunda, y estaba lejos. Contenía muchos secretos y se extendía eternamente.

11

A la mañana siguiente madrugó. Desayunó y luego llamó a Lucy. Ella se disponía a mandar a los niños a la escuela —regañando a Staccy porque no había terminado la tarea, diciendo a Brand que había dejado la mochila en la sala—, así que su conversación fue forzosamente breve. Tras despedirse, Drew se puso la chamarra y bajó hasta el arroyo. En algún momento habían talado los árboles de la otra orilla, con lo que se disfrutaba de una magnífica vista del bosque que se extendía ondulante a lo lejos. El cielo se teñía de manera gradual de un azul más intenso. Se quedó allí de pie durante casi diez minutos, deleitándose en la belleza sin pretensiones del mundo que lo rodeaba e intentando vaciar la mente. Prepararla.

Cada semestre daba un bloque de clases de literatura estadounidense moderna y literatura británica moderna, pero, como era un autor publicado (y nada menos que en *The New Yorker*), su función principal consistía en enseñar escritura creativa. Al principio de cada clase y cada seminario, hablaba del proceso de creación. Decía a sus alumnos que, del mismo modo que la gente desarrollaba determinadas rutinas antes de acostarse, era importante contar con una rutina cuando uno se preparaba para la sesión de trabajo diaria. Era como la serie de pases que ejecuta un hipnotizador cuando prepara a su sujeto para el estado de trance.

«El acto de escribir narrativa o poesía se ha comparado con el hecho de soñar —decía a sus alumnos—, pero creo que eso no es del todo preciso. Creo que se acerca más a la hipnosis. Cuanto más se ritualizan los preparativos, más fácil resulta entrar en ese estado.»

Él practicaba lo que predicaba. Cuando regresó a la cabaña, preparó café. En el transcurso de la mañana, bebería dos tazas, fuerte y solo. Mientras esperaba a que se hiciera, se tomó las vitaminas y se lavó los dientes. Uno de los inquilinos había encajonado el viejo escritorio de su padre bajo la escalera, y Drew decidió dejarlo allí. Un sitio extraño para trabajar, quizá, pero curiosamente acogedor. Casi como un útero. En su despacho de casa, su último acto ritual antes de empezar a trabajar habría sido ordenar sus papeles en pilas y dejar un espacio vacío a la izquierda de la impresora para el texto reciente, pero en ese escritorio no había nada que ordenar.

Encendió la computadora y creó un documento en blanco. Lo que también formaba parte del ritual, supuso: poner nombre al documento (BITTER RIVER #1), dar formato al documento y elegir una fuente. En *Aldea* había escogido Book Antiqua, pero no tenía intención de usarla en *Bitter River*; seguro traería mala suerte. Consciente de que podían producirse apagones, lo que lo obligaría a recurrir a la máquina portátil Olympia, eligió la fuente American Typewriter.

¿Eso era todo? No, una cosa más. Activó la opción de autorrecuperación. Aun si había un corte de luz, difícilmente perdería el material, porque la computadora tenía la batería cargada, pero era mejor prevenir que lamentar.

El café estaba listo. Se sirvió una taza y se sentó.

¿De verdad quieres hacer esto? ¿De verdad te propones *hacer esto?*

La respuesta a ambas preguntas era sí, y por tanto centró el cursor parpadeante en la página y escribió:

Capítulo 1

Oprimió intro y se quedó muy quieto un momento. A cientos de kilómetros al sur de allí, Lucy, supuso Drew, estaba sentada con su propia taza de café delante de su propia computadora abierta, donde guardaba la contabilidad de sus clientes actuales. Pronto entraría en su propio trance hipnótico —números en lugar de palabras—, pero en ese momento pensaba en él. Drew estaba casi seguro. Pensaba en él y esperaba, quizá incluso rezaba, pidiendo que... ¿Cómo lo había expresado Al Stamper?... no descarrilara su trenecito.

—Eso no va a ocurrir —dijo—. Va a ser como escribir al dictado.

Miró aún durante un momento el cursor parpadeante y luego escribió:

Cuando la chica gritó, un sonido tan agudo que podría haber roto un cristal, Herk dejó de tocar el piano y se volteó.

A partir de ahí, Drew se perdió.

12

Desde el principio de su vida docente, se había organizado el horario para empezar las clases ya avanzado el día, porque, cuando trabajaba en su obra narrativa, le gustaba comenzar a las ocho. Siempre se obligaba a seguir hasta las once, pese a que muchos días a partir de las diez y media ya le resultaba difícil avanzar. A menudo se acordaba de una anécdota —probablemente apócrifa— que había leído sobre James Joyce. Un amigo de este entró en casa del famoso escritor y lo encontró sentado a su mesa con la cabeza entre los brazos, la viva imagen de la desesperación. Cuando el amigo preguntó a Joyce qué le pasaba, este respondió que solo había conseguido escribir siete palabras en toda la mañana. «Ah, pero eso para ti está bien, James», dijo el amigo. A lo que Joyce contestó: «Puede ser, pero ¡no sé en qué *orden* han de ir!».

Drew se identificaba con esa anécdota, apócrifa o no. Así se sentía él durante esa torturante última media hora. Era entonces cuando lo invadía el miedo a quedarse sin palabras. Aunque, por supuesto, durante aproximadamente el último mes de *La aldea de la colina* se había sentido así en cada mísero instante.

Esa mañana no se produjo de ninguna manera esa situación absurda. En su cabeza, una puerta se abrió directamente al salón del oeste conocido como Buffalo Head Tavern, un espacio lleno de humo y olor a queroseno, y la cruzó. Vio todos los detalles, oyó todas las palabras. Estaba allí, mirando a través de los ojos de Herkimer Belasco, el pianista, cuando el joven Prescott puso el cañón de su 45 (con sus elegantes cachas nacaradas) bajo la barbilla de la joven bailarina y empezó a insultarla. El acordeonista se tapó los ojos cuando Andy Prescott apretó el gatillo, pero Herkimer mantuvo los suyos muy abiertos, y Drew lo vio todo: la repentina erupción de cabello y sangre, la botella de Old Dandy hecha añicos por la bala, el espejo resquebrajado detrás de la botella de whisky.

Como escritor, Drew no había experimentado nada semejante en toda su vida, y cuando por fin las punzadas de hambre lo arrancaron de su trance (solo había desayunado un tazón de avena Quaker), miró la barra de información de su computadora y vio que eran casi las dos de la tarde. Le dolía la espalda, le ardían los ojos, y se sentía exaltado. Casi ebrio. Imprimió su trabajo (dieciocho páginas, caramba, increíble), pero lo dejó en la bandeja de salida. Lo revisaría esa noche con pluma —también eso formaba parte de su rutina—, aunque sabía ya que encontraría muy poco que corregir. Una o dos palabras que faltaban, alguna que otra repetición no intencionada, quizá un símil forzado en exceso o poco eficaz. Por lo demás, sería un texto limpio. Lo sabía.

—Como escribir al dictado —murmuró, y a continuación se levantó para prepararse un sándwich.

13

En los tres días siguientes entró en una rutina. Era como si hubiese trabajado en la cabaña toda su vida, o al menos durante la parte creativa de su vida. Escribía aproximadamente desde las siete y media hasta casi las dos. Comía. Se echaba una siesta o paseaba por la carretera, contando a su paso los postes del tendido eléctrico. Por la tarde, encendía el fuego en el calentador de leña, calentaba el contenido de alguna lata en la Hotpoint, y luego telefoneaba a casa para hablar con Lucy y los niños. Concluida la llamada, revisaba sus páginas y después leía alguno de los libros de las estanterías de arriba. Antes de acostarse, apagaba el fuego del calentador y salía a contemplar las estrellas.

La narración siguió desplegándose. Junto a la impresora, la pila de hojas fue creciendo. Mientras se preparaba el café, tomaba las vitaminas y se lavaba los dientes, no sentía el menor temor; solo expectación. Las palabras acudían a él en cuanto se sentaba. Tenía la sensación de que cada uno de esos días era Navidad, con regalos nuevos que desenvolver. El tercer día apenas notó lo mucho que estornudaba o el ligero escozor de garganta.

—¿Qué has estado comiendo? —le preguntó Lucy cuando llamó esa noche—. Sé sincero, señor mío.

—Básicamente lo que compré, pero...

—¡*Drew!* —exclamó ella en tono de reproche.

—Pero mañana, cuando acabe de trabajar, iré por alimentos frescos.

—Bien. Ve al mercado de St. Christopher. No es gran cosa, pero es mejor que esa tienducha de la carretera.

—Bien —respondió él, pese a que no tenía la menor intención de ir hasta St. Christopher: eran ciento sesenta kilómetros ida y vuelta, y no estaría de regreso casi hasta la noche. Solo después de colgar cayó en la cuenta de que le había mentido. Algo que no hacía desde las últimas semanas de trabajo con *Aldea*, cuando todo empezó a torcerse. Cuando a veces permanecía inmóvil durante veinte minutos frente a la misma computadora que utilizaba ahora, debatiéndose entre «saucedal» y «arboleda». Las dos le parecían bien; ninguna le parecía bien. Encorvado sobre la computadora, sudoroso, conteniendo el impulso de golpearse la frente hasta desgajar la expresión descriptiva correcta. Y cuando Lucy le preguntaba cómo iba —con aquella arruga de *estoy preocupada* en la frente—, él contestaba con esa misma palabra, esa misma simple mentira: *Bien*.

Mientras se desvestía para acostarse, se dijo que carecía de importancia. Si era una mentira, era una mentira piadosa, solo un recurso para cortocircuitar una discusión antes de que empezara. Los matrimonios lo hacían continuamente. Así sobrevivían.

Se echó en la cama, apagó la lámpara, estornudó dos veces y se durmió.

14

En su cuarto día de trabajo, Drew despertó con los senos nasales obstruidos y un moderado dolor de garganta, pero sin fiebre, al menos por lo que él podía detectar. Era capaz de trabajar resfriado, lo había hecho muchas veces a lo largo de su vida de docente; se enorgullecía, de hecho, de su capacidad para sobrellevarlo, mientras que Lucy, al primer sorbetón de mocos, tendía a irse a la cama con los pañuelos de papel, el NyQuil y unas revistas. Drew nunca se lo reprochaba, aunque a menudo le venía a la cabeza la palabra con que su madre describía esos comportamientos: «comodina». Lucy tenía derecho a consentirse durante sus dos o tres resfriados anuales, era una contadora independiente y, por tanto, su propia jefa. Eso, en rigor, también era aplicable a él en su año sabático..., pero no. En *The Paris Review*, un escritor —no recordaba quién— había dicho: «Cuando escribes, el jefe es el libro», y era verdad. Si aminoraba la marcha, la narración se desdibujaría, como ocurre con los sueños al despertar.

Pasó la mañana en el pueblo de Bitter River, pero con una caja de Kleenex a mano. Cuando dio por concluida la jornada (otras dieciocho páginas, estaba dando lo mejor de sí), lo asombró ver que había consumido la mitad de los pañuelos. El basurero contiguo al viejo escritorio de su padre estaba a rebosar. Eso tenía su lado positivo; con *Aldea*, cuando avanzaba a trancas y barrancas, por lo general llenaba el bote situado junto al escritorio de hojas escritas y desechadas: ¿Bosque o arboleda? ¿Alce u oso? ¿Era el sol radiante o abrasador? Esas tonterías no estaban presentes en el pueblo de Bitter River, que cada vez se resistía más a abandonar.

Pero debía abandonarlo. Solo le quedaban unas cuantas latas de picadillo de carne y macarrones a la boloñesa. Se le había acabado la leche, y el jugo de naranja, ídem. Necesitaba huevos, hamburguesas, quizá un poco de pollo, y desde luego media docena de platos precocinados para la cena. Además, no le vendrían mal una bolsa de caramelos para la tos y un frasco de NyQuil, el medicamento de confianza de Lucy. Esperaba encontrar todo eso en Big 90. Si no, tendría que resignarse y conducir, finalmente, hasta St. Christopher. Convertir la mentira piadosa que había dicho a Lucy en verdad.

Despacio y con un continuo traqueteo, recorrió la Carretera de Mierda y paró en Big 90. Para entonces, además de estornudar, tosía, le dolía un poco más la garganta, se notaba un oído tapado, y creía tener, finalmente, unas décimas de fiebre. Se recordó añadir un frasco de Aleve o Tylenol a la compra y entró.

Sustituía a Roy DeWitt tras el mostrador una joven flaca de cabello morado, con un aro en la nariz y lo que parecía un piercing cromado en el labio inferior. Masticaba chicle. Drew, con la mente aún hiperactiva por la sesión de trabajo de esa mañana (y tal vez, quién sabía, por las décimas de fiebre), la imaginó viviendo en un cámper sobre bloques de cemento con dos o tres hijos de cara sucia y corte de pelo casero, el pequeño a gatas, vestido con un pañal empapado y medio caído y una camiseta manchada de comida con el rótulo EL MONSTRUITO DE MAMÁ. La imagen era un estereotipo malévolamente cruel, y elitista a más no poder, pero no por eso era falsa.

Drew tomó una canasta.

—¿Tiene alimentos o verduras frescas?

—En el refrigerador hay hamburguesas y hot dogs. Un par de chuletas de cerdo, puede. Y tenemos ensalada de col.

En fin, supuso que eso era en cierto modo verdura.

—¿Y pollo?

—No. Pero hay huevos. A lo mejor con eso puede criar un par de pollos, si los guarda en un sitio caliente —se rio de su ocurrencia y dejó a la vista unos dientes cafés. Después de todo, no era chicle. Era tabaco de mascar.

Drew acabó llenando dos canastas. No tenían NyQuil, pero sí un producto llamado Remedio para el Resfriado y la Tos del Doctor King, además de Anacin y Polvos para el Dolor de Cabeza Goody. Completó su compra compulsiva con unas cuantas latas de sopa de pollo con fideos (la penicilina de los judíos, lo llamaba su abuela), un envase de margarina Shedd's Spread y dos barras de pan. Era de ese pan blanco esponjoso, bastante industrial, pero a buen hambre no hay pan duro. Vio en un futuro no muy lejano una sopa y un sándwich de pan tostado con queso. Lo ideal para un hombre con dolor de garganta.

La mujer del mostrador registró los artículos en la caja sin parar de masticar. Drew observaba fascinado cómo subía y bajaba el piercing en su labio. ¿Qué edad tendría el monstruito de mamá cuando se pusiera uno como ese? ¿Quince? ¿Once, quizá? Volvió a decirse que esa era la actitud de un elitista, un cabrón elitista, de hecho, pero su sobreestimulada imaginación seguía hilvanando asociaciones igualmente. Bienvenidos a Walmart, señores clientes. Pañales Pampers, inspirados en los bebés. Skoal, adoro a los hombres que mascan tabaco. Cada día es una página en tu diario de la moda. Que la encierren, que la depor...

—Ciento ochenta y siete —dijo ella, interrumpiendo el hilo de sus pensamientos.

—Caramba, ¿en serio?

La mujer sonrió y mostró aquellos dientes que él habría preferido no volver a ver.

—Si quiere comprar aquí en el culo del mundo, señor... Larson, ¿verdad?

—Sí. Drew Larson.

—Si quiere comprar aquí en el culo del mundo, señor Larson, ha de estar dispuesto a pagar el precio.

—¿Dónde está Roy?

Ella alzó la vista al techo.

—Mi padre está en el hospital, en St. Christopher. Le dio gripa, se negó a ir al médico... tenía que hacerse el muy macho... y acabó en pulmonía. Mi hermana se ha quedado con mis hijos para que yo pueda atender el negocio, y le aseguro que *no* está muy contenta.

—Lamento oírlo —en realidad, Roy DeWitt le tenía sin cuidado. Lo que le preocupaba, en lo que estaba pensando, era en aquel pañuelo recubierto de una costra de mocos. Y en que él, Drew, le había estrechado la mano con la que lo sostenía.

—Más lo lamento yo. Mañana estaremos muy ocupados con esa tormenta que se nos va a echar encima el fin de semana —señaló las canastas de Drew con dos dedos extendidos—. Espero que pueda pagar en efectivo, la terminal está descompuesta y mi padre nunca se acuerda de llevarla a arreglar.

—Sí puedo. ¿Qué tormenta?

—Una que viene del norte, eso es lo que dicen en la Rivière du Loup. La emisora de radio de Quebec, ¿sabe? —lo pronunció *Cuebec*—. Mucho viento y lluvia. Llega pasado mañana. Usted está allí lejos, en la Carretera de Mierda, ¿no?

—Sí.

—Bueno, si no quiere quedarse allí durante un mes como mínimo, a lo mejor debería cargar la compra y el equipaje y volverse al sur.

Drew conocía bien esa actitud. Allí en TR daba igual que uno fuera natural de Maine; si no era del condado de Aroostook, se lo consideraba un forastero de cerca blandengue que no distinguía un abedul de un pino. Y si uno vivía al sur de Augusta, no era más que un forastero de lejos.

—Me las arreglaré —dijo al tiempo que sacaba la cartera—. Vivo en la costa. Hemos visto no pocas tormentas del nordeste.

Ella lo miró con una expresión que acaso fuera de lástima.

—Yo no hablo de una tormenta del nordeste, señor Larson. Hablo de una del *norte*, que viene derecha de Canadá y, antes de cruzar Canadá, venía del Círculo Ártico. Las temperaturas van a caer en picada, dicen. Adiós dieciocho, hola cero. Podrían bajar aún más. Para colmo, caerá esa típica aguanieve horizontal a cincuenta kilómetros por hora. Si se queda aislado en la Carretera de Mierda, se queda *aislado*.

—Me las arreglaré —repitió Drew—. Será… —se interrumpió. Había estado a punto de decir: *Será como escribir al dictado.*

—¿Qué?

—Llevadero. Será llevadero.

—Más le vale.

15

En el camino de regreso a la cabaña —con el sol de cara, deslumbrándolo y provocándole una incipiente jaqueca que se sumó al resto de sus síntomas—, Drew rumió sobre aquel pañuelo empapado de mocos. También sobre el hecho de que Roy DeWitt hubiera intentado hacerse el macho y hubiera acabado en el hospital.

Echó un vistazo al retrovisor y se observó un momento los ojos enrojecidos y acuosos.

—*No* voy a enfermarme de gripa. No ahora que estoy en buena racha.

De acuerdo, pero ¿por qué demonios había estrechado la mano a ese hijo de puta cuando a todas luces la tenía infestada de gérmenes? Unos gérmenes tan grandes que apenas se necesitaba un microscopio para verlos… Y, puesto que se la había estrechado, ¿por qué no había preguntado por el baño para lavárselas? Dios santo, sus *hijos* sabían que convenía lavarse las manos. Él mismo se lo había enseñado.

—*No* voy a enfermarme de gripa —repitió, y a continuación bajó la visera para protegerse los ojos del sol. Para que no lo deslumbrara.

¿Deslumbrara? ¿O cegara? ¿Era *cegar* mejor o resultaba excesivo?

Caviló al respecto mientras volvía a la cabaña. Metió la compra y vio el parpadeo de la lucecita de los mensajes. Era Lucy, que le pedía que le devolviera la llamada lo antes posible. Sintió de nuevo el mismo amago de irritación de la otra vez, la sensación de que ella miraba por encima de su hombro, pero de pronto cayó en la cuenta de que acaso la llamada no tuviera relación directa con él. Al fin y al cabo, él no era el centro de todo. Uno de los niños podría haber enfermado o tenido un accidente.

Telefoneó y, por primera vez en mucho tiempo —desde *La aldea de la colina*, probablemente—, discutieron. La discusión no subió tanto de tono como en los primeros años de matrimonio, cuando los niños eran pequeños y el dinero escaseaba —aquellas discusiones eran colosales—, pero subió de tono. También ella se había enterado de que se avecinaba una tormenta (cómo no, era una adicta al Weather Channel), y quería que él hiciera las maletas y volviera a casa.

Drew le dijo que era mala idea. Pésima, de hecho. Se había impuesto un buen ritmo de trabajo y estaba consiguiendo un material increíble. Un súbito paro de un día en ese ritmo (y probablemente acabarían siendo dos, o incluso tres) tal vez no pusiera la novela en peligro, pero un cambio de entorno sí podría tener ese efecto. Él habría pensado que Lucy, después de tantos años, entendía lo delicado que era el trabajo creativo —al menos para él—, pero por lo visto no era así.

—Lo que tú no entiendes es la gravedad de esta tormenta. ¿Es que no has visto las noticias?

—No —y acto seguido, mintiendo sin ninguna razón de peso (a menos que fuera por despecho), añadió—: No hay recepción. La antena no funciona.

—Pues va a ser descomunal, sobre todo en la zona norte, en esos municipios no incorporados cerca de la frontera. Ahí es donde estás tú, por si no te has dado cuenta. Prevén cortes de electricidad generalizados a causa del viento…

—Menos mal que he traído la máquina de mi padre…

—Drew, ¿puedes dejarme acabar? ¿Solo esta vez?

Él guardó silencio, con su palpitante dolor de cabeza y su escozor de garganta. En ese momento su mujer le resultaba un poco antipática. La quería, sin duda, siempre la querría, pero le resultaba antipática. *Ahora dirá gracias*, pensó.

—Gracias —dijo ella—. Ya *sé* que te llevaste la máquina portátil de tu padre, pero te pasarías días, puede que mucho más, a la luz de las velas y tomando comida fría.

Puedo cocinar en el calentador de leña. Lo tenía en la punta de la lengua, pero si la interrumpía de nuevo, la discusión se desviaría hacia otro tema, la queja de que él no la tomaba en serio, y que si tal que si cual y que si bla bla bla.

—Supongo que podrías cocinar en el calentador de leña —dijo ella en un tono un poco más razonable—, pero si el viento sopla como dicen que va a soplar, fuertes vientos, ráfagas huracanadas, van a caerse muchos árboles y te quedarás ahí aislado.

Tenía previsto quedarme aquí de todos modos, pensó, aunque una vez más se mordió la lengua.

—Sé que tenías previsto quedarte ahí dos o tres semanas de todos modos —dijo ella—, pero además un árbol podría agujerear el tejado, y el teléfono se cortará junto con la electricidad, ¡y te quedarás incomunicado! ¿Y si te pasa algo?

—No va a pa…

—Puede que no, pero ¿y si nos pasa algo a *nosotros*?

—Entonces te harás cargo tú —dijo Drew—. Yo no me habría venido de buenas a primeras aquí, en medio de la nada, si no te creyera capaz de eso. Y tienes a tu hermana. Además, en los reportes meteorológicos exageran, ya lo sabes. Convierten quince centímetros de nieve recién caída en la tormenta del siglo. Lo único que cuenta son los índices de audiencia. Esta vez será lo mismo. Ya lo verás.

—Gracias por tu condescendencia masculina —dijo Lucy con tono inexpresivo.

Así que en esas estaban, camino de la irritante situación que él tenía la esperanza de eludir. Y más palpitándole la garganta, los senos nasales y el oído. Por no hablar ya de la cabeza. A menos que extremara la diplomacia, se enzarzarían en la tópica (¿o más bien *distópica*, en este caso?) discusión sobre quién veía venir aquello. A partir de ahí pasarían —no, pasaría *ella*— a los horrores de la sociedad paternalista. Lucy podía disertar de manera indefinida sobre ese tema.

—¿Quieres saber qué pienso, Drew? Pienso que cuando un hombre dice «Ya lo sabes», cosa que ustedes dicen a todas horas, lo que debe interpretarse es «*Yo* lo sé, pero tú, *tonta* como eres, no. Por eso he de recurrir a mi condescendencia masculina y explicártelo».

Él suspiró, y cuando el suspiro amenazó con convertirse en tos, lo contuvo.

—¿Quieres seguir por ahí? ¿En serio?

—Drew... ya estamos ahí.

El hastío en su tono de voz, como si él fuera un niño obtuso incapaz de aprender siquiera la lección más sencilla, lo enfureció.

—De acuerdo, he aquí un poco más de condescendencia masculina, Luce. Durante la mayor parte de mi vida adulta he estado intentando escribir una novela. ¿Sé por qué? No. Solo sé que es la pieza que falta en mi vida. *Necesito hacerlo*, y lo estoy haciendo. Es muy muy importante para mí. Estás pidiéndome que ponga eso en peligro.

—¿Es tan importante como los niños y yo?

—Claro que no, pero ¿es que debo elegir?

—Creo que sí, y ya has elegido.

Drew se rio, y la risa se convirtió en tos.

—Eso resulta un tanto melodramático.

Ella no cayó en la provocación; otra cosa reclamó su atención.

—Drew, ¿estás bien? No te habrás enfermado, ¿verdad?

En su cabeza él oyó a la mujer flaca del piercing en el labio decir: «Tenía que hacerse el muy macho, y acabó en pulmonía».

—No —dijo él—. Son las alergias.

—¿Te plantearás al menos volver? ¿Lo harás?

—Sí —otra mentira. Ya lo había descartado.

—Llama esta noche, ¿de acuerdo? Habla con los niños.

—¿Podré hablar contigo también? ¿Si te prometo no recurrir a mi condescendencia masculina?

Ella se rio. Bueno, en realidad fue más bien una risita, pero, aun así, buena señal.

—Bien.

—Te quiero, Luce.

—Y yo a ti —respondió ella, y cuando Drew colgaba, tuvo la intuición (lo que los profesores de literatura definen como «epifanía», supuso) de que probablemente los sentimientos de ella no eran muy distintos de los suyos. Sí, lo quería, estaba seguro de eso, pero en esa tarde de principios de octubre él le resultaba antipático.

También de eso estaba seguro.

16

Según la etiqueta, el Remedio para el Resfriado y la Tos del Doctor King era alcohol en un veintiséis por ciento, pero después de darle un considerable trago a la botella, con el que se le empañaron los ojos y le entró un severo ataque de tos, Drew conjeturó que el fabricante tal vez se había quedado corto al informar acerca del contenido. Quizá lo suficiente para mantenerlo fuera del estante de las bebidas alcohólicas de Big 90, donde estaban el licor de café, el aguardiente de albaricoque y el whisky a la canela Fireball Nips. Pero le despejó los senos nasales de inmediato, y cuando esa noche habló con Brandon, su hijo no detectó nada fuera de lo normal. Fue Stacey quien le preguntó si se encontraba bien. Son las alergias, dijo él, y repitió la misma mentira a Lucy cuando volvió a tomar la llamada. Al menos esa vez no hubo discusión, solo el inconfundible rastro de frialdad en su voz que conocía bien.

Fuera también hacía frío. El veranillo de San Martín al parecer había terminado. Drew sintió unos repentinos escalofríos y encendió un buen fuego en el calentador. Se sentó cerca en la mecedora de su padre, echó otro trago de Doctor King y leyó una vieja novela de John D. MacDonald. Según los créditos del inicio del libro, MacDonald había escrito sesenta o setenta libros. Ese no tenía problemas para encontrar la palabra o la frase idónea, por lo visto, y hacia el final de su vida incluso se había forjado cierta reputación entre los críticos. Afortunado él.

Drew leyó un par de capítulos y después se acostó con la esperanza de que por la mañana el resfriado hubiera mejorado y no tuviera cruda por efecto del jarabe para la tos. Durmió mal y soñó mucho. No recordaba gran cosa de esos sueños a la mañana siguiente. Solo que en uno de ellos estaba en un pasillo aparentemente infinito con puertas a ambos lados. Una de ellas, tenía la certeza, conducía al exterior, pero le resultaba imposible decidir cuál probar y, antes de poder elegir una, despertó en una mañana fría y despejada con la vejiga llena y las articulaciones doloridas. Recorrió el camino hasta el baño del fondo de la galería maldiciendo a Roy DeWitt y su pañuelo cargado de mocos.

17

Aún tenía fiebre, pero menos, parecía, y la combinación de Polvos para el Dolor de Cabeza Goody y Doctor King contribuyó a aliviar los otros síntomas. Trabajó razonablemente bien. Escribió solo diez páginas en lugar de dieciocho; aun así, era una cantidad asombrosa, tratándose de él. Era cierto que de vez en cuando tenía que detenerse a buscar la palabra o expresión idónea, pero lo atribuyó a la infección que se propagaba por su organismo. Y la palabra o la expresión siempre acudían al cabo de unos segundos y encajaban perfectamente en su sitio.

La historia iba cada vez mejor. El sheriff Jim Averill tenía al asesino en el calabozo, pero los pistoleros se habían presentado en un tren fuera de horario, un expreso de medianoche costeado por el padre de Andy Prescott, un ranchero rico, y ahora asediaban el pueblo. A diferencia de *Aldea*, ese libro se centraba más en la trama que en los personajes y la situación. Eso había preocupado un poco a Drew al principio; como profesor y lector (no eran exactamente lo mismo, pero sí parientes cercanos), tendía a centrarse en el tema, el lenguaje y el simbolismo más que en el argumento, pero también las piezas parecían estar encajando en su sitio, casi por propia iniciativa. Lo mejor de todo era que empezaba a crearse un extraño vínculo entre Averill y el joven Prescott, lo que daba a la historia unas resonancias tan inesperadas como ese tren de medianoche.

En lugar de salir a dar un paseo vespertino, encendió la televisión y, después de una prolongada búsqueda en la guía en pantalla de DirecTV, encontró el Weather Channel. Tener acceso a tan asombroso despliegue de programación allí en la Conchinchina podría haberle resultado gracioso cualquier otro día, pero no aquel. La larga sesión ante la computadora lo había dejado extenuado, casi *vacío*, en lugar de rebosante de energía. ¿Por qué demonios le había estrechado la mano a DeWitt? Cortesía normal y corriente, claro, y totalmente comprensible, pero ¿por qué demonios no se la había lavado después?

Ya hemos pasado por eso, pensó.

Sí, y ahí estaba de nuevo la duda, carcomiéndolo. En cierto modo le recordaba su último y catastrófico intento de composición de una novela, cuando yacía despierto mucho después de que Lucy se durmiera, deconstruyendo y reconstruyendo mentalmente los escasos párrafos que había logrado escribir a lo largo del día, hurgando en el texto hasta que sangraba.

Basta. Eso es el pasado. Esto es ahora. Céntrate en el condenado informe meteorológico.

Pero no era un informe; el Weather Channel nunca sería tan minimalista. Aquello era una puta ópera de pesimismo. Drew nunca había sido capaz de entender la relación amorosa de su mujer con el Weather Channel, que parecía poblado exclusivamente de obsesos de la meteorología. Como para subrayar eso, ahora ponían nombre incluso a los temporales no huracanados. Ese sobre el que lo había prevenido la dependienta de la tienda, ese que preocupaba a su mujer, había sido bautizado como Pierre. Drew no podía concebir un nombre más absurdo para un temporal. Descendía desde Saskatchewan con trayectoria nordeste (lo que significaba que la mujer del piercing en el labio se había equivocado: en efecto, sí era una tormenta del nordeste) y llegaría a TR-90 al día siguiente por la tarde o la noche. Lo acompañaban vientos de sesenta y cinco kilómetros por hora, con ráfagas de noventa.

«Podría pensarse que no es tan grave —dijo el actual obseso de la meteorología en ese momento en antena, un joven con una barba greñuda muy en boga que a Drew le hacía daño en los ojos. El señor de la barba greñuda era un poeta del apocalipsis Pierre; no hablaba precisamente en pentámetros yámbicos pero poco le faltaba—. Lo que deben recordar, no obstante, es que las temperaturas descenderán de manera *drástica* cuando pase este frente, lo que significa que *caerán* en *picada*. La lluvia podría convertirse en *aguanieve*, y los conductores del norte de Nueva Inglaterra no pueden descartar la posibilidad de *hielo negro*.»

Tal vez debería *volver a casa*, pensó Drew.

Pero ya no era solo el libro lo que lo retenía. Pensar en el largo viaje en coche por la Carretera de Mierda, exhausto como se sentía, le provocaba aún más cansancio. Y cuando por fin llegara a algo medianamente parecido a la civilización, ¿acaso debía conducir por la I-95 a fuerza de sorbos de un medicamento para el resfriado que contenía alcohol?

«Pero lo más importante —decía el obseso de la meteorología de la barba greñuda— es que esta criatura va a encontrarse con un *sistema* de altas *presiones* procedente del *este*, un fenómeno muy *poco común*. Eso quiere decir que nuestros amigos al norte de Boston podrían vérselas con lo que en la zona antiguamente llamaban "vendaval de tres días".»

Yo el vendaval me lo paso por aquí, pensó Drew, y se llevó la mano a la entrepierna.

Más tarde, después de intentar en vano echar una siesta —no consiguió más que revolverse—, llamó Lucy.

—Escúchame, señor mío —dijo. Él aborrecía que lo llamara así; le chirriaba tanto como el roce de uñas contra una pizarra—. La previsión empeora por momentos. Tienes que volver a casa.

—Lucy, es un temporal, lo que mi padre llamaba una ventolera. No una guerra nuclear.

—Tienes que volver a casa ahora que todavía estás a tiempo.

Drew ya estaba harto de aquello, y harto de ella.

—No. Tengo que quedarme.

—Estás loco —dijo Lucy. Después, por primera vez en la vida que él recordara, ella le colgó.

18

Drew puso el Weather Channel en cuanto se levantó a la mañana siguiente, pensando: *Como el perro vuelve a su vómito, el necio repite su necedad.*

Albergaba la esperanza de oír que el temporal de otoño Pierre había cambiado de trayectoria. No era así. Como tampoco el resfriado cambió de trayectoria. No parecía haber empeorado, pero tampoco mejorado. Llamó a Lucy y se topó con el buzón de voz. Posiblemente había salido a hacer algún encargo; o posiblemente no quería hablar con él, sin más. Fuera lo uno o lo otro, a Drew le dio igual. Estaba enojada con él, pero se le pasaría; nadie tiraba por la borda quince años de matrimonio por un temporal, ¿verdad? Y menos aún por uno que se llamaba Pierre.

Drew se preparó un par de huevos revueltos y logró comerse la mitad antes de que el estómago lo previniese de que engullir más podía provocar una eyección forzosa. Vació el plato en la basura, se sentó delante de la computadora y abrió el documento más reciente (BITTER RIVER #3). Se desplazó hasta el punto donde lo había dejado, miró el espacio en blanco bajo el cursor parpadeante y empezó a llenarlo. Trabajó bien durante la primera hora poco más o menos, y a partir de ahí surgieron los problemas. Empezaron por las mecedoras donde debían sentarse el sheriff Averill y sus tres ayudantes frente a los calabozos de Bitter River.

Tenían que estar sentados ahí delante, a la vista de los vecinos del pueblo y los pistoleros de Dick Prescott, porque en eso se basaba el astuto plan que Averill había tramado para sacar al hijo de Prescott del pueblo ante las mismísimas narices de los hombres duros allí presentes para evitarlo. Los hombres de la ley debían dejarse ver, sobre todo uno de los ayudantes, Cal Hunt, que casualmente era más o menos de la misma estatura y complexión que el joven Prescott.

Hunt llevaba un vistoso sarape mexicano y un sombrero vaquero decorado con botones de plata. La enorme ala del sombrero le ocultaba la cara. Eso era importante. El sarape y el sombrero no eran del ayudante Hunt; dijo que se sentía ridículo con un sombrero así. Al sheriff Averill eso lo tenía sin cuidado. Quería que los hombres de Prescott se fijaran en la ropa, no en el hombre que la llevaba puesta.

Todo bien. Buena narración. Entonces llegó el problema.

—De acuerdo —dijo el sheriff Averill a sus ayudantes—. Es hora de tomar un poco el aire de la noche. De dejarnos ver por quien sea que quiera mirarnos. Hank, trae esa jarra. Quiero asegurarme de que los chicos de las azoteas vean bien al sheriff tonto emborracharse con sus ayudantes más tontos aún.

—¿Tengo que llevar puesto este sombrero? —preguntó Cal Hunt casi en tono lastimero—. ¡Nunca superaré la vergüenza!

—Lo que debe preocuparte es vivir hasta el amanecer —dijo Averill—. Ahora vamos. Llevemos estas mecedoras afuera y...

Fue ahí donde Drew se interrumpió, embelesado con la imagen de la pequeña oficina del sheriff de Bitter River, que contenía tres mecedoras. No, *cuatro* mecedoras, porque había que añadir una para el propio Averill. Eso era mucho más absurdo que el sombrero vaquero, que ocultaba la cara a Cal Hunt, y no solo porque cuatro mecedoras llenarían el condenado espacio. La *idea* misma de las mecedoras entraba en contradicción con las fuerzas del orden incluso en un pequeño pueblo del oeste como Bitter River. La gente se reiría. Drew borró la mayor parte de la frase y examinó lo que quedaba.

Llevemos estas

Estas ¿qué? ¿Sillas? ¿*Habría* siquiera cuatro sillas en la oficina del sheriff? Parecía improbable.

—No va a haber una puta sala de espera —dijo Drew, y se enjugó la frente—. No en un...

Un estornudo lo sorprendió y se le escapó antes de taparse la boca, salpicando la pantalla de la computadora de pequeñas gotas de saliva que distorsionaban las palabras.

—¡Carajo! ¡Maldita sea, *carajo*!

Hizo ademán de tomar unos pañuelos de papel para limpiar la pantalla, pero la caja de Kleenex estaba vacía. Decidió utilizar un trapo de cocina y, cuando terminó de limpiar la pantalla, pensó en lo mucho que se parecía el trapo empapado al pañuelo de Roy DeWitt. El pañuelo manchado de mocos.

Llevemos estas

¿Le había subido la fiebre? Drew prefería creer que no, prefería creer que el calor cada vez más intenso (unido a las crecientes palpitaciones en la cabeza) se debía solo a la presión de intentar resolver el estúpido problema de las mecedoras para poder avanzar, pero desde luego daba la impresión…

Esta vez consiguió volverse a un lado antes de estornudar. No una vez, sino cinco o seis. Tuvo la sensación de que a cada estornudo se le hinchaban los senos nasales. Como llantas demasiado infladas. Le palpitaba la garganta, y también el oído.

Llevemos estas

De pronto se le ocurrió. ¡Un banco! En la oficina del sheriff podía haber un banco donde la gente se sentara a esperar a que atendieran sus pequeñas gestiones. Sonrió y levantó los pulgares. Enfermo o no, las piezas seguían encajando, ¿y acaso era de extrañar? A menudo la creatividad parecía discurrir por su propio circuito limpio, a pesar de las enfermedades del cuerpo. Flannery O'Connor padecía lupus. Stanley Elkin padecía esclerosis múltiple. Fédor Dostoyevski padecía epilepsia, y Octavia Butler era disléxica. ¿Qué era un triste resfriado, o incluso la gripa, en comparación con esas otras dolencias? En ese estado podía trabajar. Prueba de ello era la idea del banco, el banco era una genialidad.

Saquemos este banco y echemos unos tragos.

—Pero en realidad no vamos a beber, ¿verdad, sheriff? —preguntó Jep Leonard. Se le había explicado el plan de forma minuciosa, pero Jep no era lo que se dice el foco más brillante de la

¿El foco más brillante del candil? No, por Dios, eso era un anacronismo. ¿O no lo era? Lo del foco sin duda, en la década de 1880 no había focos, pero sí había candiles, claro que sí. ¡En la sala había uno! Si hubiera tenido conexión a internet, podría haber visto tantos modelos antiguos como quisiera, pero no tenía. Solo disponía de doscientos canales de televisión, la mayor parte basura.

Mejor utilizar otra metáfora. Si es que aquello *era* una metáfora; Drew no estaba del todo seguro. Quizá fuera solo una... una *comparación*. No, era una metáfora. Eso seguro. O casi.

Daba igual. Esa no era la cuestión, y tampoco se trataba de un ejercicio en clase; era un libro, era *su* libro, así que debía atenerse a escribir. La vista fija en el objetivo.

¿No era el melón más maduro del huerto? ¿No era el caballo más rápido de la carrera? No, esas eran rematadamente malas, pero...

De pronto dio con ella. ¡Magia! Se inclinó y mecanografió a toda velocidad.

> Se le había explicado el plan de forma minuciosa, pero
> Jep no era lo que se dice el niño más listo de la clase.

Satisfecho (bueno, *relativamente* satisfecho), Drew se levantó, se echó un sorbo de Doctor King y, a continuación, bebió un vaso de agua para quitarse el mal sabor de boca: una viscosa mezcla de mucosidad y medicamento para el resfriado.

Esto es como la otra vez. Es como lo que pasó con Aldea.

Podía decirse a sí mismo que se equivocaba, que esta vez era muy distinto, que el circuito limpio finalmente no estaba tan limpio porque tenía fiebre, bastante alta a juzgar por cómo se sentía, y todo por haber tocado aquel pañuelo.

No lo tocaste, le tocaste la mano. Tocaste la mano que había tocado el pañuelo.

—Tocaste la mano que había tocado el pañuelo, exacto.

Abrió el grifo de agua fría y se mojó la cara. Con eso se sintió un poco mejor. Mezcló Polvos para el Dolor de Cabeza Goody con más agua, se los bebió, y luego se acercó a la puerta y la abrió de par en par. Estaba casi seguro de que mamá alce estaría allí, tan seguro que por un momento (gracias, fiebre) creyó verla de verdad junto al cobertizo de las herramientas, pero eran solo sombras que se movían en la leve brisa.

Respiró hondo varias veces. *Adentro el aire bueno, afuera el malo, cuando le di la mano debía de estar loco.*

Drew volvió a entrar y se sentó frente a la computadora. Seguir adelante le parecía mala idea, pero no seguir le parecía aún peor. Así que empezó a escribir, tratando de capturar de nuevo el viento que había henchido sus velas y lo había llevado tan lejos. Al principio pareció dar resultado, pero a la hora de comer (por más que no tuviera el menor interés en la comida) sus velas interiores se habían deshinchado. Probablemente se debía a la enfermedad; aun así, se semejaba demasiado a lo de la otra vez.

Parece que estoy quedándome sin palabras.

Eso le había dicho a Lucy, eso le había dicho a Al Stamper, pero no era la verdad; era solo la razón que podía darles para que lo consideraran el bloqueo del escritor y le quitaran importancia, una situación que al final superaría. O que podía diluirse por sí sola. En realidad, era todo lo contrario. El problema era un exceso de palabras. ¿Era bosque o arboleda? ¿Era escrutar o escudriñar? ¿O quizá mirar? ¿Podía describir a un personaje como ojeroso o era mejor decir que tenía los ojos hundidos? Ah, y si elegía ojeroso, ¿era o estaba ojeroso?

Lo dejó a la una. Había escrito dos páginas, y cada vez le costaba más pasar por alto la sensación de que empezaba a recaer en el estado de neurosis y agitación del hombre que por poco había quemado su casa hacía tres años. Podía instarse a sí mismo a no detenerse por pequeñeces como la duda entre las mecedoras y el banco, a dejarse llevar por la narración, pero cuando miraba la pantalla todas las palabras se le antojaban inapropiadas. Detrás de cada una parecía haber otra mejor oculta, no a la vista.

¿Era posible que aquello fuera un principio de alzhéimer? ¿Podía ser eso?

—No seas tonto —dijo, y se horrorizó al oír el sonido nasal de su voz. Y la ronquera. Pronto perdería la voz por completo. Aunque allí no tenía a nadie con quien hablar, salvo él mismo.

Mueve el culo y vuelve a casa. Tienes una mujer y dos preciosos hijos con quienes hablar.

Pero, si hacía eso, perdería el libro. Eso lo sabía tan bien como sabía su propio nombre. Al cabo de cuatro o cinco días, cuando estuviera de regreso en Falmouth y se sintiera mejor, abriría los documentos de *Bitter River* y esa prosa le parecería algo escrito por otra persona, una historia ajena que no sabría cómo terminar. Irse en ese momento sería como desprenderse de un regalo precioso, uno que quizá no volviera a recibir nunca.

«Tenía que hacerse el muy macho, y acabó en pulmonía», había dicho la hija de Roy DeWitt, cuyo subtexto era: *Otro tonto más.* ¿Y él iba a hacer lo mismo?

La mujer o el tigre. El libro o tu vida. ¿De verdad la elección era así de extrema y melodramática? Seguramente no, pero se sentía como diez kilos de mierda en una bolsa de cinco kilos, de eso no cabía duda.

Una siesta. Necesito una siesta. Cuando despierte, podré decidir.

Se echó, pues, otro sorbo del Elixir Mágico del Doctor King, o comoquiera que se llamase, y subió por la escalera al dormitorio que Lucy y él habían compartido en otras visitas a la cabaña. Se durmió, y al despertar, la lluvia y el viento habían llegado, y la decisión se había tomado sola. Tenía una llamada que hacer. Mientras aún pudiese.

19

—Hola, cielo, soy yo. Perdona si te he hecho enojar. En serio.

Ella no prestó la menor atención.

—A mí eso, señor mío, no me parece una alergia. Me parece que estás enfermo.

—Es solo un resfriado —Drew se aclaró la garganta, o lo intentó—. Bastante fuerte, diría.

El intento de aclararse la garganta le causó un acceso de tos. Tapó el auricular del anticuado teléfono, pero supuso que ella lo oyó de todos modos. El viento soplaba, la lluvia azotaba las ventanas, y las luces titilaban.

—¿Y ahora qué? ¿Vas a quedarte ahí encerrado?

—Creo que no tengo más remedio —respondió él. De inmediato añadió—: No es por el libro, ya no. Volvería si pensara que es seguro, pero el temporal ha llegado ya. Acaban de parpadear las luces. Me quedaré sin luz y teléfono antes de la noche, casi con toda seguridad. Y ahora haré un alto para que puedas decir: Te lo advertí.

—Te lo advertí —dijo ella—. Y ahora que nos hemos quitado eso del medio, ¿estás muy mal?

—No tanto —contestó él, que era una mentira mucho mayor que decirle que la antena parabólica no funcionaba. Pensaba que estaba muy mal, pero si lo decía, costaba prever cómo podía reaccionar ella. ¿Llamaría a la policía de Presque Isle y solicitaría un rescate? Incluso en su estado, se le antojaba una reacción excesiva. Además de bochornosa.

—Esto no me gusta, Drew. No me gusta que estés ahí, aislado. ¿Seguro que no puedes marcharte en coche?

—Quizá habría podido hace un rato, pero he tomado un medicamento para el resfriado antes de echar una siesta y he dormido más de la cuenta. Ahora no me atrevo a intentarlo. En la carretera todavía hay alcantarillas atascadas y rieras del pasado invierno. Con un aguacero así de intenso, es posible que queden sumergidos largos tramos. Tal vez *podría* pasar con el Suburban, pero, si no, me quedaría embarrancado a nueve kilómetros de la cabaña y quince kilómetros de Big 90.

Se produjo un silencio, y durante ese breve momento Drew imaginó que oía los pensamientos de Lucy: *Tenías que hacerte el hombre, ¿no? Otro tonto más.* Porque a veces *Te lo advertí* no era suficiente.

Soplaba un viento racheado, y las luces parpadearon de nuevo. (O quizá chisporrotearon.) El teléfono emitió un zumbido de cigarra y después se recuperó la línea.

—¿Drew? ¿Sigues ahí?

—Aquí estoy.

—El teléfono ha hecho un ruido raro.

—Ya lo he oído.

—¿Tienes comida?

—Mucha —aunque no tenía ganas de comer.

Ella suspiró.

—Entonces ponte cómodo. Llámame esta noche si todavía funciona el teléfono.

—Te llamaré. Y cuando cambie el tiempo, volveré a casa.

—No si hay árboles caídos. No hasta que alguien decida acercarse por ahí a despejar la carretera.

—La despejaré yo mismo —dijo Drew—. La sierra de cadena de mi padre está en el cobertizo de las herramientas, a no ser que decidiera llevársela algún inquilino. La gasolina del depósito se habrá evaporado, pero puedo sacar un poco de la Suburban haciendo sifón.

—Si el resfriado no empeora.

—No empeorará…

—Les diré a los niños que estás bien —ahora hablando para sí más que para él—. No tiene sentido preocuparlos también a ellos.

—Me parece buena…

—Esto es muy jodido, Drew —no le gustaba que él la interrumpiera, pero nunca tenía el menor reparo en interrumpirlo a él—. Quiero que lo sepas. Al ponerte en esa situación, nos pones también a nosotros.

—Lo siento.

—¿El libro todavía va bien? Más vale. Más vale que merezca tanta preocupación.

—Va estupendamente —ya no estaba tan seguro de eso, pero ¿qué iba a decir? *El mal rollo ha empezado otra vez, Lucy, y ahora, para colmo, estoy enfermo. ¿Eso la tranquilizaría?*

—De acuerdo —Lucy suspiró—. Eres un idiota, pero te quiero.

—Yo también t… —el viento aulló, y de pronto la única luz en la cabaña era la claridad exigua y acuosa que penetraba por las ventanas—. Lucy, acaba de irse la luz —habló en tono sereno, y eso estuvo bien.

—Ve al cobertizo de las herramientas —dijo ella—. Puede que haya una lámpara Coleman…

Se produjo otro zumbido de cigarra, y a eso siguió el silencio. Dejó el anticuado auricular en el gancho. Estaba solo.

20

Tomó una vieja chamarra mohosa de uno de los ganchos situa-
dos junto a la puerta y se abrió paso hacia el cobertizo de las
herramientas a través de la última luz del día; tuvo que levantar
el brazo en una ocasión para protegerse de una rama arrastrada
por el viento. Tal vez se debiera a la enfermedad, pero le daba la
impresión de que ya soplaba a más de sesenta kilómetros por
hora. Buscó a tientas entre las llaves, mientras un hilillo de agua
le resbalaba por la nuca pese a que llevaba subido el cuello de la
chamarra, y hubo de probar tres antes de encontrar la que correspondía al candado de la puerta. Una vez más, tuvo que for-
cejear con la llave a uno y otro lado para hacerla girar, y cuando
por fin lo consiguió, estaba empapado y tosía.

El cobertizo se hallaba a oscuras y lleno de sombras, a pesar
de que había dejado la puerta de par en par, pero disponía de
claridad suficiente para ver la sierra de cadena de su padre en la
mesa del fondo. Había otras dos sierras, una de ellas una tronzadera, y menos mal, porque la de cadena parecía inservible. La
pintura amarilla de la carcasa quedaba casi oculta bajo una capa
de grasa antigua, la cadena de corte estaba muy oxidada, y en
todo caso Drew no se veía capaz en ese momento de reunir la
energía necesaria para tirar del cordón de arranque.

No obstante, Lucy había acertado con respecto a la lámpara Coleman. En realidad, vio dos en un estante a la izquierda
de la puerta, junto con una lata de combustible de cuatro li-
tros, pero saltaba a la vista que una de ellas, sin pantalla ni asa,
no funcionaba. La otra parecía en buen estado. Los manguitos
de seda estaban acoplados a los inyectores de gasolina, y menos mal, porque con su temblor de manos difícilmente podría
haberlos colocado. *Debería haberlo pensado antes*, se repro-
chó. *Desde luego debería haberme ido a casa antes. Cuando
aún podía.*

Drew ladeó la lata de combustible en la decreciente luz ves-
pertina. En la etiqueta adhesiva vio escrito de puño y letra de su
padre, con mayúsculas inclinadas hacia atrás: ¡UTILIZAR ESTA
GASOLINA NO SIN PLOMO! Sacudió la lata. Estaba medio

llena. No era gran cosa, pero quizá bastara para aguantar un temporal de tres días si la racionaba.

Se llevó la lata y la lámpara intacta a la casa, y cuando se disponía a colocarlas en la mesa del comedor, de pronto cambió de idea. Le temblaban las manos, y era muy posible que derramase al menos parte del combustible. Decidió poner la lámpara en el fregadero y se desprendió de la chamarra empapada. Antes de pensar siquiera en cebar la lámpara, lo asaltó otro acceso de tos. Se desplomó en una de las sillas del comedor y se convulsionó hasta que tuvo la sensación de que iba a desmayarse. El viento ululaba, y algo golpeó el tejado. A juzgar por el ruido, una rama mucho mayor que la que había apartado él poco antes.

Cuando se le pasó la tos, desenroscó el tapón del depósito de la lámpara y fue en busca de un embudo. No encontró ninguno, así que arrancó una tira de papel de aluminio y modeló con ella un tosco embudo. Con los efluvios, le entraron ganas de toser otra vez, pero se contuvo hasta que acabó de llenar el pequeño depósito de la lámpara. Después, abandonándose a la tos, ahogándose y haciendo esfuerzos por tomar aire, se inclinó sobre la encimera con la frente ardiendo contra un brazo.

Por fin el ataque remitió, pero le había subido la fiebre. *Probablemente empaparme no ha sido de gran ayuda*, pensó. En cuanto encendiera la Coleman —*si* conseguía encenderla—, se tomaría otra aspirina. Y una dosis de polvos para el dolor de cabeza y un sorbo de Doctor King para mayor seguridad.

Accionó el pequeño control situado a un lado para aumentar la presión, abrió el paso de la gasolina, encendió un cerillo de cocina y lo introdujo en el orificio de ignición. Por un momento no ocurrió nada, pero de pronto los manguitos prendieron, emitiendo una luz tan intensa y concentrada que Drew contrajo el rostro. Acercó la Coleman al único armario de la cabaña para buscar una linterna. Encontró ropa, chalecos de color naranja para la temporada de caza y un viejo par de patines de hielo (recordaba vagamente haber patinado en el arroyo con su hermano en las contadas ocasiones en que habían estado allí en invierno). Encontró gorros y guantes y una antigua aspiradora Electrolux que parecía casi tan útil como la sierra de cadena oxidada del cobertizo de las herramientas. No había linterna.

El viento arreció hasta convertirse en un chillido en torno a los aleros que le taladró la cabeza. La lluvia azotaba las ventanas. La última luz del día seguía desvaneciéndose, y pensó que iba a ser una noche muy larga. La expedición al cobertizo y la pugna con la lámpara para encenderla lo habían mantenido ocupado, pero, una vez concluidas esas tareas, tuvo tiempo para el miedo. Estaba allí aislado a causa de un libro que (ya podía admitirlo) empezaba a evolucionar como todos los anteriores. Estaba aislado, estaba enfermo, y posiblemente su estado se agravaría.

—Podría morirme aquí —dijo con su nueva voz ronca—. Sin duda.

Mejor no pensar en eso. Mejor llenar el calentador de leña y encenderlo, porque la noche, además de larga, iba a ser fría. «Las temperaturas descenderán de manera drástica cuando pase este frente», ¿no eran esas las palabras del obseso de la meteorología con su barba greñuda? Y la mujer de la tienda, la del piercing en el labio, había dicho lo mismo. Usando incluso la misma metáfora (si *era* una metáfora), que equiparaba la temperatura con un objeto físico que podía caer en picada.

Eso lo llevó de nuevo a Jep, el ayudante del sheriff, que no era lo que se dice el niño más listo de la clase. ¿En serio? ¿De verdad había creído que eso serviría? Era una metáfora de mierda (si es que podía siquiera llamarse metáfora). No solo pobre, sino muerta ya antes de nacer. Mientras llenaba la estufa, su mente febril pareció abrir una puerta secreta y pensó: *Se fue a vendimiar y llevó uvas de postre.*

Mejor.

La cabeza le fallaba más que una escopeta de feria.

Mejor aún, por la ambientación en el oeste.

Más tonto que el asa de un cubo. Menos luces que un barco pirata. Corría solo y llegó el segun...

—Basta —casi suplicó.

Ese era el problema. La puerta secreta era el problema, porque...

—Escapa a mi control —dijo con su voz ronca, como si croara: *Más tonto que una rana con daño cerebral.*

Drew se golpeó el costado de la cabeza con el pulpejo de la mano. La jaqueca se exacerbó. Se golpeó una vez más. Y otra. Cuando consideró que ya era suficiente, puso unas hojas de revista arrugadas bajo un poco de yesca, encendió un cerillo frotándolo contra la tapa de la estufa y vio cómo se elevaban las llamas.

Todavía con el cerillo encendido en la mano, miró las hojas de *Bitter River* apiladas junto a la impresora y pensó qué ocurriría si les prendiera fuego. Cuando quemó *La aldea de la colina*, no llegó a incendiar la casa; los camiones de bomberos llegaron antes de que las llamas hicieran mucho más que chamuscar las paredes de su despacho, pero allí en la Carretera de Mierda no habría camiones de bomberos, y el temporal no sofocaría el fuego cuando este se propagase, porque la cabaña era vieja y estaba reseca. Vieja como el mundo, reseca como el... de tu abuela.

La llama que recorría el cerillo le llegó a los dedos. Drew lo sacudió, lo echó al fuego de la estufa y cerró la compuerta.

—No es un mal libro y no voy a morir aquí —dijo—. Eso no va a ocurrir.

Apagó la Coleman para no gastar el combustible; luego se sentó en el sillón donde pasaba las veladas leyendo libros de John D. MacDonald y Elmore Leonard. En ese momento no había luz suficiente para leer, no con la Coleman apagada. Casi había anochecido, y la única iluminación dentro de la cabaña era el ojo rojo y vacilante del fuego visto a través de la ventanilla de mica del calentador de leña. Drew acercó un poco el sillón al calentador y se rodeó el cuerpo con los brazos para mitigar la temblorina. Debía cambiarse esa camiseta y ese pantalón húmedos, y de inmediato, si no quería que su estado se agravara. Seguía pensando en eso cuando lo venció el sueño.

21

Lo despertó un chasquido de madera partida procedente del exterior. A eso siguió un segundo chasquido, aún más sonoro, y un estruendo que sacudió el suelo. Había caído un árbol, y debía de ser grande.

El fuego de la estufa, ya consumido, no era más que un lecho de ascuas de vivo color rojo que se intensificaba y amortecía de forma intermitente. Junto con el viento, ahora oía un golpeteo arenoso contra las ventanas. En el amplio salón de la planta baja de la cabaña hacía un calor sofocante, al menos de momento, pero fuera la temperatura debía de haber caído (*en picada*) tal como habían pronosticado, porque la lluvia se había convertido en aguanieve.

Drew intentó consultar la hora, pero no llevaba nada en la muñeca. Supuso que había dejado el reloj en la mesilla de noche, aunque no lo recordaba con certeza. Siempre podía consultar la hora y la fecha en la barra inferior de la computadora, se dijo, pero ¿para qué? Era de noche en los bosques septentrionales. ¿Necesitaba más información?

Decidió que sí. Necesitaba averiguar si el árbol había caído sobre su fiel Suburban y lo había hecho picadillo. Por supuesto, «necesitar» no era la palabra correcta; «necesitar» se usaba para expresar algo que debías tener, siendo el subtexto que, si lo conseguías, podrías cambiar a mejor la situación en su conjunto, y en *esa* situación en particular nada cambiaría en un sentido ni en otro, ¿y era «situación» la palabra correcta o era demasiado general? Era más un «trance» que una situación, un «trance» no en el sentido de suspensión de las funciones mentales sino…

—Basta —dijo—. ¿Quieres volverte loco?

Estaba bastante convencido de que precisamente eso era lo que quería una parte de él. En algún rincón de su cabeza, le humeaban los paneles de control y se le fundían los disyuntores, y algún científico loco alzaba los puños exultante. Podía tratar de convencerse de que era cosa de la fiebre, pero cuando *Aldea* se torció, él se hallaba en perfecto estado de salud. Lo mismo podía decirse con respecto a los otros dos casos. Al menos físicamente.

Se puso de pie, acompañando con muecas los dolores que ya parecían afectarle a todas las articulaciones, y se dirigió hacia la puerta procurando no cojear. El viento se la arrancó de la mano y la estampó contra la pared. La agarró y la sujetó. La ropa se le adhirió al cuerpo y el cabello se le aplanó hacia atrás desde la frente. La noche era negra —negra como las botas de montar del diablo, negra como un gato negro en una mina de carbón, negra como el culo de una marmota—, pero distinguió el contorno de la Suburban y (quizá) las ramas que se agitaban por encima al otro lado. Aunque no podía estar del todo seguro, le pareció que el árbol no había caído sobre la Suburban sino sobre el cobertizo de las herramientas, cuya techumbre sin duda había hundido.

Cerró la puerta empujándola con el hombro y echó el cerrojo. No esperaba la llegada de intrusos en una noche de perros como esa, pero no quería que el viento la abriese mientras estaba en la cama. Y se *iba* a la cama. Recorrió la distancia hasta la encimera de la cocina a la luz vacilante e incierta de las brasas y encendió la lámpara Coleman. Bajo su resplandor, la cabaña ofrecía un aspecto irreal, como iluminada por un flash que, en lugar de apagarse, seguía y seguía. Sosteniéndola ante sí, cruzó el salón hasta la escalera. Fue entonces cuando oyó que algo arañaba la puerta.

Una rama, se dijo. *Arrastrada hasta ahí por el viento y enganchada en algo, quizá el tapete de la entrada. No es nada. Acuéstate.*

Volvió a oírse el roce, tan leve que no habría llegado a percibirlo si el viento no hubiese decidido amainar en ese instante. No parecía una rama; parecía una persona. Como alguien extraviado en la tormenta, herido o tan débil que ni siquiera podía llamar a la puerta y por eso solo la arañaba. Pero ahí fuera no había nadie… ¿O sí? ¿Podía estar del todo seguro? Estaba oscurísimo. Negro como las botas de montar del diablo.

Drew se acercó a la puerta, descorrió el cerrojo y abrió. Alzó la lámpara Coleman. Allí no había nadie. De pronto, cuando se disponía a cerrar, bajó la vista y vio una rata. Probablemente una rata café, no enorme pero bastante grande. Yacía en el raído tapete, y con una pata extendida —rosada, extrañamente humana, como la mano de un bebé— arañaba aún el aire. Tenía el pelaje, café negruzco, salpicado de fragmentos de hojas, ramitas y gotas de sangre. Lo miraba con sus ojos negros saltones. Su costado se agitaba. Esa pata rosada seguía arañando el aire, tal como había arañado la puerta. Un sonido levísimo.

Lucy aborrecía a los roedores, gritaba hasta desgañitarse si veía aunque solo fuera un ratón de campo corretear junto al zoclo, y de nada servía decirle que esa bestezuela minúscula y lustrosa estaba más asustada que ella. A Drew no le entusiasmaban los roedores, y sabía que transmitían enfermedades —hantavirus, fiebre por mordedura de rata, y esas eran solo las dos más comunes—, pero nunca había experimentado la aversión casi instintiva de Lucy. Lo que sintió por aquella fue básicamente lástima. Quizá se debía a esa diminuta pata rosada que continuaba arañando la nada. O tal vez a las motas de luz blanca de la lámpara Coleman reflejada en sus ojos oscuros. Yacía allí, jadeando y mirándolo con sangre en el pelaje y los bigotes. Deshecha por dentro y probablemente moribunda.

Drew se inclinó, apoyándose una mano en el muslo, y sostuvo la lámpara en alto con la otra para verla mejor.

—Estabas en el cobertizo de las herramientas, ¿no?

Casi seguro. El árbol había caído, había atravesado la techumbre y destruido el feliz hogar de la Señora Rata. ¿La había alcanzado una rama o un fragmento de la techumbre cuando intentaba escabullirse en busca de un lugar seguro? ¿Quizá un bote de pintura seca? ¿Había resbalado de la mesa la vieja sierra de cadena McCulloch de su padre y le había caído encima? Daba igual. Lo que fuera la había aplastado y tal vez le había roto el espinazo. En su pequeño depósito de rata solo había quedado gasolina suficiente para arrastrarse hasta allí.

El viento volvió a arreciar y arrojó aguanieve contra la cara caliente de Drew. Espículas de hielo azotaron la pantalla de la lámpara, silbaron, se fundieron y resbalaron por el cristal. La rata jadeaba. *Una rata en el tapete, si puedo la ayudo*, pensó Drew. Solo que ya nada podía hacerse por la rata del tapete. No había que ser un genio para verlo.

Solo que, naturalmente, algo sí podía hacer.

Drew se acercó al enchufe sin corriente de la chimenea, deteniéndose una vez a causa de un ataque de tos, y se inclinó sobre el soporte que contenía la pequeña colección de herramientas para el fuego. Se planteó utilizar el atizador, pero hizo una mueca ante la posibilidad de ensartar a la rata con él. Optó por la pala para la ceniza. Un golpe seco bastaría para acabar con el sufrimiento del bicho. Después podía usar la misma pala para retirarlo del pórtico. Si Drew sobrevivía a la noche, no tenía ningunas ganas de iniciar el día siguiente pisando el cadáver de un roedor.

He aquí algo interesante, se dijo. *Antes he pensado en ese animal como «Señora Rata». Ahora que he decidido matarlo, lo considero un «bicho».*

La rata continuaba en el tapete. El aguanieve había empezado a cuajar en su pelaje. La pata rosada (tan humana, tan humana) seguía escarbando el aire, aunque a un ritmo más lento.

—Voy a hacerle un favor —dijo Drew.

Alzó la pala…, la sostuvo a la altura del hombro en ademán de golpear… y la bajó. ¿Y por qué? ¿Por la pata en lento movimiento? ¿Por los ojos negros y brillantes?

Un árbol había aplastado la vivienda de la Señora Rata y la había aplastado a ella *(otra vez Señora)*, que de algún modo había logrado llegar a rastras hasta la cabaña —sabía Dios el esfuerzo que le habría representado—, ¿y esa iba a ser su recompensa? ¿Otro aplastamiento, este definitivo? Drew se sentía bastante aplastado él mismo en esos momentos y, fuera ridículo o no (probablemente lo era), experimentó cierto grado de empatía.

Entretanto, el viento lo helaba, el aguanieve le golpeaba el rostro, y volvía a tiritar. Tenía que cerrar la puerta y no iba a permitir que la rata muriese lentamente en la oscuridad. Y para colmo en un puto tapete.

Drew dejó la lámpara y, valiéndose de la pala, recogió al bicho (tenía su gracia lo mudable que era la dichosa denominación). Se acercó a la estufa y ladeó la pala para depositar a la rata en el suelo. Aquella pata rosada continuaba arañando. Drew apoyó las manos en las rodillas y tosió hasta que tuvo arcadas y aparecieron puntos ante sus ojos. Cuando se le pasó el ataque, llevó de nuevo la lámpara al sillón de lectura y se sentó.

—Ahora ya puedes morirte —dijo—. Al menos ya no estás a la intemperie y puedes hacerlo en un sitio caliente.

Apagó la lámpara. Ahora la única iluminación la proporcionaba el tenue resplandor rojo de las brasas semiapagadas. La intermitencia con que este se intensificaba y amortecía le recordó la forma en que aquella diminuta pata rosada había arañado... y arañado... y arañado. Seguía haciéndolo, advirtió.

Debería avivar el fuego antes de acostarme, pensó. *Si no, por la mañana esto estará más frío que la tumba de Grant.*

Pero la tos, que había remitido de forma temporal, sin duda le vendría otra vez si se levantaba y empezaba a remover la flema. Y estaba cansado.

Además, has dejado a la rata muy cerca del calentador. Me parece que la has metido para que muera de muerte natural, ¿no? No para asarla viva. Ya avivarás el fuego por la mañana.

El viento emitía un zumbido en torno a la cabaña, elevándose de vez en cuando hasta parecer un chillido femenino y amainando de nuevo hasta reducirse a ese zumbido. La aguanieve azotaba las ventanas. Mientras escuchaba, esos sonidos parecían fundirse. Cerró los ojos y volvió a abrirlos. ¿Habría muerto la rata? Al principio pensó que sí, pero de pronto la diminuta pata realizó otro movimiento lento y corto. Todavía no, pues.

Drew cerró los ojos.

Y se quedó dormido.

22

Despertó sobresaltado cuando otra rama golpeó el tejado. No tenía la menor idea de cuánto tiempo había dormido. Podrían haber sido quince minutos, podrían haber sido dos horas, pero una cosa estaba clara: frente a la estufa no había rata. Por lo visto, Madame Rata no estaba tan malherida como Drew había pensado; se había recobrado y ahora se hallaba en algún lugar de la casa con él. La idea no le hizo mucha gracia, pero la culpa era suya. Al fin y al cabo, la había invitado a entrar.

Tenías que invitarlos a entrar, pensó Drew. *A los vampiros. A los huargos. Al diablo con sus botas de montar negras. Tenías que invitarlos...*

—Drew.

Se sobresaltó de tal modo al oír esa voz que estuvo a punto de volcar la lámpara. Miró alrededor y, a la luz del fuego casi extinto de la estufa, vio a la rata. Estaba en el escritorio de su padre, encajado bajo la escalera, sentada sobre las patas traseras entre la computadora y la impresora portátil. Sentada, de hecho, sobre el manuscrito de *Bitter River*.

Drew trató de hablar, pero en un primer momento solo salió de su garganta un graznido. Lo intentó de nuevo.

—Me ha parecido que acabas de decir algo.

—Así es —los labios de la rata no se movieron, pero la voz procedía de ella, sin duda; no estaba en la cabeza de Drew.

—Esto es un sueño —dijo Drew—. O un delirio. Quizá las dos cosas.

—No, es muy real —afirmó la rata—. Estás despierto y no deliras. Está bajándote la fiebre. Compruébalo tú mismo.

Drew se llevó la mano a la frente. En efecto, se la notó menos caliente, aunque eso no era del todo fiable, ¿o sí? Estaba conversando con una rata, a fin de cuentas. Se palpó el bolsillo en busca de los cerillos de cocina que se había guardado, prendió uno y encendió la lámpara. La alzó, con la esperanza de que la rata hubiese desaparecido, pero allí seguía, sentada sobre las patas traseras con la cola enroscada en torno a las ancas y las extrañas manos contra el pecho.

—Si eres real, apártate de mi manuscrito —instó Drew—. Le he dedicado mucho esfuerzo para que ahora vengas tú y dejes una cagada de rata en la portada.

—Ciertamente te has esforzado mucho —concedió la rata (sin la menor señal de que tuviera intención alguna de cambiar de sitio). Se rascó detrás de una oreja, ahora al parecer llena de vida.

Lo que sea que le cayó encima solo debió de aturdirla, pensó Drew. *Si es que está ahí, claro. Si es que alguna vez ha estado ahí.*

—Te has esforzado, y al principio con buenos resultados. Ibas bien encarrilado, avanzabas rápido y con ímpetu. Luego la cosa empezó a torcerse, ¿no? Como las otras veces. No te desanimes; todos los aspirantes a novelista de este mundo chocan contra el mismo muro. ¿Sabes cuántas novelas a medio acabar están aparcadas en cajones de escritorio o archivadores? *Millones.*

—Al enfermar, se ha ido todo a la mierda.

—Haz memoria, no te engañes. Empezó antes.

Drew no quería hacer memoria.

—Has perdido la percepción selectiva —dijo la rata—. Es lo que te pasa siempre. Al menos en las novelas. No te pasa de inmediato, pero, a medida que el libro crece y comienza a respirar, es necesario tomar más decisiones y tu percepción selectiva se erosiona.

La rata se puso a cuatro patas, trotó hasta el borde del escritorio de su padre y volvió a sentarse, como un perro que pidiera un premio.

—Todos los escritores tienen hábitos distintos, formas distintas de inspirarse, y trabajan a distintas velocidades, pero, para producir una obra larga, debe haber siempre periodos prolongados de concentración narrativa.

Eso lo he oído antes, pensó Drew. *Casi palabra por palabra. ¿Dónde?*

—Durante esos periodos de concentración, esos *vuelos de la fantasía*, el escritor se enfrenta en todo momento por lo menos a siete elecciones de palabras, expresiones y detalles. Los autores con talento toman las decisiones acertadas casi sin reflexión consciente. Son basquetbolistas profesionales de la mente, que anotan desde todos los lugares de la cancha.

¿Dónde? ¿Quién?

—Ese incesante proceso de criba es la base de lo que llamamos escritura creat...

—¡*Franzen!* —bramó Drew, y se irguió en el sillón, con lo que una punzada de dolor le traspasó la cabeza—. ¡Es parte de la conferencia de Franzen! ¡Casi textualmente!

La rata pasó por alto la interrupción.

—Tú eres capaz de ese proceso de criba, pero solo a rachas cortas. Cuando tratas de escribir una novela... la diferencia entre un sprint y un maratón... ese proceso siempre se viene abajo. Ves todas las opciones de expresión y detalle, pero la criba subsiguiente empieza a fallarte. No te quedas sin palabras, te quedas sin la capacidad de elegir las palabras *idóneas.* Todas te parecen bien; todas te parecen mal. Es una pena. Eres como un coche con un motor potente y una caja de velocidades descompuesta.

Drew cerró los ojos, apretando tanto los párpados que empezó a ver destellos, y los abrió súbitamente. Ese ser extraviado en la tormenta seguía allí.

—Yo puedo ayudarte —anunció la rata—. Si tú quieres, claro.

—¿Y por qué ibas a hacerlo?

La rata ladeó la cabeza, como si le costara creer que un hombre en teoría inteligente —¡nada menos que un profesor universitario de literatura que había publicado en *The New Yorker*!— pudiera ser tan necio.

—Te proponías matarme con una pala, ¿y por qué no? A fin de cuentas solo soy una miserable rata. Pero en vez de eso me has recogido. Me has salvado.

—Y tú, en recompensa, me concedes tres deseos —Drew lo dijo con una sonrisa. Eso era territorio conocido: Hans Christian Andersen, Marie-Catherine d'Aulnoy, los hermanos Grimm.

—Solo uno —corrigió la rata—. Uno muy concreto. Tu deseo puede ser terminar tu libro —levantó la cola y azotó con ella el manuscrito de *Bitter River* para mayor énfasis—. Pero con una condición.

—¿Cuál?

—Alguien a quien quieres debe morir.

Más territorio conocido. Por lo visto, se trataba de un sueño en el que reproducía su discusión con Lucy. Él había explicado (no muy bien, pero había puesto todo su empeño) que *necesitaba* escribir el libro. Que era muy importante. Ella le había preguntado si era tan importante como los niños y ella. Él había contestado que no, por supuesto que no, y luego había preguntado si debía elegir.

«Creo que sí —había dicho ella—. Y ya has elegido.»

—En realidad, esto no es de ninguna forma una de esas situaciones mágicas de realización de un deseo —dijo—. Se trata más bien de un trato mercantil. O un trueque fáustico. Desde luego no se parece en nada a los cuentos de hadas que yo leía de niño.

La rata se rascó detrás de una oreja, manteniendo de algún modo el equilibrio. Admirable.

—Todos los deseos de los cuentos de hadas tienen un precio. Y ya no digamos en el caso de *La pata de mono*. ¿Lo recuerdas?

—Ni siquiera en un sueño —respondió Drew— cambiaría a mi mujer o a uno de mis hijos por un western sin pretensiones literarias.

En cuanto las palabras salieron de su boca, cobró conciencia de que esa era la razón por la que había acogido la idea de *Bitter River* tan a ciegas; su novela del oeste guiada por la trama nunca aparecería apilada junto a la siguiente obra de Rushdie o Atwood o Chabon. Por no hablar ya de Franzen.

—Eso nunca te lo pediría —dijo la rata—. En realidad, estaba pensando en Al Stamper. Tu antiguo jefe de departamento.

Ante eso Drew enmudeció. Se limitó a mirar a la rata, que le devolvió la mirada con aquellos ojos negros y brillantes. El viento soplaba en torno a la cabaña, a veces en ráfagas tan intensas que sacudían las paredes; proseguía el repiqueteo del aguanieve.

«De páncreas», había dicho Al cuando Drew comentó su sorprendente pérdida de peso. Pero, había añadido, no era necesario que nadie se pusiera a redactar aún la necrológica. «Los médicos lo detectaron relativamente pronto. Hay mucha confianza.»

Pero, al verlo —la piel cetrina, los ojos hundidos, el cabello sin vida—, Drew no había sentido la menor confianza. La palabra clave en lo que Al había dicho era «relativamente». El cáncer de páncreas era taimado; se escondía. El diagnóstico equivalía casi siempre a una pena de muerte. ¿Y si moría? Seguiría un duelo, por supuesto, y Nadine Stamper sería la principal doliente; llevaban casados unos cuarenta y cinco años. Los miembros del Departamento de Literatura lucirían un brazalete negro durante cosa de un mes. La necrológica, extensa, destacaría los numerosos logros y premios de Al. Se mencionarían sus libros sobre Dickens y Hardy. Pero tenía setenta y dos años como mínimo, quizá incluso setenta y cuatro, y nadie diría que Al Stamper murió joven, o que no había realizado plenamente sus posibilidades.

Entretanto, la rata lo observaba, con las patas rosadas ahora encogidas contra el pecho peludo.

¡Qué demonios!, pensó Drew. *Es solo una pregunta hipotética. Y para colmo dentro de un sueño.*

—Supongo que aceptaría el trato y formularía el deseo —dijo Drew. Fuera o no un sueño, fuera o no una pregunta hipotética, decir eso le causó desazón—. En cualquier caso, se está muriendo.

—Tú terminas tu libro y Stamper muere —dijo la rata, como para cerciorarse de que Drew lo entendía.

Drew dirigió a la rata una artera mirada de soslayo.

—¿Se publicará el libro?

—Estoy autorizada a concederte el deseo si lo expresas —respondió la rata—. *No* estoy autorizada a predecir el futuro de tu empeño literario. Puestos a adivinar... —ladeó la cabeza—, diría que sí. Como ya he mencionado, *tienes* talento.

—Muy bien —dijo Drew—. Termino el libro, Al muere. Como en cualquier caso va a morir, me parece bien —solo que no era así, en realidad no—. ¿Crees que vivirá al menos el tiempo suficiente para leerlo?

—Acabo de decirte...

Drew alzó una mano.

—No estás autorizada a predecir el futuro de mi empeño literario, entendido. ¿Eso es todo?

—Necesito una cosa más.

—Si es mi firma con sangre en un contrato, ya puedes olvidarte del asunto.

—No todo tiene que ver contigo, señor mío —dijo la rata—. Tengo hambre.

Saltó a la silla del escritorio, y de ahí al suelo. Se dirigió rápidamente hacia la mesa de la cocina y tomó una galleta salada, que a Drew debía de habérsele caído el día que comió queso fundido y sopa de tomate. Se sentó con la galleta entre las patas y se puso manos a la obra. La galleta desapareció en cuestión de segundos.

—Encantada de hablar contigo —dijo la rata. Acto seguido, cruzó el salón como un rayo, entró en el calentador apagado y desapareció tan deprisa como la galleta.

—Maldita sea —dijo Drew.

Cerró los ojos y al instante volvió a abrirlos. No tenía la *sensación* de que hubiera sido un sueño. Volvió a cerrarlos, los abrió de nuevo. A la tercera vez que los cerró, permanecieron cerrados.

23

Despertó en su cama, sin recordar cómo había llegado hasta allí…, ¿o había pasado allí toda la noche? Era más que probable, teniendo en cuenta lo jodido que estaba gracias a Roy DeWitt y su pañuelo empapado de mocos. Todo el día anterior se le antojaba un sueño, y la conversación con la rata era solo la parte más vívida.

El viento soplaba aún y la aguanieve caía aún, pero se encontraba mejor. Eso era indudable. La fiebre empezaba a remitir o le había bajado por completo. Todavía le dolían las articulaciones y la garganta, pero no tanto como la noche anterior, cuando parte de él tenía la convicción de que moriría allí. «Muerto de una pulmonía en la Carretera de Mierda», vaya una necrológica habría sido esa.

Estaba en calzones, y el resto de la ropa formaba una pila en el suelo. Tampoco recordaba haberse desnudado. Se vistió y bajó. Se preparó cuatro huevos revueltos y esta vez se los comió todos y acompañó cada bocado con jugo de naranja. Era concentrado, lo único que tenían en Big 90, pero estaba frío y delicioso.

Miró el escritorio de su padre, al otro lado del salón, y pensó en tratar de ponerse a trabajar y quizá pasar de la computadora a la máquina de escribir portátil para ahorrar batería. Pero, después de dejar los platos en el fregadero, subió con esfuerzo por la escalera y se metió de nuevo en la cama, donde durmió hasta media tarde.

El temporal seguía su curso cuando se levantó por segunda vez, pero le dio igual. Volvía a sentirse casi como el de siempre. Tenía ganas de un sándwich —había mortadela y queso—, y luego quería ponerse a trabajar. El sheriff Averill se disponía a engañar a los pistoleros con su gran truco, y ahora que Drew se sentía descansado y bien, estaba impaciente por escribirlo.

Había bajado la mitad de la escalera cuando advirtió que, junto a la chimenea, la caja de juguetes estaba volcada y los juguetes se hallaban desparramados por la alfombra. Drew pensó que debía de haberla golpeado con el pie al retirarse, sonámbulo, a la cama la noche anterior. Se acercó y se arrodilló con la intención de guardar los juguetes en la caja antes de ponerse a trabajar. Tenía el frisbee en una mano y el viejo Stretch Armstrong en la otra cuando se quedó paralizado. Al lado de la Barbie en topless de Stacey había una rata de peluche.

Al tomarla, Drew sintió que le palpitaba la cabeza, así que tal vez, después de todo, no se había recuperado por completo. Dio un apretón a la rata, y esta emitió un chirrido cansino. Un simple juguete, pero, dadas las circunstancias, un tanto espeluznante. ¿Quién le daba a su hijo una rata de peluche para dormir con ella cuando había un osito perfectamente apto (con un solo ojo, pero aun así) en la misma caja?

Sobre gustos no hay nada escrito, pensó, y completó la antigua máxima de su madre en voz alta:

—Dijo la vieja criada al dar un beso a la vaca.

Tal vez había visto la rata de peluche en el momento de fiebre máxima y eso había originado el sueño. Era lo más probable, o casi seguro. El hecho de que no recordara haber mirado el fondo de la caja de juguetes era intrascendente; por Dios, si ni siquiera se acordaba de haberse desvestido y acostado.

Volvió a amontonar los juguetes dentro de la caja, se preparó un té y empezó a trabajar. Al principio albergó dudas, vaciló, tuvo un poco de miedo, pero, tras unos cuantos pasos en falso iniciales, entró en materia y escribió hasta que estaba tan oscuro que sin la lámpara ya no se veía nada. Nueve páginas, y tenía la impresión de que eran buenas.

Muy buenas.

24

No fue un vendaval de tres días; en realidad, Pierre duró cuatro.

A veces el viento y la lluvia amainaban, y después el temporal cobraba fuerza de nuevo. A veces caía un árbol, pero ninguno tan cerca como el que había aplastado el cobertizo. Esa parte no había sido un sueño; lo había visto con sus propios ojos. Y aunque el árbol —un pino viejo y enorme— apenas había tocado la Suburban, había caído lo bastante cerca para arrancar el retrovisor exterior del lado del acompañante.

Drew apenas se fijó en todo eso. Escribía, comía, dormía por la tarde, volvía a escribir. De vez en cuando, tenía un ataque de estornudos, y de vez en cuando pensaba en Lucy y los niños, mientras esperaba, inquieto, que se le ocurriera alguna palabra. En general no pensaba en ellos. Eso era egoísta, y lo sabía y le tenía sin cuidado. Ahora vivía en Bitter River.

De vez en cuando debía interrumpirse hasta que acudía a su mente la palabra adecuada (como mensajes flotando en la ventana de la Bola Mágica-8 que tenía de niño), y de vez en cuando se veía obligado a levantarse y pasear por el salón para pensar cómo realizar una transición fluida de una escena a la siguiente, pero no sentía pánico. Ni frustración. Sabía que las palabras acudirían, y así era. Encestaba desde toda la cancha, encestaba triples desde su campo.

Ahora escribía con la máquina de su padre, golpeaba las teclas hasta que le dolían los dedos. Eso también lo tenía sin cuidado. Había llevado en su interior ese libro, esa idea surgida de la nada mientras esperaba en una esquina; ahora el libro lo llevaba a él.

Vaya un magnífico viaje.

25

Se hallaban sentados en el sótano húmedo sin más luz que la lámpara de queroseno que el sheriff había encontrado arriba, Jim Averill a un lado y Andy Prescott al otro. Al resplandor rojo anaranjado de la lámpara, el chico no aparentaba más de catorce años. Desde luego, no parecía el joven matón medio borracho y medio loco que había volado la cabeza a aquella chica. Averill pensó que la maldad era una cosa muy extraña. Extraña y taimada. Encontraba el camino de entrada, como una rata encuentra el camino de entrada a una casa, se come todo aquello que uno, por estupidez o pereza, no ha guardado y, cuando acaba, desaparece con la tripa llena. ¿Y qué había quedado dentro de Prescott cuando la rata-asesina lo abandonó? Eso. Un muchacho asustado que colgaría de una soga por un crimen que, según él, ni siquiera recordaba. Afirmaba que tenía amnesia, y Averill lo creía.

—¿Qué hora es? —preguntó Prescott.

Averill consultó su reloj de bolsillo.

—Casi las seis. Cinco minutos más que la última vez que me lo has preguntado.

—¿Y la diligencia llega a las ocho?

—Sí. Cuando esté poco más o menos a kilómetro y medio del pueblo, uno de mis ayudantes

Drew se interrumpió y fijó la mirada en la página colocada en la máquina de escribir. Un rayo de sol acababa de iluminarla. Se puso en pie y se acercó a la ventana. En el cielo asomaba algo de azul. Un retazo de azul que bastaba para hacer un par de overoles de trabajo, habría dicho su padre, pero iba en aumento. Y oyó algo, leve pero inconfundible: el *rrrrrr* de una sierra de cadena.

Se puso la chamarra mohosa y salió. El sonido era aún un poco lejano. Cruzó el jardín, que estaba salpicado de ramas, hasta los escombros del cobertizo de las herramientas. La tronzadera de su padre se encontraba debajo de parte de una pared caída, y Drew consiguió sacarla. Tenía dos empuñaduras, pero se las arreglaría con ella siempre y cuando el árbol abatido no fuese demasiado grueso. *Y tómatelo con calma*, se dijo. *No vayas a recaer.*

Por un momento pensó en volver adentro y reanudar su trabajo, en lugar de salir al encuentro de quienquiera que estuviese carretera abajo abriendo camino a través de los estragos del temporal. Uno o dos días antes habría hecho justo eso. Pero las cosas habían cambiado. Una imagen cobró forma en su mente (ahora acudían a todas horas, de forma espontánea), una imagen que le arrancó una sonrisa: un jugador en una mala racha instando al que barajaba a que se apresurase a repartir las putas cartas. Él ya no era ese hombre, y gracias a Dios. El libro seguiría allí cuando volviese. Tanto si reanudaba el trabajo ahí en el bosque como si lo hacía en Falmouth, allí seguiría.

Echó la tronzadera a la parte de atrás de la Suburban y avanzó lentamente por la Carretera de Mierda, deteniéndose de vez en cuando para apartar ramas caídas. Había recorrido algo más de un kilómetro cuando se encontró con el primer árbol atravesado en la carretera, pero era un abedul y no le dio mucho trabajo.

Ahora el ruido de la sierra de cadena era muy intenso, no era *rrrrrr* sino *RRRRRR*. Cada vez que cesaba, Drew oía un motor enorme que se revolucionaba a medida que su rescatador se acercaba, y luego la sierra volvía a ponerse en marcha. Drew intentaba serrar un árbol mucho más grande, sin mucha suerte, cuando un Chevrolet 4 × 4, adaptado para el trabajo en el bosque, asomó lentamente en la siguiente curva.

El conductor paró y descendió. Se trataba de un hombre grande con una barriga aún más grande, vestido con un overol verde y un abrigo de camuflaje que se agitaba en torno a sus rodillas. La sierra de cadena que llevaba era de tamaño industrial, pero en la mano enguantada de aquel individuo parecía casi de juguete. Drew lo reconoció de inmediato. El parecido era inconfundible. Como también lo era el tufo a Old Spice que acompañaba los olores a serrín y gasolina de la sierra de cadena.

—¡Eh, hola! Usted debe de ser el hijo del viejo Bill.

El hombre corpulento sonrió.

—Sí. Y usted debe de ser el hijo de Buzzy Larson.

—Exacto.

Hasta ese momento, Drew no se había dado cuenta de lo mucho que necesitaba ver a otro ser humano. Era como no saber lo sediento que estás hasta que alguien te ofrece un vaso de agua fría. Tendió la mano. Se dieron un apretón por encima del árbol caído.

434

—Se llama Johnny, ¿no? Johnny Colson.

—Casi. Jackie. Échese atrás y déjeme serrar a mí ese árbol, señor Larson. Con esa tronzadera tardaría todo el día.

Drew se apartó y observó a Jackie mientras arrancaba su Stihl y traspasaba el árbol, dejando una uniforme pila de serrín en la carretera salpicada de hojas y ramas. Entre los dos desplazaron a la cuneta la parte más pequeña.

—¿Cómo está el resto del camino? —preguntó Drew, jadeando un poco.

—No muy mal, pero hay una riera complicada —cerró un ojo y calibró la Suburban con el otro—. Con eso podría pasar, es bastante alto. Si no, yo podría arrastrarlo, aunque a lo mejor se le abolla un poco el escape.

—¿Cómo ha sabido que debía venir aquí?

—Su mujer tenía el número de mi padre en su antigua agenda. Ha hablado con mi madre, y mi madre me ha llamado a mí. Su mujer está un poco preocupada por usted.

—Sí, ya me imagino. Y piensa que soy un idiota.

Esta vez el hijo del viejo Bill —llamémosle joven Jackie— miró con un ojo cerrado los altos pinos que se alzaban a un lado de la carretera sin decir nada. Por norma, los norteños no hacían comentarios sobre las situaciones conyugales de otras personas.

—Bueno, le diré qué podemos hacer —propuso Drew—. ¿Y si me sigue hasta la cabaña de mi padre? ¿Tiene tiempo para eso?

—Sí, tengo todo el día.

—Recogeré mis cosas, no me llevará mucho tiempo, y luego podemos ir en caravana hasta la tienda. No hay cobertura de celular, pero puedo utilizar el teléfono público. Si la línea no se ha cortado con el temporal, claro.

—Descuide, funciona. He llamado a mi madre desde allí. No se ha enterado de lo de DeWitt, supongo.

—Solo sé que estaba enfermo.

—Ya no —dijo Jackie—. Murió —carraspeó, escupió y miró al cielo—. Va a perderse un bonito día, por lo que se ve. Suba a su camioneta, señor Larson. Sígame hasta la casa de Patterson, a menos de un kilómetro de aquí. Allí puede dar la vuelta.

26

A Drew le parecieron tristes y a la vez graciosos el cartel y la foto en la ventana de Big 90. Verle gracia a aquello era bastante rastrero, dadas las circunstancias, pero el paisaje interior de una persona era a veces —a menudo, incluso— bastante rastrero. CERRADO POR DESFUNCIÓN, anunciaba el cartel. La foto era de Roy DeWitt junto a una alberca de plástico en un jardín trasero. Llevaba chancletas y unas bermudas caídas bajo la considerable protuberancia de su vientre. Sostenía una lata de cerveza en una mano y parecía que lo hubieran agarrado en pleno paso de baile.

—Roy tenía verdadera afición por la Bud y las hamburguesas, eso desde luego —observó Jackie Colson—. ¿Se las arreglará bien desde aquí, señor Larson?

—Por supuesto —contestó Drew—. Y gracias —tendió la mano.

Jackie Colson se la estrechó, se montó en su 4 × 4 y se alejó por la carretera.

Drew subió al pórtico, dejó un puñado de monedas en la repisa de debajo del teléfono y llamó a casa. Contestó Lucy.

—Soy yo —dijo Drew—. Estoy en la tienda y voy camino de casa. ¿Sigues enfadada?

—Ven aquí y averígualo tú mismo —luego añadió—: Se te nota mejor.

—Estoy mejor.

—¿Podrás llegar esta noche?

Drew consultó el reloj de pulsera y se dio cuenta de que había tomado el manuscrito (¡naturalmente!) pero había dejado el reloj en el dormitorio de la cabaña de su padre. Donde se quedaría hasta el año siguiente. Calculó la hora por la altura del sol.

—No estoy muy seguro.

—Si te cansas, no lo intentes. Para en Island Falls o Derry. Podemos esperar una noche más.

—De acuerdo, pero si oyes entrar a alguien en plena noche, no dispares.

—Descuida. ¿Has podido trabajar? —preguntó. Drew percibió cierto titubeo en su voz—. O sea, estando enfermo y tal.

—Sí. Y el material es bueno, creo.

—¿Ningún problema con las… ya sabes…?

—¿Las palabras? No. Ningún problema —al menos después de aquel extraño sueño—. Me parece que este va bien encaminado. Te quiero, Luce.

El silencio posterior se le antojó muy largo. Finalmente ella suspiró.

—Y yo a ti —dijo.

No le gustó el suspiro, pero se quedaría con el sentimiento. Habían encontrado un bache en el camino —no era el primero ni sería el último—, pero lo habían superado. Eso estaba bien. Colgó el auricular y siguió adelante.

Cuando el día declinaba (un día precioso, como Jackie Colson había pronosticado), empezó a ver señales del albergue Island Falls. Estuvo tentado, pero decidió seguir adelante. La Suburban funcionaba bien —de hecho, los vaivenes de la Carretera de Mierda parecían haberle alineado la parte delantera—, y si rebasaba un poco el límite de velocidad y no lo paraba la policía, tal vez llegara a casa antes de las once. Para dormir en su propia cama.

Y trabajar a la mañana siguiente. Eso también.

27

Entró en su dormitorio poco después de las once y media. Se había quitado los zapatos embarrados abajo y procuró no hacer ruido, pero oyó el susurro de las sábanas en la oscuridad y supo que Lucy estaba despierta.

—Ven aquí, señor mío.

Por una vez, esa expresión no lo irritó. Se alegraba de estar en casa, y más aún de estar con ella. En cuanto se metió en la cama, Lucy lo rodeó con los brazos, lo estrechó (brevemente pero con fuerza), y luego se dio la vuelta y volvió a dormirse. Mientras Drew se sumía él mismo en el sueño —esos instantes de transición limítrofes en que la mente pasa a ser dúctil—, lo asaltó un extraño pensamiento.

¿Y si lo había seguido la rata? ¿Y si estaba debajo de la cama en ese mismo momento?

No había rata, pensó, y se durmió.

28

—Wau —dijo Brandon con respeto y cierto asombro.

Su hermana y él, con las mochilas al hombro, esperaban el autobús en el camino de acceso.

—¿Qué le has hecho, papá? —preguntó Stacey.

Contemplaban la Suburban, salpicada de lodo seco hasta las manijas de las puertas. El parabrisas era opaco excepto por las medias lunas que habían formado las varillas al limpiarlo. Y además faltaba el retrovisor del lado del acompañante, claro.

—Hubo una tormenta —dijo Drew. Llevaba el pantalón de la piyama, las pantuflas y una camiseta del Boston College—. Y aquella carretera no está en muy buenas condiciones.

—La Carretera de Mierda —dijo Stacey, deleitándose claramente con el nombre.

En ese momento salió Lucy. Se quedó mirando la desventurada Suburban con los brazos en jarras.

—Dios bendito.

—Esta tarde la llevaré a lavar —dijo Drew.

—A mí me gusta así —comentó Brandon—. Está chida. Debes de haber conducido como un loco, papá.

—Loco está, eso desde luego —confirmó Lucy—. El loco de tu padre. De eso no hay duda.

En ese momento apareció el autobús escolar, y ahorró a Drew una respuesta ocurrente.

—Entra —dijo Lucy después de que vieran marcharse a los niños—. Te prepararé unos hot cakes o algo así. Parece que has perdido peso.

Cuando se volvía, Drew le tomó la mano.

—¿Sabes algo de Al Stamper? ¿Has hablado con Nadine, quizá?

—Hablé con ella el día que te fuiste a la cabaña, porque me dijiste que él estaba enfermo. Cáncer de páncreas, es horrible. Según Nadine, Al lo lleva bastante bien.

—¿No has vuelto a hablar con ella desde entonces?

Lucy arrugó el entrecejo.

—No, ¿por qué iba a hablar con ella?

—Por ninguna razón en particular —respondió él, y era cierto. Los sueños, sueños eran, y la única rata que había visto en la cabaña era el peluche de la caja de juguetes—. Es solo que estoy preocupado por él.

—Llámalo tú, entonces. Prescinde de intermediarios. Y ahora dime, ¿quieres hot cakes o no?

Lo que quería era ponerse a trabajar. Pero primero los hot cakes. Todo fuera por devolver la calma al frente doméstico.

29

Después de los hot cakes, subió a su pequeño despacho, enchufó la laptop y miró el texto en papel que había escrito con la máquina de su padre. ¿Por dónde empezaba? ¿Transcribía esa parte en la computadora o seguía adelante? Optó por lo último. Mejor averiguar de inmediato si el conjuro mágico bajo el que estaba *Bitter River* seguía vigente o si se había esfumado tras abandonar la cabaña.

Seguía vigente. Durante más o menos los diez primeros minutos en el despacho fue vagamente consciente del reggae que sonaba abajo, lo que significaba que Lucy estaba en su propio despacho, con sus números. Después la música se desvaneció, las paredes se disolvieron, y la luna iluminaba DeWitt Road, el camino con roderas y baches que comunicaba Bitter River con la capital del condado. La diligencia se acercaba. El sheriff Averill alzaría su placa y le indicaría que parara. Pronto Andy Prescott y él subirían a bordo. El chico tenía una cita en el juzgado del condado. Y no mucho después con el verdugo.

Drew terminó a las doce del mediodía y telefoneó a Al Stamper. No había razón alguna para el miedo, y se dijo que no lo tenía, pero no podía negar que se le había acelerado un poco el pulso.

—Eh, Drew —saludó Al, que parecía el de siempre. Parecía fuerte—. ¿Qué tal te ha ido en la naturaleza?

—Bastante bien. Conseguí casi noventa páginas antes de la llegada de un temporal...

—Pierre —dijo Al, y con una palpable aversión que enterneció a Drew—. ¿Noventa páginas? ¿En serio? ¿*Tú*?

—Ya lo sé, cuesta creerlo, y otras diez esta mañana, pero dejemos eso. Lo que en realidad quiero saber es cómo estás.

—Pues bastante bien —contestó Al—. Aunque he tenido que lidiar con esa rata.

Drew estaba sentado en una de las sillas de la cocina. Se levantó en el acto, de pronto se sentía otra vez enfermo. Afiebrado.

—¿*Qué*?

—No, nada, un simple sarpullido, pero menuda lata —explicó Al—. Es por un nuevo medicamento que me han recetado. Puede tener todo tipo de efectos secundarios, pero yo el único que he notado, al menos por ahora, es un maldito sarpullido. Por toda la espalda y en los costados. Nadine estaba convencida de que era herpes, pero me han hecho pruebas y es solo un sarpullido. Aunque, eso sí, tengo un picor de mil demonios. En fin, una puñetera lata.

—Solo esa lata del sarpullido —repitió Drew. Se pasó la mano por la boca. *CERRADO POR DESFUNCIÓN*, pensó—. Bueno, eso no es muy grave. Cuídate, Al.

—Lo haré. Y quiero ver ese libro cuando lo acabes —hizo una pausa—. Fíjate en que he dicho *cuando*, no *si*.

—Después de Lucy serás el primero en la fila —aseguró Drew, y colgó. Buenas noticias. Todo eran buenas noticias. A Al se lo notaba fuerte. Era el de siempre. Todo en orden, excepto por esa puñetera rata.

Drew descubrió que era capaz de reírse de eso.

30

Noviembre fue un mes de frío y nevadas, pero Drew Larson apenas se dio cuenta. El último día del mes observó (a través de los ojos del sheriff Jim Averill) a Andy Prescott subir por la escalera del patíbulo en la capital del condado. Drew sentía curiosidad por saber cómo lo sobrellevaría el chico. Como se vio —a medida que las palabras se *desgranaban*—, lo sobrellevó bien. Había madurado. La tragedia (Averill lo sabía) era que no llegaría a viejo. Una noche de ebriedad y un arrebato de celos por una bailarina de salón habían dado al traste con todo lo que podría haber sido.

El 1 de diciembre, Jim Averill entregó su placa al juez itinerante que había acudido al pueblo a presenciar el ahorcamiento y luego regresó a Bitter River, donde recogería sus escasas pertenencias (bastaría con un baúl) y se despediría de sus ayudantes, que habían hecho un trabajo excelente cuando las cosas se complicaron. Sí, incluso Jep Leonard, que era más tonto que el asa de una cubeta. O tenía menos luces que un barco pirata, a elegir.

El 2 de diciembre, el sheriff enganchó su caballo a una calesa ligera, echó el baúl y la silla de montar a la parte de atrás y enfiló hacia el oeste, pensando que quizá probara suerte en California. La fiebre del oro había terminado, pero deseaba ver el océano Pacífico. Desconocía que el afligido padre de Andy Prescott se hallaba oculto tras un peñasco a tres kilómetros del pueblo, mirando por encima del cañón de un Sharps Big Fifty, el rifle que llegaría a conocerse como «el arma que cambió la historia del oeste».

Se acercaba un carruaje ligero. Sentado en el pescante, con las botas en el salpicadero, iba el hombre responsable de su dolor y sus esperanzas truncadas, el hombre que había matado a su hijo. No el juez, no el jurado, no el verdugo. No. Ese hombre de ahí abajo. De no ser por Jim Averill, su hijo estaría en ese momento en México, con una larga vida —¡hasta bien entrado el nuevo siglo!— por delante.

Prescott amartilló el arma. Puso la mira en el hombre del carruaje. Con el dedo en torno a la fría media luna de acero del gatillo, vaciló, indeciso aún sobre lo que iba a hacer en los cuarenta segundos que el carruaje tardaría aproximadamente en repechar la siguiente cuesta y perderse de vista. ¿Disparar? ¿O dejarlo marchar?

Drew pensó en añadir una frase más —«Tomó una decisión»—, pero no lo hizo. Eso induciría a algunos lectores, quizá a muchos, a creer que Prescott había optado por disparar, y Drew quería dejar esa cuestión sin resolver. Así pues, oprimió dos veces intro y escribió:

FIN

Miró esa palabra durante largo rato. Miró la pila de hojas del manuscrito colocada entre la computadora y la impresora; sumando el trabajo de esa última sesión, saldrían poco menos de trescientas páginas.

Lo he conseguido. Quizá se publique o quizá no, quizá escriba otra o quizá no, da igual. Lo he conseguido.

Se cubrió la cara con las manos.

31

Lucy pasó la última página dos noches más tarde y miró a Drew como no lo miraba desde hacía mucho tiempo. Quizá desde los dos primeros años de matrimonio, antes de que llegaran los niños.

—Drew, es increíble.

Él sonrió.

—¿De verdad? ¿No lo dices solo porque lo ha escrito tu maridito?

Ella negó con la cabeza en un gesto vehemente.

—No. Es magnífica. ¡Un western! Jamás lo habría imaginado. ¿Cómo se te ocurrió?

Él se encogió de hombros.

—Me vino a la cabeza sin más.

—¿Disparó ese detestable ranchero a Jim Averill?

—No lo sé —contestó Drew.

—Pues puede que un editor quiera que lo aclares.

—En ese caso, el editor, si llega a haberlo, verá su deseo insatisfecho. ¿Y seguro que te parece bien? ¿Lo dices sinceramente?

—Mucho más que bien. ¿Vas a enseñársela a Al?

—Sí. Le llevaré una copia mañana.

—¿Sabe que es un western?

—No. Ni siquiera sé si le gustan.

—Este le gustará —guardó silencio un momento. Luego le tomó la mano y dijo—: Me enojé mucho contigo por no volver cuando se acercaba el temporal. Pero tú tenías la razón y yo metí la rata.

Drew retiró la mano, de nuevo se sentía afiebrado.

—¿Qué has dicho?

—Que yo metí la pata. Y tú tenías razón. ¿Qué te pasa, Drew?

—Nada —dijo él—. Nada en absoluto.

32

—¿Y bien? —preguntó Drew al cabo de tres días—. ¿Cuál es el veredicto?

Se hallaban en el despacho de su antiguo jefe de departamento. El manuscrito estaba en el escritorio de Al. Drew había esperado con nerviosismo la reacción de Lucy a *Bitter River*, pero ante Al su nerviosismo era aún mayor. Stamper era un lector ávido y omnívoro que había dedicado toda su vida profesional a analizar y deconstruir prosa. De todos los profesores a los que conocía, era el único que se había atrevido a enseñar *Bajo el volcán* y *La broma infinita* en el mismo semestre.

—Me parece muy buena —por esas fechas Al no solo se comportaba como siempre; tenía el aspecto de siempre. Había recuperado el color y ganado unos kilos. Con la quimio, había perdido el pelo, pero la gorra de los Red Sox que llevaba le cubría la calva reciente—. El motor es la trama, pero la relación entre el sheriff y su joven cautivo confiere unas resonancias extraordinarias a la narración. No es tan buena como *Incidente en Ox-Bow* o *El hombre malo de Bodie*, diría...

—Ya lo sé —lo interrumpió Drew…, que pensaba que sí lo era—. Yo nunca afirmaría una cosa así.

—Pero creo que está a la altura de *Warlock* de Oakley Hall, que se sitúa justo por detrás de esas otras dos. Tenías algo que contar, Drew, y lo has contado muy bien. El libro no golpea la cabeza del lector con sus preocupaciones temáticas, y supongo que la mayoría de la gente lo leerá solo por los sólidos méritos narrativos, el deseo de saber qué pasa a continuación, pero esos elementos temáticos están presentes, vaya que sí.

—¿Crees que la gente lo leerá?

—Claro —respondió Al, y restó importancia a esa duda con un gesto—. A menos que tu agente sea una tonta absoluta, lo venderá sin problema. Quizá incluso por una bonita suma de dinero —observó a Drew—. Aunque deduzco que para ti eso era una consideración secundaria, si es que te lo has planteado siquiera. Tú solo querías hacerlo, ¿me equivoco? Saltar por una vez desde el trampolín alto en la alberca del club campestre sin amilanarte y escapar por la escalera.

—Has dado en el clavo —dijo Drew—. Y tú…, Al, tienes un aspecto estupendo.

—Me siento estupendamente —confirmó Al—. A los médicos les ha faltado poco para describirme como una maravilla clínica, y tengo que hacerme pruebas cada tres semanas durante el primer año, pero mi última cita con la puta quimio es esta tarde. Por el momento, todas las pruebas indican que no tengo cáncer, y eso es una rata noticia.

Esta vez Drew no se sobresaltó, ni se molestó en pedirle que lo repitiera. Sabía lo que había dicho realmente su antiguo jefe de departamento, del mismo modo que sabía que parte de él quería seguir oyendo esa otra palabra de vez en cuando. Era como una astilla, clavada en la mente en lugar de bajo la piel. La mayoría de las astillas salían sin provocar infección. Estaba casi seguro de que con esa ocurriría lo mismo. Al fin y al cabo, Al estaba bien. La rata de la cabaña, con su trueque, había sido un sueño. O un peluche. O una auténtica bobada.

A elegir.

33

Para: drew1981@gmail.com

AGENCIA ELISE DILDEN

19 de enero de 2019

Drew, querido: cuánto me alegra saber de ti, pensaba
que te habías muerto y no había visto la necrológica.
(¡Es broma! ☺) Una novela después de tantos años, qué
emocionante. Envíala con la mayor prontitud, querido,
y veremos qué puede hacerse. Aunque debo advertirte
que ahora el mercado está bastante flojo, a menos que
se trate de un libro sobre Trump y sus secuaces.

Besos,

Ellio

Enviado desde mi grillete electrónico

Para: drew1981@gmail.com

AGENCIA ELISE DILDEN

1 de febrero de 2019

¡Drew! ¡Acabé anoche! ¡El libro es una MARAVILLA!
Espero que no tengas previsto hacerte fabulosamente
rico con él, pero estoy segura de que se publicará, e
intuyo que puedo conseguir un anticipo aceptable. Quizá
más que aceptable. No es del todo descartable que se
subaste. Además además además, intuyo que este libro
podría (y debería) servir para forjarte una reputación.
Creo que las críticas de *Bitter River*, cuando se publique,

serán ciertamente favorables. ¡Gracias por tu maravillosa visita al viejo oeste!

Besos,

Ellie

PD: ¡Me has dejado en vilo! ¿¿¿¿El ranchero, esa rata, acaba disparando a Jim Averill????

E

Enviado desde mi grillete electrónico

34

Bitter River, en efecto, se subastó. Fue el 15 de marzo, el mismo día que el último temporal de ese invierno azotó Nueva Inglaterra (la borrasca Tania, según el Weather Channel). Participaron tres de las cinco grandes editoriales de Nueva York, y salió ganadora Putnam. El anticipo ascendió a 350.000 dólares. No eran cifras comparables a las de Dan Brown o John Grisham, pero bastaba, como dijo Lucy mientras lo abrazaba, para pagar la universidad de Bran y Stacey. Abrió una botella de Dom Pérignon que había estado reservando (esperanzadamente). Eso había sido a las tres, cuando aún tenían ganas de celebrarlo.

Brindaron por el libro, y por el autor del libro, y por la mujer del autor del libro, y por los maravillosos y extraordinarios hijos surgidos de las entrañas del autor del libro y de la mujer del autor del libro, y estaban bastante entonados cuando, a las cuatro, sonó el teléfono. Era Kelly Fontaine, la secretaria administrativa del Departamento de Literatura desde tiempos inmemoriales. Lloraba. Al y Nadine Stamper habían muerto.

Él tenía programadas unas pruebas en el Hospital de Maine ese día («pruebas cada tres semanas durante el primer año», recordó Drew que había dicho Al).

—Podría haber aplazado la cita —dijo Kelly—, pero ya conoces a Al, y Nadine era igual que él. Un poco de nieve no iba a detenerlos.

El accidente se produjo en la 295, a poco más de un kilómetro del Hospital de Maine. Un camión enorme patinó en el hielo y embistió de refilón el pequeño Prius de Nadine Stamper, que salió despedido como una pulga. Volcó y dio una vuelta de campana.

—Dios mío —dijo Lucy—. Los dos, muertos. ¡Qué horror! ¡Y justo ahora que él estaba mejorando!

—Sí —convino Drew. Se sentía aturdido—. Estaba mejorando, ¿no? —solo que, claro, tenía que lidiar con esa puñetera rata. Él mismo lo dijo.

—Siéntate —dijo Lucy—. Estás blanco como el papel.

Pero lo que Drew necesitaba no era sentarse, al menos no en primer lugar. Corrió hasta el fregadero de la cocina y vomitó el champán. Mientras estaba allí encorvado, todavía con arcadas, casi sin darse cuenta de que Lucy le frotaba la espalda, pensó: *Ellie dice que el libro se publicará en febrero. Entre este momento y entonces haré lo que el editor me diga, y participaré en tantos actos publicitarios como quieran en cuanto salga el libro. Seguiré el juego. Lo haré por Lucy y por los niños. Pero nunca habrá otro libro.*

—Nunca —dijo.

—¿Qué, cariño? —ella seguía frotándole la espalda.

—El cáncer de páncreas. Pensé que eso acabaría con él, acaba con casi todo el mundo. Nunca habría imaginado una cosa así —se enjuagó la boca con agua del grifo y escupió—. Nunca.

35

El funeral por la muerte de Al —que a Drew no pudo por menos de recordarle aquella otra DESFUNCIÓN— se celebró cuatro días después del accidente. El hermano menor de Al pidió a Drew que pronunciara unas palabras. Drew declinó el ofrecimiento, aduciendo que, conmocionado como estaba, se sentía incapaz de expresarse. Era cierto que se hallaba conmocionado, no cabía duda, pero su auténtico temor era que las palabras le traicionaran como en *Aldea* y los dos libros truncados anteriores a ese. Le daba miedo —un miedo real e inequívoco— plantarse en el estrado, ante una capilla llena de parientes, amigos, colegas y alumnos afligidos, y que acaso saliera de su boca: «¡La rata! ¡Fue la puta rata! ¡Y yo le di vía libre!».

Lucy lloró durante todo el oficio. Stacey lloró con ella, no porque conociera bien a los Stamper, sino por solidaridad con su madre. Drew, en silencio, rodeó a Brandon con el brazo. No miró los dos ataúdes, sino la galería del coro. Estaba seguro de que vería una rata dar la vuelta de la victoria por la lustrada barandilla de caoba allí arriba, pero no fue así. Claro que no. No había ninguna rata. Cuando terminó el oficio, cayó en la cuenta de que había sido una estupidez pensar que la rata podía presentarse en la iglesia. Drew sabía dónde estaba, y ese lugar se hallaba a muchos kilómetros de allí.

36

En agosto (y fue un agosto tórrido), Lucy decidió llevar a los niños a Little Compton, en Rhode Island, para pasar un par de semanas en la costa con sus padres y la familia de su hermana, dejando a Drew la casa vacía para que trabajara tranquilamente en el manuscrito revisado de *Bitter River*. Dijo que dividiría la tarea en dos, y en medio dedicaría un día a viajar a la cabaña de su padre. Pasaría allí la noche, dijo, y regresaría al día siguiente para seguir con el manuscrito. Habían contratado a Jack Colson —el joven Jackie— para retirar los escombros del cobertizo aplastado; Jackie, a su vez, había contratado a su madre para limpiar la cabaña. Drew dijo que quería ver qué tal había quedado. Y recuperar su reloj.

—¿Seguro que no quieres empezar un libro nuevo allí? —preguntó Lucy con una sonrisa—. No me importaría. El último quedó bastante bien.

Drew negó con la cabeza.

—Nada de eso. He pensado que deberíamos vender aquello, cariño. En realidad, voy allí para despedirme.

37

En la gasolinera de Big 90 estaban aún los mismos carteles: SOLO EN EFECTIVO y SOLO GASOLINA NORMAL y SE PERSE-GUIRÁ A QUIENES SE DEN A LA FUGA SIN PAGAR y DIOS BENDIGA A ESTADOS UNIDOS. La joven flaca de detrás del mostrador también seguía más o menos igual; el piercing cromado había desaparecido, pero llevaba aún el aro en la nariz. Y se había teñido de rubio. Supuestamente porque las rubias se lo pasaban mejor.

—Otra vez usted —dijo—. Solo que ahora ha cambiado de coche, parece. ¿No tenía una Suburban?

Drew echó un vistazo al Chevrolet Equinox —comprado de contado, con poco más de diez mil kilómetros—, estacionado junto a la única bomba oxidada.

—La Suburban no volvió a ser lo que era después de mi último viaje aquí —dijo. *Tampoco yo, en realidad.*

—¿Va a quedarse mucho tiempo ahí arriba?

—No, esta vez no. Lamento lo de Roy.

—Debería haber ido al médico. Que eso le sirva a usted de lección. ¿Necesita algo más?

Drew compró un poco de pan, carnes frías y seis cervezas.

38

Habían retirado todas las ramas caídas delante de la casa, y el cobertizo de las herramientas había desaparecido como si nunca hubiera existido. El joven Jackie había sembrado césped y crecía hierba nueva. Lo alegraban unas cuantas flores. Los peldaños del pórtico, antes combados, estaban enderezados, y había un par de sillas nuevas, muebles baratos del Walmart de Presque Isle, probablemente, pero no quedaban mal.

Dentro, la cabaña estaba en orden y aireada. La ventana de mica del calentador ya no presentaba ni rastro de hollín, y la propia estufa resplandecía. Y lo mismo las ventanas, la mesa de comedor y el suelo de tablones de pino, que parecía encerado además de fregado. El refrigerador volvía a estar desenchufado y abierto, de nuevo vacío salvo por una caja de bicarbonato Arm & Hammer. Seguramente nueva. Saltaba a la vista que la viuda del viejo Bill había realizado un trabajo excelente.

Solo en la encimera contigua al fregadero se advertían indicios de la estancia de Drew en octubre del año anterior: la lámpara Coleman, la lata de combustible para la lámpara, una bolsa de caramelos Halls para la tos, varias bolsitas de Polvos para el Dolor de Cabeza Goody, medio frasco de Remedio para la Tos y el Resfriado del Doctor King y su reloj.

En la chimenea no quedaba ni asomo de ceniza. Contenía una carga de troncos de roble recién cortados, así que Drew supuso que el joven Jackie había encargado la limpieza del tiro o lo había hecho él mismo. Muy eficiente, aunque en ese caluroso agosto no habría necesidad de fuego. Se acercó a la chimenea, se arrodilló y volvió la cabeza hacia arriba para mirar por la garganta negra del tiro.

—¿Estás ahí? —llamó… y sin el menor empacho—. Si estás ahí arriba, baja. Quiero hablar contigo.

Nada, por supuesto. Se repitió que no había ninguna rata, que nunca había habido una rata, pero sí la había. La astilla no salía. La rata estaba en su cabeza. Solo que eso tampoco era del todo verdad. ¿O sí?

Seguían allí, junto a la impoluta chimenea, las dos cajas, yesca en una, juguetes en la otra: los que habían dejado sus hijos y los que habían dejado los niños de aquellos a los que Lucy, quienesquiera que fuesen, había alquilado la cabaña durante unos años. Tomó la caja y la vació. Al principio pensó que la rata de peluche no estaba y sintió una punzada de pánico irracional pero real. Al cabo de un momento, vio que había ido a parar al hueco de debajo de la chimenea y que no asomaba nada más que el trasero de tela y la cola elástica. ¡Qué juguete más feo!

—Creías que podías esconderte, ¿eh? —preguntó—. De eso nada, señora.

La llevó a la cocina y la echó al fregadero.

—¿Tienes algo que decir? ¿Alguna explicación que dar? ¿Tal vez una disculpa? ¿No? ¿Y qué tal unas últimas palabras? La otra vez estabas la mar de parlanchina.

La rata de peluche no tenía nada que decir, así que Drew la roció con combustible de la lámpara y le prendió fuego. Cuando ya no quedaba nada más que desechos humeantes y malolientes, abrió el grifo para mojarlos. Bajo el fregadero había unas cuantas bolsas de papel. Drew, valiéndose de una espátula, recogió lo que quedaba y lo echó en una de estas. Bajó la bolsa hasta el arroyo Godfrey, la lanzó y la observó alejarse flotando. Luego se sentó en la orilla y contempló el día, caluroso, sin viento y magnífico.

Cuando el sol empezó a declinar, entró y se preparó un par de sándwiches de mortadela. Le quedaron un tanto resecos —tendría que haberse acordado de comprar mostaza o mayonesa—, pero pudo acompañarlos con cerveza. Sentado en uno de los viejos sillones, bebió tres latas mientras leía un libro de Ed McBain sobre la comisaría del distrito 87.

Se planteó tomarse una cuarta cerveza y lo descartó. Sospechó que era la que le provocaría cruda, y por la mañana quería ponerse en marcha temprano. Había dado por concluida su relación con esa cabaña. Así como la idea de escribir novelas. Sería autor de una sola, una única hija que ahora lo esperaba para terminarla. La que había costado la vida a su amigo y a la mujer de su amigo.

Eso no me lo creo —dijo mientras subía por la escalera.

En lo alto miró el amplio salón principal, donde había empezado su libro y donde —al menos durante un breve tiempo— había creído que moriría.

—Solo que sí lo creo. Claro que lo creo.

Se desvistió y se metió en la cama. Por efecto de las cervezas, el sueño lo venció enseguida.

39

Drew despertó en plena noche. Una luna llena de agosto bañaba el dormitorio de un resplandor de color plata dorada. La rata, sentada en su pecho, lo miraba con esos ojillos negros y saltones.

—Hola, Drew —la rata no movió los labios, pero la voz salió sin duda de ella. En su conversación anterior, Drew estaba afiebrado y enfermo, pero recordaba muy bien esa voz.

—Sal de ahí encima —susurró Drew. Deseó apartarla de un manotazo (*mata a la rata*, era la idea), pero aparentemente carecía de fuerza en los brazos.

—Vamos, vamos, no te pongas así. Me has llamado y he venido. ¿No es lo que ocurre en esta clase de cuentos? Ahora dime en qué puedo ayudarte.

—Quiero saber por qué lo hiciste.

La rata se irguió, con las patitas rosadas pegadas a su cuerpo peludo.

—Porque tú lo quisiste. Era un deseo, ¿recuerdas?

—Era un *trato*.

—Ah, ustedes los académicos con sus cuestiones semánticas.

—El trato era *Al* —insistió Drew—. Solo *él*. Puesto que de todos modos iba a morir de cáncer de páncreas.

—No recuerdo que se especificara lo del cáncer de páncreas —dijo la rata—. ¿Me equivoco?

—No, pero supuse…

La rata movió las patas como si se lavara la cara, giró en círculo dos veces —el contacto de aquellas patas resultaba repulsivo incluso a través del edredón— y después observó de nuevo a Drew.

—Así es como te enredan con eso de los deseos mágicos —explicó—. Son engañosos. Mucha letra pequeña. Eso lo dejan muy claro todos los mejores cuentos. Pensaba que ya habíamos hablado del tema.

—Está bien, ¡pero Nadine Stamper nunca formó parte del trato! ¡Nunca formó parte de nuestro… nuestro acuerdo!

—Tampoco se la *excluyó* de forma expresa del trato —replicó la rata con cierto remilgo.

Es un sueño, pensó Drew. *Otro sueño, tiene que serlo. En ninguna versión de la realidad, un hombre se dejaría engañar por las sutilezas jurídicas de un roedor.*

Drew tuvo la sensación de que estaba recobrando las fuerzas, pero no se movió. Todavía no. Cuando se moviera, sería de repente, y no se limitaría a *abofetear a la rata* o *vapulear a la rata*. Se proponía *atrapar* a la rata y *estrujar* a la rata. Se retorcería, gritaría y casi con toda seguridad mordería, pero Drew la estrujaría hasta que le reventara el vientre y las tripas le salieran a borbotones por la boca y el culo.

—De acuerdo, puede que tengas razón. Pero no lo entiendo. Mi único deseo era el libro, y tú lo has echado a perder.

—Ah, buah buah —dijo la rata, y se hizo otro lavado de cara en seco.

Drew estuvo a punto de lanzarse en ese momento, pero no. Todavía no. Tenía que saberlo.

—Buah buah, pura mierda. Podría haberte matado con aquella pala, pero no lo hice. Podría haberte dejado fuera bajo la tormenta, pero no lo hice. Te traje adentro y te dejé al lado de la estufa. ¿Por qué, pues, me lo has pagado así, matando a dos personas inocentes y privándome del placer que sentí al terminar el único libro que escribiré en mi vida?

La rata se detuvo a reflexionar.

—Bueno —dijo por fin—, si se me permite modificar ligeramente el desenlace de una antigua fábula, ya sabías que yo era una rata cuando me trajiste dentro.

Drew se lanzó. Actuó con gran rapidez, pero sus manos se cerraron en torno a nada más que aire. La rata se escabulló por el suelo, pero, antes de llegar a la pared, se volvió hacia Drew y pareció sonreír a la luz de la luna.

—Además, no lo terminaste tú. *Tú nunca lo habrías conseguido*. Lo terminé yo.

Había un agujero en el zoclo. La rata entró en él. Por un momento Drew le vio la cola. Luego desapareció.

Permaneció tendido con la vista fija en el techo. *Por la mañana me diré que esto ha sido un sueño*, pensó, y por la mañana eso hizo. Las ratas no hablaban ni concedían deseos. Al había escapado al cáncer para morir en un accidente de tráfico, hecho atrozmente irónico pero no insólito; era una lástima que su mujer hubiera muerto con él, pero tampoco eso era insólito.

Regresó a la ciudad. Entró en la casa, inusitadamente silenciosa. Subió a su despacho. Abrió la carpeta que contenía el manuscrito revisado de *Bitter River* y se preparó para ponerse a trabajar. Habían ocurrido cosas, algunas en el mundo real y algunas dentro de su cabeza, y esas cosas no podían cambiarse. Lo que debía recordar era que él había sobrevivido. Amaría a su mujer y a sus hijos en la medida de sus posibilidades, instruiría a sus alumnos en la medida de sus posibilidades, viviría en la medida de sus posibilidades y se incorporaría de buena gana a las filas de los autores de un solo libro. En realidad, si uno se detenía a pensarlo, Drew no tenía de qué quejarse.

En realidad, se dijo, si te detienes a pensarlo, todo va bien, y de eso se rata.

NOTA DEL AUTOR

Cuando mi madre o una de mis cuatro tías veía casualmente a una mujer empujar un cochecito de bebé, a menudo entonaban algo que es probable que aprendieran de su madre: «Pequeñín, ¿de dónde has salido? De la nada y aquí he venido». A veces pienso en ese simple pareado cuando me preguntan de dónde saqué la idea para tal o cual relato. Con frecuencia no sé qué contestar, lo cual me incomoda y me avergüenza un poco. (En eso interviene algún complejo de la infancia, sin duda.) A veces doy la respuesta sincera («¡Ni idea!»), pero en otras ocasiones me limito a inventarme alguna tontería, complaciendo así a quien me ha preguntado con una explicación semirracional de causa y efecto. Aquí intentaré ser sincero. (¿Qué *iba* a decir yo, claro?)

De niño, puede que viera alguna película —seguramente una de las pelis de terror de American-International que mi amigo Chris Chesley y yo íbamos a ver pidiendo aventón al Ritz de Lewiston— sobre un hombre que tenía tanto miedo a que lo enterraran vivo que pidió que pusieran un teléfono en su sepulcro. O tal vez fuera un episodio de *Alfred Hitchcock Presenta*. En cualquier caso, la idea resonó en mi cabeza infantil hiperimaginativa: la posibilidad de que sonara un teléfono en el lugar de los muertos. Años más tarde, después de la muerte inesperada de un amigo cercano, llamé a su celular solo para oír su voz una vez más. En lugar de reconfortarme, me puso la piel de gallina. No volví a hacerlo, pero esa llamada, unida al recuerdo de infancia de esa película o programa de televisión, fue la semilla para «El teléfono del señor Harrigan».

Los relatos van a donde quieren ir, y la verdadera gracia de ese —para mí— fue regresar a un tiempo en que los teléfonos celulares en general y los iPhone en particular eran una novedad y todas sus repercusiones apenas se vislumbraban. En el transcurso de mis investigaciones, mi especialista en tecnología de la información, Jake Lockwood, compró por eBay un iPhone de primera generación y lo puso en funcionamiento. Lo tengo cerca mientras escribo. (Hay que mantenerlo conectado porque en algún momento a lo largo del camino se le cayó a alguien y se le estropeó el interruptor de encendido.) Puedo acceder a internet con él, puedo ver la información bursátil y los reportes meteorológicos. Pero no puedo hacer llamadas, porque es 2G, y esa tecnología está tan muerta como el videocasete Betamax.

No tengo la menor idea de dónde salió «La vida de Chuck». Lo único que sé es que un día pensé en un cartel publicitario con la frase «¡Gracias, Chuck!», junto a la foto del hombre y el texto 39 MAGNÍFICOS AÑOS. Creo que escribí el relato para averiguar qué había detrás de ese cartel publicitario, pero ni siquiera de eso estoy seguro. Lo que sí puedo decir es que siempre he tenido la sensación de que cada uno de nosotros —desde los reyes y los príncipes del reino hasta los lavaplatos de Waffle House y las camareras que cambian las sábanas en los moteles de las autopistas— contiene el mundo entero.

Una vez, en Boston, vi casualmente a un hombre que tocaba la batería en Boylston Street. La gente pasaba por su lado sin apenas mirarlo, y en la canasta que tenía delante (no un Sombrero Mágico) escaseaban las donaciones. Me pregunté qué ocurriría si alguien, un tipo con aspecto de ejecutivo, por ejemplo, se detenía y empezaba a bailar, más o menos como Christopher Walken en el excelente videoclip de Fatboy Slim, «Weapon of Choice». La conexión con Chuck Krantz —un tipo con aspecto de ejecutivo a todas luces— surgió de manera natural. Lo introduje en la historia y lo dejé bailar. A mí me encanta el baile, la forma en que libera el corazón y el alma de una persona, y escribir ese relato fue un placer.

Después de escribir dos relatos sobre Chuck, quise escribir un tercero que los enlazara en una narración cohesionada. «Contengo multitudes» se escribió un año después de los dos primeros. Si los tres actos —presentados en orden inverso, como una película rebobinada— funcionan, es algo que tienen que decidir los lectores.

Permíteme que salte ahora a «La rata». No tengo la menor idea de dónde salió este relato. Lo único que sé es que me pareció un cuento de hadas malévolo, y me dio ocasión de escribir un poco sobre los misterios de la imaginación y cómo se traduce eso en la página. Debo añadir que la conferencia de Jonathan Franzen a la que se refiere Drew es ficticia.

Por último pero en absoluto menos importante: «La sangre manda». La base de este relato existió en mi cabeza durante al menos diez años. Empecé a advertir que algunos corresponsales de informativos de televisión parecían estar siempre presentes en los escenarios de tragedias horrendas: accidentes de avión, matanzas a tiros, atentados terroristas, muertes de celebridades. Esas noticias casi siempre encabezan los noticiarios locales y nacionales; todo el mundo en el medio conoce el axioma de que la sangre atrae a las audiencias o, por así decirlo, que la sangre manda. El relato quedó sin escribir porque alguien tenía que seguir la pista al ser sobrenatural que se presentaba como corresponsal televisivo y vivía de la sangre de inocentes. No se me ocurría quién podía encargarse de esa tarea. De pronto, en noviembre de 2018, comprendí que tenía la respuesta ante mis narices desde hacía tiempo: Holly Gibney, por supuesto.

Adoro a Holly. Así de sencillo. En principio debía ser un personaje secundario en *Mr. Mercedes*, no más que un extra estrafalario. Pero me robó el corazón (y casi me robó el libro). Siempre siento curiosidad por saber qué está haciendo y cómo le va. Cuando vuelvo a ella, veo con alivio que todavía toma su Lexapro y que sigue sin fumar. También siento curiosidad, para ser sincero, por las circunstancias que la convirtieron en lo que es, y pensé que podía indagar un poco al respecto…, siempre y cuando complementara el relato. Este es el primer viaje en solitario de Holly, y confío en haberle hecho justicia. Deseo expresar mi agradecimiento en particular al experto en elevadores Alan Wilson, que me dio a conocer cómo funcionan los elevadores modernos informatizados y todo aquello que podía fallar en ellos. Obviamente, tomé esa información y (ejem) la adorné, así que si el lector entiende de eso y considera que me he equivocado, la culpa es mía —y de las necesidades del relato— más que de él.

El difunto Russ Dorr trabajó conmigo en «El teléfono del señor Harrigan». Fue nuestra última colaboración, y lo echo mucho de menos. Merecen también mi agradecimiento Chuck Verrill, mi agente (a quien le gustó especialmente «La rata»), y todo mi equipo de Scribner, incluidos (pero no solo) Nan Graham, Susan Moldow, Roz Lippel, Katie Rizzo, Jaya Miceli, Katherine Monaghan y Carolyn Reidy. Gracias a Chris Lotts, mi agente de derechos extranjeros, y a Rand Holston, de Paradigm Agency en Los Ángeles. Se dedica a los derechos para el cine y la televisión. Muchísimas gracias también —y muchísimo amor— a mis hijos, mis nietos y mi mujer, Tabitha. Te quiero, cariño.

Por último pero no menos importante, gracias a ti, Lector Constante, por acudir a mí otra vez.

STEPHEN KING
13 de marzo de 2019